高尔基文集

* 8 *

短篇小说

特写

1924
|
1936

人民文学出版社

М. Горький

马克西姆·高尔基

目　　次

排演	1
蔚蓝的生活	33
不平凡的故事	94
向导	137
肯斯科伊家的大娘	144
杀人者	150
恩布列玛	163
蟑螂的故事	167
往事片断	228
故事	242
天涯海角	247
群英颂	263
地震	301
富余与短缺	308
马具匠与火灾	332
执行判决	346
鹰	375
公牛	394
科马罗沃村以前坐落在……	438

排　演[*]

在排演著名话剧《优秀人物的道路》第四幕的时候，发生了这场有意思的争论。

是这么开始的：导演想让演员们更好地理解剧本的含义，但是费了九牛二虎之力，累得精疲力竭，也没有达到目的。他没有掩饰懊恼的心情，说道：

"诸位先生，休息四五分钟吧。"

他掏出表来，用近视眼盯着表面，向舞台前沿走去，对着空口袋似的观众厅挑衅地扬了一下脑袋。在黑乎乎的"口袋"深处，一盏孤灯发着微弱的红光，一闪不闪，隐约照亮一扇门的上部。可以想象，在门外，夜色更浓，已经是一片漆黑了。

导演享有革新派的声誉。他瞧不起演员，在他心目中，演员是由他拨弦定调的乐器。他身穿丝绒工作上衣，身上发出一股怪味儿，就像此人方才在早餐时吞下了一块清馨的香皂一样。他身材瘦小，胸部扁窄，两条细罗圈腿，一颗大脑袋，一个长鼻子，那波浪式的鬈发活像伊斯兰教男人的缠头巾。他巧妙地在他那张刮过的、发青的脸上装出一副素有洁癖的那类人所有的痛苦表情，这类有洁癖的人的天职就是

---

[*] 本篇写于一九二四年三月，最初于一九二五年五月三日至七日发表在列宁格勒出版的《红色晚报》上，该报自做主张，对此文作了很大的删节。同年全文完整地收入在柏林出版的《高尔基1922—1924年短篇小说集》。译自《高尔基三十卷集》第十六卷。

以自身的存在来点缀庸碌无为的笨伯们的世界。他紧抿着肥厚绯红的双唇,眯缝着眼睛(这双眼睛的瞳仁的颜色很像熟透了的李子)绝望地盯着一切人和物,似乎在无言地指责说:

"这样不对。"

他的一个仇人,一位评论家断言,这位导演在谈论《吝啬的骑士》①时,"失过言":

"我不否认:安德烈·斯捷潘诺维奇·普希金②是一个有才华的人。"

从舞台深处看,导演此时恰像一个正在默默地召唤邪恶的精灵来援助自己的小地神。

在灯光微弱的、灰蒙蒙的舞台上,有四位演员:女主角——一个历尽沧桑、注定受苦受难的妇女;喜剧演员——她的丈夫,一个"思想健全"的人,不消说,是个卑鄙的家伙;女配角——一个即将在生活中遭到新的不幸的妙龄女郎;男主角——一个"新路"的探索者。他们四周杂乱地耸立着一些山岩和在昏暗的光线里难以辨认的、奇形怪状的东西。山岩之间摆了一张圆桌。剧中的男主角坐在桌子上。他吹着口哨,用铅笔在抄着自己台词的小本子上画着。

舞台也与吹胀了的"口袋"有某种共同之处。台上尘埃弥漫,空气里散发着胶水、油漆和一种特殊的刺鼻的腐朽味儿;可能,这是为了取悦观众而被作者杀害的无数男女的腐烂尸体所发出的气味。可是从沉寂、幽暗的观众席上传来的却是香水、灰尘、人汗、皮鞋油和牛皮靴子混合在一起的味儿。

导演身后传来低沉的、懒洋洋的声音,他觉得喜剧演员在"生活里的"③黏黏糊糊的嗓音特别刺耳。

---

① 《吝啬的骑士》是普希金写的一部小悲剧。
② 普希金的全名是亚历山大·谢尔盖维奇·普希金。导演把他的名字和父称讲错了。
③ 有别于演员在舞台上念台词时的声音。

"哎,是的,是他瞎编的……"

喜剧演员坐在一块大自然从未创造过的那种岩石上卷纸烟。他将烟丝、卷烟纸和烟嘴整整齐齐地摊在自己的双膝上。

"你不喜欢这个剧本吗?"女主角一边用小圆镜照自己的嘴唇,一边不停地抿它们。

"我只喜欢钓鱼,阿纽塔,这你是知道的。至于剧本,剧本怎样吗?它的台词与旁的剧本稍有不同,像是儿童语言,孩子们才那么嘟嘟囔囔。这些台词比以往那些华丽的俄罗斯词句更可亲、更伤感一些。但是除了台词之外,全都是些亚当和夏娃时代的老玩意儿:你,阿纽塔,必须去恋爱、去悲伤,我却必须去尽丈夫的职责:挣钱供你吃喝穿戴。格龙斯基是条诱惑人的毒蛇,他必须去唤醒你的灵魂,叫你的灵魂去向往'新的生活',吸引你走上'优秀人物的道路'。你跳不出这一类剧目!咱们陷在里面就像落在捕鼠器里的耗子一样。死神一来,就将咱们抛入无底深渊。你瞅,莉多奇卡在走来走去,心情激动,她在等待着这类悲剧时刻的再次来临……"

"请别打搅我……"

"我的孩子,我并不想打搅你,但是我身不由己,"喜剧演员打趣地说。

莉多奇卡是个非常可爱的姑娘,任何男人都不会阻止她以美人自诩,为了使男人们确认她是个绝色美人,她也尽了最大努力。她在世上总共才生活了二十年,日子过得舒舒坦坦,称心如意,当然不可能自视为创造新悲剧的材料。如果这样的话,那会使她感到委屈的。她认为自己扮演的角色极为简单,只消钟情于男主角就行了。她感到自己能做到这点,并且也在准备这样做。年长的同行们对《优秀人物的道路》的冷漠态度使她气愤:既然演出需要的只是观众的赞赏而已,又何必发这门子牢骚呢?

"伊凡,你总在那儿高谈阔论,"女主角一边往鼻子上扑粉,一边不赞成地说。很久之前,一个倾心于她的剧评家曾说她的脸型是"古典的、大理石般的",她喜欢这个说法,经常扑粉,好让她那个发青的小鼻子跟她扁平的脸一样惨白。那张脸上由于闪耀着一双黑色的、"能引起祸患的"眼睛而增添了几分姿色。她自认这双眼睛有点过于凶恶,所以每当她心情激动的时候,她就紧闭双眸,这时她的脸就真变成石头一般了。关于她的嗓音,著名的评论家梅尔察洛夫曾经对人们这样说过:

"罗斯托夫采娃演美狄亚①的时候,嗓音圆润得像铜铃声一样。"

在生活里她说话时总带点鼻音,并且总是懒洋洋地。她觉得鼻音就跟浓郁的香水一样,能特别成功地唤起崇拜她的天才的人们的某些激情。

"是的,我是在高谈阔论,"喜剧演员顺从地承认道。他吸了一口烟,叹了一口气,喷出许多烟雾。

他真的喜欢钓鱼。干这种事比任何其他事更容易使人忘却自己是什么人,身处何地,也容易使人不去想自己为什么要这样。大家都知道,人的真正幸福寓于科学与劳动之中,但二者都妨碍人思考。喜剧演员于不知不觉中已年逾半百,同样在不知不觉中养成了一种对最简单的事物加以思考的习惯。这一习惯由于迫不及待的想对所有的人讲述自己病态的癖好而使人厌烦。这癖好是:探索喜剧演员想弄明白的现象与事物的意义。

"是的,我是在高谈阔论,"他重复道,"这有什么办法呢?阿纽塔,你要知道,从某一个时候起,我感觉到当话剧演出的时候,就像一罐鱼子酱,有人已经把罐头里的鱼子酱给吃光了,只剩边儿上和底儿上那一丁点了。作者来不来?"

导演侧身站着,他的回答严谨得像语法教科书。

"作者答应一点半上咱们这儿来。"

"鬼把他这个作者抓了去才好呢!"男主角突然像爆炸了一样,吐

---

① 美狄亚是古希腊著名悲剧作家欧里庇得斯(公元前485?—前406)同名悲剧中的女主人公。

4

词清楚得像在朗诵诗句。他从桌子上跳了下来,用金杆儿铅笔威胁着暗处,十分严肃和坚定地说:

"如果我是一个法律制定者,就是说,如果我手里有权,我就会制定一条法律:对散布颓废主义这种传染病的文学家,判以削发为僧的惩罚。在他们未能克服上述情绪之前,不仅禁止他们写剧本、小说,甚至还应禁止他们写信……就这么办!万尼亚①,你说得对:这个剧本是瞎编的!我讨厌作者的夸张……总而言之,我讨厌!克列阿托罗夫②吗?这名字有点粗鲁和愚蠢。他的真姓是波多罗日尼科夫③。"

"皮罗日尼科夫。"④女主角一本正经地加以纠正。

"对不起!这就更加庸俗了。人家说,他傲气得令人难以忍受,是个大肚汉,淫棍,吝啬得像个乞丐。关于他如何贪财,流传着一些绝妙的笑话……"

女主角紧皱双眉,用她那戴满指环的手做了一个警告的手势,她知道男主角所说有关作者的情况有几分言过其实,但是某些原因使她相信,如果她一声不吭,听任男主角津津乐道地信口雌黄,用种种罪名来诋毁作者的话,是更加有策略的。

莉多奇卡在舞台左侧布景旁悄悄地走着,脸上流露出微笑。她清楚作者与女主角之间不美满的浪漫史,她见过这段浪漫史的结晶:一个贫血的男孩。那孩子腼腆的神情和漫不经心的态度都是病态的表现。他走路时晃晃悠悠,就跟马戏班的演员走钢丝似的。

"克列阿托罗夫!"男主角讽刺地眯起眼睛,用右手指着舞台顶上挂布景的横杆大声喊叫:"你听得见吗,伊凡,那儿有什么地方没弄好吗?"

喜剧演员用矫揉造作的"商人的"笑声鼓励地哈哈大笑起来,男主

---

① 指喜剧演员。
② 克列阿托罗夫这个姓源自拉丁文 Creator,意为创造者。
③ 意为强盗。
④ 意为卖馅饼的人。

角为了炫耀自己的上低音,却继续说道:

"如果你是克列阿托罗夫,那么你就为我创造出一个幸福人的角色吧,是的,是的,是这样!"

导演用监考人那种冰冷的口气问:

"您所谓的幸福指的是什么呢?"

"见鬼,这谁都清楚!就连小麻雀也知道呀!……"

要是一个男主角没有功名心就准是一个蹩脚的男主角,他的功名心与他的才华成正比;不过他的同伴们认为他过高地估计了自己的才华。他认为导演是个愚蠢而有害的家伙,他的存在只不过是为了千方百计地压制演员的灵感。男主角一步迈到导演面前,伸直手臂,犹如握着一把宝剑,朗诵似的说:

"总是扮演千篇一律的苦恼人的角色已使我感到厌倦!不管是哈姆莱特①还是西兰诺·德·别热拉②,莫尔③还是《活尸》④,我总是在那儿苦恼……"

"去当卖领带的吧,"导演建议说,脑袋傲慢地向上一扬。

"对不起,您像个掌柜的似的开玩笑。可我是在说正经的。我,作为演员,作为人,这种千篇一律的角色是对我的贬低。为了一个月挣这七百五十卢布,我天天都在苦恼……"

"我老演傻瓜,难道好受吗?"喜剧演员质问道。问罢他用巴掌将烟嘴里的烟灰磕掉,扮了个最逗人的鬼脸;他就是靠扮这种鬼脸出名的。"让我上台去,是为了安慰观众:有人比您还蠢呢,您尽可放心吧!除了我的朋友卢金之外,愚蠢不会让任何人不安,而他所以不安也不过是出于职责,根本不是因为他认为愚蠢是有害的……"

喜剧演员这种"日常生活中的"唠叨使导演轻蔑地耸了耸肩膀。

---

① 英国戏剧家莎士比亚同名悲剧的男主人公。
② 法国剧作家罗斯丹(1868—1918)同名诗剧的女主人公。
③ 卡尔·莫尔是德国作家席勒《强盗》一剧中的主人公。
④ 俄国作家列夫·托尔斯泰的剧本。

男主角怒气冲冲地说：

"《优秀人物的道路》！我们这些有才华的人为了让观众寻开心就在这条道路上徘徊不前，而那些无所事事的人却欣赏我们怎样无情地互相折磨，在那里眼巴巴地等待着饱受痛苦的心灵发出最后的呻吟……"

"马戏班！"喜剧演员插话道，"米沙，你说得对，对观众来讲，咱们是演马戏的。观众是鱼子酱……把这出戏给取消了才好呢……"

"也许，时候到了，该接着往下排了吧？"莉多奇卡提醒大家，但没人理会她。

"我问卢金：'安东，你相信理智吗？'——'当然相信，'他说，'这是我的本职。'他这是在撒谎：地理学家相信理智干什么呢？"

"这帮子人真无聊，"莉多奇卡气愤地想道，"是一帮子累垮了的、无聊的家伙……"

她是个聪明人。明白舞台是装模作样的地方，谁装得比别人更逼真，谁的成就就越大；舞台是一个用别人的腿走路、用别人的语言讲话的地方。为了取得成就，在生活里也得弄虚作假。这并不难：只需要学会拿进来的比付出去的多。她想起一个长着火红头发的、爱过她的语言文学系的大学生的趣言：

"存在着一条排除第三者的法则：您要么是人，要么不是人，您怎么也成不了第三者……"

"小傻瓜！"她想回答他，"对你说来，我不是人，而是女人，对别人来说，我是女人，而且还是个女演员，只有对我自己来说，我才是人，但是我知道，这对任何人，连你在内都不需要，都不感兴趣。我正是作为第三者时才是真正的人。而你永远也理解不了这一点。谁都理解不了……"

三个人面对面地站在舞台上，形成一个三角形，大声喊叫着：

"对不起！自由、艺术家的宗教……"

"见鬼去吧！我也有宗教：我相信幸福的存在……"

"您所谓的幸福是庸俗卑鄙的……"

"要是您喜欢钓鱼的话……"

"万尼亚,你等一下……"

"太阳下山的时候,当……"

"我不吃,我不喜欢吃鱼……"

"克列阿托罗夫所谓的自由是专横……"

"啊,怎么回事?屈服于自然界和社会条件的专横……"

"这些新剧本抵不上一条鲈鱼……"

"给我个幸福人的角色,我要演得让您哭出来……"

"也许我会哭出来,"导演连忙刻薄地表示同意。

"是由于高兴,由于狂喜……"

"是吗?我表示怀疑……"

"当我高谈阔论的时候,人家笑话我,"喜剧演员委屈地、报复心切地说,"啊,难道把我的灵魂隐藏到别人愚蠢的皮囊里,我好受吗?"

　　这场争论使得女主角激动起来,她模糊地感觉到这场争论后面有某种真实的、意义重大的东西。事实上,老演不幸的女人也使她厌烦透了。她凭亲身的经历知道,舞台之外不愉快的和不幸的事儿已经够多的了。要是能演一个快乐的、幸福的女人,忘却自己,该有多好呀!她年近四十五岁,总是扮演不幸的女人,对自己已经厌烦透顶,所以也已经习惯于"将自己的灵魂隐藏在他人的皮囊之中"。她几乎已经失去辨别力,不知作者的虚构在何处结束,自己的个人生活从哪里开始。连她自己都时常弄不清楚,这到底是谁在说话,是安娜·罗斯托夫采娃呢,还是她演过的无数话剧里的某个女主人公在说话?这是她为自己个人感到痛苦呢,还是由于她昨晚以"一贯的成功"向观众表演过的那些痛苦心情迟来的反应所引起的痛苦呢?

　　男主角谈论作者时的口吻使她有些愤愤不平。她确信,只有她一人有权用这种口吻讲他,而且由于她并未曾使用这个权而感到自豪。听到这场声音越来越高、越来越激烈的争论,她注意到,男主角显然是忘却了他所扮演的角色的那些富丽堂皇的辞藻,激动得开始用自己的语言说话了。这反而使人感到不自然。喜剧演员也似乎聪明了一些,连他发的牢骚也很动听了。只有导演仍然像个固执的书呆子。有一阵子,女主角觉得他们三个人正在热情奔放地排演一出新戏,她在等候着自己上场时刻的到来,这时她忆起了作者十二年前的模样。

十二年前他还不是"德高望重的人",但是业已到达了"荣誉的顶峰"。他衣着"雅致",引人注目,他炫耀着那一头浓密的、过早灰白了的长发。女士们"崇拜"他。他令人心醉地谈论着"新"艺术。评论家们几乎异口同声地推崇他。读者们在评论界的影响下由衷地赞赏他的作品。一位商人、服装厂厂主、有影响的艺术赞助人,谈到他时说:

"人家那可是驾着轻车快马驰进文坛的。"

后来才发现,这位革新家喜欢的作者乃是狄更斯老人,爱吃的食品是肉饼加洋葱,而他所钟情的女人却必须时刻牢记:艺术家所以能与上帝平起平坐,不仅是由于艺术家"创造世界",而且还由于艺术家有希望得到永生。当艺术家创造世界时,他需要的是对他无微不至的关怀。他的衣柜里必须保持整齐清洁。他裤子上的钮扣必须一粒不缺。他早餐时的咖啡必须冷热适度。他需要清静时,日子必须过得安安静静。总之,凡是能破坏这位创世主情绪的一切都必须排除。当艺术家灵感来临时,生活必须克制着自己的喧嚣,必须静止下来,必须抑制自己痉挛性的战栗。只有这位艺术家的非凡智慧才能理解这种战栗的含义。是的,与这样的人共同生活对一个女人的要求是非常多的。而且实际上这种生活是相当单调乏味、十分不安和责任重大的。

不管怎样,他们还是相爱了将近三年。他是量力而为,她呢,当然是勉为其难。他是她第四个她称之为"我的第一个'真正的'爱人"的爱人。她想起了当她感觉到这人在两年中非常狡猾地吸干榨尽了她情感的源泉时所产生的惊诧与悲伤的心情。这种心情如此冷酷地紧紧抓住她和她的灵魂。在情感的源泉底层原来是一层灰色的生活琐事,是凡俗的"床笫"之间的猥亵的语言。后来出现了一个小个子的、丰满的女诗人。她头发卷曲得像羊毛一样,长着一张瓷人样的小脸蛋,一双呆滞的绵羊眼,眼睛里流露出稚气的喜悦神情。他对自己趣味的变化解释得并不十分高明:

"艺术家必须不断地谈恋爱。爱情是艺术的基础,"他说。但显而易见,他自己也为这些话感到羞愧,就马上换了一句某著名歌唱家说过的、粗鲁却又精当的箴言:

"在艺术中需要的是大喊大叫。"

这句箴言并没有改变他本来所说的话的原意,倒是更加确切了。他正是用抒情的喊叫为自己赢来了声誉的。不过,他写小说和剧本也已经四五年了,在这些作品中,激情与对爱情的抒发越来越被另一种好像医生谈到重病人时的小心谨慎的话语的东西所压倒。但是现在,就连这种小心谨慎的语言也似乎离他远去了;不久前,他为自己的一部中篇小说(其中诗意已让位于哲学)题词时,用了希腊哲学家的一句戏言:

"'皮龙,你死了吗?'"

"'我不知道。'"

不过,这也没有妨碍他相当顽强地追求莉多奇卡。

女主角沉湎于冷漠沮丧的回忆之中,不再去听争论;莉多奇卡不愉快的、气恼的声音又将她唤回到现实中来。

"啊,天哪……他们什么时候才吵完呢?"

从一切迹象可以看出,他们并不急于结束这场争吵。他们彼此站得很近,就像被一根无形的绳索捆在一起一样。他们挥舞着手臂,一会儿弯下腰去,一会儿又伸直了身子,各自倒退一步,然后又重新凑拢在一起。他们怒气冲冲的、你一言我一语的争吵声在舞台的空荡荡的"口袋"里不停地、低沉地响着。后台工人们忙碌的干活声与争吵声不和谐地呼应着。那是铁锤执拗的敲击声,木板吃力的尖叫声,用钳子从木头里拔钉子的轧轧声,以及偶尔传来的、谁的深沉的、像远处闷雷

似的男低音,这声音阴郁地发出令人费解的话:

"把天给……"①

在舞台深处一大堆杂乱的岩石中间时而显露出一个戴着皱巴巴的无檐帽的脑袋,一张长着大胡子的黝黑的脸膛,一只裸露着的长手臂,那人气呼呼地问:

"这样行吗?"

导演想竭力保持心平气和的声调,但没有办到。他扳着手指头向男主角证明:

"第二:创作自由……"

可是喜剧演员烦恼地叫道:

"等我死了,地球上就会像从来没有过我这个人一样……"

"千百万人都可以这么说……"

"啊?千百万人!"喜剧演员冲着导演的脑门嚷嚷。

"我想按照我心灵的要求生活……"

"随您便!我不阻拦您。但是我说:第二……"

"您已经说过第二了……"

"对不起!请问……"

"好。您要问什么,先生?"

"您能改变感觉的规律,能改变关于太空和宇宙的思维吗?"

男主角终于大发雷霆了;他用一个猛烈的动作把什么东西从身边推开,高声喊道:

"让宇宙见鬼去吧!宇宙就是我,就是人!②"

导演嘲弄地反唇相讥:

"不新鲜。赫尔曼·海涅老人早就说过了!"

"是亨利希·海涅,"女主角有把握地纠正说。

---

① 舞台工人在讲布景的事。
② 出自德国诗人海涅的《游记选》第三部第三十章。原诗大意是:每一个个人都是与他同生同死的整个世界。在每块墓石下都埋着整个世界的历史。

"问题不在名字上。这儿又不是在排演载有姓名住址的日历本……"

一个又高又瘦的人,像幽灵似的从舞台右幕后边悄悄地走了出来。他身穿瘦窄的、满是油漆斑点的灰工作服,在他那张饱经风霜的脸上方,耸着一头浓密的乱发,这使他活像个正在冒烟的烟囱。他用沉厚的低声闷闷不乐地、懒洋洋地问:

"天怎么装?"①

这种话在另一个环境里说会显得不同寻常;这位显然对什么事感到失望的人的这一不抱任何希望的问题,即使是在此时此地说也是不同寻常的。争吵的人们不吭声了。女主角是个信教的人,她惊讶地挥了一下手;喜剧演员不赞同地哼了哼;男主角急忙把手往大衣口袋里一揣,走到舞台前沿去了;导演却摇晃了一下脑袋,担心地问:

"发生……什么事了?"

"是装月亮呢,还是只装星星?"

"装月亮!"导演懊恼地说,"别太亮了,要像透过雾气似的。左边装个月亮,月亮下边偏右一点装金星,它是晨星,您明白吗?我这可已经是第二次对您说了,您应该留点心!天上,刚好左边,印上了谁的巴掌印,还有一块脏印子,像块甜瓜似的……"

"工人的,"那人闷闷不乐地说。

"涂掉!……"

"两个醉鬼。一个已经睡着了,另一个……"

"一定得涂掉!"

"当然,"那人同意了。他就跟身上有根轴心似的向后一转,隐入后台的阴影里了。

"天文学家②,"喜剧演员说,叹了一口气,坐到一块山岩上,开始把烟丝和卷烟纸摊在膝盖上。导演这时用手掌抚摩着发青的面颊,用

---

① 指装景工作。
② 指装置布景的工作人员。

和事佬的口吻接着往下说：

"咱们开始排吧……咱们是在阿尔卡季和谢拉菲姆那场戏停下来的,莉季娅·亚历山德罗芙娜在哪儿？"

女主角看着台词本说：

"我在阿尔卡季说完'我和你走的是一条优秀人物的道路'这句台词之后上场,我该说：'可是我呢？你不是也叫我和你一同走这条道路吗？'我是用讽刺的口气说这句台词吗？"

导演绝望地摆了摆手。

"根本不是！要不然咱们就不符合剧情所要求的语调了,不,您要明白他必然要对您变心。您逆来顺受,您掩饰自己的痛苦,您也是个优秀人物,被选中来……"

"忍受残酷的折磨……"男主角气愤地帮他把话说完。他仍在激动。不过,他本来就是专干这个行当的。他在舞台前沿来回踱步,两只大拇指分别插在背心两侧上边的口袋里,这使他活像一个正在跳舞的犹太人。他望着观众厅的暗处,哭丧着刮过的宽脸,蹙动着又粗又长、像小胡子似的双眉。

"鬼知道这个剧本写得有多么愚蠢！还想让我相信这个剧本写得才气横溢,充满浪漫主义精神,富有哲理呢……"

"当我高谈阔论的时候……"喜剧演员喷着烟说,但是他突然从头上摘下便帽,将秃脑袋瓜毕恭毕敬地对着侧幕后边的暗处。一个身材魁梧、长着花白胡须、身穿肥大外氅的人,在莉多奇卡的陪同下像只老鹰一样无声地从黑暗中突然走了出来。他用一只手慢吞吞地摘下软帽,露出一头浓密的头发,向女主角微微一笑,露出满嘴金牙,将她的手捧到自己胡子边。

"您好！"她异常高声地说,不知为什么把重音落在"好"字上。

那人向喜剧演员点了一下头,动动手腕向导演做了个致敬的手势,又把自己的胡子捋在一起,用一根手指灵活地把它一甩,让它在胸前散开来,然后平心静气、彬彬有礼地向男主角问道：

"这么说来您不喜欢我的剧本？"

"实话说，"男主角答道，跟怕冷似的耸了耸肩膀，"我们这儿全都这样说。这是演员们一致的……"

"我的剧本写得没才气吗？"

"没有，当然……这就是说，我想说，一般地说，这是一个现代剧目……"

"一般地说！"喜剧演员说，意味深长地翘起一根手指头，想以此来为同伴解围。

男主角感到自己像个站在校长面前的中学生，胆怯起来。他为自己的胆怯感到羞愧，想克服这种胆怯，于是挺直了自己保养得很好的、已经有几分发福了的身子，像在列队中的兵士一样，挺起胸膛。

"事情在于全部剧目，"他说。他边说边舐嘴唇，所以咬字不清。他皱着眉头，不时看一眼同伴们，心里想：

"这群鬼东西……"

作者站在他面前，用一块麂皮仔细擦拭夹鼻眼镜，面色严厉地听着，导演飞快地对喜剧演员小声说了句什么；女主角把写有自己台词的本子紧紧地卷成一个纸卷，用它轻拍着左手心；莉多奇卡站立在舞台中央，煞有介事地在自己的手提包里翻寻什么东西；男主角感到她正使劲儿把自己的半条胳膊往皮包里塞，他也将自己的双手使劲儿往裤兜里一插，心里恍然大悟：

"准是她告密了……"

作者擦完眼镜，小心翼翼地把它戴到发红的大鼻子上，以一种折磨人的安详态度等待着什么。导演两个膝盖往外撇着，快步走到作者面前，负疚地说：

"巴维尔·费多罗维奇，我们在这儿争论了一会儿……"

"是吗？"作者说。

"是的，格龙斯基认为一些新剧本……"

这当儿男主角克制了自己的窘态，用一个果敢的姿势从头上摘下

帽子,用几根手指将头发理理松,开始用比他和作者之间的距离所需要的更高一些的声音说:

"是的,我真的觉得……我不能隐瞒……但是,首先,希望能原谅我,要是我尖锐地……"

作者宽厚地微微扬起他那白色的眉毛,稍稍俯下头来。

"我从某一个时期起,情绪容易激动,这个演剧季节非常困难,剧本全是新的,工作繁重……"

"是这样,"喜剧演员说。

"我说的一般也就是这些新剧本……"

"正是如此,"喜剧演员加以证实。

"这些新剧本里有什么新东西呢?爱情与死亡、死亡与爱情。只有一点是新的:可以说,就是主题是赤裸裸的。给人一种奇怪的印象:人们光讲爱情和死亡。"

"但是既不会爱,又不会死,"女主角小声提示说,突然感到自己的处境像一个因为害怕孩子挨别人的巴掌而自己连忙打孩子的母亲。

"别类的主题:功名心呀,对成功的渴望呀,热心于冒险和发财呀,报仇呀,以及其他许多主题都被放到一边分。完全把渴望幸福的人们给忘记了,就像世上没有渴求欢乐的人一样。当代剧目把生活写得太窄、太简单化了……"

作者留神地听着,这越发鼓励了男主角娓娓动听地发表议论。他嗓门越来越高,感到自己的思想犹如春日的溪河一样奔流不息。他稍事停顿,深深地叹了口气,就在这当儿,作者用柔和但却冰冷的声音插话说:

"我看过,并且记得那篇文章,您所引用的话跟我看过的那篇文章一字不差。"

"文章?"男主角问道。他倒换了一只脚,挥动着帽子。"为什么您以为是文章上的呢?"

"那篇文章是在我的话剧《伪币》首演后发表的。我甚至将它保存了下来,虽然我一般并不保存评论文章。后来我结识了那篇文章的作者,一个年轻人,也是属于那类过早地要与在他之前所做出的一切都决裂的人……"

作者讲得心平气和,甚至像不屑于讲这些话似的。他那张仪表优雅的面孔也很平静。但是女主角熟悉他那双美丽的眼睛里虽然伪装得很巧妙、但仍然一览无余的空虚神色,熟悉他各种各样随机应变的眼神。她透过染成黑色的、加长了的睫毛望着他,叹了口气,想道:

"从前他想伤害我的时候,就是这么说话的……"

"我没看过。"男主角面带窘色,他刚要说下去,喜剧演员用肩膀把他推开,用一种惯于央告人的从容不迫的语调说:

"您知道:我们想演点让人开心的戏,我们演苦戏已经演够了。您是有才华的,可以说,您是位建筑师、建设者,给我们随便写点令人开心的东西,这在您又算得了什么呢?嗳,哪怕是一点点,一丁点!我们把它演出来,就能让人们学会珍惜每一丁点的欢乐……"

"以便唤醒对巨大的欢乐的渴求,"作者殷勤地接茬说。他在胡子下面暗笑,马上用手摸了一下脸,敛起了笑容。"我明白你们的意思:你们认为可以把一个打兔子的老猎人改造成为一个勇敢的猎狮者。但是,你们要知道,如果谁已经习惯用散弹打……"

作者绝望地耸了耸肩膀,重新把脸转向男主角:

"我认为:读这类文章,不应该忘记父与子之间的永恒的分歧……"他叹了口气,皱着眉头,不乐意地补充道:"还应该想到人子①,他徒劳无益地企图改变天父的法则,用爱的法则取代斗争的法则。"

男主角气鼓鼓地在手里揉着帽子,导演站在舞台中央,在莉多奇卡面前蹦蹦跳跳,正在教她什么,可她却在专心致志地剥着橙子;喜剧演员卷起了第三支烟,无聊地、死乞白赖地装傻:

---

① 人子指耶稣。他自称人子(见《马太福音》第十六章第二十七节)。

"在我们这个时代,要是写出了什么光明的、愉快的东西,就会大——大获成功……"

"是的,是的,当然是这样!这对作家说来也有好处。愉快的故事与民主的原则非常有好处:有民主色彩的作品销路最广。"

"他与大伙儿多么格格不入。他脸上的表情多疲倦啊。"女主角用眼睛盯着作者堂堂的容貌,想道。她困惑莫解地、几乎是惊讶地感到:她心中产生了对他的敌意,她本来以为早已消除、早已熄灭了的那种敌意。她本不想让这种敌意增长起来,但这时她忆起了一桩往事。有一次,当她半裸着身子坐在他膝盖上时,他打了个呵欠说:

"是的,爱情,这太多了!但是如果想到,作为生与死的惟一代价付与人们的只有这爱情……"

他的呵欠比他的话更令她难于忍受;她称这种话是"鬼话",这种话几乎没有刺伤过她。

但是现在这种多余的、敌视他的感情使她难过。为了立即克制住这种感情,同时也为了帮助受窘的男主角,她突然很快地、激动地说了一句:

"这儿我们讲的是艺术的极限……"

作者惊讶地扬起眉毛问:

"真的?讲极限吗?"

"我不是那个意思。我讲的是艺术的专横,它的……怎么说呢?它的权利,还是什么来着,我讲的是作者描写生活黑暗面的权利,讲的是小说家们、剧作家们把观众、读者的注意力都集中在罪恶的、令人痛苦的、折磨人的事情上,讲的是你们这些作家们都只搜集人们的罪孽……"

她竭力不让敌意有所流露,但是这种满怀敌意的感情在沸腾,涌到了嗓子眼里,充溢在言辞之中。作者漫不经心地说了一句话,使这种仇恨的感情更加炽烈了。

"是讲的专横吗?莉季娅·亚历山德罗芙娜对这次谈话的意义理

17

解得可不大一样。她说……"

"打小报告了，"男主角冷笑了一下，小声嘟哝了一句，"我早知道是这么回事……"

"我们谈到当代作家们用些廉价的、人人都已经厌烦了的素材来创作自己的作品。他们高声叫嚷不必描写事实，叫嚷艺术家灵感的独立性。结果怎样呢？他，格龙斯基说得对：他们做到了的只不过是把爱与死的主题写得赤裸裸的罢了。"

"您所谓的专横就体现在这里吗？"作者问。

"不仅是在这方面……"男主角感到女主角匆忙之间讲的话不够清楚，而且他自己也想讲讲，就插言说。但是导演急忙跑了过来，因为他觉得该在作者与反对者之间当和事佬了。莉多奇卡跟在他后面飘飘然地走着，在她那淡淡地画过眼圈的眼睛里闪着挑衅的目光。导演跳到作者身旁，指手画脚地讲了起来：

"我反对他们的看法；我说：你们奴隶般地屈服于自然界的专横，屈服于你们本能的专横，屈服于社会环境的暴力，最后，屈服于任意创造所谓事实逻辑的理智的暴力，而正如人所共知的一样，事实根本就没有逻辑。"

他摇头晃脑，用一根手指头在空中画些奇特的图形、圆圈，并且不停地说些话来补充这些暗号，他的话里同时带有气恼的情绪和真理必胜的意味。

"巴维尔·费多罗维奇，我说过，咱们的认识不具有绝对真理的价值，对我们说来它只不过是使大自然的力量屈服于我们实践目的的一种手段；我说过：我们生活在一个我们自己虚构出来的、人为的世界中，甚至我们引以为荣的科学也只不过是一串虚构的思想。我曾经想说服他们：在这一切都专横的世界上，艺术家的灵感有着不容争辩的、甚至可以说是神圣的权利……"

导演从中汲取这些高论的书刚问世不久；他买了这本书，读后就珍藏起来，对自己的朋友秘而不宣，与他们聊天时，把书中的思想当成自己个人的论点大加宣扬。作为一个比较诚实的人,他意识到自己并不理解作者,但是由于自己职业的需要,所以也学着哲学家们可资借鉴的榜样,认为自己也有能力、有权利向大家解释作者神秘的意旨。

"我一点儿也听不懂!"女主角喊道,她很乐意把她对作家的愤怒与反感也分给导演一部分。"这对我说来太费解了。而且我也记不得您在这儿说过这类话。您不过是刚刚把它们臆想出来,好在作者面前炫耀您的博学而已。要干这个请另找时间,现在请别打搅我!"

作者面带微笑,环视了一下,导演察觉到他的目光在寻找什么东西,就将一把椅子推到他跟前。女主角在圈椅上坐得更安稳了,她接着说:

"我们谈到,净演些乏味的戏有多无聊,天天都在折磨自己,这真让我们大家都腻味透了……"

导演提醒她说:

"您向来是不吭声的……"

她没有理会他的话,也没有听出他话里的埋怨。作者的平静激怒了她,这平静似乎在说:这个辜负了她的人,不承认存在着审判他的权利,可她现在却非常热烈地想对他证明:他在全世界面前是有罪的。她已经不觉得他倦容满面了,她只感到这面容是骄傲自大厌恶一切的。他的眼睛是没心没肝的自私鬼的厚颜无耻的眼睛。他坐在剧场里一把满是灰尘的破椅子上,就像坐在宝座上一样,很不雅观甚至很不文明地大叉开双腿。莉多奇卡文雅地一瓣瓣地吃橙子,虔敬地望着作家。女主角觉得莉多奇卡那张干瘦的小脸上做出的甜蜜的表情是虚伪的。

"你骗人!"她心里闪过一个念头,"你骗人。他老了。"

男主角明白,马上还轮不到他讲话,于是戴上帽子,双手交叉在胸前,摆出个一副石雕像的姿态,默不作声地听着,用浓眉下那双充满敌意和报复欲望的魔鬼似的眼睛望着作者。喜剧演员坐在山岩上抽烟,感到无聊。导演却坐到桌子上,做出一副坚决拒绝帮助人们去弄清他们自己存心制造的混乱局面的架势。

"不,巴维尔·费多罗维奇,您真的不感到奇怪吗?您,您坐在相当安逸、舒适的环境里,瞎写些小说或者剧本,拼命收集日常生活里不愉快的事情,想把它们提炼成悲剧,并且常把偶然性提到必然性的高度。人们的不幸、错误、卑鄙的行径是您的素材。您考虑过没有您的作品产生的后果?这后果可以说就是您的无病呻吟使生活变得更加灰暗,在无意之间、在不知不觉中用绝望毒害了读者与观众。当然应该提到所谓"创作上的苦恼"。我不知道艺术家的苦恼有多大,但是我对这些苦恼怎样在他的亲朋好友之中、在他周围人们的身上反映出来却知道得一清二楚。您大概不准备否认我了解的这些情况……"

作家彬彬有礼地微微一笑,用手臂做了个平稳的姿势,表示他不准备否认,可是女主角感到走题了,就又多了一句嘴。

"您用无病呻吟毒害的青年……"

一个长着大胡子的木工在台上走动。他身穿深色衬衫,束一条灰色围裙,头上反戴着一顶制帽,帽子拉得那么低,以至他的耳朵都被压下来,警觉地支棱着。他走路就跟在冰上行走一样,两条罗圈腿不和谐地往两边迈。手中的折叠尺像蛇一样蜿蜒着。木工瞎撞到喜剧演员身上,自信地对他说道:

"伊凡·斯捷潘内奇,我也是个怪人……"

"嘘,"喜剧演员嘘他。

"没事。我老婆生了。"

"是男孩子吗?"

"那还用说!"

"你因为这才喝醉了?"

"为这!"

"小点声,"导演说。

"不碍事!我也是个怪人……"

"我们演您杜撰出来的这些东西,我们是表演给人家看的人,是注定要把自己的思想感情倾注到这个黑窟窿里的人,我们有不容置辩的权利来质问您……"

"我冲着您笑一笑!"木工像说梦话一样,他身子摇晃了一下,收起折叠尺,把他塞到胸前的围裙里。

"您的这种艺术到底有什么意义?"

"提得对,提得对!"男主角叫喊的声音这么大,以至木工的身子又摇晃了一下。他挨着喜剧演员在岩石上坐了下来,拉着长腔问:

"对吗?"

说完,他的身子又摇晃起来。他醉醺醺、怒气冲冲地沙哑着嗓子说:

"我才不笑呢!我要给她那个瘦鬼一点厉害看!"

"把他弄走,"莉多奇卡厌恶地对导演说。

"她又生了吗?我冲着你……微一微笑!"

木工扬起拳头,捶在自己的胸口上,围裙里面发出木头的折裂声,大概是折叠尺给打断了。

"我根本不是个怪人!"他叫道。他被喜剧演员和导演引往后台,又哭又叫,像匹马似的咴咴叫着。"你骗我一次,骗我两次,可是第三次,你等着瞧吧……"

作家笑眯眯地目送他离去,将手腕举到眼前,看了看表,对女主角说:

"我认为,我已经足够耐心和恭顺地听取了这儿讲到的有关真正人性的全部谈话。安娜·卡尔波芙娜,请您原谅我不得不打断您有趣的幻想。不过这幻想也已经全部结束了。再说,过一刻钟我必须到城那头去。我简短地回答您的问话,而且,不用说,又没有什么独创的见解,这一点也得请您原谅。在这个世界上,正如您所知道的,连偶然性也没有新奇之处。"

他说话时用的是坚信别人一定会对自己的言谈洗耳恭听的那号人的腔调。当然,他自信讲得既不落俗套又意味深长。他那张表情优雅、气度温存的脸绷紧变僵了,因为他皱起眉头,知道这样可以使他的额头显得更高,脸上会添上几分庄严神情。

"他就要光火了,"女主角心里思忖。她在圈椅上坐的更安稳了。

"有一段时间,"作者叹了口气,继续说,"我也曾感到自己是个演员,就是说,也是那种只要把自己的才能与灵感的力量注入戏剧里,就能使作者的剧本更加深刻、美好,总而言之,能使它变得更加完美的演员。如果我做不到这一点,我也会感到压抑、气恼,也乐意对旁人发点牢骚。现在我仍然感到我没有能力使生活尽善尽美,但是我对这点已无怨言,因为我怕生活的创造者鄙视地对我说:'傻瓜,我的剧本也没写好,可是我却从不吭声。'"

作者又叹了口气,这叹息既漂亮、又得体,女主角不无懊恼地自问:

"他为什么不发火呢?"

"咱们先把剧本为什么不成功这个问题搁在一边吧。这是因为作者不够聪明、缺少才气呢,还是由于演员不会表演呢?我由于某种原因,被注定做一个得猜透生活意义的人,做一个生活的现象的编纂者。由于上述同样的缘故,我不能做一个沉默的见证人。再说,也不可能这么做。我不得不讲述怎样看人,怎样理解他们的悲哀,怎样体会他们的痛苦……"

他耸了耸肩膀,对用心听他说话的喜剧演员说:

"有可能,我也同样犯了盲目追求欢乐的毛病……"

"没那回事,"女主角心想。

"我愿意将这种盲目性看作全体人类的病态的缺陷……"

他微微眯起眼睛,望了望黑魆魆的口袋似的剧场,望了望那盏红灯,又回过头来在舞台昏暗的灯光里寻找着什么。

"我虽然看到,人们身上有许多可笑之处,但我不觉得自己有能力创造出'令人开心的'作品。除此之外,我感到,'令人开心的'作品像伪币一样。凭良心说,我没法让人们相信,当他们把短暂的、不可靠的欢乐当成对他们成年累月遭受的确实令人苦恼和悲伤的凌辱所给予的报偿时,他们是胜利者。你们知道,我总觉得似乎有一个狡猾的人想用'令人开心'的玩意儿来收买我,让我有时忘却生活是多么不顺当,人们有多么不公平……"

"难道他变得能完全讲真心话了吗?"女主角思忖着。但是他——她过去的情人,说得既明确又沉着:

"生活之所以令人生厌,并不在于死亡使其猝然中断,而在于每天的生活都使人感到屈辱。我们这些为自己的理智感到骄傲的人把生活安排得太糟糕了。我们的理智越来越成功地创造和扩大着外部安逸舒适的环境,但是对我们在互相忍让方面所给予的帮助却越来越少了。对,对,我只谈忍让。"

"好像真的只有忍让似的!"女主角讽刺地想道。

"在《优秀人物的道路》中我描写的是一个由我杜撰出来,但现实生活里可能存在的人。他认为恶人与善人同样不幸,因此他不能谴责任何人,也正因为如此,他与'亲友'格格不入;他们因为他生性不能当法官就把他当成了罪犯。"

"那您就应该把这个剧本改名为《被流放者的道路》。"男主角冷笑着埋怨道。他认为这位作家是个冷漠无情的、只会写一些逗笑的人物招徕观众的行家。他突然高兴地感觉到,看来这个被生活宠坏了的人还没有完全丧失体验悲伤与痛苦的能力。男主角喜欢找他认为是强者的人身上的弱点。这恰是人人都乐意承认的一种缺陷。只有伪君子才在心里承认,表面上却还装出一副悲天悯人的模样,惋惜什么'破灭了的幻想'。"

作者立即证实了男主角的猜想;他接着说:

"不能把阿尔卡季的情绪理解为厌世情绪,虽然在刽子手和刑讯者横行的社会里,有厌世的情绪是十分自然的。这些刽子手和刑讯者,钩心斗角,相互摧残,实际上只不过是因为他们这一手学得比别的人更内行罢了。"

这时女主角也产生了一种类似"道义上的满足"的感觉。

"啊!"她心中喊道,"你也有痛苦吗?你这是活该!"

跟所有的妇女一样,她这位菲米斯女神①的远亲,也更加严厉地板起了面孔。

"但是厌世情绪还不是我的毛病。我没有把塑造某种'理想人物'当成自己的目的。不,'理想人物'是在探索真理的过程中用语言艺术虚构出来的人物。我曾想到过天父之子,不管是上帝的利益还是帝王的利益对他说来都是格格不入的。他只感到人是可亲可近的。"

作者冷冷一笑:

"的确,我非常想塑造出一个完人,瞧,我正在尝试……我的主人公是那样自信,以致感到自己身上产生了一种新的、还处于朦胧状态的、但是是拯救人类的、真正博爱的力量。当谢拉菲玛对他说……"

莉多奇卡连忙做出活泼可爱的笑容,念了自己所扮演的角色的台词:

"'当人类重新苦苦思念人的时候,你将会回来的。'"

"谢谢您,"作者不太客气地说,"不过谢拉菲玛对他说话时应当称'您'。他回答说:'为了要用新的火焰把自己点燃,我走了。这新火焰的星星之火已经在我迷蒙的灵魂里闪闪发光。当它燃成熊熊之焰时,我将回来。'我不能把这个剧本叫做《被流放者的道路》,因为主人公是按照自己的意愿离去的,正如您感到自己神智健全,就自愿离开疯子一样。您认为我的剧本写得蠢……"

"我不是已经道过歉了吗?"男主角提醒说。

"如果您再加上一句'像生活一样蠢',那我就情愿同意您的话。这比较公平,对咱们大家来说同样不愉快。"

作者摘下帽子,用手理了理白发,把手指插进胡子里,继续沉思地说:

---

① 菲米斯是希腊神中一手拿秤、一手执剑的司法女神。

"我想,我还应当同意:艺术是专横的……"

"是我说的!"导演骄傲地说。

"艺术塑造出来的人物比大自然创造出来的更有意思,您也可以说,正因为如此,艺术歪曲了人……"

"幸福的人是不会冷嘲热讽的,"女主角想起了这句话。

作者冷冰冰、干巴巴地沉思着说,艺术像科学一样是奇迹的世界,艺术与科学具备同等的价值:这两种力量都在混沌的生活的现象中探索意义。哈姆莱特同"物质不灭定律"一样,也是一个假说。艺术家的预见与科学家的假说同样具有远见性。二者在认识过程之中都有对真理的神秘预感。在这两种情况下,所谓真理不过是体现人类创造力的结果。艺术与科学同样具有洞察力和引人入胜的魅力。

"我认为,在艺术家和学者的创造活动中,'冷静的理智'起的作用是神话一般的。"他说,但自己心里想的却是:"我说这些干吗呢?"

同所有为剧院写剧本的人一样,他的体会是,又要依靠演员,又不喜欢他们。每次和他们会面,他都产生了要显示自己比他们高明、比他们有教养的愿望。就是现在,这种愿望也在左右他,但他不愿承认这一点,不愿在自己心目中贬低自己。总之,由于他真心相信艺术家不是采万花之蜜的蜜蜂,而是更像用自己体内——只用体内的东西来编织非同凡响的、美丽无比的蛛网的蜘蛛,因此他对待所有的人都非常傲慢。

记忆突然捉弄地提醒他,这个比方正好是他和女主角第一次发生口角的原因,她害怕蜘蛛,便带着厌恶和反感的神情坚持说,这个比喻不美,因而不确切。她所说的"因而"二字特别惹他生气。接着,记忆生动而迅速地在他眼前重现出过去的一幕:夜,秋雨冲洗着窗玻璃,他那狭小的房间里的桌子上亮着一盏罩着天蓝色灯罩的台灯,灯光透过灯罩,使那间弥漫着烟草烟雾的房间里充满了闷人的、蓝色的迷雾。他刚刚念完一篇自己新写的、没有生气、不成功的短篇小说,羞愧地将手稿扔到桌子下边,在房间里走来走去。他看不起自己,痛苦地意识到自己缺乏想象力,语言苍白无力。他感到从来没有像那天夜晚那么对自己充满了敌意。她身为他的朋友、他当时最亲近的人,批评那篇短篇小说时,态度和蔼,用词审慎,他觉察出在这种审慎的后面隐藏着一种使他感到屈辱的怜悯。

"对准脑门子来一枪,对准脑门子来一枪吧,"他一面和着脚步的拍子反复地说,一面责骂自己:"没才能的畜生。叫花子。对准脑门子来一枪吧!"

女主角那时躺在沙发上,沉思地盯着天花板,看来她已经把一切安慰他的话语都说尽了。这种安慰的话语本来就不多,它们散在房内的烟雾之中,未能减轻作者绝望的心绪。突然又传来她那非常令人难以忍受的话语。她唉声叹气地说:

"现在什么都做得糟透了,你瞧袜子,才穿过两回,后跟就破了……"

他还在下意识地讲着艺术,但心里却在想:

"是的,她是有这种毛病:不够敏感。也爱吹毛求疵。还有些别的不招人喜欢的、甚至叫人受不了的地方。也许,好些事是由于她害怕失掉我而产生的。但她毕竟是一个好女人,一个有趣的人。"

但是当他要回忆与她相处或从她那儿感受到的什么美好东西时,他记得起来的只有她的抚爱。他绞尽脑汁才想起一个可笑的场面:那是她——他心爱的女人,两肘支在膝盖上,两手捂着脸,一动不动、郁郁不乐地坐在屋角的一张椅子上。他在她身旁忙碌着,想找话逗她高兴,跟她讲和,因为是他说话不小心伤害了她。他想了半天,终于找出话来了,他高兴地对她说:

"纽拉,你知道吗?早在耶稣诞生前五百八十年就有人制造伪币了。那是意大利的亚该亚人……"

"什么—么?"她惊奇地问道,突然哈哈大笑着扑到他身上,抱着他,笑得喘不过气来,大声叫道:"上帝,他多么可笑啊,我的这个亲爱的……上帝呀!亚该亚人……哎哟,笑死我了!"

后来他俩并排坐在沙发上,他抚弄着她的头发、吻着她冰冷的小耳朵,埋怨自己,埋怨她和所有的人。他们相互之间是多么不理解,彼此相待是多么欠考虑,多么不经心。

"是的,"她伤心地同意道。"总而言之,人坏透了……"

她一边爱抚着他,一边补充道:

"特别是这个阴险的女人奥莉加!你不该对她那么殷勤,真的,她没有才能……"

作者难过地苦笑了一下,一边继续往下讲,一边谛听着自己的讲话;这些话听起来既无必要,又无内容。

"应该讲讲剧本,"他提醒自己,但又感到,他并不想去分析剧本。

他的听众全都感到无聊,人人都像在发呆。只有导演神气活现地噘着两片厚厚的红嘴唇,摇摇伊斯兰教徒的缠头巾似的浓密的头发,表示同意;他感到人生乏味,需要辛辣的调味品,因此他喜欢乖僻的议论。

女主角感到作者的话是多余的,甚至有损他的身份。他关于剧本讲得太少,因此给人留下这样的印象:似乎连他自己也不明白自己写的是什么东西。这儿的人,除她之外,谁想象得出他是怎样想入非非的呢?

喜剧演员坐在岩石上打盹,不介入他们的谈话。莉多奇卡在一小块、一小块地剥橙子皮,把它们往台上乱扔。她比旁人更加讨厌这场没意思的谈话。作者不像平常那样注意她,说起话来像个陌生人似的,看来,那些话也不是讲给她听的。

男主角却为科学感到气愤,便开始激动地向作者不断提起度量衡、曲颈瓶、化学家的实验室,他对这一切的理解可能不亚于地老鼠对云雀的歌声的理解。他刺耳的叫喊激怒了女主角。她早就发觉她的情绪在奇怪地、惊慌不安地波动着。一会儿她想让这个老朋友吃吃苦头,一会儿又可怜他,她自己也搞不清楚:她究竟更想哪样?她记起来了,在想到上帝时,她也往往被要羞辱这位作者的念头所诱惑。作者摇头晃脑地对男主角说：

"请您把洪堡①的《宇宙》与托尔斯泰的《战争与和平》比较一下，或者把巴尔扎克的《人间喜剧》与达尔文的著作比较一下，您就会更加理解我的有关艺术与科学内在联系的这一思想了。而且艺术与科学并不依赖于'健全的理性'。理性是通过技术、道德，也可以说是通过评论表现出来的。人类力求超过野兽，力求理解与美化孤单的人们组成的这个残酷的、四分五裂的世界，这一愿望具有强大的力量，也只有这个力量在唤醒艺术与科学。孤单的人们在人类本身的环境中孤单到了可怕的程度，而在他所不理解的、我们称之为宇宙的环境之中，就更加孤单……"

木工从后台探出身来，挥舞着手臂，用醉汉的哭声喊道：

"高兴吧，表演吧，可我……你别拽我！"

一个看不见的力量把他往远处拽，从那边传来沉重、急促的沙沙声和低沉的叫喊声：

"放手！我想做个怪相……你们是为了挣钱，可我愿意免费表演！……"

喜剧演员精神为之一振，跑进后台，但是男主角仍在气愤地嘟囔着奇迹与魔术之间的差别。作者严肃地打断他说：

"我不要魔术，也没谈到过奇迹。我知道，只有人类的力量——对劳动的热爱、思想、想象力能创造奇迹。如果再追求其他的奇迹，那不过是想使宗教信仰死灰复燃。期待神话里出现的奇迹是缺乏信仰的表现。"

"他为什么要讲这些话呢？"女主角已经是怀着初识此人时的忧虑心情在思考了。那时，当他孔雀开屏似的在她面前炫耀自己的幻想时，她为他的目光、他的声音所倾倒，感到自己犹如置身于圣殿之中。在那儿，他像一个孤单的祭司，在给一个她看不见的神做奇怪的弥撒，

---

① 亚历山大·洪堡（1769—1895），德国自然科学家，地理学家，近代气候学、植物地理学的创始人之一。主要著作有《宇宙》五卷。

她觉得她有理由怜惜他这个祭司。

"你们指责艺术家吗?"他说,"当然,这是你们的权利,随你们的便。相互指责并不需要聪明才华,但却使你们开心。如果我说,我对你们的指责与判决丝毫无动于衷的话,请你们不要见怪。我爱自己的作品,对自己的想象力崇拜得五体投地,尊重我的富有人性的思想。这令我十分满意,此外我一无所求,也无所期待……"

"是这样吗?"女主角怀疑地想道,莉多奇卡却装出一副茫然不解的脸相。

"这里刚才用讽刺的口吻讲到创作的疾苦。好吧,咱们不谈疾苦,来谈谈一个用木头做了个儿童玩具的木工,看到玩具没做好时所产生的懊恼的心情吧。即使说,创作的疾苦是不存在的,我们只记得有阿基米德的欢呼①,只记得有疯子尼采的欢乐的舞蹈吧②。但是,不管怎样,难道艺术家不该得到对他个人更多的尊重吗?在这黑暗的大千世界里,在这审判一切的法庭上,他永远是被审判者。他想解释什么,想求得人们的谅解,想呼吁他们宽宏大量、大发善心,他相信,越是大声疾呼,越是经常对人们谈慈悲、讲同情,生活就会变得越好。他终于用自己想象的锦缎织造出另一个更加人道的世界……"

他不说话了。遗憾的是,人们总是过于清楚地记得在他们与别人的争论中体会到的一切凶恶、冷漠、伤脑筋的东西。现在这一切突然涌进他的心头,涌进他的脑海。往事如潮,纷至沓来。"生活琐事"这团可怕的乌云,以及那些吸吮并毒害人们血液的毒虫所聚集成的可怕乌云使他目眩头晕,使他苦恼,使他疯狂,引起他对人们的鄙视,使生

---

① 古希腊数学家阿基米德(公元前287—前212)在发现液体静力学的基本定律时曾欢呼道:"我找到了!"
② 德国唯心主义哲学家尼采(1844—1900)在歌颂古希腊神话中的酒神狄俄尼索斯时,说他体现了悲剧式的欢乐,令人心醉神迷,"我"因而不再为生活中的惨事和忧伤所苦恼,管自沉溺在某种忘我的境界中。尼采管这种哲学叫"欢乐的科学"。在《查拉图斯拉如是说》一书中,他将哲学研究或抽象的推论比做舞蹈。此处所说的"欢乐的舞蹈"即源于此。

活变得毫无意义,使工作受到妨碍。他想喊出一些伤人的话来:

"我不是机器人,我不是一个能自动消化掉你们卑鄙行为的胃,我是一个人!"

"叫喊?抱怨?"他克制住自己,冷静了下来,他记起自己塑造的一个角色的台词:

"彼得,你是个正派人,你会默默地死去的。"

为了克制住强烈的愤懑,他闭上了眼睛,两只手的手指紧紧交叉在一起,但仍然斩钉截铁地说了下去:

"你们说:他写作的时候用的是廉价的素材。我很高兴听到你们说,痛苦和苦难是不值钱的。我也这么想,人们你吃我我吃你,吃的时候还加上早就该引起他们生理上的厌恶的佐料。但是,既然我从你们的生活里选取素材,我就要选用你们最好的素材,而在你们的所有作为中,最成功的就是受苦受难,这并不是我的过错。我渲染得太浓了吗?这正是艺术的职责。难道你们在现实生活中遇到过具有苔丝狄蒙娜①或者贞德②的那种情感的女人吗?难道你们遇见过像雅典的泰门③、堂吉诃德和彼尔·金特④那样的男人吗?我给予人们的聪明才智与思想感情在分量上实在比他们在现实生活中从天赋中得来的多得多……"

"您已经在用上帝的口吻讲话了,"男主角闷闷不乐地嘲弄道。

"也许是。上帝也是个艺术家嘛,他也是用廉价的材料创造出世界的。他也被认为是一个失败的创造者,我讲话为什么就不能用和他一样的语言呢?"

"您是无神论者呀,"男主角提醒他道。

"是的,但是我的世界是想象的世界。在这个想象的世界里用幻

---

① 莎士比亚名剧《奥瑟罗》中的女主人公。
② 贞德(1412—1431),百年战争中抗击英国侵略军的法国女英雄。
③ 古希腊雅典的著名富翁,一个厌世者,他的名字后来成为厌世者的通称。
④ 易卜生的同名诗剧的主人公。

想创造出来的神和英雄，像由女人生下的扫烟囱的清洁工和卑鄙的小人一样，享有同样合法的地位。在我看来，上帝不是听凭人们把对生活、对彼此的怨恨都往里扔的垃圾坑。在我看来，上帝是人们衰弱的想象力创造出来的一个最可悲的创作，一个最模糊不清的形象。只有艺术的力量才使地球上的一些孩子们觉得他色彩鲜明、栩栩如生……"

作者站起身来，向周围看了一眼，干巴巴地说：

"我大概把你们累苦了吧。我早该走了，我已经不能继续看你们排演了。"

"真遗憾！"莉多奇卡叫了一声。

"是的，"男主角说，"遗憾！可您说得……不太清楚，您知道，还有点自相矛盾……"

"有什么办法呢？"作者耸了耸肩膀，叹了口气，"我只有一个办法：记着阿拉伯人聪明的谚语：'骆驼不渴，逼着它喝水是愚蠢的。'"

他讲这话时，感伤多于气恼，但是女主角仍然想道：

"到底还是把他给气炸了！"

作者吻了吻她的手，面带微笑地问：

"但愿我没得罪您。"

"得罪我？没有！"她自信而又匆忙地回答。

他离开她，向迅速冲他跑来的莉多奇卡走去，男主角却一肚子不高兴地目送着他，嘴里嘟囔：

"他也许能成个不坏的律师……"

导演噘着嘴，仔细看了看手表。睡醒了的喜剧演员打着呵欠，女主角把帽子拉到额头上，从宽帽檐下边注视着莉多奇卡和作者交谈，心里狠狠地想道：

"小姑娘，等着瞧吧，你会倒霉的……"

"嗯，是呀，"男主角说，一边目送着作者，"还是见怪了，没跟我道别。他这句阿拉伯的谚语，简直是句蠢话。九成是自己编出来的，却

31

栽到阿拉伯人身上。"

"怎么样,排演吗?"喜剧演员伸了伸懒腰,问道。

"开始排吧!"导演一本正经地下令说,"请吧,诸位!排阿尔卡季与谢拉菲玛这场戏……"

莉多奇卡用鞋后跟打拍子,高高兴兴地瞅着台词本子,念起台词来:

"'您越是和大伙儿格格不入……'"

"不是这样!"导演生气地嚷道,"有什么可高兴的,您想想吧!"

"但是,要知道,我得到他了!"

"蠢货,"女主角心想。

"我的上帝,您什么也没有得到呀!……"

"唔—唔。"喜剧演员眉开眼笑地冲着男主角眨巴眼睛,哞哞地哼着。"咱们尊敬的那位发火了,嚷嚷了好一阵子,可还是没把戏停下来。"

"请注意!"

"得活下去呀,伊凡……"

"嗯,是呀。因此咱们什么都得干……"

"注意,注意,诸位……"

但是喜剧演员仍然用嘲讽的、难听的鼻音又哼了一遍:

"他大发雷霆,可是要取消这个剧目嘛,又下不了决心,嗯—嗯……"

孙新世　译

蔚蓝的生活*

康斯坦丁·米罗诺夫坐在窗前,望着街道,试图不去思索。

风儿驱散一缕缕宛如羊毛似的灰色浮云,把天空打扫得干干净净,又将未经铺砌的街道上的尘土吹得附着在地,形成一条条齿状花边,而后便如同埋进尘埃里一样停息下来。飞来一群麻雀,像小皮球似的蹦来蹦去,叽叽喳喳叫个不停,忙忙碌碌地啄着一个被砍下的公鸡脑袋,拔着脑袋上的羽毛。从罗扎诺夫家的门槛下爬出一只独眼黑猫,它伏在地上瞄准目标,纵身一跃,但由于没捉到麻雀,使用柔软的爪子扒拉一下鸡头,衔在嘴里抖了抖,随后便慢条斯理、神气活现地摆动着尾巴,带着猎获物钻回门槛里去了。

受人尊敬的伊凡·伊凡诺维奇·罗扎诺夫用棍子赶着一头棕黄色山羊,沉沉稳稳地走来。城内响起召唤人们去做晚祷的钟声,罗扎诺夫摘下帽子,露出他那虔诚的侍神者的秃顶,赞许地望了望清冷的碧空;那头山羊也摇动着胡子,把蹄子深深地插进尘土里站住了。

"这在巴黎是不行的,"米罗诺夫想,"在巴黎,不许赶着山羊在街上走。那儿的人们也不会往窗下乱扔公鸡头……"

在远远的下方,越过一条锡带似的河流,在酒厂的一堆棕黄色建筑物和地方精神病院的灰色斑点似的屋宇后面,一轮胀大了的、昏昏

---

* 本篇写于一九二四年春,最初发表于一九二五年出版的《高尔基1922—1924年短篇小说集》。译自《高尔基三十卷集》第十六卷。

的橙色太阳正向一片沙丘和黑魆魆、毛蓬蓬的桧树丛中落去,它似乎被剃光了头,溜出精神病院,正要躲藏起来。这景象每天傍晚都要重复出现,正如一页被读过多次,牢牢印入脑海的书那样令人厌烦。

为了不去思索,米罗诺夫在明亮的天空上画着一个个表示铁路路线的黑圈:莫斯科——里加——柏林——科隆——巴黎,但是今天的天空容纳不下这些圈圈,于是不得不将五个圆圈中的最后一个或是摆得离太阳很近,或是放在太阳的正中,这样一来,巴黎这个圆点便会令人懊丧地看不见了,而把这个圆点摆在天上是完全必要的;凭借着它,便能像往常一样,立刻在想象中建立一座蔚蓝色的城市,这个城市中充满了庄严洪亮的风琴声、欢快的人群以及种种奇遇,那里的生活简单而又轻松,不含有任何令人迷惘的东西,在那里即使是罗坎博尔[①]这类恶人也难以终生为非作歹。在那里连丑汉加西莫多[②]都具有非凡的魅力。"三剑客"[③]在那里住过。神秘的"鸡埘骑士"[④],以及"奥地利的安娜的三个宠儿"[⑤]之一、勇敢无畏的达维尔在那里活动过。可是这儿……

河岸上有两个人正在用缓缓的歌声送别落日,歌声与教堂中发出的铮铮的钟鸣十分和谐地融合在一起;车夫阿尔塔蒙吼叫般的低音因为距离较远,听来也像铜钟那样柔和。从早晨起,整日里干风呼啸,尘土飞扬,而现在,教堂的钟鸣伴随着歌声,使空气中充满了悦耳的音响,仿佛要在地上和人间彻底建立起一种静静的、乐曲般的秩序。

然而,周末傍晚如歌的宁静并未使米罗诺夫得到慰藉,他心乱如麻,五内俱焚,纷繁杂乱的回忆展现出一幕幕往日的情景,使之不胜压抑。

---

① 罗坎博尔,法国作家庞逊·德·泰尔莱利(1829—1871)的系列惊险小说中的主人公;人们常以罗坎博尔来称呼机智灵活、神出鬼没的冒险者。
② 加西莫多,雨果《巴黎圣母院》中的敲钟人。
③ 《三剑客》,大仲马的著名长篇历史小说。
④ 《鸡埘骑士》,法国作家欧内斯特·卡潘迪(1826—1868)的历史冒险小说。
⑤ 《奥地利的安娜的三个宠儿》,法国作家吕克·夏尔达利的长篇小说。

他初次感到他的记忆竟如此动荡激越,而必须进行思索的负担又如此沉重;这甚至使他害怕,他已经向室内的各个角落张望了多次,似乎要在那微微发蓝的暗处找到那个强迫他回忆与思索的人。

奇怪的是,只须一合眼,昏黑的暮色便开始抖动起来,在它的每一点上都会产生一股小小的旋风,它们时而有如水上的涟漪,一圈圈铺展开来,时而又卷起一根根柱状的黑色烟尘,使得无边无际的黑暗静静地沸腾着,渗出一粒粒汗珠般的思想,随之这些思想又形成一行令人腻烦,枯燥乏味的词句:

"以后我将怎样生活呢?"

如果父亲说,鱼、肉或牛奶"想出了神",那就是说,鱼和肉臭了,牛奶酸了。

父亲去世前不久母亲曾对他喊道:

"你该想一想,傻瓜,你眼看就要死啦!"

他嘲笑地答道:

"可你知道'想'是怎么回事吗?'想'就是擦灰尘。喏,你手里拿着毛巾,用它来擦灰尘,毛巾本来是干净的,可现在脏了。我和你也一样,想得够多了……"

竭力把家里拾掇得干干净净的母亲勃然大怒,大喊大叫地斥责父亲:

"这么说,我是脏抹布了?这么说,我的家里很脏,是吗?"

从那个早晨起已缓缓地过了十三天,那天早晨米罗诺夫到厨房去洗脸,竟在地板上看到母亲的庞大身躯:她侧着身,肩膀靠在炉台上,一只手撑着地板坐在那里,一面哼哼地叫着,一面可怕地瞪眼望着厨房的一个角落。他以为她还醉着,就俯下身想把她搀起来,母亲勉强把贴在地板上的手抬起来挥了挥,像匹马似的打着响鼻又倒在了他的脚下。此后,她哼着叫着又过了四天四夜,仍然不停地挥着右手,似乎要把什么人推开,第五天她重重地掉下床来,爬到卧室一角的矮柜旁,哇地大叫一声便死去了。

一周之内，从早到晚，家里忙忙乱乱的尽是些外人，一个矮小、驼背、总爱生气的护士在几个房间里窜来窜去；那位胖医生叫叫嚷嚷，不停地抽着烟；红胡子、淡紫脸膛的神甫博里斯劈着两腿坐在那儿，向米罗诺夫问个没完，全街人都讨厌的细木匠卡里斯特拉特也在纠缠不休地追问：

"你这个没趣儿的孤儿都有些什么打算呀？"

在巴黎，一个人的去世以及随之而来的一切都要简单明了和有趣得多，并不这样烦琐、可怕，在那里一个女人死了，外人并不来看，自然也不会有卡里斯特拉特这类人。

母亲出殡那天，细木匠提着一罐酸奶油来到街上，用油漆刷子蘸着它，刷起他家花园的篱笆来了。这是干吗？他没有喝醉，而且完全是一本正经地干着这种荒唐事，别人问他在做什么，他泰然自若地回答说：

"在漆篱笆。"

"用酸奶油？"

"我没找到油漆。"

他不声不响，十分卖力地在晒褪了色的灰色木板上涂抹了十分钟左右，约有三十个大人和许多孩子在看他干活儿，后来，受人尊敬的伊凡·伊凡诺维奇·罗扎诺夫走近前来，一脚便把罐子踢碎了。

……医生一面检查母亲的魁梧的身体，一面不三不四、让人生气地说道：

"要是不酗酒，她差不多还能再活四十年。"

米罗诺夫记得，他尽管觉得这话非常粗鲁，但是即刻计算了一下：假如母亲再活四十年，那么到她死的时候，他就要满五十九岁了。那样一来，她想必一辈子都要对他叫嚷：

"傻瓜，跟你爸爸一模一样。"

她定会瞪着她那双大眼，叫叫嚷嚷，一大早便喝得醉醺醺的，手里拿块抹布，重重地顿着脚在各个房间里出出进进，打苍蝇，擦灰尘，弄得到处都是她爱吃的醋渍葱头和泡苹果的气味,而且骂着爸爸。

她骂他是常事,特别是在节日里,当他把测绘员的制服挂在他那高高的、棱角分明的骨架上准备去打台球的时候;他是有名的台球能手,而且一般说来,他在各个方面——说话、做事——都是一个非凡之辈。

在米罗诺夫眼前浮现出父亲的直挺挺的瘦骨嶙峋的身影,胡须又长又稀,下唇底下长着一撮黑毛,他咳嗽着,啐着带血的唾沫,眨巴着笑眯眯的、闪闪发光的深色眼睛,向科斯佳讲述土库曼人、斯科别列夫将军①,以及高加索、基发、布哈拉等地的奇闻;从他的这些谈话中可以看出,他曾是个像鸟儿一样轻佻、无忧无虑、浪迹天下的遨游者。他的左眼下面有一个皱巴巴的红坑,它把眼皮扯了下来,于是左眼看来似乎正在向这个坑里留神张望,父亲说,这是土库曼人给他留下的伤痕。

他从来不同母亲对骂,甚至也很少同她争吵,但是常用一些独出心裁的挖苦话惹她动气,母亲常喊:

"住嘴,米季卡!当心,上帝一定要惩罚你的愚蠢……"

"上帝从来不惩罚人的愚蠢,上帝喜欢傻瓜,"父亲辩驳说。

父亲的话也常使科斯佳不安,它们好像鱼鳞干后贴在皮肤上一样,不知不觉牢牢印入了他的脑海。在黏合一把不知是谁的破提琴时,父亲从琴里取出一根小小的圆柱说:

"这玩意儿叫做灵魂。莉季娅,魔鬼在你身上也放了这样一个小小的轴儿……"

"你胡说,"母亲喊道,"我的灵魂是上帝给的……"

在她的命名日那天,她身着盛装,大模大样地从教堂里回来,父亲送给她一块开司米衣料,但是礼物里面却夹着一张名为《罪人之死》的令人憎恶的绿色画片——一个青面獠牙、吐着火红舌头的魔鬼站在一个垂死者的脚边。

---

① М·Д·斯科别列夫(1848—1882),俄国步兵上将,一八七七至一八七八年俄土战争中的英雄,曾率军远征中亚,并占领了阿什哈巴德。

母亲最初觉得好笑,后来却生了气,午饭时她喝得酩酊大醉,突然放声哭了起来,把父亲叫做:

"我的苦难,我的祸害!"

在她情绪平和的少有的时刻里,她称呼父亲是"魔术师",因为父亲做了一个八音盒,能奏出卡德里尔舞曲《风门》、歌曲《亲爱的妈妈》,以及教会赞美歌《荣归我主》。母亲喝醉了酒把盒子摔在地上,用脚踩得粉碎。科斯佳收起盒子的残骸,藏进阁楼,一再请求父亲修好这个令人惊羡的金木结构物,这个仰仗父亲奇妙的法术既能唱出欢快、悲怆的歌儿,又能奏出庄严乐曲的盒子。父亲说:

"算了吧,这个盒子算不了什么!"

之后叹息一声,若有所思地摆弄着科斯佳的耳朵,又加了一句:

"有朝一日,她要是胀破肚皮,喝酒醉死了,我会做出个很像样的玩意儿的。"

他喜欢做小巧的活计,锯装照片的镜框啦,修理手风琴啦,粘合摔碎的小提琴啦,一面干,一面总是快活地哼着歌儿:

七个苏,
七个苏,
咱们要它有啥用处?[①]

父亲的得意杰作,也是科斯佳最爱惜的东西,就是科斯佳升入文科中学二年级那天,父亲作为礼物送给他的那台地球仪。地球仪很普通,但是父亲在球体的下半部箍了一个洗茶具用的铜盆,并用酸类在上面蚀刻出海洋、大陆、岛屿等景物,极其精致地涂上颜色,又在铜盆上钉了许多钢针,并在围着球体下半部的座架上焊上了一把钢梳。

科斯佳将轴上的地球仪一转,那把钢梳便叮叮咚咚地奏起一支快

[①] 这是法国传奇剧《母亲的祝福》中的一段唱词。苏,是法国当时的辅币。

乐的歌儿：

　　小黄雀，矮胖子儿，你方才，在哪儿？

　　这甚至也讨得了母亲的欢心，她久久地转动着轴上的地球仪，一面醉醺醺地、嘶哑地笑着。可是那只猫却不喜欢这个微微发蓝、叮咚作响的球儿，它咪吆地叫了一声便跑开了。科斯佳在烦闷无聊时总爱用地球仪发出的好玩的金属乐曲来惹猫发火。

　　父亲生性快活，爱开玩笑，不过，想起他的玩笑来，不仅不很可乐，甚至还令人不快。

　　是在父亲去世的那一年，母亲到修道院做祷告去了，父亲把家里所有的门上都装了一个一端带有橡皮球的木笛；门一开，笛子便吱地尖叫一声，门一关，又是一声尖叫。母亲回得家来，这东西把她气得够呛。

　　"魔鬼，你在捉弄我是不是！"她满脸通红，大叫大嚷，而后用那块肮脏的湿抹布照着父亲脸上狠抽了一下，并把所有的木笛全都折断了。

　　父亲怪模怪样、一颠一颠地逃进了花园，他躺在一棵椴树底下的草地上，笑了笑，惶惶地打起盹来。米罗诺夫记得，坐在父亲身边听着他那梦呓般的低语有多么可怕，而望着这个可亲但又不可理解的人，望着他那瘦骨嶙峋的灰暗的脸庞又多么让人心疼。在那一刻，他对父亲的爱蒙上了一层悲伤的阴影，并且不禁对父亲所讲的一生中的乐事统统产生了疑问。

　　也是在那个时刻，他感受到一种使人永志不忘、能塑造人们灵魂的印象：在椴树的绿叶繁花之中蜂群嗡嗡地叫着，这种持续不断、有如琴弦发出的音响，将暑天里所有其他零零落落的声音吞没，升入寥廓的碧空，化作了一支奇妙的乐章。

　　米罗诺夫惊愕不已，久久地望着天空，把眼睛望得生疼，当他的目光捕捉到那个颤动着的恍若一颗无光的星星般的黑点时,他终于猜到这是一只云雀在歌唱。从那天起,他便产生了用声音思考,并用无词的曲子来酬和其全部思想的要求。

然而近十三天以来,他已失去用没有形象的声音来压制种种思绪的能力,缭乱的、粉尘般的回忆充塞着他的头脑,在他的记忆中不断响起父亲喑哑的声音和母亲的时而沉醉不醒、时而怒气冲冲的叫喊。她的责难和怨诉使他了解到,母亲曾经再嫁,她的前夫原本是父亲的上司,而且曾向父亲开过枪。

"我苦就苦在他没有把你打死!"她常对父亲喊。

他感到父母的生活中存在着某种阴暗、危险、甚或是罪恶的东西,对此他不愿意知道,也害怕去思索,然而正是这种东西越来越顽强地惊扰着他的想象;这种状况一直延续到他开始读书为止;书本告诉他,还存在着其他更有趣、更易渗透的奥秘和另一种轻松、欢悦的生活。他生性腼腆,也不灵活,所以没有朋友;他容易感冒,又时常患有小疾,因而有可能博览群书,于是在他眼前便出现了巴黎这座笼罩着令人心醉的蓝雾的奇妙城市。

父亲是在春天,在花园里为苹果树培土时死去的,米罗诺夫记得,当时母亲如何俯身看着尸体,令人毛骨悚然地咕哝着:

"你瞧,米佳,你瞧……我说过……"

四年来,同终日喝得烂醉的母亲朝夕相处的艰难而羞辱的日子,使米罗诺夫变得愈发孤僻。钓鱼,独自漫步于田间林中,倾听鸟儿的啼鸣、草木的簌簌声和风儿的蹀躞的低语,已成为他的嗜好。每逢节日,远远地听着演奏军乐,心里格外舒畅;如果在近旁看着士兵们鼓着两腮吹奏,这乐声便不那样令人快慰了。有时,他随身带着一本法语语法,边走边读,竭力想记住一些确切的字句,但是字句无法在记忆中存留,在它们还未形成明白的言语时,便融成一串串美丽动听的音响,变成一支蔚蓝色的乐曲了。

在复活节的第一天,米罗诺夫对穿着蔚蓝色衣裙的莉莎·罗扎诺娃一见钟情;她在庄严的钟声伴随下走出教堂,欢腾的阳光慷慨地照耀着她,她体态小巧、匀称,同时又像艳丽的花朵那样华美,她的整个衣着全是一种颜色,甚至袜子也是蔚蓝色的。

她住在他家对门,米罗诺夫时常看见她,但是她的纤弱、平板的体形,尖鼻子、圆眼睛、鸟雀似的面容以及她那弯弯的,似是任性,又似病态的没有血色的嘴唇,全无可以触动他的心弦和想象的地方,他甚至认为,这姑娘同他自己一样其貌不扬。同时他还晓得,莉莎常用难闻的羊奶治病。然而在复活节那天他却不禁又喜又惊:过去他怎么没有发现莉莎有这么漂亮呢?于是从那天起,他便把她当作能和他一起去憧憬那如歌的蔚蓝生活的伴侣了,而在这令人迷惘、恐惧的喧嚣的洪流中,她也就成了他的救命稻草。

他没有决心去结识她,但是每当下班回来从罗扎诺夫家门前经过时,他总要把脚步放慢;用过午饭,他便拿起本书坐在窗前,留心地看着:姑娘是否会在街上出现?有时姑娘从家中出来,迈着两只纤足,嗒嗒嗒地急步走向河边木材仓库去找她的父亲;她走路紧傍着篱笆,仿佛是为了保持一遇不测便可躲进某家大门的可能性。一根末端系着蔚蓝色缎带的深色发辫在她那窄窄的脊背上晃动着。米罗诺夫觉得,这姑娘和他一样不喜欢甚至害怕同别人来往,这使他愈发感到她的可亲。

目送她走去以后,他来到镜子跟前,带着委屈和伤感的心情审视着镜子里那双被宽宽的鼻梁分开的、神色呆滞的深色眼睛,左眼稍斜,仿佛在张望他那只蜡黄的扇风耳朵,头上竖着一绺绺又黑又粗的鬈发。他觉得,他的一切似乎都像是瘠土中的树根一样向四外生长、蔓延;他的双臂过长,手指也细得让人讨厌,嘴巴很大,满口的牙齿东倒西歪,简直不愿启齿微笑。

一般说来,他不喜欢对镜自顾,因为他发现,照久了眼里就会发黑,镜中的影子就会渐渐逝去,很可能连他自己也随之消失。

母亲去世的前几天,他自己也没料到,竟会对她说:

"妈妈,你最好替我跟莉莎·罗扎诺娃提提亲……"

他说完之后吓了一跳,羞得满脸通红,感到白白地吐露了自己的心事。不过那天母亲是清醒的,而且像往常没有喝醉时那样说话不多。她往自己的茶杯里掺了点奶油,看也不看儿子一眼,甩了一句:

"傻瓜。"

过了两三分钟她才叹口气,抹着红脸上的汗珠加了一句:

"你算个什么丈夫?做丈夫的应该是——这样的!"

说着把她那发肿的手指紧紧攥成一个又大又红的拳头在空中晃了晃。

想起母亲心情十分沉重,越常想到她,便越对这个瞪着一双混浊的大眼、胖得喘不过气的粗鲁女人感到陌生和可怕;他觉得,想着她,真像是在擦拭她身上的灰尘。越擦,她便越可怕,越不可理解,而他试图细细思索和理解的一切也愈加令人不快地暴露在他的面前。

米罗诺夫用力摇了摇脑袋,环顾四周,只见房中蓝蓝的暮色变得更浓更暖了。在河对岸微微泛着玫瑰色的天空上闪耀着一颗明亮的晚星。

街上驶过一辆大车,满载着家具、床垫、栽着花的木桶;在一棵棕榈下面的灰包袱上坐着一个穿着红上衣戴着白头巾的姑娘,她膝上放着一个鸟笼,笼子里有一只黑黑的鸟儿,想必是只鸫鸟。一块块五颜六色的儿童积木掉下车来落进了尘埃。在那匹体态笨重,四肢粗壮的辕马旁边大踏步地走着一个矮老头儿,他挥动着缰绳,仰起头用嘶哑的声音向姑娘喊道:

"可你能到哪儿去?对谁说呢?"

"老傻瓜,"米罗诺夫在心里骂了他一句。

木材仓库的车夫,敦敦实实、笨得像头狗熊似的阿尔塔蒙走了过来;他那毛蓬蓬的看不见眼睛的脸被一张豁嘴弄得奇丑无比;他的嘴唇裂成三瓣,令人嫌恶地龇露着又宽又黄、狰狞可怖的牙齿;同他并排走着的是细木匠卡里斯特拉特,他步履轻快,身材修长,赤着脚,围着一块沾满赭石和胶水的围裙,在淡黄色的鬈发上勒着一根黑皮条;鹰钩鼻子下面留着一撮亮闪闪的金色唇髭,他用一个手指绕着颔下铜丝般的尖胡子,望着米罗诺夫这边响亮地喊了一声:

"没趣儿的。"

"别管他,让他去吧。"响起了阿尔塔蒙粗野的吼声。他们慢吞吞地走着,懒洋洋地用脚掌刨着尘土,在身后掀起一溜微红的尘雾。车夫的超人的膂力深得全街人的赞赏,同时他又像细木匠的那些古怪的恶作剧一样令人望而生畏。

米罗诺夫紧紧闭起了双目;有时他认为,一个人要是闭上眼,别人就看不见他了。

白昼迅速跃过一个个黑坑似的夜晚滚滚而去;夜间奇热难耐,不得成眠,米罗诺夫入睡不久便坠入了奇异的梦境:沿着一条被许多篝火照得通明的宽阔大道,走来一群不计其数、一模一样的铜咖啡壶;它们一律长着长长的脚爪,具有某种类似蜘蛛的地方;一个矮小的驼子正在用钉子铺路,他一根紧挨一根地在地上钉着钉子,使地面上仿佛布满一层铁制的鳞甲;一条大鱼在河中游动,吞食着月亮的倒影,而空中的月亮却暗淡得很,像个钟摆似的一跳一跳地摆来摆去;还梦见许多荒诞得令人惊悸不安的东西。

米罗诺夫已听不到母亲沉重的脚步声和嘶哑粗暴的呵斥声了,室内原有的那种伏特加酒、泡苹果以及醋渍大葱的臭气也已荡然无存;瘦小枯干的老太婆、厨娘帕甫洛芙娜走动起来像猫一样悄然无声,她沉默寡言,只是喉咙里带着哨音叹息不止。然而,在这一片静寂之中终究也不好过:房中的所有什物、照片、圣像等都在无言而又严厉地询问他:

"喂,你究竟有什么打算?"

米罗诺夫发现,街坊们也在苛刻地看着他,似乎有所期待,那种紧盯住不放的目光使他感到不胜压抑。

礼拜天,夕阳西照,他坐在一艘被流冰撞沉一半的驳船的船舷上,一面钓着鲈鱼,一面谛听远远传来的军乐队的铜管乐声。这乐声与缓缓移动的碧流一起,使他处于一种理想的、无思无虑的状态,暖融融的音浪把他温存地托向半空。如果用心细听,那河中的流水也发着柔和的低音,似乎把所有其他声音都洗掉了,其实并不尽然,它们仍然像隔着一层毛玻璃似的依稀可辨。米罗诺夫没有察觉,此时有一艘小艇正向他驶来。

"容易上钩吗?"

他打了一个哆嗦,蓦地将钓丝抽出水面,一条肥肥的小鲈鱼在扑扑棱棱地挣扎着。

"瞧,我们给您带来了好运气!"

"是的。"

"钓了好多吗?"

"三条。这是第三条。"

莉莎·罗扎诺娃坐在船头,穿着一件雪青色裙衫,辫子上系着蔚蓝色缎带,摇桨的是她的女伴,黑头发的胖姑娘克拉芙季娅,她穿的是粉红上衣,蓝裙子;女伴懒洋洋地摇着桨以免水流把船冲走。莉莎含着笑。米罗诺夫也想笑,但是一想起自己的牙齿,便把嘴闭得紧紧的。

"咱们走吧。"莉莎说。

她的女伴把水里的船桨插得更深些,全身向后一仰,一支桨脱了槽,溅湿了米罗诺夫的脚。

"喔唷,对不起!"

莉莎发出一阵清脆的笑声,米罗诺夫难为情地把脚蹬了蹬,将皮鞋和裤腿上的水甩掉,一面想道:

"要是别人,会跟她攀谈起来的,可是我……也许她们故意溅我,好同我认识……"

但小船在强力推送之下顺流而去,船桨咿咿呀呀地叫着,似乎在发出嘲笑。米罗诺夫将桶里的水和鲈鱼倒进河里,收拾起渔具便向家中走去,他低头望着地面,可怜着自己。他走近家门,只见房子正面以及大门上的褐色油漆和绿色的护窗板都已褪色、起泡,剥落了下来。

"要重新油漆一下,"他决定。

星期三一大早,一个态度傲慢,说话尖刻的秃老头儿开始用刮刀刮着房子上的漆皮,一个身上沾满花花绿绿的油漆、鼻子翘翘的半大孩子给他打着下手;老头儿边干边用柔和悦耳的声音唱着:

> 他走了,没同我告别……
> 爱上了另一个女人

那个少年用童音为他伴唱。刮刀的响声和歌声吵醒了米罗诺夫,他躺在那里想:

"荒唐。一个歌唱爱情为时已晚,另一个又过早了。为什么油漆匠干着活儿总爱唱歌呢?"

过了几天,老漆匠已腻好缝隙,开始为斑斑驳驳犹如得了天花似的房屋正面涂上蔚蓝色的油漆,受人尊敬的伊凡·伊凡诺维奇·罗扎诺夫宛如一尊石像站立在街心厉声喊道:

"喂,你这是怎么漆的呀?"

"让怎么漆就怎么漆呗,"漆匠有欠恭敬地答道。

"干吗要用蓝颜色?"

"是这么吩咐的。"

"这要把街道搞得不成样子!"

"这我管不着。"

"真是胡来!"

"胡来也怨不了我。"

米罗诺夫正在为窗台上的盆花浇水,听到这段对话之后既生气,又不安。

"为什么蔚蓝色的房子就不成样子,就算是胡来呢?看来,我要是求亲,罗扎诺夫定会拒绝我的。"

他急忙来到街上,望望那些由于日晒雨淋而褪了色的矮屋,它们由灰色的篱笆相连,掩映着落满灰尘的白柳,顺坡而下恰似两行乞丐,一行七个,另一行十个,罗扎诺夫的一层砖房赫然立在那七个之中,它的四扇窗户冷冷地望着街道。米罗诺夫家屋檐下的山墙已经漆过,像用绸子贴的一样在太阳底下闪着油光,它那恬静的淡蓝色看来十分悦目。

罗扎诺夫威严地用一个食指碰了碰帽檐说:

"不实用的颜色。"

"很好看。"

"也很贵。"

"坚固耐久。"

"我不知道。"

"漆匠说坚固耐久。"

"所有漆匠都爱撒谎,"罗扎诺夫声色俱厉地说了一句,而后便把他那严峻的面孔和宽阔的银髯欣然地朝向太阳,身体挺得笔直,神气十足地走开了。米罗诺夫也未及向他请教,为什么漆匠们都爱撒谎?他回到家里,拿起一本书坐到了窗前,这时只见罗扎诺夫又出现在街上,他拿着一把扫帚把他家窗下的垃圾和尘土向着街心扫去。漆匠喊道:

"喂,老兄!你平白无故地扬什么灰呀,我的活儿都让你给毁啦。"

罗扎诺夫不理不睬地继续扫着。米罗诺夫明白,罗扎诺夫故意这样做,是有意同他为难。他心里难过,便跑进花园,在一棵老苹果树下的草地上坐了下来。

"他不会把女儿嫁给我的。我干吗要想起油漆房子来呢?"

他听见漆匠正在街上同罗扎诺夫对骂,本该制止漆匠,但是一阵郁闷、灰暗的思绪袭上心头,想到人们竟如此无端相扰,他浑身都没了力气,因而在花园里一直坐到该用晚饭的时候。

夜间寂静而闷热,他迟迟未能入睡。月光亮得恼人,狗儿不停地吠叫。地板上印着一个淡黄色的方块,一条条窗棂在其中被勾画得清清楚楚。突然,在这块光亮中又出现了三条黑杠,随后掩过一个人影,仿佛是点路灯的人扛着梯子凌空飘过似的。可以十分真切地听到一阵窸窸窣窣的声音和木头发出的咯吱咯吱的响声。米罗诺夫撩开身上的被单,眼睛盯着窗口坐了起来。窗前支着一架显然是漆匠忘在这里的梯子,现在有人想把它偷走。米罗诺夫跳下床来,小心翼翼地打开窗户,向上望去,只见一个人紧靠在梯子上端,可以看到他的一双赤脚;米罗诺夫稍稍有些害怕,但尤其感到惊奇,于是悄悄爬出窗口来到了街上。

月光通明,那人站在梯子上,把短刷往挂在腰间的小木桶里蘸了蘸,在耳窗的周围急急忙忙地涂着。

"什么人?"米罗诺夫低声问道。

那人用难以形容的轻捷动作溜下梯子,从他那只小木桶里溅出的黑乎乎的液体染污了窗户和墙壁;空气中散发着一股浓烈的焦油味;那人搬起梯子转身就跑,但是米罗诺夫已认出他来,他是细木匠卡里斯特拉特。

米罗诺夫来到街心,透过朦朦胧胧的银色月光看到耳窗上方写着一个虽然很大但很模糊的字迹:

"宅"

每个字母下面都淌着一溜溜漆黑的焦油,油滴重重落在地上的声音异常清晰。细木匠扛着梯子站在自家门口,可以清楚看到他那撮尖尖的铜丝般的胡子,以及那条勒在淡色额发上的黑箍。

"我说,您干吗要这样做呢?"

细木匠不回答,动也不动。

"奇怪!您一会儿用酸奶油乱抹,一会儿又用焦油……"

细木匠笑将起来。米罗诺夫觉得,这笑声也很古怪,它介乎鸡鸣与狗叫之间,难听得很,听到它,一切都变得愈发不可理解,愈发令人难堪了。窗上的毛玻璃像冰块一样闪着寒光,而空气却似乎热得要发出光来。一切都酷似一场噩梦。

"你别想跟我动武,我会把你打垮的,"细木匠突然响亮地说道。

"我根本就不想打架,"米罗诺夫嘟哝了一声,向自己家的院门走去,细木匠把梯子靠在围墙上慢慢地尾随着他。

"怎么,生我的气了吗?"

细木匠的清脆嗓音听来既陌生又熟悉;有时父亲就用这种语气讲话,亲切之中带有严厉。

"不,我并没有生气,不过,毕竟……干吗要破坏呢?"

细木匠走到米罗诺夫跟前,用手掌拍了一下他的肩膀,他的手轻得像鸟翼一样。

"别生气!我把这些统统给你改好。油漆上粘不住焦油,都流下来了。我这一招儿没想好,本该用煤油掺上烟子的,那样一来可就……"

"可——究竟为的是什么呢?"

"当然是为了好玩儿。你的主意真可笑,谁也不会用这种油漆漆房子。"

细木匠突然咬住下唇,蓦地仰起脑袋,眯着眼疑问地望着天空,显然是在考虑什么。他从衣袋里掏出一个木制烟盒,划燃火柴点了一支香烟,随即将火柴那么灵巧地往上一抛,小小的火苗儿颤巍巍地在空中画了一个弧线竟然没有灭掉。而后,他用手掌按着米罗诺夫的肩膀让他坐在大门口的凳子上,自己也在旁边坐下,以教导的口吻含着讥讽说道:

"我知道你的用意,你是想出风头,你以为,你是个无牵无挂的孤儿,就可以出些怪招儿吗?你呀,米罗诺夫,算了吧;会出怪招儿的只有我和魔鬼我们俩,你呀,你还得向咱这号上帝求教呢!"

"哪个上帝?"米罗诺夫阴沉沉地问道。

"普通上帝,没趣儿的家伙。上帝只有一个,你难道忘了?"细木匠冷笑着说,"你想想看:你妈妈死了,也就是说死了人;街坊们似乎都很关心这件事,挤挤攘攘地围着你,可我却用酸奶抹起篱笆来了,于是乎大伙儿都跑过来看我了,懂了吗?"

"一点儿也不懂,"米罗诺夫摇摇头,迷惑不解地回答说,"简直是荒唐……"

"你不懂,说明你不行,可你还想出风头呢。荒唐事儿,孤儿,也得动脑筋。你能想出像酸奶这一类的主意吗?就是嘛!可我是经过风雨、见过世面的,就因为我搞出的那些花招儿,我还吃过官司呢。想当初,在夜间我往邮筒里倒些煤油,划一根火柴撂进去,信就着开了,可谁也弄不清是怎么回事。连报纸上都说:信怎么会烧起来呢?是因为感情太热烈了。写信时要冷静。当然,我那是胡闹,年轻,晚上睡不着觉总在寻思,怎么才能出出风头?至今我还是喜欢给人为难。看见他们走着走着跌一跤挺好玩的。人们以为,似乎什么都很简单,可突然却被搞得糊里糊涂……"

细木匠捻捻胡子尖儿,舔了舔嘴唇,眯起右眼用左眼看看月亮,叹了口气:

"明晃晃的天体,可就是不招狗的喜欢。"

米罗诺夫冷眼看着细木匠的瘦削而变化多端的面孔,细细玩味着他的话,心里十分矛盾:他很想向此人请教一番,可同时又想在辱骂他一顿之后立刻走开。然而他却说:

"也许,狗把月亮当成了狐狸。"

"谁知道狗是怎么想的,"细木匠笑着答道,接着便又以教导、责备、训诫的口吻讲开了,变得愈发不可理解。细木匠的自吹自擂使米罗诺夫十分沮丧,从前者的话语中,他感到的是一种类似法语语法所引起的那种感觉——词句似乎熟悉,可是它们的含意却难以捉摸,一团漆黑。月光将白柳枝叶间的昏暗熔化开来,柳叶闪着银光,细木匠的满头鬈发镀上了一层金色,他额上的那个黑箍变得愈发显眼。他那对发绿的眼睛不同于常人,神色狡黠并带有讥讽,它们那种尖厉的光芒令人感到刺痛。长着这类眼睛的人全然不可信赖。现在,他当然是在捉弄人,他那清亮的嗓音里包含着明显的虚情假意。米罗诺夫叹息一声,自己也未料到竟脱口而出:

"您就像是个疯子。"

"真的吗?"细木匠喊道。

"您在那上面写的是什么?"

"你惊动了我,我本想写一块'疯宅'的牌子。那样一来,街坊们会大笑一阵的。"

随之,他突然用手掌拍了一下米罗诺夫的膝盖,一本正经、煞有介事地提议说:

"我说,米罗诺夫,给我十个卢布吧……"

米罗诺夫愤愤地闪身躲开了他。

"等一等,等一等!你不要跳,我想了个主意!你听我说:我喜欢上了你。换个别人就会大叫大闹,可是你却没啥。这,孤儿,这,兄弟……喏,就这样吧!为了这个我愿意为你效点劳,我是这样考虑的:既然没有捉弄成,那么就索性让你高兴高兴,懂吗?"

这次细木匠讲话声音较低,眼睛里也没带嘲弄的神情,然而米罗诺夫却越来越深信不疑地告诫自己:

"他当然是个疯子,所以才爱捣乱。"

这一想法解开了压在他心头的疑团,使他得到很大安慰;他望着天空笑了笑,一面听着那低低的话声:

"我买上些油漆,要把这幢房子漆得让大伙儿都大吃一惊!你知道,我老早就想做一件一鸣惊人的事情。"

"那又何必呢?"米罗诺夫问,但是细木匠想必不曾听见这句问话;他把黄铜般的胡须卷在手指上抽了抽说道:

"我跟你直说了吧:我什么都会做,可就是不爱干活儿,因为找不到合乎我口味的活计,没人愿意对我的口味,懂吗?所以,你就让我施展施展吧。"

"好吧，"米罗诺夫说，他想，如果不答应，细木匠还会破坏点什么的。

他发现，他答应给钱似乎使木匠吃了一惊；卡里斯特拉特猛地向后退了一步，用一种骤然间亮得出奇的目光打量他一眼，而后，扶正头上的皮条，喃喃地说道：

"好呀，米罗诺夫，这……就这样吧！你不会后悔的。我明天早上来。"

他说完跳起来拔腿就走，但随即又停了下来，仿佛被什么绊住了似的，伸出一只手臂说道：

"我要搞出一件真正的东西！心灵的杰作……一鸣惊人！"

他的身影被淡蓝色的河水异常清晰地勾勒出来，而后便猝然消失了。米罗诺夫走到街心，望一望沾满棕色油污的护窗板，再次看了看那个"宅"字，便疲倦地低着头走去睡觉了，边走边提醒自己：

"疯子……大概也是个骗子……"

一大早厨娘就把米罗诺夫唤醒了。

"木匠来了，要钱。"

"这么说，那并不是梦……"

他把钱给了老太婆，重又睡下，想道：

"该告他一状……"

米罗诺夫再次产生这个念头是在他出门上班，看见浅色油漆上的一溜溜棕色油污的时候；那个"宅"字已经完全涸干，变得无法辨认了。他看了一会儿，低下头向街外走去，随时都感到，迎面而来的市民们在讥讽地微笑。

"莉莎大概也在笑……在巴黎没有木头房子……"

当他在傍晚五点钟左右下班回来的时候，老远就看见，他的房子对面有群孩子，房子正面靠着一架梯子，梯子上端的一级挂着一个亮得刺目的洋铁罐，细木匠的一条腿跨在耳窗里，身子凌空扭来摆去。

米罗诺夫挥动着手杖,跑到房子跟前,喊道:

"我不准!见鬼去吧!"

孩子们迎着他高兴地尖叫一阵之后,静下来,躲到了篱笆旁边。他气得脑袋嗡嗡直响,在头顶上,他模模糊糊地看见细木匠的那张瘦脸和睁得大大的凶恶的眼睛,他羞愧地感到,自己眼看就要哭出来了。而木匠却显得异常灵活地爬下梯子,用肩膀碰碰他,用画笔指指上面,笔尖红红的,活像一支燃着的蜡烛。

"你喊什么?难道不好吗?"

半圆形的窗洞在蓝色的三角形上十分显目,窗扇已被取出,窗户的一侧画着一个浑身方格、带有红色鱼翅但又没有尾巴的黄白二色的怪物,这怪物鼓着一只红色的大眼,眼睛周围有一个白圈。怪物的嘴脸有点类似绵羊,但更像是一条鱼。细木匠一只脚在地上打着拍子,低声作着解释:

"一共要画三条,一条在右边,一条在上边,我要把窗户画成一张圆网,让这些鱼看上去像是在往里钻似的……"

木匠的手在发抖,他像是喝醉了,但是他身上并没有酒味,想必是油漆味把它冲淡了,木匠身上到处都是油漆,甚至在他的面颊上也沾上一块逗点似的油亮油亮的红漆。他那发绿的眼睛奇怪地闪着光。

"妙不妙?"他问,"漂亮吗?"

孩子们在米罗诺夫背后偷偷地笑着,发出一阵阵尖叫,一个灰溜溜的乞丐走过来,一面打躬行礼,伸出一只生铁般的手臂,一面诉起苦来。他脚旁蹲着一条粗毛狗,它伸着舌头,歪着脑袋;似乎连它也对细木匠的那幅花里胡哨的彩画感到莫名其妙。这时,忽听罗扎诺夫厉声喝道:

"这叫什么,要搞游艺场吗?"

米罗诺夫转过身来,罗扎诺夫怒不可遏地直冲着他的脸说:

"年轻人,您真不害臊,还不制止这种不成体统的胡闹。"

米罗诺夫一如往常,一遇到难题便一筹莫展,哑口无言。他的火

气冒了一冒便无影无踪了,罗扎诺夫的责备使他更加沮丧。他可怜巴巴地轻声问了木匠一句:

"听见了吗?"

细木匠轻蔑地把手一摆,坚定而响亮地说道:

"任何人都可以把自己的房子随便漆成什么颜色!"

他说完便向梯子走去,但米罗诺夫拉住了他:

"请您别再漆啦!人家要笑话的。"

"人家不会笑话我,"细木匠挣脱着说,显示出一种冥顽不化和吓人的气质。米罗诺夫提醒他和自己:

"这房子是我的!"

"那你就让他们统统滚蛋!"

细木匠迅速爬上梯子并在那儿喊道:

"他们会大吃一惊的!"

米罗诺夫沮丧地感到体力不支、羞惭和无言对答,他茫然若失地走回家去,决定要向警察局控告细木匠的横行霸道。他没脱外衣坐在桌旁,闭目想了一会儿,动笔写起状纸来。但是墨水过浓,糊住了笔尖,竟将"损失"一词写成了"鸭子"①,他扔下笔,忽然决定要到罗扎诺夫那儿去商议商议该怎么办?他立刻换上一身节日穿的衣服,用发刷蘸上水把头发抹平,走出家门,悄悄地穿过街道,免得被细木匠看见。

他从罗扎诺夫的院子里透过栅栏望了一眼,确信他的小心是多余的:细木匠站在梯子最上面的一级,不自然地挺着身子,正在用蓝色的油漆涂着那条鱼的绵羊脑袋;米罗诺夫听见他在咆哮:

"今天他毁房子,明天就可能把它烧掉,可让我怎么办呢?"

"您有何贵干?"罗扎诺夫没好气地问道;他站在门前的台阶上,用一个手指抿着两道浓眉。米罗诺夫脱去帽子,走近他,急忙低声说明了来由。站在比罗扎诺夫较低的地方使他感到既委屈又不舒服,西落

---

① 在俄语中这两个词写法相似。

的太阳照得他眼睛发花,米罗诺夫皱皱眉,两脚倒来倒去,一只手比比画画,新背带吱吱地响得十分讨厌,罗扎诺夫却像个布道坛上的神甫似的瞧着他,准备开始向他说教。

"我的相貌想必不很讨人喜欢,否则老头子为什么不叫我进屋去呢?"

罗扎诺夫睁着一对公猫似的圆眼,望着他的头顶上面,以轻蔑的口吻讲道:

"有什么必要跟这个坏蛋打交道呢?他调皮捣蛋,他要是住在乡下,非让村社流放到西伯利亚去不可。可我们这儿法律形同虚设,什么人都可以随便乱来……"

米罗诺夫在窗口的花叶之间看到一只熟悉的乌溜溜的眼睛,这只偷听者的眼睛使他不禁想要说上一句有分量的话,于是他便异常激动地说道:

"我想,木匠是个疯子。"

"那是您的事。您去想吧,我暂时不发表意见。"

窘态万状的米罗诺夫朝着他的脊背鞠了一躬,裤子上的背带格外响亮地叫了一声,他斜眼望了望窗口——莫非莉莎的眼睛听到了这吱吱的响声?可是那只眼睛已经不见了……

"一切都太蠢了,"他灰心丧气地思量着来到街上;这时细木匠正站在街中,仰着头,捋着胡子观看他那幅大作;当米罗诺夫走过来的时候,他叹了口气说:

"不怎么样。"

"不怎么样,"米罗诺夫附和道。

"真没味道!"

接下去,细木匠悄悄地、难听地骂了一阵之后便埋怨开了,毫不掩饰自己的愤恨:

"我本来想得好极了!鱼把我给坑了。想要特别讨你的好,因为你喜欢钓鱼。本该画些花儿的,我的花儿画得可好啦。还有兔子……"

米罗诺夫怀着某种指望,挽着他的一只手臂,把他带到了家门口。

"您听我说……"

"有什么可听的?我很惭愧,米罗诺夫,这一点你理解不了……"

"不,我,看来,是理解的……"

"不会的。你有伏特加吗?给我一点!当然,我会把这些统统改画一下的,你就放心吧……"

米罗诺夫所怀有的一线希望消失了;他愤愤地冲着厨房的窗口喊了一声,让帕甫洛芙娜把酒拿来,之后便坐在台阶旁的长凳上,细木匠却双肘支着膝盖,把手指插进浅色头发,坐在最下一层台阶上。黑色的皮圈从额头滑到他的眉毛上,更加突出了眉毛的金黄色。厨娘拿来一瓶用花楸果泡的伏特加和一块甜点心;细木匠瞧瞧米罗诺夫,笑了笑,低声说道:

"你说说看,米罗诺夫,有这种事吗?我想出你的丑,让你吃了亏,可你没说过我一句难听话,反而请我喝酒!有这种事吗?"

"我不知道,"米罗诺夫勉强答了一句,一面考虑,怎样才能迫使细木匠放弃漆房子的想法。

而那一位,一口气喝了两杯之后继续说了下去,声音低得像耳语一样:

"那么,让我这么跟你说吧:没这种事!人跟人,兄弟,就像蜘蛛对蜘蛛,是的!一些人是蜘蛛,另一些人是傻瓜,懂吗?比方说,好人总不免有点傻。"

这惹恼了米罗诺夫,他想狠狠地回他一句,然而却只是以挑衅的口气重复了父亲的一句话:

"上帝喜欢傻瓜。"

细木匠点点头:

"是这样,孤儿,上帝还是蛮精的,一点也不错!我知道,我什么都考虑过。相信我吧。你简直不知道你逮了一条什么鱼,我永远都会是

55

你的朋友！你干了什么呢？你用你的温和的性情让我良心上感到羞愧……"

细木匠的脸又像白天一样显示出一种木然的表情,他那双发绿的眼睛也湿润了;他用一个手指捅了捅鼻梁旁的两个眼角,挤出了两滴眼泪。

起初,米罗诺夫除了无聊和懊丧之外,并未从木匠的表白中感到什么,但是这几滴莫名其妙的干巴巴的眼泪却感动了他。他一面用手帕擦着沾满伏特加酒的手指,一面瞧着细木匠的那双蹊跷的、眨巴着的眼睛和那一撮哆里哆嗦、捻在一起的黄铜色的唇髭,只见木匠的前额和太阳穴上冒出了汗珠,于是,不自觉地用手帕为邻居擦了擦他那苍白的额头上的汗水。细木匠不由吃了一惊,他默默地瞧了米罗诺夫一会儿,然后笑着问道:

"你这是干吗？"

"擦汗。"

细木匠不禁哑然失笑,笑得浑身抖动,两脚直跺,边笑边嘟囔:

"难道我是个孩子吗,还要别人给我擦脸蛋儿,啊？"

"我没这个意思,"米罗诺夫解释说。

"可是你……好吧,不说啦！明天我统统重新漆过,放心吧。"

"不,请不要漆了！"

"不要漆了？"

"嗯,不要漆了！"

细木匠眼睛瞧着地上,深深叹了一口气。

他站起身,伸过一只手：

"原谅我吧……"

说完便一颠一颠地走开了,仿佛突然变成了瘸子,准是他的一条腿坐得发麻了。他停在大门口,扫了一眼密密麻麻长满杂草的院落,最后,砰的一声带上篱笆门,终于离开了。

米罗诺夫留在院子里,一动不动地坐着,只觉空虚已极,仅仅剩下一个惟一的愿望,那就是忘却这一切。他甚至并未由于这场漆房的乱子得以如此出乎意料、如此顺利地结束而感到高兴。

"一个多难缠的人啊,"他慵懒地思索着细木匠的为人。

傍晚过后,树上的绿叶业已变暗,鸟雀已在巢中入睡,这时,米罗诺夫来到花园里,躺在一株苹果树下的草地上,透过落满尘埃的枝叶凝望着天空。很难理解,从这清冷、碧蓝的穹空中竟能向地上倾注如此之多的令人窒息的暑气。淡淡的残月在苹果树的上方渐渐融化,空中游尘漫漫,缓缓地飘荡着人声,这是被一天来的劳累和暑热折磨得精疲力竭的人们发出的声音。这人声打扰了米罗诺夫。他喜欢像潜进水里一样,沉浸在静谧之中。这须是一种绝对的静谧,那时他便会觉得自由、轻松、悠然自得,心中也会产生犹如动听的曲子似的没有歌词、没有固定形式和形象的、绵绵不绝的思绪。

那时,天空、大地,以及大地上的一切仿佛熔化和消散开来一样,化作缓缓的波浪流向某处,继之又向着无垠的高空盘旋而上,而他自己的全部身心都在歌唱,同时他又像并不存在,而存在的只是静静的翱翔。

他从不知道,也从未领略过比这大地飞向群星并会同它们一起不断升向太空的情景更加美好、更加神秘的事物,它是那样无思无虑、如歌似曲。大地飞到的地方想必住着一位雄伟无比、亲切异常的精灵,这源源不断、令人陶醉的乐曲大概正是来自这位精灵。在高唱颂歌的司智天使和六翼天使簇拥下,高居于金色宝座的耶和华的形象已难使他满意,他对人间敬奉的上帝早已无动于衷,千百万人时时都在呼唤着这位上帝的名字求救,但是在生活中并未觉察到他的力量。一个时期以来,他甚至隐隐约约地产生过怀疑,怀疑这位尽人皆知的上帝已将世人抛弃,而代替他的却是另一个面带讥讽审视着人们的淘气鬼,一个类似魔鬼的恶毒的、捏造出来的玩意儿。

然而,当他试图想象出世界音乐的缔造者的模样时,在他这个还保持着童身者的面前,出现的却是一个蓝雾缭绕的裸体女人,她的肉体唤起一种可怕的惶惶不安的愿望,致使心脏如同急落坠地时那样停止跳动,飞翔和如歌的感觉猝然中断,霎时间,所有曾经吸引过他的少女和妇人形象一个跟着一个地涌现在他的脑海里。这种沉沦的感觉既令人不快,又无法逃脱。它所引起的总是身不由己、羞惭、恐惧,以及强烈的好奇等痛苦的感情;所以米罗诺夫一向避免召唤天界之上的妇女形象,因为她的容颜和美貌会使他坠落到地上。

这天傍晚他召不来飞行的感觉,平日里这对他来说是轻而易举的。不管他愿不愿意,一个个思想联袂而至,要求着答案。莉莎听没听到那倒霉的背带的响声呢?她的父亲不喜欢对别人进行苛刻的批评,对别人的生活指手画脚、发号施令,因而得到众人的尊敬……怎样才能不受干涉地生活呢?尤其不容人不想的是那个细木匠,他那古怪的身影片刻不离他的眼前,也同样要求得到解释。

"一切都蠢而又蠢,"米罗诺夫说出声来,继之,为了排除内心的烦忧,他闭上眼,躺得更舒服些,诵读起他一小时前刚刚读过的那段剧本中的对话来了:

> 噢,对的,在某个方面
> 公牛可能比鹰更讨人喜欢。
> "我是公牛吗?"
> "是的,先生,您若是愿意的话。"
> "我受了侮辱!"
> "那又怎样呢?"
> "我受了侮辱!"
> "我认为把你侮辱得最厉害的似乎是天性,我的先生。"
> "按天性我是贵族!"
> "那么受侮辱的就是贵族……"

"院子里长满了杂草,花园也没人照料。"忽然听到细木匠清亮的嗓音;他站在米罗诺夫的头旁,穿一件粉红色衬衫,没束腰带,敞着领子,下身是带条子的衬裤,打着赤脚;他的头发乱蓬蓬的,仿佛刚刚睡醒,头上的黑皮箍滑到了耳朵上。

米罗诺夫两手支着地欠身坐了起来。

"您这是怎么?……"

"翻篱笆过来的。要告诉阿尔塔莫什卡,让他把花园和院子打扫打扫、清理清理;他喜欢干这种活儿。让他傍晚时解解闷儿。"

细木匠跪下来把手一伸。

"拿去,这是剩下的钱。我买油漆和两管排笔花了六个卢布,连这也一块儿给你,会用得着的。"

"我不需要,"米罗诺夫懊丧地轻声说道。

"我也不需要。"

细木匠把钱放在苹果树根旁的草地上,坐在米罗诺夫身边,往他脸上瞥了一眼。

"你在想什么?"

"什么也没想。"

"想姑娘了吧?"

"没有。"

细木匠揪了一根草,拿它在突出的额头上搔了搔,以关切和教导的口气说:

"对姑娘们可要当心。泼点儿的要虐待你,和老实人在一起,两个人一块儿完蛋。"

米罗诺夫摇摇晃晃一声不吭,心想:

"我不理他,他就会走的。"

"我总在想着你,你打动了我,米罗诺夫!把我的心里搞乱了。你刚才在念叨什么,念咒吗?"

"没什么,是念诗。"

"你让我吃惊,米罗诺夫。"

"我不想让任何人吃惊。"

"你让啦。"

细木匠的话里包含着贬义,甚至似乎是威胁。米罗诺夫盘起腿来。跟这个人说什么呢?总之,能和他谈些什么呢?

"真热,"他说。

"是的。可你究竟在想些什么?"

"我不喜欢想,我喜欢安静。"

他本想带着气说,但却感到自己是用抱歉的口气说的,于是便加了一句:

"瞧,天上又亮又静,可是一有了云彩……"

他听到自己说得声音虽大,却是可怜巴巴的。他没有说完,细木匠斜眼望了望天,说道:

"米罗诺夫,天上啥也没有,所以才安静。"

"可是太阳、月亮呢?还有星星。那儿也许还有咱们看不见的东西。"

细木匠怀疑地摇摇头:

"你好像不信上帝,你上教堂吗……"

细木匠的这番话可是触怒了米罗诺夫,惹得他不由想说上两句难听的话,然而,他想不起难听的词句,于是阴沉沉地嘟囔了一句:

"我父亲不信上帝。"

"好多人都是这样。"

"至于思想,他说,就等于灰尘,把什么都搅得混混沌沌的。"

"是吗?"细木匠惊异地问,"是这么说的吗?"

"是的。现在我自己也看到了:思想就好像蚯蚓,你刨多了,它们就扭来扭去地闹腾……"

细木匠把脑袋歪向一侧,用指甲掐着草尖儿,一面听他讲,一面动着唇髭忍俊不禁。

"在你想的时候,你心里就仿佛有两个人,一个明白,一个糊涂。我不愿意想,打心眼儿里不喜欢。"

"嗳,你这说的可是傻话,米罗诺夫……"

"再说,还要知道些什么呢?"米罗诺夫继续说下去,指望把细木匠压倒,吓住他,得罪他,总之,疏远他,好让他离开。"什么都很清楚:生下来,讨个老婆,生下一大堆孩子,死掉。火灾、偷窃、凶杀。马戏团来了。捧着十字架的行列。老婆私奔。醉汉打架。泡酸白菜或是腌黄瓜。打牌……这对我有什么意义?我一点儿也不想要!"

"那你想要什么呢?"细木匠淡淡地问道。他的这种淡然的态度立刻使米罗诺夫冷静了下来,他含含糊糊地说了一句:

"我喜欢安静。"

"那你生成个聋子不好吗。米罗诺夫,真弄不懂你是怎么回事!"

"我也并不求你弄懂……"

米罗诺夫说完瞥了木匠一眼,担心之中又含有希望,——他是否会在一气之下走掉呢?

细木匠平伸着一只手来回晃着,苹果树叶的影子落在他的掌上轻轻抚摩一下便投进了草丛,草色渐渐发暗,变得更像绒的一样,细木匠注视着草地一言不发。米罗诺夫唏嘘一声也把手放在月光与树影下面;他俩坐在那里,向空空的所在伸着手,活像两个双目失明的乞丐。后来细木匠开了口,声音清脆而又爽朗:

"不,米罗诺夫,你甭想让我吃惊!你拿话是惊不住我的,至于你那蓝颜色的房子,兄弟,它只会惹人笑话,不会让人吃惊……"

"唉呀,见您的鬼去吧,您干吗老缠住我!"

细木匠冷笑一声,晃晃脑袋,挤了挤眼。

"你在要脾气是吗?"

他的眼睛笑眯眯的,他扶了扶头上的皮条,不紧不慢地抽着一支非常呛人的卷烟,一缕带子似的灰烟袅袅升起。

"我懂,米罗诺夫,你闷得难过。这是因为年龄的关系。日子你还没有过惯。你这种年龄的人是又要玩又要乐的。姑娘们可以给人快乐,不过,这对正经人来说是长不了的。总而言之,可乐的事儿并不多……"

细木匠的教训口吻又一次惹恼了米罗诺夫,——一个识不上几个大字的、不读书的工匠居然讲起来没完没了……

"什么都该变一变,改一改,"他也用教训的口吻说。

"你这讲的是政治吗?"细木匠问道,随之把卷烟上的烟灰吹掉,"不,我对政治不感兴趣。我只想做出件可心的事儿来,做得完美无缺,让人们大吃一惊……"

"您把省长咬一口吧,"米罗诺夫气呼呼地提议说。

细木匠眨眨眼,问道:

"你说什么?"

"咬省长一口。在教堂里,做礼拜的时候,大伙儿准会大吃一惊……"

细木匠用手拍了一下膝盖,笑将起来。

"你别生气,怪人!不过你还是挺有意思的。虽说糊涂,可挺有意思。对,兄弟,米罗诺夫,大家都闷得慌,个个都想让自己和别人吃惊,可又没有什么能让人吃惊的东西……也没有这种本事。你就用不着想了,你的小聪明可怜得很。你话也不会说,像个哑巴似的。去睡觉吧!睡着了不饿。"

细木匠把烟头儿往地上一捻,像弹簧似的,轻轻地一跃而起,他没有告别便向篱栅走去,而且含着明显的嘲讽意味又重复了一句:

"睡着了不饿。"

听见他身体压在木栅上的声音,米罗诺夫得意地想道:"不会再来了,生气啦。我跟他提到省长的那些话说得很好……"

这时,他立刻仿佛在一片香烟缭绕、蓝雾弥漫的黑白二色的人头前面看见了省长阁下的大耳、秃顶、肥硕的脑袋,只见细木匠蹑手蹑脚悄悄地走近他,张开两排又细又密、蛮横无理的牙齿,一下咬住了省长大人红红的耳朵;教堂里的人群发出一声惊呼,声音响得连所有蜡烛上的火苗儿都晃了一晃;人们抓住木匠连拖带打……

米罗诺夫笑了,但是不知什么地方咔嚓地响了一声,他确信这是细木匠在偷偷观察他的行动,于是假咳了两声,躬起背,头也不回,径自离开了花园。

第二天,他看见,房檐下的那个怪物已经被深蓝色的油漆涂上了,这种浓浓的颜色使窗上的山墙显得十分沉重,仿佛把蔚蓝色的房子压扁在地上似的。流在墙上和护墙板上的棕色焦油也被涂上了,尽管与整个房子的浅淡,光泽的色调不尽相同。

"原来是这样——竟没有食言!"

米罗诺夫眼望上方,试图想象出细木匠是怎样履行他的诺言的。这想必十分困难,因为所想到的每一个词都要从脑子里引出一些同音词,从而又引申、扩大成某些模糊不清,互不相干的思想来。比如,"天空"一词虽然简单,但随之而来的却是"我不害怕!"或者:"厌烦"却引出一个"要吃"①。

于是米罗诺夫便摇摇头回家吃饭去了。

他刚刚坐在桌旁,立刻听见篱笆门砰的一声,只见赶大车的阿尔塔蒙肩上扛着芟刀和铁锹撞进了院子;他在屋前台阶旁停下来,把芟刀、铁锹靠在墙上,在胸前画了画十字,往手掌里啐了啐、咳嗽一声,拿起芟刀,像挥动鞭子一样,嗖嗖地割起院子里的牛蒡、水草、艾蒿来了。

米罗诺夫站起来,躲在窗框后面看着他干活儿,心想:

"像在自己家里主事一样……"

在阿尔塔蒙那张毛脸上,红红的、裂成三瓣的豁嘴里,闪烁着狰狞的牙齿;眉毛下面狡猾地隐藏着一对狗熊似的小眼,宽阔的鼻子也在蓬乱浓密的胡须里躲着,这一切都很不自然,看起来,阿尔塔蒙就像没

---

① 俄语中的"天空"(небо)与"我不害怕"(не боюсь),"厌烦"(надоел)与"要吃"(надо есть)读音相似。

有面孔似的。他走起路来也像爬过一片看不见的密密层层的灌木丛一样艰难。

"阿尔塔蒙是细木匠发明出来,好让人大吃一惊的……"

在几分钟之内车夫割完了全部杂草,他站在院子的一角,手持长矛般的芟刀,望望天,用手指敲着双肩和像狗头一样凸起的前额,又画开了十字。米罗诺夫端出一杯伏特加酒和一块上面放着肉饼的面包,递给他,轻轻说了声:

"谢谢。"

"谢谢,"阿尔塔蒙虽然没有发出唇音,也说了一句,接着,一仰头,便把伏特加全部倒进豁嘴,他把肉和面包送进嘴里一半,把剩下的瞧了瞧也送了进去,吞下以后,便粗声粗气、含糊不清地说:

"现在到花园里去吧。"

"你要多少钱?"

"咳,我为的是开开心。"

说罢,吃力地挪动着两条短腿走开了,他那沉甸甸的靴子上沾满了石灰或是面粉。

一小时以后,米罗诺夫往花园里张望了一眼,只见园中的野草已全部割光,阿尔塔蒙正站在苹果树下抚摩着树杈。他看见园主喊了一声:

"嗨!"

米罗诺夫走近几步便停住了,这声怒吼不允许他走得更近。

"当家的! 瞧,有多少树癣。还有毛虫。得在树身上抹些油,有这种油膏。早该把树的四周刨一刨,施点儿肥了,当家的,该打屁股!"

他边吼边把张开五指的手掌向米罗诺夫伸过来,手指沾满了令人作呕的、被碾死的毛虫的黏液。米罗诺夫嫌恶地哆嗦一下,倒退了一步。

"你不用怕我,我待你很好,是卡里斯特拉特派我来的,你哆嗦什么? 咳呀,你们这种人哪……"

车夫震耳欲聋的话声由于没有唇音而显得越发难听,同时又颇像幼儿的牙牙学语。

"我全都给你料理好,我爱做这些事情,"他说着把脏手在靴筒上蹭了蹭;看来,他那宽阔的脊背弯曲起来十分吃力,稍一弯腰便发出呼呼哧哧的声音。米罗诺夫看着他心里发怵,不知说什么才好。

"克留科夫在哪儿?"他没话找话地问。

"卡里斯特拉特吗?你别理他,他这个怪家伙生了你的气,因为你不让他漆房子。"

接着,车夫把他那吓人的嘴巴一张,连叹了三声:

"喔—嚄—嚄!"

这是一种介乎"噢"、"呜"之间的声音,它使人想起隆冬时节狂风在炉囱中的吼叫,米罗诺夫不禁打了个寒噤,缩了缩脖子,低声说道:

"你的力气比他大。"

"当然比他大!我在马戏团里露过两手,在那儿斗过拳,他们弄断了我几根手指头,要不我就会把他们统统……他们靠的不是力气,是机灵……"

他把铁锹一下下地插进苹果树四周的干土里,像插进油里那样轻松,翻起一块块深棕色的泥土,里面弯弯曲曲地蠕动着许多蚯蚓。

"这儿的人因为我的力气大都怕我,其实我待人和气,也爱说话。可就是声音让人害怕,要不然……前年,我拿车轮子轧了一个人的脚,审我的时候法官冲我喊:'小点声!'可我小不了,他也就没判我的罪……"

"你成过亲吗?"

"成什么亲哪!哪一个傻姑娘肯嫁给我?你瞧我这嘴唇是啥模样。"

米罗诺夫晓得,城里人对庄稼人既看不起,又怀有敌意;父亲母亲也是这样对待他们的,从小他就被培养起这种感情,但是阿尔塔蒙在他心里所引起的却只是惊奇、恐惧和某种模糊的希望。

"若是把他笼络住,那么细木匠……"

"在干活儿吗?"只听细木匠用清亮的嗓音从高处问了一声;他叼着烟卷儿,坐在篱笆墙的木桩上,把两只赤脚悬在花园这边,在他那浅色头发的脑袋上方飘荡着一团烟雾,在他的白白的额头上可以清楚地看到那个黑色皮箍。

"喔唷,"米罗诺夫心里暗暗叫苦,"他又要折磨我了……"

"您听着,克留科夫,"他直起有点驼的背,挥动着手臂说,"您要干吗?我根本不要……"

愤怒紧紧地扼住了他的喉咙,使他没法讲下去,他气喘吁吁,这时从上面却又抛下一个问题:

"你不要什么?"

"您休想……我要控告!"

"告我吗?为什么?"

心平气和的问题使米罗诺夫更加气恼;他跺着脚尖声叫喊:

"我不要别人在这儿割草、挖土……"

细木匠像鸟儿一样,轻松自若地飞落在花园里,他抓住米罗诺夫的肩膀,摇晃着他,恳切有力地说:

"你清醒清醒!你疯了吗?别人替你白干活儿,你,不开眼的家伙,本该谢谢人家,可你倒……"

但是米罗诺夫自己也因为自己的发火而感到不好意思,细木匠的那只手仿佛把他按进了地里,而且把他的怒气也压了出去。他看见,车夫拄着铁锹,把嘴张得更大,在等待什么。

"我懂,"他嗫嚅着说。

"你懂,可喊什么?"

"我当然感谢……"

"就是嘛!"

细木匠用一个手指捅了一下他的胸脯,转身走到阿尔塔蒙跟前,对车夫厉声说道:

"把树杈下面捆一捆,明白吗?把那棵干了的马林果拔掉!"

"他们的确在白干活儿。"米罗诺夫想到了这一点,并决定为酬谢他们的劳动请一请他们。

半小时以后,他和他们一起坐在厨房里的桌旁,茶炊在沸腾,长颈瓶里的伏特加闪闪发光,桌上摆着几盘醋渍蘑菇和酸卷心菜,阿尔塔蒙像牛犊吃奶似的喝着酒和茶,他吃得很多,讨厌地吧嗒着嘴,哞哞地叫着,呼呼噜噜地打着响鼻,细木匠却用叉子灵巧地捞着最小、最好看的滑溜溜的蘑菇,用两个手指捏着酒杯,眯起眼对着光细瞧瞧杯中的伏特加,他喝干一杯便皱皱眉说一声:

"哈!"

显而易见,他做起一切事情来都显得格外轻易、灵巧和独特。他这人很讨厌,但很有意思。他未必是个疯子。不,他很鬼。

"我可以替我喜欢的人做各种各样使他满意的事儿,"细木匠说着用两个指头夹着酒杯,怕沾脏了似的翘着其余的三个手指,"但是,我可以直截了当地说:我不喜欢人,人都是愚蠢的。"

"嗷,魔鬼,"阿尔塔蒙挺起常人所没有的阔胸,靠在墙上咆哮着。

"我本人聪明能干。什么都能做,都会做,只不过对普普通通的事情不感兴趣……"

米罗诺夫喝过两杯他所讨厌的伏特加之后,只觉脑子里昏昏沉沉,像隔着云雾一样默默地听着细木匠的那些习以为常的自我吹嘘,除去那侵蚀心灵的烦闷无聊之外,再没有任何感觉。他非常不快地看到,阿尔塔蒙打过盹,很响地呼噜一声,立刻醒过来,惊恐而抱歉地看了看细木匠,而细木匠同时用双手捻捻自己的金色唇髭,对车夫说:

"喂,回家吧;吃饱喝足啦,骆驼……"

阿尔塔蒙顺从地走了,细木匠却说要看看房间。米罗诺夫也像车夫那样,顺从地把他带进自己的卧室。室内很亮,一扇窗户对着花园,其余的几扇面对大街;细木匠用拳头无礼地捅了捅床铺说:

"你睡得好软和啊。"

随后,往书架上瞧了瞧,问道:

"读过了吗?"

"读过了。"

"全读了?"

"全读了。"

米罗诺夫觉得,这位不速之客的问题带有讥讽的意味,他的行为也愈加放肆。有一间小厅,在它的三座窗台和两个由米罗诺夫的父亲制作得非常精致的梯形花架上摆着许多盆花,细木匠牢牢立在房子中央,默默地待了一会儿之后说道:

"你应该结婚。"

房内所有什物似乎都在向这位头上戴着皮箍的赤脚客人表示抗议,地板发出干裂的咯吱吱的响声,桌上的玻璃灯罩,以及装着节日用的餐具和父母亲友的赠品的柜橱里也在叮当作响。使米罗诺夫气恼的是,细木匠竟把他看到的一切视若司空见惯的常物,毫不表示惊奇和赞许。

"他当然羡慕,不过却故意装作无所谓,鬼东西……"

柜橱上的玻璃响得愈发厉害了,是木匠在用手指敲击柜门。

"地球仪?"

"是的。"

"这东西我见过。地球模型。怎么是铜的?"

"带有音乐。"

"不可能,"细木匠不以为然地摇摇头说,随即要求:"给拿过来看看!"

米罗诺夫打开橱门,将地球仪放在桌上转动起来;一些钢针已经脱落,没脱落的也有所磨损;那把钢梳缺了几根齿,不过,在地球仪围着轴转动时,仍然可以听出它懒怠地弹出的歌儿:

小黄雀,矮胖子儿,你方才,在哪儿?

细木匠蓦地从桌旁向后退了一步,仔细听了听,低声问道:

"唱的是《小黄雀》吗?"

"是的。"米罗诺夫忆起往事不禁凄然一笑,继续转动着地球仪。这时细木匠让米罗诺夫住手,自己摸了摸那些大陆、海洋,用指甲弹弹球上的铜皮,坐到椅子上思索了一会儿。

"你这是哪儿来的?"

"我父亲做的。"

"可为什么弹的是《小黄雀》?"

"是孩子们唱的歌儿,那时候我还小……"

"唔,"细木匠说罢将胡子尖搋进嘴里,若有所思地用嘴唇抿着它。随后把胡子像一股火苗似的从嘴里吐出来,用手指弹一下北冰洋,笑了笑:

"这玩意儿挺有意思。只不过《小黄雀》可不怎么合适,这地球仪是用来学习的,可突然来个《小黄雀》。驴唇不对马嘴!你父亲挺聪明,是吗?"

"嗯,很聪明,很快活……"

"怪人,"细木匠说,他还在细细端详着地球仪,继之,叹口气,用一个沾着亮漆的手指摩挲着铜皮,冷峭而讥讽地说道:

"简单,可又聪明绝顶:一滴水,几块泥土,于是便教别人,说这是在空中悬着的。真妙。而且还假设这个球上住着千百万人,是吗?可真会猜。孤儿,你信吗?"

"那还用说?要知道,我,还有您都住在这上面。"米罗诺夫索然无味地答道。

细木匠站起身,伸过一只手。

"好吧,谢谢,再见……"

走到厨房他站住脚,抓住自己的胡子,笑着说:

"整个玩意儿也不过有你的脑袋那么大,可是,啊?妙得很!只是,《小黄雀》终究不合适!这,孤儿,也是一种花招儿,想标新立异。

就像在做礼拜时吹口哨一样。这儿不该弹《小黄雀》,而该弹,比如,《天主保佑》,或是圣乐,或是军乐,士兵进行曲,——嘚啦嗒嗒,嘚啦嗒嗒……"

细木匠就这样打着进行曲的拍子走掉了。

"见你的鬼去吧!"米罗诺夫冲着他的背影在心里喊道。

他回到房里正想把地球仪放进柜橱,只见北美洲有块地方绽开来,脱了胶,向南卷着。

"这是他用指甲抠下来的,蠢货!"

米罗诺夫用手指稍微蘸上点唾沫,将大陆整理好,把轴上的球转了一下,——响起了轻微的叮咚声,一曲被时间弄走了样的儿歌。米罗诺夫思量着叹息了一声:

"看来,他是对的。最好换一支别的什么歌。可换什么呢?"

想起的一些歌也不合适:

> 我们的朋友伊凡
> 沿着泥泞的街道
> 边走边摇,又喝了不少……

想起了一首父亲心爱的歌:

> 七个苏,
> 七个苏,
> 咱们要它有啥用处?

还有些什么歌呢?

> 我想对您讲讲,讲讲,讲讲……

北美洲上又翘起了一块,眼看着这块浅蓝色的纸片颤颤悠悠地自己卷成一卷,真感到奇怪。

"明天我把它用阿拉伯树胶粘一粘。细木匠为什么说,应该换一首《天主保佑》的歌呢?其实他,当然,也是不信神的……"

米罗诺夫双手支着下颌伏在桌上,不由自主地沉浸在缓缓巨流般的混乱而又陌生的思绪之中,他的前额几乎碰上了地球仪。

蔚蓝色的房屋正面和护窗板被孩子们甩满泥污,并用瓦片在漆面上画得乱七八糟,写满了脏字;在篱笆门上端的镶板上被人,显然是个成人,用铅笔工工整整地写上了一行字:

这幢房子底朝天一个傻瓜,住里边

乍一看到这句话时,米罗诺夫十分生气,但是发现逗号用得不对便得到了安慰,心想:

"你自己就是个傻瓜!"

街坊们以种种方式来表达他们对这所蔚蓝色房屋的憎恶。然而,这并没使米罗诺夫着恼和不安,使他不胜苦恼的是另一桩更严重、更难忍受的事情。细木匠和车夫像两个影子似的紧紧缠上了他;阿尔塔蒙几乎每天傍晚都要来到这里,扫院子,劈木柴,在花园里干活儿,并且不住地吼叫;细木匠却俨然以家主自居,指手画脚地要人修缮杂用房屋,教训寡言少语的老帕甫洛芙娜应该怎样料理家务;听着他的大声喝斥,老太婆总像是有罪似的低下头,等木匠一走开,便赶忙偷偷地画十字。这种情景米罗诺夫已不止一次地看在了眼里,因而既暗笑老太婆的愚蠢,又加深了对细木匠的反感。

他感到,细木匠正在设置一道几乎可以触摸得到的、令人隐隐不安的障碍,从而使他的幻想,他对那无思无虑的蔚蓝色生活的向往,变得阴暗起来,并把他推向一边,推向一个死角。一次他鼓起勇气对细木匠说：

"这都是些微不足道的琐事……"

"可是你试试看，没有这些琐事，你活不活得下去。"细木匠严厉地回答说。

现在米罗诺夫一想到此人，便产生一种近乎恐惧的心理，细木匠的机敏的动作令人不知所措，他在地上走动起来不知怎的显得格外轻快。而那次在花园里，他又是多么从容不迫、翩然飞下篱笆的啊！一种即将发生非常情况的惶惶然的预感，牢牢沉入米罗诺夫的心底，使他苦恼万分。每当他想起卡里斯特拉特时，耳中便响起地板的吱吱声和玻璃器皿叮叮咚咚的低鸣。为什么在他走进厅堂的时候，里面所有的东西都一动不动，可只要细木匠一进去，就咯咯吱吱、叮叮当当地响起来了呢？米罗诺夫并不相信巫师，但是他从书中读到过一种具有特殊和神异力量的人，因此他觉得，不久的将来，也许就在明天，细木匠就要显示出这种力量，——可怕地显示出来。

这一天终于突然到来。礼拜天傍晚，细木匠带着一位姑娘来到了这里。这是位两腿短短的胖姑娘，她那猩红色的绸上衣，以及又细又密、闪闪发亮、不知餍足的牙齿（虽然她的嘴像鲈鱼那样小），使得米罗诺夫两眼发花。她那鼓鼓囊囊的脸蛋儿泛着紫红颜色，左手的一个指头上戴着一枚亮晶晶的粉红色宝石戒指，米罗诺夫觉得，她的眼睛似乎也像白鼠一样呈粉红色……

"她叫谢拉菲玛，"细木匠把姑娘往米罗诺夫跟前推一推说，"是位出色的姑娘！"

她抿嘴笑着，身上散发出一股刺鼻的气味。她坐在椅子上之后，白裙子紧绷着肥大的半圆形的胯股稍稍翘起，露出一双不安分的圆腿，她脚下的地板便立即沙沙沙、咚咚咚地响了起来。她的深色头发梳得溜光，结成辫拢在一把很大的黄色梳子里，在脑后盘成了一个髻，——这使米罗诺夫想起了母鸡。

"呼，真是热死啦！"她边说边用自己的白手帕扇着热得通红的脸。

细木匠穿着灰帆布上衣和胸部绣花的斜领衬衫,呢料灯笼裤的裤腿塞在靴子里,靴筒擦得锃亮。他那黄铜般的胡须显然也梳理过一番,他的满头鬈发像火舌一样弯弯曲曲。鹞鹰似的瘦脸比平日更加严肃和神色不宁,那双发绿的眼睛洞察一切,闪露着刻毒的光芒。

"她不娇不懒,很会做家务,瞧见了吧,对那种事儿也很在行。"他一面说,一面看着"出色的姑娘"斟茶,姑娘却用浑厚、甜蜜的声音向米罗诺夫问道:

"您喜欢什么样的,浓浓的吗?"

米罗诺夫坐在她的对面,躬身向着桌子,他觉得他的眼皮发颤,嘴唇歪扭,禁不住想伸出舌头,像这位"出色的姑娘"舔食羹匙里的果酱一样,舔舔自己的嘴唇。他故意笑了笑,要让这只母鸡看见,他的牙齿有多丑。

她的嘴唇很红,厚厚实实,似乎是双层的,它们把樱桃核一直嗑成了白的,这种嘴唇能把人的血吸得一干二净。细木匠说的"对那种事儿也很在行,"以及她提的问题:"您喜欢什么样的,浓浓的吗?"使得他脸上发烧,想起了那些不堪入目的野狗的嬉戏。他故意用茶勺碰一下杯口把杯子弄翻,让已经冷却了的茶水倒在自己膝盖上,然后跳起身,跑出了屋门,——一颗颗雨滴懒洋洋地打在炎热的土地上,树叶轻轻地响着,灰蒙蒙的乌云使空间变得更为狭小,使暑热变得更加凝重了。

"他想要我娶这个女人为妻,"米罗诺夫边想边把那又大又稀的雨滴抓在手里揉碎,随之即觉得空气中有一股那位姑娘的刺鼻的汗味,这汗味除去使他厌恶以外,还使他产生了另一种,同样沉重,但不由想接近她的感情。

"没烫着吗?"细木匠来到门前的台阶上问。

"您听我说,"米罗诺夫一手按在胸前,急急忙忙地低声说道,"我不想结婚,请您——不要操心!"

他突然想起了母亲的话,于是举着一只拳头,喜不自胜地重复道:

73

"我算是个什么丈夫？做丈夫的应该——这样！您也说过……把她带走吧！我最好给她二十五卢布，也给您，您要是愿意，五十卢布也行，真的！"

他的两腿打着弯，他觉得自己已准备跪倒在细木匠的面前，可木匠站在比他高出一层的台阶上，捋着胡须，无情地冷笑着，不容违抗地说：

"米罗诺夫，你这个不知好歹的家伙，完全不通人情世故！不，一定得给你成亲！你在这儿书念过了头，孤儿，尽是胡思乱想，你的血都涌进了脑子里，瞧你这副模样，都发青了！嘴唇也哆哆嗦嗦的，为什么？都是因为这个，该正正经经地过日子了！讨个老婆，生儿育女……"

"我做不到，也不愿意……"

"这种事你完全做得到，可是要标新立异，你就别想啦，你没有什么惊人的地方！你很快就会被人家坑得倾家荡产……"

米罗诺夫低下了脑袋，细木匠拉着他的手臂，把他扶上自己的那层台阶，抖掉他身上的雨点儿说：

"我可是把人看透啦！他们表面上似乎恭维你，关心你，可再往下去，他们就会又抢又骗。这可不是什么稀罕事儿……"

米罗诺夫闭上眼，好像看见街上跑着一群男孩，往蔚蓝色的房子上掷着稀泥，他们都是他的孩子，"出色的姑娘"却坐在窗前嚼着渍苹果和鱼肉馅饼，——他非常讨厌渍苹果和这种馅饼。

后来，他又在谢拉菲玛对面坐下。她似乎又胀大了些，她那两个皮球似的乳房一起一落，十分困难，鲜红的绸上衣都给撑得嘶嘶作响。她疲倦地张着圆圆的小嘴，用她那小灌肠似的手指把白手帕攥作一团，频频地擦着鬓角上的汗水。她那粉红色的眼睛笑眯眯的，在渐渐融化。米罗诺夫心想，她的汗一定像糖浆那样又稠又黏，大概无论是蚊虫，或是跳蚤都不敢咬一咬她那橡皮似的肉体。

细木匠往茶里掺了些樱桃酒，喝着这种深色的热饮。这饮料把他

的瘦脸染成了棕褐色,使他的眼睛更加明亮,并加强了他说话时那种不容辩驳的语气。他不知羞耻地、自吹自擂地讲着:

"给别人办喜事是我的第一乐事。我喜欢热热闹闹,喜欢吵吵嚷嚷,随便多乱,即使是人们头朝下走路我都高兴。看着年轻人谈情说爱是很可笑的……"

然而,他这样说着却没有笑,他的脸上甚至没有丝毫笑意;米罗诺夫斜眼看着他,发现他的脸只是微微地抽搐着,真可怕。幸好今天细木匠头上没戴那个黑色的皮箍。

"米罗诺夫,你这个孤儿,要学着快快活活地过日子,随便折腾吧,有点过失也没啥了不起,你也不用向谁报告,没人管你,懂吗?谁能管得着你,嗯?"

"我不知道,"米罗诺夫说,不知怎的,他被这个问题吓了一跳。

"就是嘛!要不是有姑娘在这儿,我就会告诉你,你在这种年龄应该侍奉谁,可当着姑娘的面不能说,尽管她当然是知道的,骗子!菲姆卡,你知道是不是?"

"我什么也不知道,""出色的姑娘"懒懒地说道,米罗诺夫立即感到他的脚被碰了一下,而后,女客的两只脚又把它紧紧地夹住了。这种接触惊起了一个模糊但又重要和令人不安的想法,使米罗诺夫大吃一惊;他把脚挣脱出来,往上一跳,喊道:

"您干吗?"

"出色的姑娘"的脖子、下巴、双颊和额头臊得通红,细木匠却拍了一下米罗诺夫的腰,连喊带叫地哈哈大笑起来:

"她知道,骗子,她知道!"

米罗诺夫已记不很清,在细木匠笑着走出房间,"出色的姑娘"笑盈盈地走到他跟前以后所发生的事情。

"咳呀,您可真是的,当着叔叔的面把我搞得多么难为情啊……"

她在他身旁坐下,问他喜不喜欢吃鹅杂碎汤。米罗诺夫立即对她说,在巴黎,人们把鹅杂碎扔掉喂狗。那儿的人根本不喜欢吃乌七八糟的东西和渍苹果。那儿的人品德高尚,他们谁也不会强行闯进别人家里……

随后,不知一种什么力量使他站起身,并在一片幽深、炽热的黑暗中旋转起来,那位"出色的姑娘"不见了,但是细木匠立刻出现,抓住他的两只手。似乎从远远的地方质问他:

"你怎么推起姑娘来啦?难道能这样做吗?她是我的侄女,还没有做你的老婆,连碗碟都给摔啦,怎么搞的?"

米罗诺夫惊讶地听着;细木匠紧挨着他站在那里,可他的声音却仿佛来自地板下面,来自脚下;茶碗的碎瓷片被踩得嚓嚓响,一切都在莫名其妙地飘浮、摇晃。

"要是你的酒量小,就别喝!"细木匠把一杯发蓝的水送到他眼前,严厉地教训着他。米罗诺夫对着木匠的眼睛看了看,便把眼睛紧紧地眯缝了起来……

米罗诺夫清晨醒来以后,以为"出色的姑娘"是他在梦中见到的,正如他做梦梦见狐狸一样:一只棕色的大狐狸在空中迅速地蹿来蹿去,舔食着星星,从而形成了这种仿佛大地已被抛入一口无底深井似的、令人感到窒息和压抑的黑暗,只是在远远的地平线上尚有一块半圆形的发着亮光的天空,但是即使是这块天空上的星星也正在被淡紫脸膛的神甫博里斯抹掉,并被他用洒圣水的刷子写上了一行字:

房间供单身者租用

米罗诺夫记得,被这个梦境吓醒以后,他到厨房喝水,但是踩上了一片黏糊糊的东西,便带着嫌恶的心情,忍着渴重新躺下,久久也未能入睡。现在他坐在床上看见,他的脚上和床单上都沾满了樱桃酱,而刚刚洗过还有些发潮的地板使他彻底相信:昨天发生的一切全都是真的。他重重地叹口气决定：

"后天我要把房子和所有东西统统卖掉，然后到巴黎去，在那里租一个单身房间。要学学法语……"他立刻从书架上取下一本语法，随便翻到了一页，上面列着一个严肃的问题：

"Que savez-vous sur Bernardin de St. Pierre?"①

书页中间夹着一只压扁了的灰色小蝴蝶；他翻来覆去地看着它，怅怅地陷入了沉思：他去到巴黎，巴黎人一定会向他问起圣贝那丹的事，可是他对这位圣……却一无所知……

米罗诺夫合起书本，把它塞在枕头底下，接着，由于突然产生一个非常简单明了的想法而乐得笑了起来：其实只知道一些最有用的话，其余的一概不知，岂不好得很、方便得很吗。这样既可有权不去了解别人，又可不去考虑他们讲些什么，——这样正可以充分保证宁静的生活！

"是这样，是这样！"他点着头喃喃地说道，一面瞧着钟摆在墙上爬来爬去，徒然地要把壁纸上的两束天蓝色花朵剪下来。

"为什么要到后天才卖房呢？今天我就把它卖掉。细木匠可是去不了巴黎的……"

帕甫洛芙娜老太婆不知何时已来到他的面前，他当着她的面笑开了，而后便走向各个房间，巡视着房里的家具、盆花，估着价，很快算出所有这些东西该卖四百加七百卢布。

"没有这样的算法，"他出声地纠正了自己，"该是一千一百。"

然而，他觉得，用两个数字计算更有意思一些，因为400和700比1100这个数目中的"〇"多一倍，而"〇"字里面是包含着令人欣慰的质朴的。

---

① 法语："您知道贝那丹·德·圣皮埃尔的事吗？"按：贝那丹·德·圣皮埃尔（1737—1814），法国作家，少年时期过过流浪生活，后来成为工程师。为了谋求职业，曾浪迹荷兰、俄国、波兰等国。回国后，成为卢梭的朋友。主要作品有《大自然研究》、《保罗与维吉妮》等。

77

"零—零—零，"他唱了起来。

帕甫洛芙娜跟随在他身后，一本正经地招呼他去喝茶。

他喝了一杯不知怎的味道很苦的茶，决定到河对岸的田野去，在桧树丛里的沙地上躺上一天，等到天黑的时候，再进城到旅馆里过夜。

"让你找我！"

但他改变了主意，拿起钓鱼竿向河边走去。走出大门时，他看见莉莎正在擦洗她家房子上的一扇玻璃窗，于是他便很快跑到她跟前，急急忙忙地小声说道：

"我完全有必要和您谈一谈巴黎，傍晚请您到墓地上去一趟……"

莉莎一闪身就不见了，一句话也没有回答，但是他并未在意，他坚信姑娘会来。他没有钓鱼，而是在河岸上的树丛里，仰望着引不起任何忧虑和思念的晴空，躺了一天；他睡睡醒醒、醒醒睡睡，直至太阳像平日一样胀大、变红，几乎擦上精神病院主建筑的屋脊。

他回到家里，用过晚饭，穿好过节穿的衣服，顿时想道：

"木匠一来，一定会问：你打算到哪儿去？我就说，到花园去……"

但是他走出屋门便在门前的台阶上坐了下来。

"在花园里木匠会看到我。我聪明、机警得很，这是因为我不喜欢思索……"

在院子里的被阿尔塔蒙打扫得干干净净、剃得精光的地面上，竖着几根像笛子似的牛蒡、苍耳一类的草茎，一只老鼠正在往其中的一根草管里张望。米罗诺夫觉得，在潮湿的暖风吹拂下，这些"笛子"似乎在轻轻地吹奏着抚慰心灵的儿歌；它们吹得那样恬静悦耳，甚至连老鼠也不害怕这声音的游戏。他看见前面有一位身着蔚蓝色连衫裙的细身量的姑娘，还听得见她讲话的声音，她讲得娓娓动听，他不懂话的含意，然而因此却显得更加温柔。他想，若把房子卖给她的父亲，廉价出售，为此，她的父亲一定会允许他把莉莎带到巴黎，带到单身房间里去的。

米罗诺夫久久处于半昏迷的状态，随后被孩子们的一阵叫喊和脚

步声唤醒,孩子们不知在捉谁,清脆的喊声粗鲁地打破了傍晚时分空荡荡的街道上的沉寂:

"赶过去——去,抓住——住……"

米罗诺夫站了起来,厨房的小挂钟提醒似的打了八下。

"时候到了,"米罗诺夫说,"时候到了!"

他拐出大门,挥动着手杖,沿着街道往上方的沙岗走去。在灰色的丘岗上,有一道方形的、刷着白灰的砖墙环绕着墓地,小教堂上的十字架的铁皮闪烁着暗淡的光芒。墓地是新设立的,坟头稀稀拉拉;坟与坟之间孤孤零零地伫立着在干旱的土地上逐渐凋萎、尚未吸收许多人体肥料、颜色发赤的松树和蔫巴巴的白桦;灰色的草茎穿破砂土孤单无依地向空中伸展,在墓侧向阴的地方躲着一团团灰绿色的小草。

米罗诺夫缓步走在铺满碎石的小径上;一群蚂蚁正在拖着一根干枯的松针。他用手杖对准一只蚂蚁捅了一下,没有捅着,于是笑着说:

"嗯,没关系,活着吧!"

隔着茔地的围墙可以看见那条莉莎·罗扎诺娃来这里所必经的道路。在那边,在丘岗下,有两溜房屋和花园,像两道急流涌向铅灰色的河边;偶尔有一些玩偶似的人影出没在这些房屋和花园之间,米罗诺夫用手杖指点着他们威胁说:

"你们都得待在这儿,我可要到巴黎去了!哼,你们可真惹我讨厌……"

河那边一家工厂的烟囱在冒着肮脏的黑烟,将地平线上尚有些发红的天空染污了;一堆拖着尾巴似的乌云从一侧渐渐移近这块微红的天空,米罗诺夫记起了细木匠心爱的口头禅:

"没趣儿的家伙。"

这时他立刻看到了木匠,只见他一手攥着胡子,一手插在围裙的胸襟里,慢慢地走着,他的步履均匀,好像在丈量路边的土地一样,向沙岗上走来。

米罗诺夫屏着呼吸愣在了那里,他即刻明白了:

"他在监视我。我刚刚想到他,他就来了!"

细木匠走出四十来步,一转身走下大路,向田野中两株苍老的松树拐去,一直牵着自己的胡子。

"胡扯,你骗不了人,"米罗诺夫小声说罢,蹲在围墙旁边,透过砖墙上的方孔紧盯着木匠的一举一动。他的两腿发抖,他的体内和胸间也颤抖着恶狠狠的恐怖感。米罗诺夫跪下来,胸脯贴在暖暖的砖头上,张开两臂,将两只拳头伸出墙洞,仿佛要把自己钉在十字架上似的,一面向细木匠做着轻蔑的手势,一面嘟哝:

"胡扯,胡扯……"

那一位,在沙岗下面,重又走近路边,站下来用两手摆弄着什么,米罗诺夫顿时明白了:细木匠想要他相信,他是在扳着手指数数儿。细木匠背对他站着,向街中张望,莉莎马上就要从那里走来了,等她一走出来……很难想象那时会发生什么事情,但肯定会是某种可怕的事情。米罗诺夫不禁要叫喊。但是莉莎并未出现,而木匠取下头上的黑箍,威胁地抖动一下头发,又戴上皮圈,不慌不忙地向下走去。

"想藏在什么地方,捉她或是捉我……"

米罗诺夫已明确地意识到,他自己是不可能躲开木匠的,木匠到处都能找到他,强迫他同"出色的姑娘"结婚,强迫他做木匠想要他做的一切,像最初对待阿尔塔蒙一样,把他变成自己的奴隶。

米罗诺夫前额紧贴粗糙的砖头,突然记起细木匠曾提过的一个问题:

"谁能管得住你?"

问到这个,木匠还可恶地冷笑了一声。

"他知道,没人能保护我,他知道这个……"

在那边,在下面细木匠躲藏的地方,从地平线后面,犹如一场大火后的浓烟,涌起一堆山峰似的乌云,它是那样厚实,大概在上面行走起来也不感困难。

他怕得索索发抖,想起木匠一次次的谈话,对它们的含意体会得越来越深。

"你没有什么出众的地方,"出众,那就是说:不像大家那样生活,而主要的是,除去通常的事情,什么也不想。在生活中不受任何人的干扰。但是看来,有细木匠在,就不可能这样生活,他诡计多端,而且知道,这人无依无靠、孤苦伶仃,要对他怎样就怎样。

"当然是这样,当然,"米罗诺夫几乎是在叫喊,"他们都说上帝、上帝,可细木匠使唤他们……就像使唤狗一样。像是个猎人……"

这些悲愤的猜测使米罗诺夫不胜苦恼。与此同时,他也清楚地意识到这些猜测的软弱无力,它们是他所不需要的,是细木匠强行灌输给他的思想,因为同木匠认识以前,他并没有这种思想。

一块块犹如揉皱了的破布似的灰云从墓地上空爬过,给天空抹上了斑斑污痕;母亲喝醉时也正是这样,抓起一块肮脏的抹布,用它来擦拭窗户、橱柜上的玻璃和镜子,一条条的油迹把它们糊得已不透明。

一阵潮气袭来,用沙土堆成的坟头也暗了下来;米罗诺夫站起身,望了望道路,它似乎已钻入地下去了,于是他快步向家中走去,尽量不使脚下的碎石和沙土发出响声。走进街里以后,他看见罗扎诺夫家的窗户还是亮的。他跑近其中的一个窗户,用手杖敲了敲窗框,当克拉芙季娅·斯特列别托娃的圆脸伸出窗外时,他悄悄地对她说道:

"您告诉她,让她对细木匠当心点儿!"

"什么?"姑娘也小声地、吃惊地问道。

"是的,是的,他在监视……"

窗户关上了,恰似一只大鸟合起了翅膀;米罗诺夫听见窗内发出一声惊呼,接着便是一阵笑声。他东张西望地穿过街道,走进了自己的院子,从门前台阶上站起一个矮矮的、黑乎乎的东西,它远远地,未触及米罗诺夫的身体,朝他胸前推了一下,他急忙闪到了一边。

"你是谁,谁?"

"我,"是帕甫洛芙娜的声音在回答。

米罗诺夫定睛细看,果然是她。

"木匠找过您。"

"我不在家,"米罗诺夫厉声说道,但声音很小,"我无论什么时候都不在……"

他走进自己的房间,没点灯便不声不响地脱去衣服躺下了。蚊虫不住地咬他,他心惊肉跳、睡不安枕,细木匠仿佛就在近旁,也许正在花园里,躲在窗户底下,或是在屋顶上的烟囱旁边坐着,捋着胡子在琢磨,明天如何对付米罗诺夫。米罗诺夫撩开被子坐在床上,两脚踩着清冷的地板,侧耳细听。万籁俱寂。雨滴懒洋洋地敲打着屋顶。房内暖烘烘的,漆黑一片,一只迷了路的蚊虫在孤单地嘤嘤地叫着。米罗诺夫拿起枕头放在膝盖上等着:

"得把这只蚊子打死。"

他累得摇摇晃晃,侧身倒下,打着盹,仍旧抓着枕头不放,随后,心里一动又醒过来,坐在床上,一面谛听,一面观察着灰蒙蒙的曙色怎样透过窗上暗暗的花叶一点一点地充满着房间,他审视着自己那些过眼云烟似的纷乱的回忆,静待着它们的中断和消失。曾有过这样的时刻:所有的一切都缩成沉重的一团,将米罗诺夫抛入黑暗的空虚和绝对的沉寂与静止之中。

当太阳已经升起,将窗上的玻璃注满熔化了的珍珠般的光泽时,这样的时刻来到了,——米罗诺夫被击昏似的倒在床上睡着了,但是他觉得,似乎立刻就被一种奇怪的吱吱声唤醒。

一个身着黄衣、带着刺耳的吱吱声的人走进房来,毫不客气地坐到床上,用自己的一只又短又潮的手握着米罗诺夫的手,从口袋里掏出一个黑色的怀表,看着它,以老相识的口吻高声问道:

"喂,咱们的感觉如何?"

"没什么'咱们的感觉',"米罗诺夫气呼呼地答道。

"您哪儿不舒服?"

"什么叫'您哪儿不舒服?'"米罗诺夫带着挑衅和戏弄的口吻问道。

"您睡得怎样?"

"躺着睡的。"

米罗诺夫哈哈笑了起来,非常赞赏自己对答如流,出语俏皮。他觉得精神抖擞,甚至十分快活,他喜欢这个人,虽然这个人满身都是鞋油味,可他又矮又胖,活像个逗人的不倒翁。他的脸鼓鼓囊囊有些发蓝,在这蓝蓝的脸上有趣地游动着两只不同寻常的、像没有光亮的星星似的黄眼珠,——这样的星星常见于潮湿的夜晚。米罗诺夫望望窗外,——天上很快飘过一朵微微发蓝的云彩,使人想起某种过去的、不愉快的事情……

那人打了一个响舌,用手掌擦了擦蓝色的下巴说:

"您认不认得我?我是伊萨科夫医士,伊萨科夫……"

米罗诺夫有些难为情,为了掩饰这一点,于是便问:

"几点钟了?"

"十二点半。"

"嗷!我想吃东西了。"

"这很有好处,"伊萨科夫医士赞同地说,同时把黑色的怀表装进背心的口袋。

室内已经亮了,人语犹如在阳光中飘荡的彩色气泡一样,米罗诺夫看着它们说:

"总是这样就好啦!"

"什么?"

"没什么了。"

他的整个内心都感到高兴、轻松和飘飘然。他穿着衬裤,打着赤脚到厨房去洗脸,但是走到门口便停了下来,因为他看见了那个伏在桌上的浅色头发、戴着黑箍的脑袋——细木匠正躬着背,在一个破烂的书本上用铅笔写着什么。米罗诺夫不声不响地转回来,坐在了床上。所有的振奋和欢乐的情绪顿时烟消云散。

"怎么回事?"医士一面用黏糊糊的手指摸着他的太阳穴,一面拉

长声调问道。米罗诺夫推开他的手,摇摇头,悄声问他:

"是他把你领来的吗?"

"是啊!怎么啦?"

"他在哪儿过的夜?"

"我怎么知道呢?大家一般都是在家过夜的。"

"他不是一般的人。"

"为什么?"

米罗诺夫没有回答医士的这个以及另外的几个问题;他两手撑在床沿上,摇晃着身子,牙咬嘴唇,紧张地思索着:怎样才能摆脱细木匠?

医士咯咯吱吱地响着鞋底到厨房去了,米罗诺夫跑到窗前,抓起窗台上的花盆往花园里扔;他的脚刚跨上窗台,一双铁手便从后面抓住了他的腋下。他不看便知这是谁的手,于是未加反抗,老老实实,一声不吭地听任别人把他拉到床上,掀了个仰面朝天。他双目紧闭,倾听着两个人的窃窃私语,他在昏暗中分辨出一些灰灰的,钩子似的文字,眼看着它们巧妙地联结在一起,形成一种不明其含意的词句。只听医士喊喊喳喳地说:

"您早就在……"

这些话恍若生涩的灰色影子似的掠过他的心头,使他惊悸不安,他睁开了眼睛。

"孤儿,你这是怎么啦,啊?病了吗?"

细木匠眼中的绿光使米罗诺夫影影绰绰地记起:他曾在什么地方看到过这两道绿光,这张瘦削的鹞鹰似的面孔他早已看到过,在小的时候就看到过。

"喂,你看什么,认不出来了吗?"

"他自己在提醒我,"米罗诺夫这样想了想,说道:

"我好像见过您……"

"就是嘛。"

"得给他服一点溴剂。"

"我太善良了,"米罗诺夫忖度着,"我想,他们是要给我服毒药了……"

他退到墙根,盘起腿坐在那里,后脑顶着墙壁,两眼直勾勾地望着屋角,望着天花板,立即感到浑身发冷,不禁哆嗦了一下:天花板上清清楚楚地显出一幅绿色的方形图画《罪人之死》,图画的边缘站着一个长山羊胡子的尖脸魔鬼。霎时间,整个疑团都昭然若揭,涣然冰释了。这就是细木匠毁坏蔚蓝色房屋、能那样轻松自若地凌空飞行的原因,这就是他喜欢制造混乱和麻烦的原因。

"谁能管得住你?"细木匠问这话时,所以那样得意,就是因为他知道,米罗诺夫·康斯坦丁不相信一般的神和人。一切都清楚了。但是怎么办呢?十分可怕而又炎热。米罗诺夫依旧蜷着腿,也未松开抱着膝盖的双臂,便歪倒在那里。

"我想睡。"

"吃不吃东西呢?"

"我要睡。"

"这也有好处。"

他们走开了。细木匠小声说道:

"像个孩子……"

他这话只能骗骗医士,可骗不了米罗诺夫,米罗诺夫已经明白和领悟该怎样做了,不过首先要躲开细木匠。

他警觉地谛听着四周的动静,躺了几分钟,而后站起来,用被单蒙在头上,裹住全身,照了照镜子,不禁为自己没长胡子而遗憾地叹了口气,若是有胡子,他看上去就会像复活了的拉撒路了。[①] 接着他立刻从镜前胆战心惊地往后退了一步,因为他明确地感到,这个深深的、亮闪闪的所在暗了下来,而且在吸引他,要让他倒进去。他一手抓住门框,小声说道:

[①] 圣经传说:耶稣祈祷上帝显灵,使病死了四天的村民拉撒路得以复活。拉撒路从墓洞里出来时,手脚裹着布,脸上包着手巾(《新约·约翰福音》第十一章)。

"上帝呀,我马上就去……"

他向门内张望了一眼,厨房里空无一人,桌子上的茶炊喜气洋洋地发着亮光,茶炊上袅袅升起一缕缕灰白色的蒸气。米罗诺夫走过去,旋开了茶炊上的龙头——必须这样做。然而,当一股琉璃似的开水冒着烟,漫开来淌在托盘里的时候,他吓得愣住了,侧耳细听:帕甫洛芙娜瘪着没牙的嘴不知在院子里说着什么,同时听见细木匠的像锤击似的声音:

"他自己?怎么啦?"

"他自己",这当然指的是上帝,那个普通的、众人的上帝。这就是说,该死的细木匠已经明白,米罗诺夫正要到这个普通的上帝那里去。也许他说的是"我揉瘪你!"[①]——用来吓唬老太婆。

米罗诺夫屏着呼吸,蹑着脚走进前室,顺着楼梯上了阁楼。一股热烘烘的、灰尘、野猫、鸟类等呛人的气味扑鼻而来,他随手把门关上,面对着半圆形的蔚蓝色的耳窗跪下来,一面频频地画着十字叩着头,一面唱了起来:

上帝啊,拯救你的众生吧……

但是他已记不得下面的歌词,于是思索一下,站起来,凑近窗口,对着天空大声说道:

"我有罪,有罪,我信神,我求神……"

然而,细木匠比神离得更近,他听见了受害者的忏悔,惊慌地喊道:

"到阁楼上去找!"

米罗诺夫扑向门口,把阁楼里的所有东西——破烂家具、匣子、盒子、篮子、木头板子等杂七杂八的物件,统统拖过来,堆在门后,一面给

---

① 上文"他自己?怎么啦?"原文是"Сам? Ну?",把这两个词念成一个词"самну!",意思就变成了"我揉瘪你!"。

它们画着十字,一面嘟哝着:

"上帝保佑!"

细木匠已跑上楼梯,一面撞门,一面连声叫嚷:

"康斯坦丁,别犯傻啦!把门打开!你怎么搞的?你听我说……"

"害怕了吗?"米罗诺夫高声问过之后笑将起来,知道木匠战胜不了他所画的十字,自觉安全无虞。

"康斯坦丁!难道我不是你的好朋友吗?"

"不是,"米罗诺夫坚决地喊了一声,抓起烟囱上的一块砖头往门口抛去;砖头正砸在一个匣子的底部,轰隆一声,更加强了米罗诺夫反抗木匠的决心。门后所有的东西都被木匠撞得活动起来,椅子摇摇晃晃,轧轧地响着倒下来,米罗诺夫眼看着这幅情景大笑对手的虚弱无力。

但是在木匠的撞击下板门咔嚓一声打开了,那堆东西塌下来,七零八落地散在了一边,门板也倒了下来,细木匠赫然出现在门口,这使米罗诺夫大吃一惊,但是他终究又抓起一块砖头,照着木匠的黄铜般的尖胡子掷去,木匠呱地叫了一声,两只裸露着肘部的手臂向外一张,噼里啪啦,咕咚咕咚地滚了下去,米罗诺夫却高兴得如痴如狂,他跳着叫着,将所有能扔的东西都朝着对手扔了过去。他哈哈大笑,听着那同样如痴如狂的号叫:

"快去找消防队来!得用水冲!他要毁了自己的……"

米罗诺夫止住笑,仔细听着。楼下人声鼎沸,孩子们在尖声叫喊,盖过一切喧闹声的是一个威严的低音,是他所熟悉的、受人尊敬的伊凡·伊凡诺维奇·罗扎诺夫的声音。

"就是你自己把他搞疯的。"

"对,"米罗诺夫喊道,"是他,就是他!您知道他是什么人吗?看见了吧?呵哈!"

他高兴得上气不接下气,因为大家都明白细木匠是个什么人了。他已经准备走下楼去,但是细木匠的惊慌叫喊制止了他:

"千万别打,阿尔塔蒙,当心,别打,我求你!"

这么说,阿尔塔蒙也认清细木匠是个什么人,而且起来反对他了吗?但是车夫侧身挤进门来,不分青红皂白,用膝盖一路连磕带碰撞开了所有东西,张开十指,伸着双臂,咧着三角豁嘴,吼叫着直冲着米罗诺夫走来:

"咳,你为啥这样,为啥,啊?"

原来是细木匠吩咐车夫把米罗诺夫当作一匹马来对付了。

"我不是马,"细木匠的诡计使米罗诺夫震惊,他一面躲避像车辕似的直挺挺的双臂,一面讷讷地说道,而车夫却向他冲过来,瓮声瓮气地说:

"喂,你别害怕,你为啥这样?"

米罗诺夫的脑袋顶住一个又硬又热的东西,已经无路可退,车夫把他逼到了一个热烘烘的铁墙角;于是米罗诺夫做了最后一次摆脱细木匠的尝试,他四肢着地迎着阿尔塔蒙爬了过来,但是后者把他头朝下拦腰抱起,吼了一声:

"逮住啦!"

米罗诺夫的脑袋撞在坚硬的,布满灰尘的暗处,全身像是融化和散了架一样。

后来黑暗渐渐消散开来,米罗诺夫觉得自己仿佛躺在一件软软的东西上,摇摇晃晃地飞着;他的手脚仿佛已被折断;脑袋很不自然地胀得很大,重得抬也抬不起来;许多白色和黑色的斑点在里面旋转着,相互抵销着,可以隐隐约约地听到父亲常唱的那首歌曲:

> 七个苏,
> 七个苏,
> 咱们要它有啥用处?

在他的上方是亮得炫目的蔚蓝色天空,在这柔和的光线中有几个白色的、轮廓不甚分明的形体在飘动着,吸引着他的注意;其中的两个伏在他身上,娴熟而迅速地为他装上了新的、非常细弱的手脚,清了清他的脑袋,使它轻得像空的一样,随后便把他摇摇摆摆地带上了蓝天。米罗诺夫懂得,是上帝听到了他的呼唤,所以派遣天使把他从世上窃走了。果真如此:喏,上帝亲临他的面前,身着白衣,高高的身量,戴着金边眼镜,无声但又亲切地点点头来回答米罗诺夫的欢呼,继之,迎面扑来一阵沁人肺腑的花香,上帝从他身旁飘了过去。

使米罗诺夫喜不自胜的是,他所见到的不是旧有的、普通人敬奉的普通上帝,而是那如歌的无限静谧的真正而英明的创造者。在他的世界里一切都是那样寂静、甜蜜,清澈异常,几乎难以看见的水流洗涤了米罗诺夫的全身,当深邃的静谧的创造者再度出现在他面前时,米罗诺夫已经意识到,必须用巴黎的语言同这位上帝讲话:

"Je vous remercie, mon Dieu,"他说,"je vous remercie, que vous …"①

他再也找不到更多的词句了,于是使用俄语继续说了下去:

"请您原谅,我的法语说得还不好,我感到困难,非常非常的困难!那位旧有的、普通的上帝没有力量帮助我。我不喜欢他,我想找你,早就想了……"

"有多久?"深邃静谧的创造者从眼镜上面以慈父般的目光望着他的眼睛问。

"Toujours②——一直这样想。"米罗诺夫说罢问道:"我没有来晚吧?"

"噢,不!"创造者笑了笑。"一般来说,人们并不急于到我这儿来。"

米罗诺夫听出这话中含有忧伤和责备。

---

① 法语:"感谢你,上帝,感谢你,为了……"
② 法语:始终。

"Oui①,"他表示同意,同时觉得,蔚蓝的思想和话语在他脑中闪现了一下,慌恐一阵阵地刺痛着他的心,他担心来不及说完要说的话,"是的,是的,他们不慌不忙;总是讨出色的姑娘做老婆,菲姆卡、谢拉菲姆卡等等,让他们见鬼去吧,Pardon!② 他们在那里,您知道,像狗一样,寡廉鲜耻!然后,生孩子,吃渍苹果,贪婪吝啬得要命!可我,您是知道的,什么也不要……那个普通的上帝,他们的上帝,根本不理睬他们,对所有人发号施令的是细木匠,您当然知道!您知道,我是第一个了解细木匠的人,他是个专管琐事的魔鬼,是个制造混乱和纠纷的魔鬼。他想出些婚礼、渍苹果、酗酒、鱼肉馅饼、打纸牌,以及我不喜欢和不想要、绝不想要的一切……"

米罗诺夫一想起该死的细木匠便气得叫喊起来,但是蓝色静谧的创造者拉着他的手,另一只手翻着自己的法典,亲切地问道:

"头常疼吗?"

"'头'就是 la tête,"米罗诺夫记起了这个字,同时抬手摸摸自己的脑袋,它像地球仪似的又光又凉。

"根据推测,它是悬在空中的,"他想起这句话,用两只巴掌捂着脑袋,喃喃地说出了声,随之戚戚哀哀地唱道:

小黄雀,小胖子儿,你方才,在哪儿?

"你添枝添叶编了很多吧?"亚历山大·阿列克辛大夫对我讲过这个病历以后,我问。

"你当然会编得更多③,"他笑着回答说,"这件事是在我为米罗诺夫医治手臂骨折时,一位同事给我讲的。这位米罗诺夫看见来探望他的细木匠,便从窗子里跳了出去。近几天我又遇见了米罗诺夫,他到

---

① 法语:"是的。"
② 法语:"请原谅!"
③ 我大概也正是这样做的。——作者注

我这儿来医治支气管炎。我们谈着谈着彼此都记起来了。是不容易忘记他的,——那副尊容令人难忘。别看他的样子萎靡不振,可他似乎是个大骗子。海洋街上那家装订作坊就是他开的……"

康斯坦丁·德米特里耶维奇·米罗诺夫用一只没精打采的深色眼睛望望杯底,发现那里还有些没化开的糖,便用茶勺把它抠出来填进嘴里,然后舔一舔粗硬的唇髭,叹息了一声。

"是啊,就是这样一种精神失常!怎样,咱们谈正事吧?"

他用手指细长的双手拿起铅笔和一块纸片。

"因为有可敬的阿列克辛大夫介绍,您本人又是位读书人,皮子我给您要……细棉布要……嫌贵吗?哪儿的话!刚好够本儿,不多不少……"

他对我详细谈了原料的价钱、工人们的不服管教、沉重的税务负担,以及其他许多可以使我相信他的无私的事情。他边讲,边用手掌抚摩着他那剃得像鞑靼人似的光头顶,两只大耳朵支棱着,活像箱子上的把手。灰色的大鼻头垂在又粗又硬的修剪过的唇髭上。两块颧骨怪模怪样地动来动去,喑哑的嗓音平淡而单调,听起来,似乎是在咀嚼和吮吸着他的话。在低矮、拥挤的小房间里,由于皮革、胶水和机油的气味闷热已极,一只苍蝇在屋角的一个书柜上面正做着垂死的挣扎。

"您说说看,您怎么感到您是在恢复理智呢?"

米罗诺夫用右手上戴着黑指甲的手指摸着纸,在桌上使劲地来回按着,并用一只暗淡无光的眼睛朝着那只垂死的苍蝇所在的屋角睒了一眼,不很情愿地说:

"其实,我差不多都把这些忘记了,可是大夫又迫使我记起了它。想起来真没意思,而且有点害臊;甚至怪难过的,人们一般疯得有些道理,比如说,把自己想成了皇帝、野兽,——总之是某种崇高的东西,或是让可笑的事情迷了心窍,可我呢——愚蠢!那个地方有位工程师,他把自己想成象棋里的马,在门口左蹦右蹦,可就是进不了门,真可笑。那儿的一位医生说我把它当成了上帝,我听了很不痛快,虽说医生人挺不错。可终究……"

"细木匠吗?他当然已经死了;不过并不很久,是四年前我已经搬到这里住的时候,因为肺部不好,我在这儿已是第九个年头了。他,细木匠,先是变成了酒鬼。我跟他打过官司,闹了十一个月,我生病的时候,他为所欲为地支配我的产业,搞了个乱七八糟!……他真正是个疯子,就像这些作家、诗人一样……"

米罗诺夫用一个指头捅了捅一本封皮已被扯掉的书,咳嗽几声,摸了摸喉咙。

"我有空时是常看书的。多半在睡觉以前。不,书本对我起不了作用。再说,现在的书写得也没意思,除去爱情还是爱情,可并不是所有人都需要这个。"

"法文摘在书背上很好看;我装订过不少法文书。那么说,十三本装皮面,《圣经》是本厚书,当然是另一种价钱。"

"您怎么对细木匠这么感兴趣呢?"米罗诺夫似乎动气地问道,而后又无精打采地说了下去:

"这家伙平平常常,完全是生就的这种命。他本打算让我娶他的侄女,所以才把我的当成他的,乱来一气。可我和我的岳父罗扎诺夫狠狠地整了他一通,他欠了罗扎诺夫好多木材钱。"

听着康斯坦丁·米罗诺夫这种怏怏不乐的话语,我一心一意想再把他搞疯。而他却一面说,一面客气地咳着:

"莉莎韦塔·伊凡诺芙娜去世了。她给我生了个死女孩儿,随后自己也死了。现在我娶了这儿的一个女人。谢谢您,我平平安安过得还不错;虽说她妈妈是个希腊人,可她本人倒是个很体面的女人。可是跟那一位,老实说,我就没有安生过;她既任性,又爱掉眼泪,总之,性情乖僻得很。此外还敬神,甚至,对不起,到了可笑的程度,她那儿到处都是十字架、圣像,总谈些神神道道的事儿。还很怕死。"

米罗诺夫咳了一声,皱皱眉,用教导的口气说:

"其实,有什么可怕的?哥萨克有句俗话:'我还在,就没有死,死一到,就没我了。'说得很对。还可以加上一句:"在死以前你不会死。""

米罗诺夫露出一排整整齐齐的、僵死的假牙笑了笑。

"您想得到吗,我过命名日,莉莎韦塔·伊凡诺芙娜送了我一枚带颅骨的戒指,可我最受不了人的骨头!她也爱胡思乱想,像个疯子。她死以后,我和罗扎诺夫又因为她的嫁妆打了一场官司。他当然是个有声望的人,但是太贪得无厌了……接着谈书的事好不好?《唐吉诃德》,两卷,装皮面吗?"

"不,您就别讨价还价啦!要知道,关于我一时不幸的故事大概能让您赚一笔钱……"

"您对这个也有考虑?"

"为什么不呢?"米罗诺夫不无惊异地问。"什么都得考虑到。生活要求精确的算计。谁在这方面听从福耳图娜女神①,谁就会得到她的关照。"

"不,"我想,"无论何人、何事再也难把康斯坦丁·米罗诺夫搞疯了。"

这时我问:

"地球仪您还保存着吗?"

米罗诺夫看着那张写着数字的纸片,抚摸着后脑勺说:

"细木匠想必是要把地球仪修好,可是却把整个乐曲都彻底搞坏了……"

张佩文 译

---

① 古罗马神话中的命运女神。

不平凡的故事*

在涅瓦河畔的一所公爵府里,有一间"摩尔"①式四壁布满彩绘的房间,眼下这房间又脏又冷,给人一种不舒适的感觉。有个身上紧裹灰色粗呢长外套的人坐在那里,微微摇晃着。这人四十出头,长得阔厚敦实。他坐着,左边的瘸腿向前伸直,脚上穿的是沉重的红皮靴,右脚稳稳当当地踩在镶木地板上,当他说话激动的时候,像马蹄一样宽大的靴后跟就随着在地板上顿响起来。

他头上的黄发像枯草似的蓬乱,两腮和下颔长着几撮稀疏的黄色胡楂。难看的鼻子底下留着短须,酷似磨损了的牙刷毛一样。

此人丑陋的脸上长着一张大嘴和满口尖利的牙齿;狗鱼似的灰脸上颧骨高高凸起,眼睛说不上是什么颜色,在俄罗斯中部几个省份,有这种相貌的人是很常见的。他们脸上的那双眼睛一般长得不大,不是瞧着地面,就是仰望天空,几乎从不看人;在他们的眼神中可以感到多次受到欺骗愚弄的人所流露出的那种内心困惑和疑虑。但是在那双眸子的深处常常射出冷峻锐利的目光,这目光以其深深蕴藏的理智力量像针似的可以一下子穿透对方的肺腑。正是这种锐利的目光唤起

---

* 本篇写于一九二三年底至一九二四年初,最初发表于一九二五年三月《笔谈》杂志第六一七期。译自《高尔基三十卷集》第十六卷。

① 指七、八世纪至十五世纪盛行于西班牙、北非和西西里的摩尔人艺术,其特点,在建筑上突出表现在饰有丰富和复杂的纹采。

了我第欧根尼①似的强烈愿望,这种愿望是每个作家所固有的。经我再三请求,这个长着满口尖齿利牙的人才同意把他的身世讲给我听。

他讲话慢条斯理,有板有眼,好让我懂得,他深信自己是个相当了不起的人,并且他的故事已经不止一次使听众为之惊叹。时而,他讲得兴致勃勃,连胡子也跟着抖动,露出弯曲得有点可笑的黑紫嘴唇。时而,他又讲得很悲切伤感,这时他严峻地紧蹙本来已经布满皱纹的额头,眼白闪着像露珠般润泽奇异的光彩,两个瞳仁不知是因为害怕,还是由于诧异变大了。

除了那条瘸腿,他的身体一刻不停地在转动,这和他从容不迫的叙述很不合拍。黧黑的双手不安地动来动去,时而摸摸膝盖,时而摆弄桌上的公文夹、墨水瓶、烟灰缸,或碰碰木制的笔架。每当他把桌上的东西移动后,就眯起眼睛打量一番,随即又把这些东西按另外的摆法重摆一次。然后,怀着明显的不满心情把所有这些东西推开,用手掌抚摩或用手指抠挖色彩斑斓的——红的、蓝的—金黄的——墙壁,墙上刻满了奇妙的阿拉伯花纹图案。

看来,这不平常的房间对他来说有点狭小。他蓦地转过头去,看着窗外,窗框上装饰着棱角分明的各种形状的格子,他默默地看了一两分钟,像在宽广的黑色涅瓦河面上寻找着什么。他解开长外套的纽钩,随即又扣上,仿佛想要脱去衣服,抖掉附在身上的重物似的。

他说话的声音发自胸腔的深处,低沉暗哑,像从远处传来的一样。

从我长期居住的地方和身份证来看,我是西伯利亚人,但按出身地点来说,我是俄罗斯人,来自梁赞省萨瓦季马县郊。从幼年起,我就记住了萨瓦季马这个地名,是从我父母那儿听来的,他们常常向人解释说:

"我们的老家在萨瓦季马附近。"

---

① 第欧根尼(约公元前404—前323),古希腊哲学家,据传说,有一次他白天提着灯走来走去,并说:"我找人。"

差不多十七岁以前,我一直说萨马季马,而不是说萨瓦季马,我还以为这是一条河名,把河水也想象得异乎寻常的黑①,可是这个想法我对谁也没说过,甚至对自己的朋友,对小伙伴也没说过。我非但没说过、没夸耀过,可能还觉得有点不光彩,因为西伯利亚的河水都是清澄碧绿的。

后来,一个卖农机的商人纠正了我的错误,他粗鲁地说:

"傻小子,不叫萨马季马,叫萨瓦季马,也不是一条河,是个城市,是座县城。"

我立即相信了他。听说萨瓦季马没什么不寻常的地方,我心里感到欣慰。

家乡是个什么样子,我一点印象也没有,也许是个普普通通的农村。我只记得山脚下高高的河岸上有个村镇,镇后的修道院三面为树林所环抱。至今,我对这个村镇还记忆犹新,它不像是人居住的地方,而像玩具;这样的玩具我见过:小房子,小教堂,还有牲口,一切都是用木头雕刻成的,树木是用染成绿色的藓苔做的。小时候,我非常向往这个村镇。

大概在我十岁左右,父母搬迁到西伯利亚。在路上,我的母亲和弟弟从火车车厢里掉下去摔死了,不久,父亲也意外地去世了,因为他吃鱼吃得过多。我就跟一个老头儿一起沿村乞讨,这个老头儿性情温和,从不打我。我们俩相依为命,在一起流浪了将近一年。后来,在一个小城的集市上,有个庄稼人看中了我,他叫特罗菲姆·博耶夫,是个旧教徒。大概他给了老头儿一个卢布,老头儿就把我让给了他。

这人长得高大粗壮,性情怪僻。他是个守财奴,动不动就爱祈祷,但实际上非常虚伪,就像掌柜在上帝面前祷告忏悔一样:他自己无恶不作,弄得身旁的人连气都透不过来。他和他们全家人对我都很刻薄,个个贪得无厌,所以打一开始我就不喜欢他们,看不惯他们的所作

---

① 萨马季马(Саматьма)有"最黑暗"的意思,故云。

所为。我当时还是个半大孩子,可我已经看出了那种不同一般的劳动是毫无意义的。博耶夫养了六匹马、十七头奶牛、一头种牛,还有羊群、家禽,应有尽有。他自己干活,还迫使别人跟他一样累死累活拼着命干。他们吃起东西来也让人看了恶心:肚子已经填饱,不想再吃了,可是还没完没了地吞咽,脸涨得通红,两腮鼓得高高的,一个劲儿吧嗒着嘴,硬往下塞。过于繁重的工作和毫无节制的饮食——这就是他们的全部生活。每逢节日,他们打扮得漂漂亮亮,全家老小一大群人赶到十二俄里外的教堂去。

这是个大家庭:除他本人外,有第一个老婆生的三个儿子,其中一个当兵去了,两个儿媳妇,一个哑巴女婿——他从大车上摔下来,把舌头咬断了,妻子也死了。第二个老婆生了一个女儿,叫柳芭莎,比我小两岁。第二个老婆是个母夜叉,眼睛大得像马眼一样,力气也像男人那么大。还有个雇农马克西姆,也是俄罗斯人。他是个瞌睡虫,连站着都能睡觉。另外有几个老太婆,像几只老鼠一样。

在我满十七岁那年,马克西姆不小心用粪杈扎穿了我的大腿,由于感染化脓,一年也不见好,从此这条腿走起路来就有点瘸。

有一天,在吃晚饭的时候,博耶夫的大儿子谢尔盖对他父亲说:

"亚什卡走路很吃力,应该给他治治腿。"

可是博耶夫却回答说:

"不治也会好的。要是瘸了,对他有好处,再也不会让他当兵去了。"

听了这话我非常伤心,我本来是个健壮的小伙子,在姑娘面前一瘸一拐实在丢人;她们已经在笑话我了。这时我想离开博耶夫。我告诉了柳芭莎,她也劝我说:

"你当然得走,要不然他们会让你干活,把你累死的。你不也瞧见,他们都是些该死的没良心的东西。"

柳芭莎是个体弱多病、闷闷不乐的女孩子。她弱不禁风,连摇动搅黄油机的力气也没有。可她是我的知心朋友,几乎是逼着我学会了识字读书。衣服破了她给补,连衬衣也是她做的。几个兄嫂不喜欢她,笑她跟我相好。

"他是个瘸子,怎么配当你的未婚夫呢!"

这一点她可从来没想过,她只不过在生活上帮助我就是了。她是个清白规矩的姑娘,看不惯骄奢淫逸的生活,她身体单薄,眼睛像她母亲,长得大大的,炯炯有神。她难得有笑容,但只要她微微一笑,我的心情马上会感到轻松一些。她也从来不哭;要是有人打她,她就缩成一团,闭上眼睛,索索发抖。全家人就数她最聪明,可别人说她傻气,中了邪。但她很残忍,喜欢折磨猫、狗和小动物,尤其使她特别开心的是掐小鸡;她抓住小鸡就用两手紧紧地挤压,直到把小鸡掐死。

"你干吗要这样?"

她默不作答,只是扭动一下肩膀。她这样做,可能是为了发泄对人们的怨恨吧。到了春天,我跟她告别走了。博耶夫想阻拦我,拖了很长时间不给我身份证。这时候又是柳芭莎帮了我的忙。

随后的两年过得一帆风顺,甚至没有什么可说的。我住在巴尔瑙尔一个医生那儿。他总算治好了我腿上的伤口,不过走路还是有点瘸。我可以这样说:我活到二十岁,好像一直在做梦,没有遇到过什么不寻常的事。有时由于寂寞无聊,就会想起那个村镇,我想:

"应该在那儿生活。"

可是那个村镇在什么地方呢?我不知道。过后又不去想了。只有柳芭莎我从来没有忘记过。有一次我还给她去了封信,可是没有回音。

我在亚历山大·基里雷奇医生那儿日子过得很平静。要干的事情不多:劈柴,生炉子,帮帮厨娘,擦皮靴,刷衣服,再就是赶车送他去看病人。我不是个贪杯的人,不过,为了对身体有好处,可以喝上一两杯;玩起牌来我很谨慎,女人爱我也白搭,因为我生性孤僻,别人又认为我傻头傻脑。这时候我已积攒了一点钱。

可是突然间,我像是滚下山坡一样,开始了不同寻常的生活。住在我隔壁的夫妻俩被人杀害了,那天晚上恰巧我没在家里过夜。我就被抓去了,偏偏这时我的身份证又出了问题,名字写错了:我的真实姓名是亚科夫·济科夫,身份证上都写着亚科夫·亚济科夫。那时候,正赶上日本人开始跟我们打仗①。侦查员就对我说:

"你自己承认,冒名顶替用了别人的身份证;这么说,你是为了逃避服兵役,或许还有别的更见不得人的原因。"

我指出:身份证上明明写着持证人的特征是瘸腿,可见这就是我,济科夫。

可是,在西伯利亚谁也信不过谁。他说:

"也许你没有参与杀人,不过还要调查一下你的来历。"

那几天医生出远门不在家,他到托木斯克和喀山去了;没有人可以为我说话。就这样我被关进了监狱,在牢房里几个盗贼拿我开心:

"你根本不是济科夫,也不是亚济科夫,而是亚焦夫②,因为你的嘴脸长得像条鱼一样。"

就这样别人给我起了个外号:亚焦夫。

这种不寻常的莫名其妙的事情使我感到委屈;夜里我睡不着觉,总在琢磨:怎么可以因为身份证上出了点小小的差错,就把人关进监牢里受罪呢?我向上帝申冤诉苦;那时候我非常相信上帝,尽管我在监狱里不做祈祷,因为在那儿信教是会受人讥笑的。我常常只好在躺下睡觉的时候,偷偷画十字,躺在床上,脑子里默默背诵两三段祷文——只能如此。本来我习惯于跪着毕恭毕敬地祷告。"我信仰","我们在天上的父"——各背诵一遍,"圣母娘娘"——背诵三遍。对圣母娘娘的颂词我背得滚瓜烂熟。柳芭莎教了我许多东西。最初我是用锥子在树皮上学着写字的。

当然,信教是件蠢事,可那时候我还年轻,除了上帝,我没有其他的兴趣爱好。

---

① 指一九〇四年一月二十四日开始的日俄战争。
② язёв 是由 язь(圆腹鲦鱼)一词构成的姓。

牢房里除了我还关押了七个人：四个盗窃犯，一个生痨病的已经奄奄一息的盗马贼，一个老年流浪汉，还有个要押解到俄罗斯某地去的铁路钳工。几个贼整天打牌、哼小曲，老头儿和钳工却在一旁争论不休。老头儿瘦骨伶仃，个子很高，像牧师那样留着长发，鼻梁有点歪，目光严厉而凶恶，长相十分难看。但他生活安排得井井有条；早上第一个醒来，用块浸湿的干净布擦把脸，梳好头发，理好胡须，扣上全部纽扣，然后长时间纹丝不动地站着祈祷，但不画十字，并且他不是面对放着圣像的角落，而是对着窗外的亮光，对着苍天。显然，他是个教派信徒①，不过没想到是个颇有心眼儿的教派信徒！

钳工长得黑黑的，像吉卜赛人或犹太人，比我大十岁左右。他虽然能说会道，但说的话跟人不一般，我连听都不爱听。他剪的平头像刺猬，牙齿洁白闪光，小胡子黑亮，眼睛长得像吉尔吉斯人。他就像马戏团里驯养的海豹那样全身光滑闪亮。他还喜欢吹口哨。

有一回，几个盗窃犯已经入睡，我听见老头儿在唠叨：

"现在要使一切简单化。大家为一些无谓的小事纠缠不清，互相之间要拼个你死我活。应该使生活简单点儿。"

钳工怨声怨气地嘟囔说：

"我说的也是这个意思。"

"胡说。你崇拜的是昨天。像你这样的人我不是第一次遇到。你们都是些骗子。你想方设法要得到特殊的、不寻常的东西，想与众不同。生活中所以有不幸和罪过，就因为每个人都想成为特殊的人、不平凡的人。这真是灾难啊！从这儿产生了各式各样的贵族习气、官气、强迫和命令。这样有人在衣食方面就很特殊，人跟人之间就出现了千差万别。应该让这一切统统都见鬼去，就该这样！哪儿有特殊，就会有权力，哪儿有权力，就会有仇恨，就会有水火不相容的矛盾，就会出现各种疯狂的行为。因此狂人们就互相仇恨。人应该只掌握自

---

① 指与占统治地位的正统教中分裂出来的教派。

己的命运,而不应该去主宰他人。你瞧,给你立了案,你就任人驱赶,你的喜怒哀乐得听人摆布,不能自己做主。"

我听着,觉得老头儿说的句句在理,好像他说的都是我的心里话。要是你的道理确实站得住脚,那你的一切问题都可以迎刃而解,这道理的本质是那样实在,仿佛用手就能触摸得到一样。

几个盗窃犯都嘲笑我,认为我是个傻小子,不过我自己也乐得装傻。这样更安宁些,也能更快地了解人们,因为在傻子面前人们是无所顾忌的。这两个争论不休的人看见我就像没有我这个人一样。他们怒气冲天,牢骚满腹,而我却听着。在我看来,他们似乎没什么可争的,都一致认为:世界上一切都应该平等,特殊化、与众不同的现象应该消灭,不允许存在任何差别,只有这样,所有人——不管愿意与否——才能平等,万事才会变得简单而又容易解决。把地球上所有的人都变成普通人,用一道特别法令禁止,消灭各种阶层:牧师、商人、官吏和一切老爷。使任何人既不能买我的粮食,也不能买我的劳力和良心。

"应该打起精神来,"老头儿振振有词地说,"主要的是精神自由,没有这一点就谈不上是人!"

我如饥似渴地把这些思想都吞了下去,果然,我的精神立即振作了起来,感到豁然开朗。我想:

"主耶稣啊,人们之间的关系是多么简单,可他们却一生一世受着痛苦的煎熬!"

我想着想着不由地笑了,几个窃贼更加笑话我了。

"瞧,亚焦夫想媳妇喽!"

我不作声,装得更像个傻子,您知道,我却一直在听他们的谈话。他们只在一个问题上有争议:钳工挑逗说,也不要上帝,可想而知,老头儿为此就生他的气,连我对钳工的话也不满,他的话听来刺耳,那时候上帝对我来说还是块心病。他们俩无所畏惧,心里明白统治的全部危害。

不久，我被押到身份证上所填写的地方，在那儿博耶夫一家当然证明了我的身份。博耶夫本人躺在床上，生命垂危，好像是马伤了他。可他建议我：

"亚科夫，留下住在我这儿吧；你这个人挺和善，又傻头傻脑，过流浪生活对你不合适。"

我拒绝了。我已经见过一些世面，变得有头脑了，我向往城市，再说柳芭莎也劝我：

"去吧，去吧，亚科夫，找自己的幸福去吧。"

不用说，我把自己的遭遇一五一十都告诉了她，谈了整整一夜，我的思路有条不紊，说起来滔滔不绝，连我自己也感到奇怪。柳芭莎赞同说：

"说得都很对。就该这样。"

我对她说：

"柳芭莎，最好你跟我一起走吧！"

她害怕了：

"我对你有什么用呢？我会成为你的累赘，我身体不好。再说人生地不熟的，我过不来。这儿我已经习惯了。"

是啊，她没有跟我走。我已经说过，她是个多愁善感、心地善良的姑娘。她的心灵像面镜子，从她身上我看到了自己。临别时，她哭了……

我又回到了巴尔瑙尔的医生那儿。他是个好人，如果不按我的看法，按老眼光看，他还非常聪明。不过他脾气暴躁，他的习惯有时像财主老爷。长相像农村人：身板粗壮敦实，走起路来像只鹅那样神气十足，举止稳重，不随便摆动手臂；宽阔的脸膛红扑扑的，颌下留着一把胡须。他医术高明，能妙手回春。他的酒量很大，但从未喝醉过。比起伏特加来，他更喜欢喝红葡萄酒。他的目光正直，蕴含着一丝讪笑，这种笑容似乎在对每个人说：

"你别装模作样了，我知道你身上的毛病。"

虽然女人喜欢他,他也追逐女人,可是我看到,他的生活很枯燥。他总是愁眉不展,无病呻吟,透过牙缝哼着小曲,经常啐痰,像吃了什么腐臭的东西似的。我喜欢他坦率直爽的性格,但不喜欢他的冷笑,因为这种笑表明医生把我也看成傻瓜,丝毫不信任我。这使我感到难过。所以,我有点怕他。

他见到我的时候显得很热情,开玩笑说:

"啊,回来了,草包!"

"草包"是他经常挂在嘴上的口头语,他像对小孩儿似的带着玩笑的口吻同所有的人说话,常常两手往口袋里一插,就开起玩笑来了。他给我端来一杯伏特加酒,吩咐老妈子煮上茶炊,然后来到厨房:

"好吧,把情况说说!"

这是一个冬天的晚上,风雪交加,发出呜呜的吼声。我和医生坐在桌旁,像在酒店里跟一个老朋友聊天,他一边听着,一边抽烟,用手摸着颔下的胡须,胡须不长,像鸡尾巴似的。

在以前,除了柳芭莎,我没有和任何人推心置腹地谈过心,可那天晚上却心血来潮,产生了一股压抑不住的勇气。我在监狱里和旅途中学会了对一切问题都进行思考。有时我陷入沉思,似乎连自己也忘了,只有我的精神还存在。我那么健谈,连我自己也觉得奇怪。要是柳芭莎能听到就好了!

我当然也谈到了监狱里的老头儿和钳工,医生却呵呵笑开了:

"瞧你,把你都弄糊涂了!嗯,这不错:傻子活着容易,聪明人活得有意思。亚科夫,现在你该读点书了。嗯,不过书里证明的可相反,支配我们的是法则,它把简单普通的事物分解成特殊的。在有人类以前,地球上是一片不毛之地,全是石头,天长日久,渐渐分化成沙砾、黏土,后来形成了黑土。在远古,只有一种野兽,一类飞鸟,经过演变繁衍,到现在有了千万种不同的飞禽走兽。古时候的人类也一样,最初都是庄稼人,后来,从他们中间分化出王公、沙皇、商人、官吏、火车司机、医生。这是法则!"

他能说会道，说得我哑口无言。

当然他还开玩笑说：

"应该站在这个土墩上来看一切，因为在我们这块沼泽地里它是最高点了。"

他的这番话使我大失所望，甚至一时动摇了我的信念。他很狡猾，给了我一本小书，可我立刻发现，这跟他自己读的那些书不一样。他读的都是精装本的厚书，有两书柜，给我的却是薄薄的书，像儿童读物，还有插图。我读了。他给我这些书的目的是为了转移我的注意力，好让我摆脱我的那些想法；书里讲的是古代人们生活的情况，这意味着我应该懂得，古时候的生活不如现在。这些书是一种慰藉。但我心想：

"我怎么知道书里写得对不对呢？我不可能亲眼看见，而且我生活在今天，过去的生活同我有什么关系？过去的日子已经无可挽回，不可能使它变得好一些了，你还是告诉我，明天该怎么生活吧。"

医生问我：

"书看了吗？"

"看了。"

"有意思吗？"

"有意思。"

至于这些书不合我的胃口，我当然只字未提，我也没有解释，我感到有意思的不是书的内容，而是写这些书的目的。我只说，这些书是为了宽慰我的。

可是我已经养成了读书的习惯；当我埋头看书的时候，仿佛看见河面上的漩涡，书上的字在眼前晃动、流过，时间不知不觉地流逝；当醒悟过来时，会有一种奇怪的感觉！仿佛在这一段时间里，地球上没有我这个人。书本上的话我不爱记，也记不住，再说它们对我也毫无用处，我有我自己的话。有些话我压根儿就不懂：嘴里虽然在低声念着这些词，但对我来说，它们却没有任何意思。可是书的实质我总是很容易就能领会。只要头脑里有自己的思想,别人的思想就非常容易理解。自己的思想像圣火,在它的光芒照耀下,可以一眼看穿旁人的虚伪。别人的任何思想面对着我的思想,都像臭虫怕光一样,避开了。我可以为此而自豪。

对我来说,和医生谈话比读那些书有用得多。有时,医院的工作结束或从城里出诊回来,医生脱去上衣、皮鞋,换上拖鞋,往沙发上一躺,身旁放着一瓶红葡萄酒,他躺着抽烟,不时呷一口带酸味的葡萄酒,得意洋洋地微笑着,说些逗趣的话,总是重复他那几句:

"我们的生活呀,命中注定要受旧时代的影响,那些毫无意义的东西根深蒂固,要铲除这些深根的时候可得小心点,否则会损坏土地整个肥沃的表层。今天受昨天的支配,当今的生活又一定会支配未来,任凭你怎样挣扎,也摆脱不了这种漫无止境、周而复始的法则。"

有时候他苦闷到了极点,就会无意中不小心脱口而出:

"当然啰,最好让一切都马上完蛋……"

可是,他随即又补上一句:

"嗯,这是不可能的!"

我听他说话,心里感到不快。

我想:"他是个聪明人,样样事都知道,他懂得,什么该知道,什么不该知道。看来他对自己的生活也不满意,就是不敢做出简单的抉择。"我已经做出了抉择,并且坚定不移,决不改变:既然象征人类自由的极乐鸟被虚伪琐事之网所紧紧束缚,奄奄一息,那就应该把网割破、撕碎!

我甚至对这位医生暗示过,提醒他,除此没有别的办法使人获得解放,但我不想对他直言:不知是怕他嘲笑我,还是出于别的原因。我很尊敬他,因为他对我不摆架子,常在晚间和我交谈,尽管他有时对我出言不逊,有时由于什么东西没有收拾好而冲我叫嚷,但我不生他的气。

由于读了他给的书和跟他谈话,我得到的好处是,受到了潜移默化的影响,不信上帝了,就像有些人不知不觉秃了头一样:昨天摸摸头顶,还有头发,今天一摸,突然秃得光光的。当然我倒并不感到害怕,只觉得心头顿时变得冷落不适,不过,这段时间不长。很快我就意识到,在这以前我活在世上,就仿佛生活在另一个星球上。我是从黑暗的角落,从上帝的角度来看待一切,现在我眼前一下子变得开阔了,心里无所畏惧,思想上感到无比轻松。老实说,我同上帝告别丝毫不感到惋惜。后来我彻底看清了,只有毫不足取的人,我们的敌人才信仰上帝。

我学会了识破那些把我和别人的事牵连在一起所设下的种种圈套,不管他们隐蔽得如何巧妙,我都能识破。我也能看到那位医生生活中一些浅薄的微不足道的东西,他的外部生活。他积累了许多无用之物:书籍、家具、衣服、各种不平常的小东西。他振振有词地说,为了美化生活需要不平常的东西——要美,请到森林里去,到田野上去,那儿有花草树木,没有尘土飞扬。有星星,星星是不必用抹布去擦拭的。人世间的各种无谓的小东西十分有害,只能沾污生活,使人忙于琐碎的苦役般的劳动。

比如说,医生穿衣洗脸需要五分钟,扣衬衣袖子的纽扣、系领带也需要这么长时间。他一边扣纽扣、系领带,一边像个大老粗似的嘴里骂骂咧咧。他的皮鞋也带纽扣——这又要花多少时间呢?穿普通的俄国靴子,只要一伸腿,就穿上了。您懂吗?所有那些领带、扣子、饰带、花边以及点缀朴实生活的各种玩意儿我认为对人来说都毫无必要。屋子里摆上几件大东西,你自己也会显得高大。应该把小玩意儿扔掉,统统扫地出门……

我从医生的谈话中也感觉到了老爷们对无用之物的癖好。看来他口头上虽然说得对,可是要摆脱这些无用之物却缺乏理智。他也没有意识到,整个统治是靠无用之物维持的:书本呀、小玩意儿呀、各种文具小机器呀——人被文牍主义的锁链所束缚。当然喽,即使意识到了这一点,对他也毫无益处,因为他参与了统治。他的话常常是这样的:说了几句击中要害的话,他又编出各种花言巧语来掩盖住被击中的要害。都是为了谨慎小心。据说,什么事情都不能十全十美,一蹴而就。他言不由衷,不能自圆其说。有时我甚至可怜他。

在这期间,我结交了一个女人;她是医院里的助理护士,红头发,绿眼睛;她的情夫毛皮匠用针扎了她的左眼,整个眼球掉了出来,眼皮紧闭着,即使这样,她的脸并不显得特别难看。她瘦瘦的脸上鼻子显得有点肥大,不过这鼻子我也觉得无所谓。她总是眯着眼睛;沉默又严峻,可是人们说她是个放荡的女人。我被她迷住了,我感到她那只绿眼睛燃起了我的情欲,这种情况在我身上还从来没有过。虽然我是瘸腿,可是,你看,我身强力壮。那时候我的模样长得也还和善。女人们一个劲儿地夸我的眼睛好看。有一回,柳芭莎也说:

"亚科夫,你的眼睛长得跟小姐的那样秀气。"

尽管这样,塔季娅娜却不肯依我。我对她说:

"你是独眼,我是瘸腿,我们俩配个对儿吧。"

"不,"她说,"我不干,我对你们这些男人已经腻味了。"

她的执意不肯使我的欲望燃烧得更加炽烈起来。为了博得她的欢心,我把宝压在红桃爱司上,使出了卖弄痴情的一招儿,终于征服了她。我全身像开水一样沸腾了起来。这个女人的情感异常粗野、贪婪、炽烈!她的爱情简直像一场搏斗:我很快发现,与其说她为爱情所陶醉,还不如说她在消耗我的力气,把我弄得精疲力竭,到了丧失知觉的地步,为此她感到心满意足。要是达不到这个目的,征服不了我,她就生气。

她生性极为爽直;我曾问她:

"你会欺骗我吗?"

"不会,"她说。可是想了片刻,她忽然又补了一句:

"不过,你要知道……"

接着,我像挨了一记耳光,听到她说:

"会的。"

我差点儿没有揍她,她深深叹了口气,带着负疚的神色用那只独眼看了看我,好像欺不欺骗不取决于她似的。我当然很伤心。爱情是危险的勾当,说不定什么时候会染上见不得人的疾病。不过我还是很喜欢她的直率。不久,我就发现,她是我的知音,并且是个有头脑的人。

她的性格古怪;稍一触犯她,就会暴跳如雷,恶语伤人,那只眼睛也射出凶狠、仇视的目光。在她温顺的时候,我问她:

"你干吗那么凶呀?"

于是她给我讲了一段不寻常的经历:她没有父母,住在姐姐家,姐夫是个火车司机,一次酒醉后,奸污了她,那时她还不满十六岁;差不多有两个月的时间,她怀着羞愧和恐惧忍受着。对谁也不敢说,后来姐姐猜到了,就把她赶出了家门。将近三年的时间她靠卖淫为生,后来几个醉汉把她打伤了,在住院期间,医生看上了她,雇她当助理护士。当时引起了一场风波,要求把她赶走,但医生不同意。

"你跟他在一起过吗?"我问;她闭上眼睛,用嘲笑的口吻说:

"我们这种人怎么能嫁给这样的野兽呢!他一次也没碰过我。"

"那你为什么要嘲笑他呢?你应该感激他才是。"

她舔了一下嘴唇,不满地说:

"哼,我是要感谢他的。"

一句话,她是个少有的女人,往下你就知道了。她身材苗条,像松鼠那样灵活。休假日她的穿着虽然并不豪华,但很体面,打扮得像个真正的贵族妇女。是的,柳芭莎的脸长得比她好看,可身材不如她。

我就这样一天天地过日子,渐渐消磨自己的精力。那时战争正在激烈进行,像炉火一样吞噬掉无数人的生命。医生也应征上前线,他说:

"喂,草包,咱们一块儿走,去修理那些傻瓜的断胳臂折腿,怎么样?"

我们就一起走了。还带上了塔季娅娜,让她当护士,她唠叨说:

"说的也是:一群傻瓜蛋!要是把枪炮、车厢全毁了,看你们还打什么仗。"

大家知道,在战场上我军节节败退,一片混乱。我们那列火车从一个站开到另一个站,白白地开来开去,没有事干,无数载着士兵的列车从我们身旁驶过;去的时候唱着歌,回来的时候却爬着,呻吟着。医生非常气愤,写报告、打电报,要求让他工作。他对我说:

"草包,你看,他们是怎么对待百姓的!"

他脸色阴沉,面孔瘦削,对所有人都怒声呵斥,无所顾忌地咒骂当局、诅咒战争、诅咒生活中的混乱的现象。他的胆量使我感到很惊讶:干吗要冒险呢?我对塔季娅娜说:

"你看,这个人拼命要工作,什么都不怕了!"

她却闭上眼睛,透过牙缝恶狠狠地说:

"这样他就会升官,得到勋章的。"

"嗯,我想,不对,他这准是另有打算。"

医生谈什么问题都诚心诚意,都很中肯,像头脑清醒的儿子谈论酒醉醺醺的父亲,像继承人对待财产那样。车站上的职员、卫队士兵以及平民百姓都完全相信他的话。连宪兵都表示同意:糟得很,一切都很糟!我想提醒亚历山大·基里雷奇,要他说话小心些,可是找不到适当的时机,再说,走近他也相当危险,弄不好,会无缘无故给你一巴掌,他完全到了狂怒的地步。

车站上忽然钻出了一个像猎犬似的老头儿,他戴着红十字袖章,穿着红衬里的军大衣,像个督察似的,瞪着眼睛,转来转去到处窜,冲着医生吼道:

"把他抓起来,把他抓起来!"

医生把文件塞到老头儿的啄木鸟似的鼻子跟前:

"瞧,这是什么?"

对上司来说,文件没有法律作用,正如对神像画匠来说,神像不是圣物一样。医生被抓起来,关进了宪兵队。我的塔季娅娜就在车站大

闹起来。这时我才第一次看见,她真是个天不怕地不怕的人,不管三七二十一,冲着所有人又是嚷又是跳。有人取笑她:

"医生是你什么人,是你的情人吗?"

他们笑我。这使我感到难堪。虽然我没发现她和医生一起欺骗过我,不过,话又说回来,难道会让你察觉吗?干这种事总是悄悄的,时间很短,女人的衣服也做得比我们的巧妙,为了好干这种淫乱的勾当。我只好安慰自己:

"她这是出于感恩才那样为医生出力吧。"

要不是那些日子风云突变,不寻常的事层出不穷,像日落西山时群鸦乱叫那样,真不知道塔季娅娜会闹出什么事来。就在这个时候,革命开始了①,士兵们从前线开小差。宪兵在车站上挥动手枪,用开枪来威胁人,累得精疲力竭。

一列火车向我们飞驰过来,冲出站台将近一俄里半,车上既没有列车员,也没有司机,全是士兵。他们蜂拥进站,顿时乱作一团,尘土飞扬,简直无法形容。他们掐住站长的脖子:

"派个火车司机!"

那个宪兵老家伙被打得半死,因为他最凶恶。所有的东西都被捣毁了,打碎了,砸烂了,遍地狼藉。士兵们抓了一个供水塔司机,又上车走了。只剩下我们,个个都吓得目瞪口呆,车站成了一片废墟,像刚经历了一场火灾。我们走着,碎玻璃在脚下发出脆裂声;医生被释放了,他两手插在口袋里,如梦初醒,不停地眨着眼睛。

"我们最好离开这儿,"我说。

他冲我伸出拳头威胁说:

"你敢走!"

他吩咐把遭到毒打和受伤的人都抬到我们车厢里去。我们刚来得及把这些人聚集在一起,又一列火车隆隆驶来,还是满载着疯狂的

---

① 指一九〇五年的革命。

士兵,又像刚才那样闹腾开了,人们变得反常了。这没什么可多说的,您也知道,那时候到处像刮起了旋风似的,人们闹得天翻地覆。

在那些日子里我受惊不小,这是一辈子也忘不了的。特别害怕的是,我们的列车被士兵抢走后,医士、护士、卫生员都跑了,只剩下我们三个人:医生、我和塔季娅娜,还有几个被吓得魂不附体的车站职员。士兵们的列车不断从我们这儿经过,他们狂呼乱叫,您想想看,到了夜里是一种什么样的情景!车站不大,地方又很偏僻,周围都是森林,离车站不远,紧靠着森林有个村庄,住户都是移民;晚上村里的灯一亮,灯光酷似狼的眼睛,简直可怕极了!你就像待在洞里一样,周围漆黑,一片死寂。过不了一两个小时,又听见火车的隆隆声和人的狂呼乱叫声。变野了的士兵,像被魔鬼驱赶着似的,不断从那里经过。

我们在这种恐怖的气氛中度过了十来天。我弄不明白,干吗要待在这儿呢?我们的病人一共只有九个,死了四个,其他几个人要说有病,还不如说是被吓坏了。医生对大家说,革命开始了,政权要更换了。我心想:

"这是改朝换代,换汤不换药,老百姓照旧吃苦。"

那时候,我这个想法酝酿已久,而且到了坚信不疑的程度。塔季娅娜对医生的话是百般信赖。

关于这段时期在我的记忆中还留下了这么件小事:一次我走近宪兵的住房——病人都藏在那儿——我听见塔季娅娜干巴巴的说话声:

"厌弃了吗?"

我往窗里一瞧,她在医生面前站得笔直,医生坐着,眼睛看着塔季娅娜的脚下,一面抽烟,一面喃喃地说:

"走吧,走吧……"

这个独眼的女人走出屋子,来到台阶前,用衣襟擦了擦手,说:

"我们没必要再在这儿待下去了。"

我心里暗自好笑,嘴里说:

"就是嘛,没有必要。"

我非常注意她的行踪,我想当场抓住她和医生。我就狠狠揍她一顿,因为她在我面前显得很傲慢,她为自己过去不幸的身世感到自豪。要是她没有过错,无缘无故打她,这样说不过去。反正我对她有点厌烦了。

我们告别了医生,漫无目的地上了路,塔季娅娜不同意乘火车,因为她心里明白,要是她落到士兵手里,就像肥油落到耗子嘴里一样。我们沿着铁路线走,每到一个村子,人们给我们吃喝。日子还过得下去。农民变得小心了,感到好奇:今后会怎样呢?塔季娅娜把医生的话告诉他们,我呢,遇到合适的机会,逢人就说:

"生活会变简单的,这就是今后的情况。统治势力摇摇欲坠,快完蛋了;瞧他们仗也不会打了。他们就靠些小玩意儿来统治我们。瞧着吧,我们出头的日子快到了。"

我们休息一阵,又继续上路,和人们聊天。我看到,塔季娅娜虽然对医生怀着满腔怨恨,可对他的话却句句相信,她把这次革命当作自己的节日。因此我对她说:

"你这个傻婆娘,可得记住一点:要是没有仆人,老爷们就活不成。"

她嗤之以鼻,不听我的话。

后来我们坐上一列没有士兵喧闹的火车,来到了赤塔市,那儿像开了锅似的正闹得欢①,大街小巷、各个广场一片喧闹声,人山人海,万头攒动,像箩筐里的螃蟹。中国人靠在篱笆上看热闹,扬扬得意地在微笑。顺便说一句:中国人是聪明人,他们和所有人和睦相处,可谁也信不过。你千万不要和中国人打牌,他会让你输得精光。

塔季娅娜像过节一样兴高采烈,那只绿莹莹的眼睛熠熠闪亮,她张开嘴,露出一口细小的牙齿,提高声音对大家说:

"过去老爷们不把我们当人看待,已经受够了,该结束了!"

---

① 指一九〇五年十月中旬西伯利亚铁路大罢工开始,后来其他企业的职工也加入罢工。

我瞧着她,也像中国人那样得意地微笑着。几个小棋子当上了王棋,对我有什么好处?我找了个卖报的差事儿,到处走走看看。结识了一个年轻人,是刚从流放地逃出来的政治犯,他是个大力士,胳臂又粗又长,说来可笑,却是搞修钟表这类小手艺的匠人。他是这个城市夺取了政权的混合政府①的成员。据他说,他现在的造反是向人民自由迈出的第一步。我对他说:

"你步子迈得大一点!迈过这个混合政府。我说,你现在和老爷们一起在杜马②开会,可别高兴得太早。"

"别急,"他胸有成竹地说,"我们会迈开大步的!"

这个年轻人不错,就是头脑简单了点儿。他过于匆忙地相信了党,那时候的党是什么党啊!我知道,当时有工人的党,农民的党,还有好几个老爷们的党,不过所有这些党那时候都在为取得政权,反对沙皇,而不是为人民的利益奔忙着。在这方面,现在我们的党就做得很对。

我亲眼看到,一场对人民空前的大屠杀开始了③。一个将军带着士兵来了,于是一切想法都成了泡影。疯狂残暴到了极点。医生告诉我,人民在彼得堡挨打④的情形,我想,嗨,那是在彼得堡,少见多怪,算得了什么。在赤塔,就像捻死蚂蚁似的,草菅人命,见人就杀,毫无顾忌⑤。只有在极度恐惧的情况下,才会这样不分青红皂白残杀人民。无论在士兵的脸上,还是在普通人的脸上都显露出这种恐惧。你随便看一眼,会觉得,人的眼睛像瞎子或死人一样呆滞,当你仔细察看时,

---

① 一九〇五年十一月赤塔工人举行武装起义。俄国社会民主工党赤塔委员会、士兵和哥萨克代表苏维埃、铁路罢工委员会及各工会实际上夺取了政权。当时的赤塔革命运动是由巴布什金等著名布尔什维克领导的。

② 一九〇五年十二月二十一日赤塔召开了杜马会议,有工人、城市居民、地方工会和各党组织代表参加。

③ 一九〇五年十二月十三日,沙皇尼古拉二世密电指令"采取一切手段无情"镇压外贝加尔和西伯利亚铁路沿线的革命运动和赤塔起义。

④ 指一九〇五年一月二十二日(俄历一月九日)彼得堡冬宫前的枪杀事件。

⑤ 一九〇六年一月至三月反动当局在赤塔对起义者进行了大屠杀。

会发现,眼睛在颤动。

修表匠有一个朋友,叫彼得,是个头脑敏锐的青年,好像是个水手,也是从流放地逃出来的;他右手上有六个指头;警方打算把他处死,他用十七个卢布赎免了死罪。他说:

"同志们,你们瞧:我们口头上说要毁掉一切,这说得容易,而实际上我们连弄死一只耗子都下不了手,不像那些警士,即使我们要杀死谁,心里也觉得厌恶,可他们杀我们,却像日本人弄死海豹一样。"

这话说得很对:我亲眼看到过,一些搞革命的人口头上说得好听,要他干一点小事却畏首畏尾,踌躇不前。总之,在赤塔期间我颇受教育,见得不少,想得也很多,我的思想更加成熟坚定了。

我是偶然没有被枪杀,侥存下来的;当时我和修表匠一起被捕了,把我们拉去枪毙;忽然一个军士仔细打量了我一番,问道:

"你这个瘸腿,是打哪儿来的?是不是从巴尔瑙尔来的?没错,"他对士兵说,"我知道他,这是个傻子!我很了解他,他给一个医生当过马车夫。"

我喜出望外,还打趣说:

"傻子干吗要枪毙?聪明人才应该统统杀死,免得他们把我们傻子的简单生活搅乱了。"

军士把我推进一个胡同,大声说:

"滚吧,龟儿子,为我们慈悲的上帝祈祷吧。"

我跑了,修表匠却被枪杀了。塔季娅娜还去看过,说他躺着,像活着一样,手里攥着一把土,靴子被人拿走了。

我和塔季娅娜分手了。她的长鼻子像鸡嘴,如同鸡啄食似的,从水手那儿拣来了许多革命思想,而且居然教训起我来了。我当然看得很清楚,那些搞政治的都没啥了不起,他们的理智被书本知识弄得晕头转向,他们不明白,怎么才能使生活真正简单化。任何人我都能看透。我跟您说:思想是衡量一切的准绳!政治也会导致统治和暴力。我看到,参加党派的人往往你争我夺,他们都为了一个目的:显得自己比别人高明。

塔季娅娜对我说：

"我知道该干什么,而你只是浑浑噩噩混日子,除了自己,你对什么都漠不关心。"

她这是胡说；她变得更凶了,人们常常由于凶恶而变得愚蠢。她的目光显得更敏锐了,草绿色的眼睛酷似眼球上有块铜锈,水汪汪的像含着毒液。她说话的时候发出铜一样的声音,她变得又难看又干瘪,鼻子更加突出,嘴唇也显得更薄了。

是的,她就是这样说的：

"除了自己,你对什么都漠不关心。"

她这个傻女人应该知道,我们每个人身上都有皮肤,它是最珍贵的,皮肤需要温暖、柔和。据说圣徒是睡在石头上的,可到头来谁也不需要他们。

最后,我对这个女人完全厌倦了,我就离开了她,在一个火车站当看守人,这个车站的站名很可笑,好像叫博塔斯昆。我在生活中注意观察周围。所有的人都垂头丧气、心灰意懒。我装疯卖傻,工作却兢兢业业地干,左右逢源,不得罪任何人,说些傻话：人应该一律平等啦,生活要简化啦等等。这是大家都明白的。甚至当着宪兵的面我也敢这么说。站上的宪兵是个霍霍尔①,名叫基里连科,他是个身材高大的庄稼汉,那张脸长得像条鲇鱼,留着两撇中国式的八字胡。这是个地道的傻瓜。听人说话的时候,他瞪着两只大眼,鼻子里发出粗声粗气的喘息声。我是守夜的,有时他夜里上我这儿来,责备我：

"你们这号人说的话都一样,说这样的话是要掉脑袋的。这准是政治犯教给你的。"

我襟怀坦白地回答他说：

"奥西普·格里戈里奇,政治犯不是我们这些厚道人的老师,而是

---

① 革命前俄罗斯人对乌克兰人轻蔑的称呼。

115

我们的敌人。他们要的是政权,我们要的是精神自由。"

基里连科喘着粗气说:

"根据这一段发生的事来看,你说的话很中听。不过你还是小心为妙,因为你虽然傻里傻气,可人家不管这一套。我看你的话像福音书里说的一样,但是现在连这么说也不行了。"

一句话,基里连科成了我的好朋友,这帮了我很大的忙。我讲出了人们的心里话,甚至其他站上的人也来听我讲话,有的还来开导我,要我入他们的党。在这些人面前,我就耍了各种花招来装傻,他们除了失望,什么也没捞着。基里连科几次提醒我说:

"你注意点儿!"

本来我日子过得顶顺当,太平无事,可是天知道怎么会忽然碰上了个叫先卡·库尔纳舍夫的润滑工。他满头鬈发,脸上的雀斑长得花里胡哨的,像个油漆工那样。他能歌善舞,还是个手风琴手,活像个小丑,可非常伶俐。他很快接受了我讲的道理。但是有人教他不干好事。一个春天的夜里,我突然听见啪、啪两声,有人在车站外的兵营附近开枪;我不慌不忙地跑到那儿,因为第一个跑到是没有什么好处的;我看见先卡朝水塔一溜烟跑去,算他走运,当时我没有喊他,我以为不是他开枪,而是别人打他。人们都在嚷嚷:

"基里连科被打死了!"

基里连科果真横躺在一条小路上,头朝着树丛,两手向前伸着。车站上的职员都跑来了,惊慌失色地互相告诫:

"别动尸体。"

大家都吓得面无人色,那时候犯杀人罪是要判重刑的:打死一个,要吊死三个人偿命。先卡手里拿着把锤子跑来了,就是用来敲车厢轮子的长把锤子,您知道吗?他拿的就是那种锤子。先卡比别人显得格外慌张,他一个劲儿说:

"我——在水塔那儿来着,忽然听见有人开枪,我是在水塔那儿……"

"我心想,好小子,狗胆不小哇!"

正在这时候,另一个上了年纪的宪兵瓦西里耶夫高声喊道:

"找到了一把勃朗宁手枪,上面有石油味,请大家记住,有石油味!"

人们都来闻手枪上的气味,先卡也闻了闻,然后笑着说:

"真的,有油味!"

瓦西里耶夫当即对他说:

"我们这儿只有两个人手上沾石油——你跟米茨克维奇,所以我怀疑你们。"

老头儿真笨,他不该吭声。我郑重其事地说,在枪响的时候,我看见先卡在水塔旁边,我这样说因为可怜这个小伙子,瓦西里耶夫却仍然坚持自己的看法:

"现在主要是有石油味和枪把上有油。你,亚科夫,我也要逮捕,因为你是守夜的,应该看到。"

先卡眼疾手快躲开了他,抡起锤子,刷地一下打在老头子的太阳穴上,老头子连吭一声都没来得及。不用说,谢苗①被抓起来捆上了,我也被抓了,还有供水塔司机米茨克维奇,我们被锁在三等车厢候车室里,有人看守着,他们手里拿着棍子在窗外走来走去。

米茨克维奇直说冤枉,哭了一阵就睡着了,我悄声对先卡说:

"傻瓜,你干吗要这样干呢?"

他不承认,还气哼哼的;我马上把他的身子压弯,小伙子低头了,说是政治犯要他这么干的,因为到我这儿来的人中有几个是基里连科告发的。是呀,在这件事情上也有我的一份过错,我安慰了他,并劝他:

"什么也别说!"

那时候的法庭审判铁面无情,无论犯人在什么地方,都要缉拿归

---

① 谢苗是先卡的正式名字。

案,送法庭审判! 小伙子被判处死刑,下令把他吊死。尽管我一再坚持说他没有参与这件事,我看见他当时在水塔旁。起诉的军官批驳了我,他说:

"这儿所有的人都说,看守是个疯子,不能信他的话。"

米茨克维奇压根儿没有受审,我被宣判无罪。朋友们都非常奇怪:

"你这样装疯卖傻实在太危险,我们还以为一定会让你吃官司!"

毫无疑问,车站把我解雇了,我像吉卜赛人一样流浪了将近七年,我什么地方没去过呀! 到过乌拉尔、伏尔加河流域,去过两次莫斯科,在梁赞待过,在奥卡河的拖船上当过水手,还见到了萨瓦季马那个贫穷的小县城。日子一天天过去,我观察着周围,心里很是不安,我执着地期待着:一定会发生变化。

冬天我在梁赞当了马车夫,这辆轻便马车当然是从老板那儿租来的。有一回我在街上赶着空马车,看见一个修女在走路,那是柳芭莎! 我当时惊呆了,停下马车,喊道:

"柳芭莎!"

但我又突然像被火烫了似的:那不是她! 根本不像,脸显得很苍老,眼睛蒙蒙眬眬像没有睡醒一样。从那一刻起,我更加心神不安,想回到西伯利亚去。您大概会认为,我对柳芭莎的感情只是儿戏而已? 那可错了,这完全是另一码事,我认为是孩提时的感情在心里萌发。人世间常有这样一种与众不同的人,他对你的一生起着最重要的作用,当你和他萍水相逢,你就像获得了新生一样,你的整个生活情调也变得与前不同了。我曾在彼尔姆为一位工程师看院子,这工程师是制造炮筒的,人很严肃,已经四十出头了,他有妻室儿女,可是家里的首要人物是老妈子。她有八十岁了,走路困难,人很凶,身上有股发霉的味道,可她却代替了工程师的母亲。但并不是所有的母亲都像他对待老妈子那样受到尊敬。

春天快结束的时候,我到了托木斯克,我到一所医院去找工作,一下子就碰到了亚历山大·基里雷奇医生。我非常高兴，虽然我不喜欢和以前认识的人相遇，因为这会让人发现，我还没混出个人样儿来。医生的头发已经花白，脸色蜡黄，镶了金牙；他也很高兴，像个多年不见的挚友，又是握手，又是拍肩膀；当然，他还开玩笑说：

"嗯，我说，草包，你是不是消灭了许多不平常的东西啦？"

他留下我在他身边工作，我又替他料理生活。他住在医院的厢房里，窗子对着花园，有两间屋子，一个厨房。我像老奶奶对孙儿讲故事那样，把我的经历从头至尾讲给他听，我一面说，一面听自己的讲话：觉得很有意思！而且看到，这对我也有好处，仿佛我把心灵上多余的东西放到贮藏室，隐蔽起来，这样我的心灵得到清除，留下了真正需要的东西。把一切都倾吐出来是大有益处的，说过以后也就忘了，自己又感到坦然了。我讲到了塔季娅娜，想试探一下，这会不会使医生有所触动？他完全无动于衷，一边喷着烟，一边微笑说：

"亚科夫，这一切可真不简单呐，是吗？"

我发现，医生的头脑是健全的，可思想却很僵化。他想千方百计地束缚我，想证明，到处都是"死胡同"，我听他这样讲，感到大失所望，我弄不明白，他为什么要这样做？我跟他在一起很难相处。

可是突然，我全明白了：正确的思想往往是突如其来的。这事发生在马戏院，我经常去马戏院看角力士表演；有个芬兰人使我叹服。他力气不大，身材也不魁梧，却能战胜身体比他重，力气也比他大的角力士，他是靠自己非凡的灵活和巧妙的本领取胜的。一次，当我观看他是怎样制服一个虎背熊腰的俄罗斯角力士的时候，刹那间我恍然大悟，我明白了：

"本领就是最大的欺骗，其中隐藏着对生活的危害。"

我甚至出了一身冷汗，似乎全身的骨头颤抖了一下，全僵直了。下面这短短的一句话既揭示了人的心灵的宝藏，又道出了理解生活的秘诀：

"本领就是危害。"

弱者靠本领战胜强者，人民被有本领的人剥夺了自由。这是一切异常的现象的根源，人们分化的起因，这像耀眼的光一样照得我心明眼亮。这意味着，要么一视同仁把本领教给所有人，要么宣布禁止任何本领，事情就该如此。我记得，那一天我小心翼翼地走回家去，仿佛头上顶着一篮生鸡蛋，还有一种喝醉了的感觉。

　　我请医生把他在巴尔瑙尔曾给我看过的那些书再给我看看。现在我读的时候就看得十分清楚：是本领造成了人们的分裂。从此我完全成熟了，并在今后的一生中坚定不移地相信自己。我这样说是对的：自己的思想是大海，别人的思想是江河，无论多少条江河流入大海，海水依然是咸的。

　　经常有客人来拜访医生，他们都是些庄重体面的人，谈的是政治问题，而且也不回避我；这使我感到荣幸。有时有个谨小慎微的老头儿也来做客，他平平庸庸，戴一副眼镜。他的背有点驼，脖颈不能活动，所以转头的时候，如同狼一样，连身子一起转动，他说起话来也像冬天的饿狼那样低声嗥叫。他总带着一只小箱子直接从车站来到医生这儿。他先搓搓手，摸摸谢了顶的脑袋、胡子，随后要人回答：

　　"我说，日子过得怎么样呀？"

　　我对老人一向不尊重，他们像律师一样，愿意为所有的罪过和行为辩护。除了前面提到过的那个流浪汉外，我从未遇到过一个头脑清醒的老头子。当然，我心里明白，这是个像狼一样阴险毒辣的政治犯。经过赤塔那段生活，我已经完全懂得政治是怎么一回事了。

　　一个夏夜，他提着小箱子又来了，满身黑烟，活像刚从炉子里钻出来似的，人显得干瘦，他把箱子往地上一放，不说"你好！"却说：

　　"嗯，要打仗了。"

　　的确，我们突然犯起傻来了，又打起仗来了[①]。钟声四起，人们捧着十字架和圣像举行宗教游行，高喊着"乌拉"去送死；医生对我使着

---

① 指一九一四至一九一八年的第一次世界大战。

眼色说：

"草包，这就是你要的生活简单化！"

我垂头丧气。在那时候，没有人懂得这次战争会带来什么好处，虽然那老家伙再三向医生证明说，战争一定会以革命告终，但是我没有看到这有什么可慰藉的。革命曾经发生过，但没带来任何好处；革命过后，一切变得更糟了。

有人要求医生入伍，可是上一次战争使他吃尽了苦头，因此他对这个老奸巨猾的家伙说了这样的话：

"倒不如我朝自己头上开一枪，恐怕这样更诚实一些。"

那老家伙却坚持己见，执拗地说：

"三个月就会把我们打垮，然后会爆发革命。"

关于这次战争期间的情况，没什么可说的。兵荒马乱一团糟，一群狂人在无谓地空忙。成千上万的西伯利亚庄稼人被赶到俄罗斯去，从那里，把捷克人、匈牙利人、德国人，还有鬼知道是些什么人，赶到西伯利亚来。可以听到不同国家的语言。瘟疫流行，人民怨声载道，出现了许多混血儿。女人们变野了。不瞒您说，我感到害怕。医生从一个城市调到另一个城市，从一个俘虏营到另一个俘虏营：他是管俘虏的。我下不了决心离开他，是他使我免除了服兵役。他是个很出色的人，工作起来废寝忘食，我对他的工作佩服得五体投地。我不能理解，人们给了他什么好处，他对他们关怀备至是出于什么考虑？何况还是些外国人呢。他自己并不指望什么，他不求升官，也不想得到勋章，还跟上司激烈争吵。有过这么一件事：有一次人们把俘虏赶到一个地方，就把他们忘了。后来一个准尉来找我们，他抱怨说，他管的那些俘虏受冻挨饿，都快死了。医生利用职权，命令押送的士兵从开来的第一列火车上摘下两节装面粉、豆子的车皮，把东西全部分发给俘虏。为此他受到控告。不过审讯推迟到战争结束以后。总之，他为了关心人经常不顾一切地违反当时的规定。

在秋明我遇到了塔季娅娜，她穿着带有红十字标记的长褂，在俘

房中忙来忙去,鼻梁上架着副黑眼镜。她比以前长得丰满、俊俏。她说,在战前她就学到本领,当上了医士。不用说,医生又嘲笑我:

"本领,听见了吗,亚科夫?没有发现任何生活简单化的迹象,是不是,啊?"

而我那时候,不知是否由于疲劳,对自己的信念也发生了动摇,我的头脑也变得迟钝了。

突然间,仿佛鬼磨盘停止转动:在去托波尔斯克半路的一个车站上,有人给了医生一份电报,他念完电报,紧紧攥在手里,脸色煞白,他摸着喉咙说:

"亚科夫,沙皇被赶下台了……"

他的话使我也受到震动。我过去从来没有认真想过沙皇,要是别人说,沙皇是万恶之源的话,我是不相信的。因为我到处都看见了丑恶。不过,眼下我想:怎么,也许沙皇真是统治的头目吧?现在这个头目被揪下来了。

医生欢呼起来,他的助手奥库涅夫高兴得手舞足蹈。我看到,人人欢天喜地。莫非真的盼到了出头之日,这么说,百姓可以扬眉吐气了?我看到的情景确实如此,人民心花怒放,欣喜若狂,酷似热恋姑娘的小伙子那样,紧紧抓住土地不放。看来,他们是不会允许十年前的旧事重演,绝不会允许的!从前线回来的人也保持着清醒的头脑,心里有数,他们把枪支,有的甚至把机枪以及全部军事装备都带回家来。最主要的是,不管你对他们说什么,他们心里明白,他们高喊:"是的,我们受够了,出头之日到了。"恐怕这一年里我所说的话要比我一生四十三个年头说的话还要多。我的胸中响起了欢乐的钟声。这一年我感到了无比的喜悦,也受到人们极大的尊敬。

那儿地处偏远,广阔的原野一望无际,不像我们这里,村村相依,道路纵横,十里一村,百里一城,显得拥挤。那地方要穿过茂密的森林,不是所有的消息都能及时听到,因此,当旧制度死灰复燃,复辟的暴乱开始的时候,我最初还不肯相信。

医生奉命派往伊尔库茨克,我拒绝跟他同行,住在尼古拉耶夫斯克①附近的一个村子里。突然,来了一些骑兵,他们命令说:去打仗!可是跟谁打?为什么要打?一个鬈发、宽额的军官解释说:跟莫斯科打,似乎那儿的一些德国雇佣军夺取了统治权。他说得相当有理,可人们还是不信任他。西伯利亚人不喜欢莫斯科。庄稼人发了一通牢骚,无可奈何地去了,有二十来人经我一番劝说,没有去:这次战争对我们来说不明不白,我们不知道是谁发起的,伙计们,躲到林子里去,等着瞧瞧,是怎么回事,看老爷们站在哪边。

就在这时,算我走运,仿佛自天而降,来了两个城里的小伙子,他们立即向我们解释了老爷们的打算。

"这次战争是反对人民的,要你们去当炮灰送死。都说是没有打死的蛇又抬起头来了。你们农民应该站在莫斯科这一边,那儿的人可靠,你们跟着布尔什维克走吧,从背后,从后方去打击老爷们,这才是你们应该做的事。"

他们俩说得非常好。庄稼人看见我和他们想的一样,对我也很满意。他们要求我说:

"你别离开我们,你这个人对我们很有用。"

高尔察克分子一直在骚扰农村,使庄稼人不得安宁,征收苛捐杂税,连拿带抢,把粮食、干草、牲口洗劫一空!我们听说,有些地方的农民起来反抗,保卫自己的财产,工人也来支援他们。我们村也来了一队工人,九个人,领队的叫伊夫科夫,是个年轻的火夫,长得黑瘦,个子很高,骑在马上,两脚可以够着地面。这些年轻人要我们帮他们去打匪徒,这伙匪徒有四十来人,都骑着马,在三十俄里外的一个村子里胡作非为。由于我们村也不止一次遭到过欺凌,所以就同意了。集合了六十七个人,大部分是当过兵的,连上了岁数的老汉也参加了。当时我不是十分愿意去,可我还是拿起枪去了。

---

① 现名诺沃西比尔斯克。

天亮的时候,我们已悄悄来到那个村边,接着战斗就打响了,战斗的规模不大,打死了三个,打伤了五个,我们也被打死了一个,另一人掉到井里淹死了。四个人受了枪伤,其中包括我,由于不小心,子弹打进肩膀的肉里。我是个蹩脚的射手,从来没有打过猎,但我也打得很起劲;枪是好斗的东西,你只要把枪瞄准,它自己就会射出子弹。庄稼人也为此感到很了不起,互相炫耀,回去的路上一直唱着歌。

可是我们回到自己的村子,一看,高尔察克匪徒也在烧杀抢掠,为非作歹,有两处火光冲天,只听得一片哀号和女人的喊叫声。这时出身火夫的伊夫科夫真不愧是员干将,他把我们分成两组,巡视了村庄,然后出其不意地发起进攻。战斗相当残酷,双方被打死的就有三十七人。不过我们缴获了一门炮、两挺机枪,还有枪支和许多其他各种武器弹药。有十一名高尔察克分子倒戈转到了我们这一边。

这次战斗结束后,我们决定全部撤到森林里去过军事生活;去了五十七人。我们生活在野外,无拘无束,打仗、唱歌。就是这样。

任何生活方式总有它的不足之处;我们的生活也有缺陷:大伙儿习惯了在森林里和田野上的游荡生活,变得懒散了。破衣烂衫,连缝也懒得缝。衣服破得实在不能穿了,就扒死人身上的衣服,不过死人的衣服也不像老爷穿得那么好。人们脱离了家乡安居乐业的真正生活。我感到寂寞,夜里常想:这种动乱的生活什么时候才能结束呢?死人的气味我闻够了。我可怜人们,许多人由于愚蠢白白送了命,噢,这样的人太多了!

虽然我不是个好斗的人,但也变得好斗了,无论开枪射击,还是用刀劈刺,我都很起劲儿。不过我看到,战争是代价高昂的蠢事。主要是消耗大量的弹药,打了千百发子弹,才打死十来个人,其他人逃跑了。再说,战争也是害人的事:把人给毁了。

我们有个叫佩季卡的小伙子。有时候,我们抓到了一些俘虏,他为了开心取乐,总是纠缠不休地说:让我把他们都崩了吧!他请求伊夫科夫:让我毙了他们!他两眼射出火焰般的光芒,满脸通红。看外

表,是个讨人喜欢、顶文静的人。要是伊夫科夫不答应,他还是会打死个把俘虏,然后辩解说:

"我这是偶然的!"

或者说:

"他受了伤,反正活不成了!"

为这事伊夫科夫打过他两次。像这种杀人取乐的人在我们中间不止佩季卡一个。

我们的队长伊夫科夫是个性格阴沉、不算聪明的人,他总喜欢夸海洋,因为他在军舰上当过火夫,后来由于政治问题在阿穆尔河上服苦役。这个人天不怕地不怕。后来我发现,他是因为缺乏智谋才逞能的。他喜欢单枪匹马,跑在所有人的前面,像挥动棍子似的挥动着枪,威吓敌人,嘴里骂骂咧咧,所以敌人就朝他开枪。他并不珍惜别人的生命。

他说:

"正直诚实的人都生活在海上,陆地上剩下的都是些败类孬种。"

一般说,他少言寡语,总是哼哼哧哧,他有背疼的毛病,可能是在服苦役时挨打落下的毛病。要是我们抓到了一批俘虏,他就派我去给他们做工作:

"我说,亚焦夫—克尼亚焦夫,真不像话,你去启发启发他们的良心,让他们转到我们这边来,你就说,谁不同意,就枪毙谁。"

有一回,我们抓到了一个骑兵侦察班,有五个人,其中一个手上和头部受了伤,他同我辩论,说得我无言以对。我看出,他不是个普通人。我就问他:

"你是老爷出身吧?"

他承认了,是个少尉军官,是牧师的儿子。我威胁他说:

"我们要枪毙你。"

他很高傲,威风凛凛。他身材匀称,脸上的表情很严肃,力气也很大:抓他的时候,他很善于自卫。他目光坚定,眼睛虽然含着怒气,但长得很俊秀。

"他说,当然啰,应该枪毙,这是一场你死我活的战争,没有什么情面、客气可讲。"

听他说了这几句话,我反倒心软了。我跟他谈了很久,非常想把他拉到我们这边来。可他骂我们,尤其对伊夫科夫骂得最凶,原来他就是为了寻找伊夫科夫和我们这支队伍才出来的。在他们高尔察克白匪的心目中,我们的名声极坏。

"他说,你们的队长让你们这帮傻瓜白白去送命。"

他非常狡猾地指出了伊夫科夫的弱点,说他不会爱惜自己人,还有其他许多毛病,我立即感到,他说得有道理,伊夫科夫是个傻瓜。我也看出来,这个军官——他姓乌斯片斯基-库特尔斯基——恨所有的人,除了打仗,他什么也不需要,就像我们的佩季卡一样。我跟他开玩笑说:

"想打仗吗?那就上我们这边来,去打你们的人。"

他只扬了扬眉毛。我把他的情况汇报给伊夫科夫,夸他是个好汉!

伊夫科夫不满地说:

"不能指望他们。"

"我说,我们的人不会打仗。"

"这倒是。人手不少,可缺少智谋。再跟他谈谈。要枪毙还来得及。"

我请这位库特尔斯基先生阁下喝了自酿的白酒,让他吃饱喝足了,我对他说:真理在我们这边。

"鬼才知道真理在哪边!"库特尔斯基先生嘟囔说,"可能,真理是在你们那边,不在我们这边,这点我知道。"

简单说,库特尔斯基终于同意了担任伊夫科夫助手的职务。用军事术语说,相当于我们的参谋长。是呀,他可真是个行家。他对我们发号施令,过于苛求,有时我甚至感到后悔莫及:当时白饶了他,没把这家伙毙了。我们大家都愁眉苦脸,可他是个足智多谋的人,我们取得一个又一个的胜利,这下大家都明白了,他是个了不起的能干的人!他并不好表现自己,一人往前冲,也没显得多勇敢,他像狐狸一样,悄悄地,靠智谋,出其不意地取胜。他不仅在战斗中,就是在休整的时候,也爱惜大家,关怀备至。他甚至察看大伙儿的脚,是否磨破,常命令大家洗澡,还向不会射击的人传授技术,派人四出侦察。糟糕的是,叫人片刻不得安宁。

"谁长虱子,我就揍谁!"他郑重其事地说。

有了他,伊夫科夫大为逊色。老兵对他赞不绝口,年轻人却不怎么喜欢他。

我们有六十七名战斗人员,他带领我们这支人数不多的队伍却能干出这么多事来,令我惊讶不止。我们的胜利得来不费吹灰之力。

起初,他跟我谈得很多,但不久,就不谈了,因为他什么也理解不了,他的天性就是这样。他说:

"济科夫,你的神经有毛病。"

他不喜欢外国人:什么波兰人、捷克人、德国人,他都不喜欢。对俄罗斯人他略有怜悯之心。他很严厉。只要他眉头一皱,得意地一笑,俘虏就完蛋了!这是他接替了伊夫科夫以后的事,伊夫科夫牺牲了。当时他、别季卡和一个参加过日俄战争的士兵在河里洗澡,一伙白匪军官,有十来个人,偶然来到我们的营地。伊夫科夫听到枪声,没有躲进树丛,相反,却朝我们跑来,正巧白匪军官从我们这儿逃走,跟他迎面相遇,其中一个骑马的白匪开枪把他打死了。彼得鲁什卡[①]头部挨了一刀,也死了。说实话,佩季卡死了我并不难过,他杀人取乐,我早就讨厌他了。

伊夫科夫当时的模样至今还历历在目:他直挺挺地躺在草地上,有一俄丈那么长,两手像十字似的伸开,宛如在展翅飞翔!他只穿了

---

① 佩季卡的别称。

件衬衣,手边有把那干式手枪。所有人都为他难过。库特尔斯基蹲下,亲手替他把衬衣的领子扣上,他蹲了许久,然后说了一番赞扬他的话:

"他是一个为了真理而受尽苦难的人,是个真正的英雄。"

他和伊夫科夫成了莫逆之交,他俩睡在一起。两个人都寡言少语,形影不离,互相关心爱护。库特尔斯基不喜欢我,我看,甚至还怕我。不过,他是该怕我,因为我总是不信任他。伊夫科夫说得对:那些背叛自己人的人是不能信任的。

我们这些武夫就过着这样一种生活。通过俘虏,我们得知,高尔察克分子在附近搜寻我们,对我们恨之入骨。库特尔斯基善于打听了解一切情况。一次,他带领我们到诺沃尼古拉耶夫斯克去,在路上碰到了辎重队,我们缴获了二十九匹马,同时有五辆卫生队的大车和我们被俘的九名游击队员。这是一次不愉快的遭遇。

没想到在一辆大车上躺着亚历山大·基里雷奇医生。在俘虏当中还有那个赤塔的水手彼得,他被打得遍体鳞伤,血肉模糊,我从他手上多余的指头才认出了他。我当时压根儿就没认出医生,还是他先喊了我一声:

"喂,草包!"

我一看,躺着一个秃顶老头儿,全身浮肿,胡子花白,眼睛一动不动,看来,他再也不能说笑逗乐了。他要我给他弄些烟草,他嘶哑着声音说:

"三天三夜没吸上一口烟了,真见鬼……"

他点上烟,居然还问:

"你在搞简化吗?"

我看得出,虽说他是个医生,可他活不长了。他连说话都很困难。

那个水手问我:还记得塔季娅娜吗?原来,她躲在尼古拉耶夫斯克,他有许多事情要跟她面谈。经我请求,库特尔斯基派了一个人去找她。我心里好奇:见面后会怎样呢?到第三天,她坐马车来了,看样子,她见到我很高兴。

"是布尔什维克?"

"嗯,是的,"我说,"当然是。"

虽然那时候我还不完全相信布尔什维克。她把我们的人召集在一起,讲了话:高尔察克的处境很不妙,要尽快打倒他们,才能过太平日子。她提高嗓门,挥舞着双手,脸颊上的肌肉在跳动,镜片闪闪发光。她老了,显得干瘦,面有饥色。皮肤像墨镜一样黑,可声音还很尖。样子很难看。晚上她告诉我,她早就是个真正的党员了,还坐过两次牢。三个月前才遇到水手,当时他因受伤躺在医院里。嗯,这跟我没关系。她问:

"你的主人,那个医生也和高尔察克分子在一起,你知道吗?"

我就告诉她:

"瞧,医生就躺在那边树丛下阴凉的地方。"

她浑身颤抖了一下,很遗憾,她戴着眼镜,我没能看见她的眼神;她不可能忘记,过去医生根本不把她这个女人的所好放在眼里,她绝不会忘记的!我早就知道,此刻完全得到证实。我当然嘲笑了她,而她却再三证明,医生是敌人。我跑去告诉医生:

"塔季娅娜在这儿!"

他只用舌头舔平了唇髭,喑哑地说:

"啊,在这儿……"

他别的什么话也没说。整个晚上我都在注视着:她是否会走近医生,去跟他攀谈?没有,她从医生身旁来回经过,手里挥动一根树枝,有时走到躺在大车上的水手跟前,说两句话,又像个哨兵似的来回走动。我两次走近医生,他似乎睡着了,没有搭腔。我不忍心叫醒他,可又想跟他谈谈。甚至在月光下也可以清楚看出,医生的脸烧得通红,健康人的脸在月光下是青色的。

午夜,我们准备继续上路。我问库特尔斯基:

"马特维·尼古拉耶奇,俘虏我们怎么处理?"

一共有六个俘虏:一个波兰军官,三个士兵,全是伤员,还有医生和一个犹太妇女,她也奄奄一息,快断气了,眼睛都翻白了。库特尔斯基嚷道:

"他们有什么用处?"

几个庄稼汉建议把他们统统打死,库特尔斯基却抚摸着马的脸在催促:

"集合!"

我说服他把伤病员抬在河岸边,让他们留下。那个军官当然枪决了。医生临别时非常勉强地打诨说:

"草包,你最好把我简单处理了吧。"

我回答说:

"亚历山大·基里雷奇,你自己很快就会死的。"

不管怎么说,我还是很可怜他。他的直率多次感动过我,他是个好人。结果他还是被打死了。那个叫"日本人"的老兵和另一个打熊的猎人悄悄地落在我们后面,是他们两人干的。后来,"日本人"追上来对我说:

"我打死了你的那个医生,我不喜欢医生。"

他们为了避免发出响声,用枪托把所有的俘虏都打死了。我埋怨他们,还骂了几句。库特尔斯基的一句话说得我很不好意思:

"要是侦察兵碰到他们还活着,怎么办?"

是呀,说得有道理。当然啰,杀人总不是好事,天地不容呐。也许,有时打死自己更容易些,不过战士的职责不允许这样做。责无旁贷,无法推卸。已经开始向生活中的残酷进行决战了,而这种无谓的残忍已经深入骨髓,这可怎么办呢?许多人染上了这种毛病,已经不可救药了,他们活着,为的是让别人也染上这种毛病。不,这是毫无办法的,我们将长期互相残杀,直到简单化取得彻底胜利为止。

不瞒您说,我曾想过,是不是塔季娅娜劝"日本人"把医生打死的呢?因为"日本人"原先没有烟,而现在他忽然有烟抽了,根据烟盒上的特征我看得出来,这是塔季娅娜朋友的烟。也许她是出于怜悯,免得医生活受罪。出于怜悯把人打死的情况也是有的。

您瞧,我是个软心肠的人,不过我也亲手打死过一个手无寸铁的老头儿,假定说不是由于怜悯,而是出于别的原因。我不是说过吗,我不喜欢老年人,认为他们是有害的。我常对自己人说:

"对付老头子不要手软,他们由于顽固不化,老朽无用,是些有害的人。年轻人可以转变,人老了,就无法转变。他们的自尊心很强,总是自我欣赏;每个老年人都认为:我老,所以我正确!他们是属于昨天的人,老人害怕去想明天,明天等着他的是死亡。

我也教他们如何对待各种日用物品:

"大件的东西:橱柜、箱子、床,不要毁坏;至于小件的,各种小玩意儿,砸个粉碎!就是因为这些小玩意儿才造成了我们的不幸。"

是的,有一回,我和一个心狠手毒的老家伙发生了冲突。事情的经过是这样的:我得了伤寒,人们把我留在一个村子里。房东很好。我几乎躺了整整一个冬天。我病得很重,烧得不省人事,等我苏醒过来,什么也不记得了,好像无数个春秋从我身旁流逝。我听见,庄稼人在抱怨,诅咒莫斯科,把布尔什维克骂得狗血喷头。这是怎么回事呢?有个戴高皮帽子的老头子,手里拄着拐杖,常常从这个村子匆匆走过。这个老家伙动作很敏捷,两只黑眼睛上的睫毛长得又密又长,四周爬满了皱纹,眼睛动起来活像甲虫,像翅膀铁硬的甲虫一样。老头子的穿着并不特殊,可从老远就引人注目。

当时正是春天,我在养病,勉强能走动了。看看周围的人,全是些陌生人,有的目光忧郁,有的怒目相视,全然没有生气,没有信心。人们对征税,对当地干部不满。我当然劝说他们,向他们解释,虽然我也不十分清楚问题的实质在哪儿?一天,我坐在村外的畜牧场旁边,那个老头子匆匆走着,拄根拐杖,像在丈量土地一样,他看出是我,就把头扭到一边,啐了口唾沫。这引起了我的好奇,我问房东,他住在哪儿:

"他是你们这儿的什么人?"

"他是个正直、聪明的人,他最讨厌欺骗。"

房东很严肃,不愿多说。

村里有个叫尼古拉·拉斯卡托夫的年轻人,是个失去双腿、左手没有手指的残废军人,他详细告诉我:

"那是个非常坏的老家伙,他早就住在我们这个地方,是流放到这儿然后定居下来的;以前养蜂,现在隐居在林子里,做木勺,装成圣人。革命一开始,他就唠唠叨叨,反对革命。后来毁了他的养蜂场,他就恨得咬牙切齿。他已闻名全区,无人不知,方圆百里以外的人也从远道来找他。他给人出主意,说在莫斯科都是些土匪强盗、不信教的人在发号施令,他讲的是一派胡言,翻来覆去总是嘱咐人们,要他们起来反抗。

残废军人还说了这么件事:两个红军战士回到一个村庄,村子里的老人们召集了村会,他们说:"这两个人是坏蛋。一个纠集了同伙把自己父母打死了,而另一个把自己家的房子烧了,弄得父母无家可归,只好在城里要饭过日子;这两个人会带坏我们的年轻人,我们建议处决他们,好让我们的孩子们看到,胡作非为的人没有好下场!"两个小伙子被捆了起来,把他们的头放在圆木上,其中一个红军战士的叔叔用斧子砍下了他们的脑袋。

"原来是这么回事,"我想。我甚至有点灰心了。除了拉斯卡托夫,那个村里还有十来个有新思想的小伙子,可是他们由于年轻和无聊,只会跟姑娘们鬼混。此外他们也没什么可干的,父亲、爷爷像盯小偷似的注视着他们,只要小伙子们稍有越轨的举动,就得挨打。我提醒他们:

"难道你们没发现,毒根在哪儿吗?"

他们胆小怕事,说:

"会把我们打死的。"

"哎,我想,这些鬼小子跟我们还不是一条心!"

我决心亲自去找这个举足轻重的老家伙谈谈。我心里明白,他在跟革命作对,想让时代倒退。我非常了解乡下人,他们很糊涂,这一点我早就看得很清楚。庄稼人对一切事都极有耐心,就是对自己的事刻不容缓,总是迫不及待地想站稳脚跟,想吃得更饱。

这个老头子住在离村子六七里地的一个山冈上,靠近一片树林;他的小房子像看林人的小棚子,只有一个窗子,菜园子也不大,六畦地,三箱蜜蜂,还有一条毛茸茸的小狗——这就是他的全部家业。白天我到了他那儿,老头子正坐在火堆旁的树墩上,火堆四周围着石块,火上的锅在滚开,锅里泡着一段圆木;在篱笆上挂着用树皮捆着的松树尖——是用来搅拌东西的。这个老头子有手艺;他弓着背,在做木勺,也不抬头看我一眼。他身上穿着蓝色粗布衣服,光着脚。秃顶闪着亮光,右耳上面有个肉瘤,像是刚长出来的第二个脑袋。我觉得,一看见这个肉瘤,就更掩不住我心头的怒火。

我说:"我是来找你聊聊的。"

"聊吧。"

他说完就不吭声了。他很快地用刀削着,木屑四飞,落在膝盖上,落在他的脚旁。浸湿的圆木很容易削,像涂了油一样,在刀下不发出吱哑的声音。锅里的水在翻滚,老头子身旁的狗在吠叫。即使这样,老头子的周围还是显得很安静。

"你干吗要搅乱人心?"我问道,"你相信什么,你想干什么?"

他还是不吱声。他低下头,眼睛也不抬,似乎他眼前根本没有我这个人。他像个聋子似的,不声不响地雕着木头。那条小狗叫得连声音都嘶哑了,可他也不对狗呵斥一声。他坐着,只有两只手和右肩在动,此外整个身子一动也不动,像块蓝色的石头。老家伙的周围风景优美,寂静无声;房子后面是一片散发出浓郁芳香的树林,屋前的山冈下是河谷,一条小河流过,阳光明媚。

我想:"真有你的,妖魔,你可真会找,找了这么个世外桃源。"

我束手无策。无论我骂他也好,威胁他也好,都毫无结果,他连一

个字也没对我说。就这样,我像个傻瓜似的一无所获地走了。我走着,不时回头看看:火光在山冈上闪耀着。我心里在琢磨:

"一点儿不假,这个老东西是头害兽!"

不瞒您说,他对我故意装聋作哑,这触犯了我的自尊心。成千上万的人都听过我讲话,这倒好,碰上了这么个家伙!

可能是过了一天,房东像头牛似的固执地盯着地上,对我说:

"怎么样,克尼亚焦夫,你的病好了,现在你想上哪儿就上哪儿去吧。"

他的老婆,两个儿媳和一个德国雇工全都横眉冷眼地看着我,跟我说话也粗声粗气。我明白了,那个老家伙跟他们讲了我去找他的情况。后来全村人对我都绷着脸,像没看见我似的,可不久前他们还找上门来跟我谈话。我想,我是孤家寡人,他们要送我去见阎王还不容易,那会得罪谁呢?在这些对人们说来是非常严峻的日子里,谁会去告发?想到这儿,我心里燃起了一团怒火。

我找到拉斯卡托夫,对他说:

"我说,你找个不显眼的地方,让我藏两三天。"

我客客气气地告别了房东一家,天一亮就假装离开村子走了,实际上拉斯卡托夫把我锁在他阁楼上的澡房里。过了一天、两天、三天,等到第四天深更半夜,我出来了,把一块大圆石裹在毛巾里,这家伙像把短槌。我本来有一把手枪,卖给了拉斯卡托夫,因为孤单一人上路,带上这玩意儿太危险,它会暴露身份。

我来到老头子住的地方,大胆地敲着门,我想,他对夜访的客人大概已经习惯了,不会大惊小怪的。果然,他开了门,虽说一手还抓住门把,我当然毫不迟疑把脚伸到门和蜂箱的中间,可是已经来不及了;老头子霎时间明白了,来的是不速之客。他睡意蒙眬地嚷道:

"是谁?想干什么?"

他的狗一口咬住了我的腿,我眼疾手快,朝老头子手上打了一下,踢了狗一脚;踢狗要从它嘴下面往上踢,这样狗的头部立即和脊柱脱离。

我进了屋,插上门栓,不知道老头子是没认出我来,还是吓得丧魂落魄,嘟嘟囔囔说:

"凭什么把狗……"

他在擦火柴。我本来可以乘机打他,不过,您想,要这么做不那么简单,再说黑咕隆咚的,我也看不清。这时候他点亮了灯,他还是不瞧我一眼,可能是由于无所谓,也可能是因为害怕。那时我也感到害怕,两脚打战,特别是当他用手掌遮住灯光朝我看了一眼以后,身子往后一仰,跌坐在板凳上,两手撑在凳子上,一言不发,只见他那双像女人一样的眼睛瞪得老大,充满哀怨。顿时,我好像也可怜起他来了。不过,我还是对他说:

"好,老头子,你活到头了……"

但我的手却抬不起来。

他嗓音沙哑地喃喃说道:

"我不怕。我可怜的不是我自己,而是大伙儿,我一死,他们就没人安慰了……"

"我说,你的安慰是骗人的。你要不要向上帝祈祷?"

他一跪下,我就下手了。一股憎恶的感情涌上心头,令人作呕,我浑身在战栗。我当时简直痴呆了,差点儿没把灯打碎,一把火把房子烧了。幸好没这么做,要不然我就完蛋了!因为村里的农民要来救火,会在林子里找到我,追上我。我地形不熟,走不远。我当时只掩上门,穿过森林进山了,天亮以前走了将近二十俄里,然后躺下睡觉。我睡着的时候,有九个侦察兵,像是白匪,碰上了我。等我一觉醒来,已经落在他们手里了!不用说,他们立即嚷了起来:特务,吊死他!把我打了一顿,打得不太厉害。我说:

"你们为什么打人?你们嚷什么?离这儿六七俄里不远的地方,在山脚下有布尔什维克,一百五十人左右,我从他们那儿逃跑出来的,他们想拉我去……"

135

他们一听害怕了,我看出来,他们信了我的话。

"你包脚布上哪来的血?"

"这是,"我说,"他们用枪托砸我旁边一个人的脑袋时,溅在我身上的。"

就这样,我把他们骗过去了,还把他们吓得够呛。他们赶忙离开了那个地方,也把我带走了。这是我用惯了的非常妙的一招儿。在危险时刻我就装傻,这种做法多少次使我免遭不幸。到早上我和他们就不分你我、平起平坐了。我把那些士兵弄得晕头转向。嘿,当你了解他们以后,你就会知道他们是些多么愚蠢的人!在各方面:干事儿也罢,娱乐也吧,作恶也罢,遵守法规也罢,他们都很蠢。

就拿那个老头子来说吧……嗨,不说他了,够了。我不愿想起他来。不过这是个宁死不屈的老头子……

是呀,这些人都很愚蠢……可是,一切都为了什么呢?他们想要不平常的东西,而不能理解,只有简单化才能救他们。这种不平常的东西使我厌烦透了。要是我不知道该怎么生活,而且又信上帝的话,那我就求上帝把我变成田鼠,宁愿住在地下。您瞧,我烦恼到了什么地步啊。

嗯,现在这座鬼建筑已经摇摇欲坠,正在土崩瓦解。要不了多久时间,人们会建立起轻松的秩序。所有的人都已经懂得,生活的奥秘在于简单化,而我们生活中各种特殊的极为有害的东西都应该铲除掉,让它们见鬼去吧……不平常的东西是魔鬼为了置我们于死地而想出来的……

就是这样了,老弟……

周 圣 译

向　导*

我和波尔卡诺夫医生沿着懒洋洋的奥卡河滚烫的沙岸，穿过梁赞省贫瘠的田野，在五月下旬的阳光下赶路已经是第二天了，实在有些厌烦。今年的太阳特别卖劲儿，它用干旱威胁着人们。

我和医生昨天已经彻底解决了关于文明和文化方面全部最复杂的问题，我们认为，人类好钻研的头脑能够解开混乱不堪的社会中所有的难题和症结，猜透一切生活之谜，把人们从各种灾难中，从愚昧无知中解脱出来，使他们变得像神仙那样完美。

可是，当我们一路上互相用语言的花朵散尽了我们智慧的芳香，倒空了我们知识的背囊之后，走起路来越发感到艰难，无聊。

快到中午的时候，我们遇上一个牧人；他矮小，干瘪，瘦骨嶙嶙的脸上长着坚硬的红胡须。他正赶着牲口到河边去。他劝我们说：

"你们从森林里走该多好，森林里凉快，这是一片老林子，叫穆罗姆森林，斜穿过这片林子就到穆罗姆城了。"

森林像一堵穿不透的蓝色墙壁矗立在离河岸大约三俄里的地方。我们谢过牧人就沿着田间小道穿过黑麦田朝森林走去。牧人啪地甩了一下鞭子，朝我们喊道："喂，你们会在森林里迷路的！你们最好先到村里去，那儿有一个叫彼得的老头子，他是一个老行家，你们只要给

---

* 本篇最初发表于一九二五年第十和第十一期《青年近卫军》杂志。译自《高尔基三十卷集》第十五卷。

他一点钱,二十戈比就行,他会给你们带路的。"

我们进了村。十五六所房子坐落在山坡上,一条玩具般的小河急速地、仿佛吓慌了一般从森林里流出来,从村前流过去。

彼得是个相貌端正的白胡子老汉,他那双灰眼睛里显出有些不高兴的神情。他正在修水桶,装桶底。他默默地听着我们说明来意。一个胖胖的庄稼汉在一旁观看彼得干活,他一边吸烟斗一边说:

"彼得会一丝不差地把你们送出去的,他是我们这一带的头号向导。他熟悉林子就像熟悉自己的胡子一样。"

彼得的胡子不长也不密,他不像一般农民,他穿着整洁,是一个仪表堂堂、沉着安详的人,生就一副温顺好看的面孔。

"就这样吧!"他伸出一只穿着草鞋的长腿把木桶蹬开,说,"行,上帝赐福,走吧!能给五十戈比吗?"

胖胖的庄稼汉像有什么高兴事,唧唧喳喳地说起来:

"五十戈比,便宜呀!要是给我五十戈比我就不去,不去!他是个老行家。今天晚上他一定会把你们送到穆罗姆过夜的。走小路吗?"

"走小路,"彼得叹口气说。

我们就这样上路了。高高的、挺着胸脯的彼得手执长拐杖,走在我们前面,一声不响,好像没有他似的。医生向他提出问题,他头也不回,简短、平静地回答:

"没什么。我们习惯了。怎么说呢?当然日子不怎么好过。"

当他说"连小蚂蚁也有自己的习性"时,波尔卡诺夫医生简直高兴得不得了;他回忆起伍德[1]、廖博克[2]、布雷姆[3],长时间地、激动地谈论着蚂蚁的神秘的生活,俄罗斯人民质朴的智慧,俄罗斯语言的令人信

---

[1] 约翰·乔治·伍德(1827—1889),英国自然科学家,著有《巢、洞、穴,非人工建造的房屋,兼述动物的生活方式、习性和应变能力》一书。

[2] 约翰·廖博克(1834—1912),英国自然科学家,人种志学家,著有《蚂蚁、蜜蜂和黄蜂》一书。

[3] 埃弗里德·布雷姆(1829—1884),德国动物学家,旅行家。著名的《动物生活》一书的作者。

服的准确性。

走进森林,彼得摘下帽子,画了个十字,向我们宣告说:

"瞧,森林就从这里开始!"

开头,我们沿着蜿蜒在参天的松树之间的道路往前走,松根越过厚厚的布满车辙的沙土地,像一条条灰色的死蛇奇形怪状地、弯弯曲曲地伸延着。走了半俄里,我们的向导停了下来,望望天空,用手杖敲敲树干,默默地来了个急转弯,转到一条小路上去。这条小路盖满了松针,两旁是些小枞树,几乎看不出是一条小路。干透了的松果在我们脚下嘎吱作响,打破了庄严的寂静气氛。这寂静很像一座古代教堂里的肃穆的沉寂,那里早已无人侍奉,却仍然缭绕着神香和蜡烛的温暖芬芳的气息。幽暗的森林中,有的地方间或射进几束强烈的阳光。覆盖着青苔和一片片灰色地衣的青铜色的松树成群结队地伫立在这阳光织成的金色绸带之中。透过毛茸茸的松枝斑斑点点地闪烁着天鹅绒般美丽多彩的蓝天。

越往林子深处走去,我就越发感到整个树林是那么生气勃勃,意趣盎然。鸫鸟代替小夜莺在啸叫;有许多紫红色的交啄鸟,它们用勾勾嘴孜孜不倦地剥食着松果;敏捷的鸭鸟像灰鼠般在枝头跳来跳去;啄木鸟有节奏地啄着树皮;忙忙碌碌的山雀尖声叫着;火红色的松鼠竖起尾巴从一个树冠腾空跳到另一个树冠。但森林里还是寂静的,连波尔卡诺夫医生也意识到,在这样的寂静中最聪明的话语也显得多余。

"兔子,"我们的向导说。随后,他叹了口气:"唉! ……"

我没有发现兔子。小路吗,假如真的有一条小路的话,它那种变幻无常的性格也真令人吃惊:眼看该走直线的地方,它围着一群树绕弯子,而在林密木茂像一堵坚固的墙壁挡住去路、树根周围长满橘树丛的地方,它却笔直地穿林而过,隐没在草莽之中,我觉得,这种直来直去的穿越完全没有必要。

"马上就到峡谷了,"彼得小声提示说。

大约又走了两俄里,我问他:

"峡谷在哪里?"

"哎呀,看样子,走错路了,"老头说。他看了看天空,又补充一句:

"这个兔子……"

波尔卡诺夫医生探问道:

"我们没迷路吧?"

"怎么会呢?"向导反问。

但是,当天色开始暗下来大家都感到疲惫不堪的时候,我们终于明白了:确实是迷了路。医生再次客气地向老汉指出这一点,但得到的却是满有把握的回答:

"我在这儿来回走了有四十趟。再走一里路光景就到一条伐木开出来的小道,走过去是一块火烧林的空地,从一旁绕过去再进入树林,从那儿就看到穆罗姆了。"

他说着,不慌不忙地用长拐杖测量着距离,不停地向前走着,时而在我看不见的障碍物前面后退一步,可是他对于那些明显的障碍物却不大在乎。他所说的"一里路光景"足足走了一小时,大概就连那些林间通道和火烧林的空地也都"走错了路",不愿意在我们面前露面了。当我们来到一块不大的林中空地时,银色的月亮已经升上中天,月光照耀着一堆烧焦了的圆木,圆木中间有一个破炉灶,灶上有一个折断了的黑烟囱。这一切很像一个平庸画家的呕心沥血的杰作。

"我常到这儿来。过去这里是看林人住的小房子。他是个酒鬼。"向导环顾了一下四周,向我们解释说。

医生不高兴地、斩钉截铁地说:

"迷路了!"

"好像是,"老汉摘下帽子,看了看月亮,仔细想了想,勉强同意了。"兔子切断了我们的路,"他抱怨说,"我们向左转弯子转得太急了。白天不好辨别方向;夜里星星可以给人指路,可白天呢,天上空荡荡的。"

他用木棒的一端戳着脚底下烧焦的木头,叹了口气,又加上一句:

"秃头上连个虱子也不长。"

我觉得他补充的这句怪话是多余的。大家决定休息一会儿,吃点东西。我们坐在乌黑的、被雨水冲洗过的木头上。善于储存食物的医生从背包里取出面包、香肠、烤鸡蛋,从包着皮套子的水壶嘴上拧下壶盖作杯子,倒上白兰地,提议说:

"敬向导一杯!"

老汉朝月亮画了个十字,一饮而尽,惊叹地说:

"这酒劲头可真不小呀!用乳香泡的?还是怎么做的?"

随后,他长时间地、默默地、津津有味地嚼着香肠,吃着鸡蛋。喝完第三杯后,他给我们讲了下面的故事:

"不瞒你们说,亲爱的先生们,我们是迷路了,现在我也不知道该往哪儿走。你们都亲眼看到了,这个大树林子够讨厌的!除了松树还是松树,这一棵跟那一棵长得一模一样,你想分也分不清。说实话,我不喜欢这个林子。人们传说我是熟悉这座树林的头号行家,这是他们闲着没事儿干,厚着脸皮故意拿我开玩笑。我说呀,这全都是胡说八道!说起来,这是由一个猴子引起的。从前在这儿,在叶拉季玛①附近,有一个从莫斯科来的寡妇住在别墅里。她养了一只猴子。这个该死的小畜生从她家里溜跑了。谁都明白,猴子从小生长在林子里,它一见到林子,心里准会想:'啊哈!上帝啊,又把我带回奥地利啦!'小猴子往窗户上一蹿,就跑到林子里去了。那个寡妇想猴子想得直哭,她嚷嚷:'谁把猴子给我找回来,我就赏他十个卢布!'这是很久以前的事啦,三十年前,那时候,十个卢布可不是只能买一只普普通通的小猴子,而能买一头牛。我也跟人家一起,自告奋勇去抓这个毛猴子。为了抓住这个鬼东西,我在林子里转悠了四天四夜。我当时脾气很倔,也是因为穷呀!在这林子里我也不知道走了多少路,大概总有一百多

---

① 唐波夫省内奥卡河上的港口城市。

里吧！我到底找到了这个畜生,我跟在它后边叫:'咪咪,马什卡,马什卡!'小猴子的脾气和人可不一样。它从一棵树上跳到另一棵树上,向我做鬼脸,逗弄我,像小狐狸似的吱吱叫。这个坏家伙,喜欢小鸟儿,它追着鸟儿跑,可咱们俄罗斯的鸟儿,猴子是抓不住的。虽说我有股子牛劲,可也有点受不了啦,加上肚子饿,光靠野果子充饥哪行呀！我白天黑夜跟着猴屁股转,那可不是闹着玩的啊！我祈祷上帝:'上帝啊,你快点赐它一死吧!'最后,这个猴崽子终于跑得没有力气了,我看见这坏家伙停在一个不高的树枝上。我把木棒对准它扔了过去。它摔下来了,摔下来之后又爬了几步,我不敢用手抓它,又给了它一棒子,它叫了一声,就完蛋了。我心想,算了！这个该死的东西！我提起猴子就走了。结果,我跟那位太太的交易就全吹了,她没有给我十个卢布,只给了七十戈比。'死的,'她说,'我不需要。'从那以后,我就忙得过不上一天安生日子了:教堂被偷了,马上抓住我的脖领子:'彼得鲁哈①,快去捉贼,你熟悉树林子。'出了逃犯,丢了马匹,也来催我:'去找!'猎人来了,也叫我给他们带路。就这样,我无冬无夏,没完没了,就这么跑来跑去的。可是,我也有自己的家业啊。他们还常常找我去当证人。区警察局局长、县警察局局长都对我大喊大叫地说:'你熟悉这个树林子,傻瓜!'结果弄得我自己也骗起自己来了,我也相信了,好像我真的熟悉这个林子似的。我壮着胆子走,一走进林子,我就发现,实在是分不清东南西北。可是,我又不好意思对大家说我不认路。我到底给多少人带过路,那是数也数不清的。从莫斯科来了一个有学问的人,派我给他带路。这个有学问的人,我看他也跟猴子差不多,看外表他留着胡子好像挺体面的样子。他走来走去的,到底想干什么,我怎么也弄不明白。闻闻这种草,闻闻那种花,哼哼唧唧的。我好不容易才把他带到卡拉恰罗沃村②,伊利亚·穆罗梅茨就生在那个

---

① 彼得的别称。
② 弗拉季米尔省穆罗姆城附近的一个村庄。据说,这里是俄罗斯传说中的勇士伊利亚·穆罗梅茨的故乡。

村里。我们绕来绕去走了三天三夜。他骂起人来了。说真的,我真想照他脑袋咔嚓来一棍子,这家伙真烦人!唉!我讨厌这个林子,在这个林子里我真是倒了大霉啦……"

我们坐在树木的环抱之中,像坐在坑底一样。我们的向导用敌视的目光看了看四周漆黑的林木,又给自己这些趣事做了几句补充:

"再说,我从小就是个近视眼,往远处看好像一清二楚,往近处看模模糊糊。我不好意思说明,就总赖兔子,好像是兔子引着我迷了路似的。"

他喝得有些醉了,一双灰眼睛憨笑着。他刮着蛋壳里的鸡蛋,摇了摇脑袋,说:

"我对不起兔子。"

孙静云　译

肯斯科伊家的大娘*

傍晚时分我进了城。朵朵红云把房屋上空染得绯红。在静止的空气中悬浮着玫瑰色的灰尘。这是礼拜六,教堂里响着召唤人们做彻夜祈祷的钟声。一个大胡子的光脚的小市民用木棍赶着一头大猪和七头杂色的小乳猪,从一个破旧的小教堂的围墙里走出来,这小教堂被许多新建的石房夹在死胡同里。教堂大门对面,一动不动地站着一位妇女,她穿一身黑色连衣裙,扎一块褪成红褐色的黑头巾,正在不安地数着铜币,一边数一边放在掌心上,摞成一个小圆柱。她望了望灰蒙蒙的天空,又看了看钟楼的蓝色屋顶,噘着又厚又黑的嘴唇,重新数起来。

我走进一家小饭馆,要了一瓶啤酒,望着窗口寻思:有什么可诅咒,有什么可祝福的呢?

我还很年轻,为了寻找稳定的平衡,我四处奔波。我觉得,生活在莫名其妙地捉弄我,让我看到它那令人厌恶的、侮辱人的丑恶的现象。有阅历的人劝我祝福的东西,我感到无聊,平淡无味,死气沉沉;而叫我去诅咒的东西,却正是我所喜欢的。

总之,我什么都不明白。有时候我觉得我的脑子里没有任何思想,就像空气中只有灰尘一样,光有五颜六色的小球在浮游、在跳跃,

---

* 本篇最初发表于一九二五年第十和第十一期《青年近卫军》杂志。译自《高尔基三十卷集》第十五卷。

除此别无他物。最糟糕的是,我好像对那些认为自己什么都懂的聪明人越来越不信任了。我又窘又蠢,就像这个正在用头冲撞玻璃的苍蝇一样——看上去似乎没有什么东西,可就是无法穿过去。

在空荡、寂寞、打扫得干干净净的街道上走着一个不寻常的老大娘,她走路有点儿像鸟飞,忽升忽降,身体弯曲得出乎寻常,看着别扭;碰到人们时便胆怯地往后躲闪或跳到一旁去。人们也闪开她,皱着眉头,用睥睨的眼神送老大娘走开。

她的步态真的像任性的、敏捷的燕子的飞行。五颜六色的烂衫在她那瘦小、轻飘飘的身体上摆动,整个人都裹在破布片里。在鸟头似的灰头发上挂着许多纸条子,这使她更像鸟了。她的脑袋在细脖子上惊慌地转动,尖削的鼻子在嗅什么东西。短短的下颚不停地颤动,咀嚼着空气;黑皮肤的下巴长着一撮灰毛。裙子下摆上密密麻麻地、大概是有意地装饰着花花绿绿的补丁。隐约可以看见肮脏的赤脚和野兽般的爪子。这双爪子在路灯柱子、短桩、篱笆和房墙上抽搐地乱抓一气。

在这个奇怪的生物身上,很少发现有人的东西。它像神话中的怪物、畸形的杜撰,而且好像眼睛也瞎了:它们藏在黑洞洞的深窝里,藏在浓密的、郁郁不乐的一字眉下面。现在她穿过街道,一蹦一跳地回来了,走到了窗户下面。

我问饭馆老板:

"这是谁?"

"是肯斯科伊家的大娘,"他以一种外省人谈论本地名人纪念碑时才有的那种骄傲的口气回答说,"在辛比尔斯克有卡拉姆津,在喀山有杰尔查文[1]。"

饭馆老板是一位老人,身体保养得很好,有一张演员或厨师式的光滑的脸。他满口假牙,一脸殷勤的幸福的微笑。

---

[1] 指该二城中的这两位俄国作家的纪念像。

我虽然没有请他,但他却兴致勃勃,乐意地、甚至还好像赞叹不已地讲起了"肯斯科伊家的大娘"的故事来。

有一个叫肯斯科伊的人,记得是一个公爵,一个青年人,从国外回来埋葬自己的继父,丧事办完后,爱上了一个女艺人,和她一起很快就把继承的遗产花光了。他觉得再活着没有意思,就朝自己嘴里开了一枪,但是没有打死,只打掉了自己的舌头,打穿了脖子,又活了下来,成了哑巴,脑袋也歪到了一边。他受重伤躺在自己的贵族老房子里时,继父的亲戚——一个姑娘,贵族女子中学的学生来服侍他,把他治好了,使他恢复了健康。她同他生活了十一年,为他生了五个孩子。

肯斯科伊在世的时候,靠她教音乐和绘画挣点钱,变卖家里的家具和东西养活他和孩子们。肯斯科伊去世的时候,两层楼的十三个房间的东西已全部卖光了。"大娘"和孩子们挤在两间屋里。

饭馆老板带着满意的微笑说道:

"全都卖光了。孩子们睡在地板上,她自己也躺在地板上。有时去偷点干草、麦秆,完全变野了……"

饭馆老板用一种油腻腻的嗓音,一面感叹,一面赞赏地说:

"连一面镜子也没有,什么都没有!好心肠的人关心的是:她为什么要自讨苦吃呢?据说是要维持这个家族,据说是为了这样的家族不能断了后,因为肯斯科伊家族多次拯救过俄罗斯。这当然是胡说八道:哪里有什么拯救俄罗斯呢?俄罗斯是谁也不能抢去的。俄罗斯不是一匹马,吉卜赛人偷不走它。"

"肯斯科伊家的大娘"在城市街头奔波了二十八年,青筋暴露,像一条饥饿的母狼,抖动着颚骨,四处奔走,并且总是在小声嘟哝些什么。

"虽说她很凶,可还是不断地祈祷。"

她衣衫褴褛,变得野蛮,以至"规矩人"都不让她到自己家里去。她再也不能去教小孩音乐和绘画了。为了养活自己的孩子,她到人家菜园里偷蔬菜,到阁楼上捉鸽子,偷鸡。夏天便去采集酸模、可吃的草根、蘑菇和野果。在冬天的夜晚,她冒着暴风雪到森林里去偷木柴,拆围墙木板,为的是即使烧热那已倾圮了一半的房子里的一个炉子也好。全城都为"大娘"的用之不竭的精力感到惊讶,甚至对她的偷窃行为,人们好像也不去追究。

"不过,有时也挨点打,但是从来没有人要把她送到警察所去!人们可怜她。"

城里人感到奇怪的是,她并不向人乞讨。人们甚至为此对她深表敬意。但谁也没有在生活上帮助她。

"那是为什么呢?"我问道。

"怎么跟您说呢?大概是因为她已经变得十分凶狠和高傲,人们想看一看,她到底能高傲几时吧。现在,从人们开始施舍她算起已经有四个年头了。现在她已经完全疯了。您以为她为什么会发疯呢?您可以想象,是为了孩子!她大声叫喊:'我的孩子生来是要做皇帝的:鲍里斯做波兰皇帝,季玛做保加利亚皇帝,萨沙做希腊皇帝。'她就是这样说的!可我们却要揍这些皇帝,因为他们全都像母亲——一窝小偷。鲍里斯卡还是个驼子,他小时候曾从窗户上摔下来。季莫费①是个傻子,亚历山大②是个聋哑人。还有一个小的,也是败类。主要的是,他们都是小偷,而鲍里斯在这方面特别厚颜无耻。只有老大克里尼达有点出息,他在屠宰场当屠夫,这个人老老实实、闷声不响,为有这样的母亲和兄弟而感到丢脸,不同他们住一起,不认他们。不久前他同一个洗衣妇结了婚。可大娘还是到处窜,东奔西走,寻觅食物,养活她这群寄生虫。可真不简单。甚至大主教也感到惊奇,他说:'你们瞧,真是无穷的忍耐力,你们应当向她学习。'给她施舍也得有点本领才行,因为她怕见人,拒绝与我们接触,叫你'滚开!'"

金丝雀叫得震人耳膜,它那小小的黄色翅膀下的一小块肌肉和细嫩的骨头里隐藏着一种惊人的力量。金丝雀的叫声总使我想起驴子

---

① 季莫费是季玛的正名。
② 亚历山大是萨沙的正名。

的嚎叫。

饭馆老板是个性情温和的人,很健谈,生活过得十分顺当。我没有留意他讲到什么地方中断了"肯斯科伊家的大娘"的故事而讲起他自己的事情来了。

"我命运中的一切不痛快的事都会由愉快来补偿。我和妻子生活了十七年,相亲相爱;但是她在世时,我一直牙痛,于是我就把它拔掉了——真受罪!而妻子死了后,当年我的牙就不痛了。就是说,事情都是有个平衡的。抱怨是很不应该的……"

显然,他忘记了,他现在镶的是假牙。

"您看,您看,波兰皇帝一拐一拐地走过来了!"

在街心,一双罗圈腿驮着一大捆麦秆慢慢地移动着,麦秆用树皮绳子捆得乱糟糟的,麦捆下面看不见人,只有一双蜘蛛脚似的细腿,左腿的裤脚管撕破了,露出了难看地歪向一边的赤裸的膝盖。

"瞧,"饭馆老板说,并有礼貌地笑一笑:

"咳—咳—咳……"

……夜晚,透过树木,可以看见呆板的月亮和几点星星,星星一个远似一个。电线发出嗡嗡的响声,我头顶上是一片湛蓝的天空,从哪里吹来的灰尘,有一种腐烂的气味。

我来到一座正面有三根被剥蚀了的圆柱的两层楼房跟前,二层楼上的窗户敞开着,窗框都拆开了,木头也拆了,一部分砖头已坠落下来,窗框变成了齿形,还有许多窟窿,里面的黑暗有如一股冷烟,仿佛要朝街上冒出来。房子周围什么也没有,既没有围墙,也没有杂房;在宽阔的大门口只剩下拆毁了的砖柱子。这座房子就像是从城市被扔到了荒漠似的。

五个窗户,其中的两个也没有窗框,只有被折断了的框架,塞满了砖头。穿过三个窗户中靠边的一个的浑浊的玻璃,透出一点黄红色的灯光。屋里尽管闷气,这扇窗户却关闭着,甚至在外面用板子斜钉死了:显然是因为窗框已经腐朽,无法把它打开了。

窗户外面一片嘈杂声,这声音像狗吠和嗥叫;好像有人在哭泣;两个嗓子抢着喊叫:

"黑桃十一……"

"你撒谎,是大王……"

"两个戈比!"

"去你的,绝不给……"

从房子的一角慢慢地走出一个幽灵似的模糊的人影,好像是用四条腿走路。仔细一看,原来是"肯斯科伊家的大娘";她猫着腰从地上拾起东西,放进衣襟里;听得见她在唠叨。现在她正走到我的跟前,差不多碰到了我的脚,她急速地直起了腰,把木片、木条朝我扔过来,大声喊道:

"啊——,该死的……"

这是一种不正常的、非人的喊叫;人是不会也不该这样喊叫的。

"肯斯科伊家的大娘"很像一个十六七岁的少年,也许是因为她只穿着一件内衫的缘故。她身体弯成一个直角,从地上抓起一把尘土和垃圾扔在我的身上,并用刺耳的嗓子叫唤:

"孩子们,孩子们……"

我听到了赤足的脚步声,便走开了。我的背后是一片愤愤然的呼喊声:

"把她拉走……"

"哎,疯子……"

"谁把她放出来的?"

一个青年的低沉的男低音骂出了俄罗斯最下流的骂人话。

……天亮了。我坐在街心花园的一张长凳上,很想问问什么人:

"为什么要有这个'肯斯科伊家的大娘',以及和她类似的人?谁需要人间这种毫无意义的苦难?"

李辉凡　译

杀 人 者*

犯罪率正在增长,杀人的事日趋频繁,杀起人来更加满不在乎,性质怪得出奇。

从现代的屠杀行为中可以看到一种异想天开和逞能的成分;杀人者似乎把自己当作了运动员,拼命要创造出冷酷而残忍的神奇纪录;若是一个人把被害者的尸体剁成六块,那么另一个就要把它剁成十二块。

报纸对这种犯罪率的增长无疑起了推波助澜的作用。它们不厌其烦地把杀人行径描述和渲染得淋漓尽致,因而屠杀者倒成了英雄,罪行倒成了功勋。报纸对犯罪分子表现了强烈的兴趣,而对他的牺牲品却无动于衷,它们谈得最多的是杀人者的灵活、机智和勇敢。

名为"侦探"小说,实为坏小说的作者先生们也在用同样的调子大肆鼓噪。

电影成功地成了上述两种影响的帮手,因为在银幕上一经再现这些犯罪的图景,它就唤起了一些人的兽性,腐蚀了另一些人的意识,终于使第三种人对犯罪事实的厌恶变得麻木不仁。这一切仅仅是为了使那些活得无聊的人得到消遣。

完全可以认为,电影会扩大甚至加深这些人的灰色的生活情调,

---

* 本篇约写于一九二五年,一部分最初发表在一九二六年二月第二期《西伯利亚》杂志。全文发表于同年第八期《青年近卫军》杂志。译自《高尔基三十卷集》第十五卷。

他们像鼓一样,腹中空虚,只是靠外力的敲打才能发响。追求出名的人的数量无疑正在增加。

我倾向于这样的想法:对很多人来说,犯罪已逐渐成为他们出名的途径,而对某些人来说,犯罪甚至是一种简而易行并且受到鼓励的消遣,因为也可以用谴责来进行鼓励呀,如果谴责包含着惊异的话。

其所以说简而易行是因为:既然我们这个星球上的极其宝贵的财富——成百万的欧洲人已被消灭在法国战场上,那么在我们这个时代里还有什么比人杀人更简单、更愚蠢呢?

假如一个白痴把别人剁成几块而且把他吃掉,那么有关这个白痴的议论和报导就会像大书特书一个出类拔萃的人物一样,整整闹腾一个月。可是外科医生奥佩利①曾三次用心脏按摩法使死在手术台上的病人起死回生的事情却无人知晓,无人报导。

在这种反常的社会生活与科学奇迹的对比中隐藏着一个重大的课题。令人费解的是,为何直到目前还没有一个正直的欧洲学者对这个课题展开广泛、深入的研究?

如果这个学者能挑明和消灭当代生活中种种不祥的误解中的一个,那就好了;如果他能指出,一种对文明的本能的不满如何像一个黑暗和惊恐的阴影,沉重而畸形地压在我们称之为"文明"的一切事物上,那该有多好。

我总觉得杀人者是愚蠢的化身。无论杀人者的衣着有多么干净,他的肉体是否洁净永远使人怀疑。我遇到的第一个杀人者住在喀山

---

① B·A·奥佩利(1872—1932),俄国外科医生,他在一九〇〇年初,成功地应用心脏按摩法救活三起临床死亡的病人,但只有一九〇八年那一次被记载下来。一九二二年奥佩利本人在《当代外科学的成就》一书中写下有关他在心脏方面的试验。高尔基知道这本书,一九二六年他告诉沃斯克列先斯基教授:"二四年,意大利的外科医生们对手术台上用心脏按摩法使人复活之事大为轰动。我们的外科医生奥佩利比意大利人早十年就有了四起这样的事情……我把这件事告诉了奥佩利,好像他把自己试验的记录寄给了那坡利大学。"高尔基给奥佩利的信已遗失,然而奥佩利的复信留了下来。

城郊的阴沟街①;他名叫纳扎尔,是一个六十七岁的老头,高个子,背有点驼,宽阔扁平的脸盘上长着一部白色的大胡子,鼻子又宽又扁,双臂长及膝盖,从远处看活像只猴子,但是他那蔚蓝色的、水汪汪的双眼像孩子眼睛一般明亮,谈吐中也有一种孩子般的、发音不清、软绵绵的东西。

他年轻时当过牧人,被揭发有兽奸的劣行;他受到人们的耻笑,笑得特别厉害的是他叔叔的一家人。在彼得保罗二圣节②那天他用锋利的镰刀杀了叔叔的全家;杀他叔叔时,他说:

"不准你笑我!"

杀他的弟弟和弟媳时,他说:

"不准你们笑!"

杀他的九岁的侄女时,他说:

"为了叫你不再嚷嚷!"

杀雇工时,他说:

"你不过是偶然落到我手里。"

这是他自己讲给我和我的朋友、一个叫格列曼的大学生听的,他边讲边笑,仿佛在回忆一生中最大最得意的业绩。为了这事他挨了一顿鞭子,并被判处二十年苦役;他从矿场上逃出来,三个月后又自愿返回矿场干活,重又受到鞭笞的惩罚,并"延长了服刑的期限"。

"长官们因为我的心地单纯而可怜我,"他说。

由于"表现好",他曾得到两次减刑,总而言之,他做了二十三年苦工,随后在西伯利亚当了很长时期的流放犯。他在喀山拣破布、骨头、废铜烂铁,一天挣二十五到四十个戈比。只靠吃茶和小麦面包果腹;一天吃三磅到四磅面包,一昼夜要喝三次烫得下不了口的热茶,每次喝十杯。每逢星期六在澡堂里洗蒸气浴,一直蒸到昏倒在地。

他的右腿有病,走起路来一瘸一拐。他常撩起裤腿让格列曼看他

---

① 高尔基于一八八八年六月至十月住在阴沟街的夜店里。
② 俄国旧历六月二十九日。

膝盖上那个青色肿瘤,并且问他:

"喂,黑头发,你瞧,这是怎么回事?"

格列曼是学法律的,他厌恶地皱着眉说,他不是医生,可老头固执己见:

"你还是瞧瞧吧!我不相信那些大夫、巫医,我就相信你!虽说你是个犹太人,可你为人好,你总是说真话;不论说什么都是对的!"

格列曼常常因他惊讶得义愤填膺,几乎到了恐惧的地步。这犹太人对杀人、流血有着本性上的厌恶,这使他不愿接近纳扎尔,可是青年人特有的那种想"了解人"的渴望却又把我们吸引到老头这儿。我们问他:

"你这么个老实人,怎么会杀人呢?"

他神气十足地回答说:

"这种事说不清楚。这不关我的事,是鬼使神差干出来的。我那时像你们一样年轻。我现在老实是因为我上了年纪。"

接着便用教导的口吻说:

"孩子们,青年时期可是个危险时期。遵守教规的亚当就因为年轻才为了夏娃那条母狗死在了天堂里。"

谈话的当时我还是一个十六七岁的少年,这个老头的言行当然使我感到惊奇;不仅如此,我还清楚记得,我曾因为结识了一个不寻常的人,一个杀人者而感到荣幸呢。但同时,我也清楚记得,老头谈到自己,谈到他的罪行,即他一生中最重大的行动时所用的神气十足的口吻曾使我愤慨。他边讲边用一只又红又肿的手扬扬自得地捋着胡须:

"在那个年头,对我们这号人讲的是一种特别的排场:用车把我们拉到集市广场,就在那儿黑乎乎的断头台上我们有的被鞭打,有的只是示众,叫大伙儿瞧瞧凶手是啥样的!官府,当官的在那儿宣读公文……"

谈到服苦役的那段生活,纳扎尔的口气十分冷淡:

"那儿的生活过不惯,苦得很。"

我从来没有听到他对苦难发过牢骚,他待人宽厚而和善,像是一个高级人物。

我似乎正是从他的口里第一次听到典型的俄罗斯语言:

"犯罪以前,我像个影子一样不声不响地活着,可是魔鬼伤了我,对自己对别人,我就成了个受人注目的人了……"

当时我自然不能理解这些话的涵意,但是我牢牢记住了这番话,可是后来的另外一些接触,以及别的人和俄国文学不止一次地使我重温并强调了这些话中的贫乏而丑恶的思想。

现在我认为,正是因为我们的问长问短引起了老头的自傲,我们的好奇心抬高了杀人者在他心目中的身价。

毫无疑问,连篇累牍的报导,宣扬杀人者的机智和勇敢的耸人听闻的刑事破案小说和电影,使神经过敏、渴望强烈刺激的城市居民对罪犯的病态的好奇心越燃越旺,并促进了犯罪行为的增长,犯罪调查学家也不断指出这一事实。同样无可争辩的是,所有这些强烈反应使杀人者愈发自命不凡。

众所周知,在一个人感到自己是别人注意的中心时,他的头脑会很不像样地膨胀起来,忘乎所以,妄自尊大。我们常常出于好奇来吹捧一个人;也许这就是我们的政界和其他方面的英雄如此短命、如此容易破灭的部分原因。正是由于这个原因,当我们渴望塑造一个即使是小小的英雄时,也往往会把他弄成一个大傻瓜。

报纸一味追求轰动的效果无疑会使甚至健康人所固有的对凶杀案和凶手的本能上的厌恶也迟钝起来。那种反常的、看待死刑如同观看"大木偶剧院"①的演出一样,冷漠得令人发指的犬儒主义,正是缘于这种天然感情的迟钝。

顺便提一下:这种剧院的存在和获得成功表明,人们由于活得无

---

① 一八九九年开业的一家巴黎剧院,专演犯罪、凶杀、刑讯一类戏剧。

聊,已经不惜用病态的、甘受惊吓的愿望来消遣。这是一种惊人的怪诞的现象:要知道我们当代的现实已经可怕得无以复加,可是人们还要去欣赏这种粗制滥造、与真正的舞台艺术格格不入的恐怖演出。

恶行之所以令人如此触目惊心,正是我们自己老是强调它的结果;我们的注意力主要地、最乐意地集中在消极的现象上,——这是我好久以来坚定不移的看法。随着时间的流逝,这个看法由于人们彼此之间日益缺乏人道和愈发冷漠而更加牢固了。诺姆①市的居民免于死难,不是由于同他们一样的人类、而是由于一条狗的救助所致,这一惊人的事实自然不能动摇我的这个看法。

最糟的是,我们把恶行记录下来不是出自对它的本能上的憎恶,不是基于生理上的美学观点,而仅仅是出于某种卑下的、实质上是犯罪的好奇心。当然也受假仁假义的伪善的支配。

在我们对待犯罪和恶行的态度中很少有自卫的感情。我特别强调缺少这种感情,但我完全不能理解,这一点怎么能同我们那种发展规模如此惊人、如此畸形的利己主义并存共容。

在杀人者的周围制造一种对于他们的行径和他们本人见怪不怪的气氛,一概保持沉默和置诸脑后的气氛,这要明智得多、符合卫生得多。

根据我对人的了解,我认为,我所提出的是所有可能采取的惩罚中最残酷的惩罚。不为大家提起的人就会不再存在。最可怕的监狱是露天监狱,没有围墙、没有铁窗的监狱,没有上帝、没有人类的菲瓦伊达②。

---

① 一九二五年,美国阿拉斯加州西部,白令海岸的诺姆市白喉蔓延,急需抗白喉的血清,但是离诺姆一千公里的地方才有这种血清,人们便用狗拉雪橇分段接力运送,最后一段路程是由一条名叫巴尔托的狗拉的。由于记者的采访报道,这条狗便驰名世界了。纽约市中央公园还建立了一座纪功碑来表彰巴尔托。
② 是圣安东尼时代(三世纪末至四世纪初),基督教修道士在埃及沙漠的隐居地区。

而另一方面,应该记住埃德加·坡①的一个非常正确的思想:

"您对恶棍说,他是个好人,这恶棍便会去证实您对他的看法正确。"

我还记得一些非常可怕的印象:一个"为朋友舍命"②受尽残酷折磨的人,一个具有俄国人特有的大慈大悲和极端纯洁的心灵的人用眼睛示意我看了一个年轻人以后,几乎是怀着崇敬的心情低声对我说道:

"N省省长就是他杀死的。"

"他"是一个大约二十三四岁的小伙子,长着一副军队文书的脸相:扁平的鼻子,发亮的小眼睛,肥胖的耳朵,硬得像刷子的头发。他站在窗前倨傲地望着窗下的大街,望着那些脚踏彼得堡的泥泞,冒着芬兰湾一带潮湿的秋雨匆忙赶路的行人。他双手插在兜里,嘴里嚼着纸烟已经熄灭的烟嘴。他那副神气和嘴脸完全是一个地地道道的白痴。

我产生了一个会得罪人的,而且也许是不高明的想法:

"这个固执的家伙像是做了一件被公认为有益于全人类的大事似的扬扬得意。"

有一个"政治活动家"给我讲了这样一桩事:某人为执行自己党派的判决杀死了一个奸细,甚至似乎是当着被杀者的父母干的。杀了以后,他便向"派遣他的人"报告他是如何完成这项使命的。但是在报告过程中报告人觉得需要去一下厕所,就去了。不一会儿,他的一位上司兼伙伴、一个老人,从桌子上抓起一张废纸向厕所跑去,他敲了敲

---

① 埃德加·爱伦·坡(1809—1849),美国作家。他的原话是:"您对骗子一天说三四次他是优秀的诚实人,您就能使他至少成为受人尊敬的资产者的典范。反之,您经常责怪诚实的人是骗子,您就会引起他顽强的虚荣心,他向您证实,您绝对没有弄错。"

② 出自《新约·约翰福音》第十五章第十三节。原文是:"为朋友舍命,人的爱心没有比这个大的。"

门,说:

"你要手纸吗?我拿来了……"

是啊,也许这种宽宏大量的行为并非是对于杀人者的尊敬和感激之情引起的,而只不过是出于对卫生的癖好或是不够自重的缘故。

我自然是懂得政治斗争、"暴虐"等等的。是啊,是啊。可是人们究竟什么时候才能停止互相残杀,能否不再相互残杀,不再欣赏杀人者呢?政治上的屠杀渐渐和刑事上的凶杀都同样变得多么频繁了啊。

在我遇到的所有杀人者中,有两个给人的印象最为恶劣。

我的东家阿·伊·拉宁[①]和一个请他辩护的人谈话时我曾在场,此人把自己的妹妹灌醉以后,照着她的脑袋一锤子结束了她的性命。他是个买卖禽肉的商人;我记不起他的名字叫卢金、卢克亚诺夫还是卢奇科夫,但即使是现在,他的模样也还像站在我眼前一样,轮廓极其分明。

他大模大样地走进我东家的办公室,正如一只深受主人娇惯的爱犬,已习惯于随随便便地穿堂入室,东窜西窜,毫无顾忌。他向屋角瞥了一眼,把手举到额前,但是没有找到圣像,随即笑了笑,好像表示谅解和宽容人们的错误似的,并把一只手伸进了常礼服的衣襟里。这个异常轻飘的、我甚至想说轻得似乎不见形体的动作吸引了我的注意。他给人以恩惠似的弯了弯脖子,向躺在沙发上生病的拉宁行了个礼。

随后这个杀人者使我处处感到震惊的就是他那种恩赐的态度,他似乎十分宽宏大量,似乎除去薪水、稿酬以外还给别人带来某种重大的和珍贵的东西一样。他个子不高,有着青年人的匀称体格,穿着长襟礼服和崭新的靴子。他有一张奇怪的土色的小脸,从两鬓向下直到

[①] 阿·伊·拉宁(1845—1907),下戈罗德城的律师。高尔基于一八八九年底至一八九一年春,一八九二年十月至一八九三年两度担任他的文书。

下巴和脖子长着两绺直直的深色毛发；下巴以及颔下的毛发形成一簇像是用一块浸染过的黑色橡木雕刻出来的密实的胡须。他的下颔很短，下巴陷在脖子里，可是脸颊的上部和宽阔的前额却异乎寻常地向外凸出，给人一种十分离奇的印象：此人的脸远远地存在于他躯体的前方。一双湿漉漉的凹进去的深色眼睛直视着，从眼睛到鬓角有几道细纹，露出一丝微笑，这微笑凝结在眼珠里并未使那呆板的面孔获得生气，他的嘴掩在胡须下面难以看见，脸上的褐色皮肤绷得紧紧的。

他那居高临下的恩赐的神态正是表现在这一丝微笑里，这俨然是个具有某种令人震惊的经历和自命不凡的人物常有的神态，他似乎是在对您说：

"且听我说，虽然您未必听得懂！"

他坐了五个月的牢，现在由他当狱监的教父保释出来。他非常舒适地坐到了沙发前面的圈椅里，把一双胖乎乎的小手放在膝盖上；很难相信这样一双洗得干干净净的小手能把一个女人的头颅砸碎。他把头侧向一边，他的坐相像一只警觉的鸟，他低声温和地同我的东家谈话，仿佛在同一个雇工商谈为自己修房的事似的。

在检察员传讯的七个证人当中，有五个证人说这个杀人凶手是个吝啬鬼、不近人情的人；教堂合唱班的指挥，他的房客和朋友给他一个奇怪的评语：

"我认为他是一个小人，没有能力杀人。"

他家里管院子的指出，"他没有发现他主人做过任何无聊的事情"。三个证人证明，他以前就企图杀死妹妹——曾把她扔进过地窖。

这个做禽肉买卖的商人不时搓揉着膝盖，说服拉宁：

"请您考虑到这一点：一个最富的人家正为我敞开着大门；就是说，我就要被招去做女婿了，可死者总是喝得醉醺醺的，她让我在全城面前下不来台，大喊大叫说我抢了她，似乎我侵吞了她的一部分遗产，父亲死后留下的三百卢布。"

我觉得,这似乎是他一字不差的原话,因为我很注意听他讲,我的记忆力也不坏。他说——"兑夏希",而不说"兑夏奇"①,并且经常重复"昏暗"这个词,想必这个词是他不久前才学会的,因为他只是在说这个词时缺乏信心和有点儿犹疑。

"我经常劝她:'帕拉格娅,你不要挡我的路,损坏我的远大前程。'"

实际上他不是在陈述而是在"表现",一般地说这是"小人"们的特点;当他们看到命运对他们微笑时,他们便摆起架子来,说话也不自然,不好懂了,他们竭力说得像格言似的。我的一位熟人、教堂唱诗班的高级僧正歌手,在杂志上发表一篇短篇小说之后便宣称:

"昨天全城的人听到我如何歌唱,今天世界将知道我如何思想!"

在行凶那天,禽肉商到了妹妹那儿。

"请您相信,我是下了决心,好心好意地去见她的。我说:'帕拉格娅,人往高处走,不能自甘堕落。看在上帝分上,你宽宏大量地把这三百卢布收下,把我忘掉吧!'她甚至哭了,哭得我很不好受。我们就着果酱喝茶,喝马德拉红葡萄酒,后来她醉了。接着就出了这件事,我已经记不得是怎么弄的了,因为,请您考虑到这点,我从她那儿得到的始终是昏暗……"

我的东家问他:

"那么您为什么随身带了锤子呢?"

这时,此人在沉默片刻之后,似问又似提醒地说:

"要是承认有锤子,就会把预先周密考虑过的意图暴露出来了……"

我的东家是个素有教养、性格温和的人,但是听了这些话以后,竟出我意外地勃然大怒,他把杀人凶手大声叱责了一顿,最后断然宣称:

"您休想把辩护人看作您犯罪的同谋!"

---

① 俄语"一千"的复数第二格,这里指商人说话时"щ"、"ч"不分。

我觉得杀人犯似乎并没有生气,也没有被叫喊吓住,他只是非常惊讶地问道:

"怎么啦?"

当我的东家比较平静和清楚地重复说明了自己的意思以后,禽肉商站起身,带着不加掩饰的委屈情绪说:

"那么,请您原谅,我另找别人了。参与解决这种事要有一副热心肠……"

"另外一个热心肠"的律师为他作了辩护。

在法庭上有一位证人把凶手称作:

"没心肝的人。"

更可憎的是一个杀死著名舞台演员罗辛-因萨罗夫的画家 M[①]。他在因萨罗夫洗脸时,向他后脑开了一枪。这个凶手受到了审讯,但是他好像被宣告无罪或是服刑很轻。九十年代初,他获释之后,准备把他的艺术知识用在农民家庭手工艺上,好像是陶器业上。有人把他带到我那儿。我站在儿子屋里观察这个对生活显然十分满意的黑发男子在前室神气十足,不慌不忙地脱去外衣,站在镜子前面,先把头发梳理平整,然后使脸上带着一副沉于幻想的表情。但是他并不因此而满足,又把梳好的头发弄乱,皱起眉头,垂下嘴角,脸上便呈现出一副苦相。他同我招呼时,已经是第三副面孔了,那种表情就像是一个男孩还记得他昨天淘气的事情,但认为受到的惩罚过重,因此要求对他予以格外的加倍的关切。

他决定"为人民做些事,献出自己的整个生命和全部才能。"

"您当然明白,我不可能有个人的生活了,我是一个心灵破碎的人。我曾狂恋过那个女人……"

他那破碎的心是放在一个营养非常充足,穿着崭新的剪裁讲究的

[①] 画家 A·K·马洛维由于嫉妒于一八九九年一月八日杀死了演员罗辛-因萨罗夫。

暗色西服的躯体里的。

"是啊,"他恭顺地叹息着说,"应该像尼古拉·涅克拉索夫对我们所训谕的那样,'播下理智的、善良的、永恒的东西。'"

继尼古拉·涅克拉索夫之后,他又提到费多尔·陀斯妥耶夫斯基,问我喜不喜欢费多尔。

"不,我不喜欢费多尔。"

于是他客气地、规劝似的提醒我,费多尔·陀斯妥耶夫斯基是个很深刻的心理学家,是的,但是他 M 又完全同意尼·康·米哈伊洛夫斯基的批评[①]:

"这的确是个'残酷无情的天才'。"

我感到这人似乎特别喜欢直呼文学家的名字:尼古拉、费多尔、列夫,仿佛他们都是为他效劳的,他把莎士比亚也像朋友似的随便称之为威廉。

后来他说到《罪与罚》:

"实际上这是一部有害的书;它的倾向性只能这样理解:杀人是有罪的,但是为了使内心感觉到这一点,仍然必须杀死一个哪怕是坏透了的老太婆。"

他就是这样说的:"使内心感觉到",整个这句话是他在一个半或两个小时之间所说的最俏皮、最厚颜无耻的话。我甚至觉得这句话是别人的,是这个画家偷听到的;他说了之后,自己也明白,他做到了出口不凡,因而鼓起双腮,用他那深色的眼睛得意洋洋地瞧了瞧我,眼白上布满了粉色的血丝。

此后,他被一种突发的人道精神所支配:看到窗口鸟笼里的黄雀和红雀后,他颇有感触地说,他一直不忍心看见笼中之鸟。他就着醋渍蘑菇喝了一盅伏特加之后,用一种廉价的陈词滥调兴冲冲地向我谈了他对大自然的爱。随后又对报纸发了一通牢骚:

---

① 尼·康·米哈伊洛夫斯基(1842—1904),俄国文学批评家,政论家。此处指米哈伊洛夫斯基所写的《残酷无情的天才》一文中对陀思妥耶夫斯基的创作的评价。

"我最头疼的是报纸上的叫嚷。写了那么多。喏,您看!"

他从斜兜里掏出一本厚厚的小书,里面整整齐齐地贴着一些剪报。

"您要不要利用一下?"他建议,"情杀,用这个题材可以写一部非常好的小说。"

我说,我不会写非常好的小说。

他用小书拍着自己的柔软的手掌,叹了口气,继续说道:

"我真想告诉您很多很多事情,补充补充。有趣的环境:画家、演员、迷人的女人……"

他的双臂与躯干相比显得过短,手上长着一个平庸之辈的又秃又短的手指,下唇的形状酷似一条水蛭,然而是自然界所没有的红色水蛭。

陆桂荣　译

恩布列玛*

光秃的灌木丛在秋风中抖动,枝条向下弯垂,上面布满了铁锈色的尘垢,看上去像是用铁铸的一样。枝条摇曳,似乎在咯吱作响,实际却悄无声息。铅色的浓雾笼罩着草原上那小小的火车站,周围的一切都隐没在浓雾里。在依稀可辨的给水塔旁,一辆机车倦怠地发出一阵阵叹息和嗞嗞的怨声。铁锤当当地敲打着铁轮箍。阴郁的秋色把一切声音都压得低沉沉的。臂板信号怪影似的悬挂在我的头顶上方。一只浑身湿漉漉的瘦山羊站立在树丛里也像个怪影,无精打采地望着站上的五个职工,他们正在把一只沉甸甸的长箱子拖进货厢里去。

领着大伙儿装车的是个身穿漆布面大衣的小老头。他那长着两撇长胡须、冷得微微发红的小圆脸在长耳风帽下抽搐着。小老头的八字胡和鹰钩鼻子的模样颇像一个乌克兰统领的画像。

"你们在装什么?"

"恩布列玛。"

小老头彬彬有礼地用一只手摸了摸挡风帽,回答道。听他那脆亮的声音,不像是个老年人;看他那兴高采烈的样子,也同这秋天的色彩不协调。

"恩布列玛,"他解释道,"这是一尊大理石雕像,是意大利人雕塑

---

* 本篇写于一九二五年秋,最初部分发表于一九二六年八月二十六日《红色报》,全文发表于同年《星火》杂志第三十五期。译自《高尔基三十卷集》第十五卷。

的。雕像是个女性,一手握剑,一手握秤(由于误会,这只手被打掉了),是一尊象征正义的偶像①。古代罗马人把她奉为女神,她叫恩布列玛。"

显然,老汉很喜欢这个字眼,津津乐道地把它挂在嘴边。

他装好了箱子,坐在车站肮脏的候车室里等候客车。他抽着德国瓷烟斗,打开了话匣子:

"这是我现在的老爷的祖父从国外运来的。这座雕像在房前花坛里兴许都摆了上百年了。这玩意儿是件杰作,是用上等石料雕成的。一到冬天还用毡子把它包住,再用木匣套上,要不是巴什基罗夫老爷,还不知道摆到哪年哪月呢。您听说巴什基罗夫老爷了吗?那个大名鼎鼎的工厂主?一点儿不错,就是他。四年前,他为了安神养老从我老爷手里买下了这座庄园,可他觉得恩布列玛对他是个威胁。他这种感觉倒是有那么点儿道理,尽管这是个石头雕像,但工艺精巧,在月夜里看起来活灵活现,衬在半空中栩栩如生。加上雕像的重量把下面的基座压歪了,雕像向前倾斜,看起来好像要从上面跳下来似的。

"巴什基罗夫从一开始就不喜欢这尊雕像,抱怨说:'就是它害得我睡不着觉。夜里,只要我朝窗口一瞧,就瞧见它戳在半空里,活像个护士,又像……鬼知道像什么?它手里拿着一杆秤是干什么的?是做生意的吗?做什么生意呢?'别看巴什基罗夫有钱,可他孤陋寡闻,而且还不大开化。我当然只好跟他解释,这在罗马是象征正义的偶像。后来,他又向神甫和一个城里人打听它是干什么用的。从那以后他就更讨厌恩布列玛了,甚至还举起拐杖来朝它做几个威胁动作。他在花园里散步的时候,总要走到雕像跟前去指指画画……有一回,他以为雕像要爬窗进他的卧室里去,就绰起手枪,正巧打中了它的一只手,接着又在肚皮上打了个窟窿眼儿。

"巴什基罗夫老爷对我说:'波克罗夫斯基,不能叫这个臭娘儿们

---

① 指希腊神话中的司法女神。

待在这里,得把它搬到坟地去。'他很尊重我,特别喜欢盘问我的身世。不瞒您说,我本来是教堂里助祭的儿子,但是我没有去追逐神职,我当了教师。不久,我发现这个职业也不称心。教育孩子要有天生的爱好和严厉的管束方法。可我是个软心肠的人,缺乏训育儿童的素质。我不喜欢孩子们淘气,那都是瞎胡闹!大人闹着玩,倒还有个名堂,可孩子们……再说,我又是一直打光棍的……

"喔,对了,还是谈巴什基罗夫老爷吧。他这个人性格狂放。我不喜欢他。尽管他是个受人尊敬的人,但他来历不明,像通常所说的,是个带有传奇色彩的人物。"

老汉一边用小勺儿小心翼翼地抠去烟斗里的烟垢,一边解释道:

"传奇嘛,当然不见得完全真实可靠,不过也不会太走样。传说,巴什基罗夫老爷有过不少争风吃醋的风流韵事,而且手段毒辣,在州里还吃过官司呢。总而言之,这是个不择手段、心怀叵测的人。他酗酒成癖,这个不去说它了。我觉得跟他在一起总是别别扭扭的。我养了二十三年花,是花匠,我和他不投趣儿。不过他倒是喜欢花,往往从老远的地方就欣赏起花来了。他站着,看着,咀嚼着胡须。他蓄着一部挺漂亮的络腮胡。他总是先看看花,再用拐杖对着恩布列玛做几个威胁动作,然后走进亭子里去喝柠檬掺白兰地。是的,他喜欢花。他说:'你呀,波克罗夫斯基,尽管多栽些蓝颜色的花。'他答应给我加工钱,可后来又变了卦,说:'你要钱干吗用,你是个光棍。我也是个光棍。钱嘛,波克罗夫斯基,对于光棍来说,一点儿用处也没有,钱买不来交情呀。'"

铃响了,这是客车的预备铃。

"他死了吗?"

"死了,死得很快。他没有治病,只是和医生一起喝白兰地来着。"

"您倒是把这雕像运到哪儿去呢?"

波克罗夫斯基摸索着裤兜,说道:

"疯人院。"

我很奇怪。看来,他觉察到了,就热情主动地解释说:

"是巴什基罗夫老爷送给医生的,是给精神病人消遣用的。医生想把恩布列玛放在花园里。疯人院里有一个挺像样的花园。"

波克罗夫斯基花匠像孔雀似的大模大样一步一摆地朝售票窗走去,亲热地说了一声:

"祝您健康!"

蒋望明　译

蟑螂的故事*

在一个沙丘上,衬着深蓝色的天空,伫立着一株毛茸茸的松树,四周繁星密布;松树底下是一块淡红色布满锈斑的顽石;松树仿佛从顽石中生长出来,宛若顽石绽开的一朵花。沙丘后面是一个湖泊;在波平如镜的水里,沉没其中的星星的倒影,犹如一个个金色的蟑螂在颤动。远处,在漆黑一片的水与空气当中,透露出一道道齿状的黄色裂缝,那是一座看不见的城市的点点灯火。

石头旁边,在不大的一堆金黄色木炭上面,晃动着橘红色的火苗,照亮了一双穿着用铁叶制成的靴子的脚,那是一个蓄着大胡子的人的双脚,他戴着一顶有帽耳的帽子,穿着一件沉甸甸的羊皮袄;胡子里伸出一只烟斗,这人的膝头放着几根干树枝;他哔哔剥剥地把干树枝折成一小段一小段,吝啬地把它们添进小小的篝火中,这堆篝火未必能把他那双巨大的铁脚烤暖。

另一个人直挺挺地卧在沙地上,他紧靠着顽石火红色的一侧,他的脸被一顶揉皱了的帽子遮住,从帽子底下伸出一个瘦骨嶙峋的光下巴颏,淡青色的头发像一圈光轮般披散在脑袋周围的沙土上。不知为什么一看就知道,这个人已经死了。

---

* 本篇大约写于一九二四年末。在巴黎出版的《法兰西信使》杂志于一九二五年十和十一月号首先发表本文法译文。俄文原著首次刊载在列宁格勒出版的文艺作品选集《勺》第四集。译自《高尔基三十卷集》第十五卷。

"这是谁?"

"难道你没瞧见?"

"他怎么啦?"

"这是明摆着的——他死了。"

"怎么死的?"

"走着走着就死了。"

"是被杀害的?"

"你去问他吧。"

"他是什么人?"

"一个外乡人。"

这个咬着烟斗的人含糊不清地、不大乐意地回答着,仿佛还怀有敌意;他的烟斗已经熄灭,不再冒烟,毛发浓密的面孔在篝火颤动的反光下显得模糊不清。我将顺着一条被那些有耐性的马儿踩坏了的道路继续前进。

黑夜是干燥而清新的;夜里有一种金属般寒冷的东西:大地、水和空气都由于寒冷而变得坚硬起来,逐渐紧缩为浑然一体。星光像铜丝一般从天空和湖水中把黑夜穿缀起来。万籁俱寂,仿佛寂静也越来越稠密了。在这样的黑夜里,思绪很容易任意驰骋,勾起对无限遥远的往事的回忆。

那个"走着走着"就死去了的"外乡人",再不会去任何地方,也永远不会再感到疲倦。奇怪的是,我并没有想到要掀起他脸上的帽子,瞧瞧他是怎样的一个人。不过死人都是一个模样:幽默作家马克·吐温[①]一旦躺进棺材,就貌似悲剧作家弗里德里希·尼采[②],而死去的尼采又使我想起克里瓦亚·穆兹加车站上那个谦逊的供水塔司机切尔诺戈罗夫。

---

① 马克·吐温(1835—1910),美国作家。
② 尼采(1844—1900),德国唯心主义哲学家、唯意志论作家,曾写过《悲剧的诞生》一书。本文说他是"悲剧作家",可能是从这里来的。

天上的繁星，湖水中繁星的倒影，以及远处尘世的灯光，使人感到仿佛是一道道勇猛果敢的光线，它们穿透秋夜的黑暗，射入燃烧着一股永恒的，而且想必是十分寒冷的火的地界。"宇宙就像人生一样，是燃烧。"什卡利克断言道，这位物理教师是个头脑清醒的人。化学教导我们，腐烂也是燃烧。有趣的是："走着走着"就死去的那个"外乡人"是被什么样的火烧死的呢？

沙砾在脚下嘎吱作响。希伦的囚徒①在他牢房地面的石板上踏出了一条深深的小路。每当回忆起这位囚徒，就不由得使人联想到人类，人类也是孜孜不倦地不断穿过对神秘事物的无知，踏出一条条小路，逐渐认识自己的精神力量；"精神一旦从混沌中诞生，便力求达到彻底的和谐。"我不记得这个崇高的思想是属于谁的了。阿那托尔·法朗士②觉得，似乎"崇高的思想"就像"卑贱的真理"一样幼稚。

"崇高的思想"与我无缘，"卑贱的真理"我又不喜欢。我进退维谷，就像一个人居住在天地之间，被世上的怒吼与哀号震聋了耳朵，对天文学也一窍不通，而在静悄悄的夜里，又觉得星座在讥诮地吹着口哨。

有一个人，记得是笛卡儿③，他认为所谓思维，就是力求得到种种正确的论断之间有根据的联系。另一些人则断言，除了被称作谎言之父的恶魔以外，谁也不知道正确的论断为何物。我认为：这个骗子，即恶魔，真诚地相信美好的谎言比拙劣的真理更为有益。毫无疑问，是恶魔在一位诗人的耳畔低声说出了这么一句使得许多人都感到难堪的话：

---

① 希伦是瑞士日内瓦湖东部峭壁上的一座城堡。日内瓦市民法朗索瓦·波尼瓦尔（1493—1570）因参加反对萨沃伊朝的公爵和主教的斗争而在一五三〇至一五三六年间被囚禁于这个城堡的地牢里。二百八十年后，英国诗人拜伦写成长诗《希伦的囚徒》（1816），颂扬为自由而战的波尼瓦尔。
② 法朗士（1844—1924），法国小说家。
③ 笛卡儿（1596—1650），法国杰出的哲学家、物理学家、数学家和生理学家。

说出口的思想就是谎言。①

笛卡儿把灵魂从肉体中分离出来,犹如把火焰从黑暗中分离出来,从而使黑暗更为浓重,使火焰冷却,大概正是由于这个缘故,"正确的论断"才不能使我感到温暖。不过我知道只有一个正确的论断:除了我的朋友和敌人——人以外,世上任何事物都不值得予以更多的注意。我也知道,根据一位哲学家的看法,这一论断值不了几个铜板。

但是从另一个虽然并未十分明确地说出,然而十分流行的观点来看,这个论断却更不值钱,也更为可笑。在我所知道的一个场合,有一个天真的人忧心忡忡地向别人问道:

"您可明白,人是什么东西?"

人们全都报以讥讽的微笑,虽说他们并非都是白痴。

如今那个"走着走着"就死了的人就躺在我后面那个地方,另一个叼着熄灭了的烟斗的忧郁的人守护着他,身边有一堆小小的篝火,那火简直微不足道,根本无法取暖。我对此人毫无所知,我只知道一点:既然他曾活在世上,那他就有一段历史。倘若一个人没有自己的历史,他的存在就是根本不可能的。这一点大概也是我的无数谬见之一,然而每当我想到那座存在着形形色色真理的殿堂时,我的粗俗的想象力就不禁把这座殿堂比作那样一些去处之一:各种年龄的男人常去那里发泄过剩的精力,或者填补自己未得到满足的对女人的爱情,不过这样的地方倒也是必不可少的。

但是,不用说,我理解什卡利克教师的睿智,他曾对中学生说:"人之必需有真理,恰如瞎子之必需有清醒的引路人。"

他写了《毕达哥拉斯与数的逻辑》一书,然而遗憾的是,他未能完稿,因为他患了进行性麻痹症。

---

① 引自俄国诗人秋切夫的《沉默!》一诗。

左边,一只狗在一片凄凉的赤杨树的小树林后面吠叫,它惊慌地吠叫着,歇斯底里地喘着气,想警告酣睡的人们存在着某种危险。狗应该被称作是人最忠实的朋友。狗与先知有奇怪的相似之处,——这么说并非出于对先知的不敬,而只是出于对这样一种动物的喜爱,它比别的一切动物都更加同人亲近,而且似乎也具有预卜未来之才。

狗熟悉梦境,这事已不罕见。我曾有一头名叫托比的狐犬;每当它从梦中惊醒,总要跑到我身边,轻声哀号与吠叫;我深信,它这是想对我叙述自己的梦境。我还知道一条名叫乔治的苏格兰猎犬;每当乔治的女主人普列斯托尼娅·曼·马丁①弹钢琴的时候,它便躺在钢琴底下聆听伟大音乐家的作品,它奇怪地、似乎还惊异地睁大了它美丽的眼睛。但是只要普列斯托尼娅·曼开始弹奏苏兹②的无数进行曲中的一支,乔治便离开客厅,想必是不堪忍受对极其伟大的艺术的这种响亮的亵渎。它是一条英勇的狗,跟胡獾搏斗时勇猛而灵巧,但是见到老鼠却吓得惊慌失措。

我还知道有一头驴爱上了一匹马;不错,我在此并不讳言这是个会得罪人的譬喻! 的确有过这么一头驴,当它钟情的那匹马被卖掉时,它不再进食,显然想饿死自己。大家都知道这样一则故事:一头驴在它的主人死后,跳进卢瓦尔河自尽了。

马会哭;看到从马儿温顺而美丽的眼里滚滚流出默默无言的泪水,它们的嘴唇又像孩子一般委屈地颤抖,就使人觉得难过。关于鸟雀和老鼠的智慧,可以说出许多有趣而又神秘的故事。

可曾有一条狗,由于预感到那个"走着走着"便死去了的"外乡人"死期将至而哀号呢?

我知道的趣事可多极了! 我浑身沾满了这些趣事,犹如海船的龙骨沾满了软体动物,这就妨碍我像我所希冀的那样迅速地向十全十美

---

① 美国教师约翰·马丁之妻,高尔基与安德列耶娃一九〇六年访美期间就住在他们家中。
② 苏兹(1854—1932),美国军乐队队长和作曲家。

的真理游去。真理自然是我所必需的,正如任何一个有自尊心的人那样,我想躺在一口体面的棺材里下葬。

躺在那边松树底下的那个人,极有可能是当过宪兵司务长的贵族俱乐部看门人瓦西里·叶列明的儿子;叶列明看来不擅长政治侦查这种困难差事,因为养鸟对于他来说要比抓人具有更为强烈的吸引力。于是他就从宪兵队的营房里搬到有圆柱的黄色贵族公寓的石梯底下去住了;在那儿的一间有一扇窗户和一个傲慢的大肚炉子的幽暗的房子里,他住了七年,在这期间还熟练而有耐性地拿假嗓子训练了一些肥胖的红胸脯灰雀用口哨吹奏《赞美我们锡安圣山上的主》[①],《愿上帝保佑沙皇》和《主啊,我祈求你》。司务长教会了小鸟怎样赞美上帝和沙皇,就把它卖给喜欢猎奇的人,或者毕恭毕敬地赠给至圣的大主教古里亚、狱监托波尔科夫,以及沃尔戈罗德城的其他一些最显赫也最虔诚的人物,叶列明司务长以其手艺和英明的慷慨,赢得了全然当之无愧的名声,还攒下了七百个卢布。

在从事这一心爱行业期间,为了随俗,他娶了个孤女为妻,一年后,她给他生了个儿子,为了对宪兵将军普拉东诺夫表示敬意,这儿子被命名为普拉东。过了五年,老婆梦游症发作,爬到屋顶上掉下来,摔死了。老婆的死并未使叶列明司务长过于伤心,她是个漫不经心的女人,照料鸟儿总是马马虎虎的,也不把鸟笼打扫干净,由于生就一副好心肠,她总是在灰雀该挨饿的时候却给它们喂食。因为鸟儿就像别的一些正直的艺术家一样,只有在饥饿的时候才颂扬尘世和天国的上帝,至于它们自己的自由自在的歌儿,则是为了爱情而唱。

老婆死后,司务长很快就相信,五岁的儿子妨碍他生活:那孩子老爱打开鸟笼上的小门,把笼子上的树枝折断,把鸟儿放掉,然后又白费劲地竭力去抓它们,结果打碎了碗碟,摔在地上磕破了自己的脸,偷光

[①] 这是俄国教会流行的一支赞美天主的赞歌,在教堂举行盛大的宗教仪式时,有军队参加演唱此曲。歌中的锡安山在耶路撒冷。据《圣经》传说,万军之神——天主就住在那里。

爸爸和灰雀的东西,吃光鸟食和大麻籽。就得经常揍他,可他却长得胖乎乎、圆墩墩的,身子骨也不怎么结实,——揍,对他不起作用。

在楼梯底下那个石洞里,除了鸟儿以外,还有一些黑色与火红色的茶婆虫①和蟑螂,以及一群老鼠;老鼠悄悄地吃着鸟儿撒在地板上的粮食,并不妨碍任何人,茶婆虫的举止也很温顺,而那些黑色蟑螂却爱爬到灰雀的笼里把它们惊醒,几乎每天晚上,受了惊的鸟儿都要发狂似的扑腾,把惊恐情绪从一个鸟笼传到另一个鸟笼。

"打死蟑螂!"父亲下令,并把一只胶皮套鞋的鞋底塞给儿子当武器。普拉东很喜欢把跟他同房的那些长胡子的家伙啪地一声摁在墙壁的灰泥上,不过这使他开心的时间并不长久,他很快就明白了,使他的生活既不舒适而又屈辱的根源,就是这些虫子、鸟雀和爸爸。

他长到上学的年龄,就更加惹爸爸生气,在他的淘气中流露出一种默默的固执,这种固执在司务长看来不仅具有犯上作乱的性质,而且有葬送他养鸟圣手的美名之虞。

因为司务长非常惊奇地发现,有些已经学会了唱赞歌的灰雀突然变哑了,模样儿也比它们平时显得更加忧郁,后来不到时候就开始死亡。司务长一面猜测这种叫人伤心的现象发生的原因,一面开始监视儿子,而且很快就把他抓住了,当时普拉东刚巧把一只长别针放在灯火上烧红,然后拿它去烙最优秀的歌手之一那又厚又黑的舌头。

这位军人抓住儿子的头发,把他的脸往桌板上撞,伤心地嚷了起来:

"蠢鬼,你为什么这么干?鸟儿会觉得痛的!它痛吗,啊?你说话呀,弯腿的小魔鬼!"

"不痛,"儿子用鼻子大声吸着气答道,鼻子里喷出了鲜血。

"你胡说,怎么会不痛呢?"

"它们喜欢这样。"

---

① 也是一种蟑螂。

先得用各种不同的办法把普拉东揍上很久,他才会说他对鸟儿的啁啾、对讨伐蟑螂感到厌烦了,说照料灰雀等等事儿总是妨碍他读功课,还说他真想跳进磨坊后面的深渊里淹死算了。

"那你就试试吧,坏蛋!我就叫你淹死,"司务长威胁道,一边把儿子摔到屋角的炉子后面,那儿住着蟑螂,还有普拉东睡觉用的一条硬毯子。

司务长叶列明严厉地监视儿子,不让他上街乱跑,只放他去教堂做彻夜祈祷和弥撒,还逼着他帮助自己打扫楼梯,拍打地毯上的灰尘,总之是千方百计地竭力让儿子把空闲时间都用来干有益的劳动。但是普拉东毕竟也尝到过乐趣,没有这种乐趣,无论是大人或是孩子都根本活不下去。到了秋天和冬天,黄色的贵族公寓便神话般地活跃起来,用鲜花装饰得富丽堂皇的楼梯铺上了红地毯,宛若雅各梦见的天使①般美貌绝伦的女人,一个个登上楼去,明亮的光线在楼上吸引她们,悠扬的乐曲柔和地、不绝如缕地发出异常悦耳的声音欢迎她们。普拉东藏在长着一株大树的木桶后面,目眩神迷地瞧着女人,听着音乐,但是爸爸一发现他,就要走来敲打他的后脑勺,把他赶到楼梯底下去跟灰雀和蟑螂做伴。

"还不去学习呀,傻瓜?"他厉声问道,随后把门关紧就走了。

普拉东坐下来读功课,可是音乐老是让他离开书桌去采取行动;他像猫捉耗子那样小心翼翼地、悄没声儿地穿过曲里拐弯的黑黢黢的走廊,走到通往大厅的上敞廊的后楼梯上,在那儿的一些乐师旁边随便找个地方坐下。小提琴刺耳的尖叫与铜号的怒吼使他震耳欲聋,他瞧着下面那间灯火辉煌、耀眼欲花的大厅的底部;在闪闪发光的地板上,在一根根宛若长有金枝的树木的圆柱之间,一些灵巧的军人和文官在滑行与奔跑;他们紧搂着女人在旋转,酷似用五色马口铁制成的自动玩具,——只要用小钥匙去开动它们,它们自己就能自由转动。

---

① 据《圣经》记载:雅各在睡梦中,看见一张连天接地的梯子,有天使在上面,上去下来(见《旧约·创世记》第二十八章第十一至十五节)。

在近处听那音乐并不像从远处听来那么悦耳,可是普拉东依然感到它使他的心头充满一种异乎寻常的、甜蜜得令人掉泪的苦闷,迫使他忘却那些灰雀、蟑螂、爸爸、老师、学校里的一些由于他的胆怯和忧郁而不爱他的男孩,腓力斯人①、使徒和其他的一切。音乐能使人摆脱司空见惯而又令人难受、不可理解而又使人惊慌的一切。有时音乐似乎能把讨厌而又无用的东西永远冲掉。

爸爸发现儿子神思恍惚,便用钢铁般的手指揪他的耳朵,揪住耳朵后便把普拉东拽到楼下,一面低声说道:

"怎么不去学习,老是贪睡?"

普拉东重又面对着一盏淡蓝色玻璃的小灯在桌旁坐下,他克制着甜蜜苦闷的折磨和睡觉的欲望,竭力去想那个卖掉了二十二俄尺呢绒的商人,想那个为了一碗稀汤也把什么东西卖给了雅各的以扫②,想副动词和系词"是"。长着歪牙的教师吓人地在他面前站了起来,不停地擤着鼻涕,用蛙叫般的声音说道:

"名词……是……重复一遍,叶列明!怎么样?"

普拉东对名词不感兴趣,而教师则有一个罕见的姓氏——布兹德甘,只要看看他那高高的身体外加一颗鸡蛋般的脑袋,看看他湿漉漉的红鼻子和老是流泪的眼睛,普拉东总是垂头丧气地想道,难道真有这么一个地方,那里住着一些不像是人的高高的布兹德甘,就像青蛙那样"呱呱"直叫?

此外,普拉东有时发现,6乘9"得"69,有时他还觉得这是96,这两个耗子般的数字是变化无常的,它们任性地翻筋斗,把小尾巴往上一翘成了66,把小尾巴耷拉下来又变成了99,根本弄不清楚它们究竟什么时候才得出真正的"积"。布兹德甘却固执地证明,6乘9只能得54,这就使普拉东不得不想道:这两个比较大的数字乘在一起,怎么会

---

① 地中海东南沿岸的古代民族。
② 据《圣经》记载:以扫为了一碗红豆汤把自己的长子名分卖给了他的弟弟雅各(见《旧约·创世记》第二十五章第二十九至三十三节)。

得出两个比它们小的数字？老师从来也不同意普拉东的意见，常常把他留下不让他吃饭，这使得爸爸老是揍他，最后则使普拉东产生这么一个固执的想法：老师说的那个该死的字眼"积"，不但存心把他必须明白的一切都搅乱了，而且把布兹德甘自己也弄糊涂了，他越来越频繁、越来越可怕地发脾气、擤鼻涕和呱呱叫。

在学校所教授的一切课程之中，唯有愉快的美男子亚历山大·菲阿尔科夫斯基神甫的神话课引起了普拉东的注意，使他把鸟儿、蟑螂、各种各样的委屈和教科书的硬封皮全都远远地抛在脑后。神甫讲起他那些妙不可言的故事来，就像盲乞丐马丁在集市日坐在三圣教堂前的台阶上唱诗那样引人入胜；每逢集市日，普拉东上学总是迟到，因此也总被留校"不让吃饭"。

音乐穿过房门与火炉的烟囱灌进楼梯下的石洞，它嗡嗡地响着，使人悠然神往，它那温柔的絮语侵入头脑，把有关那在流入蓄水池同时又流了出去的水，有关那些把名词同形容词区别开来的符号等一切必须掌握的知识，一股脑儿挤了出去。音乐唤醒了灰雀；那些在昏暗中依稀可辨的灰雀，好似已蒙上了一层灰的半熄灭的炭火，这时开始在鸟笼里的小横梁上跳跃起来，吱吱地叫着，用口哨声赞颂上帝和沙皇，就像描绘地狱之苦的图画上画的那些罪人。音乐甚至使碗橱也活跃起来，那是爸爸阴暗的洞里最有趣的东西了。在漆着漂亮的金黄色油漆的碗橱的那些蓝色小门上，绘着一个宽脸盘的、和善的太阳，四射的阳光好似一根根红色的针；那太阳有点像一只刺猬；太阳的下巴颏嵌进一个铜环；倘若把铜环向左边翻过去，再小心翼翼地朝你那边拉，碗橱上的小门就会像一个小丫头突然被拧了一下似的尖叫一声开开了，一条黑带把太阳切开；这黑带起初是窄窄的！随后渐渐展宽，可笑地把太阳和悦可爱的小脸蛋分成两半；它的一双带须的圆眼睛含着微笑向四外扩大，渐渐消失，而在碗橱的那些小门的内侧，则开放着一朵朵蓝花与红花，使房间里充满各种食物的香味，那些食物是爸爸的干亲家，一个厨师，也就是普拉东的教父每天送给爸爸的。

蟑螂在碗橱里那些漂亮的隔板上跑来跑去;在上面一层隔板上有一套茶具在闪闪发光,其中特别吸引人的是一只用厚玻璃做的高脚盘,里面几乎总是装满醋栗果酱,那是司务长心爱的美味。从外形上看去,这只高脚盘使普拉东不由得想起耶稣在天上的客西马尼园看到过的那只大杯子,普拉东深信,假如那时候它盛满了醋栗果酱,耶稣也就不会说:

"我的父啊,求你把这个苦杯撤去吧!"①

而在碗橱的下面一层隔板上,都有一只使普拉东痛恨的装糖浆的罐子;瞧着它就叫人伤心,因为有一次,他拿套鞋底去打黑蟑螂打腻了,便想出了一个不大费事的消灭这种虫子的办法:用勺子舀了一勺黏糊糊的糖浆,把它涂在两位沙皇②的肖像上,一位刮过下巴颏并长着连鬓胡,另一位是宽脸盘长着大胡子。两幅肖像都挂在炉子旁边爸爸的床上头。普拉东估计对了:头一夜就有许许多多茶婆虫和黑蟑螂粘到肖像上去了,那个大胡子沙皇的脸上粘得特别密。

爸爸早上醒来,气愤地眨巴着眼,惊奇地说:

"糟糕!你瞧,懒虫,它们繁殖了这么多。"他对儿子说道,一面想用巴掌把蟑螂拂去,不料巴掌给粘住了,把肖像从墙上扯了下来。

这天普拉东没能去上学,因为爸爸打得他坐都没法坐了。他趴在地板上,在家里学习,第二天他也没去上学,却跑到河边去投水自尽。从这一天起,他就不但痛恨蟑螂和灰雀,就是对沙皇也恨得咬牙切齿。叶列明司务长终于明白,跟这个沉默寡言、长着淡黄色头发的固执的小野兽没法住在同一块天花板底下。他那对耳朵长得不对劲,它们紧紧地贴在颅骨上,要想揪住一只耳朵,就得先用一根手指把它拨开。在昏暗的房间里甚至使人感到普拉东根本没有耳朵,他是用一双鸦雏般的圆眼睛在听,这双眼睛从来也不眨一眨,就像盯着一只黑蟑螂那

---

① 据《圣经》传说,耶稣在被钉上十字架的前夕,曾对上帝祷告说:"……求你把这个苦杯撤去吧!……"(见《新约·马可福音》第十四章三十六节)
② 指亚历山大二世和亚历山大三世。

样盯着他爸爸。总之,这个小人儿叫他爸爸琢磨不透,他爸爸不需要他,他只会引起一种不安之感。

司务长倒比较了解灰雀,对它们也更为习惯;他可能把他所拥有的满腔柔情都用在鸟儿身上了,而造化所赋予我们大家的这种感情则是微乎其微的,只有寥寥无几的人才会由于这种感情过多而觉得苦恼。

等到儿子念完小学二年级,司务长便把他交给"钟表匠"阿纳尼·图姆帕科夫去当学徒,阿纳尼是个胖子,一双水汪汪的黑眼睛仿佛要从眼镜片后面漫出来。阿纳尼眯起一只眼,用一只手抓住自己的下巴颏,像一个疲惫不堪的人那样低声说道:

"修表是一种琐碎而精细的手艺;首先你得细心,小伙子!这是几文钱,你去找理发匠吉廖姆——右首第三个屋子——把头发剪短一点。"

当天晚上他就教导普拉东,该怎样用闸板把店铺的门窗关好,然后在桌畔的一张断了一个扶手的圈椅里坐下,桌上堆满了小齿轮和小盒子,小盒子里有许多表蒙子和一些很好玩的小铜片,他又滔滔不绝地说,修表的手艺需要细心和灵巧。他用一个小镊子,夹起怀表里的一个像蛇那样盘起来的纤细的发条,说道:

"你瞧,它是多么微不足道,可是全部关键就在其中!"

普拉东不相信似的瞧瞧那双水汪汪的黑眼睛,问道:

"莫非您是个好人?"

"是啊,我不是坏人,"老板回答。

普拉东想了想,又问道:

"说不定您是个醉鬼?"

阿纳尼眨了眨眼,让嵌在一只眼上的放大镜掉在掌心里,又用火红的舌头舔舔花白的小胡子,探问道:

"为什么是醉鬼?"

普拉东解释道:

"好人就是那些不胡闹时的醉鬼。"

"是这样,"阿纳尼·图姆帕科夫想了想,说道,"是这样!莫非你爸爸喝酒?"

"他也不是好人。"

"哦!我明白啦。他揍过你?"

普拉东不作声了,他不知道该说"是"好还是该说"不是"好。

这当儿,阿纳尼把放大镜嵌到一只眼上,很轻地说:

"去睡吧,小伙子。我不打人。"

用不了多久,普拉东就能明白:他的老板是被人一致称作怪物的那种人当中的一个。送表来修的人,像嘲笑驼背似的嘲笑阿纳尼,跟他说话时就像跟"兜里装死鬼的伊戈沙"①那个傻孩子说话一样,而阿纳尼则疲倦地、低声地、不大乐意地跟大家说话。他那皮革般棕褐色的脸,像个橡皮球似的被吹胀了,宛若一只大海碗的碗盖,鼻子就是这碗盖上的把儿,那双鼓泡眼破坏了这种跟大海碗惟妙惟肖的相似性,它们像两个黑水泡似的隆起在眼镜片后面,仿佛只有眼镜才不让它们胀破。阿纳尼的下巴颏和紧绷绷的两颊仿佛撒满了胡椒面和罂粟籽,秃顶使他凸出的前额几乎比他的脸大一倍。

这人不像爸爸那样大喊大叫、发号施令,也不像小学教师上课时那样乏味而严厉。令人高兴的是,他根本不像普拉东所熟悉的一切人,男孩子但愿看到他像菲阿尔科夫斯基神甫那样漂亮。阿纳尼从早到晚都把放大镜嵌在一只眼睛上,对着窗子坐在桌边,把什么东西弄得咔嚓咔嚓、叮叮当当、吱吱呀呀,要不就把什么锯掉一段,用丰满的手指在桌上落满灰尘的、乱七八糟的东西中翻寻,一面长吁短叹地发出唿哨声,喃喃地说些令人腻烦的、含糊不清的话:

"不,索弗龙,你这是——在空中;你呀,索弗龙,在钢索上……"

---

① 高尔基小时候,在故乡的大街上常看到一个瘸腿驼背、形容枯槁的傻孩子伊戈沙。街上的孩子们管伊戈沙叫做"兜里装死鬼的伊戈沙",并百般戏弄欺侮他。高尔基十分同情伊戈沙,后来在《童年》、《谈技艺》等作品中一再写到他。

这些话并没有压倒在昏暗的小店铺四壁滑动的众多钟摆嚼食时不断发出的各种咂嘴声和吧嗒声。在老板的话里有一种纠缠不休的东西,每当普拉东用小刷子刷洗各种不同的小齿轮,或用白粉擦洗铜制的重锤和链条感到乏味的时候,他便轻声唱道:

"纳-卡-奇瓦克,纳-捷-奇莫克;索弗-乔克,龙-乔克……"

冬天,首席贵族博博耶多夫的一匹很厉害的马踩死了司务长叶列明;阿纳尼带着普拉东把这个司务长送到一个被白雪覆盖的、仿佛用铁凿成的墓穴里;然后他关了店铺,一连几天从早到晚在城里奔波,最后疲倦地告诉普拉东,那个厨子,即他的教父,把司务长的钱偷光了,不过有一个保护孤儿的法院,所以此事还有挽回之可能,普拉东暂时还有一百七十三个卢布,阿纳尼则被指定为他的监护人。他对什么是监护人这一点解释了很久,但普拉东只明白一点:这不是面包师。想到爸爸的死,他感到很可惜的是他没能看到,一匹马怎么会把司务长那么一个大力士给踩死了。

每逢晴天,在下午两点钟以后,阳光便钻进店铺的窗户,窗户左边的墙上挂着一些钟,它们宽阔的、长着小胡须的针盘,一个个容光焕发,迎接阳光,那些钟摆则被晒得很烫,它们把阳光切断,不让它碰到墙壁。

几乎每天下午在四点到六点之间,店铺的门就带着尖叫声和叮当声开开了,老是喝得半醉的兽医别涅沃连斯基便喘着粗气钻了进来,他穿一身帆布衣服,戴一顶锅状皮帽,脸孔花花绿绿的,像一个肥皂泡。他也是个胖子,从毛蓬蓬、乱糟糟的连鬓胡子里露出许多仿佛长在一个假嘴里的牙齿。普拉东觉得兽医有两张嘴,他的牙齿不是长在别人长牙的地方,而是低得多,至于那张真正的、人的嘴,则严严实实地被毛发包了起来,看不见了,因此兽医说起话来就像冲着大木桶说话那样瓮声瓮气,而且他说的一切也都不是真情。

阿纳尼用放在屋角一个棺材般匣子里的一座古老的英国钟的声音吩咐道：

"小伙子,倒茶!"

普拉东用托盘端来了两杯酽茶、一些面包干、柠檬和盛在一只多面棱状长颈玻璃瓶里用李子泡的浓伏特加酒,这时阿纳尼眨眨眼睛,把放大镜弄掉,用那双鼓泡眼瞧着客人瓦灰色的鼻子,劝他道：

"你等等,索弗龙……"

兽医却踏着拍子叫道：

"逻辑何在？"

两个胖子,好似两只灰雀,面对面低下头去,前额几乎碰在一起,他们叫人分辨不出了,虽说一个长着又密又长的头发,另一个却是秃顶。兽医双手撑在自己的膝头上,又叫又骂,他那双红眼睛和黄牙齿闪闪发光,使你远远看去会以为索弗龙在讲什么高兴的事儿,可是他俩说的话却既乏味又难懂。索弗龙常常恶狠狠地叫道："逻辑！"普拉东觉得,逻辑这玩意儿是一种类似长把勺子那样的工具,就像爸爸用来舀汤和敲打普拉东的前额的那把勺子。阿纳尼息事宁人地央告兽医：

"你呀,索弗龙,念过神学校,总之是个有学问的人,我喜欢你,也尊敬你,可叫我相信你却办不到……"

"你说话要讲逻辑！"

"我讲了……"

钟摆咂着嘴,嗒嗒作响；黑胡须般的指针在挂钟的圆脸上令人难以察觉地移动着,好战的发条像耳鸣般嗡嗡作响,两只布谷鸟咕咕地叫,用各种不同的声音数到七,有时数到八甚至九,而两个胖子却一直在争论,一面就着又酽又苦的茶喝着像糖浆那样又浓又黄的伏特加。店铺的门总是出乎意外地打开了,使普拉东不由得打个寒噤,同时门铃也使劲地响起来,随后从街上进来一个人,于是阿纳尼便用醉醺醺的声音抱歉地对他说：

181

"明天修好，一定——明天！"

从门窗上不大透明的旧玻璃后面望出去，街上的生活仿佛是不真实的，人们的体态都走了样，像影子一般渐渐模糊起来，像云彩一样蠕动着，一队头戴铜盔的消防队员，不知为什么收缩成一大团一大团地急速前进，而那些拉车的马儿却正相反，它们渐渐伸展，变得比它们平时更长。每当士兵们走过，就像一把齿子冲上的梳子在移动，要把太阳从空中梳下来，阳光则把一块块银片粘在刺刀上。

每隔一小时，店里就响起很响的钟声，半夜十二点响的时间特别长；普拉东很快学会了把钟加以调整，使得它们不要一下子都响起来，而是让一个响了之后过一会儿再让另一个响——这就像贵族俱乐部公寓里的音乐。

观察钟表的机械，尤其是怀表的机械，那是颇有趣的；那里有一个像蛇那样盘起来的黑色发条，也就是阿纳尼所说的"全部关键就在其中"的那个东西。它不但使普拉东想起那些自动玩具上的发条，也使他想起贵族俱乐部里神话般的节日和宗教课，亚历山大神甫上宗教课时总是引人入胜地讲天堂和魔鬼扮成蛇的故事。

普拉东经常听到魔鬼的名字，——兽医咒骂阿纳尼是"闷声不响的鬼"。这可不对：肥胖的钟表匠酷似一只公鸭，而魔鬼应是博博耶多夫的那匹红眼灰马，跟他老婆那张生着没有嘴唇的嘴的瘦长脸合为一体的产物。普拉东知道，魔鬼可以随心所欲地改变自己的面孔，倘若他以真实面目出现，则是一团深烟色的乌云，一双没有瞳仁的铜眼睛，宛若两轮月亮。

当普拉东由于两张沙皇肖像挨了一顿痛打想投河自尽的时候，他感到魔鬼就是这副模样；在从悬崖上的灌木丛中跳进漆黑的深渊之前，普拉东思考着什么事情便睡着了，醒来后，他看见魔鬼正用一双月亮般的铜眼睛从深渊里和天空中瞧着他；魔鬼的脸很大，比整个大地都大，而且是歪的；一面蓝色的脸颊要比另一面黑色的脸颊大得多。

阿纳尼几乎跟兽医争论了四年，然而所有这些争论在普拉东的记忆中留下的却只有兽医的这一番气冲冲的话：

"你要明白，老傻瓜：上帝说不定是出于对你的慈悲，这才隐瞒了真理的实质，就像你不会对这个蠢头蠢脑的小家伙说实话一样。要知道，你可不会运用逻辑告诉小家伙说，比如……"

索弗龙俯在阿纳尼的耳畔说完了自己的话，正是这个缘故，普拉东才缠住了他们，而且从那时候起，便比较留心地倾听这场永无休止的争论，他愿意知道，也希望知道，这两个人瞒着他的"真理的实质"究竟是什么。他甚至开始认为，老板和索弗龙干了一件不好的事，说不定是偷了钱却又分赃不均，也说不定是杀了一个熟人，而他们又梦见了此人。老板尤其爱说一些令人费解的话。

"有个英国人发明了一种小玩意儿……据说汉堡有个德国人想出一种机器。"他说道，接着又问：

"这怎么样？"

"娘儿们！迷信！"索弗龙冲着他叫道。

普拉东还来不及弄明白是怎么回事，沙皇①就死了。索弗龙把沙皇的肖像放进棺材，而老板则瞧了瞧肖像，像往常那样低声说道：

"像个商人的马车夫。据说他是个笨伯和酒鬼。"

兽医勃然大怒，嚷了起来，他把肖像往地板上一摔，还用拳头在阿纳尼的秃顶上敲了一下，然后粗野地咒骂着走掉了，老板却揉着秃顶，伤心地叹了口气说：

"真叫人……不舒服。"

普拉东不禁可怜起老板来了，虽说他觉得阿纳尼的温顺令人可笑。普拉东从地板上拾起阴沉的肖像，本想把他撕碎，但是一想到他曾为这位沙皇受过多大的罪，便决定向他复仇，并从这张纸上得到一点好处；他把马林果酱抹在肖像上，放在店铺后面那个房间的桌子上消灭苍蝇。

---

① 指亚历山大三世(1845—1894)。

"你这个主意想得好,早该这么办了。"阿纳尼看到这诱杀苍蝇的玩意儿便说。"不过,"他若有所思地瞧瞧已死和将死的苍蝇,继续说道,"第一,有专派这个用场的纸出售;第二,果酱应该抹在背面,不该抹在脸上。"

他想了想,仿佛不大熟悉历史似的,接着补充道:

"总之,不能用果酱去抹沙皇。"

"我也用糖浆抹过,"普拉东夸口道。

这时老板的两眼都快从镜片上溢出来了,他开始盘问学徒,他什么时候干过这种事,为什么?听了普拉东的叙述,他使劲揉着像撒了胡椒粉似的粗糙面颊,说道:

"你是个有想象力的孩子,这应该重视;说不定你会发明什么机器,或是别的什么有用的东西。不过你瞧……"于是阿纳尼便告诉普拉东,说有些人由于对沙皇不敬,有的被关进牢房,有的被流放西伯利亚,有的甚至被绞死。他说了很久,说得很乏味,普拉东觉得,老板自己也不相信他所说的,而只是想吓唬人。爸爸善于用吓唬人的男低音谈论沙皇,但是在可悲的糖浆事件之后,就是他那些可怕的话也吓不住普拉东了,而且已经不能动摇他对沙皇的厌恶,他恨沙皇就像恨"乘积"和小米粥,小米粥里总是会碰到一些小石子,硌在牙里嘎吱作响,叫人非常难受。

过了一天,索弗龙像往常一样,按时来到店里,他喝得半醉,神态十分温和;他拥抱了阿纳尼,呜呜咽咽地在朋友的前额和秃顶上吻了好几下,发出像坏皮靴在下雨天发出的声音;但当他走进内室,看到窗台上那张粘满死苍蝇的沙皇肖像,他又勃然大怒,嚷道:

"阿纳尼,闷声不响的魔鬼,这是要笑我吧,嗯?可这是犯罪呀!你到了什么地步啦?什么地步啦?"

他知道这是普拉东干的以后,便用一只汗涔涔、烫乎乎的手抓住他的下颔晃动起来,大声喊道:

"我非让你吃掉不可,讨厌的家伙!"

接着他抓起那张像来,把它贴在普拉东的脸上。

"吃吧!"

阿纳尼夺回徒弟,仔细地把黏糊糊的纸一点点地撕去,然后把它团成一个小球,扔到垃圾桶里去了。后来两个朋友便就着李子酒喝茶,索弗龙·别涅沃连斯基很快便忧郁而哀怨地一字一板地唱了起来:

> 我们安葬领袖的时候,
> 我不在不安的团队面前敲鼓……①

他咆哮般唱着,他每吐一个字,老板就用拳头在桌子上擂一下,擂得茶匙一跳一蹦地叮当作响。

不到十六岁,普拉东就完全精通了如何修理出了毛病的和走得不准的钟表,他觉得这事索然无味:所有挂钟与怀表的机械几乎都是一样的,而神秘的发条倘不上紧,它就不起作用。到十六岁的时候,普拉东·叶列明长成了一个高高的、有点驼背的小伙子,他的一双灰蓝色的眼睛看上去郁郁不乐、疑心重重,一对白眉毛蹙在一起。他走起路来步态不稳,身子微微摇晃,眼睛老盯着自己的脚下;在他那个跟狭窄的双肩相比大得不成比例的脑袋上,长着浅黄色的长发;一绺绺头发垂落到他的两颊上,他常用一只长着长手指的枯瘦的手不大麻利地把它们甩到耳朵后面去。

阿纳尼对他说:

"你变得很像是一个作诗的人,也就是诗人,就像那个欠我三十七个卢布还没还的福凡诺夫②。不过你别把嘴张得老大,嘴应该闭上。我知道,这是由于心有所思,不过不该让别人全都看见:瞧,这年轻人

---

① 这是爱尔兰诗人查尔斯·沃尔夫的诗《英国将军约翰·穆尔先生的葬礼》的开头两句。
② 福凡诺夫(1862—1911),俄国诗人。

185

在想心思!"

普拉东曾模模糊糊地想象过诗人是什么模样,但听了老板的话以后便开始穿得考究起来。他过着孤独的生活,不找朋友,老是沉浸在一些不愉快的念头里,这些念头在头脑里紧紧地卷成一团都拆不开了,这想必是因为它们被他对女房东活泼的侍女阿纽塔的一种模糊而又使人难过的柔情给压倒了;阿纽塔每逢在院子里或大街上遇见他,总要眨巴着一只火红的鸡眼睛问道:

"过得怎么样?"

"跟昨天一样,"为了不落俗套,普拉东便这样回答。由于他倾心于这个活泼的、缠人的、邋遢的少女,他对自己感到不满,因为她跟学徒吉廖姆·柳托夫已经有过一段风流韵事,柳托夫曾愚蠢地嘲笑过普拉东的长发,而且总是挖苦他。普拉东对自己不满,还由于他没能给自己的生活带来任何乐趣。

他试着去驯养一只小耗子,却不小心把它压死了;看到这个有生命的灰色小肉团侧卧着,抽动着粉红色的小爪子,尖尖的嘴脸上闪耀着一粒黑豌豆般的眼睛,仿佛要从脸上滚下去,可真叫人很不好受。普拉东弄到了一条小狮子狗,狗又患鼠疫死了。

还有些事也不顺利;侍女阿纽塔原来一点也不害臊,简直叫人讨厌;她接吻的时候又咬又叫。她汗涔涔、黏糊糊的,使普拉东感到厌恶,感到爽然若失和被烫伤似的,那些吻似乎在他的脸上和脖子上留下了洗不掉的污点。

他干活非常认真,但他有一种使他不安的担心,那就是唯恐老板很快就会像兽医别涅沃连斯基一样出乎意料地死去。头一天晚上索弗龙还曾鄙薄而又气愤地鼓起五颜六色的腮帮说服阿纳尼:

"呸呸,见鬼!……逻辑何在?如果生活是自然的,那么对抗它不就违反自然了么?"

"你要明白,索弗龙,我可没有对抗……"

"那你干吗抗议?"

"当一个人希望安静的时候,他就感到不安。"

"哦,傻瓜!"索弗龙叫道,他走了,夜里就因心脏麻痹死在街上。阿纳尼埋葬了朋友,说道:

"是个好人,可就是不相信事实。"

"事实是什么?"普拉东问道。

"这,就是生活中的种种事件,"老板迟疑了片刻才含糊不清地回答。普拉东总是竭力要赋予他不明白的话以一种形象,所以就把事实想象成女房东的鸭子那样的东西;这些鸭子又肥又贪食,每天在院子里叫两次:一次是早晨阿纽塔把它们赶到池塘里去的时候,一次是晚上它们回家的时候,那当儿它们就像从教堂里出来的那些商人的老婆,扬扬得意地炫耀着闪闪发亮的、洗净了的羽毛。

为了寻开心,普拉东便用泡过伏特加的李子的残渣去喂鸭子;贪嘴的家禽马上就醉了,那模样看上去十分好玩:它们张开嘴,软弱无力、怪模怪样地把翅膀张开垂到地面上,在院子里拖来拖去,摇摇晃晃地移动着两条短腿,叫起来连声音都变了,就像在笑,它们互相碰撞、揪扯,然后歪倒在地上,酷似市场上绱鞋底的女人。一只公鸭的模样最为可笑;它把鼻子插进土里,双脚轮流抬起,还摇晃着屁股,仿佛想翻筋斗;它翻不过去,便张开双翅扑打地面,并大声笑道:

"嘎-嘎-嘎!"

后来它就死了,还有两只鸭子仿效它的榜样,也死了;女房东为此让阿纳尼赔了一笔钱,阿纳尼却埋怨普拉东道:

"你要是故意这么干的,老弟,那可就不好了,鸭子也是不想死的。"

他带着唿哨声叹了口气,补充道:

"总之,你的举动应该跟你老实的外表一致。"

他很少教导普拉东;他甚至在教他手艺的诀窍时也马马虎虎,不大乐意。这个肥胖的、醉醺醺的怪人不会,或者是不愿意发脾气,对于这一点,普拉东很久都不能习惯。每当学徒有什么活儿做得不对劲,

或者弄坏了什么,老板就把绷得很紧的腮帮子绷得更紧,惊奇地,但并无恶意地问他道:

"你怎么连这个也不懂?"

在这种平静的惊奇当中,普拉东感到有一种几乎跟理发匠柳托夫那种口齿不清的嘲笑同样使人难堪的东西。

"为什么您从来不发脾气?"喝晚茶时他问阿纳尼。阿纳尼一抬眼,从眼镜的圆框上瞪着他,反问道:

"可这又是为什么呢?我发脾气又管什么用?"

"人人都发脾气呀,"普拉东提醒道。

"没有用,"老板说,"事实总会教训人的。"

阿纳尼越来越胖,胀了起来,呼吸也更加困难了。他那种不慌不忙的劲头可真有点出奇,就是在女房东住的厢房失火的那天夜里,阿纳尼也不曾有过片刻的惊慌。

"起来吧,失火啦,"阿纳尼把普拉东唤醒了,他一面把裤子使劲往自己肥大无比的肚皮上拽,一面与其说是下令,不如说是劝告:

"火也许会烧到我们那里;你把挂钟都装进箱子,我来收拾零碎东西。"

普拉东一面穿衣,一面瞧着窗外,他看到厢房四周晃动着通红的、烟雾腾腾的翅膀,厢房正离开地面升入秋天漆黑的天空,一个个板棚颤抖着、摇晃着,急欲冲入火中,小小的、圆滚滚的女房东就像一只母鸡,在院子里闪来闪去,还尖声叫道:

"安娜,鸭子!安卡①,鸭子……"

"别忙,好像是……"阿纳尼疑问般说道,他把手一挥,用一根手指指着窗户。

普拉东不再把他睡觉用的那些箱子弄得轰隆轰隆响了,他开始倾听院子里的折裂声和哭号声,老板却把普拉东推开,含糊不清地唠叨

---

① 安娜是阿纽塔的本名,阿纽塔和安卡都是安娜的小名。

了几句,向门口走去。吓坏了的普拉东跟着他跑进院子,立刻碰上了柳托夫,柳托夫像跛子那样一跳一跳地叫道:

"要烧光了,要烧光了……"

人们都在喊叫,在院子里奔跑,把包袱、家具往街上搬,互相推撞着。

"丫头,"阿纳尼说道,一面赶往笼罩在黑色的温暖烟雾中的厢房。阿纳尼边走边卷衬衫的袖子,仿佛准备去揍什么人。柳托夫跟着他扑去,把普拉东狠狠撞了一下。

"蠢猪,"普拉东骂了他一句,在普拉东仿佛冻在地上的那一瞬间,他看见老板正走进噗噗地冒着黑烟的厢房门,普拉东觉得,这个从来不祈祷的老头子在自己身上画了个十字,跨进门廊时仿佛是走进教堂。这时普拉东若有所悟,吓得几乎失去知觉,他尖叫了一声,弯下腰跟着老板跑进烟雾中,他看见老板正顺着楼梯朝顶间爬去,便把他推开,绕到前面去,咳嗽着,呼呼喘着,闭上两眼,连跳带蹦地窜进折裂声和热气中,一举一动宛若是在梦中。他给绊了一下,便跪倒了,在侍女室打开的门旁那火红的烟雾中,他看见从一床印花被子底下伸出她的一双裸露的小腿,那床被子裹在她膝部以上的躯体上,正在冒烟,缝在被上的红布条,像火舌般在颤动。普拉东的头发噼啪作响,两眼发干;他一下子就爬到侍女的脚边,把她轻得出乎意料的身体朝楼梯拖去,他迅速滑下三个阶梯,把身后那个赤裸裸的身体猛地一揪,抓住它往肩上一搭,扛着就走。这时一股水流把他打倒,打得他的胸和脸很疼,在他的视觉记忆中留下的最后印象,是两个烧得通红的铜球。

他在老板的床上醒来,阿纳尼坐在他脚头,女房东在桌旁啜泣,一边在擦板上把马铃薯擦碎,柳托夫咕咕哝哝地叫嚷。

"怎么样?"阿纳尼把自己一只手掌放在普拉东膝上,问道,柳托夫却高声叫道:

"你这个鬼东西,真勇敢!"

"头发只得剪了,"阿纳尼说,一面递给普拉东一杯浑浊的饮料;普拉东用发烫的手指拿着杯子，喝了点酸得要命的东西，他摸了摸脑袋，他的手指触及了一层干痂，干痂在手指底下破碎了。

"我的面孔怎么样啦？"他问道。

"眉毛烧光了，"阿纳尼说，"一只手烧伤了，总之，一切都很好！"

女房东把第三只马铃薯放在普拉东的左手边，走了，柳托夫也走了；普拉东用右手摸摸自己的全身，看看有没有疼痛的地方，他没有发现痛处，便惋惜烧掉的头发——它不会很快就长得像先前那么松软美好的！后来他沉沉入睡了，到傍晚醒来；血红的阳光照亮了院子里一块块被火烧坏了的木板、圆木、一个装满维也纳椅子却碰掉了门的柜子，厢房所在地那黑压压的一片乱七八糟的东西，以及其中的一个圆筒形瓷砖壁炉；它像圆柱一般矗立着，酷似坟场上的一座墓碑，铜制正方形的气眼加强了这种相似性。普拉东回想起自己在夜里做的事，感到后怕，几乎不相信这一切真像他所记得的那样，他盼望人们谈论他的功勋。人们也乐意满足他的愿望——阿纳尼，柳托夫，长着一双绵羊眼睛的四十岁小个子女房东，打扫院子的费奥多尔，大家都热情洋溢地谈论着他的大无畏精神，女房东赞扬得尤为热烈。

"安娜什么都不记得，"她喋喋不休地说，"她这个傻瓜甚至都不相信是你把她拖出来的！她说，她醒来时看见火光，便用被子裹住身子，跑着跑着碰在什么东西上，把自己的脸全碰破了……不，你真是个英雄……"

叙述自己英勇气概的故事，普拉东听起来觉得美滋滋的，但是安娜的遭遇却并未打动他，虽说他也默默地感到自豪，因为偏偏是他把她从火中拖了出来，而不是柳托夫用那双像死人的手一般有股怪味的手把她救出来的。阿纳尼说，说不定会授予普拉东一枚奖章，以表彰他"救了一个垂死的女人"。

"要是消防队长不在背地里捣鬼那就好了，当然，他说你不是救命人，倒是消防队救了你……"

"这个坏蛋，"普拉东委屈地说。

他成了本街上的英雄,起初他对此非常高兴,甚至走路的姿势都变了:像军人那么紧张,挺起胸部,头部保持笔直,不论看什么人都严峻地紧蹙着双眉。但他很快发现,英雄可不是那么好当的,人们都期待着他再干出一些不同寻常的事来,等着他再次爬进火中。只要城里发生了火灾,厚颜无耻的柳托夫几乎每一次都要钻进店里来叫道:

"普拉东,失火啦,跑呀!"

普拉东拒绝往那儿跑,一面愤怒地想道:

"真是个傻瓜!"

当侍女前来向他致谢的时候,他感到特别不愉快,甚至感到危险。她在医院里变瘦了,她那剪过的头像一段烧焦了的木头,黝黑的面孔仿佛是烟熏黑的,她身上散发出一股叫普拉东无法忍耐的烤肝味。她穿着蓝裙子和腋下浸透了汗水的浅蓝色天鹅绒短上衣,就像一个女贼。她的一双狡猾的小眼睛若有所求地瞧着普拉东的脸,她说起话来仿佛他倒应该由于她还活着而感谢她似的。

"在这件事之前大家都认为你胆小,可现在却尊敬你了,"阿纽塔话里有话地说道。

"见你的鬼去吧,"普拉东一面想,一面气愤地高声回答她,想叫在店里干活的阿纳尼听见。安娜告辞时嫣然一笑,问道:

"有点骄傲了吧,啊?"

"不,有什么可骄傲的,"普拉东嘟囔道。

是啊,英雄的角色使人承担责任。在圣诞节期间,柳托夫开始劝普拉东:

"你很勇敢,交个朋友吧,请你帮助我和一个电报员把歌手揍一顿,好吗?那个歌手没多大力气,我们两个本来也可以把他痛打一顿,可我们胆量不够。帮帮忙,行吗?"

普拉东不想去揍歌手,但是他明白,倘若拒绝了柳托夫,他的声望就会在对方心目中下降,于是有一种类似自重的感情促使他承担帮助柳托夫的义务。

"好吧,"他说,"不过我得拿一根棍子。"

歌手果真是个瘦弱的小家伙,翘鼻子,蓄着两撇指针状的火红色小胡子,很像一只蟑螂或茶婆虫。他近视得可笑;为了抓住餐厅桌上的一杯啤酒,他眯起眼睛,靠在椅背上,依然像个瞎子般小心翼翼地伸出一只手去。

"我是第一男高音,独唱歌手德罗比亚金。"他向普拉东作自我介绍。他右手食指上有一枚沉甸甸的红宝石戒指很惹眼,——普拉东立刻就看出了,戒指是"镀金"的,红宝石是玻璃的。第一男高音歌手举止傲慢,不知为什么常常摸摸别在他天蓝色领带上的一枚镶着红宝石的佩针,还令人讨厌地夸耀自己的近视。

"医生们说,我近视得没治了,简直没-治-了,他们说,既然是没-治-了,那就没啥指望了! 我打碎了不计其数的碗碟。您的脸,叶列明,在我看来只不过是个模糊的斑点罢了。"

"这任何人都办得到,"柳托夫挑衅地说,为了鼓起勇气,他使劲喝酒,还对普拉东使眼色,在桌子底下碰他的腿。

普拉东看到,歌手是个无害的吹牛大王,觉得他怪可怜的;他干吗要去揍这么个人呢?

"电报员在哪儿?"他严厉地问柳托夫。柳托夫不好意思地回答说,电报员喝醉了,来不了啦。

"嘎!"第一男高音歌手像鹅似的叫了一声,带着挖苦的冷笑对普拉东说:

"电报员是我的死对头,我和他都在追一个有趣的姑娘,可优势却在我这个独唱歌手一边,因此他想揍我,这个电报员。不过我买了铁拳套[①],瞧!"

他从衣袋里抽出一只手来,把一个用铁刺武装起来的淡褐色小拳头伸出去给普拉东看。

---

① 拳击时用来保护手指并加强打击力的一种金属制品。

"要是他用这玩意儿打在脸上可就糟了,"普拉东寻思,同时,稍稍躲开了独唱歌手。

"科斯京不怕这个,"柳托夫指出,同时伸出一只手去央求道:

"给我瞧瞧!"

"嘎,"歌手说道,一面把铁拳套藏进衣袋中。

"那我走了,"普拉东说着便离去了,也没有跟柳托夫和男高音歌手告别,兀自走进密密的暴风雪中,可是柳托夫追了上来,用肩膀撞了他一下,一跳一蹦地跟他并排走着,并挑拨他道:

"你害怕了!我可没料到你会害怕!可耻……"

普拉东站住了,把他推开,用棍子打他的脑袋,一下又一下。

"打我?"柳托夫惊讶地叫了一声,往上一跳便消失在纷飞的大雪之中,而在他站过的地方,仿佛自天而降一般出现了那个歌手;他的出乎意料的出现吓住了普拉东,与此同时,他感到既然已经把柳托夫揍了,如果要讲公道,就得把歌手也揍一顿。他默默地用棍子在这个小人儿的头上敲了两下,然后背靠围墙,等候对方进攻,不料男高音歌手却拾起被打掉的帽子,把它抖了一下,又戴到头上,并挖苦地问道:

"这是为什么?"

他没等回答,也迅速地消失在稠粥般的雪雾中,从那里说道:

"唉,野猪……"

这当儿,普拉东十分难堪,并对自己感到愤怒,便在他身后叫道:

"对不起!……我错了,我想……"

撒谎是无用的,他没有得到回答;雪沙沙作响,把傍晚的市声压低了一些。普拉东慢吞吞地往家里走去,感到自己被作弄了,既伤心而又对自己不满,潮湿的鹅毛大雪撒在他的身上。雪下得越来越密,普拉东越往前走就越是瑟缩得厉害,在这一片寒冷的混沌中,点点黄色的灯火变得昏暗起来了。

"我过不上有趣的生活了,"他想道,并问自己:

"怎样才算过得有趣呢?"

大家都过得乏味：阿纳尼老是沉湎在他过去那些争论里，女房东就关心那些鸭子，柳托夫爱上了存款折，他读起这个存款折来犹如一个男孩子读五戈比一本的童话。店员们也过得没趣，他们老是心神不安，东奔西跑地去追那些女裁缝。第一男高音歌手戴着那枚假戒指生活，难道就不无聊？当然，阿纳尼是出于无聊才跟兽医争论，扫院子的费奥多尔每天跟律师英特罗利加京的厨师打牌，律师则每天夜里去俱乐部打牌，这也是出于无聊。倘若生活是有趣的，那就没有人会打牌了。

　　他越来越痛心地感到这种像烟一样无孔不入的苦闷，但却弄不明白他要的是什么，他也不曾试图去寻找隐藏着一种有趣东西的地方，那种有趣东西跟所有的人为之忙碌的东西是不相同的。阿纳尼有几本厚书——《力学简明教程》、《梦与梦境》、《欧洲理性发展史》[①]和其他四五本书，全是些看不懂的书，就连阿纳尼自己也已经不读它们了，而《理性发展史》则用来盖牛奶钵子，那牛奶是夜里和清早空着肚子喝的。

　　普拉东发现，侍女们和女裁缝们越来越垂青于他，但他却不为所动，因为他知道，恋爱会招来许多烦恼，同时会引起嫉妒，而嫉妒往往使阴谋和斗殴成为必不可少的，男高音歌手事件便证实了这一点。此外，恋爱还需要特别能说会道，需要善于勇敢地、厚颜无耻地撒谎，就像柳托夫那样撒谎，而柳托夫却是普拉东无论如何也不愿效法的。那幢房屋里新来了一位女房客，她是女房东的食客，名叫彼特鲁尼娜，是电话局的女接线生。她像军人般挺得笔直，长着两条长腿，红红的鼻子上架着一个夹鼻眼镜；普拉东替她修过表，从此她就十分亲切地跟他打招呼：

　　"喂，叶列明！"

　　然而这也并不是普拉东所企望的。

[①] 《欧洲理性发展史》是美国物理学家、化学家、生理学家和历史学家约翰-威廉·德雷珀(1811—1882)的一部著作，俄译本在当时俄国知识分子中流传甚广。

他所企望的东西,是英国人莱斯利·莫顿这位滑稽演员令人信服地提示他的;这个不平常的人给年轻的普拉东·叶列明留下了不可磨灭的印象,几分钟内就把通向一个特殊而神奇的世界的大门敞开在他面前。莫顿有一种高明得令人惊叹的才能,不论他干什么,都跟普通人干得不一样。他刚强,机警,用外八字脚走路,那步态宛若一只喝醉了或发了疯的大鸟,他一本正经地用鸟儿般的声音说话。就连他的脚板也像鸟儿的皮爪子,他仿佛浑身长满了羽毛,还有一双看不见的翅膀。他往椅子上一坐,就把双腿搭在椅背上,不论干什么,老是做出这么一副明白无误的样子:按另一种样子去干他是不爱干、不愿干的,虽说他也会干。他给自己创造了一个非常有趣、甚至还有点可怕的世界,在这个世界里,万物都向他展示出自己的一些可笑的方面,——在这个世界里,没有什么能使莫顿本人感到惊奇,然而一切却都那么出乎意料,而且任性地把理性置之脑后,使人们感到惊讶。

每当莫顿抽起雪茄烟来,从他画着一座山的秃顶上便一卷卷地冒出大量淡蓝色的烟雾,那被他扔到杂技舞台上的圆球,变成了一个立方体,放在桌上的一根手杖变活了,像蛇一般弯弯曲曲地爬到沙地上;莫顿抓住它便吞了下去。他从头上摘下高筒帽,向它开了一枪,烟雾消散后,它变成了一件女上衣,这时他便伶俐地装出一副吓了一跳的模样。莫顿的双眉翻了过去,像两个问号似的立在前额上。在这以后,他虽然灵活,却显然故意装得笨拙,因而变得更加神秘,普拉东觉得,英国人在叙述自己的梦境时,想在人们面前把梦境中全部不可思议和无法解释的复杂性都再现出来。

显然,这个面孔又宽又红的人是装出一副对他所做的一切感到惊奇的模样,仿佛被他自己在一些物品中发现的神奇之处吓住了。当然,莫顿知道一种为普通人所不了解的东西,他佯装惊讶只是为了别吓住他们。对他来说,平平常常的东西是不存在的;他用一种貌似有趣、其实却有点可怕的愚蠢去鼓舞他所接触的一切,在所有的东西中发现神秘地隐藏着的可笑之处;他手中的闹钟像公鸡般歌唱,而在闹钟的针盘上出现了一张绿色的嘴脸,还发出嗑牙的嘎吱声。

这一切都跟一般的魔术家耍的假把戏不同,普拉东也把这一切都当成一种充满严肃的意义、令人羡慕的自由和支配事物的能力的东西。莱斯利·莫顿要做什么就做什么,爱怎么做就怎么做,任何一个别的人都干不了他会干的事。他根据自己的一些规则生活,对于在普拉东看来是万古不移的、合法而又永远死气沉沉的一切,他都无礼地表示不屑一顾。

顺着一条被一盏盏生气似的吱吱作响的煤气灯啬地照着的街道,普拉东一步步朝家中走去,他双膝向外撇,脚掌歪斜,这样走路虽然不方便,却很好玩。他在一盏路灯前摘下帽子,对它说道:

"你好,路灯!"

他仿佛觉得,像一把双色小扇子般的火焰燃烧得明亮一些了,房屋上的一扇窗户还微笑了一下。在登上教堂门前的台阶时,他把自己的草帽从台阶上滚下去。当草帽滚到区法院的法官斯塔罗斯京的脚下,迫使法官站住并用手杖把草帽拦住的时候,他看到这老头子吃惊的表情,觉得很高兴。

"谢谢,"普拉东尖声说道。

"您为什么这样?"老头子问道,"您好像并没有喝醉。"

"我们不喝酒也不抽烟,"普拉东用鸟儿般的声音说道,而那位习惯于审判人的人却肯定地说:

"这就太傻了!"

普拉东拾起帽子咬在嘴里,举起双手向后倒退,老法官用手杖敲了一下人行道,然后举起手杖威胁般叫道:

"我认得您,钟表匠!"

"他见怪了,老傻瓜,"普拉东悲伤地想道,"可他对什么见怪了呢?我莫不是该参加马戏班?"

他很快就相信,没有这个必要,就是在一般的环境里也可以生活得很有趣,只不过无论干什么都得按照自己的方式去干。要是把一把椅子从一个地方搬到另一个地方,但不像大家通常那样搬,而是先把它凌空翻个腿朝天,往后这把椅子就仿佛比较令人愉快了,这样做真是好玩得很。早晨对茶炊说这么一句也叫人开心:

"你好,消防队员!"

谁都不这么说。普拉东巧妙地学会了把领带系在自己的鼻子上;他先把领带撩在后脑勺和耳朵上,再在鼻子上系一个花结,然后再让它滑到脖子上,在那儿把领结系紧。他走进店里,在坐下来工作之前,先毕恭毕敬地吻吻放在棺材般的箱子里的那口英国钟,有时他做了一件出乎自己意料的事,而且很快就明白了:他越是少去考虑应该做什么和应该怎样做,这种无害的娱乐也就越是有趣。

游戏逐渐把他迷住了。一切东西在他心目中都渐渐具有另一种样子,其中的每一件似乎都潜藏着勃勃的生机;可以同它们谈话,它们虽说并不回答,然而却若有所悟了。它们似乎失去了自己的稳定性和留恋原地的习惯,要求给它们搬搬家。一只水晶玻璃小花瓶最为有趣,它的几只青铜的狮子腿中有一只被弄弯了;普拉东用这只花瓶装各种各样的机械零件;他用一根手指在桌上敲打几下,又不碰着花瓶,就能使它朝他这一面倾斜。

普拉东在这种游戏中已经常常感觉到他在马戏团里尝到过的那种轻微的恐惧,他想了一想,便问自己:

"我该不会因此发疯吧?"

然而这种担忧转瞬即逝。普拉东感到,他头脑中的那块黑石头渐渐变得轻巧、柔和了,慢慢融化成各种各样的思想。读了贴在板墙上的某药铺的一张广告,他终于相信了自己有能力干出不平凡的事来。"倘若您的胃消化不良,"广告上这样说,普拉东灵机一动,使用铅笔在下面清清楚楚地写道:

"小心,这会使您变老。"

出乎意外地闪现出来的新才能,使他愉快而又惊奇,于是他不无自豪地想道:

"瞧,我还会作诗哩。"

跟物品打交道,一切顺利;在过去,那些钟表在吧嗒嘴的时候虽也发出各种不同的声音,但却老是那么冷冰冰的,使他感到厌烦,但如今就连它们仿佛也变得有趣了,单调的针盘变得生气勃勃,它们中的每一个都有了自己的面貌,虽说所有的钟表仍同先前一样,在报时方面不是跑在那座旧英国钟的前面就是落在它的后面,但如今普拉东却觉得,它们中的每一个在这个问题上都有自己的秘密原因。有的冬天走得比较快,夏天却落后了,有的白天急急忙忙,到夜间却放慢了自己的运转;有的在滴滴答答走动时显得很疲倦,有的却显然很高兴,总之很明显,每一口钟都有自己的性格。至于它们为什么不一致,普拉东却不愿去想,这不仅是因为他不喜欢钟表,而且也因为他不会把它们吸引到自己的游戏中来。

跟人们打交道,情况就不大妙了,人们不理解他。一天,女接线生彼特鲁尼娜呆板地微笑着对他寒暄道:

"你好,叶列明!"

"请允许我自我介绍:我叫普拉东·博奇金斯!"他回答道。她眉头一皱,脑袋像马儿似的痉挛了一下,问道:

"这是什么?"

"博奇金斯,一个滑稽演员,这就是我!"

"看来您快变成个无赖了。"女接线生对他说。

"蠢娘儿们,"普拉东暗自断定。

阿纳尼的眼力不行了,双手老是哆嗦,他喝得越来越多,喝完就哼哼哈哈地说:

"是啊。也许是的。不过反正一样。"

可是他也对徒弟说:

"你的神经出了毛病,这是什么缘故,嗯?老弟,这可不好!"

柳托夫也发现普拉东在装腔作势。

"你这是冒充贵族,"他说。

人们的不理解使普拉东感到委屈,然而看到他们开始比过去更为注意地瞧他,看到他们跟他说话时比较谨慎,看到柳托夫对他的姿势和举止表现出明显的羡慕神情,这毕竟是令人感到快慰的。

阿纳尼越来越经常地忘记把放大镜从眼睛上眨巴下来,只顾坐在那里把双手放在膝上,默默无言地想着什么,而且一想就是半小时,一小时。

"是啊,"他坐在圈椅里哼哼哈哈地说,他的身子胖得不成样子了。有时他像小孩子那样,用一根手指推桌上的表蒙子玩儿,或者玩弄小齿轮;有时他站在洗脸盆前面,用一根手指在盆中的水里写着什么。普拉东嫉妒地观察着他,想弄明白这是怎么回事:老板是在模仿他呢,还是由于身体日益虚弱而变得痴呆了?第二种猜测看来更接近真实情况,阿纳尼彻底衰弱了,委靡不振了,他抱歉地微笑着说:

"就这样吧,总之……给妹妹写封信吧:我快死了,让她来一趟……那个非常讨厌的婆娘。"

"嗯,"普拉东请来的医生说道,他把双手插进衣袋,又补充道:"应该躺下,让咱们瞧瞧。"

他在店里问普拉东:

"您是儿子?"

"是的,不过不是他的。"

医生惊奇地眨了一下眼睛,收了一个卢布便走了,临走时说道:

"不大好哇!"

阿纳尼默默地在床上躺了四天,偶尔微弱地笑笑。来了两个老太婆:一个身躯肥胖,拄着拐杖,还有长着一撮灰毛的下巴颏和软塌塌的鼻子;另一个身材高大,一个小脑袋老是不谐调地点啊点的,还戴一副眼镜;她闻着鼻烟,打喷嚏时发出轻微的咝咝声,说起话来也咝咝作响,腰带上挂着的许多钥匙则叮当直响。她俩稳稳当当地在阿纳尼的病榻旁坐下;戴眼镜的老太婆轻慢地把普拉东称作年轻人,吩咐他把茶炊烧开。茶炊久久也不沸腾,后来就开始像陌生人那样不友好地打呼噜和吱吱叫,仿佛要讨什么东西似的。

"我要往水里倒醋,"普拉东蓦地拿定了主意,"让这个打喷嚏的娘儿们喝点酸茶。"

他从架子上取来醋瓶,但醋瓶的黑玻璃映在铜茶炊上,变成了一个十分讨厌的肮脏斑点,这促使普拉东放弃了自己的意图,他在心里对茶炊说道:

"你不愿意?那就算了吧。"

听到老太婆的埋怨,他觉得开心:

"这么硬的水!茶炊准有好多年没镀锡了……"

两个老太婆待了十三天,等候阿纳尼归天,戴眼镜的那一位每天劝他去请神甫。

"来得及,"他轻声答道,一面微微颤动着手指,抬起眼睛瞧着那个长胡子的老太婆,第十次问道:"姑妈活着吗?"

"耳朵聋了,可还活着。"

"哦,"阿纳尼说,一双呆板的眼睛翻到下面的皱纹上。

"瞧,你来不及忏悔就要死了!我去叫神甫,好吗?"

"来得及。"

在夕阳西下的时分,他静悄悄地死了,这样就避开了忏悔。夜里,两位老太婆勇敢地睡在内室的地板上,普拉东回到店堂里,坐在那里听着戴眼镜的老太婆在隔壁张罗,她把钥匙弄得叮当直响,还咝咝作响地在打喷嚏。他一面听,一面寻思,阿纳尼躺在两个老太婆的上方,要是他掉在她们身上那就好了。钟摆不停地吧嗒着嘴,蟑螂在脱落的糊墙纸后面沙沙作响,他感到苦恼,不觉想到应该另找一个地方。一轮似像是钟摆的月亮,在云彩中间一个个蓝色的陷阱上跳跃;烟雾般的薄云匆匆朝西方飘去,它们的影子似乎竭力要把消防队的瞭望台推翻,把一名消防队员从上面推下去。普拉东从订货簿上撕下一张纸,为了消愁解闷,便作起诗来。起初他写得不错:

在漫天的云雾中，
耸立着一座瞭望台，
它日夜守卫在这儿，
像一位天使，但未带宝剑，
台上有一名消防队员，
监视着害人的火灾……

“奇瓦克-乔克，奇莫克-乔克，”钟摆吧嗒着嘴，妨碍他写诗。

关于消防队员的诗写不下去了。普拉东琢磨了很久：关于消防队员，还有什么可说的呢？但是他没有想出任何结果，便把写好的勾去，开始写另一首。

每天夜里，——也不知我睡着了没有，——
我知道：各种各样的思想，
正像一颗颗子弹
从我周围那些东西的
一切缝隙中飞射出来。
譬如说吧：一把椅子
发出一种轰隆声，
于是我明白了它的怨言……

不知为什么，一个不体面的词落到“怨言”这个词的位置上了。普拉东绞尽脑汁寻找别的词，但没有找到，而那个不体面的词却缠得越来越紧，似乎椅子所要的正是这个很俗气的字眼，不同意用别的词。普拉东想道：这些词儿，甚至是最普通的词儿，也像所有的东西一样，有自己的性格，有自己固执的要求。一切都互相联系，搅成一团，只有莱斯利·莫顿会把这些桎梏和联系刨开。

想想这个问题倒很有趣，但他想不下去了；普拉东背后的门吱吜响了一下,阿纳尼的那个戴眼镜的妹妹把光滑的小脑袋从黑魆魆的门缝里伸了出来;这位妹子用一只像蜥蜴爪子般的手支撑着自己的身体,恶毒地发出咝咝声道:

"年轻人,您再怎么呼唤也是白费劲……"

"怎么啦?"普拉东问道。

"就是这话。不管您怎么呼唤,完全是白费劲,一切都点清了,还上了账。"

"这是怎么回事——上了账?"普拉东气愤地问道。

"一切,一切家什和钟表,是的,先生!清单在我这儿。请您别打蠢主意了。有警察局,还有法院。"

普拉东转身把背冲着她,委屈地嘟囔道:

"我不管您的事。"

戴眼镜的老太婆低声嘶哑地说:

"您不敢管,也管不了。谁都知道,死者头脑不大清楚,有见证人在。"

她打了个喷嚏,这次打得非常可怕,所有挂钟的好战的发条都呜呜地响了起来。老太婆关门时提醒道:

"有法院!"

普拉东悄悄地骂了她一句,看了看写好的诗句:它们是用歪歪斜斜的字句写成的,像一道倒塌的围墙,上面还有一种讨厌的棕黄色东西,这当然是由于墨水的缘故。在描写消防队员的那首诗上蹲着一只蟑螂,它晃动着小胡子,仿佛在读诗,但却不喜欢这首诗;普拉东把它弹掉了,开始在每一个字母上打叉,那些字母像是一个个苍蝇,于是他开始给一个个字母添上小胡子,纸上便出现了一排排蟑螂。普拉东把诗句毁掉以后,便清楚而明确地写道:"蟑螂并非有害,而且一点也不讨厌。"

从早上开始,发生了一件非常使人难堪的事:来了一名警官,他态度生硬,浑身锌白色,胳膊肘很尖;他带来一个身穿缀有明晃晃的纽扣的制服、头发梳得溜光的人,和绰号叫做"希腊人"的首饰匠帕拉米金。戴眼镜的老太婆依次把他们一个个往普拉东身上推,一面低声嘶哑地说道:

"他通宵呼哧呼哧地要侵犯我的权利。他还撕纸,请注意!"

警官和头发梳得溜光的人像审小偷似的审问普拉东,而"希腊人"则在订货簿里找到一张画着蟑螂的纸,他把鼻子贴近纸面读了一遍,便交给了头发梳得溜光的人:

"这里写着什么想法。"

"胡说八道,"头发梳得溜光的人说。

而老太婆却像吹口哨似的低声嘶哑地说:

"死者头脑不大清楚,他不信上帝,甚至把亲人都抛弃了。他躲了我们十七年。"

"希腊人"用油亮油亮的眼睛打量着一个个钟表的小脸蛋,颤动着剃过的发青的上嘴唇,屈指计算着什么,还悄悄地按照钟摆的节拍吧嗒着嘴。普拉东知道,关于这个首饰匠,城里流传着一些十分可疑的流言,说是"金银成色检验局"①曾两次对他起诉;普拉东觉得,从"希腊人"没眼睫毛的眼睛里伸出一道道黑色的、蛛丝般的光线,把店里的一切全都拴住、缠上。

警官和侦查员走了,"希腊人"跟戴眼镜的老太婆关在房间里谈话,直谈到晚上神甫和助祭前来追荐亡魂;追荐仪式结束后,满脸是汗、张皇失措的"希腊人"热情地对普拉东低声说道:

"我要把店铺和所有的破烂全都买下,你留下吗?"

"我……让我想想,"普拉东答道,一面观察着手提香炉的微笑,那手提香炉冒着淡蓝色的烟,愉快地叮当响着,阻挡充满灰尘的一道黄黄的阳光。

"想想倒可以,但是不能想得太久!""希腊人"批准道。

---

① 一个负责监督加入金银中的铜锡含量的百分比是否准确的机构。——作者注

阿纳尼的死没有改变任何情况,只是一个不大值钱的挂钟停了,一只黑色的大蟑螂爬到机械里,在那儿憋死了;它可怜的尸体使齿轮停止了转动,看到这一切,使人感到有点奇怪,甚至感到不舒服。

普拉东冷淡地坐在窗子对面桌子旁边阿纳尼的圈椅里,而"希腊人"为了侍候他和收拾店铺,从街上推进来一个名叫科西卡的长着麻斑、蓬头散发的小男孩,并对他说道:

"记住,小滑头:你又聋,又瞎,又哑。"

眼睛很尖的科西卡,原来是个聪明伶俐而又勤恳的孩子,而首饰匠帕拉米金却是个受了什么刺激的人;他抽搐起来就像浑身的皮肤同时不可忍耐地发起痒来,他用双手去够肩膀和膝盖,用一个手掌拍打后脑勺和长着卷须的前额,用手指去揪那长着一圈圈双色毛发的喉结,拧那两撇指甲刷般的肮脏小胡子。他那双转得很快的、惊慌不安的眼睛,好像在往周围的一切东西上浇热油。这个"希腊人"坐着的时候也像乘着一艘漂浮在波涛汹涌的河中的小船那样摇晃,他走路的时候,大地仿佛在他那双长得像滑雪板似的脚掌下翘了起来。他那个在一种很浓的烟中熏过的、皮肤黝黑的瘦弱躯体,发出火腿香肠那种带咸味儿的气味;他很喜欢吃荞喉糕①,喝茶的时候吃起这种糕来就像吃面包。他常问普拉东:

"有情妇吗?玩牌吗?打台球吗?"

听到普拉东总是简短地回答"不",他便揪着自己的喉结,惊讶地说:

"那你怎么过呀?你这不像是过日子。你瞒着什么吧,啊?你在撒谎,啊?"

他跳进店里的时候总是很突然,而且仿佛是偷了什么东西,有人正在追他;他有时一大早就来,那时住在那条街上的人还刚刚睡醒;有时是夜里在院子里敲窗子,那时全城的人还在睡觉,只有在梅利塔·

---

① 一块块糕状的美味甜食,用蜜糖、淀粉、果子酱、核桃、杏仁等制成。

伊萨科芙娜·什瓦茨曼的妓院里,那个大虾般的弯腿钢琴师还不知疲倦地在钢琴上弹奏《多瑙河之波》①圆舞曲。

在这支圆舞曲的乐声中,普拉东想起了一个令人倾倒而又非常不幸的寡妇,爱情使她悲恸欲绝,在城外那个普拉东曾想跳下去自尽的深渊上面,她正期待着安慰;她穿着一身白衣站在那里,披散着头发,很像被狮子吃掉的著名驯狮女郎泽尼达;她站着,用伞尖在沙地上画着花纹,一双美丽善良的眼睛瞧着像一张巨大的黑色春饼似的深渊,和深渊中央那像一滴油似的月亮。

一听到圆舞曲《多瑙河之波》的乐声,总是想写些悲哀的诗句,于是普拉东便起劲地写起来了,但是那些该死的、滑溜溜的词儿却固执地不肯被纳入诗句中,读起来也不合圆舞曲的节拍,而是在白纸上爬来爬去,那些呆板的、无声的符号组成了一副难看的花样。尽管绞尽脑汁想表达难以遏制的激情,然而枉费心血,这激怒了普拉东,他看到,这些黑乎乎的符号从笔端爬出来,在纸上颤动、增长,像"希腊人"那双眼睛一般惊慌不安而又毛茸茸的,它们颤动着,仿佛在挖苦普拉东。这时他就报仇心切地在每个符号上都打了叉,于是纸上就密密地布满了叉,就像坟地上专埋乞丐的那个角落。

一行行这样的叉叉引起一种使人昏晕的苦闷,更加使普拉东难堪的是,这种苦闷迫使他给这些叉叉添上小腿、小胡子、小眼圈儿、尖尖的小耳朵、有五趾的小爪子,于是他所创造的一群胖乎乎的畸形人便从一张纸上瞧着他,这一长排一长排的人儿默默无言地使他相信,他毕竟能够创造一种他自己的东西,这种东西也像词儿那样任性,而且令人快慰地不像钟表的那些乏味的小齿轮。自己的一些毫无价值的思想,就这样给埋葬在那些黑色的叉叉下面了,这虽然有点可悲,但还是令人感到愉快……

阿纳尼死后,城里马上开始了一场暴乱,人们举着旗帜和沙皇的

---

① 罗马尼亚作曲家伊·伊凡诺维奇作的一支圆舞曲。

肖像在街上游行,他们用拳头打掉行人的帽子,还用棍子打了普拉东,把他草帽的宽边碰掉了一块。暴动者由油漆匠杰里亚宾指挥,他身穿红衬衫,是个胖子,惊人地、甚至可怕地酷似一只被激怒的灰雀,他发狂般地喊叫《主佑吾皇》,普拉东觉得,他的舌头就跟这只该死的鸟儿的舌头一样,又黑又钝又肥。

暴乱持续了数日,因酒精厂失火而终止,但在这几天里,普拉东也感到自己是个暴动者,是个无辜地被别人拿棍子在帽子上打了一下的受了侮辱的人;在油漆匠杰里亚宾的这次暴动中,还有一种侮辱性的东西,油漆匠仿佛使普拉东回到过去,回到楼梯底下,纠缠不休地使他重又回忆起蟑螂在夜里发出的沙沙声、灰雀的嗯哨声、爸爸的殴打。

普拉东回忆起,他已有两次用沙皇的肖像捕捉蟑螂和苍蝇,便花十个戈比买了一幅彩画,上面画着一个淡蓝色眼睛的人,下面题有"贤哲"和"人民领袖"字样,然后把掺了阿拉伯树胶的糖浆浓浓地抹在画上,再把画贴在墙上。蟑螂死的不多,可是苍蝇却几乎把肖像都盖满了,看来"希腊人"甚至都看不出画的是什么人了。

"嗬,可粘了不少下流的东西。"他匆匆瞥了一眼捕蝇纸,说道,一边轻轻搔着正对着心脏的胸脯沉思起来。喝茶时他说:

"你呀,叶列明,要小心,一听到这一帮人上街,就把店铺关上。这种胡闹可不是为了我们,要做个有主见的人,哪儿也别去。这种骚扰是为了那些傻瓜,你可得放聪明点:吃点、喝点,谈谈恋爱,然后死掉。别的事嘛——你就别去管了!"

他不怕烫嘴,匆匆地大口喝着茶,用发黑的牙齿嚼着黏腻的养喉糕,——他经常把它装在他那件缀着珠母纽扣的棕黄色毛茸茸的大衣口袋里,他揉起脸来那么使劲,仿佛要把自己熏过的鼻子给掰下来,还嘟哝道:

"你呀——别说话,对了!这些天气氛很好。大家都变傻了。他们将吃土豆代替吃苹果,不然的话……是啊。现在一下子就妥了。一辈子受用不尽。我要去克里米亚。说不定还要去高加索。哦——去维也纳呢?也可以去维也纳……帕拉米金,埃拉斯特在哪儿?完蛋啦!你空着手去把他弄来!"

普拉东并不想弄明白"希腊人"的废话,但他却喜欢"希腊人",因为"希腊人"有趣,跟一般人不同。一天,普拉东问他:

"您娶亲了吧,埃拉斯特·康斯坦丁诺维奇?"

"希腊人"觉得奇怪,

"我?那当然!我呀,老弟,娶过亲啦……我甚至还有过子女哩!嚆!"

他闭上眼睛,轻轻地吹了一声口哨,热烈而自豪地说道:

"可现在我有个情妇。这大家都知道,你这个怪人!是第三个情妇。她可不寻常,会讲法语,唱过小歌剧,一条腿摔断啦……弄个情妇,老弟,可费钱啦!光是皮鞋——啊哟哟!帽子就别提啦。皮鞋嘛,我的老弟,这可费钱啦。真的!哦,不过这是必需品:男人从脑袋开始,而女人从脚上开始。你要记住!"

有时候"希腊人"夜里从院子里进来,陪着一个也很有趣的人,那人像厨师那样刮过脸,像女人那样漂亮,像狗那样温存。他中等身材,长得很匀称,像轻捷武术家那么灵巧,穿在他身上的衣服就像一件针织贴身衣。他彬彬有礼;他那双灰眼睛含着温柔的微笑,似乎总是在应许讲点什么非常好听而又有趣的事情,但他说起话来却极为谨慎,声音低低的,小心翼翼的,仿佛从一只非常细的玻璃瓶里把自己的话倒出来。他身上显出一种舒泰慵懒的神态。他老是把左手插在裤袋里,轻轻地把袋里的钱币弄得叮当直响。普拉东发现,有时此人在回答问题以前,先从袋里掏出一枚金币,把它放在桌上转动,再突然用一只巴掌把它捂住,倘若金币上铸有老鹰的一面冲上,他就简短地、否定地答道:

"不。"

"希腊人"管他叫做阿加特、阿加沙,老是像一只蝙蝠似的在他周围飞来飞去,并劝他道:

"阿加沙,是啊——你总得考虑到时代的愚蠢,人们的变傻。"

"别钻牛角尖了,'希腊人',你这个罪人,"阿加特温和地答道,不时呷一口茶杯里的黑葡萄酒,这酒散发出一股奇怪的臭虫和神香的气味。

"噢,阿加特,""希腊人"叹息道。

"别跟命运作对,"阿加特说。

普拉东很想知道,这个穿着考究的美男子干的是哪一行,"希腊人"除了自己的手艺之外还在忙些什么?为什么他总是夜间跟阿加特同来,而且越来越惊慌不安?

一天清晨,当"希腊人"为了什么事揪了科西卡一阵耳朵走开以后,普拉东不觉自言自语道:

"他在干什么?"

"准是在造伪币……"

"兹-兹-兹,"普拉东从牙缝里说道,他惊恐地在圈椅上转过身去,瞧着一个房角,——在那儿昏暗的尘埃中,科西卡像蜘蛛一般坐在地板上,把重锤上断了的链子接起来,弄得平口钳咔嚓咔嚓直响,还晃动着刚理过的长着黄铜色头发的脑袋。

"为什么这样干呀?"普拉东问道,"是……"

"喏,"科西卡生气地轻声答道,"他想过得舒服呗!"

"你撒谎,"普拉东说,不知为什么,他已经知道科西卡是对的。

"喏,"皮肤粗糙的男孩子应了一声。

普拉东像阿纳尼那样眨了一下眼睛,让放大镜落到手掌上,寻思道:

"这么孱弱的一个孩子,像只耗子那样默默无语地活着,可他却明白这个道理!造伪币,当然,就是这么回事!'希腊人'会把我毁了的,让他见鬼去吧!应该另找一个地方。甚至到另一个城市去。"

充满忧虑的时光像一条湍急的黑色小溪迅速流逝。科西卡在屋角摆弄链子,发出当啷声,使人想起那些囚犯戴的镣铐,他们每月都像一列灰色的大老鼠那样从牢房出来,沿着街道爬到火车站去。普拉东感到自己由于受惊而无精打采、浑身发软,便斜着眼睛瞧了瞧科西卡那个铜球般的脑袋,说道:

"你不该胡说八道……"

"我只对您说。"

"真该把你的脑袋切成十来个钟摆。"

"也许是的——可脑袋里头是空的呀,"科西卡提醒道,还补充了一句:

"可您是不打人的呀。"

"不行,吓不住他,"普拉东又沉思起来,"再说,也用不着吓唬他,他说话了,这就好了。"

在这之前,男孩子一点也不曾使他感到惊奇,跟所有的男孩子一样,他看来很蠢,把蟑螂叫做"爬螂",打碎了一只茶杯以后还说:

"这是什么玻璃杯,老是爱碎。"

一天,科西卡被阿加特打发到梅利塔·什瓦茨曼家中,回来时拿了一大堆花花绿绿的破布头。

"这是什么?"普拉东问道。

"破布块。"

"应该说——破布头……"

"那为什么?"

普拉东不知道为什么。

"可为什么给你呢?"

"是给妹妹的。"

不知为什么令人难以相信,这么一个灰尘满面的小人儿居然还有妹妹。

回忆起有关科西卡的这一切,普拉东觉得,这个男孩子说不定只是装傻,其实他很滑头,是被派来监视普拉东的。

"我得离开这里……"

晚上,临街的大门敞开了,弄得所有的玻璃器皿和小铃都惊慌地叮当直响。"希腊人"浑身是雪,一闯进来,便骂开了:

"这鬼天气,真讨厌……"

普拉东一眨眼让放大镜落在掌心里,急促地,但又是最坚决不过地说道:

"我不愿意在您这儿干下去了,请把我辞了吧。"

正在脱大衣的"希腊人"把双手一摊,于是大衣便像巨大的双翼似的悬在他背后了。他问道:

"这又是怎么啦?"

他用严厉的、约束对方的目光把普拉东打量了一眼。

"傻瓜!"

"请不要骂人,我不是小孩子。"

"我还要打嘴巴哩,""希腊人"威胁道,并对科西卡叫了一声:"接住大衣,没看见呀!"

他快步走进内室,把科西卡推在自己前面;他们喊喊喳喳说了两三分钟以后,科西卡尖叫道:

"大叔,——噢!您自己吩咐过……"

门打开了,科西卡飞快地向街上跑去,把门窗的闸板弄得隆隆直响,把街上的黑暗驱入了店内。普拉东叹了口气,想道:

"我不点灯,也不去找他。"

但是"希腊人"主动来到店堂里,打开电灯把室内照亮,而且立刻拿一连串烫人的话把普拉东烧伤了。

"这么说,我在制造伪币,是吧?"

他跺了跺脚,压低嗓门问道:

"是谁用糖浆往沙皇的肖像上抹?谁会为这事被绞死?谁会去服苦役?你知道沙皇像在哪儿吗?我会把它的原样拿给你看,还带着苍蝇,——它就藏在我这儿!你这个傻瓜,老娘儿们的头发,你以为这是闹着玩的?"

"希腊人"的话并不太叫普拉东害怕,可是他那张烟熏火燎、长着黑牙的脸却有点可怕,一双油污的眼睛也闪着凶光。"希腊人"说得很快,普拉东来不及听清他的每一句话,他还觉得,"希腊人"在捉弄他,把他当作一只皮球扔着玩;他又是威胁,又是挖苦,又是嘲笑,又是安慰,但无论是他的威胁还是他的安慰,都没法叫人相信。要是他只是威胁,那倒还好一些,容易明白一些,但他却嘲弄道:

"傻大个儿,我是故意教那毛孩子试试你的老实,而你竟相信了他!"

接着他又问道:

"造钱的是谁?是沙皇。而沙皇在你看来,是什么人?"

"不知道,"普拉东说,他回忆起了爸爸的殴打,兽医的那顿揍,油漆匠杰里亚宾威胁性的歌唱,灰雀的呼啸。

"你不知道,可又抹糖浆?撒谎,你偷偷地跟大学生来往!看把你发配到西伯利亚!"

"希腊人"讲话时口沫四溅,就像一块柠檬皮被捏时那样;"希腊人"犹如一只迎风奔跑的公鸡,浑身颤动。

"沙皇靠你的钱过日子,他的每个卢布里都有你的九十戈比,甚至九十三戈比,——这你能明白吗?就连科西卡也明白,沙皇靠咱们的钱过活……"

阿加特来了,彬彬有礼地跟普拉东打招呼,面带微笑地听了"希腊人"叙述科西卡如何巧妙地揭穿了普拉东的轻信,然后叹了口气说:

"胡说八道。"

接着仔细地瞧着自己左手的一个黑指甲,补充道:

"应该采取点坚决措施。"

"它使你不安啦?""希腊人"探问道。

"真想把它砍掉。"

普拉东蓦地吃了一惊,不禁想道,这些人也会把他砍掉,就像砍掉一根坏了的指头。很明显,阿加特此番前来并非偶然。是"希腊人"打

211

发科西卡把他找来的;瞧——那男孩子已经回来,正在内室磨蹭。

"就连科西卡都明白,""希腊人"重复了一遍,一面跳起来穿大衣,普拉东感到自己受到夹攻,便和解地说:

"科西卡很聪明……"

"就是嘛,""希腊人"埋怨道,他抖掉帽子上的融雪,走了。阿加特把他送进内室,在那儿温和地说道:

"孩子,拿点热水和一块抹布来!"

他在那儿待了十来分钟,不知干些什么,一面低声跟科西卡谈话,然后打开门,对普拉东点点头:

"再会!"

"喝茶吧,"科西卡唤道。

喝茶时普拉东问男孩子:

"他们造的是什么钱?"

"什么钱也没造,那还用说。"

科西卡从茶碟上抬起被天花损坏了的小麻脸,说道:

"您在想什么?埃拉斯特·康斯坦丁诺维奇故意教我说起钱的事,其实根本没有什么钱!"

"他在撒谎,这个小滑头,这一下我可完了,"普拉东想道。

男孩子睡下后,普拉东被恐惧所压倒,感到自己是一只落网的小鸟,他在店里坐下,开始干活,但不知该相信什么。"希腊人"是不是在造钱呢?"希腊人"大概在干什么暧昧勾当,说不定在收购赃物,可是——钱呢?倘若向警察局告发他,他当然会说出沙皇肖像的事,而普拉东知道,有许多人都因为对沙皇不敬而遭殃;他知道,发疯的邮政局长有个儿子,是个大学生,仅仅由于在纪念像上"亚历山大三世"这几个字下面写了一句"不能再要了"就被关进了牢房。

"再说我对警察局又能说'希腊人'一些什么呢?"——他这样想着,就不知不觉地产生了一个令人快慰的想法:并不是随便什么人都能加入伪币制造者的一伙的。

他从衣袋里掏出两张钞票,一张是三卢布,另一张是五卢布。五卢布钞票无疑是真的:又脏又皱,边缘都破烂了,而淡绿色的三卢布钞票则是崭新的、干净的;它在指缝间诚实地轧轧作响,使人觉得非常愉快,不由得想把它塞进上衣上方的口袋里,还要露出一个角来,宛若阿加特口袋里的那方大红的小手绢。

"当然——就是这一张!"普拉东断定,一面小心地把钞票折叠起来,把它跟那张肮脏的真钞票分开,然后寻思起来:这是多么不可思议啊,像这么一张大概是阿加特造的小钞票,居然能使你在马戏团包厢前的富人们中间入座,使你有权在最好的餐厅用餐,甚至去逛上等妓院。是啊,阿加特是个杰出的人物,说不定他甚至比莱斯利·莫顿还要勇敢……

"倘若我有很多伪币,我会做什么呢?"

他立刻决定,要开办一个非常大的娱乐场所,聘请最著名的滑稽演员和最优秀的音乐丑角。

想着想着他就睡了,第二天一大早,还在喝早茶之前,"希腊人"走过院子里深及膝部的雪地闯进门来,他两耳通红,咒骂着严寒、太阳和上帝,从衣袋里掏出必备的养喉糖,在桌旁坐下,心神不定地不时扭扭自己不安分的身体。

"请听我说,埃拉斯特·康斯坦丁诺维奇,"普拉东说道,"我想认真地谈谈钱的问题……"

"什么都可以谈,""希腊人"含糊其词地说,并掏出皮夹子,给普拉东数了五张三卢布钞票,钞票已经破旧,显然是真的。

"这儿是钱,拿去!别哭穷啦!"

"我不是指这些……"

"钱都是一样的,""希腊人"嘟哝道,一面嚼着在严寒中冻硬了的黏腻的美味。

"您知道,"普拉东接着说,"我是个老实的、正派的……"

"出名的、有趣的人,我却是个讨厌的、凶恶的人。"

"我也不贪心,"普拉东固执地继续说,"我准备干这件事是因为我喜欢一切未被发现的东西;因为我知道,所有的东西——当然,钟表除外,都包藏着自己的秘密。甚至金钱也是这样。金钱甚至尤其这样。"

"是吗,是吗?""希腊人"瞪着两眼听着,疑问地嘟哝道,"是吗,是吗,嗯?"

"要是一个人自己动手造钱,而不是让一个不认识的人去干,这当然更为有趣,这样你就可以自己制造开启一切的钥匙,我就这么想的。怎么样?"

"希腊人"仿佛撞上了什么,他想了想就嘟哝起来:

"钱——不值一提!有的人弄到一个卢布就美滋滋的,另一个人就是有五百卢布也哭哭啼啼,这就是钱!钱——这是母鸡的事,可我是只公鸡。你把小扣子焊在胸针上啦?给我。"

他把胸针塞进衣袋,茶没喝完便跑到街上去了,还让科西卡跟他去。普拉东从衣袋里掏出一张三卢布钞票,仔细地在亮光下看了看,不觉叹了口气:这张钞票在白天也像是真的,这仿佛削弱了包含在其中的那股神奇的力量。当然,从按照沙皇的旨意定制的三卢布当中,也能获得阿加特造出来的三卢布所提供的那种乐趣,而且不消说,这还比较安全,不过太平凡了!很明显,倘若每一个人都会自己动手为自己印钞票,那就不会有贪财的小偷、乞丐,也不会有那种只是为了想穿得漂亮才去爱男人的姑娘了。

普拉东感到自己产生了一些十分重要的想法,这些想法轻而易举地就把人生的一切结子与活扣都解开了,使人们从相互依赖中解放出来,描绘出一幅没有老板、沙皇、警察、宪兵的人生的图画,这样的人生使得每个人都成为自己的主宰,而且只在他想工作的时候他才去工作。那时候人们大概只会挑选淫雨连绵的秋天和风雪严寒的冬天在家里干活,而把阳光明媚的春日和夏天当成节日。那时候每个人都会有莱斯利·莫顿那种罕见的本事,会把周围的一切都变得生气勃勃,一切都会变得那么洁净,那么称心。跟"希腊人"的一番谈话,给他留下一种不快之感和一种推测,他觉得"希腊人"在耍滑头,害怕直言不讳。

"应该把这事告诉阿加特,"普拉东兴奋地下了决心。

星期天,他关上店铺,去巴拉金娜娅的餐厅要了一份"古里耶夫粥"①、半瓶马德拉红葡萄酒,感到双手激动得发抖,鬓边的头发也在颤动,他毫无食欲地久久咀嚼着甜甜的大米和果冻,喝着有点苦味的葡萄酒。当巴拉金娜娅的那个水性杨花的侄女索法温柔地闪动着一双死不要脸而又洞察一切的眼睛和小眼角,从他手中接过那张崭新的三卢布钞票,漫不经心地塞进白围裙的口袋里的时候,普拉东惊慌地从椅子上站了起来,想求那位女郎把这张钞票还给他,但是索法麻利地把鞋后跟一拧就转过身去,消失在隔壁的餐室里了。她进门时,一个黑胡子的无赖站起来跟在她后面,一面用口哨吹奏着延德尔日耶夫斯基的一支悲壮的进行曲。

索法迟迟没把零钱找给他;她回来时显得更加温柔,把一个小碟子放在普拉东面前,碟子里有一张皱得不成样子的一卢布纸币,还有两枚五戈比硬币,她问道:

"为什么这一向看不见您?"

"怎么会看不见呢?我不是就在这儿吗!"

"您瘦了。爱上什么人了吧?"

普拉东从碟子里拿起那个卢布,说:

"我给了您一张崭新的钞票,而您给我的呢——这是什么破烂货!"

"纸卢布不受欢迎,"索法说完便走了。

户外是冬天里少见的一个阳光明媚的日子;太阳几乎使半边天都染上了一种非常柔和的淡红色的色调;一条条毛茸茸的电报线像长毛

---

① 古里耶夫是俄国地名。

绒绳似的悬挂着,星星点点的银白色霜花从上面滴落到普拉东的大衣上;一幢幢房屋的那些镶了花边的窗户,反射出鲜红的金光,尽管严寒把耳朵刺得很疼,周围的一切都像是温暖的,甚至是热乎乎的。迎面而来的行人们的脸,也是粉红色的、鲜艳的,上面长着白色的小胡子和眉毛,雪在脚下轧轧作响,犹如一张还没有揉皱的新的皮革,一切全都是那么亲切、那么优美而又充满生机。

"是啊,"普拉东宽慰地想道,"钞票当然是真的……"但他感到,他平静的心情中羼杂着一种阴影般的淡淡的哀愁,而在他记忆中鸣响着的那支延德尔日耶夫斯基的进行曲,则使这种哀愁不断增强,约瑟夫的马戏团乐队在第二部分节目开始之前总要演奏这支进行曲。

"也许他们的确没有制造伪币,"普拉东思忖道,他觉得这种想法正在扼杀有可能过一种有趣的生活的幻想,在那种生活里,人人靠自己的钱过日子,个个都像莱斯利·莫顿那样独立自主,那时对于所有的人来说,最要紧的事情就是娱乐。

在从街道进入广场的地方,戴着假羊羔皮小帽的科西卡赶上了普拉东;皮帽的一侧破了,在科西卡的一只像上等山羊革做的耳朵上方,露出一束灰白色的大麻。一个穿白大衣的小姑娘,庄重地跟科西卡并排走着,她戴一顶浅蓝色的毛制包发帽,一双纤细的小腿穿着高腰毡靴,那毡靴想必像熨斗一般沉重,她把双手插在小得像玩具一般的暖手筒里,扬起鼻子、眯起眼睛走着。

"上哪儿去?"

"去看马戏,"科西卡答道。

"这是你妹妹?"

科西卡肯定地点点头,问道:

"还会是谁呢?"

"她叫什么?"

"她是个哑聋人。"

"一般都说:聋哑人,"普拉东纠正道,可是这时不知是谁的宽大后

背挡住了科西卡,那人用男低音说道:

"好天气!"

"为什么要谈天气?"普拉东寻思起来,他觉得马德拉红葡萄酒正令人惬意地使他头晕,"包发帽,暖手筒,还有这全身的衣服,都很值钱。科西卡从哪儿弄来的钱?不,应该跟阿加特谈谈,说不定他在造钱……"

他不想去看马戏;普拉东不爱进剧院:那里枯燥乏味,而那个酷似鲟鱼的著名演员斯特列利斯基①叫嚷起来,就像集市上的警察官。

"我要回家作诗。"

普拉东到一家商店去买了四分之一俄磅酥糖,十来块面包干和一只柠檬,过了半个钟头便到了暖和的家中,待在习惯了的铜味和寂静中了;钟摆数着寂静悄悄的流逝:

"奇莫克-乔克,奇瓦克-乔克!"

把茶炊煮开以后,他便拿起铅笔在桌旁坐下,把一张白纸和《最新流行歌曲集》摆在面前,这本书对于初学写作的诗人是非常有用的,——书中可以找到许多韵脚。他不时呷一口茶,一根指头敲打着前额,嚼着酥糖,他的牙被糖粉、白面、糖和鱼胶紧紧地粘在一起,而酥糖则提示道:"博瓦,斯洛瓦,戈洛瓦。"②这一切都凑不成句子,就像衣袋里的一枚枚钉子那样撅在头脑里。可是不知怎么灵机一动,他立刻写道:

> 我独自坐着喝茶,还嚼着酥糖,
> 就这样消磨晚上的时光。
> 说不定有一天早上,
> 我也会这样独自死亡。

---

① 斯特列利斯基(1844—1902),俄国话剧演员。
② 这三个韵脚相同的词的词意为:"博瓦,词儿,脑袋";博瓦是一篇童话中的主人公。

他愉快地舒了口气,——这已经是真正的诗句啦,因为它们是忧伤的。他没有来得及再写点什么:有人从院子里使劲敲门,阿加特来了,跟他同来的是餐厅里的那个无赖,那人蓄着山羊胡,两撇小胡子就像两卢布七十五戈比一块的表上的指针。

"我姓波科尔斯基,"他向普拉东伸出手来,自我介绍说,"卡罗利·波科尔斯基。"

阿加特没脱大衣,从桌上拿起纸来,惊奇地眨眨眼睛:

"嗨,怎么——是诗?瞧啊——诗!"

波科尔斯基用胡子尖把诗句扫了一下,用斩钉截铁的声音说道:

"这很不错呀,你明白吗?"

"很不错,很不错……"

阿加特从大衣口袋里掏出一瓶酒、一个椭圆形的养喉糖盒子,把大衣往普拉东的床上一扔,便在桌旁坐下,兴奋而亲切地说:

"东走走,西逛逛,——冷得要命!波科尔斯基邀我到姑娘们哪里去暖和暖和,——啊呀!我想,不如去找叶列明,把他这个出家人也带上;我们老是破戒,可他却不愿意,这是为什么呢?这不对头!我们顺便可以把茶喝个够,请他吃点甜食,我发现您爱吃养喉糖,您有土耳其人的口味,——请吃吧!"

"十分感谢,"普拉东说,愉快地被阿加特亲切友好的絮叨吸引住了;这一番絮叨立刻使他深信,"希腊人"已把他同意参与制造伪币的事告诉了阿加特,于是阿加特便前来把此事谈妥。毫无疑问,就是这么回事!

阿加特在微笑,他的每一句话也仿佛在微笑,波科尔斯基却默默地喝着茶,并用一双刺人的眼睛打量着普拉东的脸、天花板和炉子张大着黑魆魆的嘴巴的那个屋角。他的眼睛深深地钉入消瘦的脸庞,仿佛两个螺丝帽钉在椴树之类柔软的树木上。他用左手的手指熟练地、轻轻地打着拍子,用口哨吹奏延德尔日耶夫斯基的一支动人的进行曲。奇怪!这支送什么人远行,说不定还是跟对方永别的忧郁的旋律,并不妨碍非常亲切的阿加特愉快的絮絮低语,他一往情深地看着普拉东,说着温和的话儿。

"我也很喜欢诗,不过没有时间写。写诗是一件很可笑的事。"

普拉东一面听,一面寻思:

"波科尔斯基当然是主要人物。他很严肃,甚至讨厌。阿加特还从来不曾这样亲切。跟他谈正经事将是很简单随便的。"

然而阿加特并不急于谈正经事,他亲切地问道:

"您可知道巴尔科夫①的诗?不知道?可惜。这是直抒胸臆类诗歌的杰作。这是最好的一种养喉糕,您怎么吃得这么少?"

普拉东客气地笑笑,吃着撒满糖粉的黏性美食;波科尔斯基吸着一支黄色烟卷,严峻地瞧着天花板,仿佛他在阅读什么潦草的或写得很小的字迹,他的眼睑紧张地颤抖着。

"马上就要谈到正题了。"普拉东等候着。阿加特谈起了巴尔科夫跟诗人普希金的友谊与争吵②,他说话的神态就像他亲身参与过这些争吵似的。

"有一次,您知道,普希金大动肝火,竟想打他的耳光,而且已经把茶泼在对方脸上了,而巴尔科夫却跑到隔壁的房间里,随手把门掩上,马上就像在教堂里那样唱了起来:

像消失在海浪后面一般
巴尔科夫隐藏在木板后面
躲过了压迫者、折磨者,
名叫萨什卡·普希金③的那个作者!

"当然啰,普希金哈哈大笑起来,二人言归于好了;这个坏蛋实在

---

① 巴尔科夫(约1732—1768),俄国诗人。
② 普希金生于巴尔科夫死后三十年,这里所谓的"友谊与争吵"显然是阿加特的胡扯。
③ 萨什卡是普希金的名字亚历山大的昵称。

太机灵了,可是人们并没有给他树碑,而是给普希金树了碑!"

阿加特笑起来声音像女人那么柔和,他眯起眼睛,深棕色瞳孔的中央有一根闪闪发光的细针。

"到时候了,"波科尔斯基严厉地说;普拉东打了个寒噤,阿加特则把自己胸前的表链猛然一拉,怀表从背心口袋里跳将出来,在空中画了一道金色的弧线,就乖乖地躺在他手心里了。

"是啊,到时候了,穿大衣吧!"

不论阿加特带他去什么地方,哪怕去着了火的房屋,普拉东也愿意前去。他觉得,红褐色的葡萄酒和养喉糕使他的嘴里有一种铁一般的苦味,脑袋昏昏沉沉,肚子里咕噜咕噜作响,然而心情倒很轻松,像过节那样收拾得干干净净,仿佛还撒了一点甜蜜蜜的雪白的香粉。

他发现,波科尔斯基把写了诗的那张纸卷成一个细筒,塞进了茶炊的把手里,这使得茶炊酷似一名手执消防唧筒的消防队员,而且多少使普拉东跟这个沉默寡言的人和解了;大概他并不像看上去那么严峻。

"您喜欢姑娘吗?"阿加特问道。

"这怎么说呢? ……"

"压根就不用说,我自己也知道。不喜欢是不可能的,波科尔斯基说,这就像小儿科疾病,类似猩红热或麻疹,——是吧,波科尔斯基?"

波科尔斯基用口哨吹着自己的进行曲,坚定而匀整地走着。银白色的严寒封住了大地,在脚下呆板地咯吱作响,头上和双肩仿佛压着什么沉重的金属,呼吸非常困难,空气似乎冻结了,变成了一根根又尖又凶的刺,扎进脸皮、前额和眼睛里。可是阿加特真是个怪人,他敞着大衣走着,还用水晶玻璃般清脆的语句询问普拉东:

"您最喜欢什么样的姑娘? 为什么您对造反感兴趣? 莫非您认识那些大学生? 沙皇怎么跟您过不去啦?"

这串连珠炮似的问题使脑袋更加昏昏沉沉,普拉东没有来得及回答这些问题,只是诧异地支吾着,一面听着阿加特说。

"跟那两个一样蠢。"

这是波科尔斯基说的,声音不高,也很冷淡;难以理解,他为什么说这个,又说的是谁?

"当然,说的不是我,他不认识我,"普拉东想道,"不过难道会是说阿加特——他蠢吗?"

已经没有时间去想了,他们在梅利塔·什瓦茨曼那幢两层的普通房屋的门廊前站住;一盏红灯笼把一扇没有把手的、光滑的橡木门照得通红;从街上没法把门推开,这使普拉东觉得很难为情。

"喂,"阿加特扣着大衣纽扣说道,"您呀,叶列明,去找克拉瓦,——您认识克拉瓦吗?"

"我从来没上那儿去过,那是个销金窟……"

"胡说!我们要乘车出去一趟,再邀请一个小伙子来,他很滑稽,歌唱得很好;十分钟以后我们就回来。记住——找克拉瓦!"

他亲自用手指戳了一下门铃的按钮,门还没有打开,他就跟波科尔斯基一起溜掉了,仿佛穿着溜冰鞋从冰上溜走似的,而普拉东把一个肩膀靠在墙上,突然感到脚下的土地渐渐隆起,把他朝什么地方推去。他还觉得,灯笼的光红得益发厉害,并兜着圈子在摇摆,尽管夜里并没有风。

"我喝多了,"普拉东寻思。

一个仪表优雅、身穿腰部带褶的浅蓝色外衣的男人把门打开,他像剥鸡蛋似的麻利地替普拉东脱下大衣,用一只脚把他的胶皮套鞋踢到衣架底下,便把双手藏在背后。

"给我把克拉瓦找来!"

"我又没把他放在口袋里。上楼去吧,"那人用兽医别涅沃连斯基的粗嗓子说道。

楼梯像在贵族俱乐部里那样铺着红地毯,时而平躺着,时而像墙壁似的陡立着,后面有人轻轻地敲着普拉东的后脑勺,把他往前推。

"头昏。"

他站住了,抓住栏杆,瞧着上面什么人的一双黑脚。

"说不定阿加特见我醉了这才走的,因为没法跟我谈正经事了?"

"给我把克拉瓦找来,"他对一个胸前有两个很大的琥珀的黑皮肤胖女人说道。

"克拉芙吉娅,"她尖声叫道,普拉东不禁歪斜了一下。

"还要点苏打水,"他说,由于养喉糖吃得太多而打了个嗝,然后微笑着嘟哝道:

"克拉瓦,哈尔瓦①……"

褐色的墙壁在他面前出现一道裂缝,像一件毛皮大衣似的敞开了,里面露出一个女郎,她挽着普拉东一只胳膊把他领到一个地方,津津有味地说:

"白生生、毛蓬蓬的。喝醉了吧?"

"咳,"普拉东说,感到嘴里有股铜味。

"把心灵给腌过头啦?"

普拉东笑起来了;她说什么心灵被腌过头了,这可真有趣;心灵又不是鱼,但也许酷似司智天使:小脑袋上长着一对翅膀——如此而已。

"心灵是长了翅膀的,"他提醒那个女郎,可她却哈哈大笑起来,说了些有关一个士兵的事,便领着他迎着《多瑙河之波》走去;波浪摇晃着地板,把镶木地板上的一个个木块弄弯压塌,跟贵族俱乐部里的情景一模一样,穿红着绿的女郎和黑糊糊的男子都在摇晃;在钢琴和琴师的秃头上方,一个敲着铃鼓的黄色裸体女人在墙上跳跃。

"哟,他要呕吐,"女郎叫道,一面用力把普拉东一推。

在一个像是餐具店的小房间里,人们往他头上浇冰水,给他喝了几滴阿莫尼亚,这就稍稍驱散了蓦然笼罩着他的那一片令人憋气的浓云。

"他们来啦?"

---

① 哈尔瓦是"酥糖"的译音。

蟑螂的故事

"谁呀?"戴着琥珀的女人用埋怨的口吻问道。

"阿加特和这一位?"

"阿加特是一种石头①,哪个阿加特?"

"长着胡子,黑黑的? 来了吗?"

"上帝保佑!"那女人挥着毛巾叫道,"克拉芙吉娅,把叶尔莫拉伊叫来!"

她开始推普拉东的脊背,一边说:

"咱们一个长胡子的人也不认识,咱们这儿是个很体面的地方②,而您神志不清又没有能耐,还是回家去吧……"

那个仪表优雅的男人把普拉东接过去,搂着他,小心地扶下楼,给他穿上大衣,谨慎地把他送到门外蓝色的寒夜中,在他后脑勺上敲打了一下,说道:

"废物。"

他这一下打得很重,使得普拉东的大衣都敞开了,普拉东挥舞着双手奔跑着,唯恐沾不着地。

他既委屈又痛苦,他不明白这是怎么回事? 是阿加特弄错了,他跟波科尔斯基去的并不是他们要去的那一家,还是他捉弄他,把他塞到什瓦茨曼那儿去了?

普拉东跨着细碎的快步,在一条条静悄悄的街道上,在房屋浅蓝色的阴影上走了很久,他走得越远,周围的一切就越荒凉、越寂静,只有雪嘎吱嘎吱地响得越来越厉害。月亮的寒光照亮了背部,沉重黏滞的影子在脚下纠缠不已,妨碍他前进,一切都在旋转:被围墙连接起来的房屋,被风蹭掉的树枝;一个巨大的冰块像一堵墙壁出现在面前,那是天空,上面布满了星光构成的细小裂纹。普拉东朝天上爬去,却又滑了下来,就像一只蟑螂从玻璃上滑下来似的。他用双手和前额顶着晃晃悠悠的、蒙着霜的屋墙;一阵阵痉挛撕扯着肚皮,箍住喉咙,轻轻

---

① "阿加特"意为玛瑙。
② 指高等妓院。

223

地拍打着脑袋;湿漉漉的头发在两鬓冻住了,脑袋冻木了,沉重的铜齿轮在脑袋里慢慢旋转。他杂乱无章地伤心地想道,他正在使浑身紧缩得发疼的严寒中向某处走去,而美男子阿加特想必正坐在一个暖和的地方,把他给忘了。而且根本就没有一个人记得他,在他的生活中一个人也没有,正如在这条沉睡的、失明的街道上一样。

"说不定阿加特雇了一辆马车,正遍访城中的妓院在找我呢?他是那么彬彬有礼,阿加特……他很灵巧,怀表在他手里,就像在莱斯利·莫顿手里那样飞舞……"

肚皮里锥心的剧痛传遍了他的全身,蓦地使他产生一种可怕的猜想,他站住了。

"阿加特用荞喉糕毒死了我!"

每一个字都使他摇晃了一下,恐惧不断增强,疼痛反倒开始减弱,而脑子里则迅速而清楚地产生了清醒的想法:

"他们用荞喉糕和葡萄酒毒死我,因为怕我会去告发!这是'希腊人'教给阿加特的。我要去告发,马上就去!我要去警察局……"

他气喘吁吁地奔跑着,感到从体内用力抽打着他的已不是疼痛,而是恐惧;正是恐惧在用一把钝刀撕扯肚皮。他轻声尖叫着,皱着眉头,跑着跑着便撞在一堵砖墙里的一扇宽阔的大门上,从大门旁一间小木房里出来一个毛茸茸的庞然大物,喝道:

"你往哪儿钻?"

"这是什么大楼?"

"这不是你说的大楼,是屠宰场!"

"谢谢,"普拉东嘟囔道,他现在知道该往哪儿走了;他甚至想摘下帽子,可帽子却摘不下来,反而把两鬓和后脑勺上的头发揪得好疼。他把冻僵的双手插进衣袋,沿着墙根走去,大门旁的那人随后对他说道,大约是开玩笑:

"明天早上来吧,绵羊,——咱们把你宰掉!"

普拉东站住了,用诉苦的声音委屈地、讷讷地答道:

"有人用荞喉糕毒死我,可您——唉!"

疼痛消失了,但钢铁般的寒冷折磨着他,令人难受地压迫着胸部,用冰冷的箍子夹住两鬓。但普拉东依然在仓猝中想到,说不定还从来不曾有人被荞喉糕毒死过,倘若没有严寒,这也许并不那么可怕。

他马上就能跑到警察局,那里的医生会给他解毒剂,倘若他开始好转,他要说是他自己中毒的,到了明天早上,或者过两三天,阿加特获悉他没有向警察告密,也不想报复,就会由于曾想毒死他而请求他饶恕,那时他们将成为莫逆之交。

这种想法使他感到仿佛不那么痛苦了,而在前方的大地上则有一堆无烟的金红色篝火开始闪耀;普拉东向它奔去。他跑到一个广场上,不知不觉地来到火边,踩到一洼融化的雪水里,把一只冻麻了的脚伸向活泼的金色火焰,由于伸得太近,一个长着火红色胡子的马车夫便警告他道:

"你会把脚丫子烤熟的,少爷!"

由于这堆篝火,广场上要比街道上显得黑暗;两匹马斜眼瞧着篝火在打盹,它们的嘴脸上盖满了浓霜,一名车夫站在火边吸起烟卷来了,另一名长着火红色胡子的用鞭柄尖在拨动篝火中烧焦的木头。

普拉东认出了商人俱乐部的红砖大楼、它对面的青铜纪念碑,以及伟大的女殉教者瓦尔瓦拉钟楼上那个耸入蓝天的金光灿烂的圆球结顶。区警察分局就在这儿,在教堂后面的胡同里……

他冷得直哆嗦,便把手脚伸到火上取暖,一面体察身上的疼痛;疼痛变得隐隐约约的,令人难受地向全身扩散,使他难以抗拒地渴望躺下睡觉。

"我马上就去,"他想道,但并没有走,而是想象着阿加特的惊惧和诧异,在蒙眬的睡意中听着两个马车夫越来越慢的、渐渐停止的谈话。

"都一样,"长火红色胡子的说道,"老百姓也有自己的运气,自己的不幸。"

吸烟卷的马车夫更加慢吞吞地答道:

"是啊。为了纪念死人,还是要在坟地上立一块碑,可是在城里,立碑是为了吓唬人。"

"城市又不是菜园。吓唬谁?"

"我说的不是吓唬谁,我是说不论你是什么人,都不要骄傲。所以在广场上要给沙皇们、将军们树碑……"

普拉东想告诉马车夫,说他吃荞喉糕中毒了,好让他们把他送到警察局去,不料一阵恶心又使他弯下身去,他摇晃了一下,脑袋险些儿跌进篝火里;红胡子马车夫用力把他推开,生气地叫道:

"喂,您呀,也来这一套,喝酒。"

普拉东躺在雪地上说:

"把我送到……"

"你住在哪儿?"

普拉东听见另一个马车夫从远处说道:

"不能把他送走,会冻死的,他应该跑步!"

红胡子马车夫用一只脚碰碰普拉东的脚:

"听见了吗,跑跑吧!"

"我跑不动,"普拉东昏昏欲睡地说,一阵阵痉挛使他软弱无力了。

"好吧,咱们走吧!"

"当心,你会把他冻僵的!"

"有些人喝酒,可又不会……"

他们把手伸到普拉东腋下,让他用软绵绵的双腿站起来,然后把他推到雪橇上。冻坏了的马儿飞奔起来,普拉东听见它的蹄子敲打着雪橇的前部,听见鞭子的抽打,当他们从纪念碑旁边驰过时,纪念碑用愤怒的男低音喝了一声:

"上哪儿,傻瓜? 上哪儿?"

这使普拉东感到奇怪;要是纪念碑也会骂人,那么应该骂人的并不是这座纪念碑,而是站在贵族俱乐部公寓前面的另一座,为了糖浆和蟑螂的事,它当然有权骂人啰。

躺在雪橇上很难受,体外有严寒的铁钳在夹你,体内有疼痛在撕扯,同时又直想睡觉。脑袋冷得特别叫人难以忍受,里面的一切思想都冻死了,但这却使它变得更加沉重,正像一只失去双翅的鸟儿向什么地方坠落。

马儿像一只老狗那样一跳一跳地跑着,车夫并不催它,他不时瞧瞧天空,看看家家户户窗子上浅蓝色的冰块,再回头瞧瞧蜷缩在雪橇里的乘客;后来,他没有让马儿停止奔跑,就从赶车的座位上翻身进了雪橇,脱下双手的手套,在默不作声但还没有变硬的乘客身上所有衣袋里搜索起来,摘下了他的表,还想摘下帽子,可是摘不下来。

这当儿,他勒住了马,用双手和双脚去推乘客,仿佛在推一口袋燕麦,把他从雪橇上扔到雪堆里,然后用鞭子把马儿抽了一下,便在围墙和雪堆之间,在笼罩着银白色旷野的、蓝色的、严寒的穹苍下向前驶去。

……不消说,"走着走着"就死去了的"外乡人",完全可能并不是我以上所说的那个人;他完全可能不曾有过那样的生活、感受与想法。

但是,一切之所以存在,都只是为了让别人去谈论。倘若有一个人由于夜里倒毙在石头旁的一个水洼边上,从而就不能谈论他,那也是根本不成的。

南　江　译

往事片断[*]

一八八九或一八九〇年冬季,我从博里索格列布斯克调到克鲁塔亚①,负责管修补防水布和麻袋的工作,领着一群快活的哥萨克女人干活。她们工作的时候很懒散,可为自己家里偷起麻袋来却很有本领,还能非常动听地唱顿河一带的民歌。我至今还清楚地记得谢拉菲玛·博佳金娜,这位动作麻利的"士兵的老婆",有一副罕见的深沉的歌喉(意大利人把这种嗓子称为"巴索—普罗方多"——深沉的低音),她唱得非常出色,尤其喜爱唱这样一首歌:

> 哥萨克骑着他乌黑的快马,
> 去到遥远的异乡,

谢拉菲玛用若有所思的声调——"朗诵调"唱着,接下去是二十人左右的合唱:

> 他永远离开了自己的故乡,
> 再也不能返回家园。

---

* 本篇最初发表于一九二八年三月二十七日《贫民报》。译自《高尔基三十卷集》第十七卷。

① 即今沃罗诺诺沃站,距察里津(今伏尔加格勒)十二公里。高尔基于一八八九年一月调到该站工作。

这些哥萨克女人在寒冷的露天货场干活;草原上吹来凛冽的寒风,像钝锉一样,刮皱了她们的面皮。满载着粮食、油籽饼、葵花子油的车厢在货场旁蠕动着。机车咻咻地喷着气,鸣着汽笛在调车,那些干一天活挣三十戈比的哥萨克女人庄严而忧伤地唱道:

  他那年轻的哥萨克女人白白地把他等待,
  早也等,晚也等,一直等到深更半夜,
  等着她亲爱的人儿
  从遥远的地方飞马归来。

  她们的歌谣优美动听,我大约记下了三十首,但是一位朋友从我这里拿去"读一读",从此就把它们丢失了。一次,谢拉菲玛把补好的麻袋送往货场的时候,失足跌在客车车轮下,车轮轧断了她的左臂和头颅……

  我本是被派到克鲁塔亚车站来当"过磅员"的,但那里没有什么可过磅的,因而我的任务就变成查点货物;查点运往格里亚乔—察里津线上的波沃林诺和伏尔加—顿河支线上的卡拉奇的货物。此外,还要把从波斯湾沿岸的阿斯塔腊①、乌宗—阿达②等地运来的货物从开往卡拉奇的车厢转到开往波沃林诺的车厢里去。这项任务由我同守夜工切尔诺戈罗夫—克拉马连科③共同担负。但这种工作并不常有,我实际的工作是查点从伏尔加站途经克鲁塔亚运往波沃林诺的鱼桶。平时每昼夜从伏尔加站开来的火车达十四至二十列之多,每列火车大约不超过十六节平板车厢。当调动火车头的时刻,我就手持运货单从

---

 ① 伊朗临近里海的边境城市。
 ② 塔什干西北的一座小城。
 ③ 即伊·瓦·切尔诺戈罗夫,高尔基在多布林卡火车站工作时已与之相识,他与高尔基几乎是同龄人,于一九四一年去世。

一节车厢跳到另一节车厢,夜晚腰间还得挂一盏提灯。做这项工作真要有点耍杂技的功夫,因为火车司机拽动车厢的时候,是毫不客气的,而且鱼桶的表面又很滑,有时甚至结了冰,从一只桶跳到另一只桶十分不便。遇到风雪交加的冬夜,行动就更为困难。

之所以要查点货物,是由于从伏尔加站到克鲁塔亚全是上坡路,火车运行十分缓慢,有些大胆的哥萨克充分地利用了这个方便。一桶桶青鱼、闪光鳇鱼,一罐罐鱼子酱往往不翼而飞。那时格里亚乔—察里津铁路以盗窃案频繁而出名,因此商业局长阿达杜罗夫得到上级批准,吸收"政治上不可靠的人"供职,因为这些人是不会也不干偷窃勾当的。

不知为什么,我有一个印象,克鲁塔亚的冬夏两季风都特别大,在寂静的夏夜,蚊虫更是残酷地折磨人。正如站长说的,火车站建立在"荒地上",除了车站的建筑物,周围没有其他住宅,除了车站的职工,周围也没有别的居民。假如我没记错,在靠伏尔加河的那个方向,大约相隔两俄里,是佩斯基村,在靠草原的那个方向,大约相隔四俄里,有一座小小的哥萨克镇,名字我忘记了。从卡拉奇开往察里津的各列客车,每天在克鲁塔亚要停留一分钟左右,每小时还有货车从伏尔加站吃力地爬上来,从卡拉奇,从波沃林诺也不时有空车和平车车厢驶来。无论白天还是黑夜,总有许多火车头在车站的各条轨道上来回开动,哧哧地喷着气,鸣着汽笛,车厢的缓冲器铿锵作响,两个辛勤的扳道员来回奔忙着。高个子的润滑工米罗斯拉夫斯基,过去曾是讲习班的学员,他粗野地大嚷大叫,而"敬神的"调度员叶戈尔申却忙于调度,从佩斯基村来的妇女和姑娘们清扫着道路。但这一切忙乱都是千篇一律的,人也总是那些人。虽然离这里十二俄里的地方是一座拥有许多轮船码头和两个火车站的富裕县城,但每到夜晚,我还是觉得自己被抛到了"天涯海角",却又是喧嚣骚扰、杂乱无章的环境之中,必须"倍加小心"。米罗斯拉夫斯基在我刚到的几天中就很随便地、不当回事儿地建议我"入股",即每偷一桶青鱼可以得到"半卢布",偷窃"从伊朗来的货物"可得到三卢布的回扣。我对他说我不干,这时,他大为吃惊,立即问我:

"那你到底要干什么呀?"

当时同我一起工作的同事,和蔼可亲的克拉马连科几次告诫我:

"马克西梅奇,你走路讲话都得留点神,宪兵可不喜欢你。他同季霍米罗夫搜查过集体宿舍,季霍米罗夫把你的书和笔记本读给他听过。"

过了不久,宪兵,一个胖胖的、冷漠的、名叫彼得罗夫的老头也亲口警告我:

"季霍米罗夫说了你的坏话,说你不信上帝。你小心点,为这种事别人是不会讲你的好话的。"

这个宪兵同水塔司机米茨克维奇、叶戈尔申以及一级报务员季霍米罗夫很要好,常在一起玩牌。副站长科夫绍夫①嗜酒如命,还爱读有关刑事案的小说;他非常爱惜书,不肯借给任何人看,只在他值班时向报务员、我以及所有愿意听的人津津有味地讲述关于巴黎的小偷和密探的惊险故事。他为人凶狠,有一种病态的自尊心,喜欢吹嘘自己在生活中受到的挫折和不幸。他虽是中等身材,但由于身体肥胖和腿短,看上去个子矮小。他的脸呈灰色,像是十分冷漠,长着一双显得相当聪明的圆眼睛。肥厚的嘴唇上总是挂着一丝挖苦人的嘲笑。季霍米罗夫是个阴沉的黑发汉子,脸刮得很干净,甚至到了发青的地步。他生性愚蠢,学了六年多的小提琴,还拉不出完整的曲子。他最反对别人读书,总想说服科夫绍夫:

"你是因为读书才喝酒的。"

车站上还有几个十分平庸的人,关于他们没有什么可说的。有几个妇女,不知为什么全都怀着身孕,但孩子我却没有看见,可能他们躲

---

① 高尔基曾说,科夫绍夫是他在短篇小说《书》(《罗斯记游》)中所写的彼·伊·科尔杜诺夫的原型。

在家里。站长有两个未出阁的女儿,他的妻子很瘦,脾气暴躁。冬天寒风卷起积雪,夏季狂风刮起灼热的沙土,这一切是使车站所有的人都感到最伤脑筋的。切尔诺戈罗夫只要用鼻子一闻,就能判断出:

"这股风是从乌拉尔斯克刮来的。那股风来自伏尔加河上游。因为这是从克拉斯诺亚尔斯克刮来的沙土。"

切尔诺戈罗夫曾经走遍了里海沿岸。他说:

"我像苍蝇沿着碟子边一样绕着里海转了一圈。"

他是那些整天冥思苦想,似乎被迫活着的孤独的俄罗斯人中的一个。他对周围的一切人既关心又和蔼,像大人对待孩子那样,可是从来不教训别人。在夜晚,我往往看见他走着走着忽然停下来,察看自己的脚下,仿佛被什么绊了一下似的。

当时的站长是扎哈尔·叶菲莫维奇·巴萨尔金。他起初在察里津站当扳道员。这是一位才华出众的人物,是俄罗斯的一位多才多艺的"自学成才者",我们美好的祖国拥有许多这样的人,在目前,他们最能使我国引为自豪。

当我落到他那双强壮而又无情的手里时,他大约已有五十岁光景。但由于他瘦削、结实又灵活,看上去显然年轻得多。他的脸像是烟熏过的,皮肤黝黑,长着花白蓬乱的胡须,浓眉下面是一双深陷的眼睛,目光热烈锐利,眼珠呈琥珀色。他走路轻快、敏捷,似乎一边走一边在跳跃。他的手势果断有力,嗓音虽有些嘶哑,却很威严。他带着某种怀疑甚至敌意来接见我,因为我是从博里索格列布斯克由铁路管理局派来的,有人怀疑我是被派来搞盯梢监视工作的。

巴萨尔金是一位经历过艰苦生活道路的人,极善于用人,逼着人们拼命地干活。他把车站管理得秩序井然,但我很快就发现,尽管职员们尊敬他,却害怕他,不喜欢他。他们从一开始就唆使我去反对巴萨尔金。但我"在人间"已饱经风霜,当别人向我说某某人特别坏的时候,我并不轻易置信。我在生活道路上从没遇见过安琪儿,自己也绝不像安琪儿。

　　我同巴萨尔金之间的紧张关系是由于他拒绝将车站的一间房子分给我而引起的。作为"过磅员",我本来有权利得到这间房子,可是巴萨尔金却分配我去住集体宿舍。那里不仅住着好几位守夜人,而且从佩斯基村来清扫铁路上积雪的妇女和姑娘们也常来过夜。集体宿舍距离车站相当远,大约有半俄里。到了夜晚,车站的单身汉常来这里,已婚的男人也不例外。自然,他们又是开怀痛饮,又是寻欢作乐。集体宿舍的中央是一个巨大而笨重的火炉,我在火炉同墙壁之间为自己安放了铺板和桌子,可是女人们却在炉台上乱嚷乱叫。尽管我年轻又健康,但我的精力全部用来研究斯宾塞和米哈伊洛夫斯基的著作。那些女人妨碍我思考问题,还喜欢讥笑我,这已经成了她们的习惯,这一点简直糟透了。有一次,一位脸上有斑点的碧眼的漂亮姑娘拿走了我的笔记本(里面记有我对社会学的看法),撕下它的封皮,为她自己和女友做了两副眼镜。这样一来,我的笔记本就被毁坏了。我一气之下坚决向巴萨尔金要求:

　　"给我一间房子!"

　　他也生气了,眼睛像锥子似的盯着我,还对我做了个轻蔑的手势。显然,他想要揍我,但终于忍住了,只是对我说:

　　"咱们走吧!"

　　他带我到了一间明亮暖和的小房间,这间房有两扇窗户,一扇朝着庭前花园,一扇朝着院子。整个房间从地板到天花板几乎全摆满了盆花。

　　"喂,你叫我把这些花搁到哪儿去呀,大骆驼?"他又气又恼地问我,"搁到哪儿去? 你是大老爷吗? 你这个鬼东西是不是还想要条绒毛褥子?"

　　于是他津津有味地出色地向我介绍,他已经连续三年在养殖蝴蝶花的新品种。

　　"蝴蝶花,你懂吗?"他低声对我说,"别再缠我啦!"

我对养花简直一无所知,但我明白应该放弃这间房子,因为在巴萨尔金的眼里涌出了泪水。从这时起,我们成了好朋友,不久我就真心诚意地尊重起巴萨尔金来了,因为我看到他不仅善于叫别人干活,同时也令人惊叹地施展着自己的全部才能。

他的住宅里摆满了舒适的、做得很精致的家具。这些全是他亲手做的,上面精巧地装饰着"鱼牙"。其实那是狂风从车站附近的沙土里刮出来的许多三角形的小骨头,确实很像鲨鱼的牙齿。他还亲手烧制陶器,所有的花盆都是他在集体宿舍的火炉里自己烧制出来的。他把玻璃瓶烧化,将花盆染成红色和鲜艳的蓝色——这是他发明的釉料。一次,他在伏尔加站站长格列科夫家看到了"阿里斯通",这是当时很时兴的音乐箱,回来就自己做了一个。他还会修理手风琴,并不断改进他干活的那个车床。他又将石油和石墨放在一起熬化,想制造一种防止枕木腐烂的涂剂。他还幻想设计一种"轴箱"以减少轴的摩擦。这种轴箱特别使他入迷,他用手指在空中向我比画着,用指甲在墙上刻画着,用铅笔、钢笔描绘着,并且抱怨道:

"唉,要不是上班,要不是有两个闺女!我非造出这种东西不可。非造出来不可……"

他半夜才就寝,五点就起床,其余的十九个小时像着了火似的,一刻不停地忙着。从烧制陶器的地方跑到木工台,又锯,又刨,又粘,还移种花草,在锅里或在篝火上熬什么油。他一边走着一边发号施令,骂骂咧咧,还恶意地讲一些关于上级的笑话。无论冬天还是夏天,他总是穿着一件帆布外衣,上面沾满了石油,而且被染料弄得很脏。

春季来了,他欣喜若狂,因为他的"蝴蝶花"开花了,这种花非常像长着一道蓝色宽鼻梁和一双圆眼睛的大胡子脸。

"你看见了吗,鬼东西?啊哈!"他一边跳着,一边嚷嚷。

巴萨尔金将这种花移种在车站花园的花坛上。几天之后,一位赴卡拉奇的大官路过此地。他仔细观看了这些花,接着便哈哈大笑起来。

"你们瞧,这多么像阿达杜罗夫的脸呀。"

巴萨尔金也尖叫着,高兴地大笑起来。从此以后,不仅克鲁塔亚站所有的工作人员,而且过路的军人都把这种花称为"阿达杜罗夫的脸"。

春天,克鲁塔亚站组织了一个"自学小组",参加的共有五个人:一个是初级报务员尤林,他是个绝顶聪明、有点驼背的小伙子;再就是从克里瓦亚·穆兹加来的报务员亚罗斯拉夫采夫;还有"磅秤安装工"或简称钳工的韦林,他常去各个车站检查"费尔本克斯"磅秤是否准确无误;最后还有察里津的排字工兼装订工拉赫梅特卡[1],他装订过科夫绍夫写的几本书,这是个心地非常纯洁的人。尽管他年岁比我们大,但他的心却比我们年轻。他身材颀长,匀称,长着一头浅色的头发和一双蓝眼睛,他虽然是个无亲无靠的"弃儿",在世上已度过了二十七个非常艰苦的年头,但他总是用和蔼愉快的眼光看待世上的一切。

由于我工作的性质,我不能离开车站片刻。因此,与察里津方面的联系便托付给了拉赫梅特卡。我向他介绍了该城的一些"受监视的人"。那时在察里津住着米·亚·纳恰洛夫[2],他过去是亚卢托罗夫的流放犯;索洛维奥娃——当时被关在监狱里的喀山的马克思主义者费多谢耶夫的未婚妻;大学生波德别尔斯基,他后来在亚库特斯克一次著名的"反对政府的武装暴动"中牺牲了;还有两个萨拉托夫人,即刚从别列佐夫流放地回来的斯捷潘诺夫弟兄[3];马特韦耶夫中尉[4];另外还有几个别的人。这些人为我们提供书籍[5]。每逢礼拜六,拉赫梅

---

[1] 拉赫梅特卡于一九三五年去世。在高尔基文献保管所中保留着他写的关于高尔基的回忆。
[2] 高尔基曾两次与米·亚·纳恰洛夫(1856—1925)相处,一次在格里亚乔—察里津铁路管理局,另一次在下诺夫戈罗德。
[3] 即彼得·斯捷潘诺夫和谢尔盖·斯捷潘诺夫,民意党人革命家。
[4] 高尔基也曾把他称为"过去的流放犯"。
[5] 据巴萨尔金的女儿后来回忆,他们读得最多的是屠格涅夫和波兰女作家奥若什娃(1841—1910)的作品,也读过《俄罗斯财富》等杂志。

特卡都要到克鲁塔亚来,韦林和亚罗斯拉夫采夫也大都能按时来。于是到了夜晚,我们坐在报务室里阅读巴赫的小册子《饥饿的沙皇》、《民意党历法》以及列夫·托尔斯泰的石印小册子等等。我们按照米哈伊洛夫斯基的方式讨论"进步"问题,讨论"个人在历史上的作用"①。对拉赫梅特卡来说,个人的这种作用是特别容易理解的:因为在地球上,在俄罗斯,在察里津都堆积着一些不愉快的莫名其妙的废物,因而显得十分拥挤,这些废物都必须清除掉。应该从消灭黄鼠、蝗虫、蚊子以及一切从外部妨碍人们生活的东西开始。一旦从大地上清除了种种废物,城市的居民就可以分开居住,他们不必再挤在一起,也不会互相妨碍了。

"要使人人都各得其所,不要危害邻居。"绝顶聪明的尤林解释道。

对于如何使人摆脱痛苦的生活,我个人没有制订这么详尽的计划。但我不想同拉赫梅特卡争辩,因为从何着手反正都一样,只要赶快动手就好。我之所以不想争辩,还因为拉赫梅特卡根本听不进反对意见。当别人不赞成他的意见时,他便带着那么一种明显的表情看着对方,事情再也清楚不过了:哪怕叫他下油锅,他也不会让步的!

有时,切尔诺戈罗夫也上我们这里来,每次他站着倾听片刻,就果断地说:

"小伙子们,这些话全没用,蜜蜂虽小,没有上帝也活不了,而你们居然想不要上帝。"

话虽这么说,可他自己跟上帝的关系也不大妙。他感到不满的是:由于四十个孩子嘲笑了先知以利沙的秃头,上帝就把他们喂了母熊②。尽管我这个"有学问的人"对于在先知散步的地方会有熊存在这一点是怀疑的。切尔诺戈罗夫却挥手把我轰走,用教训的口气说:

---

① 这些书籍和作者是八十年代的民粹派小组中流传最广的。列夫·托尔斯泰的小册子指《我的信仰是什么?》、《忏悔》等。
② 据《圣经》记载:先知以利沙从一个城市到另一个地方去,出城时有四十二个孩子嘲笑他的秃头,上帝就让以利沙诅咒这些孩子,并放出两头母熊来,把他们撕裂了(见《旧约·列王记下》第二章第二十三、二十四节)。

"去你的吧!你又不是孩子,早就不该相信书本了。"

但除了上帝对孩子的残酷以外,更使他气愤的是另一件事:不知为什么上帝在创造世界时使土地有肥沃和瘠薄之分,而且在地球上制造了过多的沙漠。

"在里海的对岸有多少沙漠啊——简直多极了!一望无际。我弄不明白——干吗要这样?"

我在短篇小说《书》中写的就是关于切尔诺戈罗夫的事。

是呀,我们就是这样生活的。我们的夜读和谈话经常被发报电键的哒哒声所打断,通过这种哒哒声,我们知道了邻站的问话:

"可以让第×次列车出发吗?"

过了不多时,列车进站了,我便跑去查点桶数。

巴萨尔金知道我们在夜读。在闷热的夜晚,当他睡不着觉的时候,也上我们这里来。他身穿睡衣,赤着脚,头发蓬乱,像一个刚从医院里跑出来的疯子。

"嗯,读吧,读吧,我不妨碍你们!"他说,坐在办公室拍电报的小窗前。但他不妨碍我们的时间只有三五分钟,然后他把毛茸茸的下巴靠在窗前的那块小板上,眼睛里流露出嘲笑的神情,问我们:

"你们好像读懂了一点什么,是不是?其实那是骗人的。我比你们聪明好几倍,还什么也听不懂呢。你们读的全是胡说八道,所以你们最好还是听一些真实的事……"

"真实的事"与这些"进步理论"以及斯宾塞关于"超组织发展"的学说可说相距甚远。真实的事生动地说明,扳道员扎哈尔·巴萨尔金这个"个人"怎样披荆斩棘,蒙受了极大的冤屈,经历了困苦的现实的磨炼,终于达到了自己的目的。

"每个人都应该像在教堂里那样生活,"他教导着我们,"要使周围的一切都大放光彩,自己也应当像蜡烛那样燃烧!别怕干活!"

他那坚决而生动的话语听起来丝毫不比斯宾塞和米哈伊洛夫斯

基那些难以理解的作品乏味。我洗耳恭听。我喜欢他这个人,但不大喜欢他所干的事。扎哈尔·巴萨尔金大概是我最早观察的人们中的一个,他坚定了我的信念,即人本身是美好的,甚至非常美好,可是他所干的事情,他的生活……却不怎么样。他所干的事情本来是应该更好一些的。

现在我活到了这种时代,所有的人都有可能干一番伟大事业,许多人也很乐意干。而且我看到,他们正在干!这说明我那个时候没有错,因为当一个人懂得除了他自己,世界上再也没有任何奇迹,世上一切美好的东西都是人的意志,人的想象,人的理智的产物,当一个人懂得了这一切的时候,他是格外美好的。

克鲁塔亚站的大多数人都对我怀着敌意。科夫绍夫怀疑巴萨尔金想把大女儿嫁给我,然后把我提拔到他科夫绍夫的位置上去。此外,我对季霍米罗夫是个妨碍,因为他早就看准了科夫绍夫的位子。他还习惯于把自己看成车站上最明智的人,跟别人谈话时态度很傲慢。除了巴萨尔金,谁也不敢同他争论。但我往往轻而易举地就能向他的崇拜者证明,他不仅是个不学无术的人,而且是个撒谎大王。可是季霍米罗夫这类人却认为,谎言被揭露是奇耻大辱。水塔的司机是个上了瘾但又不走运的牌迷,他有一个坏毛病,就是殴打他患肺病的妻子和斜眼的侄女尤莉娅,后者因一年前偷了别人的炒鸡蛋而被称为茹利克[①]。我同司机之间的关系,正如宪兵彼得罗夫在报告中所写的,是"有一次因冲突而动了拳头,之后两人又当众斗殴,连衣服都撕破了"。彼得罗夫因患糖尿病,快要死了,所以他对车站上所有的人都漠不关心。笃信宗教的叶戈尔申恨我不信上帝,更恨我同克拉马连科要好,因为后者不声不响,却很固执地追求他年轻的、被他折磨得歇斯底里症大发作的妻子。

---

① 即小偷的译音。

可是,我的敌人们也不得不承认我的一些长处:我教会了车站上所有的女人烤面包,比她们原来烤的好得多,我也教会了她们用奶油和面、煮饺子以及其他许多烹调手艺。我会用热补办法修补破套鞋,安窗玻璃。总之,我帮助妇女们改善生活,这也多少帮了男人们一些忙。我干这一切都是由于精力过剩,也由于那日复一日、千篇一律的劳动使我感到无聊。因此,大家都认为,我比季霍米罗夫"更有教养"。巴萨尔金是这样议论季霍米罗夫的:

"这个木头脑袋除了娶老婆,什么用也没有。在他这种年岁,基督已经被钉在十字架上,斯科别列夫已经成了将军[①],可他还是个傻瓜。"

季霍米罗夫每天像杀鸡似的拉三小时小提琴,巴萨尔金劝他:

"你可怜可怜你的小提琴吧,你最好还是去把旧枕木劈成劈柴。"

季霍米罗夫板着面孔,讷讷地说:

"您不会鉴赏音乐,您的耳朵被胡子堵住了。"

性格直爽的扎哈尔·叶费莫维奇却这样劝我:

"你没有礼服吧?那没什么了不起。你不是有聪明才智吗?你不是会干活吗?你最好找个姑娘,娶了她,照你的心意来安排生活。"

这种设想并不合我的意,尽管我和巴萨尔金的大女儿之间已经有了感情。虽然姑娘的母亲,那个脾气非常暴躁的女人禁止她到我们这儿来,但姑娘曾经好几次坐在报务间窗下的花园里听我们的夜读和谈话。

可是,这一切顺心的事却出人意料和不同寻常地结束了。格里亚乔—察里津铁路线的老职工千方百计想"暗算"那些妨碍他们在商业部门进行偷窃的"阿达杜罗夫分子"。他们采用了各种狡猾和卑鄙的手段来腐蚀这些"政治上不可靠的"、被监视的人。卡拉奇车站站长名叫阿尔托巴列夫斯基,过去是个警官,而卡拉奇的货物仓库管理员基辅人阿姆弗罗西·库列什历史上却是个流放犯。他年约四十,身材矮

[①] 据《圣经》记载,基督三十三岁时被钉在十字架上。俄国将军斯科别列夫(1843—1882)于三十三岁时获得将军衔。

小,好无谓奔忙,神经上有点毛病。阿姆弗罗西·谢苗诺维奇很喜欢养鸟。有一次,阿尔托巴列夫斯基碰见他正在从撕开的口袋中抓出几把黍子来喂鸽子和麻雀。阿尔托巴列夫斯基向铁路管理局告发了他,指责他损坏和盗窃货物。库列什被传去博里索格列布斯克说明原因,他一去之后就失踪了。

过了几天,《察里津报》发表了一篇通讯,其中报导在格里班诺夫卡和捷尔波夫卡(假如我没有记错的话)两个车站之间发现了一具尸体,根据他身上的证件查明,他是卡拉奇站货物仓库管理员阿·库列什,从他身上找到的一张字条上写着:库列什由于受到不公正的指责而自杀。"阿达杜罗夫分子"和所有"正派的人"都感到十分气愤,铁路长官纳杰日金责令博里索格列布斯克的牧师们为这位自杀身亡和不信神的人举行祭祷,察里津也决定这样做。

拉赫梅特卡到克鲁塔亚来找我,于是我们一起进城去,正当我们在街上走的时候,死去的库列什却从大街的另一侧敏捷地迎着我们走来。

"真见鬼,这个人多么像库列什呀!"拉赫梅特卡惊异地喃喃说道,可是我们两人立即相信,他不仅仅是"像"。这时,那个死而复活的人脱下了帽子,一面开怀地笑着,一面挥动着他的帽子。

接着,他直挺挺地站在我们面前。这是真正的、活生生的库列什,他蓄着小胡子,系着玫瑰红的领带,高兴地大笑起来,问道:

"你们吓坏了吧?"

于是他极为兴奋地告诉我们,关于他死亡的报导是他自己写的,并且寄给了《察里津报》。

"让那些狗崽子感到羞愧吧,他们竟为了一把米把人整死!"

他那张瘦削和现出幸福神情的面孔显然是一个快活的疯子的脸。

祭祷自然没有举行,尽管库列什被送到什么地方治病去了,可是使"受监视者"的一切敌人大为高兴而使我们丢丑的事却愈演愈烈。不久,整条铁路线都知道了这件事。在克鲁塔亚有人开始找我的麻烦,随后,交通检查员瑟索耶夫出现了。他曾经是近卫军军官,个子高大,肥胖,脸色铁青,泛着一层青蓝色的油光。他用手指杵着我的肩膀,用嘶哑的声音满怀恶意地说:

"怎么样?你们是虚无主义者吗?啊?你们偷黍子了吗?还说是些老实人呢!哈哈!"

此后,在官方的赞助下,人们开始迫害我,像狗迫害猫似的,我决定离开那里。

"忍一忍吧!一切都会过去的!"扎哈尔·叶费莫维奇·巴萨尔金态度极为和蔼地说,他一边劝我,一边安慰着我。

可是我的耐性很差,于是只好把自己的书收入背包,拒绝了到察里津的免费火车票,在一个雨夜从克鲁塔亚步行到莫斯科去了①。

我所记得的就是这些。

谭得伶　译

---

① 高尔基在克鲁塔亚站待了四个来月,四月十一日离开该站。

故　事*

  有一个人，他听说，在离他居住的村落有三天路程的草原上，一伙外来的人用机器翻耕了一大片从来没人耕种过的土地，还用机器播了种。他想，那还不是一些和他本人同样老脑筋的人，只不过比他更愚蠢些罢了。

  在这个苍老的躯体内有一颗阅历深邃的心灵，因此他知道，在耕耘、播种和收获等劳作里面饱含着草原上所有的人的痛苦和欢乐，而人们所做的其他事全都是可以不做的。土地哺育人，就是要他在土地上工作的，人一旦耗尽了自己的力气，大地就把他的躯体连同他的骨头一起吞没掉。

  夏天，烈焰似的太阳在大地的上空缓慢地漂移着，热风随着太阳从东方吹来，吹枯了庄稼和野草，使人因忧虑而憔悴，因对饥饿的恐惧而委顿。有时，风也把乌云赶进草原，乌云化作雨水，浇灌大地，人们的心灵便乐开了花，因为这预示会有很多粮食。冬天，太阳从天空中匆匆掠过，刺骨的寒风在地面上呼呼作响，呼啸着在草原上疾驰，稀稀落落地撒下一些雪花，每天夜里总是重复唱着同一首歌：

    太阳升起又落山，大地却永世长存。

---

* 本篇最初发表于一九二九年十月二十日《消息报》。本文记述作者在一九二九年收获节（九月一日）参观谷物国营农场的见闻。译自《高尔基三十卷集》第十七卷。

万物降临又逝去,大地却永世长存。

这人没有去思索这首歌词的沉痛、绝望的深义,因为它的含义他知道得太清楚了。他想的是自己的牲畜、自己的房舍和粮食,有时他也想到自己的妻子,但他经常想的都是属于自己的东西,几乎从来也不想想自己。

他深信,能够制服酷暑和严寒的威力的机器是没有的,机器也改变不了烈风的路线。

这人过惯了指靠上帝、术士和巫医这些外表的拯救过日子,即:不相信自己理性的力量,一味想靠对自身之外的种种神秘力量的愚昧期望过日子。

收割季节来到了,他,这位半野蛮的草原人,收藏好了自己少得可怜的一点粮食之后,就去观看外来的人们怎样用机器收庄稼。说不定还能奚落他们一番呢。

他肩膀宽阔,下肢短,穿着笨重的皮靴和一件仿佛落满风尘的灰色厚布长衫,他站在草原中俨然一尊石像,他那长着络腮胡的灰色面庞也像个石雕。乌黑的眼睛——"心灵的镜子"在拉到眉毛上的帽子和络腮胡之间狐疑而忧郁地闪烁着。他那多毛的鼻孔均匀地翕动着,灰白的唇须也随着颤动。

他看到,外来的人们怎样在一个装置的周围忙碌,这个装置同机器没有多少相似之处,却同梦中有时见到的那些怪兽倒更相近。怪兽的长颈上没头,从巨大笨拙的躯干两侧伸出的刀子就是它的尾巴。这具躯干长得很不匀称,似乎被草原上的风揉搓过、摧残过。真不明白,这个木铁结构的大怪物是怎样干活,人们又是怎样驾驭它的力量的。这些人倒是些平平常常的人,但他们都年轻。他们动作迅速,可是干活并不显得忙乱。这架机器如果翻倒下去,至少也能压倒五个人。

"它叫什么?"这人问。

"闪开,"人家回答他,但他并没有挪动地方。

这只装在轮子上的铁熊在躯体的一侧或者前端颤抖,咆哮起来,一个嘴上没毛、几乎还是个孩子的小青年骑到了它粗大的脖颈上。这小伙子身上的外衣溅满了油渍,像是用盖房顶的铁皮缝制的。小伙子用脚蹬蹬机件,轮子就转过来了,铁轮的宽阔履带也一起反转过来,庞大机器便开始抖动,发出碰撞声,然后在干燥的土地上跑起来,用尾巴拢合了谷穗,再用几十根细得像钉子的铁指扣住它们,谷穗就顺着机尾向一侧流过去,谷草、谷穗、尘土都从机器的弯拐脖里喷扬出来。

这人站在那里,注视机器的动作,他的嘴时张时合,络腮胡也在颤动,看起来,他像是在喊叫。谷草纷纷落在他的头上和肩上,飞到脸上和胡须上,他摇晃了几下,用棍子戳戳地,耸耸肩膀,正正背上的口袋。然后,像是有什么东西把他从地上掀了起来,他便跟在联合收割机的后面吃力却很顺当地跑起来,还不时挥动手中的棍子;背上的口袋不住地跳动,似乎是在驱赶他快跑。跟着跑的不止他一个人,还有几个庄稼人也在跑,但他好像是想绕机器转个圈,他追过了所有的人,却赶不上机器,磕磕绊绊地跑在后面,使人总觉得他在叫喊似的。

联合收割机减慢速度的时候,他终于追赶上去,追上之后,他冒着被割谷刀绊绞的危险在机器旁边跳来跳去。一个高个子的人一把推开了他。

"魔鬼,"高个子声音嘶哑地说着,用生铁般的大手掌拭去脸上的汗。

收割机停住了,一大股谷粒从输送管倾泻到接在下面的口袋里,他跑近管口旁,两手伸进金色的谷流里,接了一捧谷粒。他把谷粒举到面前,弯下沾满灰尘的僵硬的脖颈,凝视了片刻。随后,他把谷粒捧给周围的人们看,同时喘息着用嘶哑的声音说:

"是真的……这些魔鬼!不是吗?"

在他身旁站着一些和他同样的,但比他年轻些的人。他们也同样在望着机器出神,但又似乎掺杂着惶恐和羡慕的神情。老头子把谷粒倒进布袋里,立刻又把手伸过去接了一捧,珍惜地把这捧谷粒藏在长衫的衣兜里。另外的两三个人也跟着这样做了。有人叹口气说:

"真想得出来!"

"跑不过它,"另一个人说,第三个人则以低沉的语气拖长声调说:

"哪能赶得上……"

人们又说了几句意思含糊的话,但是没有一句话表露喜悦的心情。只有那些谈论机械的内部构造和它的功能的人才在言谈中流露出自豪和喜悦。

"不管怎样还得咱们庄稼人摆弄它,"有人沉思着说道。

"不是咱们还有谁呢?种地要靠经验……"

这些人互相这样安慰了几句,就离开了"巨人谷物国营农场"的工人们,那个短腿的老人却留下没走。

他从地上捡起棍子,像擦佩剑一样用长衫的衣襟擦净了棍端,然后用手抖落挂在胡须上的谷草,慢步绕机器转了一圈。他摸它,打量它,用棍子轻轻敲它,一再思绪重重地停下来,然后抖抖胡须,正正帽子,又迈步走去。他那石雕般的面庞似乎变宽了一些——可能是他咬紧了牙关的缘故吧?

后来,他出现在群众大会的人群里,他双手拄在棍子上,眼光盯着土地,倾听演讲人的发言。他有时用棍子在自己的脚边的地上戳戳探探,像是要试一试:这是否就是原来那块土地?

大会向在这片新开垦的广大土地上坚毅不拔地劳动过的工人们发奖了。当获奖工人们领奖的时候,他把手掌罩在眼上目不转睛地注视着他们。一位开拖拉机的姑娘得了奖。

"给小丫头也发奖,"老头子对他身旁的人说,接着又嘲讽地补上一句:"他们这是在招引人。"

他没有看多久就走开了,每走三步便均匀地用棍子往地上戳一下,连头也不回。也许,他那积习久远的、驯服于自然力的心灵被深深

245

激动了。

也许,他是在羡慕地想,新人们能够征服晒枯禾苗的干旱,征服把种子冻死在土壤中的严寒吧。

张 羽 译

天涯海角*

"科拉①这座荒僻的小城,坐落在图洛马②和科拉③两河之间光秃的石滩上,看上去很不雅观。这里的居民约有五百人,以捕鱼和经商为业,他们同无力自卫的拉伯人④作生意。这里做买卖,正如你所知道的那样,是建立在这样一种神圣的原则上:'不说谎——不成交。'这里酗酒成风,简直使我感到可怕。我正在戒酒,虽然挪威罗木酒是好东西。其余的一切,连同居民在内,都无足轻重,不值一提。"

这是伏尔加人阿列克辛医生⑤的一个朋友,九七年⑥给他往克里米亚写信时提到的。

开往摩尔曼斯克⑦的列车在科拉站稍事停留,看来只是为了礼貌,而不是由于业务上的需要。火车短促而漫不经心地鸣笛之后,从这个"非县行政中心的县辖市"的一群群灰暗矮小的房屋旁边疾驶而

---

* 本篇最初发表于一九三〇年一月《我们的成就》杂志第一期。译自《高尔基三十卷集》第十七卷。
① 科拉城位于俄罗斯西北顶端北极圈内。
② ③ 图洛马河与科拉河均在苏联西北部,注入巴伦支海。
④ 北欧北部的少数民族。
⑤ А·Н·阿列克辛(1863—1923),高尔基的好友,他们在一八九七年结识时,阿克列辛正在雅尔达地方医院任主治医师。
⑥ 指一八九七年。
⑦ 苏联西北部城市,地处北极圈内。

过,继续向"毒"洋①之滨的摩尔曼斯克海岸前进。"摩尔曼斯克"这个字的来源,有一个名叫列翁季·波莫列茨的人曾作过有趣的解释:

"如果向海上望去,一眼看见,科拉城左侧住着摩尔曼人,或者说诺尔曼人②,他们也就是很久以前离开瓦尔德,从陆地或海上来到这里、以盗窃为生的瓦兰人③;因此,'瓦兰人'这个字在人们的记忆里留下了'小偷'的印象。修道院长有与众不同的看法,他说:所以叫诺尔曼人,是因为他们像野兽一般住在洞穴里,并且肯定说,原因是怕冷。要我说:住在洞穴里的不是摩尔曼人,也不是怕冷,而是另外一个小民族拉伯人,害怕我们的实业家把他们生吞活剥了。摩尔曼人是不会被钝齿吃掉的。"

列翁季·波莫列茨的手稿属于老革命家 С·Г·索莫夫所有,那是他从西伯利亚流放回来时带来的,但是阿基姆·切金,我的另一个"思想导师",却认为这份手稿是他个人的东西。他们二人争执不下,千方百计证明波莫列茨这篇作品的所有权应归于自己。但是他们对手稿的评价却迥然不同:切金确认手稿是"赝品,一文不值",而索莫夫则结结巴巴,口溅飞沫,一再说明:

"这是天才著作!波戈金④和科斯托马罗夫⑤是学识渊博的历史学家,而这位波莫列茨大概是个被流放的神父兼骗子,但是早在他们之前,他就做出了定论。"

我很喜欢这个淡蓝色厚纸的本子,上面写满了笔体花哨、悦目而粗犷的字迹;我执拗而徒劳地恳求索莫夫把本子送给我,而他也是枉费心机地为出版手稿东奔西走。后来我终于将波莫列茨的手稿作了

---

① 指巴伦支海。
② 俄语中诺尔曼和洞穴一词,同出一源,这里诺尔曼人即穴居人之意。
③ 俄语中瓦兰人和小偷二字发音相似,这里瓦兰人意指小偷。
④ ⑤ М·П·波戈金(1800—1875)和 Н·Ц·科斯托马罗夫(1817—1889)关于罗斯人的来历各有自己的看法。波戈金认为"俄国是瓦兰罗斯人建立的"。这个问题俄国学者们探讨了一百五十年之久,有二十多种见解。最早最流行的看法认为,瓦兰罗斯人原是诺尔曼人。科斯托马罗夫坚信诺尔曼人在俄国并没有什么建树,也没有给后代留下什么印象。他认为,罗斯人来自立陶宛-罗斯族。

摘抄,并着手写一部关于一个青年的中篇小说;这个青年爱上了他的继母,被父亲赶出家门,成了流浪汉。这里有人对我解释说,希腊语僧侣这个字是单身汉的意思,因此,我把流浪汉改成了僧侣。但是我认为写儿子和继母的爱情故事在民间创作里写的太多了,所以最好让我的主人公爱上自己的亲姐妹。我是这样写了。正像"托尔斯泰宗教学说"的著名信徒诺沃肖洛夫①所说,"上流社会的作家们,像魔鬼似的嘲弄人们"。不久此人成了列夫·托尔斯泰的对手,成了传教士、黑帮分子斯克沃尔佐夫出版的残忍的宗教杂志②的活跃编辑。后来我把我的中篇小说销毁了,让它"当了火的晚餐"。不过我这样做当然不是惧怕诺沃谢洛夫的漫骂,而是为我写这样的荒唐故事感到羞愧。但是波莫列茨手稿中的某些东西,在我的《忏悔》一书里毕竟有所反映。

往事重提,只是因为它使人感到惊讶:不久以前的情况竟是那个样子,而记忆又是那样新鲜;还有一点,那就是:生活是以何等神奇的速度在前进啊!

列车驶到摩尔曼斯克的时候,时钟指向半夜时分,而太阳却在海洋上,离铅灰色水面不远的天空闪耀着。当然,我在书本上读过,这里"一向如此",可是,我生平第一次在半夜里看见太阳,心中有些茫然和惶惑:时钟走得准不准? 想起几则还没有被科学推翻的真理:地球分为两个半球,地球绕着太阳转……一个愚笨的孩子问他的老师:

"地球为什么旋转?"

"这不关你的事,"老师巧妙地回答说。

半夜里白热的太阳悬挂在浩瀚的水面上,不知是上升,还是下沉,——景色十分奇异。宏伟天体的运行这样不稳定,以至令人替它想道:

---

① 亚·叶·诺沃肖洛夫(1884—1918),俄国作家。
② 指神学月刊《传教士论坛》。В·М·斯克沃尔佐夫任该刊编辑。高尔基在一九〇一年说过:"……斯克沃尔佐夫是东正教传教士中的有名败类。"

"我在广阔空间的这一点上待了很久！我会不会同所有的行星一起滑到银河以外的什么地方去呢？空着的地方多得很……"

总之，这里的外来人总会产生种种离奇的想法。但是我相信，本地人适应天体的现象的变化，远比改变地球上古老的生活条件容易得多，快得多。

车站的月台上有许多人，也有不少"摩尔曼少年"，其中还有四五岁的孩子在吵吵闹闹。他们早该睡觉了。

我们的年轻人就要进城去，我可以坐下来写一天的观感。沿着铁轨走来一群青年人，十来个小伙子和姑娘，他们唱着歌：

没有你，布尔什维克
照样做好工作……①

但愿这不是说我吧？一个青年伴着歌声潇洒地吹着口哨。显而易见，太阳出来了，升高了。海湾的对岸，一座秃山的岩石裂缝在闪着银光。

我七点钟醒来，车窗外面漂浮着灰蒙蒙的薄雾，撒落着潮湿的灰尘。一小时之后，太阳一下子亮起来，但它和半夜里相比大有逊色。随后，又飞来片片云朵，露出太阳。这种变幻无常的现象持续了三个小时，给人的印象是：好像什么地方总是给寒冷敞开大门，让它闯入城市，就像冷空气从户外吹入房中一样。

车站附近有一台挖土机在工作，它用铁嘴叼起巨大的土块。这个机器使我对它产生了敬意。我深知挖土工人的工作，它能把人累得腰酸背痛，好像腰里的骨头都酥了，吱吱作响，甚至要散架子似的。钢铁的身躯，伸着长脖子，张着大嘴，由于链条的转动而发出隆隆的声音，它低下脖子从土坡上掘起成吨的土块，再把脖子转向一旁，稍稍抬起，

---

① 杰米扬·别德内依（1883—1945）《送别》中的诗句。

慷慨地把土块撒到敞车里,又俯身去挖土。

一个彪形妇女瞧着挖土机在工作。她的后背和臀部的宽度不下一米。她手里抱着一个不到两岁的大脑袋孩子,正在吃奶;一个五岁上下的孩子摇动着她的另一只手,慢吞吞地、声音低沉地央求说:

"妈,走吧!我要喝茶……"

一个也很壮实的农民,抡着十磅重的铁锤,猛打一块黑色的花岗石。锤子不停地弹跳着,但是农民顽强而准确地一锤接一锤打在同一个地方,锤头下面火花四溅。圆石被震裂,碎成三块,胜利者庄重地"大吼一声",对顽石的屈服表示感谢。那个女人等到把石块砸开,面无表情地拉着儿子走上被挖土机削平的土岗,她的脚下泛起大量的土块、小石子。

健壮的人们,工作的耐力和顽强的精神——无论在摩尔曼斯克的日子里,还是在我一生的"全部岁月里",都给我留下了不可磨灭的印象。在北冰洋渺无人迹的岸边,由于冰川的冲击和时间的消磨,有些地方已经变成了细沙的花岗岩石滩上,正在兴建一座城市。而且正是在一口气建设一座完整的城市。车站对面高地上,是一座宽阔的饭店大厦,它的中央部分是用各色花岗石砌成的,两翼是木头结构;这两翼和尖屋顶赋予这栋楼房非常轻巧的外观。到处在建设办公大楼。

"这里是医院,那里是俱乐部、执行委员会,"人们对我说。

这里在平整地面,准备开辟街道;运来石块,准备铺路;在市郊的山岗上建造居民新村——一排排矮小的房舍。"简易"的、没有任何装饰、呆板的盒式居民小独院,在大片新建房屋之中寥寥可数,很不显眼。这些独院住宅出生不过十年、十五年,虽然年纪尚轻,但有的已经破旧、歪歪扭扭了。

"潦草从事,缺乏百年大计。想捞一把,溜之大吉。"

这里正在扩建停车场,扩建港口,一片兴旺景象;又可以看得出,工作在稳步前进了。感觉得到,建筑物建造得坚固耐久。

港口上走来几个步履沉稳、仪表庄重的大胡子,他们目光炯炯,富于远见,声音也格外洪亮。他们好像彼此相隔很远,在用扩音筒讲话。这些人的臂膀像船桨,宽大的手掌坚如木石。是非常健壮的人们。他们抱怨说:

"港口上码头不足,有一次,两艘英国船停在碇泊场,无处靠岸。"

"曳网渔船少,不是我夸口,不然我们可以向全联盟提供渔产。"一个穿着过膝长靴,戴着有后遮帽子的人说。

执委会一个尖鼻子的同志,给大胡子幻想家泼了冷水:

"不对,这种吹牛,吹不了多久,我们只能承担总捕捞量的百分之六,里海承担百分之五十四,远东承担百分之三十二……"

"你要是多给点曳网渔船,我们可以达到远东的百分比……"

"等五年计划给我们定出指标来以后,同志,你再考虑百分比吧……"

刚才从海上回来一艘曳网渔船,舱里装满了鳕鱼和鲽鱼,连甲板上也堆着鱼,沉甸甸一串串红色的海鲈鱼挂在索具上。

"这种地道的鲈鱼英国人最爱吃……"

一个面孔呆板的胖子,震耳欲聋地喊道:

"喂——喂,小伙子们,卸船啦……"

曳网渔船活像扬帆的鲸鱼,两支桅杆插进鲸背,乘鲸航行。

"但愿在五年计划里能给我们五十艘这样的好船……"

"应当更多一些。"

"捕鱼的人手不足……"

"有鱼就会有捕鱼的人,"一个有点驼背的老人说。老人从肩膀湿到脚跟。穿着沾满黏液和鱼血的皮围裙。他笑着对我说:

"过两三昼夜,就要从海上回来一个和你同名同姓,也叫马克西姆·高尔基的人,一个很好的新手!"

妇女们在鱼类加工厂宽大的厂房里,正给去掉内脏的鳕鱼装桶。

"这是运给英国人吃的……"

"不给这些鬼东西吃鳕鱼,给他们吃砖头!"

一个青年水手"纠正"说：

"同志们，鳕鱼不是给资产阶级吃的，是给英国工人阶级吃的……"

"大家知道，贵族老爷并不吃这个，而是拿去喂狗……"

本地人说话很好听，嗓音圆润、浑厚，语言纯洁，没有掺杂外地词语。

"同志，请您去看看鲽鱼，"他们向我建议，并把我带到堆鱼的地方。那里冷得不得了，从地面到屋顶，堆着一垛垛片开的大鱼，大约一米来长，琥珀似的鱼肉上凝冻的油脂闪着金光。

"库房不足，"我背后有人说。我开始注意到"不足"二字是这里人经常重复的话。

港口上工作沸腾，斧声咚咚，链条沉重地哗啦啦响，木板碰到板墙上发出响亮的回声，外国船上起重机在工作。三艘轮船正在装木材，另一艘已经装完。这些船想必是运来了某些机器零件，很多铅，很多卷报纸。报纸使人看了很不舒服，遗憾的是，拥有森林面积八亿两千五百万平方公顷的国家——不包括雅库梯森林和勒拿河森林地带——竟需要进口纸张。但是又想到，革命前我们每年也要进口二十八万吨报纸，我们的大型报纸都是用芬兰纸印行的。当我们想到《农民报》发行一百四十五万份，并为农村出版几十种刊物；想到中央和地方的机关报、少数民族报纸和图书的大量印数；每一个大县城也有自己的报纸，工厂和制造厂也是一样；再想到政治、科学、专业和文艺书籍的大量出版；也就完全不觉得难过了。

未必有哪一个文明国家，在十年之内仅古典作家的作品就出版和销售了 18,205,795 册，其中有列夫·托尔斯泰的 1,826,000 册，普希金的 1,661,000 册，萨尔蒂柯夫的 1,188,000 册，契诃夫的 1,103,000 册，涅克拉索夫的 984,000 册，柯罗连柯的 741,000 册，莱蒙托夫的 470,000 册，陀思妥耶夫斯基的 403,000 册。此外，还有源源不断的现代文学、翻译小说。纸张自然也就"不足"了。如果拿出版物增长的数字和一八九〇至一九〇〇至一九一〇的二十年的出版数字比较一下,是大有教益的。

在思考这件事的时候,我看见,海湾里的水似乎在下落,露出撒满鹅卵石和贝壳的鳞波海底。翅膀弯弯的海鸥哼叫着,在潮湿的空气里向下沉落,装模作样,好像不会飞似的。

"退潮,"有人对我说,"我们去看看吧,英国人把一架起重机沉到了海底,败家子,好大的起重机。"

"没有力量把它打捞上来……"

"嗯,反正会打捞上来的!"

"可不是吗!"

水里露出钢铁骨架,很像人的胸廓,上面顶着巨大的盔帽,透过水面还看见支架、杠杆;潮水退得更明显了,水下的铁架好像在晃动,从海底徐徐上升。很像赫伯特·韦尔斯①小说中的火星人在科拉湾沉没海底的情景。

"这就是那个家伙!"一个高前额的大胡子说;喘了口气,一只手好像活塞,不停地晃动着。"您看见了吗,那里裹着一个松球似的东西?"

"'松球'我倒没看见,可是有一个圆圆的东西,足有桶那么大。"

"不明白,这个球状物是做什么用的?"大胡子思忖着,弹弹皮烟荷包,把黑色的烟斗叼在嘴里。"这些起重机我很了解,在阿尔汉格尔斯克、在挪威港口看见过。他们在那里装了不少这玩意儿,"他抿着嘴说。"看见岸上的铁栅栏吗?大概是营房。在亚历山大罗夫斯克②建造了一所监狱,石头房子,很有用处。那里,在亚历山大罗夫斯克住着一位知名教授③,经常有人来拜访他,就像古代朝拜圣徒、长老一样。到这里来的多半是年轻人,大学生……"

---

① 赫伯特·韦尔斯(1866—1946),英国著名作家,著有《时间机器》、《隐身人》、《世界史纲》等,这里指的是他在《星际大战》一书中关于火星外表的描写。
② 在摩尔曼斯克以北四十二公里,一九三〇年更名为北极城。
③ 指生物学家 Г·А·克留格(1871—1956),他在二十年代曾在该城主持渔业学校的校务。

我爱听这个人讲不久以前的事,就像讲古代的事一样。我问:

"你说的古代似乎并不很古吧?"

他从胡须下面喷出一缕烟,说道:

"这是此地的一种习惯说法。担着不习惯的担子走十俄丈路就像走一俄里一样。"

人们邀我去参观油脂工厂;它就在这儿,在港口上。和我谈话的人走在我后边一步远的地方。他抱怨说:

"把工厂建在潮湿的地方,地下室里渗水……"

工厂刚刚建起,还没开工,但是已经完全装备好了。他们让我看了锅炉、烟囱,对我讲了水从哪来,从哪流走。但是,对不起!我没有用心听,因为我完全不需要知道这些留大胡子的人说些什么,想些什么。工厂的底层确实渗进了地下水。旁边有人用体谅的口吻说:

"考虑不周。总想快点干,耐心不足……"

我们进城去的时候,从散乱的木板、洋灰桶、碎石堆、垃圾堆旁边穿过。这不是没用的垃圾,而是新建工程不可避免的下脚料。脚下这种杂乱无章的景象给人以"朝气蓬勃"的感觉。

游览市区之后,我们在火车上喝茶。和我们谈话的人们当中有一位"老住户",他来这里快三年了,另一个人刚出差到这儿来不久,是个党员。我问:

"这里冬天不好过吧?"

"有点黑暗。黑暗一来,你可知道……简直连歌都不想唱了!并没有很冷的天气,可是下雾,下雪。要是有月亮,有星星,那还算好,可这种情况是很少见的。"

那个青年党员笑着说:

"这里冬天的时候正好读杰克·伦敦的小说。柯洛达伊克的故事很能安慰人……"

"还有闪光……"

"北极光……"

255

"那好,就算是叫极光吧!没看见过吧?老弟,可得看看。为了看极光,从中国远道而来都值得。我的小老弟,多么奇妙的景象……甚至瘆得慌!火焰在天空走动,一条条火柱往下坠落,刮起了旋风,好似灾难临头了!老实说,这极光是冷酷无情的美人!只要看它一眼,就连眼睛都闭不上啦。"

这个人说话那样沉稳、细声细气而又兴致勃勃,正是为了生动地描述这种非同寻常的景象。

"我还没有看见过,"青年同志似乎羡慕地说。

"会看见的!几位新来的妇女甚至怕得哭出声来。你知道,我自己也害怕,心脏都要停止跳动了。我一边看一边想:'这样惊心动魄的美景,到底是怎么一回事,是什么兆头?说明什么呢?'"

青年同志解释说:

"这是自然界电的的现象。我认为……"

"认为,看作,这话我们听说过,"讲话的人唠叨说,皱皱眉头,"以前来过一个人,他说,确实是电……好吧,既然是这样,请你把它装到灯泡里,那我就相信!"

"你等着瞧吧!自然界、现象……"

"老弟,我本身就是自然界!这对我来说,只是空话,现象……"

谈话的双方斗起气来。为了使他们不再争吵,我问道:

"这里冬天要喝很多酒吗?"

"这里夏天也要喝酒。冬天么,喝得多一些。黑暗逼着人这样做。本地人说,自从安上电灯情况好多了;以前点煤油灯的时候,走到街上,就像堕入无底深渊。这里连白雪也成了烟炱。有的地方窗户里有灯光,照得更黑了。"

他讲得益发轻松兴奋起来:

"还有,过去人口也少,不像现在这个样子。现在到这里来的人有如从天而降。刚开始盖房子,人就来了!现在这个地方就是冬天也在发展。从前无论走到哪儿,有什么可说的呢?现在有俱乐部、有剧院、电影院,共青团有演出,少先队……生活中出现了许多新事物!有人受到批评,有人受到表扬。生活兴趣不同了,我们不是风平浪静地过日子,而是乘风破浪,就是这样。过去要想生活快活一些,只有往肚子里灌酒精。你也知道酒精是什么样的东西:你喝它,它害你……"

大家又谈了一会儿就散了。

晚上,地方工作人员在俱乐部里开会①。同志们讲话简单明了,讲究实际,不像演说家那样夸夸其谈。在这些人身上可以看到,他们在这里,在"天涯海角"所做的工作的深远意义。一个头发乱蓬蓬的小伙子,好像在朗读古诗、英雄颂一样,深沉有力地说:

"就在这里,北国的边缘上,寒冷海洋的岸边,我们在建设一座城市,正像在我们共和国联盟广阔富饶的大地上到处都在建设一样。"

这个边区还有许多通晓勇士歌的能手和"作者",经常能听到他们嘹亮清脆的朗诵。不由得你会想起"远古时代"、"勇敢的传说"、意志坚强的人们、诺尔曼史诗的英雄们、诺夫戈罗德的"民兵队员们"和波达纽什卡·赫罗缅茨基——瓦西卡·布斯拉耶夫民兵队的一个队员。这个波达纽什卡很机灵,他不反对瓦西卡想要光着身子痛痛快快地在耶稣受洗礼的约旦河洗个澡,而这里是只允许穿长衫洗澡的,波达纽什卡不阻拦瓦西卡,但婉转地对他说:

它在奔流,约旦河,
它在奔流,流入死海……

你会想起一个使人惊异的巫婆奥里娜·费多索娃②,奥洛涅茨地方不识字的矮个子老太婆。她"凭记忆"能讲出北方边区所有的勇士

---

① 指一九二九年六月二十四日在摩尔曼斯克举行的市苏维埃代表大会。
② 奥·费多索娃(1831—1899),俄国民间说书人,高尔基曾在一八九六年全俄工业展览会上观看过她的演出。

歌，三万首诗——比《伊利亚特》①里的故事还多。人所共知，最先对这些诗歌做出高度历史评价、并加以辑录的，是德国人吉尔费丁②。他是个外国人——"他乡之客"，竟直接发掘民间创作活生生的源泉，而我们的民歌和勇士歌的收集家、"人民性"的崇拜者，斯拉夫派基列耶夫斯基③、雷布尼科夫④等人，却在地主的庄园里从园主合唱队的"家仆们"那里采录歌曲。不用说，这些歌曲都是经过老爷们的检查和编纂的，他们删去精辟的和激愤的词句，删去真实的思想以及农民所唱所想的关于他们悲惨的遭遇、奴隶生活的苦难。

只有这种敏锐、严厉的阶级检查才能说明这样一个矛盾：教会气势汹汹地要肃清古代的、多神教的残迹，可是这些残迹直到今天也还没有肃清。而农民回忆往事的、试图反抗奴隶制度的歌曲，不是根本失传，就是所剩无几，而且显然受到歪曲。就好像农民和手工业者在"混乱时期"⑤没有编出过关于伊凡·鲍洛特尼科夫⑥、冒名沙皇⑦，关于沙皇瓦西里⑧、贩卖熟羊皮的舒依斯基商人一些歌曲似的；就好像没有编出过关于斯捷潘·拉辛、布加乔夫、一七七一年莫斯科"鼠疫骚动"⑨等等一些歌子似的；就好像寺院、地主的奴隶们和国营工厂的工人们没有倾吐过自己的痛苦生活似的。据我所知，这种毁灭性的、使民间文学丧失个性的野蛮检查，没有得到文化史学家和我们的"口头文学"研究者们的足够认识。

……我们从俱乐部出来，到非常零乱的摩尔曼斯克市街的另一端

---

① 古希腊两大史诗之一，相传是到处行吟的盲歌者荷马所作。
② 吉尔费丁(1831—1872)，德籍俄罗斯人，斯拉夫派学者，民歌采集和研究者。
③ Л·В·基列耶夫斯基(1808—1856)，民俗学家，古代文献学家，民歌采集家。
④ П·Н·雷布尼科夫(1831—1885)，人种志学者，民俗学家。
⑤ 指俄国十六世纪末至十七世纪初长期战争变乱迭起的时期。
⑥ 伊凡·鲍洛特尼科夫(？—1608)，1606—1607年间，俄国农民战争领袖。
⑦ 指伪皇季米特里，他在波兰统治者的支持下，于一六〇五年六月登上皇位，在位一年被起义者打死。
⑧ 瓦西里·舒依斯基，一六〇六至一六一〇年间的沙皇。
⑨ 一七七一年九月，因沙皇政府对于当时流行的鼠疫没采取防疫措施而引起的一场骚动。

去参加北方边区少先队代表大会。夜里两点光景,虽然天空蒙着一层浓厚的云雾,却依然如同白昼一样明亮。"十月儿童"①年龄的孩子们还在街上玩耍。这些未来的主人,大概只有冬天才肯睡觉。一个头发斑白、也不肯睡觉的"摩尔曼人",在窗前种植云杉,已经种上两棵,正给第三棵挖坑。一个身穿绿色高领绒线衫、头戴皮帽的古怪的高个子女人给他帮忙。几乎到处都是尚未竣工的房屋,条条街道上,风在追赶着刨花。街道非常宽阔,显然是考虑到消防上的方便,因为全市都是木料建筑。

"为什么不用石头,不用钢筋混凝土?"

有两个回答:

"造价高。"

"没有石匠。"

"可以请意大利人来嘛,"我心里想。

抱怨建筑工人不足的话,我听见不止一次了。

"这地方施工季节短,他们计件劳动,愿意干多少就干多少,工资高,可是吸引不了他们,"他们喋喋不休地说,"地方偏远,天气寒冷,'有毒的'海洋,九个月不见太阳。"

木工们和石匠们不知道祖国遥远的边疆有这样一个地方,这不能责怪他们。——有很多人不知道这个地方呢,他们本来应该知道他们正在从事建设的这个边区。

"我来这里不久,"一位同志对我说,"时间不长,还摸不清这里的情况。不过明显地看出,这儿是个富饶的边区!如果认真开发,会找到比希宾②磷灰石更宝贵的矿藏。"

为了证实他的话,他说,孩子们"在附近"什么地方发现了云母和"几块金属,大概是锌或者铅"。

"这里过去有一个林业专家,他说这里生长着珍贵的树木——年

---

① 苏联预备参加少先队的七至十一岁的儿童。
② 在摩尔曼斯克南。

轮细密的云杉。这种树的数量恐怕任何地方也超不过我们这里。可是移民们砍云杉当柴烧。"

他笑了笑,接着说:

"有一件新奇的事,我们一点也不知道!不久以前在边界附近的森林里,发现一座炼铜厂,很好的工厂,大概是在战争年代修建的。百分之七十五的设备相当完好,只是屋顶铁瓦和砖被偷走,显然是移民们拿去了。我们开始寻找线索,是谁的工厂?没有任何标记!在亚历山大罗夫斯克找到了两份开发铜矿的申请书,看样子一个是叶卡捷琳娜时代的,一个是尼古拉一世时代的。但是申请的地点不是现在这座工厂的所在地。真奇怪……"

给我拿来了采集的样品——几块云母和方铅块。我问:这些矿藏设立了采集点没有?

"还没有,我们等着专家呢①。他们一伙人在希宾寻找磷灰石,说不定还要到这儿来看看呢。"

这个人沉默片刻,叹了口气,恼火地接着说:

"我不是'敌视非党专家的人',不过还是不大相信他们,正如他们不相信我们一样。他们到森林里走一趟,随便看看,就说:这的确是个矿,可是无利可图,没有工业价值。鬼知道是不是这样?您当然知道,他们当中还有人指望旧主人回来呢,但是旧主人恐怕早就绝种了……"

我觉得,这里有很多人"不熟悉"这个边区。看来,这不是他们的罪过,因为过多地把他们从一个地方"调到"另一个地方。

"这里哪儿鞣麂皮?"我问。

"鞣麂皮?没听说过。我刚到这儿来不久。"

另一个人说:

"不是鞣麂皮,是鞣莱卡狗皮!好像在克姆附近……"

---

① 指一九二〇至一九三二年间在希宾山区进行科学考察工作的苏联科学院的科学家们。

"我在报纸上看见过,沿摩尔曼斯克海岸往拉普兰方向走,有几处银铅矿,在坎达拉克沙附近好像有金矿。"

"都有可能,"人们非常淡漠地对我说。

边区要求意志坚强的工作人员,他们最好能够迅速而全面地了解情况,"摸清"边区的自然环境、边区的资源、边区的生活条件。我是个"过路的"人,当然明白,我的批评权利有限,因为我深入了解实际情况"不足"。这种深入和全面研究,那是青年人的社会义务,是他们的事业,他们的乐趣。

不管怎么说,在摩尔曼斯克总会特别明显地感觉到国家正在进行大规模建设。无论是在中心地区,还是外省城市,到处可以看到和感觉到这种大规模建设;那里工人阶级的、国家专政者的毅力,形成一股震撼天地的力量。而在这里,在"天涯海角",在寒冷的"毒"洋岸边,在几个月不见太阳的天空下,人类智慧的结晶在大自然无意识的造物面前突出地显示出来。

我相信,无论是高加索、阿尔卑斯,还是其他任何山脉,都没有也不可能赐予像这独具风格的优美、严酷的边区所赐予的、亘古以来的混沌景象。这里给人这样一个印象:"大自然"想做点好事,但是,它只给辽阔的大地堆满乱石滩。从鹅卵石到鲸鱼大小的千千万万石块把大地搞得一片混乱,成为不毛之地。可以完全清楚地想象,冰川在怎样移动,把酥脆的岩石撞碎,研成细沙,在比较坚硬的岩石滩上掘出巨大的凹形地带,后来这些凹地形成湖泊,又把花岗石磨成"羊头"[1],把它磨光,成为大圆石,构成神话"石雨"的创作基础。

头脑里清楚地描绘着冰块群徐缓的、冲毁一切的运动。可以想象它的无比沉重;在火车运行时钢铁的喧嚣声中,听见又宽又深的冰川巨流把石头撞碎,磨圆,在下面滚动,发出碎裂和摩擦的声音。

这片大地铺满了令人难以置信的光彩夺目的岩石:黑色和灰色的

---

[1] 由于冰川活动形成的圆形山岩。

花岗石,氧化铁似的棕黄色的,锡似的不透明的、冰块一般浅蓝色的各种花岗石;还有淡绿色的闪绿岩或辉绿岩更是格外瑰丽。我认为,任意糟蹋、毁坏五光十色的岩石的人,真是有眼无珠。

小车站旁边有两个工人正在把一块柔滑的暗绿色闪绿岩砸碎。在另一个地方,在桥头,一块巨石被炸开,灰色的石面上闪耀着角闪石。角闪石排列整齐,宛如教堂经书中或旧时"手抄"文告上的字迹。这是"圣经"石或"圣书"石。广阔的大地堆满了巨石,在无生命的石块中间彼此相距很远地生长着纹理细密的云杉,这就是林业专家对"摩尔曼人"说的那种珍贵的"雕刻"木材。在这无声无息的荒原后面,密密的森林伸向四面八方,直到大地的尽头:它那厚厚的蓬松的大皮袄,把这辽阔的边区严严实实地覆盖起来。几条水量丰富的河流沿着石滩汹涌奔流,河岸上隐约可见崭新的居民住宅。锯木厂的烟囱冒着烟,到处在砍伐木材。瞧,这就是希宾,看得见山岗和磷灰石采石场。在希宾那儿有一个闻名的农业实验站。孔多斯特罗伊混凝土构筑的灌渠,把这块大地切成两半。

边区生气勃勃。我国各方面都活跃起来。遗憾的是我们对国家了解的比应该了解的少得可怜而又可悲。但是到处可以看到,人类聪明才智的手把大地整理得井然有序,而且相信,总有一天人们有权说:

"我用我的智慧和双手创造大地。"

龚人放　译

群 英 颂[*]

人创造了一切,一切光荣属于人。

一

伏尔加河越临近入海处,河面越开阔,水流越平缓。开阔平坦的左岸正消融在朦胧的月色之中,右岸的黏土悬崖把它浓重的身影投射在河面,在那一大片黑油油的倒影上,映照着航标的红白两色灯光,显得格外明亮。一条宽阔的光带随波起伏,闪闪烁烁,微斜着横在河面,像一串银色的鱼群,挡住了汽船的去路。黑魆魆的右岸向远方奔驰,岸上高处时而闪过土丘似的稀稀落落的房舍,颇似散落在草原上的一座座坟墓。汽船船尾后头比船前更昏暗、更阴沉,令人产生一种河水向山上流去的幻觉。汽船把灯光撒向河面,河水的反光像锦缎似的铺展开去,汽船静静地向前滑行,只有船尾不时传出一阵阵轻微的水声,声音是那么温柔,空气也是那么绵软,像孩子的小手,轻轻地抚摩着你的脸颊。

船尾上十来个夜不成眠的人悄声地聊着天。异常清晰地传来一

---

[*] 本篇最初发表于一九三〇至一九三一年《我们的成就》杂志,第一个故事刊载于该刊一九三〇年第四期,第二个故事——第七期,第三个故事——一九三一年十、十一期。译自《高尔基三十卷集》第十七卷。

个人细声细气的、执拗的声音：

"依我看，人往往是怕死才吓死—的……"

说"死"这个词时，他拉长声音，带着科斯特罗马①的口音。人们用轻蔑、嘲讽、激奋的口气反驳说：

"我说公民，您的话真可笑！"

"你大概根本就没打过仗！"

大家提醒他说，霍乱、饥荒都能要人的命，沉重的劳役也会叫人活不长。身上披着帆布外衣、跟一个女人肩挨肩坐在一起的小胡子男人气愤地问道：

"人老了呢？"

科斯特罗马人没有吱声，等待着反驳的结束。这是个最惹人注目的乘客。他在下诺夫戈罗德上船，在船上已经是第四天了。大多数乘客是乘船旅游度假的，不少人是苏维埃机关的工作人员；一个个穿得干干净净。在这些乘客中间他显得与众不同，十分引人注目：长相难看，衣冠不整，邋邋遢遢，看上去一副疲惫不堪的样子，走起路来右腿一瘸一拐，总之，是个命运坎坷的人。他看上去五十来岁，也许还要大一些。中等身材，干瘪瘦削，棕色的脖颈上一根根青筋突起，红脸膛上长着一大把花白的红胡子；翘起的两道眉毛下面那双闪动着的蓝眼睛，带着责备的神情审视着周围的一切。从外貌上看不出他是靠什么生活的人，也许是一个当过"老板"的手艺人。他的两只手总是动个不停，口中老是念念有词，像是想起了什么而在自言自语或是在独自计算着什么；他机灵、敏捷，但性格并不开朗。

登上甲板不过两个多小时，他就上上下下跑了个遍，毫无礼貌地打量着上等舱里的乘客，问船员：

"到阿斯特拉罕②坐上等舱要花多少钱？"

没过多久，他那悦耳的声音又清晰地响彻在下等舱里了：

---

① 伏尔加河左岸同名省的省会。
② 伏尔加河下游的一座城市，同名省的省会。

264

"当然啰,轻飘飘的东西总是浮在上面,往上升,有分量的东西吗,是在地面上活着的。瞧,现在这个办法倒不错,谁要图舒服,谁就得多付三倍的钱。"

他这个人说不上多嘴多舌,也并非心直口快,不过,使人明显地感到,他一心想把自己过去和现在的所见所闻全都详详细细地讲给别人听。他一定是想把自己心里的话说出来,他觉得他的这些话是来之不易的切身体验。他急于把这些话讲给别人听,也许是为了证实自己的话是千真万确的。他一跛一拐地走到一群闲聊的人们跟前,默默地听上一会儿,然后就出人意料地高声讲出一些不同寻常的话来:

"公民,如今这个世道是:你为我,我为你,共同的事业把我们连在一起了,我跟你好比合穿了一条连裆裤,你离不开我,我也离不开你。你不是我的老爷,我也不是你的奴才。你说对不对?"

那位公民被这个怪人突如其来的插话弄得莫名其妙,嫌恶地看了他一眼。一个包着红头巾的中年妇女叹了口气,说:

"说的也是,可让大伙儿都明白这个道理也不容易啊!"

"那些开倒车向后退的人就不懂这个道理,"瘸子朝漆黑的河岸挥了一下手,回答说。这时,汽船恰好转弯,船尾正对着河岸。

"说得对,"那个中年妇女深表同意,并邀请他说,"同志,请坐下谈吧!"

他没有应邀就座,过了两三分钟又清晰地传来了他那响亮的声音:

"人创造了一切,一切光荣属于人。"

这很像谚语,不过,是他刚刚想出来的,他自己也觉得突然。四天来,他一直挑起这类话题,为了得出某种结论,真是毫不惜力。现在,当他仔细听完了那些反驳他"人往往是怕死才吓死的"议论之后,先举起一只手,以便引起人们的注意,随即说:

"老年人当然是由于身体构造老化才死了的,有些年轻人却是因为胡闹送了命。我刚才说的话不是指所有的人,我指的是那些老爷们。老爷们贪生怕死,大概,就像小孩子怕黑夜一样。我对老爷们非常了解:他们日子过得不快活,就连寻欢作乐的时候他们心里也不痛快……"

"你怎么会了解他们呢?"小胡子打趣地说,"看样子,你也不是奴才……"

一个身穿军大衣,头戴钢盔的小伙子尖刻地问道:

"对不起,公民!您怎么提起'奴才'这个讨厌的字眼来了?"

"有句谚语说得好,奴才眼里没……好人。"

"收起您这一套吧!"

又一个声音加进来:

"您的那句谚语是拿奴才不当人看的时候编的……"

"拉倒吧,公民们!"

跛子耐心地等待着,从烟盒里抽出一支香烟,然后说:

"谚语吗,公民,你要多少我有多少,可是,这对你我又有多大用处呢?有人说,'谚语传万代',我看这话是不对的。"

红军战士打断他的话:

"至于说怕死,也不对。资本家这会儿怕死,可从前……"

"从前也怕,"跛子大口抽着烟,固执地说,"我了解他们的内情,我在彼得堡给人擦过地板……"

"噢,要是这么回事儿……"小胡子叨咕了一句,冷笑了一声。

"就是这么回事儿!我十三岁以前,爹娘都死了,我无依无靠,给人家放牲口,后来,教父来到村里,像狼拖羊羔似的硬把我带走了。四年里,我整天脚上套个刷子在公馆里、饭店里还有妓院里跳舞。彼得堡当时有一些特别豪华的桃花院,阔太太们瞒着丈夫偷偷地到那儿去,丈夫们也瞒着他们的太太跟人私会。我就在那种地方的院子里和地下室里待了整整四年,当然也看到过一些……"

跛子一口接一口地吸着烟,把烟雾深深地吸进肺里。烟雾从他那散乱发黄的胡髭下面直冲出来,就像这个人的体内在燃烧,他马上就要喷出火来,而不是喷烟了。

"我什么仗都打过,"他转身朝着红军战士说,"老弟,我打过的仗你大概还没有见识过,我也不希望你再遇上。在辽阳附近那一仗①,我拼死命地逃呀,连靴子都被汗水湿透了……"

有人笑出声来,胖女人问:

"怎么,您觉得光彩吗?"

"不,哪能呢!"讲故事的人朗声回答,"要说我觉着光彩的,那是别的事,我是得过乔治十字勋章的军人,在契尔诺夫茨到里加一线打仗的时候②,我得过两枚十字勋章。早先,在那边我挂过两次花,后来为咱们苏维埃政权我也挂过两次花,要说夸功吗,也足够了!"

"您是怎么得十字勋章的呢?"小胡子问他。

"一枚是因为出去侦察,缴了一挺机枪,另一枚是连里颁发的。"跛子回答得很快,但似乎有些不大乐意。他往手心里吐了口唾沫,把烟头在唾沫里熄灭掉,扔到船舷外面去,就不再言语了。

两个姑娘搂着肩膀,小声唱着歌走过来。一个说:

"看,那个小船,活像个蟑螂……"

"岸上有灯火,"另一个姑娘若有所思地说。红军战士问跛子怎么缴的机枪。

"啊,那是碰巧了,"跛腿老兵不大乐意地说,"派我们三个人去侦察,我当代理组长……当然是在夜里啰,奥地利人在离我们不远的地方悄悄活动着……那是在战争刚刚开始的时候③。我们往前爬。前边树丛里有人咳嗽一声,原来是一挺机枪的暗堡。那儿有五个人。我们活捉了一个,他懂俄国话,是个兽医。我们当中也有一个人没回来,因为在敌人追击我们的时候他受了伤,我们两个人就抬着机枪跑回来

---

① 指一九〇四年八月十七日至二十一日日俄战争期间在辽阳附近发生的一次战役。由阿·库罗帕特金将军指挥的俄军在这次战役中大败而逃。
② 契尔诺夫茨和里加均为俄国的城市,这里指一九一四年至一九一八年第一次世界大战时期发生的事。
③ 指第一次世界大战。

了。我们俩的过失却被长官说成是勇敢,还向全团宣读了嘉奖我们的命令呢!"

"您的腿是什么时候伤的?"红军战士问。

"这是后来追赶财主老爷邓尼金的时候①,"跛子兴致勃勃地说,"大夫要给我截肢,我坚决不干,才把这条腿保住了。当时,我央告大夫说:'给我留下这条腿吧,会长好的!'他当然忙得很啰,几百个人围着他又哭又叫,我看他也快急哭了。我要是他呀,为了可怜那些伤员,我会举起斧头把他们的胳膊腿儿全砍掉。大夫答应了我的要求,我的腿就留下了,就是这么回事儿!"

"这么说,您是位英雄了,"一个姑娘说。

"在保卫苏维埃的国内战争中,我们大家都是英雄……"

小胡子提醒他说:

"不,不能说大家都是英雄,有时候,也会像在辽阳附近那一仗似的,有些人临阵脱逃,有些人投降当了俘虏……"

"什么时候逃跑的,我可没看到,可我是自己送上门当俘虏的,"讲故事的人马上回答说,"当了俘虏以后,倒能从那边带过来二三十人。有些人带过来的还要多。"

"您是庄稼人吗?"那位妇女问。

"所有的人都是庄稼人出身,这是科学早就证明了的……"

红军战士问:

"是党员吗?"

"党要我这样的人有什么用?党员都得有文化。因为家境贫穷,四十岁上我还一个大字不识。后来,躺着养伤闲着没事儿干的时候学过读书,写字。同志们都笑话我说:'你是怎么搞的?萨乌赛洛夫?快点加油学吧,你这个人哪!'我跟人家学了学,也多少认了几个字。后来,大伙儿都替我惋惜,他们说:'你这个人哪,要是革命前学过文化,

---

① 粉碎白军邓尼金的战役从一九一九年十月开始,至一九二〇年三月邓尼金军队被红军彻底消灭。

这会儿大概也能成一个不错的指挥官呢!'可我怎么会知道要发生革命呢？在跟日本人打完了那场战争之后,革命就爆发了,当时我只有一个打算:回乡下放牲口去。可是,还没等我回乡下,一下子就把我塞进了惩罚连,开到鄂木斯克①去了。"红军战士哈哈大笑起来,还有一个人也跟着笑起来,小胡子用教训的口吻说：

"老兄,你的文化真是不怎么样,你连'功'和'过'两个字都分不清②……"

"就这样也过得去,"瘸子挥了一下手,不再理睬小胡子了。他又拿出纸烟来。红军战士向他凑得更近些,问：

"为什么把您赶到惩罚连去了？"

"有四个人是因为没有看守住犯人,我是因为没有开枪;犯人跳了车,顺着路轨跑了,当时我在机车上放哨,我看见有个人匆匆忙忙地走过去,可那时候大伙都是匆匆忙忙的呀,所有的车站都乱得一锅粥似的。伊斯迈洛夫少尉在法庭上作证,他说：'当时我对他喊:开枪!'法官问我：'他喊了吗？''是!''你为什么不开枪？''我不知道向谁开枪。''你没认出犯人吗？''是,没认出来。'法官说：'你押送他一直同他坐在一节车厢里,都坐了三站了,怎么会不认识他呢？'他说：'你装傻是没有用的!'后来,他要求枪毙我们,不过,我们却一个也没有被枪毙……"

他像年轻人一样爽朗地笑了起来,摇着头说：

"那个时候真是乱七八糟呀!"

"大叔,我看你这个人还不错,"红军战士在他膝盖上拍了一巴掌,说,"你现在做什么工作呀？"

"养蜂。在养蜂试验场。知道吗,这工作可有意思了。我这养蜂的本事是在唐波夫跟一个老头学的,说起来,那老家伙也不是个好东

---

① 俄罗斯西伯利亚的一个城市。
② 俄语中 поступок(举动、功绩)与 проступок(过失)两个词只差一个字母。这句话的意思是:瘸子老兵本来在摆功却说起过失来了。

西,不过他实在是聪明,简直可以跟圣人所罗门①相比呢!"

扎乌赛洛夫越说越起劲,越说越高兴,红军战士夸了他几句他就更加兴高采烈了。

胖女人走了,她身旁的小胡子男人说:

"我一会儿就来。"

可是,他马上站起来,也走了。那位刚才说小船像蟑螂的姑娘在他坐过的那捆缆索上坐了下来。

"他摆弄蜜蜂是真有两下子,你在马戏团里也看不到这么精彩的表演!"扎乌赛洛夫咂了一下嘴,接着说,"可他本人是个害人虫,后来,也遭到了他应有的下场:因为他给匪帮干事,一九二一年就把他打死了。为他这件事情,我是第五次遭难了:脑袋上被人家砸了一个窟窿。咳,这个嘛,我也不在乎。因为这事儿发生在和平时期,不是战时。再说,也怨我自己;我很好奇,喜欢搞侦察工作;我在咱们队伍里搞侦察工作还是一把好手呢!"

"在咱们队伍里,在红军里吗?"姑娘轻声问。

"嗯,是的。咱们也没有别的队伍呀!虽然,在那边队伍里我也干过。在那边,当然是迫不得已才干的,服从命令罢了,在咱们队伍里我是心甘情愿干的。"

他闭住嘴,沉思着。这时,一位妇女带着一个七八岁的小男孩走到甲板上来;小男孩又瘦又弱,脸色苍白,看样子,是病了。

"孩子没睡吗?"姑娘问。

"他怎么也不睡!"

"我想找你,"小男孩偎在姑娘身边,生气地说;姑娘说:

"坐这儿听听,这个人讲得可有意思了。"

"是这个人吗?"小男孩指着红军战士问。

"那一个。"

---

① 所罗门,中古以色列王,以聪明著称。

小男孩看了看扎乌赛洛夫,失望地拉长声音说:

"嗯—嗯,他真老……"

红军战士把小男孩拉到自己身边。

"老是老,可是个好人,派到哪儿都错不了。"扎乌赛洛夫说,红军战士让小男孩坐到自己的膝盖上,问道:

"同志,你究竟怎么落到匪帮手里的?"

"我先认出了他们,后来他们也认出了我。事情的经过是这样的:我看见一伙人经常鬼鬼祟祟地到养蜂场转悠,一个个脸色阴沉沉的。我把这事告诉了城里的同志们,我说:'小伙子们,这太可疑了!'于是,他们就给了我一个任务,让我装得好像很同情这伙人的样子。装装样子,这很容易。他们虽然很凶,可也很蠢。其中最聪明的要算那个兽医了,那家伙当过炮手,看样子他差不多比我大十五岁到二十岁。因为不许他给马治病,他一直很窝火。他还是个酒鬼。在这群匪徒里,他好像是个参谋长的角色。除他之外,还有一个罗斯托夫团的大兵,这个人在王牌部队里干过,手风琴拉得不错。"

小男孩脸蛋儿贴在红军战士的肩膀上,打起瞌睡来。那位姑娘两肘支在双膝上,用手掌托着脸颊,高挑着两道眉毛,凝望着船外。汽船靠近右岸行驶,经过一个圆鼓鼓的山丘,山丘下面是一个大村子,村子里两个教堂之间坐落着一长排房舍,就像括号里的一行字一样。左舷外是一片毛茸茸的浅滩,浅滩上布满了黑色的灌木,这一切都飞速地向后退去,仿佛在躲藏似的。

"这群匪帮人不算多,大概有五十来人。为首的是个什么管林场的小官,看上去也不怎么样,这个狗杂种。这家伙疑心很大。哎!就是他们三个人命令我:探探这个,探探那个。同志们告诉我:哪些事我可以说,哪些事不能说。这个匪帮的活动是分散的,他们十个人一伙,有的在这儿,有的在那儿,他们杀我们的人,放火烧我们的学校,总之,烧杀抢掠,无所不为。我的任务是让他们聚集到一块儿,好让我们的人像用网捉鸟一样把他们一网打尽。我们给他们设下了一个圈套……我记得是在博利索格列布斯克县的油坊里。他们听信了我的话,开始集结他们的人。不知道怎么搞的,那个老头子觉得不对头了。像一个魔鬼似的在大队全部集结之前,他突然出现了,不过,这时候,已经来了三十四个人。他一来就把事情搅乱了,他说得查一查情报是不是确实,要等一等,要观察一下。我一看,事情要坏在他的手里,就对自己人喊:'有多少抓多少吧!'有几个匪徒站在我背后,他们举起枪柄照我的脑袋上就砸。故事不长,就这些了。"

"噢,天哪!"女人叹息着,"这种事情什么时候才能完结呢?"

"等我们把他们全都杀光了,这种事情也就完结了,"讲故事的人诙谐地说。女人朝他挥了一下手,走开了。

"不错,您真的是位英雄,"红军战士用赞叹的口吻兴奋地说。小男孩浑身颤抖了一下,发脾气地说:

"你嚷嚷什么?"

"对不起,我再不嚷嚷了,"红军战士说,"真够厉害的!……不是您家的孩子吧?"他问那位姑娘。

"是我的侄儿,"姑娘回答说,"萨沙,睡觉去吧!"

"不去。那儿有一个人打呼噜。"

他又紧偎在红军战士的怀抱里。扎乌赛洛夫小声地重复着:

"萨沙……"

他叹口气,摇晃着身子,用手掌搓着膝盖,放低声音,慢慢说起来:

"同志,你说,是英雄。这个字眼用在我们身上好像不大合适。我们不过是自己保卫自己的利益,那些匪帮、富农们也维护他们的利益。对不对?"

小男孩又是全身一抖,似乎带着一种自豪的神情,大声说:

"我爸爸就是被富农打死的。当时我全都看见了。我们坐车从城里回到家,爸爸下车去开大门,两个喝醉了的家伙向他扑过来。这时候,我已经醒了,我就使劲喊叫。他们用大棍子打他。"

"啊,原来是这样,"扎乌赛洛夫说。

"是啊,"红军战士脸色忧郁,深表同情地说。那位姑娘说:

"这事儿过去都快三年了,他还记得呢!"

"我记得,"小男孩把头一摆,肯定地说。

"从那时候起,他就不长个儿了,"姑娘叹息着说,"他已经十一岁多了。"

"我还会长的,"小男孩皱着眉头很有信心地说。扎乌赛洛夫拍了拍他的膝盖,劝说道:

"记在心里吧!"

"哼,这种造孽的事儿!"红军战士喃喃地说,"您是位教师吧?"

"是的,我跟他妈妈两个人都是。"

"他妈妈是您的姐姐吗?"

"是我的嫂子。"

"她就是您那个被害的哥哥的妻子吗?"

"是的。"

在场的人都默不作声了。红军战士解开军大衣,用衣襟给小男孩盖上,把他更紧地搂在怀里。

"同志,看一看吧,"扎乌赛洛夫又开口了,"在我们的国家里,到处都有英雄事迹。"

他把手指伸到烟盒里摸纸烟,不慌不忙地低声说了起来:

"我认识一位英雄,那真是好样的。他是我们部队的一个小伙子,也叫萨沙。我们都叫他萨绍克,是图拉人,结实得跟铁人一样。他总是那么乐呵呵的,不管把他摆在哪里,他都跟在自己家里一样。他长得有点像你,也那么壮实,他的牙齿像黄鼠狼的牙齿那么尖。你是骑兵吗?"

"是的。"

"怪不得你的大衣那么长,军容也那么整齐。"

他点起烟,又活跃起来,接着说:

"萨绍克吗,他在教会学校上过学,没有毕业。他说是因为淘气被开除的。可是，他很有学问。我和很多人都在他的影响下不再信神信鬼了，他对宗教问题很有研究，讲的道理很叫人信服。他看透了上帝，就像看透了有钱的邻居一样。他有根有据地说，上帝让人不得安生，你虽然不愿意，可是还相信他。唉，天下的事就这样……"

"事情是这样的，我们的队伍一鼓作气赶到前面去了，在库尔斯克那边，追赶邓尼金。当时情况不明，十分混乱，不知道敌人在哪儿，也不知道我们的部队在哪儿。同志们对我说：'喂，扎乌赛洛夫，你去侦察一下，看看我们的左翼是什么人，有多少兵力，你自己挑选一两个小伙子带上吧。'当然啰，我不识字，也只好这样。我带上萨绍克和瓦西里·克利莫夫。克利莫夫是个仪表堂堂的男子汉，很像扫院子人的小头目。沙皇时代，在彼得堡常常可能遇上这种扫院子的人。他这个狗崽子，本来是扫院子的，可外表倒像个教堂的长老。

"我们就这么出发了。在这一带，我们人生地不熟的。我们沿着铁路线往前走，萨绍克和克利莫夫顺着路基那边走，我顺着路基这边走，我在他们前头有百来步远。当然啰，路上坑坑洼洼的。那天晚上有月亮，小风吹着，云彩在天上飞，云影在地上爬，这儿有黑影，那儿也有黑影。突然，嗥地一声！'站住！'有人喊。我一看，有五个人。他们虽说是白匪，可身上穿的跟地皮一个颜色，藏在路基旁边的树丛里，叫人很难发现。当官的是个年轻人，胡子还没长出来呢！手提小手枪，腰挂小军刀，肩膀上还背着一支小马枪，他全副武装，好像准备照相一样。他把手枪对着我的眼睛，咋咋唬唬地盘问我，我就装做很害怕的样子，也大喊大叫地回答着，好让萨绍克和克利莫夫都听见，我说，我是因为害怕上前线才从红军那儿逃出来的。那个当官的好像有些相信我的话了，一个小兵却悄悄地提醒那个当官的：'长官，他的样子很可疑，他可能是那边派来的侦察员！'我心里想，你这个狗崽子！他们打了我一顿，那个当官的就派了两个人把我押走了。我们走得很慢，天下着小雨。开头，我跟押送我的两个兵搭讪几句，后来我发现，他们火气很大，大概是累了，我看说什么也没有用，就不再言声了，要不然，这帮鬼东西也许会开枪打死我的。

"也不知道走了多久,到了一个村子,这是个大村子,不过已经给打得一塌糊涂了:有两处已被大火烧毁,许多房子被炮弹炸坏了。教堂的围墙旁边,大树底下的拴马桩上拴着十七匹不中用的瘦马。稍远一点的一棵树上吊着两个人。我心里想:'哎,我要是不逃跑,也得留在这里了。'周围一片漆黑,窗子里差不多都是黑洞洞的,看样子,已经过了半夜,白匪都睡了。有五个人在教堂门前的台阶上避雨。他们把我带到学校跟前,学校对面是一幢漂亮的二层楼房,只是屋顶被打坏了。楼里人声嘈杂,亮着灯。一个押送我的兵走进楼里,另一个坐在学校门前的台阶上,我呢,当然是站在雨里了。在这种地方,想逃是逃不掉的。

"进去的那个兵又从楼里走出来,说:'命令把他留到明天早晨。'这是说的我。他们商量好把我关押在什么地方之后,就把我带到离学校不远的地方,把我推进了一间小屋,屋里黑得伸手不见五指,窗户都钉死了。押送我的兵划了一根火柴,我看见,地板被撬开了,墙角也坏了,木墙上部的一排圆木也都悬空垂挂着,屋角里有一堆破布,好像一个死人躺在那里。雨点点滴滴地飘到屋子里。那个兵四下里望了望,到前屋去了,没有关门。我心想:'不关门可不妙,要不,从这里爬出去是不费吹灰之力的。'我坐在那里。静极了,只有那群战马呼哧呼哧打着响鼻,细雨沙沙作响,听不见人声。前屋里的兵折腾了一阵子,也呼哧起来,过了一会儿,我听见他打起鼾来。

"当然啰,我没有计算时间,也不知道几点钟了。我眼睁睁地坐在那里,好像在做一场噩梦。我心里很烦,又觉得很惭愧:我怎么就这么窝窝囊囊地落到敌人手里了?!我悄悄划了一根火柴,望了望,看见一根根圆木倒挂着。从外边往里爬大概是可以爬进来的,从里往外爬可就不那么容易了。我站起身来,试了试,圆木摇晃得很厉害。

"这时,我像被开水烫了一样,猛然间,听见有人小声招呼我:'扎乌赛洛夫!'这是萨绍克,是他!'爬出来!'他小声说。我回答说:'不

275

行啊,前屋里有个兵。'他不吱声了。后来,我听见他唰唰抓东西的声音,圆木咯咯吱吱响起来。万幸的是,我刚刚躲闪到炉子旁边,几根木头就吱吱嘎嘎地落到屋子里来了。咳,现在,我们两个全完了。

"那个兵当然醒过来了,他大喊:'你在干什么?'我回答说:'屋角塌下来了,这不是我的错呀!'哼,他才不管这些个呢,只要囚犯能活到上司规定的时辰就成。他遗憾的是没有把我砸死。又静下来了,我听见离我不远的地方有喘气的声音。我用手一摸,是萨绍克的脑袋。我对着他的耳朵说:'萨绍克,你怎么啦?怎么回事?'他解释说:'我们,'他说,'都听见了,我让克利莫夫回去报告,我就跟着你来了……'他说,'他们的主力不在这里,在四俄里以外的地方,'详情他全都探听到了,他说,'他们认为,我们的部队在他们的背后和右翼……'他说着,不时把牙齿咬得格格响,好像喘不上气来的样子。他说:'我的腿擦伤了,血流得很厉害,一条腿压坏了。'我用手一摸,他的腿真的被木头压住了。我去挪动那根木头,他小声说:'别动!我一喊叫,就全完了!你走吧,'他说,'我说的都记住了吗?你快走!'我心想:'我不能走,我怎么能把他一个人扔下呢?'我又开始晃动那根木头。他声音嘶哑,低声责备我:'别搬了,鬼东西,傻瓜!我要喊叫了!'这可怎么办呢?我又试了一次,也许能把他那条腿抽出来……哎,同志,你爱信不信,我当时听见骨头卡巴一声,懂吗,卡巴一声响!唉!就是说,我把他的腿压断了……他轻轻地哼了一声,就昏过去了,人事不省。我心里想:'哎,现在也只好请你原谅我了,永别了,萨绍克!……'"

扎乌赛洛夫低下了头,用指头在烟盒里摸来摸去,他一定是想挑一支卷得饱满一些的香烟。他没有抬起头来,声音更低、有些不大乐意地接着说:

"当天夜里,我们的队伍赶到了。第二天傍晚我们把白匪挤到一个峡谷里,在那里,把他们全部解决了。我和克利莫夫,还有十几个战友第一批冲进这个倒霉的村子。村子里又是烟火冲天没完没了地烧着。萨绍克被吊在一棵树上。那棵树上原来也吊着一个年轻人。那个年轻人被解下来扔到烂泥塘里了。萨绍克浑身赤条条的,只剩下短裤的一条裤腿。浑身被打得皮开肉绽,脸部血肉模糊。腰部裂着一个大血口子,两只手耷拉在大腿旁边,脑袋歪斜地低垂着,好像有罪的样子……可是,有罪的却是我……"

"不能这么说,"红军战士小声说,"同志,你们两个人都尽了职,做了应该做的事。"

扎乌赛洛夫用手掌遮住火柴,点起一支烟,在火柴快烧到他手指头的时候,他才把火柴吹灭。他吹灭了火柴,用手指头掐着火柴头上的红火炭,说:

"他真是个英雄啊!"

"是的,"女教师轻声说。随后,她问道:

"孩子睡着了吗?"

"睡着了,"红军战士看了看小男孩,回答说。他沉默了一会儿,一字千钧地说了起来:

"我们的国家里英雄多,说不完,数不尽。就说中亚细亚边防哨卡吧!那儿的小伙子个个都是'呱呱叫!'有一次,两个战士离开哨所到草原去执勤,那是一个没有月亮的黑夜。两个人向不同方向走去,一个碰上了巴斯马赤①,他来不及还手,就被匪徒抓住了。于是,他马上向同伴高喊:'朝我的声音开枪!'那个战士立刻扫了一梭子,打伤了一个巴斯马赤,别的匪徒也就都跑了,连缴的那支步枪也扔下了。这时候,开枪的那个战士被巴斯马赤抓住了,他也大喊:'照我的样子干!'他的步枪来不及上子弹,就用枪托打。这时候,头一个战士就朝伙伴的声音开枪了,也撂倒了一个匪徒。他们回到哨所讲起这件事,大伙儿都不相信。等天亮以后,顺着血迹一察看,果然不错。要知道,朝声音开枪,那就是朝自己的同志开枪呀,懂吗?"

---

① 一九一八至一九二四年间中亚细亚一带的反革命匪徒。

"怎么会不懂呢,"扎乌赛洛夫说,"没什么,我们也多少懂得点自己该做什么。同志,你是休假归队吗?"

"出差回来。"

女教师站起身来。

"谢谢您!该叫醒沙恩卡①了。"

"叫醒他干吗?我把他抱进去。"红军战士说。

他们走了。扎乌赛洛夫也站起来,走到船舷旁边,把烟头扔进河里。

一轮明月升向高空,右岸的倒影变短了,整个右岸仿佛加快了速度,向浑浊的远方飘去……

二

一个凉爽的夏日的傍晚,我和一个老朋友坐在沙崖上的松树底下聊天;崖下是一片不大的草地,雨后显得格外青翠;一条小河把它那琥珀色的河水倾泻在青青的草地上,缓缓地向前流去。河对岸是黑压压的一片树林。在我们的右边,在大团大团的云朵上方,落日紫红色的余晖斜照在河面、草地和金黄色的沙崖之上。

我的朋友点起一支烟,望着河水,不慌不忙、若有所思地讲了起来:

"这件事发生在两年以前,在卡马河②上游的一个小城镇。我坐在党的县委会里,跟主席和书记'谈心'。

"那是一个星期日,天已过午,街上像澡堂一样热,周围静悄悄的。一排排屋顶后面是一座大山,遍山像披着皮袄似的覆盖着密密层层的树木,一阵阵松香和苦涩的烟味从山那边涌进敞开的窗口:近处一定有人在烧炭。

---

① 萨沙的别称。
② 伏尔加河最大的支流之一。

"我们谈着,谈得有些腻味了。突然,外面窗口出现了一张乡下女人的脸,像从滚烫的地面上冒出来一般,汗淋淋、红通通的,一双挂着汗珠儿的蓝灰色眼睛里射出不友好又带有讽刺意味的目光,嗡嗡地响起了浓重的声音:

"'你们好啊!你们过得倒不错呀……'

"'又是魔鬼把她给带来了,'主席抓搔着胳肢窝,喃喃地说。那位妇女雷鸣般的一连串责问声霎时就塞满了房间:

"'我说,谢苗诺夫同志,你骗了我,是不是?你以为,开导开导她,她就会满意啦,是不是?这下子又让我跑了六十里!好吧,快招待招待我这个客人吧!'

"她的面孔从窗口消失了。我问,这是什么人。主席挥了挥手,说:'她呀,就是这么个疯婆娘。'

"书记有些不好意思地解释说:

"'她还是个候补党员呢!'

"'疯婆娘'费了好大的劲才挤进门来。说句不客气的话,这么大的块头儿对一个女人来说的确是过于笨重了,她的体重至少有六普特①,膀阔腰圆,大屁股,身高足有两俄尺外加十俄寸②。她把一根粗木棍立在屋角,强壮的肩膀一抖动,把背包从背上甩下来,轻轻地把它靠墙根放下,直起腰来,大声喘了一口气,用衣袖擦着脸上的汗,朝我们走过来。

"'再一次向你们问好!称你公民还是同志?'她坐在椅子上,问我。椅子在她身子下面吱吱作响。当她知道我是同志以后,又问:'是从莫斯科来的吗?'当我告诉她我是从莫斯科来的之后,她就不再理睬她的领导了。她从肥大的怀里掏出巴掌大的一块军用背包上的皮革,往桌子上啪地拍了一下,但并没有脱手,然后,肩膀朝我紧紧地靠过来,毅然决然、认认真真地对我说:

---

① 六普特约等于一百九十六市斤。
② 二俄尺十俄寸等于一米八六。

"'喂,我们的事儿你来给评个理吧!你瞧瞧:这是省委发下来的文件,对吧?这是给他的命令,'她朝主席那边歪了一下头,'这是他给省委会写的材料。就是说,我有说话的权利吧!'

"她利用这个权利一口气讲了十几分钟。她谈到那些'故意把买卖做糟了的'合作商店的工作人员;谈到土地共耕社,说富农阻挠共耕社改组成集体农庄;谈到有人暗中破坏牛奶分离器,案情至今也未查清。她谈到有些男人打老婆;谈到村苏维埃主席的老婆和当小学教员的牧师女儿如何反对开办托儿所;谈到一个当农村通讯员的共青团员为了避免遭到暗害只好离村出走。她谈到了一连串乱七八糟的大大小小的事情。这样的事情在为新生活、为新世界而斗争的我国穷乡僻壤里,是经常发生的。

"跟我聊天的这位朋友越说越起劲,渐渐入了迷。他绘声绘色地仔细描述这个乡下妇女的外形和手势,连她怎样心疼她那块擦鼻子的小手帕都说得活灵活现。他说,她两次从裙子口袋里掏出手帕想擦擦脸上的汗,可是两次都把手帕收了起来,最后还是用衣服袖子抹了一把汗。

"'她身上那股子汗臭味跟马汗一样熏人,'他接着说,'书记给她倒了一杯茶,说:喝吧,安菲莎!可是,她忘了放糖,一口气喝了个精光,然后才拿起一块方糖,在桌子上咔咔地敲了几下,好像在给她那激情的演说做伴奏,随后,把这块糖放进衣袋,又拿了一块,不好意思地说:

"'噢,瞧我这是怎么了!'可是,说着说着把这块糖也顺手装进了衣袋。然后,端起已经凉了的茶一饮而尽,像喝克瓦斯一样。

"'再来一杯,亚科夫同志!'

"跟我聊天的这位朋友急匆匆地吸了一口烟,接着说:

"她把一肚子的大事小情、酸甜苦辣滔滔不绝地向我倾诉,我简直耳不暇听,弄不清这些乱麻一样的事件的头绪。我发现,这个六普特重的安菲莎是个非常了不起的人物,像她这样的人我还是第一次看见。我需要了解和弄清楚,她经历了怎样的艰难曲折才过上今天这样的生活。简单说吧,我请她到我的住处去。当时我住在我的老朋友农艺师家里。我把她请去,边喝茶边详详细细地询问她,追根问底,一直攀谈到深夜。要把她讲的一切都有声有色地传达出来,我显然是做不到的,可是,有些情节却丝毫不差地刻印在我的脑海里。她父亲是个缝羊皮子的,整天到各村去给人家缝制短皮大衣和羊皮袄。安菲莎刚满九岁就死了娘。父亲让她念完了教会小学,随后就把她送到村里一户有钱人家当'保姆'。大约过了三年,父亲又把她带到卡马河上的一个村子,父亲在那儿娶了一个带两个孩子的寡妇。这样一来,安菲莎自然又成了后妈的孩子们的'保姆'和雇工。后妈是个'好酒贪杯的放荡女人',父亲跟她差不多,他也喜欢吃喝玩乐。他常常说:'着什么急呀,你又不能给每个庄稼汉都缝件羊皮袄。'

"安菲莎刚过十六岁,父亲害炭疽病死了。父亲一死,后妈就把沉重的家务劳动加倍地压在她的肩上。

"'我们有个邻居,名叫尼古拉·乌拉诺夫,是个老头子,打猎为生,从前在矿上当过工长。采矿的时候被岩石压伤了腿,成了瘸子,都说他神经不大正常:阴沉沉的,不爱讲话,总是用对仇人的眼光看人。一个人孤苦伶仃地过日子。唉,有时候我给他缝缝洗洗,所以他对我还是满和气的。'

"'姑娘,'他说,'你替你们家的酒鬼卖命,真是白费劲儿了。人们总想叫别人替他白干活儿,这都是跟那些有钱人学的。有钱人什么坏事都干,人们就照那坏样子学,普天下的人都跟他们学坏了。'

"'他这些话、这些想法很合我的心意,我看他说得对:村子很富裕,可是人呢,个个心毒手狠,贪得无厌,整天打闹不休。我问尼古拉:'那我怎么办呢?'他说:'嫁人吧,你是个身强力壮又能干的姑娘,有钱人也会娶你的。'

"'哼,那时候,我也不那么傻,我看得出来,老头子嘴上说有钱人不好,可他却把我往有钱人那边赶。不过,他起初说的那些话我还是

忘不了的。'

"她不大乐意谈起她这段生活,眼睛里流露出漫不经心和嘲讽的神情,语气显得很冷漠,仿佛谈的不是她自己,而是一个她不感兴趣的、甚至她所厌恶的老姐妹。随后,不知怎么回事,她突然激动起来,用拳头敲了几下膝盖,两只眼睛眯缝着,好像望着很远很远的地方。

"'后来,我继母的弟弟到我家来了。他在伏尔加河轮船上当水手,有四十来岁。这个人心毒手狠。他一下子就把他姐姐管得服服帖帖的了。他叫我的继母和孩子搬到洗澡间去住,他重新粉刷了房子,又在屋旁接出来一间门面,开了个杂货铺。他又买又卖又放高利贷,还养了三头牛、一群羊,把田地租给一个有钱的富农安东诺夫种。家里的洗洗涮涮,烧菜做饭,喂牛挤奶,织布纺线,所有的家务事都得我照看,一天到晚累得我筋疲力尽,浑身像要散架了似的。唉,真受不了!同志,你瞧,我这么个身强体壮的女人也常常累得晕倒过去。'

"她哈哈大笑起来。她那笑声发自胸腔,低沉而且洪亮。这是一种特别的、完全不像女人的笑声。随后,她用手帕擦了擦脸和嘴,长出了一口气,说:

"'有一次,他突然朝我扑过来,糟蹋了我。打那以后,我的日子就更不好过了。当时我跟他厮打了一阵,我对付不了他,那时正赶上我身子不舒服,妇女的毛病。我心里很难过。我跟一个小伙子要好,他是涅斯捷罗夫家的。他们全家都挺好,虽说日子不富裕,可是人很和气,他们兄弟两个,伊凡和叶戈尔。他们住在一起,没有分家。叶戈尔就是那个小伙子的叔叔,老婆死了,后来他参加了游击队,被白匪吊死了。那个小伙子也在帝国主义大战的第一年被打死了。他父亲也被富农弄得家破人亡,至今下落不明。他们家就只剩下一个莉莎了。莉莎是我的好朋友,她入党已经三年多了。那可是个聪明人,一六年[①]到彼尔姆城进了工厂,在那儿学到了不少本事。我说这些都是后话了。

[①] 一九一六年。

噢,就是说,那个坏蛋强奸了我以后,我想离开那儿,他说:"你到哪儿去?你没有身份证。我也不给你,这个我完全办得到。跟我一块儿过吧,小傻瓜,我不会欺负你。现在我还不能正式娶你,我老婆在奇斯托波尔呢,虽然她已经跟别人过了,可是法律不允许我再结婚。等她死了,我就正式娶你,上帝作证!"

"'他这个人很讨厌,我也是一时糊涂,舍不得那份家业,我在这上头花了不少心血。在我心里,涅斯捷罗夫一家就是我的亲人,我舍不得离开他们,就留下了。至于那个坏蛋,我也不爱理他,他简直坏透了,好像身子也有毛病:我跟他在一块儿,一直也没有孩子。婆娘们都笑话我,对他就更不客气了:都挖苦他。他当然不高兴了,就拿我出气。常常打我。有一回他用缰绳勒住我的脖子硬往前拖,差一点儿把我勒死。还有一回,他操起一块劈柴朝我的后脑勺儿打过来,亏了我的头发很厚,不过,还是被他打得人事不省,躺了很久。我的左奶头差点儿给他咬掉了,这个烂舌头的魔鬼!至今这个奶头只连着一丝肉在那儿晃荡。唉,干吗还提这些事呢!等等,同志,你也知道,庄稼人常说:老婆死了没有啥,老马活着就能发……这场该死的战争打起来了……'

"讲完这些话,她停了下来,用手帕擦擦滚烫的脸,思索着。

"'该死的战争,大伙儿都这么说,我也这么说。不过,我寻思,遭罪的还是受苦人,可这场战争也带来不少好处呀!把庄稼汉都赶走了,村子也抢光了,我看呀,婆娘们倒过得好一些、和睦一些了。开头有点垂头丧气,可没过多久,她们发现自己当家做主了,也都关心起集体的事儿来了,不管愿意不愿意,总得互相帮助呀。我们那儿的财主们凶得不得了,噢,他们可狠了!连我男人在内总共八个人,神甫们当然也站在他们一边,我们村里有两座教堂;警察是村里头号财主安东诺夫的女婿。他们对村里的妇女和兵士家里那些守活寡的老婆什么事没干过呀,克扣口粮,克扣补助,差不多把她们的骨髓都榨干了!他们还瓜分俘虏的财物。说起来这些缺德事真叫人心烦。我对那些年轻点儿的妇女说:去上告吧! 唉,她们不听我的话。我整天跟坛坛罐罐打交道,围着挤奶桶和锅台转,我眼睁睁看着这些强盗在抢劫,在奸淫,我就常常想起乌拉诺夫老头的话:"有钱人是干坏事的榜样。"我心里真难受啊! 想离开这里,又不知道到哪儿去。正在这时候,莉莎韦塔·涅斯捷罗娃回来了,她烫伤了脚,拄着拐棍。她对我说:"你知道工人想些什么吗?"她就对我讲起来。我听着,觉得很有意思,可是我不相信。我见过的工人不多,据说他们都很坏。我想:"工人又怎么样? 怎么比得上庄稼汉呢!"莉莎给我讲了许多一九○五年和一九○六年的事儿,噢,兴许我多多少少也听进去一些。她治好病,又走了。剩下我一个人,像田野里的一个树墩子,想找个人说说话也找不到。妇女们都不喜欢我,在小河边或井台上遇上我,就冲着我骂:"贼窝里的看家狗!"还有各种难听的话。我不吱声。我能说什么呢? 她们骂得对。我真难受呀! 有时候我就悄悄地找个没人的旮旯儿抹几把眼泪。到了一九一七年,推翻了沙皇,庄稼汉陆陆续续从前线回来了,像早先一样,一个个背着步枪,带着子弹。铁匠的儿子尼基塔·乌斯秋戈夫也回来了,跟他一块儿的还有一个欢蹦乱跳的小伙子,叫伊格纳季,姓什么我不记得了,另一个好像是个吉卜赛人,叫彼得。他们第二天就召开村民大会,宣布说:"我们是布尔什维克!"他们大喊:"打倒所有的老财!"可是,他们说得不怎么像那么回事儿,有钱人笑话他们,穷人也不相信。就连我这个妇道人家都不相信他们。不过,我发现我男人整天跟那伙人在一块儿鬼鬼祟祟、嘀嘀咕咕,看样子,他们都愁眉苦脸的。他们差不多每天晚上都在铺子里聚会,看得出来,他们的日子不怎么好过。唉,就是说,有人好过,可是谁好过呢? 不清楚! 我突然听说,把沙皇带到托博尔斯克[①]来了。我趁我男人心情好些的时候问他:"这是为什么?"他说:"现在把他废了,叫他到西伯利亚当沙皇。他叔叔在莫斯科登基了,名字也叫尼古拉。"我不相信他的话,莉莎说

---

① 西伯利亚的一个城市。

的倒像是实情。我听见他们在铺子里吼叫:"这帮饿狗张开大嘴要抢别人的东西啦!"有一天晚上我悄悄去找尼基塔,问他究竟是怎么回事,他大声说:"你们这些木头疙瘩,我差不多天天都给你们讲,你们怎么就不开窍呢?你是什么人?雇农吗?干吗给小偷当帮手?"

"'他是个又瘦又黑的庄稼汉,头发乱蓬蓬的,牙齿很白;讲起话来声音洪亮,常常像对聋子说话似的,大声喊叫。他这个人并不凶,就是性子暴躁。我从他那里出来,说实话,我自己也认不出自己来了,好像穿上了一件紧绷绷的新衣裳,连动都不敢动了。脑袋里像车轮子转动一样翻腾起来。从那天起,我也不知道该怎么好了,就那么糊里糊涂地过日子。我男人对我比以前和气了,他说:"你就信我的话吧,别人的话都不要信。我不会让你受委屈的,一安定下来,咱们就结婚,我老婆死了。"他说,"你去参加尼基塔召开的会,仔细听听他在打什么主意,打听打听他那儿那些从前线逃回来的兵都是从哪儿来的,都是些什么人。"

"'我心想,好吧!你倒是挺会算计人,可惜你鬼得还不到家啊!

"'在忙忙乱乱中不觉迎来了十月革命。我们村里建立了苏维埃。选安东诺夫老头子当主席,久科夫当秘书。久科夫战前是国营酒店的老板,是个不大出名的人。他会弹吉他,头发梳得油光光的,像神甫一样披着长发。苏维埃里都是有钱人。乌斯秋戈夫和伊格纳特闹腾起来了,乌斯秋戈夫想当苏维埃委员,可是,没人支持他,选他的人不多,都害怕他那股子蛮劲。他的朋友彼得也倒向有钱人那边了,替有钱人说话。过了一些时候,伊格纳特被人家打死了,接着又有一个从前线回来的兵失踪了。有一天我在擦地板,店铺的门没关严,我听见安东诺夫说:"拔掉两颗钉子了,现在该拔第三颗了。"我想:"原来是这么回事儿!"夜里,我就去找尼基塔。他对我说:"这事儿吗,你不说我也知道,你要是拿定主意跟我们走一条道,你就监视他们的行动,不过,你别再往我这儿跑了。探听到什么就告诉孤老婆子斯捷潘尼达。我暂时得避一避。"

"'就这样,我亲爱的同志,我就参加了工作。我假装什么也不懂的样子,对我男人也得和气一些。那时候,他拼命喝起酒来,一副扬扬得意的样子;他们那阵子一个个都是整天吃酒庆贺,得意得很哪!我问我男人:"这是怎么回事儿?"当然啰,他只是三言两语地解释说:"他们公开地抢劫,就得像打狼一样打死这帮强盗。"他还吹牛说:"已经干掉了两个,其余的也逃不脱同样的下场。"我问:"那个从前线回来的祖耶夫也被打死了吗?"他说:"大概是扔到河里淹死了。"他咬牙切齿地威胁说:"等着瞧吧!那个死老婆子斯捷潘尼达也没有好下场。"我赶快跑到她那儿,跑到斯捷帕哈①那儿,可她却满不在乎,笑笑说:"谢谢!我也看出来了,我知道他们不喜欢我。"我从她那儿又跑到涅斯捷罗夫家去,对叶戈尔大叔说:"瞧瞧这叫什么事!"他劝我说:"你最好别管这些事!"可是我已经不能不管了!村里有一家姓马克耶夫的,老头子带着两个老婆留下的两个女儿,大女儿的丈夫是个当兵的,小女儿还没出嫁。他们家很穷,老头子信神,大女儿是个纺织能手,能织三种颜色的花纹,还能自己染线,她是个很厉害的婆娘,可她对我还不错。她家里常常开晚会,跟妇女俱乐部差不多。有时候她也叫我去。有一次,也是为了消愁解闷,我到她那儿去了。在那儿碰到不少穷姐妹,全都是穷人的老婆和寡妇。我情不自禁地冲口说道:"姐妹们,布尔什维克们追求的是真理!伊格纳特就是为了追求真理被打死的,还有从前线回来的那个祖耶夫也被害死了。"我说,"难道战争没有教会我们点什么吗?你们就看不见是谁发了战争财吗?"

"'听我说,同志,我不是吹牛,也不是自卖自夸,后来我从别人那儿听说:因为我对妇女们讲了大家一辈子难熬的苦日子,讲得她们都心酸得哭起来了。现在,我经常能够讲得这么感动人,因为我对这些事儿一清二楚,我只要实话实说就行了。当时,马克耶夫老头就躺在炉台上,我的话他都听见了。第二天一早他就把我的话一五一十地全

---

① 斯捷潘尼达的别称。

都告诉了安东诺夫。晚上,我男人锁上店门,把我叫到上房,那儿有安东诺夫,他的女婿,还有两个他们的人,马克耶夫也在场。他把我说的话全都揭出来了;他还说:"她呀,不只是骂你们,连上帝都骂了。"他这是撒谎。当时我根本没有想到上帝,我跟大伙儿一样,也经常到教堂去,在家里也做祈祷。这个老鬼的话纯粹是胡编乱造。他们审问我,吓唬我,逼我,我男人劝他们说:"她是个傻瓜,别人说什么她信什么。你们别碰她,让我来教训她。"他教训了我。我在地上躺了五天五夜,不只起不来,连活动一下手脚的力气都没有了。我心想,我再也起不来了。可是,你瞧,我起来了!过了三天三夜,欺压我、管教我的暴君到乡里去了。夜里,我听见有人敲窗户。我断定,准是来杀我了!可来的是叶戈尔·涅斯捷罗夫。他说:"快点,快走!"我走到街上一看,外面停着一辆套着两匹马的雪橇。斯捷潘尼达坐在雪橇上,她问我:"你还活着呀?"我一下子高兴得连话都说不出来了,想不到还会有人关心我呀!'

"她大声抽了一下鼻子,不停地眨巴着眼睛,眼圈儿也奇怪地一下子就红了,我等着,以为她会哭起来,可是,她却瓮声瓮气地,像孩子似的大笑起来。

"'他们把我带到城里,问这问那,给我治伤,给我弄吃的。我一辈子也忘不了,他们是那么疼爱我,简直把我当成了最亲的亲人。他们都是正经人,有乌斯秋戈夫,莉莎,还有一个工人叫瓦西里·彼得罗维奇,那个人挺有意思。哎……说也说不完,一句话:我遇到亲人啦!叶戈尔大叔觉得挺奇怪,他说:"我原来不相信她,还以为她是那边派来的奸细呢!"我在城里住了四个多月,这时候,国内战争开始了。我们起来保卫苏维埃,财主们跟我们打仗,在我们那地方,这场战争就像童话一样:又可怕又叫人高兴。到处乱糟糟的,很难弄清楚谁是哪一边的人。尼基塔开导我说:"行动要小心点,安菲莎同志,要提高警惕。"

"'他教我懂了一些道理,心里也亮堂些了,我常常到县里各处走走:有时候参加群众大会给妇女们讲讲话,有时候探听一些情况。各

种各样的事儿太多了,一下子也数不过来;这种种事情在我眼前像一条大河一样流了过去。我做了一些工作,托上帝的福呀!'

"她说过'托上帝的福'这句话之后,有点不好意思了。反正也看不出她脸红没脸红,因为她的脸本来就跟红砖头一样,也没法再红了。她很后悔地拍了一下巴掌,笑了起来,颇为抱歉地高声说:

"'唉,天哪!瞧我说走嘴了!同志,说惯了!这话是空瓜子儿,有皮无心哪!一说到咱们自己的人,我怎么也夸不够,本来嘛,他们做的事最值得夸啦!噢,得了!……是呀,亲爱的,一干起工作来,我浑身有使不完的劲儿。叶戈尔·涅斯捷罗夫组织了一个小队,有三十来人,回村里去惩办那些坏蛋。这些人的家业都给毁了,伊凡遭难了,准是被杀死了,斯捷潘尼达的小房子也给烧了。阿夫多季娅·马克耶娃被打死了,她妹妹塔纽莎被奸污了,至今还疯疯傻傻的。叶戈尔在广场上召开了公审大会,尼基塔·乌斯秋戈夫在会上讲了话,老百姓一致要求枪毙安东诺夫和我男人,还有另外两个人:磨房老板佐托夫和神甫。全都枪毙了。久科夫逃跑了,警察在拒捕的时候被打死了,马克耶夫老头被剃光了头发胡子,游街示众!当时形势本来很可怕,可是,把光秃秃的马克耶夫一拉出来,你简直认不得是谁了:那样子实在可笑极了,逗得大家笑破了肚皮,笑出了眼泪,笑得什么也不怕了!这是尼基塔的主意。他是个很聪明的庄稼人。大伙选他当了村苏维埃主席,选莉莎当了秘书,我也参加了妇女工作,一直跟妇女们打交道。如今大家都信任我,她们说:"她从有钱人家出来跟咱们穷人站到一起,不容易呀!"我说:"哎,姐妹们,你们也知道,在有钱人家里我是当牛做马呀!"她们笑着说:"那就别当了!"大约过了两个月,白匪又打回来了,他们人很多,我们只好撤走。叶戈尔带着咱们的人到森林里去了,他们有五十来人,本来还可以多带些人去,可是没有那么多枪。把我和斯捷潘尼达都留在村子里了,让我们监视敌人,不要暴露。斯捷帕哈真是天不怕地不怕,她就藏在村里,我跑到三里外的养蜂场凑合着住了下来。过了一天又一天。每天夜里斯捷帕哈都到我这儿来。

有一次她弄到一支步枪,带着枪来对我说:"告诉你,久科夫跟白匪在一起,我的这个小宝贝儿,我要给他点厉害瞧瞧,这个浑蛋!他到处敲诈勒索,吓唬人,因为他告密,两个人遭到拷打,被抓起来。"我说:"你这么干会出事的,"她说:"我看出不了事!"

"'果然没有出事。说起来也挺可笑的。有一天傍晚,我坐在养蜂场上做针线,透过树木往通到村里的路上看了看,我看见斯捷潘尼达走过来了,有个戴着白便帽穿着白衬衣的男人跟她一块走着。他们没走大路,而走旁边的小树丛,那儿有一条通往温泉疗养院的小道。我真看不惯她这么闲逛。虽说斯捷潘尼达是个明白人,可是她生活上也太爱胡来了。她离我越来越近;这时候,我想:我是不是躲到林子里去呢?突然,我看见那个穿白衬衣的家伙一弯腰,斯捷潘尼达一下子就骑到他背上了,两只脚夹住他的胳肢窝,一边把他的头往地下按一边喊:"安菲莎!"她是个又壮实又灵巧的妇女。我朝她跑过去,吓得气都喘不过来。那个白匪拼命挣扎,眼看就要把她从背上甩下来了!我跑过去,朝那家伙的后脑勺儿就是一下子,他立刻就老实了。斯捷潘尼达从那家伙的口袋里掏出一支手枪,对我说:"你把他押到叶戈尔那儿去吧,到那儿他还有用处。"原来这家伙就是久科夫!我们把他拖到养蜂场,到了养蜂场他才醒过来,斯捷潘尼达说:"你会放枪吗?枪可不能离手呀!把他押走吧!"她说:"我留在这儿,你不要再来了,让他们另外给我派个人来,我还有事儿哪!"

"'好吧,我就把久科夫押走了;叶戈尔的住处离这儿很远,有二十多里路,不过在五里多远的地方有一座旧庄园,那儿也有我们的人。久科夫走在我前头,肩膀直哆嗦,一边哭一边央告我说:"放了我吧!"他还说要送给我东西。他也够丢人的了,居然当了我们妇女的俘虏。再说,他也吓得够呛!我命令他:"快走!不老实我就毙了你!"可把我们的人笑坏了,笑他,也笑我。他坐在一个树墩子上,浑身直打哆嗦,他没脸见人啦!他个子小,人也瘦,一副可怜相。两天以后,斯捷潘尼达又把一个白匪引到养蜂场。刚派到她那儿去的两个人把这个白匪押到我们这儿来了。他们说:"瞧着吧,这个胆大包天的女人准是出事了!"

"'果然出事了:养蜂场被毁了,连斯捷潘尼达的一块骨头,一根头发也没找到,也不知道白匪是怎么把她害死的。她抓的俘虏很有用处:他说再过三天白匪就要攻打这个城市,大批白匪就要开过来了。他没撒谎。我们的队伍就向城市开拔。在卡马河边就跟白匪干上了,打得不厉害,这一仗好像不应该打,可是叶戈尔大叔火气很大,结果,我们死了七个人。城市当然被白匪占了,因为他们有一百五十多人,我们守城的队伍只有四十多人。两边离得很远,互相放了一阵枪,我们的人就钻林子了。就这样,亲爱的同志,我们像网里的鱼,钻来钻去,钻了一年半:不管钻到哪儿去,都碰得上白匪。有的红军成了白匪,也有的白匪跑到我们这边来。当时在山那边正在打一场大仗,打高尔察克;我们呢,打我们的仗,也不知道打到哪天是个头。像林子里着了火一样:这一处刚扑灭,那一处又着起来。我们都转悠到奥辛斯基县去了,那儿穷人很多,都靠编蒲席打草绳过日子。叶戈尔大叔闹起病来了:他被马踩伤了,再说,他腿上本来就负了伤。在奥萨城附近,白匪抓住了他;他们四个人和白匪骑兵碰上了,两个人被打死,叶戈尔大叔又受了伤,第四个人,就是那个彼尔姆的中学生,跑到我和莉莎待的镇子上来送信。莉莎韦塔派我去看看,能不能把大叔救出来。白匪驻在河边码头上,离我们有三里来路。我到那儿一看,叶戈尔吊在树上,上身赤条条的,从头到脚全是血,就像他身上的皮一片片剥下来了一样,可怕极了!右手也给砍掉了。我问一个编席子的人:"这个人为什么被打死了?"他说:"布尔什维克,真正的布尔什维克;他们一直拷打他,折磨他,他就不住口地骂,他们把他打得死去活来,大概是打死以后才吊上去的。"

"'我气得愣在那儿好一会儿,这么好的同志,真叫人心疼啊!码头上围了一大帮人,我说:"你们这群狗杂种,怎么不害臊。"我说:"应该把你们吊死,你们这群狼心狗肺的畜生!"

"'我喊了没多大会儿,他们就把我带到他们上司那儿去了。一个花白头发的家伙像打摆子似的全身哆嗦着,下命令说:"给我用通条抽!"抽了我二十多下。有一个星期左右,我不能坐,也不能平躺着。不过,我的身子有一点很好,越打越结实。像体育锻炼一样。真的,同志,我挨的打不比一匹烈性子马挨的少,我的皮肉给撕扯成这种样子,我自己也奇怪;他们怎么就打不死我呢?看来,也没什么了不起,我不但活着,而且连哼都不哼一声!

"'噢,后来怎么样了呢?我们胜利以后,起初也不觉着轻松,倒好像很冷清似的。亲近的同志们有的被打死了,有的分散到各地工作去了。莉莎到叶卡捷琳娜堡去学习,当时那地方还不叫斯维尔德洛夫斯克①。就剩下我孤单单的一个人了。我们这儿的村苏维埃里都是新来的人,小心翼翼的,还不大了解我们的情况,就算他们了解个一星半点的,也全是道听途说。有个小伙子,两年前害肺病死了,他曾经给这些人编了几句顺口溜:

小官僚,冒官气,
腹中空空吹牛皮:
"我们是本村苏维埃,
老子天下数第一。"

"'当时,地方上都建立了政权。后来,开始新经济政策。我被安置到国营农场工作,可是,农场没办成,出现了新富农,农场都被他们抢光了。那年冬天我给学校看门,可我怎么当得了看门人呢?老师年纪很大,脾气也大,还有病,他不喜欢孩子。后来我又给人打起短工来了。我觉得,好像一切都在开倒车,走下坡路,往泥塘里滚。妇女们变得很暴躁,除了自己那个窝,什么也不想知道。我倒霉就倒在理论上

---

① 乌拉尔的一座城市,原名叶卡捷琳娜堡,一九二六年改称此名。

太差劲。为这事,我觉得非常难为情,可是又没有时间学习。不错,论经验我倒是不少,我就是不知道怎么把书本上的道理跟实际生活挂上钩,跟我们的日常生活挂上钩,我太笨了。我只知道:我们中间那些个不和睦,闹意见,耍野蛮,混日子,根儿就在各人自己的那个窝里。我看,最要紧的是先把家庭生活改造改造,要从老根儿上,就是从妇女身上做起,因为家庭生活全靠妇女们用自己的力量和血汗支撑着。现在每个妇女都拴在家务事上脱不了身,她们缺少文化,可又没工夫学习,这样下去,怎么改造生活呢?妇女们整天围着锅碗瓢盆转,围着娃娃衣服转……我劝妇女们组织一个洗衣社,不要每个人都洗衣服了,两三个人轮流替大家洗。可是怎么也办不成。因为怕丢人:大伙儿的衣服都很破旧,又是粗布做的,自己洗自己的衣服,不论怎么脏怎么破,别人也看不见,在洗衣社,那就谁也瞒不住谁了。当然她们谁也没有这么说,不过我猜准是这么回事儿。她们都拿肥皂问题来拒绝我的提议。她们提出肥皂怎么算的问题,说什么,一家洗十件衣服,另一家洗四件,肥皂怎么算?后来,有些人说实话了,她们说:肥皂是小事,就是怕丢人!等日子好过一些再办洗衣社、公共浴池和面包房吧!她们安慰我说:日子会好过的!我说:"哎,姐妹们,家业富起来也会毁了我们的……"啊,事情还是慢慢好起来了,如今,我们正扫除文盲;我们一块儿念《农村妇女》杂志,《农民报》对我们帮助也很大。这个报真不错呀!它是我们的朋友!亲爱的同志,我们需要接生站,托儿所,还打算把安东诺夫的仓库改成妇女俱乐部,那个仓库挺不错,木头房子,已经空了一年多了。'

"她掰着手指头数着她需要什么,十个指头不够用。于是,她用拳头敲了一下桌子,从头数起:

"'第一,第二……'

"她数了十三件必须办的事,发起火来了,甚至朝我的腰上撞了两下,说:

"'同志们,你们对妇女太不关心了!我已经对你们说过:没有妇女,建不成社会主义。你们忘了倍倍尔①的话了?列宁是怎么说的?斯大林怎么指示你们的?不把妇女从家务中解放出来,她们就无法学会管理国家大事!我们这儿,县委和区委像狗熊钻在洞里一样,蹲在那儿,你就是打他们,他们也不会动一动!他们只有一句话:世界上不光是你们!可是,同志啊,问题明摆在那儿:要是每个妇女都围着自己的汤盆转,我们能取得成就吗?休想!应当把我们从繁重的劳动中解放出来。该给我们点空闲时间了!我往这儿已经跑了三趟了,你算一算,来回一百二十里,三趟就是三百六十里!够瞧了吧!这就是说,半个月的时间都溜达掉了。得,够了!我说完了,倒空了。我得去睡一觉。你快替我催催县委会的同志,再不办,我就上州委会去。哎,快点吸收我入党吧,入了党,我得好好敲打敲打他们!'"

三

在一条浅浅的小河两岸,在浑浊的缓缓流动的水面上,风儿在嬉戏,在篝火上旋转,仿佛要把火吹灭,但实际上火苗儿却越吹越旺。篝火上燃着些发黑的树根和带枝杈的树桩,这都是从河里打捞上来的;它们在淤泥里已经躺了许多年;避暑的人们把它们拖上岸,太阳把它们晒干,如今,金色的火舌挺不乐意地舐食着它们。带着苦味的缕缕青烟顺流飘去,烧焦的木头吱吱作响,老白柳树的叶子发出轻柔的沙沙声。和着风的喧嚣和篝火的响声,一个嗓音嘶哑的人说:

"我们老是挨整;外边是挨各种法规的整,心里是自己整自己。那些个法规嘛,他们想怎么定就怎么定,反正怎么对他们有利他们就怎么定……"

说话的是一个敦实的庄稼汉,身上穿着一件家织的粗麻布衬衫,

---

① 倍倍尔(1840—1913),德国社会民主党和第二国际的创始者和领导者之一。他运用历史唯物主义对妇女受压迫的社会根源和阶级根源做了正确分析,指出私有制的产生是"轻视甚至蔑视妇女"的开始。

外罩钉着铜纽扣的坎肩,脚蹬一双笨重的皮靴。这双靴子好久都没擦木焦油了,看上去就像白铁片铆上去的一样。这个人的脑袋又大又圆,上面竖着灰白色的像猪鬃一样的硬头发,红通通的胖脸上也满是硬胡楂子,看得出来,不久以前,他留过一部密密实实的络腮胡子。大额头下面藏着一双冷冰冰的蓝眼睛。从他看火、看太阳的样子判断,好像是个瞎子。他不慌不忙地边想边说,仿佛在掂量着每句话的分量:

"人家说世上本没有上帝。我们这些靠卖力气过苦日子的人从前哪有闲工夫去关心上帝呢!有上帝也罢,没上帝也罢,关我们什么事。可是话又说回来了,如今,连小孩子们也冲上帝大喊大叫起来了,这也太不像话啦!上帝并不是谁在昨天胡编出来的,它是自古以来就有的老习惯。节日取消了,又能怎么样?大伙儿平时还不是照样喝伏特加。过节的头一天,大伙儿还不是照样要到澡堂里蒸一蒸①……"

"平时不是一样能去澡堂吗?"

"谁说不能去啦?当然也能,不过,那可没有过节的味儿。过节还要到教堂里去站上一会儿……"

"现在不也一样能去吗……"

"我说公民!现在去那味儿可不一样啊!如今神甫连做祷告都心里发怵,唱诗班也没有了,神像前面的蜡烛也少了。什么都是那么可怜巴巴的。要说从前,神甫走起路来像公鸡一样,可神气啦,姑娘媳妇们也穿得漂漂亮亮的,多好看哪!现在的姑娘和小伙子你用棍子赶他们也休想把他们赶到教堂里去。做弥撒的时候他们不是玩皮球就是玩打棒游戏②。年纪轻轻的小娘儿们也放肆起来了。她们把身子一扭,对自己的男人说:'我又不是牛马……'"

他那沙哑的嗓门越提越高,随手又朝篝火里扔了几块刚刚砍下来的木片,然后,用手指头试了试斧刃。他正在河边搭跳板;这个活并不

---

① 指洗蒸汽浴。
② 用木棒把方圈内圆柱击出圈外的一种游戏。

复杂,只要在河边浅滩上和河岸上各打两个木桩,搭上两块横木,再钉上四块木板就成了。一个人干这些活有两个钟头足够了,可是,他慢慢腾腾干了快两天了,至今还在磨蹭呢!不过,看起来,他斧头用得很熟练,而且也不是那种喜欢浪费时间的人。

河对岸正在放牧着国营农场大群大群的牛马。树丛里出来一个小伙子,手里拿着马笼头。他刚刚走到枣红马跟前,马就从他身边跑开了,接着又照常吃起草来。那个爱说三道四的老头停下了打桩,盯着那个小伙子,看他套马,一边看一边叨叨咕咕地挖苦道:

"这个笨蛋!……又没逮着……瞧,瞧,哎!真是个饭桶!喂!抓住马鬃!"

小伙子依然是不慌不忙的。这时候,一个女共青团员一把抓住了马鬃,小伙子给马套上了笼头,翻身上马,俯在马背上飞奔而去,胳膊肘扇忽得几乎碰上自己的耳朵了。

"瞧他们这是怎么干活的:逮一匹马足足用了半个钟头,"老头一边点烟一边说,"要是过去给东家干活,他就得紧忙活了,这个懒鬼!"

接着,他又不慌不忙地打起桩来,嘴里的唠叨话透过他那剪短了的浓密的小胡子吐露出来:

"要说年轻人的事儿,我不想跟您抬杠。不错,他们也在干活……也可以说是在自愿地干活。不过,我们怎么也摸不透他们。他们好像老想一口吃个胖子,他们兴许打算活到五十岁上就让大家都过上财主一样的好日子。兴许,他们老是盼这种好日子,才那么……闹腾……

"噢,是呀,当然啦,我们没有文化嘛,照我们的粗话说是'闹腾',一般说来,应该用新名词儿:'行动'!年轻人是有学问的,这都看得出来。他们念书是为了当大官,往上爬,庄稼人也要改换改换门庭呀!有的还真当了官,离这儿不远有个小伙子,如今成了村苏维埃里管事的人,我认识他,过去他是个小马官,后来嘛,说是当了红军,如今呢,可了不起啦,老头子们都得听他的!人家是英雄嘛!

"早先,一个小伙子当了三四年兵,回到村里来,不管怎么说,总还是自己人!就是他摆一摆在城里当过兵的架子,也不过就那么一阵子,过不了一年半载,就又变成一个地地道道的庄稼人了。这会儿可好,一个小伙子在红军里混上两年,回到村里就不知道自己贵姓了,马上就想把什么都翻个底朝上。其实,除了他那个兵架子之外,也看不出他哪一点像个真正的红军战士。可是,他跟咱们庄稼人作起对来,那劲头可足了。这种人,嘴上连根毛还没长出来呢,就总想当教师爷……"

"教得不好吗?"

老头把烟头扔到河里,接着又扔下去一片木头,他那满是硬胡楂子的脸皮一皱,回答说:

"公民,我对您直说吧:倒霉的不是他教训不教训人,倒霉的是这个兔崽子教训得很对!"

"这我就不明白了!"

"别着急,会明白的!倒霉的是,我这一辈子总以为自己什么事都能看透,没曾想,看错了!当了一辈子糊涂虫!就是这么回事儿!要是他骗人,那我当然可以耻笑他,可是他说的都对,他一步一步地逼我,逼得我走投无路。别看他年纪轻轻,还不懂什么叫庄稼活儿,可他却闻出点味道来了。他要是像我一样,尝一尝在庄稼地里累死累活是什么滋味的话,他也就不会那么叫唤着要办集体农庄了,他就会大喊:别碰我的地!就是这么回子事儿!他为什么拼命把大伙往集体农庄里拉呢?你瞧瞧吧,因为他学会了开拖拉机,手里抓住了方向盘,轮子一转,他倒是轻快啦……

"当然啰,我们也明白:用拖拉机干活倒是轻快多啦。不过,拖拉机有长处也有短处,就是说,要在小块地上干活,恐怕它就一点也施展不开了。要是拖拉机小一点,每户能有一台那就好了,在自己的地里跑去吧!照现在这么个大家伙,地界是管不住它的。这个鬼东西,它简直是在向我们发号施令:你不参加集体农庄,就从村里滚出去,愿上哪儿上哪儿！可往哪儿去呢？

"噢，是的，他们当领导的知道自己该干什么，他们整天关心的是怎么把事情办得更好，这我当然没什么好说的。我们也知道，他们不是傻瓜。我只是说，他们太年轻，容易吃亏上当。共青团员，红军战士，各式各样的拖拉机手，都很年轻啊，他们还来不及想想到底该怎么过日子呢，就闹腾开了……"

他往手掌心里吐了一口唾沫，用他那红通通的好像被火烧得滚烫的手抓住斧柄，尽心尽力地砍削起木桩来，就像那种认为儿女不打不成材的父母一下一下敲打自己的孩子似的。他不吱声了，举起斧头狠狠的几下子就把木桩敲进潮湿松软的沙土地里去了，然后，面带不屑的神情，嘟嘟哝哝地说：

"比方说，我的侄儿……就算是表侄儿吧，可总还是亲戚呀！可是他跟我就像冤家对头，是这样的！……他当然也知道：牲口想吃得饱一些，人更想过得好一些了。要耕地，就得套马，不能把邻居套上，可他就知道拖拉机。他们这些人都学会了讲大道理，就连神甫也说不过他们。神甫干吧嗒嘴，吭吭哧哧说不上来，谁也不爱听他那结结巴巴的半截子话！根本不想听！这帮年轻人指着神甫的脑门儿问他：'你们教给庄稼人的是什么呀？教的都是些什么鬼道理？'神甫回答说：'我们的道理不是这个世界上的。'这帮年轻人就说：'那你们吃的是哪个世界的饭呀？'是呀……连神甫也叫这帮英雄们问得张口结舌答不上话来了……

"我说您这位公民，您是从外地来的，在这儿住些日子就走了，可我们得在这儿住一辈子啊！我干了五十年活，该不该过个安生日子？可他却揪住我的胸脯，训斥我，像疯子或醉鬼一样冲我乱嚷乱叫。我问他，这到底是因为什么呢？他好像说我在法庭上作证的时候说了什么不对头的话。是有那么一回，法庭审判合作商店的干部，说他们盗用公款，谁知道呢！我也不懂这些事儿。还说他们放火烧商店，是有这回事儿，这个大伙儿都知道。法庭要问明原因，他们为什么要烧商店？一些人说，他们为了销赃，另一些人说，他们是耍酒疯。这事儿是我侄儿，谢尔盖，还有他的两个同志和一个姑娘揭发的。我侄儿回来之前，大家日子过得平平安安的，自从他回来以后，这村里就像狗咬架似的。在他眼里，这也不对，那也不对，他说：'你们现在过的日子比原始人还糟！'一句话，什么也不对劲……他们居然还要求审判我；好像我给商店的干部作证倒有了什么错儿似的……"

他越往下讲越叫人听不明白，他也不大愿意讲下去了；他似乎很后悔，埋怨自己不该提起这件事来。他谈到他那个侄儿，三言两语就把那个目空一切、标新立异、爱发号施令、干起事来不达目的不罢休的形象勾画出来了。

"他一天到晚窜来窜去，不管白天黑夜，总是东跑西颠的，想出些花花点子折腾人。今儿个他组织一个消防队，明儿个又叫人家打扫烟囱，把煤烟扫得一干二净；有时候他教小孩子们捡骨头，有时候他对娘儿们说东道西，您也知道，娘儿们耳根子软，人家说什么她信什么。他还给报社投稿，告教师的状。有一天，也不知道从哪儿来了那么一伙子人，一下子就把教师给撤了。这个教师在我们这儿干了十九年，那可是个见多识广、多才多艺的能人。他一肚子主意，有各种各样的高招，专门对付上头那些法规条令。派来接替他当老师的是一个爱说爱笑的小伙子。他一上任就要求拨给学校一块地，说是要种菜，种果树，进行什么试验……"

从他对他侄儿的种种谈论中使人感到，他把很多别人的事儿都安到他侄儿身上了，而且把同志们各人的行为，各人的个性都跟他侄儿搅到一起了。这样，他就在无意中塑造了一个不安分的冤家对头的形象。最后，在谈论他的侄儿时，他甚至用了女性代词：

"她把娘儿们、姑娘们召集起来……"

"您这是说的谁呀？"

"我说的全都是我侄儿干的好事。我们村有个瓦尔瓦拉·科马丽希娜，她在我侄儿到这儿之前，从来都是安安生生过日子，可如今也闹腾起来了。他把娘儿们都拉到集体农庄去了。哼,娘儿们当然喜欢换个样子过日子了。她们肚子里有说不完的委屈、诉不完的苦,说一参加农庄日子就好过了……"

他吐了口唾沫,皱起了眉头,不吱声了,用指甲刮着斧刃上的锈。篝火中央的树桩子都已经烧尽了,只剩下一堆灰暗的余烬,灰堆的周围有些烧剩下的弯弯曲曲的树根还在冒烟:火舌挺不乐意地舐食着它们。

"我们年轻的时候也挥霍过,胡闹过,"老头回忆着往事,说,"不过,我们那时候消愁解闷的办法跟这会儿可不一样,不一样!我们不像他们那样冒冒失失地什么都敢干。他们这班人虽说不多,甚至可以说,很少,可他们要把生活变个样子。我的这些侄儿们是大伙的死对头,大伙惹不起又躲不开。不过,日子一长,全村的人也就慢慢地都跟他们走了。就是这么回事儿。"

他站起身,随手捡起一块木片,掂了掂,又把它扔到沙滩上,说:

"我明白,就是说,这是命中注定了……顶不住也躲不开呀!傻瓜才乱挥拳头哪!我们老头子心里都明白:即使没收我们一些家产,或是全部都没收,那也是国家需要嘛,国家保护你,你当然也不会对不起国家了!"

他摊开两手,耸了耸肩膀,在他那满是硬胡楂子的脸上和冷冰冰的眼睛里流露出明显的疑虑不解的神情,结束了他的谈话:

"要说心甘情愿地把财产交给集体农庄,那我们也办不到。谁也不会心甘情愿白干事的。自古以来,人活着就是图个温饱嘛!连耶稣也不是心甘情愿上十字架的,圣父下了命令,他不得已才上去的。"

他沉默了一会儿,拿起一块木板在木桩上比了比,打了个喷嚏,满腹牢骚地说:

"让我们照老样子过下去不行吗?"

他离开篝火,走了。风在他身后吹起一团灰烬。他清了清嗓子,从地上拿起木板,叨叨咕咕地说:

"老头子们没什么活头了！不过我们年轻的时候可没妨碍过别人……好吧……你们愿意怎么过就怎么过吧，像公猫一样养膘去吧！……"

烧焦的木头冒着烟；缕缕青烟沿河面飘去……

孙静云　译

地　震[*]

一个亲身经历过地震的人讲了下面一个故事。

"我打算上朋友家去过夜,正在路上走着。这条路的前方是一层层石坡。坡不算陡。坡上坐落着一个古老的、像坡下的泥土一样黑糊糊的城市。城里有许多用河滩上的圆石头盖的建筑物。

"我刚走到第一座山岩下面那条道上,忽地被抛向了天空,地里发出低沉的隆隆声;我觉得空气突然消失,呼吸不到了。天往下一沉,星星一晃,就跟要掉下来似的。就在这一瞬间,传来了石头的轰隆声,树木的折裂声,我看见整个城市拔地而起,向我倒塌下来;我被甩到路旁,穿过灌木丛,滚到了一个斜坡的下面。

"那些在几秒钟里发生的的现象我现在讲起来自然显得太慢了。可是要知道,我觉得我所熬过的时间是不能以秒计算的,甚至不能用小时计算,那是一个无法计算的漫长的时间。我非常想说得又简单又确切,但是力不从心。

"我这种失去了大地的感觉是无以言传的。当海上发生最猛烈的风暴的时候,不管怎么样,您总会觉得在您脚底下,在您周围,有一种坚硬的东西,您不会忘记海虽深但有底。可是在地震的时候,大地消失了。虽然我伏在坚硬的土地上,却觉得自己像是浮悬在半空中。大

---

[*] 本篇写于一九三〇年八月初,最初发表在同年第五期《在国外》杂志上,原标题为意大利文 Teppemoto(地震)。译自《高尔基文集》第十七卷。

地在我身下摇晃,大地在向什么地方流去,虽然没有刮风,但是大地和灌木丛一样地在颤动。我被左右摇晃着,被从下往上抛着,就像要把我甩到太空里去似的。我有生以来感到了太空的浩渺无垠。这使我感到无比的恐惧。发生的一切是空前的。要是我还在这儿打比方的话,那也只不过是人们思维的无法改变的习惯罢了。轰隆隆的地声不像雷鸣。我可以把它比为从远方传来的千万群大象的怒吼声。我曾在中国海上遇见过风暴,我们的轮船在那儿遇上了台风;我曾在非洲经历过赤道之夜的暴风雨;在伊孙佐河一带见过猛烈的炮火①,但是我经历过的一切令人毛骨悚然的事情都与我这次感到的恐惧不可同日而语。

"在上述所有的经历中,我没有失去脚下有土地的感觉,但是在地震的数十秒钟里,这种感觉消失了。对周围所发生的恐怖感只是瞬息间的事,它猛击了我一下,便消失了。另外一种难忘的感觉取而代之,这种感觉可以说是明确的死亡感。正是这样。假如在我临死前还没有失去知觉的话,我想在我生命的最后一息是不会再产生这种感觉的。

"我觉得,在那几秒钟里,生命的本能——自卫的感觉在我身上熄灭了。我躺在那里,试图一动也不动地、机械式地抵抗大地的震动。我心里明白,这种抵抗是起不了任何作用的。语言大师们说过,一个人在面临死亡的一瞬间,他的智力——记忆力与想象力会极度紧张,会使他回忆起毕生经历的一切;我现在明白了,这话是绝对正确的。

"不过我什么都没有想起来,什么都没去想。我只是痛心地、眼巴巴地看着巨大的、灰色的城市倒塌了,飞快地滚动着,顺着一层层山坡落下来,就像起了一阵我没觉察出来的飓风,将城市一扫而光似的。浓密的尘埃腾空而起,随即又朝山下,朝我扑来。尘埃里挟带的石块蹦跳着散落在地上;上层山坡上街道的房屋像垃圾堆一样倒下来,砸

---

① 伊孙佐河在意大利东北部。在第一次世界大战期间,意军和奥军曾在这一带激战。

在低处街道两旁房屋的墙壁上,压在这些街道上,为大地凶猛的痉挛作伥,把城市甩到越来越低的地方去;单调、沉重的石头碎裂声使人震耳欲聋。透过这声音还听见了铁器的刺耳声、玻璃的破碎声、干木头的折裂声。夜间白色的人影从迷茫的尘雾和碎石中挣脱出来,边跑边跳。人们跌跌撞撞朝山底下跑去,消失得无影无踪。但是我没有听见人们的哀号声。

"离我不远的地方发出了一阵干燥的、奇怪的音响,像是一只大木桶在迸裂。我又被震荡了一下,再次被从地上抛了起来,这时,我又看见了在城市上空抖动着的苍穹。

"石块从我身边滚过去了,我觉得有两三块石头是从我身上跳过去的,有一刹那,我确信'我马上就会被砸死'。一大片残垣,压倒了灌木丛,石块四散地朝我滚了下来,但在我的上方停住不动了,只有几块像我脑袋一样大小的石块朝我飞过来,其中一块正对着我的脸飞来,我连忙蜷身缩成一团,结果砸在了肩膀、屁股和两腿上。

"但连这也未能使我起身逃跑,或者滑到山下去。我用尽全身气力紧紧地贴着地面,心里确信我已经无路可逃,整个大地在崩裂。鸟儿从我头上飞过,几只田鼠和狗从我身边跑过,一条蛇,也许是黄颔蛇爬了过去。已经有几个白色的人影从我身边走过去了。有的人默默地走着,有的人口中喃喃不绝,妇女在哭泣,有人用嘶哑的声音喊着:

"'加埃塔诺,喂,加埃塔诺!'

"'卡尔梅拉!……'

"渐渐安静下来了,可是仍然有墙壁倒塌,碎石四散飞落,像是采石场上在炸石头,声音不太大。

"破坏声终于完全停止了。'生命又行使起自己的权利来',这句陈腔滥调里含着多少卑微的讽刺呀!在尘雾迷漫的暮色中传来人们的声音:呻吟声、哭泣声、女人的叫喊声;传来绵羊与山羊咩咩的叫声;狗在尖叫、在狂吠,驴在嗥叫,马在打响鼻。

"这个小城大约有四千人口,从声音的数量上我明白了,幸存者寥

寥无几。有的地方有人在划火柴;在离我不远的地方有三个人生起了火堆,其中一个人说:

"'咱们往这边抬吧。'

"'需要水,'另一个人说。

"我站了起来,心里还不太相信能站得起来,还不太相信地面已经不再摇晃。后来我和别人一起去援救灾民。我借宿过四夜的那个朋友家的房子已经荡然无存了。上面密密实实地覆盖着一大堆石头与垃圾。它们把那所房子像核桃一样压碎了。在这不成形的,高达十米的小丘下活埋了五个大人和两名儿童。要想从上面两条街的瓦砾堆下去寻找他们是不可能的,徒劳的。人们告诉我,全城人口中幸存者还不到两百人。"

被震毁的那些城市都建筑在山上,有的山高达八百米。有的城市建在山梁上。它们都是一些古色古香的城市,建于十二到十三世纪。

我的儿子曾两次运送粮食和被服到灾区去。他说:

"这些城市已经化为瓦砾堆,像被一把大锤将房顶和墙壁都击得粉碎了一样。有一个地方破砖烂瓦堆了足有三十米高,听人说下面活埋了好几百个男人、女人和小孩。其中有的人可能还没死,但就是没法把他们挖出来。断壁残垣时不时地塌下来,使这个坟丘越发加大和沉重起来。灰色的瓦砾堆中露出铁床的架子、破碎了的百叶窗和框架、破门、家具的碎片、红色的残砖碎瓦、器皿、衣服和被褥的碎片。风把枕头芯里的鸭绒吹得一团团到处都是。乱石堆里还露出一头驴子的臀部与腿部。驴身上压着个破衣柜。几乎在所有的瓦砾堆里都压着残缺不全、姿势很不自然的人体。有的地方只看得见人们的衣衫。

"军队和消防人员都在加紧清理现场。工作非常艰巨,然而收效极小。从破砖烂瓦中只挖出来一些尸体,伤者极少。消防队员试图把一个受伤的妇女从残垣下面的瓦砾堆里救出来,差一点儿就要把她拉出来了,但是轰的一声墙倒了下来,消防队员和那个妇女一起葬身在那堆乱石下面了。

"时而这里、时而那里的瓦砾堆由于自身的重量而下沉了。炎热的空气里弥漫着一团团浓厚的埃尘。埃尘里的尸臭味儿十分刺鼻,有的士兵因此当场晕倒。许多人戴着防毒面具在工作。石头压到树枝上,使它们发出哗啦啦的声音。

"一匹全身是土的马在废墟中慢慢地走着。它那样反常地圆瞪着双眼,就像疯了似的。鸡飞狗跳,人们半裸着身体,惊惶不安,半痴半傻地走来走去。有些人一动不动地躺在一块不大的、瓦砾堆已被清除掉的场地上。他们身上盖着防水布,要不就是盖着满是尘土的布片。士兵们又不断地抬来尸体,停放在他们旁边。被砸死的人数在飞快地增加。一个衣着考究,甚至还打着领带,约摸十二岁左右的男孩子默不作声地走着,脸上带着痉挛的微笑,两眼发直,用呆子的眼神看着周围的事物。

"谁都不注意这个孩子,就跟没看见他一样。除他之外,疯了的人有的是。这场惨祸似乎把人们隔离了、拆散了,人们之间比从前大大疏远了。

"一个上了年纪的人坐在一大堆石头上面,守护着抢救出来的家私:两顶帽子,一个镜框,镜框上还带着碎玻璃片。玻璃照样履行着它的职能,映出太阳的光辉。

"另外一个人试图把被子抢救出来。已经发布了不许居民们在破砖烂瓦里挖掘什物的禁令。但他们还是巴望着能抢救出一点儿自己的东西。这人趁消防队员和士兵们没注意他的当儿,从废墟下面往外拽被子。他拽拽,回过头来看看是否有人注意他,接着又拽。被子被撕裂了,他打了个趔趄,望望手里的脏布片,把它往石堆上一扔,走了。看来他是想寻觅点儿什么能拿出来的东西。

"在一层半倒塌了的二层楼的一间屋子里有一位老人。那间屋子倒了一堵墙。老人正在往后墙上钉钉子,好把几件破烂的衣衫挂上去。人们怕墙倒塌,冲他嚷叫,要他走开。可是他不答理。在高低不平的地板上走来走去，干着家务，把残留下来的一点可怜的东西堆放到墙角里。对于那些不会做东西或者从来没有做过东西的人来说，东西尤为可贵。

"发现有人撬开一间屋子里的壁橱，从里面找到现钱塞进衣兜里。有人告诉法西斯警察说，这人在拿别人家的东西。法西斯警察对准他放了一枪，那人晃了几晃，两只手在空中抓了几下，就倒下了。"

看来这类事并不少见。米兰城的一个记者报导说：

"自然界疯狂的破坏景象固然可怕，但人们本能的疯狂与猖獗就更加令人胆战心惊。当士兵们与青年组织来到灾区之前，在半倒塌的城市中曾不断发生极为可耻、下流的行为。当人们在隆隆的房屋倒塌声中从屋里跑到狭窄、黑暗的街道上逃命的时候，身强力壮的人将老弱病残者使劲推开，弃妇女儿童于不顾。这种求生的本能表现固然可以理解，但实在令人厌恶。

"此外，还有一种更可耻更卑劣而且完全令人无法理解的事：出现了大批的小偷和强盗，这些人在惨祸发生的前夕，甚至在这之前数小时还俨然以正人君子自居，但在灾祸之夜，他们竟不顾身受重伤的邻里的呻吟、惨叫，竟然跑到主人出逃的屋子里，把见到的东西，大自贵重物品和手表，小到汤勺和器皿，甚至椅子和枕头都一一搬走。他们还彼此偷盗抢来的物品……干这种勾当的并不是怙恶不悛的犯人，而是老老实实的、长年为邻的公民们。

"有意思的是，有些地方将犯人临时放出来救助百姓。他们在找寻失物与捉拿小偷方面都大显身手。这次扮演的角色倒了个个儿。"

新闻记者谈到"人们本能的猖獗"时忘记在"人们"后面加上私有者这个注释。如果加上这几个字，那么他所谈的"猖獗"就完全可以理解了。

三天之后，这个受灾城市里的尸臭味儿远远传到了二十来公里之外。灾区四周弥漫着有毒的、腐臭的雾气。士兵们英勇救灾，但防毒面具已经无济于事，人们中毒了，晕过去的人越来越多。人们不肯再清除废墟了,在倒塌的建筑物下面挖掘尸体的工作停止了。开始往瓦砾堆上浇甲酚消毒液和生石灰水。很可能那些庞大的砖堆下面还有活着的残废人。这之后,"生活又沸腾起来了"。

当然,除地震之外,大自然带来的其他创伤也已经治愈了。

墨西拿那次灾祸①更为可怕。伤亡惨重,约有六万人丧失生命。蒙特卡尔汗②、诺瓦城③、阿里亚诺普利亚④以及其他一些城市的死亡人数,据外国记者统计,约有一万至一万二千人。

这里也应该提几笔外国报刊杂志对待意大利的态度。众所周知,旅游业是意大利最大的一项收入的来源。英法两国的报刊绘声绘色地、似乎也并非完全无私地夸大了灾情。报载:那坡利、索伦托、卡普里⑤、阿马尔菲⑥以及其他国外阔佬常去旅游之地均被地震毁坏了。虽然业已查明,震中在福贾与梅利菲两城之间。但有家报纸居然谎称震中就在那坡利城。

那坡利古老的住宅中,有数十所房屋被震裂,慌乱之中有十四人受伤、四人丧命。索伦托与那坡利只有轻微地震,无倒塌的现象,那坡利湾沿岸诸城也是一样。

夸大受灾程度、错误地报导受灾城市,自然会产生一定的影响:数千名外国人离开了意大利。由美国驶往那坡利的九条满载游客的船只改变航线,驶往马赛,驶往法国的里维埃拉去了。

这就是资产阶级国家的"文化合作"和"人道主义"的一幅不坏的插图。

孙新世　译

---

① 指一九〇八年十二月十五日在意大利南部西西里一带发生的一次大地震。本文中记述的地震情形于一九三〇年七月二十二日夜发生在意大利名城那坡利北部。
② ③ ④ ⑤ ⑥ 　均系意大利南部城市。

富余与短缺*

我们走在田间土路上,秋天的田野光秃秃的,被切成可怜巴巴的零星小块;讨厌的风儿在恶作剧,推揉着我们的后脑勺和脊背,迅速地聚集起灰色的云彩,把它们堆成灰蓝色的浓云;云影投在凄凉的大地那火红的、像鬃一样的禾茬上,拨动着光秃的灌木丛,仿佛要藏到里面去似的。当我们走到离一个小村子半俄里远的地方,浓云陡然化作冰冷的、密集的雨点纷纷落了下来。

"快跑!"我的旅伴格里戈里·伊凡诺维奇命令道。这是个瘦高个儿,生有一张上帝仆人那般瘦骨嶙峋的面孔;在他灰色的脸庞上那布满皱纹的深陷的眼窝里和两道灰白色的浓眉下藏匿着一双充满愤怒、因炎症而变得通红的小眼睛。他自称是铁路上的护路兵。依我看,倒不如说他更像一个教堂里朗读圣经的小职员。总而言之,他是个穷途潦倒、一蹶不振、一生中备受磨难而又愤世嫉俗的"饱经世故的人"。我们拼命朝村子跑去,等跑到村里,自然已经淋成落汤鸡了。我们先到一家比较像样的农舍,后到一家有两间房子的人家,最后又到一家有五间房子的人家,求他们让我们进去烘干身上的衣服,可是哪一家都用极其简单的理由把我们拒之于门外:

"如今像你们这样到处串街游乡的人多着呢!"

---

* 本篇写于一九三三年底,最初发表于一九三四年一月《我们的成就》杂志第一期。译自《高尔基三十卷集》第十七卷。

"不得好死的,"格里戈里·伊凡诺维奇诅咒房主们说。

雨越下越大,我们挤在一家农舍的大门下面,农舍的院落是用薄板围起来的。我们待在那里挨雨淋。这时,忽然从雨地里出现一个个子不高却很敦实,也同我们一样浑身被雨淋得透湿的汉子。

"你们干吗蜷在这儿,等候春天到来哪?"他用快活的声音问道。我觉得挺有意思,但同时又感到别扭,这种天气居然还有心思开玩笑。当他听到护路兵郁郁不快地说"哪儿也不让进去"时,便主动邀请道:

"走,到我家去吧!"

他像聋子似的大声喊着说着,同时又像醉汉那样快活。那快活不仅和天气不协调,而且也跟这汉子的衣着不相称:他穿着一件破烂的长衫,撩起下摆遮住脑袋,长衫里面露出一件说不上是什么颜色的印花布衬衣,衬衣下面穿着一条蓝色花粗布裤子,打着光脚;我觉得,雨把他淋得比我们还惨。护路兵问他:

"那你呢,主人,逛荡什么?"

"到村子里去请神婆来着,不远,只有四俄里地,"他健谈地回答道,"我家小丫头不知怎么害起病来了。'主人!'"他苦苦一笑,感叹道。他一面说,一面扯下头上的长衫下摆,露出一绺绺看来是硬得连雨水也浇不平服的浅火红色头发。"我算什么主人呀?活见鬼!主人可都是穿靴子的。"

他肩宽手长,看来力大过人,走在黏滞的泥泞地里显得轻捷利落,嘴里还不停地问我们是什么人,从哪儿来,到哪儿去?

"我们就是到你这儿来的,"护路兵一句话就回答了他一连串的问题。

"请,欢迎你们,我这个人挺好客,"快活的庄稼汉用一种有地方给客人住和有东西给客人吃的口气说。护路兵听他这般口气,不由地开了个玩笑:

"你喝了点儿酒?"

"我不喝酒。不是爹妈不让,是我讨厌喝酒。我连伏特加的味道都不爱闻……"

"你可真是个乐天派,"护路兵抑郁地说。

"眼泪也冲不净伤心事儿呀!抄个近道儿走,爬篱笆吧。"

我们爬过篱笆,穿过菜园,来到了一俄丈宽的河岸边,顺着被雨水浇得像涂过肥皂似的黏土一步一滑地朝一所农舍走去。农舍有两扇窗户,没有院子,旁边的马铃薯叶丛里有一间小茅屋。农舍板墙的长缝腻上了黏土,屋顶上的干草被风吹得散乱无章,上面盖着枯枝,屋脊好像是被砖砌的烟囱压弯了。

"这个独家住宅不怎么样,"我心想,"里面准是又挤又脏。"

我们一迈进门槛就来到了一间小小的过道屋,一眼就看出这是洗澡房的更衣间。窗前长板凳上坐着一个身穿粗麻布衬衣的老太婆;她叉开两条赤裸着的、像松树皮一样颜色的大腿,用一把稀疏的木头梳子梳理着花白的发绺;当我们走进去时,她像受惊的马似的把头一举,双手落到膝盖上,哭诉般地,惊恐地埋怨起来:

"上帝啊,圣母呀!这是怎么一回事啊?又是你,叶戈尔沙,把人给招来了……"

叶戈尔沙把透湿的长衫扔到地板上,用当家人的口气温和地说道:

"娘,别发愁,别担心,梳妆打扮吧,你瞧,来了两个新郎官!喂,过路的,请把身上的潮衣服脱下来吧,要不然就该把屋子弄湿了……"

"你倒说说,把他们往哪儿安顿呢?"老太婆发着牢骚。

"能找到地方的。客人们,请进来。老太婆们就好唠唠叨叨……"

"咳,活宝贝!"老太婆叹了口气,无可奈何地摇摇头说。这时,我请求叶戈尔沙让我们把潮衣服挂到阁楼上去。

"去吧!"主人许可道。

我们爬上阁楼,雨点敲打着房顶,风把干草和枯枝吹得簌簌作响,时而小声打着唿哨,时而又发出低沉的哀鸣。

"老妖婆管他叫活宝贝,可也是,"护路兵一边挂衣服,一边在昏暗中唠叨说,"没准还是个小偷。可惜咱们没有茶叶和砂糖,不然就可以生个茶炊了……"

下阁楼的时候,他警惕地把他那只沉甸甸的背包随身带了下来。下面洗澡房里的光线越来越暗淡,一股臭烘烘、热乎乎的恶浊气味从昏暗的玻璃窗外钻进这间窄小的屋子。主人的身影在桌旁轻轻地晃动着,他正在往小洋铁皮灯里添灯油。他望了望客人们,说道:

"一个像梭鱼,一个像鲈鱼。喂,你们坐呀……"

房东家把洗澡房改成了卧室。这很简单:蒸浴床代替高板床,高板床下面是他们的铺板和被褥,旮旯里的铺板上已经完全黑了下来,那里有个人在动弹。火炉加高了炉床,用来做饭。为了好在上面睡人,把蒸汽浴用的石头炉子拆掉了。在炉口前面的小台上蹲着一只猫,一双绿莹莹的眼睛孤僻地闪着光;从高板床上探出一个浅头发小脑袋,仿佛在朦胧中又渐渐消失;在对着入口的地方那条长凳上的破被褥下面还有个小生命在喘气,在小声打呼噜。主人点燃灯,把它挂到白粉墙上的一只钉子上,微弱的灯光照亮了腐烂的地板上那一块新补的、还不曾踩脏的黄色木板。灯光下的所有东西好像都在奇怪地凑拢来,紧紧地缩到一起,形成么一种凄苦的安适感,同时在我心中产生了一个令人气愤的问题:

"难道这就是生活吗?"

"喂,咱们怎么过呢?"主人好像猜透了我的心思,问了一句,听他那快活的语气,我不由地想道:这个处境窘迫的人不知道发愁是什么。

"这会儿要是能喝上点儿茶就好了,"他继续说道,"可是咱们没有茶炊。"

"茶叶、砂糖也没有哇。"有个人从高板床那边用脆生生的声音平和地补充了一句。

"这是我老婆在说话,"叶戈尔沙解释道,"你不给来点儿土豆吗,帕拉加?"

"土豆因为下雨还没来得及刨呢。"

"噢,是这样,那就给点儿面包和咸盐吧。粗茶淡饭吃了当大力士呢。"

"爸爸,"从高板床上发出一声低微的喊叫。

"嘿,你们这些老乡呀,"护路兵轻蔑地说。

"嫌弃我们吗?"女主人走到亮处,扣着胸前的短上衣,问道。"要是不喜欢,你们到别家去好不好?"

她的问题听来不卑也不亢,不过明显带有一种主人的尊严感。我生着护路兵的气,他呢,大概也害怕在黑天把我们轰到雨地里去。他是个不苟言笑的人,而这会儿把他那死板的声音变得柔和了些,和解道:

"大嫂,你别担心,我们有吃的。"

女人皱起两道浓眉,若有所思地看了看士兵又看了看我。

"那就吃你们的好了,"她满不在乎地说。她走到面向入口的地方,俯下身子,拾掇破被絮。她个子不高,长得敦实,在微红的圆脸上那高而突出的前额下面庄重地闪动着一双绵羊眼睛,肥大的鼻子和厚厚的嘴唇使她显得不好看,但在她脸上,在她眼睛里,焕发着那么一种讨人喜欢的、让人觉得"不傻"的神采。无论是相貌还是体态,都有某些和她丈夫相似的地方;叶戈尔沙也有一双明亮的眼睛,一个翘鼻子、高颧骨,他这把悠闲地卷曲着的胡须并没有给他的容貌增添多少堂堂男子汉的气派。他站在炉旁的旮旯里说:

"你倒是去哪儿,亚舒克,撒尿吗?小弟,你撒在木盆外边了,听见了没有?"

这个瘦弱的浅发男孩子有气无力地应答了父亲些什么,可是听不清楚。

"你们瞧,过路的,这小伙子害眼,像是化脓了。你们可知道治眼病的药?长年发炎,发炎,可怎么办呢?"

"送医院去呀,"护路兵出了个主意。

"用什么送他去呢。老哥,我们自己还得替别人赶车呢,"叶戈尔沙一面把儿子托上高板床,一面说,"我领他去过三趟医院了。给他往眼睛里滴上几滴药水,冲洗冲洗,全不管事!不管事,不管事啊。"他一面重复着并且头一次听到他沉重地叹了口气,一面望着护路兵从背包里取出军人口粮:半个面包和几个馅饼。"不,我看他命中注定要当瞎子。你瞧,小丫头也病了,发了四天四夜高烧。她是着凉,声音都变哑了……帕拉加,她怎么样啦?"

没等妻子回答,他惊喜地嚷了起来:

"这是什么?是猪肉吗?"

"火腿,"护路兵纠正道。

"真阔气!帕拉加,你瞧,火腿。"

女主人笑眯眯地走到桌子跟前,说:

"这么大一块哪!我的一天哪……"

"这要值多少钱呢?"

护路兵打算逗逗乐。

"不是花钱买来的,是做贼偷来的,"他说。叶戈尔沙不相信。

"像偷来的吗?胡扯!"

"是真的。"

叶戈尔沙推开妻子,哈哈大笑起来,笑得浑身直摇晃,这时老太婆站在他背后,伸长着脖子,瞪着两眼,下巴耷拉着,露出一张黑洞洞的、没有牙齿的、贪婪的嘴。护路兵慷慨地请主人们一道吃一点。

"那就谢谢了!"叶戈尔沙说,"我说,这样吧,我的朋友,你给小伙子切下一块来,他吃了会管用的。肉嘛,老哥,那是稀罕的东西……"

他抓起一块火腿就朝高板床奔去,边跑边说:

"偷吃的,没关系!我当然不相信你们是贼……"

"不骗你,"护路兵坚持说。这时,女主人问了我一声:

"你也偷吗?"

不待我回答,护路兵就回答了她:

"他可不偷!他让学问给毁了,不好意思去偷。"

"吃的可以偷!"叶戈尔沙重复道,又推推妻子和老太婆,让她们坐到桌旁。"连老鼠和鸟儿也偷吃的。蟑螂也偷。偷东西不算瞎胡来,我这么觉得。"

"你净胡说,"妻子皱着眉头说。叶戈尔沙附和道:

"当然,信口胡说这可不好!不过还是俗话说得好:'要吃没吃的,谁家有粮就往谁家粮仓钻……'"

"可没有这样的俗话,"老太婆气哼哼地说。

"你知道什么?"

"我就知道!"

看来是为了避免一场可能发生的争吵,护路兵说了一句:

"你可真会嚼舌头!"

"我的心是快活的,所以舌头也麻利,"叶戈尔沙回答说。

"怎么样,一起吃点儿吧,"护路兵提议道。

大家都不说话了。护路兵是个贪嘴的人,再说食量又大,可这回也像我似的,什么都咽不下去了。叶戈尔沙狼吞虎咽地吃着,看他的样子怪可怕的,特别是老太婆,把一块肉胡乱塞进那张黑洞洞的没有牙齿的嘴巴里,看着怪吓人的:她把这块肉夹到跟前,顿时全身向它倾倒过去,生怕别人从她手里抢走似的。她从喉咙里、鼻子里发出咕噜咕噜、呼哧呼哧的声音,而她那双呆滞无神的眼睛却从灰色眉毛下面嫉妒地盯着叶戈尔沙那只敏捷的手。看得出她的喉核在蠕动,脖子上的皮形成了奇里古怪的、从来没有见过的皱纹。她的贪婪使我感到恶心,我还发觉那个年轻女人已经一连两次用臂肘去拱她的腰部。帕拉加也吃得不慌不忙,认真地细嚼慢咽着嘴里的食物,这种默默的狼吞虎咽使她感到很难为情;正是因为这个,而不是由于吃饱了肚子她才涨红了脸。看来我猜着了。帕拉加像是觉察到了什么,她脆亮的嗓子忽然盖过了丈夫响亮的吧嗒嘴声和老太婆那动物般的呼哧声。

"他能神聊,也会胡编乱造。有时候他能一夜到天亮说笑个没完。有时叫人听了怪害怕的。忽然胡诌出个蟑螂到处下仔儿的事儿来。"

"嗯，"叶戈尔沙点点头说。

"一直下到满世界都是蟑螂的天下，不管是地球上的人还是动物都没有安身之地，再也没有别的东西为止！"

叶戈尔沙嘴里不再咀嚼食物，颇为自信地说：

"要么就是耗子！消灭蟑螂没有什么绝招，不过耗子倒是比它厉害，它能吃蟑螂。你们自己知道：什么都得靠势力才行。"

"多半是靠愚昧，"护路兵插了一句。

叶戈尔沙嘴里塞满了火腿，说不出话来，只是在空中做了个手势。等他咽下嘴里嚼烂的东西之后，他又颇有见地地说起来：

"难道说愚昧就不是势力吗？愚昧，老哥，也是势力。你反对它吗？我们村里，有一个女教师反对愚昧，结果连夜从城里赶来了宪兵，二话没说，就把她抓走了！那就请到荒凉的西伯利亚去吃苦头吧……"

"你就讲讲她的事儿吧，"妻子请求说。他讲着讲着，讲得他自己都忍不住要流眼泪了。

老太婆撩起她的裙子下摆，擦了擦嘴巴，又用她那突然变得粗重的声音说：

"她不信神，不孝敬父母，可不就没治了吗！就是到了阴曹地府……"

叶戈尔沙戏谑地画着十字说：

"上帝保佑，那可怎么得了哇！"帕拉加却规劝老太婆说：

"咳，你又没到过阴曹地府，可别这么说啊。"

"女教师的胆子大得出奇，"叶戈尔沙对护路兵说，"她父亲是牧师，牧师的势力可大了！有一回，她和小伙子们、姑娘们谈论着什么，牧师就悄悄走过去，又是扯她的头发，又是扇她的耳光，把她毒打了一顿，她从地上爬起来，说：'你们可知道他，这个牧师，我的父亲，为什么打我吗？就因为我给你们讲了真理。'她还大声说：'你们可不要相信牧师呀！'结果又是一顿毒打。"

"不打又怎么着?"老太婆问,接着自答道:"就该这样。"

"妈,睡你的觉去吧,"女儿不动气,但口气却很重。

"我不忙,"老太婆回答说。她已经吃饱了,嗝儿嗝儿地直打嗝,可她照样还是用那辣根似的手指头掐着一块块馅饼,再用那不听使唤的、像醉汉般的手一个劲地把它们塞进嘴里去。

"瞧瞧,老人饿成什么样子了,"叶戈尔沙对我说,"见他们的鬼去吧,他们才不管世上的事情呢……"

"你可别在睡觉前说神提鬼,活宝贝……"

"别再叨叨了,妈……"

"你还是跟他说吧,叫他别再叨叨了,对,跟他说!"老太婆粗声粗气地说,声音哑得倒像是在她嗓子眼里卡住一块东西。"善良的人们,你们见过这种没出息的人吗? 他说:'我要做个规矩人。'可他跟所有的人都是冤家对头,不管是阔人还是明白人,他一概不买账。结果不是叫他吃皮肉苦头,就是把他抓去坐牢房。他害得我们都没脸见人。"老太婆咆哮起来,声音显得更粗重、更凶狠;她女儿皱着眉头扫去桌上的碎渣,叶戈尔沙在膝头上擦擦手掌,暗自窃笑,并向我们递了个眼色,于是他岳母就用两只干瘦的拳头敲打桌子,对他发起攻击:

"你要是想修道成仙,就别娶老婆,红毛鬼,别让娘儿们白白受折磨……"

"哎,怎么白白受折磨啦?"叶戈尔沙使了个眼色,反驳道,"你瞧,她生了五个。"

"呸,去你的吧!"老太婆吼叫道,这时女儿挎着她的胳膊,轻巧地把她搀扶起来,领到门口,嘴里不住地说:

"去吧,去吧,妈! 吃饱了,就去歇着吧……"

老太婆一个劲儿地捧着肚子踢蹬着两只脚,怒声呵斥着,往地上啐着唾沫。

"你和妻子过得挺好吧?"护路兵问。

叶戈尔沙津津乐道地回答说:

"妻子吗,老哥,这……这个,实不相瞒,是我一辈子最值得夸耀的!说良心话,要不是她呀,我早就像钉子一样被钉在墙里头了。连我的死对头们都尊敬她,是个聪明人,干活的一把好手,唱歌唱得比城里的演员还好听……"

我问叶戈尔沙,他为什么坐牢。

"还不是给抓进去的!"他准确无误地回答我。"就拿最后一次来说吧,也不知道我讲了些什么话,冒犯了乡长,他就把我整整关了三个月。我们这里,方圆四近的贵族、老财多,盛气凌人着呢,就是说,在乎人们对他们的态度,可他们自己对人比对马和狗了解得还不如。去年秋天,我给洛迪金喂马,乡长是他女婿,丈人要他干吗他干吗。在这以前,我在巴尤诺夫商人家里清池塘,那人是个巨商,生着一张平底锅似的红脸,胡子剃得精光。这号滑头都能到马戏团里去耍把戏。他可会盘剥人啦,他说什么'在外国什么都用时间和戈比计算,每一样活儿都按六戈比一个钟头算,不管干什么,扫茅厕也罢,扫教堂也罢'。他这狗东西,为了让我到区法院吃官司,搞了不少鬼名堂。"

我问他,这是怎么回事。叶戈尔沙皱紧眉头,搔搔脖子,苦笑说:

"还不是因为屁大的一点小事儿。说是我要把他那头公牛给打死,是犯了谋杀罪。可我只是用铁锹……"

"照它头上打的吗?"护路兵问。他显得很满意的样子,十分友善地不时看看叶戈尔沙。

"不……记得是照颈脖子上打的。是这么回事……我只是把铁锹一挥,它正好一个回头。"叶戈尔沙无精打采地解释道。

这时,帕拉加走了进来,挨着小女孩坐到条凳上,说道:

"你讲讲斯捷帕尼达老奶奶的事吧。"

"对,说来这可是桩新鲜事儿,"叶戈尔沙应和道,他又打开了话匣子,"农忙季节,一个孤身的穷老婆儿在刚刚割过的庄稼地里断了气,那是因为劳累过度,脸朝地栽了一跟头!庄稼人尊敬死者,这个不说你们也知道。下葬吧,又腾不出空来,再说一个孤独老人也没有个亲人。她是给科斯丘欣扛活来着。就有这样的抠搜、剥削鬼。大家同他好说歹说:她是死在你地里的,你总得把她埋掉。你听,他还有他的道理呢:她不是替我一个人干的,是替所有雇用她的人干活累死的。结果发生了一场争吵。老太婆躺在田埂上,尸体胀得鼓鼓的,随她白天黑夜在那里躺着,躺着,尸体都发臭了。事情传开了:她死了,怎么死的呢?不知道。眼看警察就要来过问,到那时可就得多破费钱财啊!科斯丘欣执意要众人出钱埋葬,而且头一个掏出一卢布六十戈比,算是付给她的工钱。最后凑到四卢布二十戈比,我管做棺材。我的钱在老财腰包里呢!"他朝护路兵使了个眼色,笑了笑。他讲得有声有色,那双明亮的眼睛闪烁着俏皮的笑意,颧骨突出的脸庞上那被风吹得很粗糙的皮肤滑稽地皱了起来,悠闲的胡须仿佛越来越长了。

"那好吧!大家来到牧师家里,可他说:'谁知道你们是怎么回事儿,谁知道她是怎么死的?这个得由警察局出面。我只是出于对你们的同情,为死者做安魂祈祷,给十卢布吧。'说什么他也不肯还价!可这时,我又偏偏把棺材做坏了:没等我做好,死老太婆的尸体越胀越厉害了。嗨,怎么办呢?付给了牧师十卢布,死人呢,是这么拉到坟地去的:她直挺挺地躺在大车上,棺材在她脚头横放着。先把她放进坟坑里,然后再把棺材搁在她身上,不这样不成呀!瞧瞧,还有这么送葬的……"

"这倒新鲜,可是叫人听了心里不舒服,"护路兵沉闷地说,这时帕拉加小声说了句:

"讲下去,再讲讲人们是怎么生活的……"

"是啊,人们的生活真难哪!连个奔头盼头也没有哇。你活着吗?那你就得这么过。我都快四十的人了,可我从八岁起就开始干活,我喜欢劳动,从来没有偷懒过,没有!可是连一个子儿也多挣不回来,这你们亲眼看见了。"

"可是心好呀,"帕拉加说。

富余与短缺

"心好不是奶牛,出不了奶,"丈夫应了一声。"不,靠自己两只手是多一个子儿也挣不回来的。要有一匹马才行,哪怕是一匹小马儿,哪怕它像我这样只有两条腿。朋友们,要想多得,就得有牲口,有自己的穷哥儿们——上无片瓦下无寸地的雇农。要想学手艺,在农村哪能学到呢?再说手艺人也得受别人的支使!"

"是啊,生活不自由,"护路兵点点谢了顶的头说。

"天高地广,没有安身之处!能说我没过过走南闯北的生活吗?我出生在沃洛格达省,如今流落到了此地!到哪儿都跟玩命似的。有一点总算是我的福气:意外地捡到了个好妻子。一天傍晚,我被制呢厂解雇,走在辛比尔斯克城郊一条路上,看见路旁停着一辆大车,大车旁边有个女人哭得好不伤心,还有一个女人也坐在旁边的树墩上。我走过去问她们:出什么事了?原来这是到西伯利亚去的移民,丈夫在半路上酗酒,把全部家当统统喝光了,这会儿又把马卸下牵去换酒喝了。他们落在队伍后面都快两天两夜了,还去追赶什么呢,没有必要去追赶了,那怎么办呢?就这样,我捡到了妻子和岳母……"

听了他的这一番话,我心里觉得又气闷又奇怪:他讲的是自己的不幸遭遇,可照样使人发笑,像说着玩似的,他讲话不带伤感,不怨恨自己的命运,也没有半点苦恼,只有他那种对生活完全丧失信心的背后流露出来的轻松情绪,这正是我早先认为的不知道发愁。我心里不由地想道:"穷开心,可精神支柱垮了。"

护路兵像木头人似的端坐在那里听他谈着,默默地合上愤怒的眼睛,弹动着搁在桌上的手指头,像是弹奏一架既看不见也听不到声音的古丝理琴①。

"我们就在这里落户了,"叶戈尔沙接着说,"那年夏天,村子烧光了一半,活儿吗,多少倒是还有点可做的。就是这个村子怪危险的。你数数看,差不离每家都有烂鼻子的,是梅毒病,说话一个个都带着难

---

① 俄国一种古弦乐器,类似我国的筝。

319

听的鼻音……"

"哼,还一个个呢,得了吧!"妻子纠正他说,"干吗平白无故说人家的坏话!"

"我说谁的坏话啦?四年前,不知哪个部队为了镇压什么叛乱驻扎在村子里,就这样,当兵的把全村的女人和姑娘都糟蹋了。"

"嗨,得了吧!也有没病的……"

"你是医生吗?彼得·瓦西里耶夫医生就跟我说过。他说:'保护孩子们吧……'我没说谁的坏话。也没说当兵的坏话。不能怪罪当兵的。他们是履行军人誓言,就跟骑在马上一样,马跑到哪儿,哪儿百姓就要遭殃。"

"你挺喜欢扯闲话,"护路兵阴沉地说。

"纯粹是为了开开心,"叶戈尔沙回答说,"除了说说笑笑,还有什么!既没地,也没马,连块洋姜也弄不到手!只有老婆和丈母娘,还有菜汤里的蟑螂。"

老太婆手里抱着一堆破被絮走进来,咆哮道:

"到底他又在胡说八道了!过道屋漏雨,我就睡在这里。过路的,你们上阁楼去吧。"

她把破被絮往地上一扔,又接着说:

"来来往往的过路人真不少。是来干什么的?东打听西打听的。"

"你别唠叨了,妈,"女儿劝阻她。

"不唠叨,她就没法活了,"叶戈尔沙说。

老太婆一面跪在地上铺破被,一面吓唬说:

"等他们进了城,该说辛纽希纳村有个好耍嘴皮子的庄稼人,得把他的舌头割下来……"

叶戈尔沙把我们领到洗澡房的更衣间。

"你们凑合着在这里睡吧……最好铺些干草,可是我们没牲口,家里也没干草,再说,我们人呢,还没学会吃干草……"

"这庄稼汉可不傻,"护路兵一边在烟囱旁安顿下来,一边小声说,

"不傻。可就是个没用的人。哎,见他妈的鬼去……"

他粗野地骂了一句娘,不言声了。雨没完没了地、使人厌烦地敲打着茅草屋顶。它那轻轻的沙沙声执拗地叫人想起叶戈尔沙的话来。一大滴雨水正好掉进我的一只眼睛里。大概过了五分钟,听到下边更衣间里帕拉加压低着声音说:

"咱们先在这儿坐一会儿吧,她还没有睡着。"

"咳!老太婆真狠心,"叶戈尔沙沉重地叹了口气。他们又沉默了一阵。然后妻子又小声地、但清晰地说起来:

"多不好哇……"

"什么?"

"来的是两个穷人,可咱们把他们的东西都吃光了。"

"没什么!他们也吃了咱们的呀。他们一不怕偷二不怕到处丢人讨饭吃。可我和你呢,不偷也不讨……"

这时,门突然吱咂响了一声,传来老太婆沉厚的、扬扬得意的絮叨声:

"好哇,你们在这儿数落我,可是我趁你们还在吃的时候,就把桌上吃的东西一块一块全搂在衣服下摆里……"

"你就睡觉去得啦!"帕拉加几乎喊出了声,叶戈尔沙嘴里咕哝道:

"真是报应……"

"一对傻—瓜!你们瞧瞧有多少!傻丫头,你把我拉走的时候,我都吓坏了,心想:不好了,吃的东西要掉出来啦……"

门砰的一声关上了,又静了下来。好像连雨也停了似的。护路兵又狠狠咒骂起来了。

"你怎么啦?"我问他。

"水滴在我身上了。破房子,他娘的……这个庄稼汉净胡说八道……跟椋鸟似的喳喳不休……"

他默默地挪动一下身子,倒换了个地方,接着像老太婆似的咆哮起来:

"人们竟想出了这样的字眼:农舍、富余①、狗东西。列克谢,你听见了吗?富余,啊?老太婆呢?她把吃的藏了起来……听见了吗?富余……得把这群狗东西统统掐死,娘的……"

"你骂谁?"

"该骂谁就骂谁。庄稼汉怎么说咱们来着……这个庄稼人可不是傻瓜。好在他不是财主,要是财主呀,准不是个好东西。富余,它娘的……"他咕哝了好久,在灰尘满地的阁楼上挪动着地方,爬过来爬过去,又折腾了两次,可见到处都在漏水。水照样也滴在我身上,可我耐住了性子。后来护路兵不觉打起鼾来,鼻子里连连发出哨声。不一会儿,我在蒙眬欲睡中又听见了叶戈尔沙的说话声:

"哎,别哭了!有什么法子呢?当然是老母亲死了好,咱们的日子就过得松快些……"

"你想想!这可是第三个孩子了……"

"拿什么养活他们呢?打发他们去讨饭吗?"

"亚沙的眼睛会瞎的……"

"只要咱们俩的眼睛不瞎就成,"叶戈尔沙说。

他们聊了好一阵子,在他们喊喊喳喳的说话声中我不知不觉地睡着了。天刚蒙蒙亮,护路兵就把我唤醒。我们不愿惊动房东,就不辞而别了。

这是很久以前的事情了。我不记得可曾想过要把快活的叶戈尔沙和他爱妻凄苦的生活写下来。而今天所以想起来了并且还写了出来,是因为前两天曾经到我这里来过一位朋友,他是我党优秀党员之一。他们在关注着农村新生活的建设,并且非常善于唤起农民的觉悟,使他们懂得必须沿着社会主义文明的康庄大道把生活推向前进。我那位朋友领导着整个一个边区。为革命工作他乘坐摩托雪橇到各

---

① 俄语 изба(农舍)和 избыток(富余),字根相同,士兵这段话意指农村生活贫困。

地巡视,在一个大村庄里住了下来。那是一个晴朗的休息日。午后,室外显得空落落的。雪橇在教堂前面的广场上停了下来,司机开始检查部件是不是全部完好。首先从大门里纷纷跑出来的当然是孩子们,尾随着他们的是一群老大娘,她们蹒跚地走了出来,做事的人都在村苏维埃开会。一个老大娘走近雪橇,惊叹道:

"我的天—哟,发明了什么玩意儿呀!它就这么自个儿跑吗?"

我的朋友发现,别看是个老太婆,倒挺活泼。她那双眼睛充满着生气和智慧。他自己呢,也是个活泼的爱说爱笑的人,并且善于跟农民交往。他给老太婆解释说:

"可不是吗,它会跑!当然不是没有鬼神,是鬼神在开动,尽管看不见它们,可它们就在——这里。"

老太婆听得出这是开玩笑,就说:

"听说,鬼是没有的。"

"总有过吧?"

"没有见过。同志,你可别笑话我们,我们知道,是电力在起作用。嘿,要是在基督二次降世①之前能坐上这玩意儿该多好哇!"

我的朋友装出吃惊的样子,问:

"能有第二次吗?"

"听说能。"

"这么说,是谁呢?"

老太婆回答说:

"我们这些没见过世面的哪能知道?兴许像你这样的人才能知道。"

在场的人都乐了,老太婆也为自己说了这番逗乐的话而扬扬得意,又打诨说:

"要是坐上这玩意儿到阴间逛一遭,讲讲在我们这里学会了制造

---

① 喻不可能之事。

什么东西,那才好呢。"

"好哇,"我的朋友说,"既然你有这个使命,就坐上来吧,咱们乘它逛一遭!"

"只我一个人?你请大嫂们一块儿也来坐一坐多好。"

于是,这位同志往雪橇里塞了五个老太婆,把她们载到原野上,开足马力,老太婆像大姑娘似的咯咯乐了,尖声叫着,她们心满意足。等他开回到村里,广场上已经集聚了二百来人,年轻人挖苦说:

"怎么,嫌老家伙们不中用,又拉回来啦?"

"你拉一个人要多少钱?"

一个小伙子带着几分醉意,嫉妒而又好斗地问:

"你是想靠老太婆们来建设集体农庄吗?"

谈到这里,我那朋友对我说:

"我看着大家,听着他们说说笑笑,心里就想:用老眼光看,我的职务相当于过去的省长。可是从前就连做梦也想不到有人能像同我现在这样地同省长交谈。想到这里,我心中就像是拨亮了一盏明灯。宣传工作做得深入啊!

"一个仪表庄重的大胡子走到我跟前,问道:

"'这机器是买来的还是自己造的?'

"'自己造的。'

"'这么说,是高尔基厂造的了?我正是这么想的,只是想核实一下。公民们,你们一眼就能看出这是工人们自己造的。同志,你能领着老头子们兜兜风吗?'"

于是我的朋友又领着老头子们兜了一圈。当他们开回到广场上的时候大胡子向村里人说:

"公民们,这位同志做得好,他告诉我们,我们的钱都花在什么地方了。要不然,我们待在这个地方闭塞得很,只能读到听到在建设,到底在建设什么呢,看不见。为了喜庆,我今天拿出二十五卢布买公债,还有谁个愿意?"

没想到庄稼汉们"为了喜庆"竟然募集了一百四十卢布。这时连司机也动议说：

"马特维同志，咱们要是能到边区各地去跑跑，也让乡民们坐坐呢？这对运输和筑路促进会①会大有好处。"

青年人像过节一样笑着闹着，而那个大胡子老汉越来越起劲地显示他那公民的觉悟，在开导着什么人：

"苏维埃政权下的生活真让人服了。如今，她都能叫老年人换脑筋。"

"也能叫您这老家伙换脑筋呢，"人群里有人冲他喊道。

于是"两代人的争论"激烈起来了。有位衣冠整齐的长老不买账地说：

"我们老年人比起黄口毛孩子来学得就是快，所以我们知道得也就多……"

"不是知道得多，是吹牛放大炮。"

"你们呀，成事不足，败事有余……"

"可不能一概而论！可不能睁眼说瞎话，不能一概而论！……"

"老顽固，就跟钉在墙里的钉子似的……"

"没有钳子还起不下来呢。"

"起得下来。"

但大多数村民团团围住了摩托雪橇，像拍打和抚摩马儿似的用手拍打和抚摩着这架机器。这时，有人声言：

"如今，连农民也能当上工程师。"

"这怎么讲？"

"我们的政府会助他一臂之力的……"

那个喝得醉醺醺的小伙子又窜了出来，挑逗说：

"可我，同志，手头一有钱就喝得精光！一挣到钱我就闲逛！我贪

---

① 指苏联汽车运输与道路建设事业促进会。该会建于一九二七年，曾以该会名义发行过公债。

玩儿……"

"还好捣乱，"人群里有人提醒说。

"对，"那小伙子应了一声，"我捣乱不偷懒。"

"干活呢?"

"干活也一样。同志，我一天挣的钱可多啦！都能喝成一个酒鬼……"

人们劝他说：

"别瞎胡闹了。别冒傻气了，不是这样的。"

"冒傻气?"小伙子嚷嚷道，摆出一副想要寻衅闹事的架势。这时，"农民公民们"用他们的宽肩膀推推搡搡地把他挤了出去。只听他在大喊大叫：

"我傻，许是闲得慌?"

又出来了另一个庄稼汉，也是那么一个大高个儿，也带着几分醉意。他衣着讲究，身穿一件质地不错的时式大衣，脚蹬梳毛靴子，一顶簇新的皮帽子歪戴在后脑勺上，露着宽前额；瘦削的脸上长着一个尖鼻头，一双阴沉而严肃的浅蓝色眼睛，刮得光光的下巴；两撇卷得神气活现的浅红色小胡子使他的面部表情显得刚强果敢，让人一看就知道，这是个自命不凡的人。

"同志，您这是向我们显示文明吗？显示工业化中力学的成就吗？好极了。您的到来似乎要让乡下大老粗儿大吃一惊，对不对？"

我的朋友问他是什么人。

"方圆四近都知道我，"他不无骄傲地回答说。这时，人群里随即有人喊了一声：

"他是自己人！"

"本地雇农的后代。"

"他是个好样的。"

"你们可知道我父亲是什么人?"那庄稼汉冲着人群问了一声，接着有人应答道：

"他父亲是在一九〇五年被打死的……"

"也是雇农。"

"靠一俄亩①地收五倍于种子的产量过日子。"

"慢着!"小伙子把手一扬,说道,"也有无辜被打死的,可我父亲,不瞒说是因为拥护革命真理给打死的。是不是?"

"是,是!"

"原来是这样!那么是谁打死的呢?"

"伊兹诺斯科夫一家子。"

"本地的吸血鬼。伊兹诺斯科夫一家子。"

"地主老财。"

"同志,现在明白了吗?现在,我请您到我家去做客。"

看这小伙子的气势和村里人对"雇农后代"的那股子劲头,我那朋友还以为人们是想拿这家伙"闹着玩玩",要么就是想同他展开一场持久的舌战。但时间已经不早了,晚霞渐渐暗淡了下来。

"请吧,"小伙子用手推开人群,诚心诚意地邀请道,"哪位公民愿意,也请一道来吧。同志,您是领导文化工作的,您一定有兴趣。"

"稍待一会儿吧,"这位同志先打了个招呼。

"不多耽搁时间,"那庄稼汉回答,"有一件小小的简单的事情。"

于是他们就去了。他把这位同志领到一座崭新的农舍跟前。农舍安有三扇窗户,带盖顶的门廊,门廊用刻有花纹的小圆柱作支架。他在过道屋掸掉毡靴上的雪花,热情好客地默默打开房门,屋子里的天花板上悬挂着一盏灯。天花板和墙壁都抹上了灰泥,粉刷一新;地板上了油漆,在面对入口的地板上铺着一条大褥垫和褥单子,被窝里有三个脑袋露在枕头上,有一张脸蛋上扑闪着两只大眼睛,其余两个已经沉入甜蜜的梦乡。手工精细的木床上坐着一个年轻妇女,她在给婴儿喂奶。看来她对客人的到来不大高兴,生硬地招呼了一声:

---

① 相当于1.09公顷。

"关门,孩子该着凉了。"

对着入口的地上摆着一个不大的书架,书架上方挂着列宁、斯大林的画像;炉旁靠墙的地方搁着一口绿色新碗柜,碗柜旁边的小桌儿上放着一把亮闪闪的茶炊。主人后面跟进来十来个人。他们站在房门口,主人走到前面的饭桌跟前,请那位同志坐下,说道:

"您瞧瞧,苏维埃农庄的庄员是怎么合计着安排生活的。当然,可以糊上壁纸,可是为了防止蟑螂,我不主张用它。所以说,我们多多少少能注意到文明生活,多多少少也开始懂得一点生活的根本意义。"他夸耀说,但同时又像是带着询问的目光:这话说得可对?他那张瘦削的、表情严肃的面孔变得温和了些。这时,我的朋友问道:

"是党员吗?"

"还不是。现在只是个苏维埃集体农庄的庄员公民。我的出勤率相当可以,一天能挣个六公斤粮食,除了七七八八的收入,还有伐木场的外快。养一头母牛。花三百五十卢布为老婆添置了一件大衣,拿出来给您瞧瞧吧。"

"得啦,"妻子说,一面把婴儿放在一张和自己的床并排着的小床上。

"要是你用买大衣的钱再买一头母牛就好了,像你们这样的一个家庭,一头是不够的,"那同志出主意说。

"你听见了吗?"妻子得意起来,"我也是这么跟你说来着!"

"再买一头?哦,"主人支支吾吾地说了一声。

"你的孩子们睡地板,这可是有害他们的身体健康。"

"要床吗?这我知道。可往哪儿搁呢?"

"再盖一间房嘛。"

"再一盖一间?"主人拖长声音苦苦一笑,"你可真是个好心人!"

他眯缝起眼睛,问道:

"怎么,你想把我推到富农那边去?你到底想要干什么?是说正经的,还是开玩笑?"

"等你再买一头母牛,再盖一间房子,总之,等你给别人带个头,过上红火的日子,我再同你开玩笑。这么干你就会得到奖金了,到那个时候,咱们就可以开开玩笑了,"那同志对他说。

"你们听,咱们的领导在说什么?"主人对大伙说。他们一声不响地听着,时而发出几声咳嗽和窃窃私语。人不觉渐渐多起来。主人目不转睛地看着那同志,继续说道:

"干活儿,当然不是为了拿几个奖金,至于奖金,我们就好像是自己在发给自己一样。再说,这样的人在村子里不只我一个,还有比我不次的,比我强的呢。"

我的朋友问:这个吃奶的娃儿几时生的? 原来生下来只有两个星期。于是他又问:

"你和妻子已经睡到一起了吗?"

"可不是吗! 要不说是老婆呢。"

他妻子那羞得通红通红的脸在昏暗里也都能看得清清楚楚。女人们的窃窃私语声听来越发清晰,传来了发笑声和感叹声。这时,我的朋友简单谈了谈关于爱护产妇的必要性,并且再一次强调两间屋子的好处,因为这样才能够使妻子在产前几个月里和产后的一段时间同丈夫分开。这个讲话赢得了女人们轰鸣般的赞同声:

"说得对,同志!"

"谢谢你这个讲话!"

"这对我们女人来说太需要了……"

那个活泼的、应承到阴间去宣传摩托雪橇的老太婆站了出来,郑重其事地说:

"大嫂们,这就是咱们的政权,看见了吗? 虽说他年轻,可明白多少事情呀! 从前,县警察局局长,还有警察……"

一个男人的粗重声音打断了她的话头:

"再盖一间屋,说的也是! 家里拥挤,孩子遭罪,他们不得不过早地知道那些不该知道的事情……"

主人赞同地点点头,说:

"是的!我代表大家伙说句大实话:同睡一张床可不好办哪。关于孩子们——说得对。唉,问题不少呀!"

"你们还没有无线电收音机,"那同志说。主人皱着眉头,说道:

"没有无线电收音机哇!"他确认道。"无线电这东西要电池,买电池要进城,差不多得走二百来里地呢。无线电对于我们来说是件难办的事情。"

接着他提高嗓门,神情严肃地说:

"刚才你听见那个醉汉嚷嚷说他傻是因为闲得慌吗?这是他发自内心的声音。我们的生活怪憋闷的,对于那些见过城市世面和在红军里待过的人来说更甭说了。手头有钱花,挣钱又痛快,可是说实在的,一闲下来,比方说,歇班什么的……就没有地方可去了。我们村里有三百来户人家,苦在没地方聚会。"

那位同志提到教堂。

"打过教堂的主意,"主人说,"教堂地方小,房子老,黑洞洞阴沉沉的,多年没人进去过了。不,教堂不解决我们的问题。当然,教堂还可以利用,不过我想最好能盖一座聚会用的新楼房。"

"叫做俱乐部,"人群中有人说。

"叫做俱乐部也好,叫做别的什么也好,反正需要它。青年人在学校里排演'农村戏剧',吵得学校没法受,可是给村里人并没有带来多少娱乐。至于小型话剧,也只是演给傻呆子们看的。"

"怎么办呢?那就使把劲吧,这全在你们自己了,"那位同志说。接着主人说道:

"既然是必不可少,我们就盖他一所。我们有木匠,他们能行,哪怕盖上一座三层小楼房呢。不过,同志,要是你能先帮我们搞到一台二十马力的小马达,那就好了,我们就能让全村都使上电灯,还有无线电收音机……"

公民们听了他的话格外兴奋,他们七嘴八舌地嚷开了:

"同志,我们的煤油不够使!"

"得安电灯……"

"就像楚瓦什人使的那一种!"

"小点声,"女主人请求道,"孩子们都要叫你们给吓着了。"

"嗨,至于吗?!"

"现在的孩子怕什么?"有人像是带着遗憾的口吻说。

公民们居然不顾油漆得干干净净的地板和睡在地铺上的孩子,他们一窝蜂似的拥到桌子跟前。这时,一个看来"酷似作家柯罗连科的画像"的大胡子庄稼汉用压倒众人的声音令人信服地说道:

"同志,我们需要过城里人过的生活。不然会是个什么样子呢?一部分人——这样生活,一部分人——那样生活!结果不是又把人分成两部分了吗?同志,你自己知道,我们短缺的东西多得很……"

"对!缺这短那的,把我们的手脚都捆住了,"那个雇农后代证实道。

接着,一位上了岁数的高个子女人说:

"像你这样的明白人往后可要常来呀。"

"同志,听到百姓的呼声了吗?"主人边笑边问。从他脸上的表情看得出他对这一番谈话感到非常满意。

这个关于"短缺"的故事是我根据那位"明白人"同志的口述记录下来的。

蒋望明　译

马具匠与火灾[*]

严重的大旱之后，伏尔加河岸上的一个村庄发生了火灾。烈火仿佛自天而降，出现在村边铁匠铺附近，落在丈夫外出当兵的阿克先诺娃家简陋的麦秸屋顶上，火焰一落下来就兴高采烈地使出浑身解数，将房顶的整个斜面饰上金色的绦带，又即刻从阁楼的窗口撒出一大把奇妙的弯弯曲曲的红胡子，还喷出一团团蓝色的烟雾。无数红色的火星细雨似的迸射到农舍的上空，飞向暑气蒸腾的天边，飞向燃烧得白热化了的太阳。小老头马具匠第一个看到这场灾难；当时我正同这个乡下手艺人坐在教堂对面的圆木上，听他讲述自己流浪生涯中饱含人生哲理的故事，不少人曾给他的心灵带来巨大的痛苦。

"啊呀，不得了啦！"他中断了自己的话头，高声喊道："你看，你看呀，起火啦。"

往往会有这样的情形：在一刹那间你会一动不动地、失神地望着火焰，被它惊人的速度和无可比拟的美景所吸引。可是此刻我却向马具匠建议：

"咱们救火去吧，"但他只顾从遮眼的手掌下观看大火，并对我说：

"不，对旁人来说，待在失火现场是危险的；要是看热闹，这个地方倒不错。"

---

[*] 本篇最初发表于一九三四年《集体农庄庄员》杂志第一期。译自《高尔基三十卷集》第十七卷。

这事发生在先知伊里亚节那天早晨。当时村里的人都在教堂里做礼拜,可孩子们已经在街上跑来跑去,还能听见妇女们歇斯底里的喊叫声。一个安着假腿的胖胖的庄稼汉在教堂门前的石板上一颠一跛地跳着,手里拉着钟绳,他一面敲钟报警,一面扯开铜号似的嗓门吼道:

"着火——啦,乡亲——们,快——快去……"

人们从教堂里涌出来,从几扇门里冲出去,有的咆哮着,有的惨叫着,有的尖声吵嚷,纷纷跳下教堂的台阶,从一个痉挛地扭动着的女人的身子上迈了过去。身穿花花绿绿的节日盛装的人群朝四面八方散了开去,他们互相追赶着、推搡着,高声叫喊:

"上帝呀!老天爷,先知伊里亚!……圣洁的圣母呀!……"

警钟急促的敲击声划破长空,当当震响,尘土在人们的脚下飞扬,狗在凄凉地吠叫。

霎时间,教堂变得空空荡荡,速度快得惊人。但火焰却以更快的速度熊熊地燃烧起来,它已经吞没了整个农舍,从两扇窗户里喷了出来,似乎要使农舍离开地面。还有什么东西也烧着了,一团团深蓝色的浓烟向上飞腾。

教堂门前的草地上,躺着一个身穿花布裙衫的女人,她喑哑地吼着,继而又尖叫起来,歇斯底里大发作。她弓着身子,用手指抓着草地,仿佛害怕离开大地似的。她的脚上穿着红袜子,看上去好像被撕去了一层皮。

又高又瘦、有点驼背的教堂领班,商人科贝林庄重地、不慌不忙地大步走到教堂门前的台阶上。他穿一件腰部带褶的外衣,像身披长袍的神甫。一个身穿蓝衣服,长着红脸膛、黑头发,浑身滚圆的小神甫一面画着十字,一面跟在商人后面跑了出来。科贝林将两个拳头贴在嘴上,像是揪住自己花白的胡须,大声叫道:

"圣像……把圣像拿来……"

他用两只手拍了一下胯股,像山羊似的摇着头说:

"真是一群蠢货!"

然后他感激地望着天空,画着十字说:

"离我这儿很远,真是谢天谢地。"接着神甫指着患歇斯底里的女人问道:

"她是马尔科夫家的人吗?"

"是他们家的伊丽莎白。"

"她太不成体统了……叶菲姆,你最好把她弄走,弄到门房里去,好不好?……"

跛足的庄稼汉停止了敲钟,肩倚墙站着,从虚胖的脸上拭去汗珠。他的脸胖得使眼睛眯成了一条细缝。他嘟囔了些什么,挥动着像猿猴似的长臂,走下教堂台阶,抓住女人的腋下,将她扶了起来,可是那女人抽搐似的挺直了身子,从他手里挣脱出来,猛地推了他一把,使他跌坐在地上,她自己的后脑勺也重重地碰在教堂前的石阶上。

"嘿,好厉害!"跛足人喊道,粗鲁不堪地骂起街来。

"你也太不小心了,"神甫责备他。

科贝林用喑哑的低音说:

"得啦,没关系,随她去吧,反正没人理她。咱们喝茶去吧,神甫……"

一群年轻人兴冲冲地拖着轰隆作响的消防唧筒在街上跑,老头们急急忙忙地走着,其中有一个身穿雪青色衬衣和白粗麻布裤子的老头,他满头白发,像镀了银似的,他长着一双鹰鸦般锐利的眼睛。只听他高声说道:

"这准是铁匠干的!他昨儿个天还没亮就给来避暑的人修理自行车来着。"

"你不喜欢铁匠吧,萨韦利老爹!"

"为什么呀?我谁都喜欢,像上帝教的那样!不过,要是他是个酒鬼,性格又像条野狗……"

突然有人绝望却似乎又有点高兴地喊道:

"马尔科夫家着火了!"

不错,富裕的庄稼汉马尔科夫院内几所房子的屋顶着火了,火焰沿着刨花,沿着木片迅速蔓延着,奔向那座尚未竣工,还没装上窗框,木板房顶上也没安上烟囱的农舍。人口众多的马尔科夫老头一家人一面让义勇消防队灭火,一面匆匆忙忙地把他们那有五扇窗户的农舍和贮藏室里的东西都搬空了。他们搬出了箱子、坐垫、圣像、餐具。贫农谢缅卡和在马尔科夫家避暑的大学生在着了火的刨花和木片上跳来跳去,用铁叉将它们扒到一块儿。一个又高又胖的姑娘用桶往他们脚上泼水,贫农兴冲冲地向火焰喊道:

"你往哪儿烧?办不到!老爷,留神点儿,裤子着了!"

身材魁伟的马尔科夫老人长着满头浓密的白发,大胡子几乎拖到肚脐,他把自己独眼的老处女妹妹往火里推,向她大声嚷道:

"傻瓜,靠近点儿!臭女人,跟你说,靠近点儿!"

身材高大的平胸的帕拉加双手捧着圣像,把圣像对着火光,闪动着她那只绿色的独眼,尖声叫道:

"仁慈的保护人,烧不坏的荆棘①,救救我们,保佑我们!上帝呀!邻居们,你们怎么啦……快行行好吧!"

"靠近点—儿!"马尔科夫大声喊道,一只手提着裤子,另一只手推着妹妹的脊背和后脑勺。独眼女人用圣像遮住脸,避开火焰,喃喃地说:

"你这是干什么!我会烧死的……"

她绝望地更加声嘶力竭地向邻居们求援,她的哥哥眨着眼,可怕地闪动着他那双暴出的眼睛,一个劲儿把她往火里推,火光照得他的眼睛血红。由于马尔科夫过重地敲了一下老太婆的后脑勺,她高高地挥了一下圣像,脸朝下跌在灰烬里,火星飞溅在她的身上。她试图站起来,用圣像在地上拍打着,哼哼唧唧地喊道:

---

① 耶和华的使者从荆棘里的火焰中向摩西显现,这丛荆棘虽被火烧着,却烧不坏(见《旧约·出埃及记》第三章第二节)。

"咳—咳,啊—啊呀!"

她的哥哥抓住她的两只脚,把她拖开,从她手里夺过圣像。这时马尔科夫的裤子掉到膝盖上,于是他将圣像夹在腋下,拉着裤子,凶狠地叫道:

"哎,魔鬼们,他妈的……"

所谓魔鬼指的是几个老头子、老太婆,其中也包括马具匠,他们一声不吭地站在街对面菜园的篱笆旁,观看着马尔科夫一家人和他的五个邻居怎样拆掉篱笆,怎样把东西搬到菜园里,他们一边看,一边嘴里念念有词,既像是在数别人的财产,又像在祈祷。这默不作声的人群越聚越多,增加得很快,因为老乡们和避暑客喝完茶后都跑来观赏大火和救火的场面。

大火在哗唎作响,不时发出嗯啸声和嗞嗞声,向四面八方撒着红色的小火花,与浓烟一起,向上扬起烧焦了的火烫的小木片,像狐狸般地狡猾,又像水那样漫流成一条条小溪,蛇似的蜿蜒着,试图咬啮人们的脚。义勇消防队的年轻人往火里投入四根钩竿,用它们扯下圆木和木板,他们喊道:

"一—二!嗨,使劲!拉—呀……"

人们运来了两大桶水,但很快就光了,有一半在路上流掉了,没涂油的消防唧筒发出撞击声,吱吱作响,水龙带中流出的水细得可怜,毫无力量。火直往人们身上溅着火星,灼热的空气烤得他们的手和面庞发烫。那些救火的人们看到,着火的只是两家富裕农民的农舍,同时又看到,附近几座农舍的主人都小心地坐在屋顶上,正在从井里汲水将木板浇湿,因而他们干得不卖劲儿,也不协调。只有秃了顶、蓄着大胡子、平素十分庄重的作家叶夫季希伊·卡尔波夫和气而又严肃地劝那些看热闹的人们:

"乡亲们,你们怎么不帮忙呀?别人有难的时候,应该帮他们一把。今天你们帮了他们,明天他们就会帮你们。"人群中有个人没好气地问道:

"先生,您怎么知道明天还会失火呢?"

"抽烟,"一个穿蓝裙衫,脸色发青的老太婆唠唠叨叨地说,"在我们这儿做客,还抽香烟这种鬼玩意儿呢。"

又有一个人气愤地说:

"您还教孩子们抽呢。"

一个胖胖的庄稼汉,上身穿一件粉红衬衣和带格的坎肩,下身穿一条蓝花粗布裤子,打着赤脚,得意洋洋地亲热地在红胡子里窃笑着,用一双油亮亮的眼睛看着卡尔波夫,劝他道:

"叶夫季希伊·帕甫洛夫,你别听这些野蛮人的话。他们懂什么呀?他们靠避暑客给的钱过日子,可是又反过来埋怨他们,像狗对着生人那样吠叫。"

"靠避暑客给的钱过日子?"别人都向他嚷嚷起来,"要不是我们的命苦⋯⋯"

"我们没有钱,只好把农舍当别墅租出去,你这个混蛋!"

"他当然知道。他自个儿就出租。"

"他就想着同避暑客一起喝茶,消磨时间⋯⋯"

有人高兴地喊道:

"铁匠可给找着—着了!"

人群中有谁凑热闹地应了一声:

"康斯坦丁,你去把铁匠揍一顿⋯⋯"

有些看热闹的人很快就离去了,一个长着山羊胡子、身材瘦小的人像孩子般眯着明亮的眼睛说:

"会有人给他,给铁匠拿出证据来的!会向他证明,上帝造就了人,魔鬼造就了铁匠。"

"上帝造的是亚当,不是人,"一个老太婆厉声插嘴道,"不知道可别胡说。"

"亚当不是人吗?"

"亚当在同夏娃犯罪之前,身上长着翅膀,像天使一样,后来亚当

337

的翅膀只剩下了两块肩胛骨……"

"喂,娘儿们,你们听见了吗?"

"娘儿们把我们的翅膀给毁了,拔掉了。"

"真的!是些害人精……"

"娘儿们吗?没有比她们更害人的了……"

"俗话说嘛:魔鬼办不到的,就派娘儿们去办。"

站在叶夫季希伊·卡尔波夫身边的,是马具匠。他那双聪明的小眼睛尖刻冷漠地笑着,他那长满络腮胡子的士兵般的面庞上有许多皱纹,他声音不高却意味深长地说:

"老爷,您放心好了。一闹火灾庄稼汉就糊涂了。谁都只顾自己,好老爷……"

"不,对不起,"卡尔波夫打算反驳。

"对呀,您请说吧。我并不打算同您争。"

"您看:有村社……"

"当然啰,"马具匠赶忙表示同意。

"共同的生活——你懂吗?"

"一点不错,"马具匠又表示同意,然后走开了。

"多糊涂啊,"卡尔波夫望着马具匠的背影对我说,"那些脱离自己的土地去城里干零活的人把农民带坏了……抽烟吗?"他建议道,说着掏出了烟盒,但向四周看了一眼,又把烟盒藏进了口袋,解释道:"我忘了:我还没喝茶,空着肚子我是不抽烟的。"

一群庄稼汉,大约有十来个人,把铁匠带来了,他的脏衬衣从衣领直到下摆都撕破了,他那仿佛被人故意涂上油烟的脸和蓬乱的胡子上流着鲜血,他摇摇晃晃地走着,哼哼唧唧地说:

"坏蛋们,你们去问巴什卡·阿弗杰耶夫好了,要不去问他的房客也行——我们仨昨夜一起待在伏尔加河对岸。"

"就算你待过又怎么样。"

"等我们弄清楚了,我们就相信你。"

马具匠与火灾

"你们这些坏蛋。着火的时候,我上山去了,妈的……"

"我们不跟你吵。就算你上了山吧。"

"那你们干吗打人?干吗?妈的……"

"等我们弄清楚就知道了。你别嚷嚷。"

人们走过去了,这时人群中一个女人用尖细的声音急急忙忙地说:

"我说,是患歇斯底里的伊丽莎白放的火……"

"你亲眼看见了吗?"

"你只相信你见过的事吗?你信上帝吧,可你见过他吗?你没去过莫斯科,但是你知道莫斯科真的在那儿,对吧?嘿,傻瓜。"

那个女人更热烈也更快地继续说:

"要不是她就让我遭雷劈——准是她伊丽莎白。别人欺侮了她,狠狠地欺侮了她,所以她就报复……"

"来呀,来呀,来呀,"灭火的人齐声喊道,用钩竿钩住正在燃烧的圆木,一下子就从农舍上扯下五排由圆木构成的木排。火焰迸出了火星,向空中冒着蓝色的烟雾,天空仿佛笼罩着一层灼热的浅灰色的尘埃。火焰更迅速地吞没被它包围的一切,将圆木变成金红色的木炭。小伙子们用水龙带里不多的水只能把大火的边缘淋湿,姑娘们用水桶往火里泼水,但烈火又将水变成了烟雾和蒸气,发出吱吱的声音,有时还轻轻地发出啸声,噼啪声,继续燃烧着。几个赤脚的小男孩大声嚷着,尖声叫着,蹦蹦跳跳地用长棍把烧焦的木头挑起,扔进火堆里。领班科贝林像仙鹤一样在街中心迈着步,他走近看热闹的人群,用阴沉可怕的声音说:

"那些不相干的人本来应该恭恭敬敬地把礼拜做完,可是所有的人都急急忙忙跑出来了,所以上帝才……惩罚……"

"罚谁呀?"一个女人喊道,"罚有钱人吗?可是有钱人就是遭了火灾也是合算的。马尔科夫家就在地方自治会保了险……还罚个什么劲儿!"

"阿克先诺娃总是什么都知道,谁的口袋里有多少钱她都了如指掌。"科贝林说,可是那个可怜的女人却叫道:

"为什么要罚我呀?瞧,我的房子只剩下一堆灰了。"

"因为你太放荡,上帝才罚你,"科贝林解释道,说完穿过大街来到马尔科夫的大儿子房屋的废墟上。马尔科夫正坐在那儿,他的身旁有一桶克瓦斯。他手拿搪瓷缸,把嘴唇、胡子都弄湿了,他一面喝克瓦斯,一面对儿子说:

"靴子烧坏了吧?看你们还摆阔气,还讲穿戴吧。"

马尔科夫的儿子长得又矮又壮实,满头红发,正在用衣袖从长着尖鼻子的宽脸上抹去汗水。他站在父亲的身旁,一会儿抬起这条腿,一会儿又抬起那条腿,闷闷不乐地仔细察看着变成红褐色的皮靴头。

"因为过节才穿的,"他无精打采地说。他的父亲叫道:

"你还是个孩子吗?都成了家了,自己已经有孩子了……"

科贝林坐在马尔科夫的身旁,从他手里拿过搪瓷缸,舀了一杯克瓦斯,说道:

"还在埋怨呐?埋怨是罪过。着火是上帝的意旨。埋怨人们还可以,埋怨上帝可就是罪孽了。"

"人们……"马尔科夫说,又骂起街来。科贝林用搪瓷缸画了个十字,然后把克瓦斯一饮而尽,摇摇头继续说:

"人们帮不了咱们多少忙。他们不喜欢咱们,认为咱们走运。可有什么走运的呢?瞧,你家着火了……"

"我们的救火工具太差劲了,"年轻的马尔科夫抱怨道。可是两个老汉没搭理他。科贝林问道:

"你的妹妹烧伤得厉害吗?"

"没什么,"马尔科夫回答。

"你那个守寡的儿媳妇犯病了吧?"

老头没有答话,儿子拾起一块木片,挥了一下,本想把它扔进火堆里,却扔到了街上。科贝林叹了口气。

马具匠与火灾

"听说,好像谁家的女人从茶炊里把炭抖撒出来了。"

"谁瞧见了?"马尔科夫阴沉地问。

"不知道谁瞧见了。只是有人这么说。好像是你们家的伊丽莎白……"

"魔鬼,滚开,"马尔科夫跳起来叫道,"你干吗还要来惹人,啊?"科贝林站起来,像骆驼似的弓着背走了,边走边回头看看,他用深沉平静的声音说:

"干亲家,你本该做祷告,可你还发火。上帝不会无缘无故地罚人……"

马尔科夫的儿子用握着的拳头搔着大腿,喃喃地说:

"应该给他脸上一拳头。"

父亲站起身来,在干亲家后面啐了口唾沫,就到院子里去了,他双手贴身垂着,仿佛提着什么重东西似的。

余火仍在燃烧,火苗愈来愈低,仿佛钻进了地下,钻到金色的煤堆下面。浇了水的圆木冒着灰色的烟雾,有时突然又燃烧起来,起伏的火苗沿着圆木奔跑着,在一个地方熄灭了,又顽强地在另一个地方出现。男孩们快活而兴奋地叫嚷着,用棍子抽打着火星;从烧焦的木炭中冒出一团团金黄色的火花。成年人不慌不忙地回到各自的农舍,街道渐渐平静下来。可是突然间,一声绝望的号叫划破了灼热的天空。

"我们家着火了!哎哟,我们家着火了!"

在马尔科夫家幸存的一座农舍的后面,一团红中透青的烟雾腾空而起。

到了中午,马尔科夫家菜园的后面,靠近村边的两座农舍也着了火。傍晚,马具匠同我坐在伏尔加河岸几棵老柳树的浓密而闷热的树荫下。河面上空旷而寂寞,阳光暗淡地映在河水里,浑浊的河水似乎被一层半透明的铁锈覆盖着,河水散发着令人不快的沼泽地上那股热乎乎的浓烈气味。

马具匠兴致勃勃地抽着一支很粗的漏斗形的自卷纸烟,从他的嘴里，透过花白的唇髭，吐出一团团烟雾，同时心平气和地倾吐着早已经过深思熟虑的话语：

"就这样，这位作家对我说：'老百姓就该友好地，像兄弟那样和睦地过日子，'他说，要能这么着，就什么都好办了，什么都会像个样儿了，要是你们真的信上帝的神灵，妈的，就把你们拉去……"

我反驳他：

"喂，他可没说'你们赞美上帝吧……'"

"慢着！你知道他怎么想的吗？"

"知道。"

"你啥也不知道，"马具匠满有把握地反驳道，"你一点也不知道。你还是个黄口小儿，还没有成人。你呀，跟莫尔德瓦人并排站在一块儿都叫人分不出来，还敢来跟我顶嘴呢。"他跟大多数饱经世故的人一样，喜欢炫耀自己，也跟大多数老头一样，爱唠唠叨叨，可是他的话听来还是叫人高兴的，还是有益的。"我都六十三岁了。"他一边说着，一边不时用一只脚搔另一只脚，往脚上撒着沙子。"我从九岁起就干活，干过三种手艺：做马具、缝皮袄、织呢绒。我走遍了七个省，到过乌拉尔，甚至去过比乌拉尔更远的地方，在几百所教堂里做过祷告，在几百条河里洗过澡，我有过多少婆娘和姑娘——数都数不清。就是这样，亲爱的朋友扎科留奇金。"

"他还同你讲了些什么？"我问。

老头微微眯着眼，望着河面，一只大木船离开了对岸，船上载满穿着颜色鲜艳的花布衣裙的妇女，歌声隐约可闻。

"他什么也不会对我讲，"马具匠沉默片刻，轻蔑地对我说，"可我对他说：'谁安排了这么一桌酒席，让所有的人都在一起吃喝？让温驯的人同暴躁的人、仆人同老爷、雇农同主人都平起平坐呢？'他要人相信：'正因为我们生活得不一样，所以日子过得乱七八糟。'他没有白学，词儿很多，滔滔不绝，没完没了，甚至嘴角上冒着泡沫。当然，光凭几句话是说服不了我的。"

马具匠的脸很奇怪:凹凸不平的前额变得光滑了,脑门的皮肤绷得很紧,没有一丝皱纹,像秃头似的闪闪发光,双颊花白的硬须和剃得溜光的下颏之下,是一道道深深的松弛的褶皱。当他讲话的时候,硬须颤动着,仿佛变长了,叫人看了很不舒服。

"我说:'你瞧,成千上万的人正在移居西伯利亚,火车一等就是几个礼拜,人们睡在火车站上,有的饿死了,有的把财产喝光了,孩子们像蟑螂在没人住的茅屋里一个接一个地死掉。老百姓完蛋了!不,你说服不了我。要是你把我说服了,我可以白白地给你干一年活。你看见人家是怎么灭火的吗?问题就在这儿。邻居遭灾不算灾,不过是闹着玩罢了。'"他用自卷纸烟的烟头去烧一条肥大的毛茸茸的毛毛虫,眼看着毛毛虫痉挛地挣扎着,冷漠地说:"各个村子里,这种患歇斯底里的女人有多少啊!大夫认为,这是一种病;巫婆证明,这是中了恶人的邪;神甫却说,是因为着了魔。我看,这种痉挛是装出来的。女人们装作魔鬼附身,为了叫别人不打她们,她们害怕挨打。女人们可狡猾了。每个人都想从别人手里设法逃生嘛。"

那条毛毛虫蜷曲成一个圆圈,一动也不动。马具匠用他松树皮色的脚后跟把它踩死了,他叹了一口气,说道:

"别人说,是马尔科夫家的儿媳妇,他二小子的老婆,那个害歇斯底里病的女人放的火。她的丈夫被赶到西伯利亚去了,大概因为他打死了跟他同居过的一个女房客……儿媳妇因为守寡而犯病。是呀,大概公公也不会让她安宁,这里的公公全都是扒灰老汉。"

我问他:

"你怎么知道的呢?"

"我不是第一次到这儿来。有一回在这儿住过整整一冬天,给人家缝皮袄。而且我自己住得也不太远,就在雷斯科夫那边。我给马尔科夫家大概干过一个半月的活,在他们家住过。他克扣了我的工钱,这条老狗。他有个特点:非克扣不可,哪怕扣五戈比,要不然,他说,钱就用尽了。嗯,是呀。他有八十多岁了,可是你瞧,多硬朗啊!还有他的儿子,那个杀人凶手,也长得挺好:是个美男子,大力士,又有文化,读了些书,跟那些避暑客总是混在一起。也许不该判他的罪。不过,他也是贪得无厌的人。"

马具匠打了一个很长的呵欠,发出吼一般的声音,脸朝天躺下,把双手放在脑袋下面,睁开他那双锐利的眼睛。

"庄稼汉吃得越饱就越贪心。亲爱的朋友扎科留奇金,你是永远喂不饱庄稼汉的,他恨不得吃得一辈子都不饿。他跟上帝合不来,上帝有时候给他,有时候又不给,罚他饿死。所以,为了以后不挨饿,就拼命地吃,上帝也管不着他。"

河面上的歌声越来越清晰可闻,老汉跳起来,用手掌遮住眉毛,目不转睛地望着河面:木船仿佛载满着鲜花,吃力地逆流划过来。

"她们正在朝这儿渡过来,"马具匠说,"木船超载了,这群傻瓜,可能会淹死。几乎每年都有这么淹死的。因为穿着裙子没法游远。当然啰,损失不算大,女人有的是,可还是……麻烦事……"

"你信上帝吗?"我问他。他用埋怨的口气,用顺口溜来回答:

"上帝我倒相信,神甫可当不成。"他坐下来,用双手把沙子堆成一座小沙丘,用破便帽把它盖住,这样做成一个枕头,把秃头枕在上面,唠唠叨叨地说:"你一个劲儿地打听,你是密探、是法官,还是乡长?可乡长又是什么人呢?他是个地主,派他来是让庄稼人回到农奴制度下去。那么一来,我就只能在一个地方待着啦,像呆头呆脑的木偶一样——就是这么回事!算啦,比方说,这不关你的事,因为你不是庄稼人。假如有人要问:怎么才能把没用的东西抖落掉——那是抖不掉的,扎科留奇金。你要明白,好朋友,除了自己,你什么也不会知道。而且就连自己也……"

马具匠好像要把什么东西赶开似的绝望地挥了挥手。

"你怎么生气了?"

"别纠缠不休。你个子虽高,可并不聪明。"

我邀请他去小馆子里喝茶。

"让我打一会儿盹吧,"他说,但马上又坐起来,继续唠唠叨叨地说:

"你真烦人。又很讨厌。假如我对你说,我信神或者不信神。可你是谁呢?我认识你总共才三天。也许我信神……"

他用顺口溜,用喜欢讲笑话的人那种腔调说:

"我们的上帝三位一体:圣灵啥事不过问;圣父财神爷,千万敬着他,你要得罪了,就准挨他揍;圣子最娇贵,自己复活去,却要我们背着十字架。这笑话你听过吗?好朋友,上帝我可顾不上,现在我的脚发麻了。所以,心里也就发慌了:不管坐在哪儿,就在那儿安身。腿干吗会发麻?干了五十来年的活,可啥也没落下……马尔科夫够肥的了,而我剩了一把骨头……"

正如俗话所说,他可"找到自己喜欢的话题了",他讲得轻松,自由,可以感觉得到,他这些愤愤不平的话不是昨天才想出来的。

"你要相信我的话:为你自己想想吧。你的出路在哪儿?找个啥样的落脚点?你得想一想。你要是问别人,别人尽是胡说八道,你到死也弄不明白。还是你自己解决这些问题吧。你听到小学生怎么说的吗?'你为什么赤着脚?因为没有鞋穿。'这就是全部深奥的道理……"

他笑得口沫四溅,仿佛咳嗽似的,一边呼哧着,一边喷着唾沫;笑得脸和脖子都红了,他那筋脉显露、消瘦和没有分量的身体久久地跟着振动。他止住笑声就躺下了,又重复了一句:"这就是全部深奥的道理。"说完马上就进入梦乡,像钻进水里似的,一声不吭了。河面上的歌声越来越清晰,木船摇晃着,船里的女人们也东摇西晃,变得越来越大,显得更加五彩缤纷。

谭得伶　译

执行判决[*]

"执行判决,即执行法院之决定。"
《法律术语词典》

  五月干旱,只下过两次小雨,湿润一下杜博夫卡村田野上坚硬的砂质黏土,又开始了漫长炎热的日子,而且来势益发凶猛了。从六月开始响起了阵阵旱雷,哄骗渴望雨水的农民。直到六月下半月,天空才布满铅样的云层,洒下秋天那样的连绵细雨。
  "看样子,连种子也收不回来,"杜博夫卡的主人们,眼望着自己那几块禾苗稀疏、蓬乱的土地,心中沮丧地想道,"这几块薄地,即使在丰收年景,每俄亩下种八到十普特,也只能收获三十五到四十普特。"
  没有肥料,缺少牲畜,有马的庄稼人要到四十二俄里之外的城市,去向商户的管家购买肥料,给自己的份地增加点力量;有时把肥料转让给没马的贫农,作为雇佣劳动的报酬。一般地说,杜博夫卡的生活和这个穷县的其他村庄一样,非常困苦。杜博夫卡隶属的那个乡,以农民的贫困和经常变卖农具去交纳欠税而格外出名。杜博夫卡村的五十二户人家之中,有半数农民秋天到城里去给商人劈柴,每立方俄

---

[*] 本篇写于一九三四年夏,最初发表于一九三五年一月《集体农庄庄员》杂志第一期。译自《高尔基三十卷集》第十七卷。

丈挣十五到二十戈比；春天，他们用积雪填满地窖，铲除街上污秽的冰雪，只要能给家里弄点余粮，什么苦活都肯干。冬天的时候，他们偷偷地从修道院林场的树上剥下内皮，编树皮鞋，从山谷里割取柳条，编织捕鱼的袋网和筐篓。妇女们时常到城里去做女仆，许多人过惯了城市生活，因而抛弃了丈夫。

杜博夫卡依傍在一条古老河流蜿蜒的岸边。这条河狂澜无羁，把大地掘成河谷与沟壑，堆成山岗与土丘；后来它成了一条狭窄的、夏日里几乎干涸的复名小河——尤拉河，或者未名河。春天里，尤拉河汇集田野里的溪流，涨起黄泥滚滚的大水，年年冲涮以至冲毁两岸，逐渐缩小耕地面积和狭长的牧场地带。杜博夫卡的贫穷和僻陋不曾使人感到惊讶；这个村庄以农民的剽悍、酗酒以及官府对它的怀恨而驰名。官府所以怀恨，不仅因为他们欠缴赋税，而且因为杜博夫卡的农民爱生事，好告状。

杜博夫卡有自己的聪明人——塞瓦斯托波尔保卫者、士兵叶拉科夫；他身材矮小，瘦削，下巴和两鬓刮得精光，有一张啄木鸟式的长嘴，银白眉毛下面露出一双含怒的眼睛；这是一个相信自己的智慧而高傲自负的人。他住在村口一所挺好的农舍里，有一个大菜园，养着十箱蜜蜂，他爱读祈祷亡人的圣诗，喜欢教育人们遵守正当的生活准则，不能容忍孩子们淘气。在他菜园里干活的有邻居的婆娘们和他的第二个妻子，一个被这位英雄打聋了耳朵的老太婆。他说，杜博夫卡人在同拿破仑打仗以后，因为暴乱受到惩治，从斯摩棱斯克省被赶到这不毛之地。并说，在农奴解放之前，即六一年①之前，他是杜博夫卡的"村正"②，但是老年人里没人懂得"村正"二字的涵义，也没人记得叶拉科夫做过农民的长官这回事。他和当时村里许多有见识的人一样，能够非常简洁地讲明村里生活艰苦的情景。

---

① 指一八六一年俄国废除农奴制。
② Бурмисто，农奴制时期地主派到村里管辖农奴的头目，也可译为"村长"。

"人们变得乖戾起来。既不信神,又不信鬼,为填饱肚皮混日子。人们心里根本没有沙皇了,而沙皇却关怀我们,给我们自由[①],他以为人民会富裕起来。沙皇陛下想错了。他年轻的时候还善良,就是狼崽子幼小的时候也是善良的。在给地主扛活的时候,人们的生活还好一些,那时政府就在农民的大门口,不是在城市里。地主知道:从饥饿的庄稼人身上榨不出油水来,就像从公山羊身上既剪不到毛,又挤不出奶一样。地主拄着手杖在自己的地里转来转去,什么都看在眼里:对什么人应该减轻负担,什么人应该加重。人们的生活好歹还过得去。可是现在设了地方自治局,自治局的人们待在别墅里,通宵达旦玩纸牌。他们点上蜡烛,放在玻璃罩里,免得虫子捣乱。我亲眼看见这种寻欢作乐的场面。至于庄稼汉和地主打官司的事,那是从来没有的[②]。"

除了叶拉科夫而外,还有一个聪明人,叫谢拉赫·杰瓦欣。他是个裁缝,还捕鸟、打猎,是一个长相粗野的庄稼汉:宽肩膀,但有点驼背,胸部平板,好像被压瘪了似的。长着两条长腿,走起路来不紧不慢,犹豫不定地摇来晃去。他那前额高大的脸膛被似乎褪了色的稠密的棕黄色大胡子箍得紧紧的。他的毛发过分浓密,甚至连手指头也长满了一撮撮的毛。他是裁缝,可是自己却不修边幅,衣衫褴褛,好像故意表白自己贫穷。他已年逾四十,但有教养的人们还叫他谢廖什卡[③]。只要看看谢拉赫窄脸上那双又大又漂亮的浅蓝色的女人眼睛,就会感到奇怪;他那低沉的嗓音、粗野的外表与眼睛里温柔的微笑,怎么也不相称。他是妇女和青年喜爱的人,因此,他们叫他谢拉赫,经常聆听他的高见,并且认为他是"有造化的人"。他抽着装在自制长杆上的、值五戈比的陶土烟袋,眼睛望着地,瓮声瓮气地说:

"昨天我在树林子里找到一块干爽地方,躺下睡着了。醒来一看:

---

① 指一八六一年俄国废除农奴制。
② 意指自治局无事可干。
③ 谢廖什卡是谢拉赫的小称,谢拉赫是谢尔盖的爱称。

眼前长出一只蘑菇,那样壮实、那样鲜嫩,是白蘑菇。我躺下的时候,还没有呢。你得加劲儿,蘑菇三个小时长大,马驹子要好几年呢。"

他很少骂娘;当有人问他为什么说"加劲儿"、"加把劲儿"时,他解释说:

"劲儿,就是核心,是最根本的东西。加把劲儿,也就是加温,加热,好比铁匠一样,不加热打不了铁。人也是一样。"

他这些话很不好懂,但是能够吸引青年人,因为和祖辈、父辈一般所说的话不同,往往成为另一些话题的开端。

"在这里是白白浪费光阴,小伙子们,应当到城里去,进工厂,"他沉思地低声说,"那里工人文化比较高,机灵得多,富裕一些。那里生活丰富多彩!可我们这里,冬天一片银白,天寒地冻,夏天一片碧绿,热得要命。一个季节是漫天大雪,一个季节尘土飞扬。这样活着没啥意思。人在城里可以提高自己的价值,可是在这里:你想往高处走,邻里就扯你的后腿。你们瞧,洛博夫种了个园子,可你们来把劲儿,把他种的东西都给拔光了。我们这里竞争得不对头:竞争的目的是谁也不许比谁强,大家应当同样吃土豆。在城里,人人都拼命踩着别人肩膀往上爬。在那里,可马虎不得呀!瓦西卡·戈金在城里修马路,发福了,挺着大肚子;在他手下干活的就有五十多人,可是在他年轻的时候,我可以随便打这个坏蛋的嘴巴子呢。"

有身份的人认为谢拉赫是个捣乱分子,是坏人。所以弗拉斯·别尔金向青年灌输说:

"你们不要听谢廖什卡的话,他是个坏蛋,尽说瞎话。"

"他说什么瞎话了?"聪明伶俐的牧童科斯佳什卡问道。

别尔金回答说:

"真话很多,多得像麦田里的矢车菊。坏蛋偶尔也可能说真话,可是教人做好事的不是坏蛋而是老年人。"

别尔金个子不大,胖胖的,圆眼睛,钩鼻子,活像一只雕鸮。他经营一个小铺子,用煤油、白糖、茶叶、针线和各种小商品作价款,向农民和乡下女人收购树皮鞋、筐篓、各种手工制品。他有两个儿子,一个当兵去了;一个在伏尔加河上做装卸工,已经三个年头没有回乡过冬了。脸色红润的别尔金,不时小声咳嗽几下,装作身体不适,但是,大约鳏居一年之后,他诚心实意地向村里一个不受欢迎的独身女人列瓦绍娃·赫里斯京娜求婚了。人们所以不喜欢她,是因为她瞧不起青年人,一般地说,她也看不上庄稼汉。

过去她遭遇不幸,后来就更惨了。她父亲是个兽医,把她嫁给奥卡河河湾的一个小炉匠做妻子。可是不久,他因为醉酒和女婿一块淹死了。赫里斯京娜生了一个孩子,满月以后就死了,她便去给避暑客做奶妈,跟他们一块进城去了。十年光景过去了,关于她的情况"杳无音信"。后来她突然回来了,又大方又漂亮,脸上却郁郁不快,说话也很粗鲁。她盖了一间有两个窗户的舒适的房子,开辟了一个菜园,需要的时候就雇用非常快活的独身的贫苦农妇杜尼亚莎·科托明娜来帮工。她洁身自好,不喜欢和妇女们交往,但是欢迎谢拉赫和做过装卸工的洛博夫两个人一起来做客。洛博夫是个截去左脚的黑胡子庄稼人,人们叫他"独脚汉"。有一个上了年纪的女教师在圣诞节和复活节期间常到赫里斯京娜家里来,听说是教她学认字的。这件事在杜博夫卡村里引起了人们的嘲笑。赫里斯京娜拒绝了别尔金的求婚,因而得罪了别尔金。从此以后,他就散布说赫里斯京娜服过三年苦役,后来又在妓院里干了不光彩的营生。大家知道,别尔金除了自己以外,不会说别人的好话,一般没人相信他的话,但是关于赫里斯京娜的说法却有许多人信以为真,因为别尔金和警察是好朋友。一天有人到赫里斯京娜家里去行窃,但她及时醒来,绰起家伙打伤了窃贼,这贼逃走时留下了血迹。又有一次,几个青年踏坏了她菜园里的菜畦,后来她在村会上说:

"你们听着,鬼东西,我这个女人可不是好惹的,如果抓住你们哪一个坏蛋,就打死他!"

她这么一说,大家都相信了:她会打死人的。她的朋友洛博夫和谢拉赫却警告小伙子们说,小心打断你们的骨头。他们不再去招惹赫里斯京娜了,但是,从此以后,就更讨厌她了。

"在阔太太的摆布下混生活,母狗!"

杜博夫卡和修道院打了三年官司,因为修道院没有付清购买农民部分牧场、连同山谷的价款和在山谷上修筑土堤以及清理两个池塘的工钱,一共一千六百零七卢布。杜博夫卡官司打输了,因为修道院提出证明说,土地是农民捐献的,工钱都用粮食和牲畜付清了。第四年,农民和地主克拉索夫斯基打官司,因为克拉索夫斯基砍伐了农民的桦树林,清除了树墩,种上了亚麻。克拉索夫斯基突然弄到了示意图和文书,据此显然可以说明,二十六年来博波夫卡人错误地认为小树林是他们的了。

弗拉斯·别尔金请了一位律师,律师出于"对乡亲们的仁慈",出于"为百姓效劳的愿望",其实也许是因为自己的自由主义行为冒犯了官府,愿意免费为杜博夫卡人办这个案子。律师每到莫斯科高等法院去一次,都给五十卢布酬金。这些钱是由别尔金在村里用摊派办法取得的;别尔金到城里去见律师,每昼夜也要五十戈比。和克拉索夫斯基打的这场官司,一八八三年九月结束了。这年收成不好,这一点在这篇特写的开头已经谈到了。高等法院判决:"杜博夫卡村农民之上诉不予受理,诉讼费与案件审理费均由农民负担。"

一个温暖晴朗的夜晚,别尔金带来了这个悲惨的判决,——他是骑着一匹新买的骏马回来的,这马膘肥体壮,像他本人一样。后面紧跟着县警察萨舒拉·卡申。萨舒拉面色黝黑,犹如吉卜赛人,他是一个干瘦而非常傲慢的军人,戴着蓝眼镜;左边佩戴马刀,右边挎着带套的沉甸甸的手枪;穿着带马刺的考究的皮靴。杜博夫卡村村长索夫龙·格拉乔夫躺在县医院里,割治疝气。萨舒拉急忙召集村会,在别尔金店铺的台阶上,疾言厉色地宣读法院判决书的副本。

面孔毛茸茸的庄稼汉们目瞪口呆,沮丧地垂着头,一时哑然无声,

好像断了气似的。后来,赫里斯京娜·列瓦绍娃高声讥笑地说:

"母马跟狼较量,只能剩下尾巴和马鬃!"

萨舒拉用手指头威吓着,警告她:

"小心着,说这话是犯法的!"

士兵叶拉科夫支持赫里斯京娜说:

"蟑螂和公鸡打了一场官司。愚昧的人们,我跟你们说过:'算了吧!'"

农民们有的站着,有的坐在地上,他们惊愕万状,默默相觑,长吁短叹,忍气吞声。县警和站在他身旁的别尔金低声耳语。谢拉赫大声咳嗽几声,"驴唇不对马嘴"地问道:

"别尔金,你买马干啥?眼瞧着就到冬天了。"

小店主仰了一下头,好像有人用无形的手从下面朝着他的下巴猛击了一拳;他眨了眨两只圆眼,急忙喊道:

"您管不着!买了,就是说,有用!现在跟马有什么关系?问题是跟我们要诉讼费,明白啦?应当交诉讼费!"

十几个人异口同声喊道:

"拿什么交?"

"多吗?"

"该交就交吧!"

"不交,他妈的……"

"交了四年了……"

"兄弟们,这是干什么,啊?"

"强取豪夺!"

"多少钱?"

县警跺跺脚,吼道:

"别吵,畜生!"

但是,庄稼汉和妇女们的话音已经汇成一片呼号、哀怨声。人群动荡起来,如同大地在人们脚下浮动。他们彼此抓住手、肩膀、腰带。

萨舒拉站在别尔金背后，张圆了嘴，抖动着蟑螂般的小胡须，也在喊叫，他一只手在小店主的肩头上挥舞着，好像给后者增添了第三只手。但是，村民们不顾县警的叫喊，也不去看他一眼，高声吵叫，粗暴地相互骂起娘来，愤怒地挥动着拳头。

"走吧，要打架啦，"洛博夫提醒赫里斯京娜说。

"打吧，"她说，"没关系。"

"人家跟你们说过：应当和克拉索夫斯基和解。"一个妇女激昂地歇斯底里地吼叫起来。

"对呀！叶拉科夫说过……"

"克拉索夫斯基塞给了三百卢布吧？塞给了吧？"

"这场官司输了多少钱？"

这时又传来了谢拉赫喇叭似的声音：

"不行，要问个明白，别尔金为什么买马？"

随后，赫里斯京娜响亮地喊道：

"干吗都像饿狗似的，龇着牙盯着对方呢，啊？"

"住嘴，你这个婊子！"有人大喊一声。

但是，她接着说：

"给律师凑的那五十卢布，被好心人弗拉斯·别尔金和县警萨舒拉两个人给分了……"

人群里两次歇斯底里地喊道：

"别说了，弟兄们！"

"住—嘴！"

刚刚平静下来，赫里斯京娜又气恼地接着说：

"他们喝得醉醺醺的，在阿芙多季娅家里把钱给分了。就是她，阿芙多季娅！杜尼亚莎，是吧？"

"是呀，"阿芙多季娅直截了当地回答说。

"嗯，你这个坏蛋，"县警尖叫一声，推开别尔金，一只手握着刀柄，另一只手抓着手枪，蛮横地站在那里，抖动着左脚。"原来是这样，你这个臭娘儿们……"

有人抑郁地问道：

"你怎么不说话呀，傻瓜？"

阿芙多季娅耸耸肩膀，回答说：

"有谁相信我？对我又有什么好处？他们分钱可不止一次了……"

听到这些话，杜博夫卡的农民造反了。有人打阿芙多季娅，她刺耳地尖叫了一声。她的叫声就像给人们下了一道命令，十来个庄稼汉一齐冲上台阶，身体轻巧的县警正往上蹿，被他们一把揪住，立即被踩在人们的脚下，看不见了；别尔金抓住小铺的门，喊道：

"教友们……兄弟们……别打了！应当和解……"

人们把他从门上拉下来，推倒在地，一边辱骂，一边脚踩。在乱成一团的人群中，每个人都想狠揍小店主或县警，哪怕揍一拳也解气。带穗的手枪套伸向空中，被谢拉赫的长手抓住了。别尔金的房前有两棵白桦，晚风吹落树叶，黄蝴蝶似的在人们头上飞旋。谢拉赫肩膀倚靠在树干上，关切地观看着这场厮打，摇着系在枪带上的手枪。赫里斯京娜站在他身旁，关切地提醒说：

"你看看，上子弹了没有？前几天我叫杜尼亚莎把子弹退出来了。它们是装在一个轮筒里的，有六颗……"她平静地说，就好像周围根本没有发生什么事情似的。妇女们绝望地发出难以忍受的刺耳声，劝自己的丈夫赶快回家。男人们推开她们，像醉汉一样投入搏斗。

"快离开这是非之地吧，鬼东西！"

"会出人命的……"

"天啊！会发生什么事啊？"

"这些鬼东西，想吃苦头了……"

"可千万别打死人，"赫里斯京娜的目光越过人们头顶，往四下看了一眼，说道，"去吧，去劝劝他们……"

谢拉赫比往常摇晃得更厉害了，大步走向扭成一团的人群，抓住

人们的领子,抓住手,使足力气把他们拉开:

"得啦,得啦!教训教训就得,不要过分了,不然就糟糕了。"

"他们抢夺我们,让我们倾家荡产,"一个衣服被扯破的庄稼汉可怕地瞪着带血的眼睛,冲着他的脸吼道。

瘦弱的小伙子科斯佳什卡站在一旁,踏着脚步,好像准备跳舞,激昂地对五个青年在讲些什么。老母亲抓住他衬衣的下摆,抱怨说:

"科西卡,少管闲事,看在上帝的分上!走—走吧……要坏事的!赫里斯京努什卡①,你是个聪明人,劝劝他们,他们想放火呢!"

渐渐平息下来,农民们分散成几小堆。秋天明丽的晚霞在天际燃烧,云彩飘动得快起来,潮润的暖风从田野吹入街头,暗淡失色的秋叶纷纷扬扬地从树上飘落下来。

县警被撕破衣领,扯掉纽扣,坐在小铺的门前,双手撑着台阶,身体向后倾斜,呼吸急促。眼镜失落了,他那沾满血迹和灰尘的浮肿的脸,变得发黑而模糊不清了。他不断地打噎,咳嗽,吐出一口口血,泪汪汪地喊叫起来:

"法律制裁。公家的东西……手枪给偷走了……抢走了,这是明火执仗!饶不了你们……抢公家的东西要严加惩罚……"

喝醉了酒最先走上街头的是普洛特尼科夫兄弟:一个是给神甫做了七年雇工的米特里——杰出的歌手,熟悉教堂礼仪的、身材矮小而快活的庄稼汉;另一个是矮壮而仪表体面的瓦西里——当地有名的猎手,也爱唱歌,和他哥哥一样,也是个没有节制的酒徒。他们搂着走,试着合唱一支歌,但是相互干扰,总是商量不好究竟先唱哪支歌。米特里走到县警跟前停下来,朝他脚下唾口唾沫,呆立片刻,瞧瞧弟弟的秃头,用响亮的男高音唱道:

罪恶的躯体,信神的孩子,自可分明。

---

① 赫里斯京娜的爱称。

弟弟点点头,大声唱起来。

你们拿着吃,这是我的身体……①

"瞎唱,"米特里说,"这是另外一首赞美诗的……"
"你才瞎唱。"
谢拉赫来到他们面前小声嘀咕几句,看看萨舒拉,对他说:
"你干吗让自己给人取笑呢?到村长家去。去吧!行吗?"
县警默默不语,站了起来,灰溜溜地走开了。三个农民看看他的背影,走进小铺。一个女人惊惊慌慌地冲着大街喊道:
"喂,喂,你来看,谢廖什卡……"
霎时间小铺子被抢夺一空。所有能吃的东西——鳊鱼,硬得像石头似的小面包圈,发红的、像铁块一样的蜜糖饼干,足足装了三筐,给大家吃。普洛特尼科夫兄弟和谢拉赫找到十五升伏特加,郑重其事地把这些东西拿到村外尤拉河边,四十来个人像一群吉卜赛人席地而坐,大摆酒宴。天已经完全黑了,显然需要点起篝火。这时有人提议拆掉小铺的台阶,拿来生火。小伙子们飞也似的跑去,拆了台阶,看来还不够用,又卸下大门,顺手带上几捆树皮鞋作引火柴。
大家吃到半夜,醉意蒙眬,和和睦睦,乐乐呵呵,不争吵,不惹气,在篝火旁又坐了一会儿。普洛特尼科夫兄弟声调和谐、节拍准确地唱起"荣耀归于上帝,在地上平安归于他所喜爱的人"②,但是,唱唱又停下来,因为瓦西里的一条裤腿烧着了。有些人已经睡着了,另一些人分成几堆,"独脚汉"特罗菲姆·洛博夫就在其中的一堆里,他醉意不浓,懊悔忧郁地说:
"我们有点错了。不该毁坏财物。"

---

① 据《圣经》记载:耶稣在被犹大出卖前夕的晚餐席上,拿起饼分给众门徒说:"你们拿着吃,这是我的身体……"(见《新约·马太福音》第二十六章第二十六节)。
② 早祷赞美诗的起始句(见《新约·路加福音》第二章,第十四节)。

"是啊,打人是可以的,毁坏东西可是不行。"

"这话对。"

洛博夫沉默片刻,猜测道:

"什么地方一定还有酒。"

"杜尼亚莎那里可能有。"

"杜尼亚,你说实话!"

"到别尔金的贮藏室里找找,"阿芙多季娅说,"我是从他那儿拿来的,我自己又不做伏特加。"

装卸工站起来,往村里走去,那只畸形的脚古怪地戳着土地。一个矮小的庄稼人紧跟在后面,边走边咳嗽,剩下的三个头脑清醒的人,认真地回忆事情发生的经过。

"是谁第一个打萨舒拉的?"

"好像是谢廖什卡。"

"不——对,不是他!"

"那么就是普洛特尼科夫。"

"哪一个?"

"瓦西卡。"

"我们不能在瓦西里身上打主意,省长常常叫他去打猎。"

"洛博夫爱打架……"

"是啊,他——爱打架……"

在这一伙人的旁边坐着赫里斯京娜、科斯佳什卡、阿芙多季娅和两个小伙子,谢拉赫比他们高出一截。一个被春水冲洗过的树墩,活像一只大蜘蛛,成了他的宝座。谢拉赫把烟袋在空中戳来戳去,嘴里喃喃说:

"说说容易,证实困难,就是这样!数字可以证明。没有数字什么问题也弄不清楚。"

"人的问题呢?"科斯佳什卡问道。

"人也是一样。一就是一。这不是数字。"

"小偷也是人,"赫里斯京娜插嘴说,从裙子下面掏出一瓶酒,环顾一下,把酒斟到没把的杯子里,"不当小偷,就做乞丐。"

谢拉赫从她手中接过杯子,吹吹酒,一饮而尽,吸口烟,说道:

"对不起!无论小偷,或者乞丐,生活都很贫苦,没有乐趣。"

"这是胡说。小偷也有乐趣,"赫里斯京娜气愤地反驳说。谢拉赫不再理睬她。

"得了吧!跳舞不一定都是出于高兴。"

"我不懂您的话!"科斯佳什卡遗憾而厌烦地说,"你们都是聪明人,可总是叫人猜谜。有话直说,多好哇。不然什么也听不明白。"

赫里斯京娜迟疑片刻,然后警告他说:

"不必急着搞清楚,不然会弄错的。"

"多么烦人,真想上吊!"科斯佳什卡果断地说,"甚至连饭都不想吃了。活着就像黄雀关在笼子里。夏天还好过,可是冬天就要来了。连狼都值得羡慕……"

"到城里去吧,"谢拉赫说,"城里劳累一些,但是能够增长智慧。"

"劳累会伤害身体,"赫里斯京娜补充说,并笑了起来,然后说:"我是开玩笑。去吧,去吧,没啥关系!城市使人长见识……吃白面包,跟我一块去吧,明天早晨我到码头等你。"

洛博夫和带路的人回来了,取来七瓶伏特加,人们又畅饮一番,大家说话的声音越来越高,益发兴奋了。篝火烧得旺起来,火的利爪很快地伸向空中,划破了浓烟似的黑暗。

云朵吞噬了月亮,夜色更浓,人们痛饮之后,回村去了,剩下十几个人,他们吵吵嚷嚷地坐到天亮。天刚蒙蒙亮,有人高兴地喊道:

"看呀,克拉索夫斯基庄园着火了!"

这一声叫喊,使人们清醒过来,一下子跳起来,看看云端的火光,大声喊道:

"啊哈,上帝对蠹贼的惩罚。"

"哎呀,你!"

有人说了几句扫兴的话,一下驱散了人们快活的心情。

"上帝在夏天放火。根据火光可以看出,不是庄园着火,而是牧场上的干草。原来是把干草垛给点着了。"

"是不是我们的孩子们?"

人们一边说着,一边朝火光走去,脚步愈来愈快;好像火场愈来愈近,更加有力地把他们吸引过去。快脚米特里·普洛特尼科夫走在前面,四面张望,挥动双手,劝导说:

"我们先说好:如果克拉索夫斯基这狗崽子在那儿,我们不要惹他,以邻里的关系,与人为善的态度,和他说说,也许他同意给我们点报酬呢……"

"要他给报酬,我们可就得付出全部代价,"洛博夫阴沉地说。

站在高岗上对着风磨,就可以看见两垛干草在燃烧,一垛干草从上到下披上了金红色绚丽的锦缎,草垛旁边有三个人像小鬼似的跳来跳去,拖着什么东西,喊叫着;另一垛升起黑烟,幽怨地燃烧着。透过浓烟隐约可见几个红色的肉团。一匹大白马驾着马车从草垛走向一旁,听见喊声:

"站住!哪儿去,鬼东西……"

洛博夫稍停片刻,看看那马,急忙走上前去,将它拦住,而米特里·普洛特尼科夫却放慢脚步,转身向村里走去,称赞地说:

"我们人走得可真慢!"

不错,农民们稀稀拉拉地从村里走来,不过五个人,所有这一切——人、火、烟、曙光——都来得很慢,就好像要完全停顿下来似的。可是情况突然变了。洛博夫挡住马的去路,夺过缰绳,坐到车上,向着自己人迎面赶去。粗声野气地喊道:

"小伙子们,把马车砸碎!让这个鬼东西破点财!"

这件轻而易举的事,两三分钟就完成了。白马冲出人群,拖着车辕,向庄园跑去。洛博夫坐在地上咯咯地笑着,用铁块砸断车轮的辐条。老乡们用脚践踏,拆毁车上的木头,弄弯铁的零件,骂骂咧咧,吵

吵嚷嚷,有人遗憾地说:

"哎,没有斧头!"

米特里·普洛特尼科夫把几个碎片藏到怀里,望着庄园惊叹地说:

"真美呀!……"

花园的树梢上露出带塔楼有阳台的尖顶两层楼房,许多窗户,夜里结满霜花像冰一样的灰色的窗玻璃上,已经闪耀着玫瑰色的朝霞。

克拉索夫斯基骑着青铜色的大马,突然从庄园的墙角后边冲了出来;他脸膛宽大、留着商人和善的胡子,头戴贵族制帽,——红帽箍把他的脸拉长,而白帽盔把他的头截短,看来克拉索夫斯基的头部变得残缺不全。他奔跑着,用鞭子啪啪地抽打马腿,向人们冲过去,敏捷地把马勒住,骂起娘来,用鞭子抽打农民的头和脊背,一边骂一边说:

"放火?抢铺—铺子?坏蛋……小偷!哼!"

人们跑开了,但是洛博夫抓住骑马人的一条腿,从马上把他拉下来,按倒在地,骑在他的背上,把两脚插到他的腋下,用左手掌按住后脑勺,右手在空中慢慢地挥动着。克拉索夫斯基双手抓着地,用脚后跟踢洛博夫的后背,洛博夫喊道:

"喂,到这儿来呀!"

米特里·普洛特尼科夫首先跑过来,闷声闷气地说:

"特里丰,别胡闹!你这是干什么?上帝啊……"

有人机灵地建议说:

"这样他就说不出话来了,应当把他翻过来,脸朝上。"

"对呀。"

把他翻了过来。谢拉赫望着这张被泥土弄脏的浮肿的脸,亲切地问道:

"你这是怎么了,弗拉基米尔·帕甫雷奇[①],打架啦?扑过来,无

[①] 克拉索夫斯基的姓和父名。

故找碴,张口就骂,抬手就抽！这样可不好！我们不是牲口,我们没有做过对不起你的事……"

克拉索夫斯基像马似的呼噜呼噜喘着,擦去脸上、胡子上的泥土,一言不发。

"逼我们打官司,还跟我们要诉讼费。"农民们说。

"是—是呀……"

"现在我们只有讨饭了。"

克拉索夫斯基一声不吭,按摩自己的手指,摇着头。米特里·普洛特尼科夫试着在膝盖上展平揉皱了的贵族制帽,嘴里嘟哝着:

"你别生气,弗拉基米尔·帕甫雷奇,我们是受欺负的人,我们应当出口气。没伤了手吧？真是的。"

有人说：

"肉多,骨头细……"

"应该打死他,"特里丰·洛博夫嘶哑地说。

"你们想干什么？"克拉索夫斯基谁也不看,喑哑地问道。

农民们齐声喊叫：

"我们愿意撤销诉讼。"

"我们出不起诉讼费！"

"我们不出,告诉你吧！"

"搜刮穷人真可耻啊！"

"你们想干什么？"地主重复说。

"我们不同意你的判决。"

"你的图纸是假的,就是这样,老爷……"

"他们教您敲诈……"

克拉索夫斯基小心地站了起来,用那隐没在浓眉下的眼睛,巡视所有的人,声音嘶哑地边说边咳嗽：

"什么事都可以好说好商量。可是你们放火烧了干草。"

"不—对,"普洛特尼科夫和颜悦色地说,"不,干草不是我们烧的！我们发誓,我们是来救火的。"

"是来帮忙的,"有人委屈地说。

"我们以为庄园失火了。"

"干草着火不干我们的事儿。"

"你问问你的人;我们赶到的时候,他们正在草垛旁边。"

"马车给砸碎了,"克拉索夫斯基说。

普洛特尼科夫把制帽递给他,含混地说:

"马车——也许是马给踏碎的……"

农民们默默地瞧了瞧洛博夫,他摇摇头。

"干吗要撒谎? 又不是小孩子。马车是我毁的。去他妈的吧!"

"这不就得了,"地主说罢便向庄园走去,人们给他让开了路。这时他比较稳、比较快地走起来,用手帕擦着他那红红的脸,手里拿着制帽,说道:

"烟真呛人……"

这话一点不假:因为早晨刮起风来,浓烟把人们笼罩了起来。米特里·普洛特尼科夫搀扶着老爷,和他并肩走去。

"干草还不要紧,谷草的烟可是有毒。奥尔洛夫省的几个村庄用谷草烧炉子,房子又没有烟囱,为了保暖,炉子不安烟筒,烟冒到屋里,——真糟! 眼睛可受不了……"

在爱说话的庄稼汉和故作沉默的老爷身后,走着十来个人,相互交头接耳,其余的人慢慢地落在后面,在田里停留片刻,好像在站岗放哨,随后聚成一堆,彼此问道:

"他在骗人吧?"

"那怎么知道?"

"这些老爷们,鬼点子多着呢……"

"是啊……"

"他们行行善也不费什么事。"

洛博夫走到马车残骸跟前,对着它站了一会儿,拿起一只车轮,滚动一下,车轮没跑多远便倒下了。他拿起另一只,扶好之后让它滚动起来。这只轮子越过几个土墩,向前滚去。洛博夫搔搔胸脯,慢慢朝村里走去。太阳出来了,他迎着太阳走,皱起浓密的眉毛,阴郁愤怒的眼睛被遮蔽起来。

杜博夫卡在惊恐烦躁的等待中度过了两个昼夜,但是事情并没有很快发生,日子过得令人难耐地缓慢。每天早晨听见有的地方干巴巴地拍打着连枷,在打黑麦,——每俄亩能收十二到十五普特。晚上常常在哪一家的烘干房里喝闷酒,而谢拉赫用手捋着浓密的胡子思忖着:

"春天干旱,秋天又是这个样子!节日又来到了。一切都……"

"什么一切?"大家问他。

"生活不如意,"他解释说。

别尔金不知到什么地方去了,瓦西里·普洛特尼科夫给叫走打猎去了。赫里斯京娜也走了。村长格拉乔夫的聋子弟弟用木板把别尔金店铺的门给钉上了,用百叶窗把窗户堵起来,他坐在护墙的土台上,不许孩子们到铺子跟前去。他拿棍子吓唬他们,像公牛似的吼叫着。

第三天早晨,孩子们发出警报,大喊起来:

"兵来了!"

村里人警觉以待,鸦雀无声。

一个胖胖的、圆脸庞、戴眼镜的军官,下巴上长着一撮可笑的小胡子,骑着马从田野来到村里,后面跟着四人一排的士兵纵队,一个带长烟筒的行军灶,好像一只大鹅。军官喝令孩子们把村长叫来。孩子们解释说:

"村长在医院里,快要死了,他的肚子开刀了。"

军官严厉地喊道:

"谁是村里的头头,把他叫来。"

孩子们很快地把士兵叶拉科夫叫了来,他立正站着,敬个礼,聆听命令：

"村里一个人也不许出去，晌午以前把全村成年人集合起来，明白啦？"

"是。"

"当过兵？"

"是，保卫过塞瓦斯托波尔。"

"你多大年纪？"

"八十二。"

叶拉科夫瞪了一下他的死对头——孩子们，小声说：

"报告长官——这里的人不分老少都是小偷、捣蛋鬼……"

"好了，去吧！老头！开步—走！"军官气冲冲地说。

军官把一半士兵留在街上，另一半单个地分散在村子周围和菜园附近。士兵的样子并不可怕；都是小个子，满身灰尘，年纪很大，破旧的大衣，可是，几乎都穿着棕红色的新皮靴。

"这是要干什么？"米良人相互问着，走上街头，坐在土台上望着阴沉的队伍。米特里·普洛特尼科夫急忙让人们放心地解释说：

"一般的演习，准备秋天万一打仗。皇上喜欢冬天打仗，那时候老百姓空闲。嗯，这些兵好像把我们当成俘虏，另些兵过来把他们赶走……"

"胡扯！"叶拉科夫得意地大声说，"这是要鞭打你们，鞭打……"

"叶拉科夫，你什么时候遭到报应啊？"人们不相信这位塞瓦斯托波尔保卫者的经验之谈，问他说。

军官向村长家里走去。索夫隆·格拉乔夫有个茶炊，那是村里四个铜茶炊之中最大的一个，其他爱喝茶的人都使用廉价的洋铁壶。队伍像一群绵羊在村子上方的高地上席地而坐。他们头顶上飘动着马哈烟的缕缕绿烟，行军灶冒出的灰烟懒洋洋回旋着。

杜博夫卡人想和士兵攀谈，可是一个腰间挎着马刀的军曹，也许是司务长，凶狠地把他们赶开。谢拉赫试图和哨兵聊天，但哨兵不准

他接近,喊道:

"回去!"

"我要到河边去!"

"回去。"哨兵重复一遍,厌恶地抖动一下手中的步枪。

村里异常寂静,甚至连狗也忘了向陌生人吠叫,机警的村妇们藏起来的母鸡,也不敢咯哒一声。太阳温暖而亲切地闪烁着光辉,照耀着坐在土台上的杜博夫卡人——像教堂台阶前面的一群乞丐。将近中午时分,街上空无一人,老乡们都回家吃午饭去了,士兵们也开始进餐。几乎刚刚吃过午饭,不知从上面什么地方,仿佛从屋顶上,惊慌地喊了一声:

"来了……"

"整队!"腰间挎着马刀的军曹命令道。"省长来了。"他对一个人说。

从格拉乔夫院里跑出一位军官,命令道:

"立——正!"

士兵们猛然起立,整队完毕,肃立不动。省长进村了。他不是来做客,显然是公务在身,而且不是一个人,后面簇拥着四个骑警。马车里和省长并排坐着一个肥胖的大人物,长着一副富户人家老猫的圆脸,翘着小胡子。省长身体轻盈,瘦削,脸色阴森可畏,从车里跳下来,用手帕擦着脸,扇扇银白的胡子,向军官打招呼,然后大声说:

"应该叫他们跪下……"

"没有得到命令,大人。"

"嗯,我知道!这是县警察局局长的事,可是我走在他前头了。"

后来,省长、军官和那个小胡子到村长家里去了,而省长的马夫沿着大街慢慢地遛着样子可怕的高头大马——马在走着,高高抬起干瘦光亮的腿脚,暴躁地龇着牙,打着响鼻,嘴里泛着白沫,对人凶狠地斜视着,眼睛里浸着血丝,使人望而生畏。

过了一会儿,在尘土飞扬中,又有一辆马车飞奔而来。车里坐着县警察局局长、警察所长,以及身穿灰长衫,胸前挂着红十字、戴着红袖章的老太婆,由三个骑警护送。最后是一匹敏捷的花马驾着一辆马车,满载着蒲席包装的随用什物。后来一切都迅疾地活动起来,如同从陡坡上顺势而下。

警察把杜博夫卡的居民赶在一起,让他们站成两排,一个胸前佩戴奖章的警察命令说:

"跪下!"

"女人们呢?……"谢拉赫问道。

"我问问,"警察喊着说;另一个警察板着面孔说:

"全都跪下!"

杜博夫卡村民浮动起来,相互观望,推推搡搡,人们几乎矮了半截。警察们从格拉乔夫院里拿出一条宽宽的长凳,放在街心,试试是否结实,凳子很稳当。棕色大胡子警察小心地将一大抱柳条放在凳子的一端。

"原来是这样,"谢拉赫跪在第一排,挺直腰板,叹了口气:

"妇女们,你们跪到我们后面去。"

"不许说话!不许乱动!"戴奖章的警察喊道。

长官们从村长的院里鱼贯而出——省长在前,县警察局局长、军官、警察所长和那个猫脸文官尾随在后。

省长身段挺拔,两条细腿,穿着合身的灰上衣,镶红条的裤子,漆皮靴。他的面孔清瘦苍白,在方形的灰白胡子下面,有一个红色的东西闪着亮,像是一个镶着许多金的十字架。而穿着漆皮靴的两条腿像铁铸的一般,他走路轻快,好像在空中漂浮,显然这是一个严酷无情的权势人物。他站在杜博夫卡人行列前方正中间,米特里·普洛特尼科夫对面,像孔雀一样刺耳地尖叫起来:

"怎么样,混账东西,想造反,啊?混蛋!好吃懒做的家伙们!欠税不交!"

普洛特尼科夫扑倒在他的脚下,然后直起腰,把两只黑手按在自

己胸前,哭诉说:

"圣明的伯爵大人……伯爵先生,饶恕我们吧!我们是真正的混蛋……我们有罪……我们穷得精光,活不下去了。"

妇女们随之嚎叫起来,唠叨不休,男人们喊叫说:

"冤枉了我们!"

"今天是圣母节,饶了我们吧。"

"我们愚昧无知……"

"我们是穷光蛋……"

"还不如死了呢……"

"这儿捣乱分子还要……"

省长站在那里,抖动着右腿;他那非同寻常的鳞片状、野鸡羽毛样金黄色的眼睛,在灰白色眉毛下面威严地闪烁着。

"不准说话,混蛋!"他又喊叫起来,"我给你们点厉害瞧瞧,看你们还敢造反。不交税,光喝酒,爱吵架……我来教训教训你们!"

他那灰白如土的脸变得发青了,他张大嘴巴,露出金牙,一会儿用拳头,一会儿用尖细如钉的手指头威胁着。太阳直射着他,他一举一动都使牙齿、纽扣、肩章、戒指闪着金光,——好像他周身都绣着金。他浑身闪亮,上下作响,使人隐隐约约地想起关于野人的故事。杜博夫卡人不再抱怨,低下头,听着他那连珠炮似的讲话。

"皇帝陛下……在担心你们这些下流胚子……部长们、主教们……省长们连夜不眠,"他喊叫着,跺着脚,"要送你们去服苦役!不过我要先好好打你们一顿。"

他摘下军帽,露出竖起的灰白短发,用手帕擦了擦两鬓和前额,声音嘶哑地命令道:

"开始!"

警察所长把人名单举到眼前,叫道:

"特洛菲姆·洛博夫。"

军官用手帕擦着眼镜,对警察局局长说:

"要不要孩子们看着打他们的父母?"

县警察局局长翘翘浓密的小胡子鼓鼓两腮,但是,他还没有来得及回答,省长就严厉地说:

"孩子们也应该打!"

但马上下道命令:

"把孩子们赶回家去,好好看着,不让他们从窗口探出头来!怎么样啦,所长?叫到名字的人在哪儿?"

两个警察已经把洛博夫架到长凳跟前。

"把衣服脱下来!"

"吓得没劲了,"洛博夫不慌不忙地说。"你们自己动手脱裤子吧,如果你们需要。"

警察所长对省长说:

"大人,他反抗,不愿意……"

"还等他愿意!多打他十鞭子!不必,不必打鼓,中尉,我们不要仪式!简单点,就这样!"

洛博夫顺着长凳躺下,把脖子伸到凳子以外,用下巴抵住凳子边缘。两个警察撒开他的身子,抓着两手和两脚,好像要把人抻长似的。看来,正因为如此,装卸工浅红色的臀部不自然的突然隆起。太阳同样关切地照耀着他的臀部,就像照耀着省长和所有其他的东西一样。

"一、二、三,"警察所长急促响亮地开始数着空中轻微的哨音和打在皮肉上的啪啪声,但是省长以主事人的语气说:

"不要急,慢一点!"

洛博夫一声不吭,躺着不动,只有肩胛骨下的筋肉不停地抽动着。他的皮肤上满是深红色的条痕,最后几鞭子打得红成一片,就像烫伤了一样。打完以后,他仍然一声不响,把脚从凳子上放下,坐起来,一只难看的腿戳在地上,用手掌擦着血迹斑斑的下巴和两腮。

"科托明娜·阿芙多季娅。"警察所长叫道。

"我不去,"阿芙多季娅一边喊叫,一边从在背后抓着她双臂的警

察手中挣脱着。洛博夫走到她身边的时候,对她说:

"用下巴抵住凳子边儿,就不喊叫啦。"

但她已喊出声来:

"不要脸的东西……你们要干什么?我不愿意……"

警察用膝盖顶她的屁股,用头撞她的肩膀。另外的人帮警察推她,阿芙多季娅来到长凳跟前又在反抗,大声喊叫:

"大人,饶了我吧。我请求您。"

"快点!"省长疾言厉色地说。

阿芙多季娅被按到长凳上,但她像梭鱼似的仍在左扭右挣,直到露出大腿和后背,才安静片刻。打了几鞭之后,她嚎叫起来:

"犯了什么罪?这样折磨人……"

"你瞧,"普洛特尼科夫用胳膊肘撞了一下谢拉赫,小声说,"杜尼什卡也知道害臊了!本来是厚着脸皮过日子……"

"不是一路人,"谢拉赫简短地回答说。

长官们注视着奶油色的、匀称的女人身上泛起的粉红色的条痕,相互交错着。身体不停地扭动,撞击着警察,柳条打在背上、腿上,警察把阿芙多季娅抽得上下弹动,像一条口袋似的拍打着木凳。

"够了,"打到二十下的时候,省长大声说;可是警察顺手多打了一下。

阿芙多季娅站了起来,整理一下裙子,跑到一旁,抬起双手,把散乱的头发塞到头巾里面。

把普洛特尼科夫叫了出来。他一边往前走,一边解裤子,强作笑脸,说道:

"不知道我有什么罪?没有比我更顺从的人了!"

"大人,"他脱下裤子,跪在地上,哭哭啼啼地大声说,"我兄弟瓦西里忠心耿耿为您效劳,是个人所共知的好猎手……"

"二十五,"省长冷冷地明确地说。

开始的时候,每打一下普洛特尼科夫都报以响亮的"哎哟"声。但他驯服地躺在那里纹丝不动,柳条打在他的皮肉上,就像落在面团里。只有最后几鞭子他才轻轻叫了几声,没有配合鞭打的节奏。打完以后,他还忍着不动。

"起来,"警察说,同时用手掌擦去前额上的汗水。

普洛特尼科夫站了起来,摇晃一下,他的脸在抽动着,眼里流出泪水,胡子在抖动,他舔舔嘴唇,丑角般习以为常地逗笑说:

"感谢上帝的恩典!"

叫到赫里斯京娜、瓦西里·普洛特尼科夫,——他们不在现场。

"去找来!"省长命令说。

谢拉赫默默不语地走到前面来。省长吩咐打他四十,这就使特洛菲姆·洛博夫显而易见地猜到:

"名单是克拉索夫斯基这个混蛋开的!"

谢拉赫身体高大肥胖,好不容易躺在凳子上;数到最后一鞭子时,他才哼呀几声。打完以后他坐了起来,摇摇头,似乎还不想站起来。而站起之后马上又扑通一声躺了下去,笑着说:

"打得够呛……没一点劲了……"

又站起来,弯下腰去把脱落到踝骨的裤子提上来,突然冲着省长放个响屁。省长对警察局局长说句什么,局长咆哮起来:

"再打这个畜生十鞭子!"

微笑像太阳的光影,从两三个士兵的脸上掠过;洛博夫冷笑一下,村妇们低下头来,小声喳喳几句;警察局局长凶狠地皱皱眉头,用手帕驱散污浊的空气,省长挽着军官的手向旁边走去,而那个猫脸的人说:

"这个笨蛋是故意的……"

多打了几下之后,谢拉赫的皮下冒出了鲜血,警察每打一鞭都要扭过脸去,大概是害怕像接骨木的浆果一样的血星溅到脸上。鞭打完毕,谢拉赫站了起来,用手摸摸屁股,把手伸到脸前,说道:

"真够呛……"

"走开,走开,"警察一边气呼呼地催促着,一边看看军服和裤子。

谢拉赫提着裤子,光着脚板走向一旁。

"达乌拜男爵,"省长招呼说。警察局局长急速走了过去,所有官员随着走进格拉乔夫的院里。

"喝牛奶去了,"普洛特尼科夫心里想,"也许是喝茶。"

阿芙多季娅把泪痕斑斑的肿胀的脸转了过去,对普洛特尼科夫气愤地说:

"你去,给他们磕头吧。"

长官不在场的时候,警察打得比较匆忙,整个进程快多了,但也更加使人难堪,已经没有人发号施令,没有人威吓,倒显得有些沉闷了。从院落里出来几个士兵,他们在寻找名单上开列的瓦西里·普洛特尼科夫、赫里斯京娜和一个叫伊凡·诺维科夫的。米特里·普洛特尼科夫兴冲冲地说:

"我们这里没有这个人,从来没有过。以前有个诺斯科夫·万卡,可是早在八月里就被送进疯人院了。"

警察局局长冷漠地说:

"小心着,窝藏犯人是有罪的。"

人们疲乏了:士兵列队站立,老乡们跪在那里,有的已经坐下,被打的人躺在地上。叶拉科夫虽然上了年纪,却好像遵命似的规规矩矩跪在那里,嘟哝着:

"难道这算教训?打了牧童科西卡二十五鞭子,对他应该加倍惩罚。不能这样,从前他可没少挨打,让他记住不是用柳条,而是用棍子,用棍子。"

从田野里飘来略带寒意的微风,把树叶吹到空中,扬起地上的尘土,省长的马打着响鼻,不知什么地方有人打狗,它尖叫一声,狂吠起来。菜园里乌鸦、寒鸦吵闹不休,农舍的窗口里露出孩子们的小脸。一个鬈发青年从警察手中挣脱出来,顺着大街奔跑。护卫省长马车的骑警机敏地拨马挡住青年的去路,青年撞在马肚子上,碰了回来,摔倒在地,几个警察把他扭住,朝脖子上打了一下,把他带走,他用双脚勾着

地,蹚起脚下的尘土,喊道:

"我——要去当兵……我是新兵……"

"蠢货!兵也得打,"叶拉科夫鄙视地说,而洛博夫侧着身子躺在他后边,问道:

"老鬼,你是不是帮着克拉索夫斯基开名单了?"

"要是我帮着开名单,就要打你一百鞭子。"老头子回答说。洛博夫轻轻地拍一下他的后背,说道:

"那你认为这是我……"

洛博夫身后有人吞声饮泣,抱怨说:

"我现在可怎么办?嫁了一个挨过打的人,女伴们该笑话我了。"

"这算什么!笑话一阵子也就过去了。"

"我多丢脸呀!"

"你想想,丢什么脸。"

一个男人稳重的声音补充说:

"不是打嘴巴,而是打屁股。"

"就是脸,又值什么钱,"一个女人的声音补充说。

格拉乔夫的大门口出现一个军官,擦着眼镜,对他的副官说句什么,那人敬个礼,拉长声音喊道:

"立——正!"

长官们走了出来,省长看看自己的皮靴,用一只脚在地上磕得沙沙作响,焦躁地大声说:

"站起来,混账,笨蛋……嗯,怎么样,尝到苦头啦?就该这样对付你们。这还不够。应该每个月打你们一顿。"

他停了一下,和警察局局长嘀咕几句,接着说:

"我警告你们:县警萨舒拉执行公务的时候,有人打了他,还打了……这个……商人……"

"别尔金,"警察局局长提醒说。

"是的,打了别尔金!还有,放火烧了地主克拉索夫斯基的干草,要送法院判罪。"

一辆马车赶了过来。休息好了的马潇洒地翻蹄亮掌,好像准备翩翩起舞,摇晃着脑袋,绷紧缰绳。省长瞧瞧它们,懒洋地喊道:

"我还要教训你们,让你们的皮肉尝尝苦头!……"

他轻快地跳上马车,矮壮的县警察局局长和那个猫脸的胖子跟着钻了进去。当马走起来的时候,省长在车里站了起来,从杜博夫卡村民面前经过时,用手指头威吓他们。叶拉科夫以士兵应有的姿势站在一旁。普洛特尼科夫向长官鞠躬,像对待欣然而归的客人一样,笑脸相送;号兵吹号集合。哨兵从菜园里,从各个角落跑了出来。军官拍拍自己的马脖子,跨上马鞍,对司务长说:

"宿营地不变。"

杜博夫卡村民战战兢兢地各自回家去了。军官从他们旁边经过的时候,俯身向前,用戴着手套的手梳理马鬃。他走过之后,就传来一声命令:

"整队!不要乱!蠢驴。立正!成二路!开步走!"

部队出发了。后面跟着行军灶。赶上洛博夫,车夫勒住马,问洛博夫:

"老乡,从这里到瓦西列夫·迈丹村有近路吗?"

洛博夫想了想,说道:

"过桥,向右拐,往树林那边走,大约能少走七俄里。"

"路——怎么样?"

"桌面一样平。"

"谢谢。"

"一路顺风。"

洛博夫倚卧在自己房前墙根的土台上。他妹妹阿库林娜从窗口探出头来,没戴头巾,棕色头发。问道:

"干吗你让他往沼泽地里走?那里过不去。"

"管你什么事?"洛博夫不耐烦地说。

妹妹生气地冷笑一下,砰然一声把窗户关上。街上空空荡荡,一片沉寂,犹如家家户户空无一人。像一块生肉似的红太阳,沉没在铅一样的云朵里。一群寒鸦呱呱叫着,飞掠而过。夜晚的寂静又笼罩了村庄。

阿芙多季娅手里提着一只铁桶来到街头,站了下来,用手遮着太阳,望着远方,灰暗的队伍走上土坡,行军灶的黑烟筒在队伍后面摇来晃去。

洛博夫大声对她说:

"我在等着看这些魔鬼还耍什么把戏!……"

阿芙多季娅没有回答。

"仙鹤在飞呢,杜尼娅什!"

"啊,什么?"阿芙多季娅问道。

"它们在召唤伙伴。我呢,没地方可飞呀。"

阿芙多季娅向小河边走去。

"谢拉赫怎么样?"洛博夫大声问道。

阿芙多季娅一边往前走,一边回答说:

"那个戴红十字的老太太给他上了药,用布条缠起来了。伤口很深……"

"他终于懂得了该怎样谢谢他们……"

阿芙多季娅转过房角,跟跟跄跄,小声抽搭,把水桶放在地上,撩起上衣的下摆,把脸藏在里面,浑身颤抖,默默啜泣。

龚人放 译

鹰[*]

一栋跟木板棚相似、有五扇窗子的房屋坐落在城市一条主要街道的尽头,再往前去就是田野和修道院墓地了。屋顶是用木板钉的,很久以前刷过棕红色的油漆,可是,年复一年的雨水把它的颜色冲洗掉了,太阳把它晒褪了,多年的尘土深深嵌进枯萎的树干,给它染上一层灰烬一样的肮脏颜色。屋顶上还残留着一些赤褐色的斑点,好像挨打后留下的淤血斑痕。是一所古老的房屋。它已经向院心倾斜过来,浑浊的玻璃窗好像看厌了墓地门上的铁栅栏和门里面坟上的十字架,想要瞭望远方的天际。

房子正面挂着四块锈烂了的牌子。一块牌子上写着:"此房属九等文官孀妇安娜·列皮耶娃";另一块牌子上写着,此房"无驻军",虽然军队租住民房的制度早已取消;第三块牌子上说,此房已在"萨拉曼德尔公司保险",而这个公司早在三十年前就"倒闭"了。第四块牌子是深绿色的,稍大一点,新一点,上面画着黑色的双头鹰[①],在鹰的周围有一行排列成弓形的黑字:

　　米亚姆林县第一区区公所

---

[*] 本篇最初发表于一九三五年《集体农庄庄员》杂志第二期。译自《高尔基三十卷集》第十七卷。

[①] 双头鹰为一九一七年十月革命前俄国的国徽。

夏天，区长住在离城十俄里的萨维洛沃村，每星期五上午十时来此"审理诉讼案件"。农民们通常都是一大早就赶到这里来打官司，天气好就坐在办公室窗下踩坏了的砖路上，雨天就挤在院子里。那院子宽敞、空旷，生满荨麻和牛蒡；它和邻院之间隔着一座歪歪倒倒的板棚，院子中间有一眼井和一株弯曲的老白柳树。在蓬蒿丛中竖立着一些烧焦的树墩和一堆砖头——炉子的废墟。有的时候，等候地方行政长官的到来，要等上一个钟头、两个钟头，以至五个钟头。

炎热的天气。像在阁楼里一样，城市散发着灼热的尘土和鸟粪的味道。周围鸦雀无声。孩子们都上学去了，女人们在厨房和菜园里干活，男人们上班工作去了。在办公室的窗下，聚集了一群灰溜溜、黑糊糊、胡子拉碴的人。他们有的坐着，有的躺着，满头是汗，不时地叹息着搔搔头皮。还有的人在打盹儿，有的已经睡着了，发出鼾声和呼哨声。人们乱哄哄地、小声地、从容不迫地交谈着，从远处听起来似乎老是那一个人在说话。

"不来了。"

"瞧，又不来了。"

"咱们的时间在他眼里是不值钱的。"

"老爷们就是捉弄咱们。"

"这还算好的呢！"

"是啊。是个和气人。"

"是只鹰①。"

"看看第三区他的那个同行兄弟科斯强京吧，简直是一条狗！"

"你别喊好不好，格里什卡要是听见了，他会给你个厉害看的。"

"唉，叫他娘不得好死！"

一只山羊大模大样地摇晃着脑袋向墓地走去。

"警察局局长走过去啦……"

---

① 俄语以鹰比喻英勇的人，非凡的人。

"有点像。"

谈话声停顿了,片刻,从墓地上传来一阵鹩鹩的热烈鸣叫声。接着人们又嘁嘁喳喳地说起来。

"科斯强京命令人们在他的马头前要脱帽。"

"瞎说!"

"是真的。你不脱帽,关你一天禁闭。下一次再不脱帽,就关三天三夜。"

"他佬发疯啦。"

"常发疯呢。穆欣—普希金①审着审着案子,忽然朝牲口群开起枪来。牲口群回来的时候,他靠在窗子上,突然放了一阵枪!他的枪不是一支,他放的有铁沙,也有子弹。"

"他糟蹋的牲口多吗?"

"许有五六头吧。"

"这是真的。人人都知道这件事。"

"人们把他绑起来,送到城里去了,在那里,他们说:'他早就疯了!'"

"瞧,有这种混账事儿!"

"那就让疯子判案啦?"

"就是让他判呀。"

"判决撤了吗?"

"没有,不准!你听着吧,法律是不反悔的。"

有人沮丧地说:

"咱们坐在这里简直像土耳其俘虏,唉……"

"你就该这么坐着,"人们回答他说,又开始小声地、不慌不忙地闲谈起来:

"科斯强京就会骂人。"

---

① 即科斯强京。

"会骂。"

"庄稼人都骂不过他。"

"他们都是军官。他们是在兵营里跟咱们弟兄们学的。"

"科斯强京,他是带着老婆一块来到村子的。他老婆身材纤细,大眼睛,两颊黄得像芜菁。全部家当也都运来了:一口皮箱,一把吉他,还有一只关在鸟笼里的绿鸟①;连那鸟儿也会骂娘。"

"你瞎说,去骗死人吧!"

"真的。那种鸟——谁都知道。"

"不久,把马也牵来了,不错,没的说,是匹骏马!"

"就是要在它面前脱帽的那匹马吗?"

"就是在它面前。它全身洁白,腿细俏,眼睛机灵。"

"说实在的。它不是走步,简直是跳舞!"

他们夸奖了一番马,说了很多细节。一个响亮的尖嗓门把这些归结到一点说道:

"公马配不上这匹马,省长才配得上它。"

"喂,叶夫多基姆,当心点,你要闯出祸来的!"

"后来他走运了!多少桌子、椅子、沙发、箱子啊,三间屋子都……"

"听,格里什卡醒了……"

农民们站成一行,一个跟着一个走进院子里去,在肮脏的台阶前挤作一团。这时,睡眼惺忪,头发蓬乱的格里什卡·亚科夫列夫从屋里走了出来。他从前是乡文书,是一切生活法令的大行家,有名的酒鬼。他往外走的时候老是一个样子:细长的两腿迈着大步,隆起的肚子大摇大摆着,袒胸露臂,下身穿一条条纹床单布做的裤衩,光着脚,肩上搭着布巾,走到井跟前,连人也不看一眼就用嘶哑的声音命令说:

---

① 指鹦鹉。

鹰

"提水!"

一个农民从人堆里走出来,把水桶提上来,格里什卡把狭窄的、肤色灰暗的胸弯成直角,粗声粗气地命令说:

"倒!"

农民把冰冷的地下水泼到他开始秃顶的南瓜头上,手掌般平坦的脊背上。格里什卡的两条鹤腿直打战,两肋不断起伏,就像一匹跑累了的马,他两手扶着井架,声音嘶哑地边咳边骂。

"擦!"

农民用布巾认真地给格里什卡擦背。

"轻一点,鬼东西!"

皮肤依旧是灰暗的格里什卡终于直起身子说:

"区长今天不来了。谁有状子,递上来!别的人滚回家去吧!"

大多数男女农民都神情沮丧,嘟囔着从院中走出去了,剩下的几个人跟着格里什卡走进办公室,一路上央求他说:

"格里戈里·米哈雷奇,看在上帝的分上,把我们的案子办了吧!我们来过多少趟啦。你知道,到割草的季节啦!我们都不是闲人。"

这位法律通边咳嗽,边逗笑说:

"说谎!你们既没有被捕,那就是自由的人嘛。①"

但是这句俏皮话人们早就听惯了,它并没有逗得谁发笑。有一头吉卜赛人似的乌黑鬈发的叶夫多基姆·科斯金是凿磨盘的巧手,他把事情说得简单明白;他嘴唇一动,露出一口又密又白的牙齿,皱皱眉头说道:

"格里戈里,你不要折磨我,不然我就揍你嘴巴!只要你向沃洛库申把钱要来,我就送你三卢布。"

格里什卡站在最上一层的台阶上,拖长嗓门咳了几声,他的两腿直发抖,他立刻扶住门,免得摔倒。他那瘦长、灰暗、长着棕色胡须的

---

① "自由的人"与上文的"闲人"为 Свободные 一词的两种不同的含义,此处系利用一词的不同含义说的俏皮话。

脸一下子就鼓胀起来，变青了，他用拳头捶着胸脯，清了一下嗓子，终于嘶哑地说：

"你说我？我是受贿的人？"

"不是你是谁呢？"科斯金不动声色地反问。

"我是能收买的吗？"

"什么都能收买。"

"你们都听见了吗？"格里什卡转向农民们说，"这就叫侮辱履行公务的人。你们都是证人。"

"唉，混蛋。"科斯金把手一甩，说完就走开了，被邀请作证的农民们也都跟着他很快走出来。

格里什卡把手按在胸前，在台阶最上一级坐下，摇了摇水淋淋的脑袋，湿漉漉的、棕色间花白的头发散落在他灰暗的面颊上。这位法律通的两眼浮肿，眼球充血。

"猪猡，"他用尖细的声音说了一句，又咳嗽起来。

区长上班的时候不是乘赛马车，就是坐漂亮的轻便车。车的"牵引力"是一匹异常敏捷的小马，驾驭马的人当过骠骑兵，现在是乡村警官，他叫伊康尼科夫，是个阴沉的、极其寡言少语的人。他给长官做勤务兵和车夫，跟随长官打猎、钓鱼。他个头高大，脸庞黝黑，头顶已秃，眼睛圆得像纽扣，眼神也像纽扣那样呆板。深红色衬衣的下襟塞在黑色军裤的裤腰里，宽宽的腰皮带上挂着有黄色皮套的手枪，左边挎着警刀。和他并排走着的长官穿着灰色风衣，戴着风帽，活像一个僧侣、苦行僧。

农民们脱下帽子，彼此紧紧地靠在一起，静静地站在那里。女人们躲在男人的身后，站在最前面的是格里什卡·亚科夫列夫，他身穿长到膝盖的灰褂子，灰条纹裤子和嵌着黑鞋眼的破旧白皮鞋，紧锁着双眉，脸上的神情像个殉道者。

伊康尼科夫像剥鸡蛋皮一样，从长官身上脱下风衣，这位人们熟悉的正义的缔造者、"真理和仁慈"的恩赐者的形象就呈现在众人的面前了,因为"统治法庭的"就应该是正义、"真理和仁慈"[①]。地方行政长官年过四十,但他体格匀称,宽胸阔背。秀美的银灰短发、松软浓密的胡须同那和颜悦色的大眼睛把他细嫩红润的面孔衬托得格外漂亮。他身穿金黄色绸衬衣,骑兵马裤,脚蹬漆皮长筒靴,在饰有黑漆银牌的宽腰带后面露出好看的马鞭,用皮条紧密编织的马鞭像是铁的,鞭柄也是银的。

他用白手帕擦擦沾上灰尘的两颊和宽阔的前额,用两手捋捋浓密的、有光泽的胡须,眯起眼睛微微一笑。

"又来了这么一大群,"他用懒洋洋的、但响亮的老爷声调说,"好哇,你们好!"

农民们嘟哝着纷纷向他致敬,农妇们着了魔似的望着这位玩偶般漂亮的老爷,说不定她们当中还有人因此回忆起少女时期的梦想,想起一首歌谣中的唱词:"从田野跑来骑马的老爷,两只狗在马前,两个奴仆在马后",跑过来遇上农家女,一见钟情就娶了她。

区长深信不疑,人们在欣赏他的英俊、矫健和力量;他伸伸懒腰,舒展开肌肉,接着眯缝起眼睛望望炎热的天空,似乎想试探一下,太阳能否把他充分照亮。他下令说:

"亚科夫列夫!把桌椅搬到这里来,办公室里又热又有苍蝇。关上院门!"

"好啦!"格里什卡毫无生气地嘶喊一声,接着也命令:

"闪开!"

人群迟缓地挪动身子,同时发觉在自己身后靠近台阶的荫凉处摆好了椅子、罩着绿漆布的桌子,还有冷水瓶、墨水和一叠公文。

"状纸多吗?"长官问,一边捋着胡须坐在椅子上。

"十三份。"

[①] "统治法庭的是真理和仁慈"一语出自沙皇亚历山大二世。——《三十卷集》编辑部注

"见鬼!"区长说,惊讶地耸耸肩膀,"你们为什么老要咬架,为什么要打官司?你们什么时候才能学会和睦相处,啊?唉,你们这些……糊涂虫!给了你们自由,可是你不会享受它,我们做老爷的现在不得不教导你们……培养你们……"

从人群中走出一个瘦骨嶙峋的秃顶老头子,他头上有两个肉瘤,一脸污秽的胡须乱糟糟地纠结成一团,同他那狭小的脸盘和不引人注目的眼睛相比,这脸胡须是过于沉重了,——他向前跨了一步,以乞丐似的讨厌腔调说起来:

"季米特里·谢尔盖伊奇老爷,我们可尊贵的父母官,是因为穷啊!是穷逼的!人口很多,可面包就那么一点点!一小块面包不够啊,敬爱的老爷!人们呢——又都是贼,都是贼……"

人群里有几个人大声问道:

"哪儿还有比你更能偷的贼吗?"

"安静一些,"区长皱皱金黄色的眉头命令说,"说话的是谁?"

"是叶夫多基姆·科斯金。"格里什卡断定说。

"他说的是真话,大人,"一个穿着城里款式花裙衣的胖老妇人证实说。

"安静!"区长用手掌拍一下桌子,严厉地命令说,"我已经警告过你们,现在再警告一遍:在我面前不准骂人!听见了吗?要知道……"

这时,他身子往后一仰,靠在椅背上,举手在空中比画着,规劝说:

"我这就开庭。这是件大事。法庭培养你们的法律观念。明白吗?你们应该明白。我不是头一次讲这些啦。法律观念——这是为了让你们不要彼此侮辱,不要互相谩骂,不要打架。不要偷盗。不要偷偷摸摸在官林里砍树。不要在禁止采蘑菇的地方采蘑菇。按时向国家交税。当然也向地方自治会交税。不要把钱统统喝光……"

他的话说得心平气和,不慌不忙,但非常枯燥。他讲话的时候,眼睛却看着伊康尼科夫在院里走动的情景,那匹枣红马像狗一样跟在他的身后,用头撞他的肩膀,想用嘴去咬他的耳朵。

"别淘气。"伊康尼科夫用沉厚的声音说,接着从衣袋里大概是拿出一块糖来塞进了马嘴里。

"不论给你们多少,总是嫌少!"区长绝望地把手一挥又继续说下去。"我知道你们!你们都是讼棍,诽谤家,谗言家。嫉妒心支配着你们,就是这么回事!你们打官司。同谁打?总是和有钱的人打。好像他们在欺压你们,不给你们活路似的。可是他们给你们工作没有呢?你们不是看见了吗?皇上给我工作,有钱的庄稼人给你们活儿干。"

区长东张西望的目光突然收住,眉毛耸了起来。在白柳的树荫下,一个妇女背靠着井架,宽宽地叉开两腿坐在那里:在她的裙襟上睡着一个赤条条的、骨瘦如柴的罗圈腿小孩,苍蝇在孩子鼓胀的肚子上爬来爬去。那女人也睡着了,她的头不舒适地耷拉在肩膀上,惊讶地张着嘴。

"她需要什么?"区长用手指着女人问道。像护身天使一样站在他背后的格里什卡呆板地回答说:

"她是佩拉盖娅·亚姆希科娃。她丈夫因杀人罪要坐四年牢。她家的份地被夺走了。"

"你们看看吧:杀人,"区长气愤地说了一句,又回到自己的话题上:"你们必须承认:富有的庄稼人是聪明的人。他有钱是因为他聪明。他是政府的支柱,沙皇的支柱,是的!有钱就是大力士,就是上帝在智慧、心灵和肉体上赋予特殊力量的人。就应该这样认识。"

在人群里站着的有瓦西里·基里洛维奇,沃洛库申,一个身穿褪了色的很旧的短呢外套的健壮老头子。这件衣服早就不合他的身了,他的大肚子鼓得像个气泡,几乎一直垂到了膝盖上,外套的纽扣都无法扣上。他那肌肉松弛、皮肤泛黄的南瓜脸上丛生着灰白胡须,它们在下颌上聚拢到一起,很像一把稀疏的尖扫帚。在残留着天花瘢痕的青灰色的鼻子上架着一副银框架圆眼镜,一对羊眼的淡蓝瞳仁在镜片后面闪着无神的目光。他的秃了顶的头皮上满是皱褶和瘢痕,好像蒙了一块破布。这个人是两盘水磨的主人,也是出名的吝啬鬼,同时又是一个有名的讼棍:他不断在县法庭、调解法庭和州法庭上打官司。他像听祈祷一样恭听地方长官的训话:虔诚地把手放在肚子上;翘着上唇,一根根须毛直晃动,耷拉着下唇——一颗颗稀稀拉拉的乌黑牙齿都暴露出来。他呼哧呼哧地大声喘息着。

所有的人都聚精会神、几乎是纹丝不动地聆听老爷缓慢而十分吃力的讲话。深沉的、令人压抑的枯燥气氛越来越浓厚,人们心中的幼稚念头刚一产生就又被它扑灭了。区长大声擤了一下鼻涕,翻翻手中的公文,叫道:

"布纳科夫,德罗兹多娃!"

一个头上长肉瘤的老头和穿着城里式样裙衣的厚嘴唇的女人应声从桌旁站立起来,他们鞠躬的时候,把腰弯得那么深,就像有人在他们的后脑勺上敲了一记似的。

"喂,怎么样?"法官问道,"你们说好了没有?愿意和解吗?"

"我不愿意,大人,不愿意,"女人用低沉的嗓音说,她那眼睛很大的脸上泛起一层深红,"他打伤了我的牛,这个老鬼,上帝啊,那是条多好的牛啊!没有比得上它的牛,在我的四头牛里面,它是皇后。可是牛靠三条腿是没法活的。人有一条腿也能活,可是那条牛除了杀掉吃肉,还有什么用呢?"

"别说了,别说了!"区长没有好气地喊住了她,"这些话我都听过啦。布纳科夫,你应该赔偿这条牛的损失!"

"大人,英明的法官,"老头子半闭着眼,摇晃着身子说,"那么谁赔偿我的燕麦呢?她的牛糟蹋了我多少燕麦啊!她是故意把牛放进我的燕麦地里……她总是有意和我作对……"

"也许,我是为了和你作对才活着的吧?"女人忧郁而又刻薄地反问说。

"谁知道你呢?你非常像女妖怪,像会变身法的女妖精。"

"大人,请看,他在说些什么!噢——我的亲人,亲骨肉啊。保护我吧……"

"闭嘴!"区长厉声喊道,他的红润的面孔变成苍白,碧蓝的眼睛射出冰冷的寒光。"我命令用和解结束你们这场跟牲口一样的胡闹。今天,就在这里了案!!不然我就判你们禁闭一个星期……滚吧!混蛋!科斯金,沃洛库申!"他叫道。

沃洛库申和科斯金一前一后走过来。科斯金身材矮小,干瘦,大眼睛,穿着破旧的白色短上衣和肮脏的帆布裤子,裤脚卷到膝盖上,光着脚。他大约有三十岁,皮肤黝黑,神情严峻,一脸黑胡须,活像吉卜赛人。区长摆弄着马鞭子,不怀善意地向他看了一眼,但是,正在这个时候,格里什卡弯下身去对他说:

"米特里·谢尔盖伊奇,您看,乡下佬又在院子里撒尿。简直拿他们没有办法……"

"把他带到这儿来,狗崽子!"

格里什卡带来一个矮壮、面部表情活泼、长着大胡子的人。区长的脸一红低声问道:

"你在哪儿撒尿啦?"

"就在那儿,"农民用手指着回答说。

"你知道这里在干什么吗?"

"好像是在审案子,"庄稼汉犹疑地说。

"啊,这就是说,你明白!"区长说,脸又变得苍白了,"就这么办:你这是明知故犯,我关你三天三夜禁闭。"

庄稼汉惊讶地摇摇头,回头看了看,赶忙把手伸进花粗布裤子的裤兜里。

"滚!"区长用马鞭抽着桌子吼叫一声,就从椅子上站起来,庄稼汉吓得往旁边一跳,紧接着就把拿着信封的那只手伸出去,他也大声喊道:

"您的信,您兄弟谢尔盖·谢尔盖伊奇给您的。"

区长从他手中把信夺过来,撕开信封,读完信后,微微一笑,问道:

"你是第一次到我们这里来吗?"

"最初,"①庄稼汉抱愧地回答。

"信是什么时候交给你的?"

"昨天后半晌。"

"步行来的吗?"

"显然。"②

区长又皱皱眉头,用信扇了扇脸,沉默地望着这个庄稼汉,看了一会儿,大概是看出来了,他不是一个寻常的庄稼人:金黄色的胡须理得整整齐齐,头发梳得溜光,像一顶厚实的棕色帽子,脸和脖颈干净得像刚刚在浴室沐浴过。他生着一双令人愉快的碧蓝的眼睛。他左手上搭着一件灰色的落满尘土的破衣服,可是他身上,在旧亚麻布衬衣外面还套着一件磨损得很厉害的、很花哨的坎肩,好像是用五颜六色的丝线绣的缎料做成的。

"显然,这是什么意思?"法官严厉地问。

庄稼汉踌躇地急忙回答:

"就是说,谢尔盖·谢尔盖伊奇一吩咐完毕,我紧跟着就上路了……"

"可恶……你使用了这些字眼,却不懂它们的意思。'显然'、'最初',这是谁教你的?"

庄稼汉露出歉意说:

"箭住师。"③

区长眨眨眼,似乎灰尘落进了他眼里,随后就哈哈大笑起来,嘴都张圆了,笑得浓密的胡须都在扇动。他的浑厚洪亮的笑声在人们的污黑的、汗水淋淋的脸上唤起了笑容。布纳科夫竟然笑出声来,但他立即用手捂住了嘴。沃洛库申的大肚子在无声地颤动着,他松弛的面颊上的皱纹也在轻微地抖动,只有伊康尼科夫没有注意这里的事;他正

---

① ② 均属用词不当,表示作品中的人物学了些新词,但不理解其意义,到处滥用。
③ 建筑师的讹读。

站在井边用水桶饮马,同时用手捧水往睡觉的女人的头上和胸上淋。

"噢嗬,见鬼,"区长用手帕擦着眼泪说,他笑乏了。"箭住师,"他嘲笑着重复一遍,随手把这个字写到信封上,又用信封扇着他那发红的脸。

"这个箭住师,他是怎样教你的?"

"他说,讲话要流利,不要结结巴巴。他还说,你不是一个庄稼汉,你是个手艺人。"

"胡说八道!"区长宽厚地笑笑说,"算了,我撤销对你的禁闭。"

于是他又转向众人说:

"你们看见啦,这是一个多么竭诚尽职的庄稼人。吩咐他走,他就走了五十二俄里……简直就像喝一杯白酒那么容易!开步走,一二——一,左、右,真行!好样的!不过,老弟,你还是应该想一想,什么样的事情该在什么地方做!你要知道,审案子——这跟,比如说,做礼拜,举行祈祷一样庄重。因为审讯就是捍卫真理,而真理是上帝赐与的。"

他把手举到空中,手指甲闪闪发亮。但是,看来把审判比作做礼拜并没有使他满意,他又更严肃地补充说:

"审判——这就像在上帝面前举行的阅兵式。也是在沙皇面前举行阅兵式。"他又转向众人说:

"在常常到我这里来的人当中有谁干这种事,我就把这个蠢货监禁一个星期。必须教训教训你们。"

"噢,必须教训!"沃洛库申沉重地叹了口气,表示赞成说,可是区长又同穿坎肩的庄稼人说起话来:

"弟弟向我推荐说,你是个好木匠。你到我的萨维洛沃村去吧,那儿有活给你干。"

"大人,"木匠说,"我没有工具。"

"喝掉啦?"

"偶然押出去了。孩子死了,吃草莓撑死的。又是埋葬,又是这样那样的事。再加上,谢尔盖·谢尔盖伊奇让我离开了工作,我现在就在他——瓦西里·基利雷奇家干活……"

"好办,沃洛库申可以等一等,"区长说,"可以等,是不是?"

沃洛库申鞠了一躬。

"随您便,季米特里·谢尔盖伊奇……"

"你看,就这样办,"区长皱皱眉头说,"你的工具押给谁了?"

"押给伊凡·彼特罗维奇了。"木匠高兴地回答。

"你说谎,"布纳科夫紧跟着说,"你有工具。"

"那是别人的,是沃洛库申的。再说,干细活也不顶用。"

"别吵啦!"区长命令说,严峻地望了布纳科夫一眼,"你在干什么? 放高利贷吗?"

"大人,善心人,"布纳科夫哀叫道,"人家要是用上帝基督的名义求你,那有什么办法呢? 我是出于好意……"

区长从椅子上欠起身来,字字都颇有分量地说:

"立即把工具交还给木匠,听明白了吗? 德罗兹多娃!"

"老爷,我,德罗兹多娃,在这里,"女人令人放心地回答说,可是随即往后退得离桌子稍远一点。

"你同意卖牛吗?"

"缺一条腿啦,不卖还能有什么用处!"

为了应付意外变化,德罗兹多娃装出一副哭丧脸,用衣襟擦擦干巴巴的眼睛。

"就这么办:布纳科夫把牛买过来。亚科夫列夫,把裁决记下来!"

"大人!"老头叫道,"我要它有什么用? 现在正是夏天,肉没人吃。全得赔进去。"

"你要再闹……"区长一喊,布纳科夫就弯下身去,把头一缩钻进人堆里去,好像山羊钻进绵羊群一样。

区长舒展了一下肩膀,动作优美地挺挺胸,接着问道:

"沃洛库申,你为什么不付给科斯金工钱?"

"大人,这是合理合法的,"磨坊主的话干脆利落,"他,叶夫多基姆,是雇来凿磨的,下扇磨盘是贵重的,最好的莫斯科石料,上扇磨盘——也是最好的石料,是德聂伯河石。他,叶夫多基姆,是有名的凿磨巧匠。可是,把我的磨凿坏了。这是故意捣蛋干出来的。请您问一问,他是个多么可恶的捣乱鬼。"

"哎,这是真的,"德罗兹多娃证实说。

"就是为这个我才拖着,没付他工钱,我受了巨大的损失……"

"够啦,"区长命令说,"你,科斯金,有什么话说吗?"

"我要说的是,他在说谎,"科斯金嗓门洪亮地回答,"请您问问他,他试过磨没有?"

"蠢货,别教训我!"区长申斥说,"我自己知道,该问什么。"

他点燃了一支烟,决定问:

"沃洛库申!你必须找内行人来检查磨,由他们断定磨凿坏了没有?"

叶夫多基姆·科斯金冷笑着向桌前迈了一步。

"大人!只有工作本身才是证明,内行人都是磨坊主,他们当然要说对我不利的话。我了解他们,这帮魔鬼们。"

"你要做什么?想要教训我吗?"区长声色俱厉地问。

"不是的!我怎么敢!我不过是需要生活,要是没有活干,我就没法活了。沃洛库申掐住我的脖子已经两个月了。哪怕让他给我一半工钱也好,就算便宜了他,这个阉猪。"

区长从鼻孔喷着烟,眼睛亮晶晶地闪烁着,他还是一脸凶气,但是声音放低了些说:

"科斯金,你的事,我听到过一些,你的名声不好啊!"

但是,科斯金没有让步,他的高嗓门抬得更高了。

"说什么的没有!我们相互之间都不往好处想,说出来——那就更坏。关于沃洛库申,人们都说他把老婆打死了,要说高利贷主,他比布纳科夫还厉害。"

"我怎么能和他比！"布纳科夫委屈地插了一句话,德罗兹多娃用低沉的嗓音紧接着他的话说:

"全乡的人都尝过瓦西里·基里雷奇的苦头。"

"我怎么是放高利贷的呢？"他惊讶地向一个人问道,但是,在人堆里一个不大响亮却很坚定的声音说:

"你们两个都是喂不饱的吸血鬼！"

区长不声不响地写了点什么,然后叫道:

"亚科夫列夫！"

格里什卡正弯着腰,两眼盯着脚,坐在台阶上。他像要向前倒一样,笨拙地站起来,对区长鞠了一躬。他们喊喊喳喳了一阵子,区长就开始念他写的东西:

"'将叶夫多基姆·科斯金拘留于县警察局,听候处理。'完了。门口有警察吗？伊康尼科夫,去看一看。科斯金,就这样。"

科斯金转过身来,背向区长官,面向大家说:

"这就是法庭！你们看见了吗？"

"唉,伙计,"区长慢慢地拉长声调说,他站起来,抢起马鞭子,但科斯金已经快步向大门走去。伊康尼科夫追上了他,把一只手搭在他的肩上。手掌似乎很重:科斯金像是往前一趔趄才站住问:

"干什么？"

"不要急,"伊康尼科夫商量说,"马跟不上。"

快活的马在伊康尼科夫身旁敏捷地蹦蹦跳跳。区长看着马的嬉戏,轻微一笑,露出一排洁白密实的牙齿。然后,他转向沃洛库申说:

"有三份状纸告你,可尊敬的先生。女教师麦德维杰娃的控告特别严重。这甚至可以说不是控告,而是请求——请求采取措施保护她免受你的迫害,先生。她要向检察院上诉。"

沃洛库申咳嗽一声,震得肚子颤了一下,他像念稿子一样说:

"大人,请允许我说明,她,麦德维杰娃,教给孩子们的东西与您所知道的谢苗神甫的神圣教会的信仰不一致,我该如何做督学。"

"牌迷，"在他提到神甫时，区长补充说，高兴地挤挤眼。

"她说，地球是由瓦斯和火自然形成的，也不属于任何人。此外，还发现，有些身份不明的男人在她那里过夜。"

"老头子，那么你是不是也想这样？"区长问道，但是，他红润的脸一皱，立刻啐了一口，换成严厉的口气继续说道：

"无论怎么说，都不能揪女人的头发，用书打女人嘴巴。你要对这事负责的。而且，总的说来，我的先生……"

正说到这里，伊康尼科夫揪着马鬃回来了，他把一束东西放到桌上后说道：

"门口没有警察，我自己送去的。信是从穆尔津来的骑马人那儿拿到的。"

"哦，没有警察？很好，"长官一面拆信，一面带着明显的快乐表情说，"我的意思是说，不是很好，而是可恶！亚科夫列夫，为什么没有警察？"

格里什卡躬下身去，回了一句听不清的话，区长边读信，边对他挥挥手。他的脸上洋溢着喜悦的神采。然后，他把信插进衣袋，就匆匆忙忙大声下达命令：

"亚科夫列夫，收摊儿！你清点清点，根据新提出的申诉书写个材料给我，和过去一样。大鱼网给贵族长送去了吗？嗯。伊康尼科夫，套车，上穆尔津去。"

他站起来，伸伸懒腰，舒展一下筋骨，他仪表堂堂，沐浴着熙和的阳光，自我欣赏地看了看自己的肩和手。

"喂，正教徒们，今天就和你们胡混到此为止，鬼东西们！我有重要的公事，是的……真让人厌烦，你们这些斤斤计较的人。你们看一看，我是什么样儿，看见了吗？"

他用手掌在胸脯上拍了几下，胸脯发出砰砰的有力的声音。

"一只鹰，"德罗兹多娃叹口气小声说。

"皇帝陛下命令我为你们服务，他关怀着你们和你们的案子。可是你们的案子都是一些鸡毛蒜皮的小事儿。你们的这些诉讼全是一文不值的蠢事。看,那个娘儿们!她也是来告状的,可是却在井旁边睡着了,好像一辈子都没有睡觉了。伙计们,和你们在一起,使人枯燥得要命!不过,遵照皇帝陛下的旨意,我还是为你们服务!驯服地、耐心地服务。你们要以我做榜样……我说的对不对?"

有几个声音立刻响应他的话;有的声音是漫不经心、无精打采的,有的是迟疑不决的,也有的是愉快的。

"说得对……老爷。愿您健康!我们的案子什么时候办呢?我们的保护人……"

区长戴上帽子,格里什卡把风衣披到他肩上,他登上伊康尼科夫身后的轻便马车,车子便从院中开了出去,他对向他躬身致敬的人们点头致意。沃洛库申、布纳科夫、德罗兹多娃和另外的四个人都走到亚科夫列夫的面前。他腋下夹着一摞状纸站在阶梯上,头歪靠在肩上,用醉鬼般的通红的眼睛从上往下打量这些人,一面看,一面嘶哑地说:

"喂,怎么样?闲扯够啦?你们这群骆驼……上边有命令:少闲扯……"

他走进区公所去,人们无声无息地一个跟着一个走在他的后面。院中还剩下二十来人,他们把装东西的口袋搭到肩上,准备上路回到遥远的家里去。

"看吧,他要把他们尽情折磨一番,"木匠兴致勃勃地说。

"会的,把他们的毛都会拔光。"

"多么令人羡慕的美差啊。"

"把那个娘儿们叫醒吧……"

"睡得好像死人一样。"

木匠卷着纸烟说:

"没说的:一只鹰似的男子汉!科斯金让他整成什么样了,不是吗?"

娘儿们被唤醒了,她莫名其妙地向四周看看,突然放声号哭:

"上帝啊,又没有给我解决吗?这是怎么回事啊?要等到哪一天啊?"

幼儿也以微弱的嗓音哭起来,所有的人都交谈着最后的一些话,加快步伐从院中走出去:

"赶到穆尔津去找贵族长的老婆去了。"

"有名的婆娘迷……"

一个上唇的胡子像蟑螂须,下唇的大胡子修剪整齐,下颏像刺猬的矮小农民用棍子抽打着井旁的荨麻,摇摇头,带着嫉妒的心理大声说:

"真是一只鹰,摆弄法律就像玩三弦琴那么容易。"

"为了这个才特意学习的,"木匠解释说,他喷出长长的一股烟后,又补充说:

"再说确实点:他们是哲学家,想怎样,就怎样摆弄法律。再见,正直的人们!可别在这儿相见!"

从菜园里跑出一条肮脏的长毛狗,它嗅嗅新的粪便——不感兴趣。它摇摇头就跑到井架前,抬起一只脚来,然后,还是那么急急忙忙地一头就钻到井架下面去了。

张 羽 译

公　牛[*]

克拉斯努哈村得到了一条公牛。是这么回事。克拉斯努哈村附近住着一位姓博得里亚金的将军。他是一个又高又瘦的老头子。小脑袋瓜儿光秃秃的。小脸像初生婴儿似的红扑扑的。小胡子剪得短短的。他退休以后,头两三年平安无事,什么人也没得罪。可是有一年秋天另外一位将军上他这儿来做客,那也是个大高个儿,秃头,不过长得胖极了。他俩一个细长,一个溜圆,两人走到一块儿,活像阿拉伯数字10。他们俩围着博得里亚金的庄园转悠了两三天,末了将军作出了个决定,说必须建立一个奶酪厂来制造奶酪。克拉斯努哈村富裕的农民不喜欢建这么个厂,因为他们用低廉的价格包租了将军的全部六十三俄亩地。可是贫穷的农民们却因为有希望能挣点外快而感到兴奋。结果是这样:将军立刻雇些农民来砍伐树林,盖了一大片简易工棚。他像挥舞军刀一样挥舞着手杖。他兴高采烈、和和气气地指挥了一冬天。可是突然在四月下旬睡眠中寿终正寝了。他没来得及付农民们工钱——在支付工钱问题上,他向来是磨磨蹭蹭,不大心甘情愿的。

县警察局局长主持葬仪。他把农民都赶去送将军的灵柩上火车站。三个大胖子——村长亚科夫·科瓦廖夫和他的两个朋友达尼

---

[*] 本篇写于一九三四年底至翌年初,最初发表于一九三五年五月《集体农庄庄员》杂志第一期。译自《高尔基三十卷集》第十七卷。

洛·卡申及费多尔·斯洛博茨科伊留在庄园里等候追悼仪式结束。参加博得里亚金追悼仪式的人不多,只有五六个。但是搞得挺热闹。有个人的声音像破锣,是个男低音,嗓门特别大。他时而大声朗诵"永垂不朽",时而高唱"主啊,拯救你的子民";中间有一次他把"拯救"唱成"抓走",引起了哄堂大笑。

酒足饭饱之后,博得里亚金的继承人从屋里走到台阶上。他手里拿着烟斗,喝得醉醺醺的。他也是个军人,身材粗壮,体格结实,头发乌黑,脸庞虚肿而赤红。两只金鱼眼鼓起来,怪吓人的。他沉重地往台阶上一坐,正眼不看农民们一眼,一边用皮烟袋里的烟丝装烟斗,一边用男低音厉声问:

"你们干吗在这儿磨磨蹭蹭的啊?"

村长鞠着躬,把一张博得里亚金签了字的账单呈给他后,小心翼翼地诉起苦来,可是继承人把账单揉了揉,用两只手将它搓成小团,往农民脚前的水坑里一扔,问道:

"多少?"

"八十七卢布,"科瓦廖夫说。

"一个子儿也不付,"继承人笨拙地摆了摆脑袋说。

"庄园抵押出去了,全部财产都要拍卖。我可是没有钱,而且也该不着我付你们钱!明白了吗?好,见鬼去吧。"

这时候达尼洛·卡申说话了;他口若悬河,头头是道,说起话来能让人人都屏声静息地等待着,就像他马上就要说出极为重要的、美好的、能阐明和解决所有问题的话来。他在继承人面前也收到了类似的效果;那继承人一边吸着冒青烟的烟斗,一边默不作声地听了两三分钟,他那双凶狠的眼睛黯淡下来,不那么圆睁着了,他终于开腔了:

"别说了,把我的心给说软了!把公牛牵去吧,这是人家送给我伯父的礼物,还没上账。牵去,就滚他妈的吧!"

卡申悄悄地对村长咬耳朵:

"该牵就牵吧!"

不用他劝,村长听从军人的吩咐也跟听圣旨一样。可是斯洛博茨科伊,这个肥胖、高大、阴郁的农民对待这事就像对待生活中一切事情一样。

"反正一样,"他说,"咱们牵了吧。"

于是公牛就被牵到村子里来,把它拴到科瓦廖夫家对面的一棵稠李树上。聚集了约摸二十来个农民与村妇,他们坐到农舍墙根土台以及墙根对面的一捆细竿子上。公牛是个黑色的庞然大物,就像用浸染过的柞木雕出来又涂上了油漆似的,大头,扁额,黄角。它纹丝不动地站着,只有耳朵稍微动一动。它那张蠢脸上,两个发红的鼻孔向外大开着,这头牛由于这副嘴脸显得凶恶。突出的大眼上蒙着一层湿润的、发灰的薄膜;公牛轻轻地打着响鼻,像拿定了主意似的两眼凝视着。它望着河对岸的草原,那儿灰蒙蒙的雪野上露出已经化了雪的一块块黑色的土地。灌木丛赤褐色的细枝也露到雪面上来了。

人们不以为然地仔细打量着公牛,一声不响地听科瓦廖夫讲话。他中等身材,体格结实,脸色红润,面带和气的笑容,淡蓝色的眼睛透露出温存的神态;他讲起话来像个大善人,声音柔和、委婉,还不时用手掌抚摩着两颊下巴和脖子上长得乱糟糟的稀疏、灰白的连腮胡。

"于是,他就这么说了,"他说,"'牵去吧,别的就什么也没有了;不然的话,他说,我要把你们……'嗳,他是个军人,哪由你分说,我是村长,也不能跟长官争吵。当然咯,这头牲口抵偿不了咱们的工钱……"

科瓦廖夫负疚地说。从庄园回村的路上,他看到这头公牛走路缓慢,心里曾经思忖过,看来,它够老了,而且对乡下的小个子母牛来讲,它也太重了,会把它们压扁的。

村长的话刚落音,铁路守夜人的寡妇,一个男子模样,长着大嘴巴、厚嘴唇的女人斯捷潘妮达·罗戈娃便开了腔。

"这条牛有病,"她用沉厚的嗓音说,"你们看吧,卵子都瘪了。"

卡申插嘴说:

"你呀,斯捷潘哈,闭嘴!你就管好你自己家的鸡……"

借着这个话题,所有的男人们都七嘴八舌地说起来,臊得娘儿们吐口水,叫叫嚷嚷:

"嗳呀,不要脸的!无赖!孩子们都听见你们的话了。哪怕避讳点孩子们也好呀,没头脑的鬼东西们!……"

可是罗戈娃却用胸口抵着卡申,对他嚷嚷开了,她粗糙的脸上那双像是别人的美丽的眼睛闪着凶光。

"牛肉!只能宰了吃牛肉!"

同样也有几个男人和女人冲着她嚷嚷起来:

"你别嚷了!嗳,你这个不要脸的贱货!闭嘴,嗳!"

由于罗戈娃脾气倔,人又悭吝,村里人不喜欢她;不喜欢她,把她看作外人,而且嫉妒她。她的男人是铁路上守夜的,用农民的话说,他"走了一辈子运"。约摸三年前,他成功地阻止了一次翻车事故,乘客们给他凑了一百零四卢布,铁路上又奖给他五十卢布。这事过后不久,春汛时,他哥哥、嫂子、侄儿坐船渡奥卡河时都被淹死了;罗戈夫把斯捷潘妮达送到克拉斯努哈村来经管他哥哥的田地,自个儿仍旧留在铁路上,又干了一年,但很快,为了在大火中拯救车站的财产,被严重烧伤,不治去世。铁路上因此给了斯捷潘妮达一百卢布。这女人翻造了大伯子的农舍,把婆婆,一个由于自己愚蠢、儿媳妇精明强干而过得称心如意的老太婆变成了雇工,买了一匹马,一头奶牛,养了五只绵羊,十二只鸡,从初春到圣母节①之前都雇工,还公开与村里的小警官普罗霍尔·格拉乔夫姘居,他不久前因对韦谢尔卡村的牧童犯了"殴伤致残"罪而被捕入狱。这一切足以使村里人不喜欢罗戈娃,但这并没有使她觉得难为情,她不理睬那些凶恶的叫喊,一个劲儿地冲着卡申的脸肯定说:

"这头公牛,它已经一百岁了,一百岁了!"

---

① 俄历十月一日。

卡申这个矮壮、短腿,有一张刮得干干净净的军人面孔、长着浓密的胡须、狗熊似的黑眼睛、力大无比的人,挥手把罗戈娃赶开,用愉快的男高音说服她:

"得了吧,别疯闹啦!关你什么事,你吃得了什么亏,你想捞什么便宜?事情得由我们决定:是把它卖掉还是留下来配种?它是头良种牛。"

罗戈娃一个劲儿地冲他蹦过来,大喊大叫:

"那你说说,你想捞到什么?喂,说呀……"

"白费饲料,"有人喊道。

玛丽亚·马利尼娜,这个保养得很好、像个半大孩子似的小老太太,穿黑裙子、用灰色大围巾从头到腰裹得严严实实的接生婆兼巫医,这时摇头晃脑地说:

"对,白费饲料。还得照料它,养它可费事了……"

一位教师轻轻地走了过来。这是一个青年人,他脚上穿着一双灰色大毡靴,身上穿着城里式样的大衣,大衣领子竖了起来,一顶毛皮帽子拉到眼睛上边,他摸了摸牛屁股,用嘶哑的声音说:

"哺乳类反刍动物,洞角科。"

卡申奇怪地大声问:

"你说什么?公牛是哺乳类吗?"

"是。"

"你还有什么可胡说八道的?"

教师想了一下,说:

"喜欢吃盐。"

"不喜欢吃糖果吗?"卡申问。

罗戈娃用胳膊肘推了一下教师的肋骨,继续叫喊:

"你这个两面派,住嘴,别打岔,让他们,咱们的这些能干人看看这事该咋办吧……"

村长从土台上站起来,把烟头扔到地上,用脚辗碎,说道:

"嗳,别吵了,你们也嚷嚷够了!现在的问题是,公牛养在谁家里?"

人人都不吭声。卡申扫了大伙一眼,从头上摘下自己的帽子,用它拍打一下宽阔的胸膛,自告奋勇地说:

"看来,得我养了。行,我准备为村子里尽点力。得给它搭个牛棚,所以你们得把萨韦洛夫树林的小树和干柴给我。"

教师把帽子推到后脑勺,露出他那张灰白色的脸,他鼻子很大,两只大眼睛陷在黑色的眼窝里,吃惊地问道:

"怎么能这样呢,村民先生们?早说好了,那些树是拨给学校修房子用的,干柴是给我烧火用的,是我去砍的柴,我自己垛在那儿的呀。"

"多西费,别哼哼,别发牢骚了,"卡申蔑视地朝他挥了挥手,要求道。

"不行,你们不能欺负学校,"教师咳嗽着说,"要知道,是你们的孩子在学校里学习,不是我的呀。"

"他们才不管孩子呢,"罗戈娃说,"他们已经把你累成痨病了,也会把孩子害死的……"

"好一个爱吵架的婆娘!"卡申惊奇地说,"我又不全拿,多西费,你别哭!上帝保佑你回到自己岗位上去吧,这儿用不着你……"

教师又把帽子拉到脸上,剧烈地咳嗽了一阵,弯下腰来,朝地上吐着痰,走了。罗戈娃也随着他走开了,但只走了几步,又转身喊道:

"卡申会让你们上当的,你们瞧着吧!"

卡申奸笑了一下,摇着头叹道:

"这头母猪又哼哼了一次……"

大家都默不作声,只有村长和卡申并肩坐着,断断续续地、但又像不乐意地在讲着什么,他们的谈话没法听清。斯洛博茨科伊大概是不甘沉默,便翕着胡子喃喃地说:

"这个痨病鬼开口闭口就是学校。"

"他非常喜欢学校,"木匠巴兰金应声说道。

"他教的是什么呢?"卡申问。

"教的是地球是圆的,是'牙齿牙床里里外外使劲舔舔'①。"

"我们那时候还教过神鸟呢,"村长回忆说,"是这么唱的:'不操心,不劳累。'"

雇农斯博茨科伊,这个又漂亮又谦逊的小伙子说:

"学校里教算术。"

"算术,是人自个儿都学得会,"卡申厉声说道。有人随声附和说:

"说得对,我在马戏团见过狗也会数数!"

"这么说来,一言为定。"科瓦廖夫说,"咱们把公牛交给达尼洛·彼得罗夫饲养。得付给他饲料钱。让巴兰金给盖个牛棚。这样行不行?"

"不这样又哪样呢?"木匠回答,"对极了。"

三四个人从圆木上站起来,各自走开了。

斯洛博茨科伊瞟了他们一眼,又低下头来,冲着地说:

"老师快死了,开始咳血了。"

"孩子们该高兴了。"

"不对,别这么说!"

"他们这些小鬼头,只要不干活,倒是情愿上学的。"

"他们尊敬多西费。"

"他给他们讲故事。"

"没有什么可尊敬他的,"卡申坚决地说,"而且总的说来,孩子们不可能尊敬人,他们不会尊敬人。"

"嗨!"巴兰金长叹一声,大声打了个呵欠,接着干巴巴说道:

"有学问,可是没钱,跟咱们弟兄一个样,穷光蛋。"

人们嘴里说的是教师,可心里却想着旁的。村里头号酒鬼、好闹

---

① 一种口腔的按摩方式。

事的尼孔·杰涅日金说出了大家的愿望。

"现在该你请客了,达尼洛·彼得罗夫。来三升酒吧①!"

"这为什么呢?"卡申用手掌拍了拍牛的臀部,从心底感到奇怪。

"我们明白为什么!"

"这么说,我不仅得饲养、照料这条大伙儿的牲口,还得请你们喝伏特加?"

"你别扭扭捏捏,"杰涅日金生气地劝告说,"我们这儿一共七个人,来三瓶就行了。"

科瓦廖夫微微皱起眉头,但仍然用亲热的口气说:

"老乡们该问了,因为什么请喝酒呀。"

"这要什么由头?想喝就喝呗。"

斯洛博茨科伊家的雇工和巴兰金想让牛走动走动,雇工从旁边推它,木匠拉牛角上的绳子。公牛像生铁铸就一般纹丝不动,只有上下颚在缓缓动着,一条发灰色的口水从嘴里耷拉下来。

"火车头,"斯洛博茨科伊嘟哝着,从地上拾了根细劈柴,照着公牛劈头扔过去,杰涅日金用脚踢它的肚皮,这时公牛沉厚而又可怕地哞哞叫了起来,声音倒不大。它摇晃着身子走动了。

"鬼东西,"卡申赞扬地说了一句。说罢,顿了顿脚,两手拍了拍自己的两胯。

杰涅日金打酒去了。村长的农舍前面留下了四个人;村长在卷烟,玛丽亚·马利尼娜坐在他身边。斯洛博茨科伊俯着身子,心事重重地用小棍在挖土,可是卡申却仰面躺在圆木堆上,眼睛注视着河对岸,潮湿的冷空气从那边吹来,夕阳在对岸落山,将一片片积雪染成玫瑰色,照出远方火车站的水塔、白色的钟楼和工厂的红砖烟囱。马利尼娜固执地用干巴、苍老的声音轻轻地说:

"白喉症从莫克拉亚传染到咱们这边来了,亚科夫·米哈伊雷

---

① 原文是四分之一维德罗,十维德罗合 12.3 升。

奇……"

"传染过来了?"科瓦廖夫问。他的烟没卷好,他专心致志地在卷它。他问话是出于礼貌,心不在焉,像回声似的。

"我也有这么个看法,这是塔季扬娜·科涅娃带来的,因为她寡妇命苦。"

"你和塔季扬娜老不对劲儿。"

"这是从何说起。我和她之间没什么可争吵的,据我所知,她带了卡秋什卡和利兹卡上莫克拉亚去和她表兄的遗体告别,可能她用死人的衬衣擦了自己孩子的眼睛和脸蛋了。"马利尼娜像讲故事似的说。

"我不相信,当娘的会故意让孩子传染上白喉,"科瓦廖夫说罢,从嗓子里咳出一口痰,和烟一起吐了出来。

"有这种事,"斯洛博茨科伊简短有力地回答说。达尼洛·卡申也兴高采烈地加以证实。

"有这种事,我知道!玛丽亚自个儿就是这么害孩子的。"

"唔,你这是在开玩笑,这可不好。我一辈子也犯不着去干这种事,我从来没干过,而且也永远不会去干。"马利尼娜心平气和地说,一边用右手在裙子里搜索,她那圆鼓鼓的腰上系了好几条裙子,她在这些裙子里找到了鼻烟壶,嗅了嗅鼻烟,向空中扬起脸来,等候打喷嚏,打完喷嚏之后,接着讲道:

"我怕有危险!我当然知道,医生会追查让孩子害白喉的母亲。这种事,他们说,是让孩子找死。不过也得理解和可怜当娘的。科涅娃有四个孩子,一个比一个小,丈夫呢,整个冬天没一点音信。靠要饭是养不活四个孩子的。"

科瓦廖夫从她身边走开,厉声说道:

"嗯,关你什么事?科涅娃的孩子们病了是不是?你去治呀!为什么你坐着不动呀?"

老太婆用披巾的一角擦了擦嘴,没有提高嗓门回答道:

"我不会治白喉,我只会治俄国的病,可白喉是应(英)国病。把科涅娃的事报告警官,是你的责任……"

"她的任务是把科涅娃给整死,"卡申善意地说,老太婆立即回答说:

"我对科涅娃一点儿不感兴趣,呸!"她往地上啐了一口,把脚踩在唾沫上。

"你去呀,去呀,"科瓦廖夫坚持说,"你坐在这儿干吗?"

"街道是大家的,"马利尼娜解释说,挪到斯洛波德斯科身旁的圆木上。他眼睛没瞅她,说:

"你是个毒疮。"

"杰涅日金来了,"卡申一边站起身来,一边向大家宣布,"走,上你家去,亚科夫……给黄瓜吗?"

"行。"

三个男人进了村长的院子。玛丽亚·马利尼娜望了望玫瑰色的天空,望了望大声叫着的乱飞的白嘴鸦,等着杰涅日金进了院子,站了起来,用小拳头威胁地点了点村长的农舍,用细碎的快步子顺着大街走去了。

卡申立即着手修建牛棚,把公牛交给牧人饲养。那是一个孤僻的、长着气瘰脖子的老人,瘦削的肩膀上长着一个大秃头,两眼突出,皮肤发青,一脸浓密、卷曲的大胡子。他的胡子从耳边到下巴都长得又浓又密,还没有完全花白,而在那突出来的、紧绷绷的大气瘰脖子上长的汗毛是无色的,稀稀拉拉地岔了开来,往前面翘着,因此就像老头儿脖子上又长了一个脑袋似的,这个脑袋脸朝着胸腔,把红色的后脑勺露在外边。有一阵子大家管老头儿叫"双头",可是村里的警官知道这事以后发火了。

"白痴!"他叫道,"谁是咱们这儿的'双头'? 沙皇陛下的神圣象征,国徽上的老鹰才是呢! 你们这群邪教鬼!"

他下了道命令:

"忘掉这绰号,不准这样叫!"

大人忘记了,孩子们却记得牧人的这个绰号,为这他们挨了不少脖儿拐,还被揪了耳朵,扯了头发。公牛每天在克拉斯努哈村的街道上出现两次,它几乎比畜群里的任何一头母牛大一倍多。它那健壮的身躯,慢吞吞的老爷似的步伐,皮毛上丝绒一样的光泽,肥胖的胸部,傲慢地摇晃着的黄角大头,总之它的整个身躯使乡下小个头的畜群显得更加可怜。村里的娘儿们、姑娘们都不喜欢它。她们中不少人把母牛从院子里赶出来时,一边用树枝抽公牛,或用棍子使劲儿打它,一边喊:

"呜—呜,魔鬼!……"

"吃闲饭的家伙!……"

平常总是把畜群赶到河对岸去;那边地方宽阔,有一段很好走的浅滩可以蹚过去。但是这时正值春汛,所以在收割过了的麦地上放牲口,在田间一条条窄道上稀稀拉拉地长起了一些发绿的东西,有马的庄稼人已经开始在那儿种地了。一冬下来瘦了许多的母牛仔细地、贪婪地用嘴啃地上的嫩草,可是公牛呢,它可能认为这种极端可怜的饲料对它说来简直就是侮辱,它像一尊大理石像似的站着,要不就慢慢地从一个地方走到另一个地方,馋涎一缕缕地流到地上。它偶尔低沉地、委屈地哞哞叫两声。牧人对卡申说:

"这条公牛能值大价钱,得把它喂得饱饱的,可是你们这些主人们,会把它饿死的。还不如早点把它卖给韦托什金的那个德国管家呢。"

卡申把手掌举到牧人的眼前,似乎想遮住牧人的眼睛。

"你别说了,安东!我知道该怎么办。你别吭声。"

给将军干活应得的工钱全完了,全村人都认为这是卡申和斯洛博茨科伊的过错。人们每天晚上在科瓦廖夫的家旁聚会,总在生气地争吵。罗戈娃嚷道:

"怎么想出这么个馊主意:拿将近一百个卢布换一条半死不活的

牲口。"

不知怎的,她的责难使调解人卡申大为高兴,他又滔滔不绝地说起漂亮话来。

"嗳,行了,嗳,好了,真的,是我们的责任,都怨我们,我们错了,这条臭公牛,蹩脚货,它的价钱只值三张红票子①,对!但这并不因为我们是傻瓜,而是我们凑巧当了傻瓜!我们也许能再求点别的什么,马呀,要不,牛车呀……可是他那个继承人喝得醉醺醺的。此外,他是个军人!从他那儿拿得到什么呢?"

教师在冰冷的干地上艰难地移动穿着大毡靴的脚,走了过来,像平常一样竖着大衣领子。他默不作声地用没有一点血色的手摘下帽子,露出宽阔的前额和光溜的背头,发色发灰,跟脸上皮肤的颜色一样。他还是个青年,在他尖削的下巴和瘦骨嶙峋的双颊上长出的没有颜色的汗毛依稀可辨。尤其是那双蔚蓝色的、迅速闪动着的眼睛更使他显得年轻。

斯捷潘妮达·罗戈娃管他叫两面派是有根据的,因为他向她报怨农民对学校和对他不好,又向农民报怨说罗戈娃给他吃的不好,房租也收得贵;学校里教师宿舍在一年以前烧掉了,直到现在还没准备修建。农民们厌烦他老是提出请求;娘儿们怜悯他,待他像待一个痴呆人。不过也有人像讨厌痨病鬼一样讨厌他。他有一个奇特的习惯:和人们打招呼的时候,他几乎总要引用几句书上的话,似乎想要提醒别人,或许也提醒自己,说他是个老师。现在也是如此,他走上前来说道:

"春风和煦,爽人胸怀,将人自阴暗之农舍引至新鲜空气之中,享受阳光之抚爱。"

"好些了?出来走动走动?"卡申遇见他时说,但立即回到自己的话题上。

---

① 一张红票子值十卢布。

"也许会派他,那个军人,当咱们地方自治会的首领。他干脆地说:'我没有钱。'唉,能把他往哪儿安置呢?自己有办法的殷实贵族是不会进地方自治会的。也不会去当神甫的。他可以进剧院当演员,进马戏团或者别的什么地方。去弹钢琴,拉小提琴。"

"写书,"教师接口说。

"对!"卡申同意道,"他们想写多少书就写多少。这对他们说来是最轻而易举的了。列夫·托尔斯泰伯爵,穷到自个儿去种地了,可醒悟过来以后,就开始写书了,买了个庄园。不简单吧?"

"非也,非也,"教师一边说,一边拉着长声咳嗽,像个害百日咳的孩子似的。

"不,你撒谎,是这样!"卡申胜利地叫道,"他有庄园,有一张画是画他耕地的情景。甚至还打着光脚,就是这样!你别跟我抬杠,我年纪比你大,我知道的事比你多十倍!我是受过教育的人,"他用掌心抚摩着自己的胸膛,骄傲地说,"你前两天讲过果戈理,可你不知道,果戈理实际上是公鸭子。还有一支歌呢:

　　果戈留什卡顺着小河往下游
　　比岸高的是他的鸭子头

听见过吗?老弟,应该知道什么东西叫什么名字。"

卡申见多识广,他坚信自己知识的可贵,喜欢教育别人:教小孩玩羊拐子,教小伙子和姑娘们唱歌,教雇工们要干活、要安命。他特别喜欢教训教师。这种爱饶舌的习性并没有妨碍他经营好自己的产业。他有两匹马,三头奶牛,雇有一个长工。到四十五岁上,他埋葬过两个妻子,七个孩子;有两个孩子活了下来:老大当了兵,老二跟他闹翻了,上里海捕鱼去了,也不知是生是死。卡申和斯洛博茨科伊寡居的女儿已经姘居了两年多;她带过来两个女儿,和他又生了一儿一女;她前夫的两个女儿在火车站卖牛奶、面饼;和卡申生的女儿几天前害白喉死了。他把儿子送到没有小小孩的斯洛波德斯科的家里,以免染上这种传染病。斯洛波德斯科的这个女儿高挑身材、胸部丰满,人长得很漂亮,但是和他爹一样,老是愁眉苦脸,不爱说话。

"老爷们的生命力强着呢,"卡申用教训口吻对教师说;他用男高音的嗓音说起话来急如潺潺春溪,同那些在消防棚后面玩羊拐的孩子们的尖叫声、同温暖的阵阵春风以及春天里沁人心脾的香味非常和谐。

"他们这些老爷们总是有办法的。就拿切尔卡索夫家来说吧,他爹倾家荡产,把全部家业都挥霍干净了;他娘呢,立时在城里办了一所女子中学,又教会了儿子造大轮船,一年挣好几千卢布,坐的是两匹马拉的马车,可不是闹着玩的!她把闺女嫁给了检察官,瞧,怎么样!老弟,谁家的家史我都清楚,再说列瓦绍夫家吧……"

一群姑娘聚集在消防棚旁边,扯开嗓门尖声唱着城里的歌曲。卡申高高举起伸直食指的左手,止住了话头,教师却清晰、慈祥地说:

"傍晚时分,劳动之余,众农民集聚在村街上休息,和睦谈天,以度时光,此时众青年唱起动听的俄罗斯歌曲。"

"瞎胡唱呗。"科瓦廖夫啐了一口说。

"对!"卡申加以肯定,"我对他们那些傻瓜们早说过了。这是城里小市民们唱的歌,应该唱最动听的、老爷们唱的歌。而且歌词也不对,应该这么唱。"

他用左脚跟顿地,挥舞着右臂,随着歌曲的音乐,很快地念道:

> 辗转反侧不成眠,
> 长夜迢迢难合眼。
> 本想登门访萨沙,
> 不知伊家住哪边。
>
> 本想央求好朋友,

> 带我前去把婚求。
> 好友长得比我美，
> 又怕萨沙被夺走。

可他扯着喉咙吼叫的是：

> 辗转反侧不成眠，
> 不知为何难合眼。
> 唉,缘故何时能弄清？
> 要等呜呼命归阴。

"这当然是瞎唱，"科瓦廖夫重复说，"给我点烟草。"

"我会唱好些歌，"卡申一边从裤兜里掏烟包，一边兴致勃勃地说，"也许，我会的歌有好几百首呢……"

"可咱们这头牛到底怎么办呢？"斯洛波德斯科闷闷不乐地问。

"这我也知道。我对什么事都有考虑。没有我不慎重考虑的事儿……"

科瓦廖夫一边卷纸烟，一边斜眼瞟了瞟背倚着稠李树干，仿佛在打盹的教师一眼，说道：

"斯洛博茨科伊怕的是农民向我们追还那八十卢布，把公牛留给我们……我们只能把它卖上个三十卢布……"

"不可能这样！"卡申斩钉截铁地说，他眯上一只愉快的眼睛，一根手指头举到头上威胁着什么人，他压低了声音，非常神秘地补充道："你们别为公牛担心，我对公牛知道得可比你们多。给我期限，我可以让你们大吃一惊。我可以先给你们通个信，该关心公牛的应当是那些欠税的人，不是我们……就是这样……"

两个迟归的农夫从田里回来，他俩都瘦弱不堪，穿着破烂的长外衣，草鞋上沾满一块块深褐色的泥浆；一匹毛发蓬松的劣马有气无力

地跟在他们后面,不时摇晃着脑袋。教师伸长脖子,说道:

"斯拉夫人自古以来用马耕种。"

"斯拉夫人是什么人呀?"卡申警惕地问。

"就是咱们俄罗斯人,"教师说。

"那为什么说是斯拉夫人呢?"卡申严厉地询问,教师歉疚地解释:

"这是咱种族的名称。"

卡申遗憾地摇了摇头,用谴责的语调说:

"多西费,你的话不仅不对,甚至可笑。种族,对牲口才说种呢,关于农民可不好这么讲!嗳呀,老弟……"

"瞧他都教给孩子们些啥玩意,"科瓦廖夫一脸不高兴地说。

教师干咳了几声,用一只手支着喉咙,伤心地说:

"达尼洛·彼得罗维奇,您不知道!人都是分成种族的:比方说,莫尔德瓦人、德国人、英国人。"

"我们可不是你的莫尔德瓦人,"科瓦廖夫冲着教师吐了一大口烟,提醒说,但卡申却善意地笑了:

"多西费,你这个怪物!让德国人、英国人去爱怎么分就怎么分吧……你要是说他们全都一样,可能委屈了他们。可是我们是信正教的人民、基督徒,我们不是莫尔德瓦人,也不是德国人……你真可笑,真的……"

"可是,达尼洛·彼得罗维奇,人们说'同族的人'……"教师没有让步,但是卡申断然回答他:

"多西费,我这个教师,比你学问大,所以比你强得多。你太年轻了。教师是走南闯北、见多识广的人,那样的人才算教师。可是你到过什么地方?问题就在这里……"

多西费还想说些什么,但是卡申冲他挥了挥手,说:

"你坐着,别吭声!"

姑娘们唱起了另外一支更加愁闷、更加悲戚的歌。

> 我的棺材已经蒙上棺罩,
> 金黄的流苏,
> 我将永远作为死人、哑巴
> 躺在它下面。
>
> 嗳,快点将我埋葬,
> 纹丝不动的尸体已经放入。
> 请在我的胸口上
> 放上一把田野里的花束。

"关于欠税人你考虑得很妙,"村长津津有味地喷着烟,啐了一口。

"我错不了,"卡申一边注意地听唱歌,一边回答。

"老是唱死呀死的,"教师有些不解地说,卡申立即接上了他的话头:

"那又怎么?他们明儿个死不了。他们离死跟离美洲一样远着呢!你知道美洲一些什么呢?你听说过没有,那儿在海上架了一座桥,桥在半空中悬着,没事儿,悬着!"

"这是指古德逊河上的那座桥。"教师纠正道。

卡申甚至欠起身来,惊异地眨巴着眼睛,把眼球瞪得溜圆。

"呸,瞎扯,"他说,"多西费,你没看见过地图。嗳,老弟,你要知道美国是个岛,岛上哪儿来的河?岛上从来没河。嗳,多西费,你心里想着死,嘴上说的全是废话。"

"我没有想到死,"教师小声回答。

"这又是瞎说。应该想,要是没想,就不会说出来。没想,又怎样?你的命早已注定了。没有治肺结核的药。你这是在劫难逃,它让你一下子就到了乡村墓地,进入墓穴,再没有别的出路!别再抬杠了,你抬不过我。咱们快到姑娘们那儿去吧,我要和她们一块儿唱歌,冬天我教她们唱了好多新歌,快走吧!"

他矮壮、肥胖但动作敏捷。他灵敏地站起身来，一边走一边大声叫道：

"姑娘们，我来了！"

科瓦廖夫也站起身来，在农舍房角上蹭了蹭背上的痒痒，然后走进自家的院子里。斯洛波德斯科望了望卡申的背影，跟着村长走了。教师听见他在院子里问：

"达尼洛会欺骗咱们吗？"

听不清楚科瓦廖夫的回答，教师的靴底在地上走得沙沙响，他用手指摸了摸自己苍白的鼻子，用食指抠了抠左眼窝，看了看手指头，把它在大衣的前胸上擦了擦，站了一小会儿，环顾四周，像在考虑往哪儿去。最后他走向消防棚，卡申欢乐、响亮的男高音已经迎面传来：

我望着，望着黑色的披肩，
多少痛苦、悲伤涌上心间，嗳喝！

姑娘们热烈、友爱地接着唱道：

当我还是个年轻的少年郎
就发疯地爱上了个小姑娘！
嗳呀，唱呀，大声地唱呀！
小伙子发疯地爱上了姑娘。

卡申站在这群女孩子面前，挥舞着两只翅膀样的手臂，半蹲下来，跳跃着，他那宽阔的身体，随着欢乐的歌声的节拍从地上跳跃起来。

克拉斯努哈算得上是个富村，但是在它三十七户人家中就有十九家是长期欠款户。这十九户中又有五户人家完全破了产。一个农民因为欠税被查抄并没收家产后，上吊死了；另一个害疝气病的成了残废；第三个得了半身不遂；第四个阿萨弗·科涅夫是个读书识字的人，由于人聪明被村里的富人们视为眼中钉,他丢下妻子和五个孩子离村出走,已经一年多杳无音讯。这四户多子女的家庭都一贫如洗,靠讨饭度日。克拉斯努哈村讨厌他们,难得有人施舍他们,就是施舍,也仅是那些自己也行将沦为乞丐的善心的农妇。塔季扬娜·科涅娃从来没有在村子里要过饭,冬季和夏季她都走得很远,甚至到过一百三十俄里以外的省城去。有一次长途跋涉回来后,她没有带回自己吃奶的婴儿,只说孩子已经死了。她的对手们散布流言,说塔季扬娜有意把小孩冻死了。总而言之,克拉斯努哈村要饭的过得也不那么坏,他们比许多别的穷户的日子还好过些,吃得饱些。这些穷户有的按对分制租种有钱人家的土地,有的给有钱的当雇工,生活艰难,忍饥挨饿,怨气冲天。

"全都是些害群之马,"这是卡申对他们的看法。村长沉重地叹口气说:

"他们是我沉重的负担。"

可是斯洛波德斯科却郁郁不乐地表示诧异:

"为什么不把这些爱叫唤的人迁移到荒凉地带去呢?弄到西伯利亚那边去就好了。"

"卖到美国去,"卡申快乐地幻想道,"美国人手不够,用的都是些黑人,有一种黑人全身都长着黑毛,像狗熊一样。"

克拉斯努哈村的头号财主和聪明人要算是叶尔莫拉伊·索尔达托夫了,他是一个身材颀长的老头儿,长着一头浓密的、灰白色的卷发,和同样卷曲的、非常浓密的大胡子。鼻子又大又红。灰色的眼睛溜圆,像鸟眼一样,眼睛里没有一丝笑意。他离群索居,很少参加村里的会议,但每次会议前夕他几乎都要与村长磋商一番,科瓦廖夫听着他平心静气的忠告,一边很专心地用掌心抚弄腮帮子上零乱的胡子。索尔达托夫的大儿子几乎年年都回家,他是波罗的海舰队的水兵,已经是第二期服役了。他秃头,蓄着小胡子,特别喜欢玩弄女孩们,以致克拉斯努哈村的小伙子们对他像对盗马贼一样加以监视,但是他把他们灌得酩酊大醉,终于还是使一个女孩染上了"脏病"。索尔达托夫家的农舍一排五个窗户,院子四周围着薄木板。他的二儿子米哈伊尔和他住在一起,他娶的是乡长的女儿,他是个红头发的美男子,满脸骄横气,迈着老爷那种慢步子,双手插在口袋里,高傲地扬着长满鬈发的脑袋。米哈伊尔是一个有文化的农民,喜欢嘲弄别人,他是三个孩子的父亲。每逢节日,他就赶着马车送他爹到八俄里之外的教堂里去做礼拜,碰上好天气,索尔达托夫就慈爱地让他大孙子叶夫谢克,一个七岁上下的红颊小男孩也坐到四轮马车上。

村民们尊敬索尔达托夫父子,怕他们,但对他们难得的忠告和想法都评价极高。斯洛波德斯科的父亲是个八十岁的、凶恶的老头子,冬天他到各地的寺院游方,夏天就养蜂和捕鱼,他向所有的人推崇索尔达托夫一家。

"学着点:这家农民过得像地主一样。真正的大老爷。"

有一次刚开完村会,怒气冲冲的费多特·斯洛博茨科伊讲出自己秘藏在心里的愿望,把欠税户的农民都发送到"荒凉地带"去,索尔达托夫老头问:

"嗯,发送走,那谁来给你干活呢?"

斯洛波德斯科皱着眉头,没有回答,但卡申却立即嚷道:

"有了猪槽就有猪,有了沼泽就闹鬼。"

"瞎嚷嚷,卡申,"索尔达托夫严厉地上下打量着达尼洛,反驳道,"放明白点儿,干活要用自己人;用本乡人,这是一码子事儿,要是用外乡人,就是另一码子事儿了。跟自己人,什么时候都可以讲道理,他就在你身边,他的农舍、他家里的人也都在这儿。要是外乡人,想走就走,你上哪儿找他去!我说,你应该明白,上帝既然让穷人来给富人干活,那么,你就得会从他们身上榨油水。"

卡申有些难为情地说:

"他们嚷嚷的才多呢。"

"嚷嚷妨碍睡眠,但不妨碍事业,"索尔达托夫回答后,傲慢地走开了。他边走边用手杖量着土地。

卡申望着他的背影,叹道:

"说得对极了,这老鬼!"

"是的,他为自己和儿子都费尽了心机。"

"也为圣灵费尽了心,"卡申补充道。

卡申与教师谈话后,过了两天,村长挨家挨户地去找欠税户。首先他进了瓦西卡·罗克切夫家的空院子。这个瓦西卡·罗克切夫是个最可怕、嘴最不饶人的人。罗克切夫坐在半倒塌的台阶上,正在用刀子削一根白桦树干做斧柄。这个农民身材高大,瘦骨嶙峋,脑袋像个甜瓜,头剃得像个当兵的,长着花白色的黑胡子,一绺绺黑胡须浓密得像一团团麦草。

"你好,瓦西里!"

"坐下来做客吧,"罗克切夫答道,也没抬眼望村长一眼。

"招呼打得可不亲热呀,"科瓦廖夫说,得到的回答是:

"我又不是窑姐儿,也不是你的情妇。"

村长操起两只手,沉默了一会儿,问道:

"你欠的租税怎么办?"

"春天从来就不谈这种事。你秋天来,到那时候我抖起来了,除了偿还全部债务之外,还另加五个卢布。"

"别开玩笑!当心我们查抄你的财产。"

"查抄我的财产,这事不难。"

罗克切夫用沉厚的低音说话。他满不在乎,仍然弯着腰在削膝盖上的白桦棒,没看科瓦廖夫一眼。

"把公牛卖了吧?"村长问。

"卖吧,卖上五十戈比,延期一年付款。"

"你认为这条牛要卖多少钱?"

"给多少要多少,一个子儿不少。"

"你总是说傻话,瓦西里,"科瓦廖夫叹了一口气说。

"我本来就是个傻瓜。"

"卖个三四十卢布,抵偿欠税,行吗?"

"倒也不错,"罗克切夫应道。他一边用手指试刀刃,一边补充道:"最好是把一半钱喝光,另一半给穷沙皇买双靴子。"

"啊唷,瓦夏,你总有一天会因为嚼舌根子被绞死的。"

罗克切夫眯上眼睛,看斧头把儿是不是刨平了,一句话也没回答。村长悄悄地走出大门,回头望了望罗克切夫弯曲的身影,便斜穿大街去找叶菲姆·巴兰金,嘴里喃喃骂道:

"狗崽子……你等着瞧吧!……"

巴兰金的个儿又瘦又小,他穿着衬衫,没束腰带,脚上是一双破烂不堪的皮鞋,用一条椴树的韧皮束着头发,正在院子里锯木板。村长跟他打招呼,得到的回答是匆匆忙忙的喊叫。

"好,好,长官。"

巴兰金的嗓音又尖又细,双手的动作飞快,连他瘦弱的身躯也在痉挛地抖动着。科瓦廖夫用眼睛打量了一下锯好的木板,问道:

"给谁做的?"

"给瓦尔瓦拉·杰连吉耶娃那个三岁的孩子瓦纽什卡做的。我亏本了,亏本了,村长,上帝的仆人!您瞅瞅,这块板是向索尔达托夫买的,他要了四十戈比,这老吝啬鬼,四十戈比,要是在城里这种板子值多少钱?才十五戈比,可是瓦尔瓦拉冲着我哭:'可怜可怜吧,'她说,'可怜可怜吧!'你知道,她丈夫进医院治腿,老在医院里躺着不出院。当然哪,医院里伙食好,人又得到休息,在那儿,连身体健康的人也说自己有病呢。她那个男人真叫人受不了,是个懒虫、醉鬼,有什么办法呢,亲爱的?嗯,瓦尔瓦拉现在日子好过一点了,家里只剩下三个人了……"

他很快地、灵巧地把一块木板平放在另一块木板上,量它们的长短,用一根手指头推开滑到他蓬松的眉毛上的椴树韧皮。红色的喉结在楔形的、稀稀落落的胡子后面,在布满皱纹的皮肤里迅速地跳动着。

软骨肥大的塌鼻子也是通红的。深陷的双眼泪水模糊,他不住嘴地说话,似乎在急着把他知道的字眼一下子全说光。他那村妇样的嗓音尖得刺耳,令人难受,以致村长用手指头堵着了一只耳朵。

"这么说,你在挣钱?"村长问。

"我亏本了,亏本了,兄弟!我这是在做第九口棺材。富人家的孩子不想死,赚不着他们的钱。瓦尔瓦拉呢,她什么时候能付棺材钱?她家有什么可拿的?我们说好了,她帮我种土豆,帮孩子们做做衣裳,再稍微做点别的什么事。得互相帮助帮助,没人帮助怎么也不行!现在有三个娘儿们帮我干活。你看我们是怎么讲的价钱吧。巴林诺夫家给了一只羊羔当棺材钱。他们家的伊丽莎白几乎有两俄尺长,虽说她才十三岁,应该慢慢长;蹿得太快,会受内伤,得慢慢儿长,就能长好;是这样的,上帝的仆人。"

巴兰金像卡申一样爱说话,但和卡申不同的是:他说话不是为了教训别人,而是说给自己听。人们发现,他常常自言自语,心里想什么,嘴里就说个没完。村里的人认为他是个狡猾的、会骗人的家伙。他有过这么一件事。一次他从邻村回来,看见路边灌木丛里有个死人,是城里人。他翻遍尸体,在死者衣兜里没找到一点值钱的东西,就把大衣和上衣的纽扣揪了下来。原来这是一个服毒自杀者。提出了一个问题:谁把他的扣子弄走了?木匠吓坏了,他把扣子埋到菜园子里,但由于恐惧,他忘了埋扣子地方。他的孩子们春天找到了这些扣子,把它们拿到街上玩儿。虽然巴兰金很快把扣子夺了回来,可村里人仍然挖苦了他三四年。不过这个身小力弱的人干起木匠活来却是一把好手。尽管他有这些缺点,村里人还是敬重他。

当村长问他怎么处理公牛时,他立即回答道:

"卖掉。趁卡申还没有霸占它的时候卖掉。把钱给分了,事情不就了结了吗!将军应该付给我六卢布三十戈比。你别忘了!我的账在你那张单子上呢。"

科瓦廖夫没作声,心想:"要告诉他,账单被博得里亚金的继承人揉皱了,扔到池塘里,毁掉了吗?"他决定先不把这事告诉木匠,等把牛卖了,再拿将军的账单丢了做理由,说是卖牛的钱全抵了欠税户的账。

"好,祝你健康,"他对巴兰金讲。木匠回句俏皮话送他:

"再见,别穷了,祝你发财,发大财。"

村长又去了三户最有名望、最有影响的农家。但其中一人正躺在地板上发高烧,说胡话,另一个人到三俄里外的山谷里割制袋网的藤条去了。他是个渔民。至于尼孔·杰涅日金,他喝醉了酒,凶神恶煞地挥手赶他走开,咆哮道:

"见你的鬼去吧,你爱怎么办就怎么办!"

后来科瓦廖夫出于好奇心,在塔季扬娜·科涅娃家那栋陷进地下、歪歪倒倒的农舍的窗口上面停住脚步。窗口离地面很近,村长为了向里面张望,不得不弯下腰来,两手支撑着膝盖。他有两年左右没瞅这座农舍了。他原以为在这里见到的一定是拥挤、肮脏。可是农舍却显得宽敞,地板擦得干干净净,打扫得很清洁。墙上抹了用切碎了的麦草、牛粪和黄土调制的涂料,刷得雪白。

"一无所有,因此干干净净,"村长心里想,接着又进一层想道:"像在医院里似的。"

又瘦又小的塔季扬娜·科涅娃坐在桌边的长凳上,给五岁的女儿试毡鞋,并且大声给她讲故事。

"她到了城里,城里大着呢,幸福在哪儿呢?不明白。她只是看到幸福是有的。城里什么都有,人人吃得饱、穿得暖,人人都穿绫罗绸缎,穿天鹅绒。绫罗绸缎、天鹅绒塞塞窣窣,皮鞋、短靴吱呀吱呀。"

村长微微一笑,咳嗽了一声。科涅娃的儿子坐在地板上将鸟笼子的门弄得咔嚓咔嚓地响;他微微仰起剃得整整齐齐的头,长着一双大眼睛的白脸上露出愠色,不友好地喊道:

"找谁?妈,有个人在窗户外头往里瞧。"

"难道你认不出来吗?这是亚科夫·季莫费伊奇,咱们的村长。"母亲说。她脸上也长着一双大眼睛,满脸又密又细的皱纹,就像老太婆似的。

"儿子病好了?"科瓦廖夫问。

"是的,起床了,在玩呢。"

"我没玩,我在修鸟笼子,"儿子庄重地纠正。

"他应该上学去,可是老师生病了,"母亲说话时将自己的女儿搂在胸前。

"现在就两个孩子在身边,你轻松些了,"村长跟她说话的腔调就像正是由于他的安排,塔季扬娜的另外两个孩子才接连死去了似的。

"是的,是的,"女人同意他的话,长叹了一声,"生孩子,埋孩子……"

"事情挺简单,"科瓦廖夫微笑了一下。

黑发小姑娘从母亲的胳膊肘下面望着他,嚅动着嘴唇。

"这小丫头也没事了,病好了吗?"

"她根本没生病。"

"真聪明,"科瓦廖夫夸奖道,可是那个男孩子却摇了一下脑袋,不客气地问:

"难道生病的全是傻瓜吗?"

"你看看,多机灵,"村长惊讶地叫道。

"这孩子没规矩,"母亲带着歉意,和气地说,"他跟谁说话都这样。"

"这么说,他够调皮的了,"科瓦廖夫说,"这都是跟老师学的。老师也是个爱抬杠的家伙。"

弯腰站着怪难受,跪着倒还舒服点,可是村长跪在一个穷农妇的窗前是不合适的。她的穿着很滑稽,裙子是麻袋布做的,用一件发绿的套头的背心代替了上衣。背心上缝了两只条纹布的袖子,这种条纹布城里人是拿来缝裤子用的。科瓦廖夫又环顾了一下农舍,炉边碗架上放着几个碗碟,桌子上刮得干干净净,床铺叠得整整齐齐。屋中的一切收拾得像节日前夕一样,孩子们也都干干净净。

418

"过得干干净净,"他夸道。

"想方设法凑合着过,"女人说,"车站上人家给了块毡子,我就给孩子们做了靴子,要不,光着脚会感冒的,还冷着呢。"

"好,过吧,过吧,"村长同意道。他将酸疼的背部伸直,走开去,心里头感到有点愤怒,想道:

"既无怨言,又无所求。"

想起来就令人不高兴。他家里头有三个女人:母亲,一个精力还算充沛的老太太;妻子,忙碌不堪,身体健壮;大姨子,一个爱哭闹的、凶恶的老处女。家里脏兮兮的,吵吵闹闹。孩子们呢,穿得邋邋遢遢,老大是个淘气鬼,专爱打架斗殴,老有家长们因为孩子挨了他的打来告状。

当他走过罗戈娃的农舍时,斯捷潘妮达手里拿着筛子,从院子里窜了出来,扯着他的袖子,忧心忡忡地、压低了嗓门儿说:

"季莫费伊奇,你听着:老师不好了……"

"从前是好的吗?"科瓦廖夫开玩笑地问。

"你等等,听着,"她张望了一下大街,把村长推进自家的院子里,"我让他把酸奶放到板架上,他拿着酸奶,举了起来,一下子坐到地上,酸奶洒了一地,我差一点没扶住和好的面团。我见他血顺着嘴直流,你想想!他这是快死了。老爷子,你别让他再待在我这儿。得送他去医院,派匹马吧,我的马正耕着地!再说,也不该由我来送他呀!"

"那该谁送呢?难道该我吗?"科瓦廖夫和气地说,"我到哪儿找马去,跟谁要?谁都不会给,都在耕地。三十俄里,来回一趟,得花两天两夜的时间。"

"那我怎么办呢?"

"让他好好躺着。找玛丽亚·马利尼娜来念念咒,把血止住,"村长一边用后背在门廊的木栏杆上蹭痒痒,一边让她别着急上火,"你别着急。你也太爱着急了。"科瓦廖夫责备地说。

"要是死了呢?"罗戈娃圆睁着美丽的大眼睛问。

"那有什么了不起！遗产留给你。"

"哼,什么遗产！三件衬衣,三条裤子,都是穿旧了的;还有一件短上衣,一件大衣。表倒像是银的。"

"你瞧瞧,还有一只怀表。他有亲人吗?"

"不清楚。他给什么人写过信来着。可能他的亲戚也都是穷光蛋。可他还欠我九卢布呢。"

"没有亲人,"村长想起来了,"他是列瓦肖娃夫人抚养大的,是个孤儿。没有亲人,可是有薪金。你明白吗？这就是说,你得留神,什么时候薪金汇款单寄到乡里来。到时候你就扣那九个卢布,还有葬后宴的钱,还有别的……主要的,你要安分守己地过日子。好,再见!"

他出了院子走到大街上,罗戈娃一边扳着指头计算,一边陪送他。科瓦廖夫回转身来对她说：

"我刚才去过科涅娃家,收拾得真干净,这妖婆!"

罗戈娃站在门边,望着他离去的背影,皱着眉头,心事重重地噘起肥厚的嘴唇。一只棕黄色的大猫从干草棚里窜了出来;它翘着尾巴,蹭着女主人的腿,咪呜叫了一声。

"你这个惯坏了的家伙,你要什么?"罗戈娃问,俯下身来,把猫从地上抱起来。她抚摩着公猫的脑袋,嘟嘟囔囔地说：

"开始叫春了吗？开始打呼噜了吗？哎,你这禽兽……"

孩子们在吵吵嚷嚷地玩羊拐,一只椋鸟在低声啁啾着,有时,又高叫几声。一只看不见的云雀沐浴着春天温暖的阳光,在蔚蓝的天空里高声欢唱着。

清晨,当牧人挨家挨户将牲口赶出来时,公牛没在街上出现。村妇们立即嚷嚷开来,围着安东,又急又气地追问,公牛上哪儿去了？那是个阴天,下着细雨。老头等村妇们身上淋湿了,略为安静下来之后,说：

"公牛在主人那儿。"

"谁是它的主人?"

"谁喂它,谁就是主人。昨天一大早把公牛从牧场里牵出去卖了。"

村妇们高声叫喊起来:谁卖的,上哪儿卖的,卖给谁了,卖了多少钱?

"达尼洛·卡申牵去的,别的我什么也不知道,你们别把牲口的路给挡了,"害疝气病的老头回答道。村妇们跑到村长那儿。他正准备下地,他承认卡申和斯洛博茨科伊两人是卖公牛去了。

"谁都不乐意喂它,我问爷儿们,他们都下决心叫卖掉。"

"你和卡申,还有那个斯洛博茨科伊独断专行,"村妇们叫了起来。但当村长和颜悦色地问她们"你们嚷嚷什么?什么事不称心"时,村妇们却无法解释自己愤怒的原因,就各自回家了。她们开始回忆男人们从将军那儿该挣多少钱,吵了起来,很快地越吵越厉害。斯捷潘妮达·罗戈娃使她们停止了争吵。她跑到街上向大家宣布:教师夜里去世了。

在烦闷的生活里连死也是一种有趣的事。人们都往罗戈娃的农舍里挤,村妇们、姑娘们开始往里跑,老头老太太拄着拐杖也吃力地走来了,小孩们也来了。罗戈娃不放任何人进教师的房间,怒气冲冲地说服大家:

"有什么好看的?有什么好看的?有什么意思?当教员的,就是死了也比不上农民。你们走吧,求求你们。"

玛丽亚·马利尼娜打听道:

"谁给他这个孤儿洗身子,穿衣裳,谁帮他把手放到胸口上,谁帮他钉棺材,请神甫呀?"

"我怎么知道?"斯捷潘妮达愤怒地咆哮,"他是我什么人——是儿子还是丈夫?就这样他还欠我九卢布呢。瞧,村长来了,让他说吧,这是他的事……"

玛特廖娜·洛克捷娃走了过来,这女人是个大块头,挺胖。她有心脏病,还害气喘病,她的脸又肿又青。

"这么说,他归天了?"她问道,"可我还在受苦受罪,上气不接下气,就是死不了。"后来,她又同情地摇了摇头,说:

"斯捷潘妮达·弗拉西叶芙娜,你得大大地破费了。没五卢布请不来神甫,还得用马接送。"

"你发疯了,玛特廖娜!"罗戈娃用两只手拍了一下自己的臀部两侧,大声叫道。"什么破费?这事跟我有什么相干?他欠我九……"

洛克捷娃不听罗戈娃的分辩,用肿眼泡里的眼睛茫然地望着她的脸说:

"神甫可以免了。马列耶夫家跟科涅娃埋孩子的时候都没请神甫……"

"科涅娃是异教徒,她不信上帝,她的男人也不上教堂,他两个都是异教徒,"马利尼娜严厉地说,但这也没有打断洛克捷娃的思路,她仍旧用慢吞吞的语调说:

"他要神甫干吗?他也跟个孩子似的,傻乎乎的,一生清清白白,甚至比咱们的孩子们还温顺。为什么不准进去看看他?好,我走了……"

她好不容易站起身来,从农舍里走了出去,罗戈娃望着她的背影嘟哝着说:

"又肥又傻,像猪似的,一身膘。"

洛克捷娃走后,村长来了。他一言不发地走过隔板,进了教师的房间。他靠在墙上,不时地用背擦墙。教师平躺在床上,身上齐下巴颏儿盖了一条用五颜六色的碎布拼起来的破棉被;棉被的破洞里露出一团团像春雪一样肮脏的旧絮;破棉被的下端露出一双发青的光脚丫。脚指头惊恐似的张了开来。教师的头偏着,枕在枕头上,枕头上染着一片片发黑的血迹。地板上闪现出一片血迹,只是颜色更红一些。教师的面颊和他那瘦削的鼻子被一部分长发遮盖着,还有一绺头发竖在头顶上,像犄角似的。半闭的右眼露在头发外面,它望着枕头,似乎想藏匿起来。

"样子真难看，"村长走出房门时说，"就像他不是自己死的，而是被人打死的一样。"他坐在桌边，卷着纸烟，深深地叹了口气，做出一副悲天悯人的样子。

"唉，你呀，上帝……村警不在家，抓去了还没放回来……"

"你就不该向上头告他的密！"罗戈娃埋怨地说。

村长视而不见地望着她，继续说道：

"这外地人，怎么个埋法呢？也许对这有专门的法律条文吧？嗯，马利尼娜，你在这儿张罗吧，死人、病人，都是你的事。由教师的薪水里付钱给你。"

"别忘了，他欠我钱呢，"罗戈娃提醒说。

"忘得了吗？我现在最关心的就是你了，"科瓦廖夫抽着烟说，"我心里光惦记着你：我那斯捷潘妮达过得怎么样了呀？"

"你开这种玩笑老了点，"罗戈娃说。

"别说了，妖精，"科瓦廖夫提醒她，然后又转向马利尼娜说："玛丽亚，这一切，我就正式委托给你了，要不然罗戈娃能报上一百卢布的账。你去找科涅娃，她会帮你忙的。"

"我一个人就能办。我不愿意看见这个叫花婆，"马利尼娜斩钉截铁地说。

"啊，我忘了，你跟她合不来，用不着。她过得……就跟村里没这个人似的。她是你们的榜样。"

"噢，你可真精明，亚科夫！"罗戈娃生气了，"拿个叫花婆当榜样。"

科瓦廖夫站起身来，看了看纸烟。

"我该去耕地了！是这样。玛丽亚，你去安排吧。"

然后转向主妇，像平常一样温和地说：

"你留神些，要是有个什么不对头，我找你算账！"

罗戈娃使劲顿脚，以致使什么地方的碗盏丁零当啷地响了起来。

她冲着村长的后脑勺做了个侮辱人的手势,用尽全力喊道:

"找我算账,算吧!他还抱怨把村警给逮走了,其实就是他亲自告的密。奸细!八面光。上帝,饶恕我吧!"

"斯捷潘妮杜什卡,"马利尼娜安慰她说,"应该烧些热水,给死人洗洗干净;不然到了最后审判那天,在耶稣再降临的时候,他没洗身子……"

"住嘴!"罗戈娃用沉厚的声音说,"你生炉子去,我,我今天不生炉子。也不出柴火。随你的便……"

马利尼娜气得撇着嘴,走出了房间。罗戈娃坐在桌边,打开抽屉,拿出一本学生练习本,一支铅笔,望了望天花板,用笔尖蘸了蘸唾沫,开始写了起来。农舍里安静下来,像个冰窖。一只肥胖的黄猫从火炕上轻轻地跳下来,四脚落地时一点声音也没有。猫儿走到女主人身边,跳到她的膝盖上,把尾巴竖在桌面上,像根蜡烛。

"滚开,"女人埋怨地说,但她并没有把猫推下去,猫咪呜咪呜地叫了几声,就用脸蹭起她的手来。

不久木匠巴兰金赤着脚,没戴帽子,把衬衣下摆掖在蓝色的裤腰里就来了。他将手里拿着的尺子一挥,兴冲冲地问好:

"您好,善心的女主人!我来量量尺寸。"

罗戈娃扬起头来满有把握地说:

"他原来欠的是十一卢布四十戈比……"

"真是一大笔钱!"木匠应声说,"你能找杯解馋的吗?"

"能。"

罗戈娃把猫从膝上抱起来放到长板凳上,向墙上的小壁橱走去。

……卡申和斯洛博茨科伊晚上才从车站回来,两人都带几分醉意。斯洛博茨科伊将一瓶伏特加放到桌上,又放上一圈香肠,问科瓦廖夫:

"柳芭莎在哪儿?在我老婆那儿,好!母亲,姐姐都睡了吗?这样就好。谈事情的时候没女人在场又安静又平心静气。"

"卖掉了吗?"村长忍不住问道。

"当然啦,"卡申说,"喂,人回来了给弄个茶炊吧……"

"马上就弄来,"科瓦廖夫高兴地应着,一边往前室走去。卡申小声对斯洛博茨科伊说:

"你别吭声,我来跟他开开玩笑,在钱数上骗骗他。"斯洛博茨科伊没吭声,点了点头,用手心使劲儿拍酒瓶底儿,把瓶盖震下来。

"卖了多少钱?"科瓦廖夫回来时问道。

"你猜呢?"

村长望了望房角,面带微笑,谨慎地说:

"五十。"

"九十,"斯洛博茨科伊骄傲地说。

"小声点,嚷嚷什么!"卡申粗鲁地警告他。

"你撒谎吧?"科瓦廖夫惊奇地喊道。

"嗳,你呀,"卡申摇摇头,用责备的语气对斯洛博茨科伊说,"我不是对你说过了吗:少说闲话!说话可不是干活,用不着着急。大炮!不知道朝哪儿放。"

他的男高音声音不大但充满自豪感,坚决地说:

"卖得很厚道,没要够价。这条公牛是有名的。我早就知道它。是一头经得住考验的公牛,它七岁;由于切利谢夫家一时糊涂和任性,它才落到博德里亚金将军手上。以后我再详详细细讲,我对所有的情况和整个经过都知道得一清二楚。老弟,我办事错不了!现在咱们得先解决主要问题。九十卢布。咱们每人分十五,共四十五卢布,对吗?除此之外,我再拿五卢布,这是饲料钱,跑腿钱,还有我的学问钱。行吗?剩下四十卢布。村长,拿这笔钱抵偿欠税户的欠款。诚实得像在药房里一样。人人都满意。"

"人家会知道的,"科瓦廖夫犯愁了。

"得—得了吧!谁来调查?公牛早走得远远的了,到伏尔加河对岸去了。完了吗?"

"我不放心,"科瓦廖夫柔声说。但是卡申急急忙忙对他说个不休。村长耸了耸肩膀,在炉子和侧壁之间的高床板的立柱上蹭了蹭背上的痒痒,挥挥手:

"行。"

"婆娘们跟前别露一个字!"卡申极为严厉地提醒大家。把一张红票子和一张蓝票子塞到村长手里。"公牛卖了四十卢布,再别多说一个字!喂,咱们喝酒吧。"他建议说,一边往各人酒杯里斟伏特加。

"农民们会要求痛饮一番的,"科瓦廖夫说罢,匆忙将钱塞进裤袋里。

"要求,就给一小桶,"卡申提议说,"给了,省得闹事。四十卢布交公也管不了事。要是要两桶酒,跟他们争争,然后就给两桶。"

村长端着酒杯画了个十字,说:

"祭奠一下老师吧!"

"他死了?"卡申问时,似乎有些伤心,"唉,你呀……总算死了!真可惜,我爱跟他抬杠,我觉得顶有意思,瞧事情就这样,生生死死……"

"唔,谢谢,"斯洛博茨科伊闻着一截香肠的味儿,结束了自己的话。"真香。"

"明天下葬,"村长通知大家时,将一只手伸到藏钱的裤兜里,"我不放心。咱们农民弟兄死了,这是常事,见惯了,也听不到什么可疑的话,死了就完了呗。可这一位是个外地人,而且似乎还是个干公事的人。"

"警察,"斯洛博茨科伊说。卡申从衣袋里掏出一包"大炮"牌香烟,递了一支给村长:

"雅沙,抽一支,城里的烟。挺粗的,裹得满满的,味道挺好。你别担心:什么事都会过去的,照例会过去的。老弟,我知道……我,亲爱的朋友,我见识多了,多得连我自个儿都吃惊:这是怎么回事,我身上什么地方装了这么多,上帝!"

科瓦廖夫瘦削的、斜眼的麻脸妹子端来一个煮沸的茶炊,将它啪哒一声放到桌子上,没好气地说:

"你们自己喝吧……"

第二天晚上,人们把教师埋葬了。两个小学生头上顶着棺材盖,罗克切夫、杰涅日金、巴兰金和当了一辈子雇工的老光棍萨莫欣四个人抬着棺材。萨莫欣年近四十,秃头,耳朵有点聋。人们发现,教师原来很轻,那三个人走得很快,萨莫欣老是跟不上步子,罗克切夫生气地数落他:

"好好儿走嘛:一——二,左——右,真是一只山羊!"

斯捷潘妮达·罗戈娃走在棺材后面,她像兵士一样高高地挺起胸膛;马利尼娜由于腿短,像只白嘴鸭似的连跑带跳地在她身旁走着。村长挥着木手杖,跟在她俩后边。十五六个男孩和女孩围在他的身边。塔季扬娜·科涅娃拉着她女儿的手走在这群人后面约二十步远的地方。她的儿子皱着眉头同她并肩走着。起先科涅娃是跟大伙儿一块儿走的,可是玛丽亚·马利尼娜恶毒地问她:

"你以为人家会赏你一戈比吗?甭想啦,埋的也是个叫花子。"

这样科涅娃就放慢了脚步,不久她的儿子也离开了那一群伙伴,停了下来,等他母亲走过来,就挽着手臂,跟她肩并肩地走着。

当棺材放到墓穴的边缘上,巴兰金往棺材盖上钉钉子的时候,棺材一下子从小土丘上滑下,它侧面的板子掉了下来,教师翻过身来,似乎不想让人看见他那张灰白的、瘦骨嶙峋的脸。他那双凝固了的眼睛没闭紧,就像他眯缝着眼睛在看着天上的火烧云。这一切都使得罗克切夫极为反感。

"嗨,你这个棺材匠!"他冲着巴兰金生气地说。

木匠一边将板子安好,一边咳了一声,辩解道:

"你明白吗,钉子不够!再说,板子也是旧的,已经朽了,钉子钉不牢。"

罗克切夫抱怨马利尼娜:

"应该往眼睛上放两个戈比。"

"戈比你攒下了吗?"老太婆画着十字问。

"嗳,鬼东西!"罗克切夫叹了一口气。

罗戈娃劝他:

"你最好别在坟上瞎嚷嚷……"

然后她用沉重的男低音大声念道:

"热诚的庇护者,至高无上的圣母,请接受你死去的奴隶多西费的灵魂吧。"

村长听她念完,画着十字向墓穴鞠躬,然后快步走开了。

"滑头,"杰涅日金眨了眨眼,微笑着说,"溜号了,怕我们要伏特加酒喝。"

人们用铁锹和脚丫子将黄土填进墓穴里。巴兰金爱护地用铁锹为坟堆培土。孩子们在这乡间墓地里跑来跑去,在坟墓之间采集初春的花朵。塔季扬娜·科涅娃跪在一座坟前,马利尼娜和罗戈娃默不作声地画着十字,弯腰鞠躬。杰涅日金走到罗戈娃面前说:

"呶,给三升酒吧!"

"这是怎么回事?"罗戈娃吃惊地问。

"你甭问了!给吧!"

"说得对!"罗克切夫笑着帮腔道,"怎么,让我们白花时间吗?"

"你们怎么啦,糊涂了吗?"罗戈娃叫道,"他算是我的什么人,是丈夫还是儿子?你们跟村长要去……"

"别抬杠了,斯捷潘尼达,给吧!"巴兰金插嘴道,他像扛枪一样把铁锹扛在肩膀上,"让咱们为亡魂安息祈祷吧,上帝会嘉奖你的……"

"你要是不给,他会砸碎你家的玻璃,上帝,"杰涅日金恶狠狠地警告她。

"我请你们喝一瓶酒,"罗戈娃同意了,她大声用鼻子吸了一口气。

"嗳,你别讨价还价了!"罗克切夫平心静气地说,但他的眼睛里闪着凶光。"你从他那儿没少得到好处,他咳一声得付钱,眨巴一下眼睛也得付钱!这是大伙儿都知道的。"

杰涅日金把手伸向木匠。

"给我铁锹,我用铁锹扇她的脑袋。"

马利尼娜急忙躲开了。罗戈娃开始在裙子里找口袋,她的手在发抖。

"给两个卢布,"杰涅日金要求,"也得够买点下酒的小菜,听见没有?"

"我又不是聋子,"罗戈娃喃喃地说,给了他两个银卢布走开了。她边走边低下头来,用披肩的一角擦脸。

"唉,罪过!"巴兰金向四周望了望,长叹道,"应该叫孩子们唱唱祈祷歌才好,他们会唱,我听见过。应该尊重死者,可我们是怎么搞的……毫无表示。"

罗克切夫斜眼瞟了他一下,嘟哝道:

"等着吧,等咱们发了财,买张大鼓,就敲着大鼓去送葬。"

"嗳,走吧,"杰涅日金吩咐道。

塔季扬娜·科涅娃仍然在祈祷,她的女儿坐在旁边一个坟头上挑选她摘的雪下花;儿子站在母亲背后,看着、听着周围的一切,后来,在人们纷纷离去之后,他把手放在母亲肩上,严肃地说:

"行了,妈妈,够了,起来,咱们走吧……"

乡村墓地离村子有一俄里远,坐落在一片开阔的、不高的小山岗上,四周围着栏杆。但那些木杆几乎早已不翼而飞——穷人们拿去当柴烧了。木桩子也都给拔走了,只有四根桩子生了根,长成枝叶茂密的粗壮的白柳树。山脚下在白柳树掩映之下矗立着一所古老的小教堂,由于风吹雨淋,它明显地向前倾斜着,像是要从墓地奔向村庄似的。平常人们总是将去世的人停放在这所教堂里,等待着神甫做祈祷。那些十字架和坟墓显得那么零乱,就像生者急于要把死者埋入地下,并认为死者生前与陌生人很少接近,让他死后在地下也能自由一

429

些。从乡村墓地可以清楚地看见沿着小河蜿蜒的半条街,另外半条街却被消防棚隔开,被一片古老的白桦林遮掩着。这条街活像人的牙床,其中有许多牙齿都腐朽了,另一些倒还结实。

四个农民埋葬了教师之后,不慌不忙地走下山来,向教堂走去。杰涅日金一边在掌心里抛着两个银卢布,一边往小教堂里张望。教堂的正中间摆着木架子,平常棺材就停放在上面。杰涅日金将钱塞进衣兜里,想试着把门关严,但门吱吱作响,就是关不上。

"该修理了吧,木匠,"他说。

巴兰金不苟言笑地回答:

"你出钱,我就修。"

罗克切夫将手插在腰带里,透过牙齿吹口哨,眯缝着眼睛,望着村庄后面的远方,望着被黑色的针叶林带隔开的草地。树林的上方布满了绚丽的火烧云。太阳已经溶化到它们熊熊的火焰之中。一轮银色的、似乎是透明的圆月挂在村庄的上空。

"大伙儿在嚷嚷呢,"沉默寡言的农民萨莫欣笑着说。

"这是有原因的,"巴兰金解释道,"他们在瓜分卖公牛的钱呢。本来准备昨天分的,可是村长和卡申昨天不知为什么上莫克罗耶去了。快走吧,弟兄们!"

他们又朝前走去,但是与木匠并排走着的杰涅日金说:

"停停,那边大概也在算喝酒的人数,所以咱们这笔钱是不是每人分半个卢布明天花呢?明天是礼拜天,咱们喝点酒。"

"不—不,"巴兰金扯着尖嗓门说,"不能这么办!我酒量不大,还是给我那六卢布三十戈比!我得把这笔钱整个儿从你手里挖出来。"

"你挖不出来,"罗克切夫插嘴道,"卖公牛的钱要用来补交欠税。"

"这是谁定的规矩?"木匠尖声叫道。

"我。我定的。"罗克切夫笑着安慰巴兰金。

木匠轻蔑地挥了一下手,说:

"嗳,你呀,这没什么！朋友,村社不会听你的。"

"会听我的吗?"杰涅日金问。

"也不会听你的。你们俩都不是村社的头目。"木匠加快了脚步,嘟哝起来。一直到村边儿都在不停地尖声叫嚷,用不同的话重复着同一个思想:"上帝的仆人,村社是由特别强大的人在管理。是,是的！天上地下全都一个样。等级分明:有天使、天使长、司智天使、六翼天使……"

杰涅日金不时哑着嗓子尖声哈哈大笑,用他那因饮酒过度而嘶哑了的嗓音说:

"司智天使,六翼天使,嗳,老鬼！真亏你想得出来！"

"不,我可不是鬼！我是上帝的奴仆,沙皇永远忠实的仆人！我就是这样的人！老弟,我想事、说话都凭神的旨意,是—是的！种地的庄稼人无官无职,成不了将军,成不了！过去没有过,将来也不会有……"

"该赏你一耳光,"杰涅日金懒洋洋地说,又说到应该瓜分那两个卢布,但罗克切夫打断了他的话。罗克切夫赶上去同木匠走齐,就抓住他的肩膀,盯着他的脸,问道:

"你,当官的,你给解释解释:咱们克拉斯努哈村是个村社,对不对?"

"对！那又怎么样,你别捏我的肩膀,别把我摔倒了。"

"你忍着点吧,"罗克切夫说,脚步放得更慢了,"这么说来,村社是为大伙儿办事,是不是?"

"就算是吧！"

"可是,有的人家粮食多的是,还运到别处去卖,可村子里却有要饭的人。这对吗?"

"不,不对！"巴兰金尖声叫道。

"啊哈！"杰涅日金冷笑着说。

"不对,"木匠喊道,"你这些话我不是头一回听到,这不是你的话！这是教师,那个狗崽子说的,上帝饶恕我,这是他,那个捣乱分子说的话。他是个痨病鬼,他在这儿制造混乱。是他搞的!"

罗克切夫站住了,将巴兰金一把推开,扬起手臂,朝他的太阳穴击了一拳。木匠一声没哼,一下子倒在地上,杰涅日金也踢了他一脚,满意地说:

"那半个卢布你得不着了,嘿——嘿!你打赌输掉了。"

木匠一动不动地躺着。萨莫欣脚不停步,头也不回,一个劲儿地朝前走。杰涅日金和罗克切夫看了木匠一眼,也都走了。

"他躺着呢。"杰涅日金说。罗克切夫默不作声,但是走了几步后,坚决地说:

"好些人都该挨揍。真无聊!"

"是呀,"杰涅日金表示同意,"我只要一喝酒,就准要打架。那半个卢布我真的不给他了。至于萨莫欣嘛,那是另一码子事。"

"萨莫欣给警官办事,"罗克切夫闷闷不乐地说。

"这样的话,我也不给他了,"杰涅日金马上明白了,他把手伸进衣袋,拿出一个卢布,递给罗克切夫。

"拿去,咱俩两清了!"

罗克切夫接过钱来,将它高高地扔向空中,当卢布落在他脚边的地上时,他将卢布拾了起来,说:

"字。"①

"老弟,咱们是扔不到老鹰的。"杰涅日金回答说。

他们进了大街,嘈杂的人声从消防棚那边传来。达尼洛·卡申的声音特别响亮。

"村民们,我可是个规规矩矩、有良心的人。你们看,我给公牛喂料,饮水,照料它。可是我干这事一个戈比也没向你们要。我是村社忠实的仆人。"

---

① 旧俄银卢布,正面是鹰,背面是字。

"我们了解你,了解,达尼洛·彼得罗夫!"有人对他喊道。

"给两维德罗酒吧!"

"一维德罗就够了!"

"你够我不够!"

"那怎么办,一维德罗还是两维德罗?"村长叫道。

消防棚旁聚集着十五六个农民,他们几乎异口同声地喊道:

"两——两维德罗!"

"唉,好吧,豁出去啦!"

"快买酒去吧!"

"有酒!"卡申宣布道,"我昨天就料到了:我想,可能村民们不会放过这个机会。有酒!"

一群农妇坐在农舍周围的土台上,抱怨不休。年轻小伙子、姑娘们也聚集起来。不知是谁用男低音兴高采烈地吩咐道:

"娘儿们,把腌黄瓜、酸白菜全拿出来,快——快!"

有人用沉厚的声音提醒了一句:

"还有面包!"

"是不是大伙儿全都到齐了?"科瓦廖夫问。

"全齐了,全齐了!"

"这不是罗克切夫跟杰涅日金吗?……"

"巴兰金木匠没来!"

脸发胖、眼发红的杰涅日金一面推开众人一面带着讥笑的神情,嘶哑地说:

"巴兰金这就来,他没看清楚,脸撞到十字架上了。"

人们从消防大车上卸下来一桶酒。又在大车上架起木板,试了试木板架结实了没有,接着在这张桌子上很快就摆上了六公升好酒、一个插着餐刀的大黑圆面包,几大盘黄瓜、白菜。卡申挥舞着手臂,连蹦带跳地指挥着:

"自古以来娘儿们就是咱们的助手,咱们的老师!娘儿们,请过来,一边祝福,一边进圣餐吧,诚心诚意地请你们!"

同时他又向离他最近的几个庄稼汉丢了个眼色,小声说:

"让她们先喝,让她们先喝个够,先醉倒,省得她们嚷嚷,抱怨。"

接着他又大声喊道:

"娘儿们,我们的欢乐!别再磨蹭了!喝吧,喝这沙皇的、难得喝到的酒吧!嗳……"

男人们认为卡申的计策对头,得意地笑着,把他们的妻子拉去喝酒,还殷勤地劝她们:

"快来吧,娜斯坚卡,为了健康喝上一杯吧,别固执了,傻娘儿们。"

卡申呢,一边从酒瓶往酒杯里倒酒,一边用脚打拍子,大声唱道:

> 上帝呀,为什么就我一个
> 还在喝酒,
> 就我想把这伏特加酒
> 慢慢地喝到点滴不留。嗳,你呀!

"祝你健康,娜斯塔西亚·帕甫洛芙娜!喝,你什么时候才能变丑呀?喂,喂,小媳妇儿们,别再固执啦!"

娘儿们装模作样,好像喝白酒对她们来说是桩新鲜事儿。她们一小口一小口地喝着,就跟喝滚烫的茶似的。刚一喝到嘴里,就皱起眉头,浑身打哆嗦,往外吐。罗克切夫的妻子走了过来;坐在地上的罗克切夫,拽了一下妻子裙子的下摆,严肃地说:

"少喝点,会呛死的!"

"那你就轻松了,"她答道。

巴兰金踉踉跄跄地走了过来。还离得老远,他就用哭声喊道:

"村社的老爷们,我求你们帮帮忙,保护我!"

杰涅日金从卡申手里接过斟得满满的酒杯。小心翼翼地将它举到自己嘴唇那么高,迎着木匠走去,在他面前停了下来。"喝吧!"

"我不要！不想喝强盗敬的酒。"

"喝，我叫你喝。"他声音不大,但威胁地重复了一句。木匠抬起头来,眼泪比以往任何时候都多。

"你们为什么打我？"他呜咽着问,双手接过酒杯,举起来喝着,喝完后,杰涅日金将酒杯扔到篱笆后面卡申家的菜园里,说道：

"就该这样！你住嘴！不然……"

木匠摇晃着脑袋,从左边绕过他,很快走到村长面前,但是科瓦廖夫可能是已经先喝过酒了,他坐在酒桶上,傻乎乎地笑着,啃着湿漉漉的黄瓜,腌黄瓜的盐水滴在胡子上,他叫道：

"一切都如愿以偿！巴兰金,坐到我身边来……"

"欠我六卢布三十戈比……应该付给我！"

村长吧嗒着嘴唇,笑了起来：

"谁也得不着什么！早就商量好了。全都抵偿欠税！你忘了吗？"

"贼——贼！"木匠叫道,"酒鬼……"

洛克捷夫使劲儿往他膝盖下边踢了一脚。木匠歪了一下坐到罗克切夫身边,更加尖声地大声叫道：

"土匪！"

"你老老实实地坐着,"罗克切夫警告他说,又添了一句,"不然,我们不给你伏特加喝。"

"可是你给他,那个将军,干过活吗？"

"没干过！"

"我可干过！"

"那是你的福气。"

"福气？什么福气？"

"嗳,鬼才知道你是怎么回事？别说了……"

"嗳—呀—呀—呀！"巴兰金快喝醉了,嘟哝着说。

不一会儿大家都喝醉了。月光更加明亮,迟暮时分朦胧的夜色此时变成银色的了。农民们长着大胡子的面孔,姑娘、小媳妇、小伙子们的宽脸庞都渐渐模糊,变得暗淡无光,像用锡铸成的一样。各家的主人都聚集到消防棚跟前,越来越热闹,越来越高兴。

姑娘们聚在消防棚后面的白桦树下。德高望重的卡申给了小伙子们两瓶酒,对他们说:

"拿去吧,你们喝点,给姑娘们也一人来一小杯。她们会更加快活,更加温存,"他说罢,压低了嗓门,又补充道:"不够的话,我还给!只是有一件事,要是杰涅日金想打架,你们可得狠狠揍他,把那个不安分的家伙打个灵魂出窍!"

姑娘们已经唱了起来,马特廖娜、洛克捷娃摇晃着笔直的身躯,不断请求:

"姑娘们,你们随便唱个忧伤些的歌吧,好宽宽心!"

她的丈夫手持酒杯,对村长说:

"亚科夫,你不是在为村社服务,你是卡申和索尔达托夫的狗腿子,他们是村子里的脓疮,应该用烧红了的钉子把他们像脓疮一样给挑掉。"

"你们听听,这个不安分守己的家伙在说些什么!"科瓦廖夫用喝醉了的、快活的声音喊着,他一边哈哈大笑,一边两手拍着自己的膝盖。"达尼洛·彼得罗夫,哈哈,他要用烧红了的钉子把你给挑掉,啊哈—哈—哈……"

卡申斜眼瞟了罗克切夫一下,发起议论来:

"过日子就该像蜜蜂一样:这儿拿点,那儿拿点,一瞧,蜂蜡和蜂蜜都齐了……"

但罗戈娃盖过了他的声音。她用粗重的声音喊道:

"瞧,把好日子给喝光了,往后就要抱怨,就会唉声叹气的!"

姑娘们用高嗓门齐声高唱:

> 我又穷又难看,
> 穿的破破烂烂。
> 就因为这个,

谁都不娶我！

巴兰金坐在附近不远的地方,友好地靠在杰涅日金的肩膀上。杰涅日金正在节奏鲜明地、豪迈地弹着三弦琴;一个年轻小伙子,皱着眉头跳起舞来,他顿脚时扬起了寒冷的灰尘,不爱说话的农民萨莫欣眯缝着眼睛,甜蜜地笑着。他也在用左脚打拍子,用孩子般的声音,小声而谨慎地唱道:

唉,贫穷在跳舞,
贫穷在跳,
贫穷在唱,
贫穷让我们去乞讨……

"跳—吧!"杰涅日金疯狂地对着跳舞的人大声喊叫,"跳啊,你鬼迷心窍啦!"

可是巴兰金却摇着脑袋,一边抽泣,一边诉苦:

"六卢布三十戈比……全完了,啊!"

小伙子不跳舞了,他扬起头来,望着天空,大声唱道:

嗳,萧萧北风刺骨寒,
兵士开拔上前方……

唱罢,他又疯狂地跺起脚来。

杰涅日金却又叫道:

"跳—呀!"

孙新世　译

科马罗沃村以前坐落在……[*]

　　科马罗沃村以前坐落在河口两岸，但是这条河在本村上游三十俄里处早已为自己冲出了另一条河道。原来的河床变成了陡峭的峡谷，灌木丛生，北风一吹，峡谷内便传出阵阵悦耳的丝绸般的声音。谷底流淌着一条春季喧闹、夏季几乎干涸的浅溪，而大河的水却懒洋洋地从科马罗沃村旁爬过。一些老辈人说，强盗达尼洛·拉祖姆内和他的同伙们待在这个峡谷里，被士兵围困和消灭了，还烧掉了拉祖姆内的住房。但是另一些老人反对这种说法，证明拉祖姆内是个磨坊主，没有当过强盗。他的女婿、现今几位财主的父亲安东·杰尼索夫出自对岳丈的恼恨把磨坊烧了，磨坊主悲痛之余进了修道院。两种说法都有些道理，在谷地深处仍留有烧焦的大木头、焦炭、砖块、器皿的碎片等等火灾留下的残迹；溪水偶尔把一些人骨冲到岸边来，前不久，在春天还冲上一个牙齿又大又尖的颅骨。颅骨的后脑已被凿穿，碎骨或是卵石在里面哐啷啷地作响，但是一口牙齿却完整无缺，细密洁白而又闪光发亮。渔夫伊凡·塔塔林诺夫把颅骨拿到手里，晃了一下，碎骨便响了起来，他羡慕地说：

　　"他好像很满意让人开了瓢呢。"

---

[*] 本篇大约写于一九三五年至一九三六年间，最初部分发表于一九四六年六月十八日《共青团真理报》。全文载于一九五一年《阿·马·高尔基文献》第三辑。译自《高尔基全集》第二十卷。

他,塔塔林诺夫的羡慕是有来由的,因为在一九〇六年,他的前牙:上面三颗,下面四颗,被一个哥萨克用鞭子连根打了下来。

村子两端的两条街在河岸上会合,再顺着各自的方向分开去。

"上村"从河边向上伸展到一座土山和一片白桦幼林。林中美丽地闪耀着教堂的镀金十字架,透过镂花似的绿荫可以看到钟楼的蓝顶和神甫那幢油漆得鲜艳夺目的带有阁楼和阳台的住宅。也还是在那儿,在白桦林后面,在那位已经迁往田庄去的阿萨夫·捷廖欣的房子里,开办了一所教会小学。学校后面是一块坟场,夏天的月夜,从河对岸可以看到死人在小林里游荡,在月光下取暖。河对岸的松林像一堵青铜色的墙壁直接从水中耸起。科马罗沃人夸口说:

"我们的森林直达西伯利亚。"

"上村"坚固的农舍和三座石砌房子的窗户面向河流和森林,"下村"的茅屋却将侧面对着河流,从河边伸展到谷地,似乎想把它们蓬乱晦暗的茅草屋顶、歪斜的窗户、院子和菜园周围支离破碎的篱笆等凋敝、丑陋的景象藏进峡谷。村子两端的住户相处得不很融洽,好像是两族人,一族是胜利者,另一族是战败者。住在"上村"的孩子逗弄"下村"的孩子:

"喂,吃老鼠的!"

"下村"的孩子嚷嚷着回答:

"胖崽子们!"

"下村"的父辈对孩子解释不出,什么人在什么时候吃过老鼠,甚至祖辈也说不清,而"上村"的孩子们对"胖崽子"这样的外号也并不十分生气。

科马罗沃村有许多关于幸运者和不幸者的有趣故事。"上村"有一些活着的幸运儿,也有一些非同一般的人物。那里的波利亚科夫一家也搬到田庄去了,在他家的房子里住着一个出名的捕杀狼、兔子和狐狸的猎人,叫伊萨依·格里戈里耶维奇·穆尔德维诺夫。这个汉子身材矮小,皮肤黝黑,留着一部双叉胡子,浓眉秃顶,红红的嘴唇,看上去好像没有眼睛似的。他走起路来像在凌空而过一样轻捷无声,说话尖声尖气,但是说得很轻又很小心,似乎在倾听自己的话语。村里最聪明的老太婆玛特廖娜·扎叶兹热娃对他说话的神态作过这样的解释:

"有个鬼附在他身上,他生怕说话时把鬼放出来,就是这个道理!"

穆尔德维诺夫同许多猎人一样是个巫师,他因为会施行"散布脓肿症"的法术而赫赫有名,使人望而生畏;——在科马罗沃村里就有三个患甲状腺肿大的人,在附近的农村里还有五个。他有一个儿子,但丢下妻子离开家,削发为僧去了。穆尔德维诺夫和儿媳住在一起。她自己咬掉了舌头,因此几乎话也说不清,只会比画着双手,顿着左脚,哞哞地叫。她骨瘦如柴,蓬头散发,两眼直瞪瞪的。她是这样咬掉自己的舌头的:她想自缢并且已经上了吊,但是绳子断了,这婆娘摔下来,脑袋撞在地上,就把舌头给咬掉了。

有个傻里傻气的科斯佳,是财主阿萨夫·捷廖欣的儿子。当他的父亲和兄弟们带着妻室同五邻四舍告别,搬到八俄里外的田庄去时,科斯佳不愿离开村子;直到人家把他的脖子,双手绑在大车上,他才像条牛犊似的动了身。从那时起已经过了六年,但科斯佳不分冬夏,不顾风雪和雨淋,经常跑到村子里来,他一到便大声狂笑,在街上跳起舞来。他身量不高,却很结实,生就一双罗圈腿,大脑袋剃得光溜溜的,皮肉松弛、布满皱纹的发灰的脸上留着一大把胡子,棕黄色的双眼像死人眼睛一样凝然不动。他用尖细的嗓子喊着一些不好懂的话,他还具有一种预报火灾的本领:他一站到房前,像狼嚎似的叫起来,人们便赶忙储备好水,通宵达旦地等着,看会不会在什么地方发生大火。人们提防着火灾,火当然就不会烧起来了。但是确曾发生过两起火灾,不过不是科斯佳在其门前号叫过的那两家;也有这样的情况,科斯佳虽然没有号叫,可房子还是着了火。

还有彼得·杰尼索夫的疯侄子,一个二十三岁左右的年轻人,他身材魁梧,体态匀称,模样漂亮,俨然是个富家子弟。宣战那年的夏季,他突然发了疯;现在他深居简出,几乎看不到他的影子。他通常出现在黄昏以后,穿着像天使一样长及踝骨的粗麻布白衬衫,不穿裤子。他一出现,便站在一个地方,往往是像根柱子似的立在房顶上,观看姑娘和小伙子们散步,若有人想凑近看看他,他便立刻跑掉,消失得无影无踪。

村子里最富的老板是杰尼索夫两兄弟——彼得和巴维尔,还有尼丰特·雷巴科夫。杰尼索夫兄弟在离村两俄里多的地方开采石灰石,雷巴科夫营造供航运的小型船只:柳叶艇、驳船、无帆小货船、单帆船等。他也是在离村子不远,上游三俄里的地方造船,即使风儿从上游吹来,在河面上掠起形状奇异、金光熠熠的鳞波时也不停工。

第四个财主要算小店主安东·格里戈里耶维奇·科洛巴什金了。他是个有一头银发的美男子,身量像神甫一样高大,嗓音柔和,天蓝色的眼睛总是笑眯眯的,肥胖而绵软的面孔长满了浅色胡须。"下村"家家都欠他的债。他让乡下人做工来偿还他们的欠债,让他们为杰尼索夫砸石头,为雷巴科夫卸木材、锯圆木,或是做其他事情。他的才智不仅在科马罗沃村,而且在周围的各个村庄里都很出名。

"上村"的其他庄稼人在坟场后面自己的土地上和向上校夫人日赫列娃租赁的土地上种植黑麦和燕麦。

居住在"下村"的都是些普普通通的小人物,他们家里人口众多,既没有土地,又没有马匹,他们为本村的财主干活儿,伐木材,运木排,有五个人在森林里用落下的树枝烧木炭,他们已习惯于"一顿面包,一顿克瓦斯"地勉强度日,虽然并不是每家的主妇都会酿制克瓦斯。"下村"的娘儿们在"上村"人家的菜园子里干活,把自己的女儿给他们当保姆哄孩子。

"上村"的住户以擅长制作干蘑菇、腌蘑菇和醋渍蘑菇出名,他们的这项经营规模很大:租赁公家的森林,雇用一些"下村"的妇女、儿童,带着大量辎重骑马渡过河去,车上装着大桶和各种调料,到森林里一去就是三个星期或一个月。妇女们每采满一筐蘑菇付给二十五个戈比工钱,可是男孩、女孩却只给十个戈比。每年夏天都吵得不可开交:"下村"的妇女弄不懂为什么少给孩子们工钱。他们采的蘑菇并不少于成人。"上村"的妇女辩驳说:

"我们自己的孩子连一个子儿也不给!"

可是在森林里妇女们却相处得很好,"上村"的妇女并不因为自己富裕而骄傲;每天吃过晚饭,大家围坐在篝火旁听扎叶兹热娃老太婆那些有关城市生活的很有见识的谈话,并且一起唱歌,一起抱怨自己的命运和回忆当姑娘时的心愿和幻想。玛特廖娜·巴甫洛芙娜和她的侄女萨什卡·达姆卡精通歌艺,唱歌吟诗特别见长。全村的妇女和姑娘们都喜欢玛特廖娜·巴甫洛芙娜,老太婆精神饱满,身材高大,有一副摧不垮的健壮体格,永远是那样快活。人们喜欢她,因为她不费吹灰之力就能使蒙受侮辱和痛苦的人得到慰藉。人们向她诉说痛苦,她用软得像油煎饼似的手掌拍拍对方的脊背、肩膀,抚摩着对方的脑袋说:

"够了,别这样了,别伤心,没必要流眼泪!你们这些小媳妇太娇嫩了点儿,我们那时候,往往……"

于是她用通顺的词句讲到农奴制下,当她在地主兹维亚根采夫家做女仆时常有的可怕的事,讲到她还是个姑娘时,怎样被少爷和他的武备中学的同学糟蹋了身子,太太怎样为了这件事亲手打她的耳光,随后把她嫁给养马的,而第二年少爷又回来了,又缠住她不放,由于她丈夫碍事,便把他送去当兵,而把她弄到家里做太太的侍女,强迫她在客人面前唱歌。

"那么,你还是占了便宜,当侍女总比在马棚里要好过些,"雷巴科娃说道。

"那还用说!又轻松又干净,可终究是身不由己,不自由。"

"可是女人要自由有啥用呢?"普拉斯科维娅·费多罗芙娜·雷巴科娃问道。她是个身量矮小、体形扁平的干瘪女人,她的声音也是干巴巴的,说起话来语声细碎,活像士兵敲的鼓点。在她那发黑的脸上一双圆圆的鸟眼贪婪而惊慌不安地忽闪着,瘦骨嶙嶙的手指迅速地掐着蘑菇根,她贪婪得浑身发抖。

"你的侄女萨什卡倒是挺自由的……只听魔鬼的话。"

大伙儿没有反驳雷巴科娃,因为她爱报复人。

扎叶兹热娃谈到自己不像谈到男女农奴和地主家的家奴所受的苦难那样生动、可怕,这些故事一个比一个更吓人,妇女们听完以后说道:

"是啊,瞧瞧,过去是个啥样!嗯,现在毕竟不同了。"

唯独萨什卡·达姆卡听了婶婶的故事没有平静下来,她寻衅地喊叫着:

"什么不同了?从前主子欺侮我们,现在呢?父亲、丈夫、公公欺侮我们。你们学会了忍耐,所以才觉得现在好多了……"

婶子严肃地劝说她:

"你最好别嚷嚷!大家都知道你又任性,又不安分,说话、想事都没个准儿。"

达姆卡是村子里地位最低下的人。妇女们都不喜欢她,怀疑她是暗娼,散布谣言说她是个酒鬼,虽然她并不见得比她们中间的哪一个喝得更多。她三十左右,但是看上去要年轻得多。她身材匀称,举止灵活,趾高气扬,似乎从来没有弯过脊背。乳房高于一般妇女,非常招惹庄稼汉。她不同于村里妇女们的浅色或红色头发,而是长了一头深色头发,皮肤像吉卜赛人一样黝黑,两道浓眉,鲜艳的嘴唇,细密的牙齿白花花的,看起来令人不快。这一切使她不像个安分守己的农妇。人们称她的眼睛是蛇眼,的确如此,当萨什卡眯缝起眼睛瞧人时,凶光毕露,着实让人很不自在。年轻的庄稼汉和小伙子们紧追住她不放,有三个人甚至企图强奸她,她借助棍子挣脱这些暴徒,此后人们便比较小心地对待她了,她的一个朋友说:

"达姆卡不只是靠棍子,她用话也能把人降服……她很聪明。她要不这么凶,甚至会受人尊敬的……"

她有文化,据说,中学毕业以后,她本人也想当教师过轻松日子,她劝在地主兹维亚根采夫家饲养家禽的母亲,允许她进城去找玛特廖娜·扎叶兹热娃婶婶。可是,在大车行包工头家里当厨娘的婶婶,却把她打发到报馆里当用人去了;和婶婶同居的那个人是这家报馆里的听差。后来达姆卡匆匆忙忙不知嫁了个什么人,一九〇七年丈夫被抓走,达姆卡也被送回了老家。从那时起她就无所事事地待在村里。起初她同雷巴科夫手下的木匠们厮混,公开和其中的一个同居,此人也是个好唱歌的人,可是他被抓去当了兵,在战争的第一个月里就被打死了。战争把村里的年轻小伙子和庄稼汉夺走以后,妇女们更加不喜欢达姆卡了。她以帮工的身份同玛特廖娜婶婶住在一起。婶婶攒了一些钱,住在"下村"的一座虽说很小但很洁净的茅屋里,过着安逸的生活,遇到有钱人家办红白喜事,她就帮忙做做酒席。她有一片不大的菜园,她在村里的各项事务中都是个出了名的好参谋。她责怪侄女生活放荡,却很赞赏她的嗓子并且教她怎样像祖辈们那样唱歌。达姆卡的嗓音洪亮、婉转、经久不衰,她唱时闭着眼睛,用力用得下颏由于极度紧张而不停地颤动。她特别喜欢的有两首歌,一首是《哥哥的歌》:

哎嗨,哥哥把妹妹娇养,
抚摩着她的头儿讲,
"我至亲的妹妹啊,
愿你快快地成长!

等到你长大成人,
就把你嫁出闺房,
嫁到不和睦的人家,
流落在异地他乡。

那里的人们专爱厮打，
常用刀斧相伤；
清晨里阴雨绵绵，
午夜间雨声凄凉。

雨水还要流淌，
夜夜噩梦不断，
婆婆声声叫骂，
邻里们白眼相向。

邻里们也是狠毒心肠……"

另一首是摇篮曲，歌词是：

摇啦，摇呀摇，
我的小宝宝，
睡吧，睡吧，小宝贝，
睡吧，睡吧，快睡着，

客人们来到墓地上，
睡吧，甜甜地睡吧——哪怕今天就死掉！
明天大家来送葬
为了我的小宝宝。

小小棺木入墓床，
白石底下来安放，
流沙下面静静躺，
紧紧偎在祖母旁。

她也唱另外一些非常大胆的歌曲:

> 我的院中央,
> 有座小新房,
> 盖起没多久,
> 刮得亮堂堂。

> 这所房子里
> 橡木桌一张,
> 年轻小文书
> 坐在桌子旁,

> 下笔匆匆写,
> 笔笔写沙皇,
> 沙皇总有理,
> 事事都一样!

她那忧郁的歌曲使妇女们甚至掉下了眼泪,她们叹息着,摇着头说:

"姐妹们,我们的命运,我们的生活,多苦啊!"

连杰尼索夫家的四个女人也闷闷不乐,一言不发,只有普拉斯科维娅·雷巴科娃气冲冲地像放连珠炮一样埋怨道:

"我实在听不出这些丧歌有什么好,上帝宽恕吧。再说,也不该让萨什卡这么唱呀。虽说她的嗓子高,可嘴唇让醉汉们又吻又吐,脏极了。她一唱,只能让人难过,让人伤心得更厉害。照她那么放荡,她本该唱点开心的。"接着她提醒大家说:"要不干吗给她起了个达姆卡①

---

① 达姆卡是跳棋中的王棋,它只要越过对方最后一道防线,就通行无阻了。

的外号呢?就因为她把老实的妻子和姑娘们都像普通的棋子儿一样吃掉了。不就是因为这个吗!你们难道忘了?"

达姆卡也唱开心的歌儿,但是这些歌都带有寻衅的味道。比如,她唱有关村长的歌:

> 村长村长,
> 请来这厢。
> 你这个朝廷的走狗,
> 来评评我们的事由。
>
> 村长是个大傻瓜,
> 评起事来理数差。
> 快把村长往前拉,
> 拿起树枝狠狠打!

这种歌唱过之后,往往会引起一阵笑声和争吵,年轻一点的妇女哄然大笑,而雷巴科娃和村长的妹妹、一个士兵的老婆叶莲娜·福金娜,还有杰尼索夫家的女人却全都不喜欢这支歌。

"坏话可说不到咱们村长的头上,"她们彼此提醒说,"他是个好人:敬神爱神,和和气气的,从来也没有欺侮过谁,当然笑话谁都可以,喏,老爷们笑话沙皇、笑话上帝,可这对谁有好处呢?"

这当口儿玛特廖娜·扎叶兹热娃往往会调解说:

"娘儿们,你们别吵啦。要知道,这支歌唱的不是咱们亲爱的叶菲姆·鲁基奇,反对他的坏话,即使是魔鬼也说不出口。唱歌不是唱词儿,是唱曲儿。据说,歌里的词儿丢不掉,这话可不对,一点儿也不对。什么词儿都可以去掉,什么词儿也都能加上。没有一个傻瓜或是坏蛋是掌握不住词儿的。歌儿不是唱给耳朵听,是唱给心听的。谚语和俏皮话为了教育人,可歌子是为了给人安慰……就是这样。"

玛特廖娜·巴甫洛芙娜滔滔不绝，说得有条有理，很有风趣。

彼得·诺沃肖洛夫在十岁前过得平平淡淡，可是十一岁时就因为偷窃出了名。彼得从凿石场给父亲送饭回来，经过河岸时，从沙里捡了一把非常漂亮的铅笔刀。小刀四面有刃，它嵌在一个仿佛是用骨头做的折叠刀柄里，这骨柄似乎从里面很深的地方染着一层虹霓般的颜色，五彩缤纷，变幻无常，看起来使人眼花缭乱。彼得久久地站在那里，赏玩着它，把蓝光熠熠的刀刃时而拉开时而合上，刀子好听地咔咔响着，刀面的色泽在阳光下显得更加鲜艳。这把小刀完全是新的，好像昨天才做成，还没有开刃。刀子的一端有个小铜环，也可能是个小金环。彼得站在谷口。风儿吹拂着树丛，把那熟悉的轻微的簌簌声送上河面，河流与往常一样懒洋洋地流动，一层层涟漪也不慌不忙地在水上掠过，但是彼得觉得周围焕然一新，使人感到亲切而又高兴。彼得想象得出伙伴们将怎样羡慕他，但是他立即意识到除了伊利亚，不能让任何人看他捡到的这件东西，否则他们会把小刀夺去或者偷走的。索弗卡第一个想偷。彼得裤子上惟一的一只口袋破了，他取下脖子上的十字架，将线带穿进小环，把刀藏在衬衫下面，想道：

"大概值五个卢布。"

在回家的路上他两次停下来，一再地把玩着小刀。到了家里，他把小刀藏在过道通向里屋的门楣上，后来又换了个地方，拿到菜园，塞在一棵老白柳树的缝隙里，盖上一块树皮。晚饭前姆姆让他去菜园给土豆培土，他干了不多一会儿，站在白柳的弯曲的树干后面，取出那把小刀，正在欣赏，索弗卡不声不响地来到了跟前。

"哎呀，你手里拿的是什么东西？"她大声问道，声音响得使人讨厌。她的脸上密密麻麻地布满了雀斑，鼻子尖尖的，棕黄色的头发，后脑勺上梳着一个小刷子。她比弟弟大两岁，念完了乡村学校，并因此而自认为十分了不起，总而言之，她处处和弟弟过不去。彼得把小刀往腋下一塞，紧紧地夹住它，说道：

"你管不着。"

姐姐扯了一下他的胳膊,小刀掉了下来,彼得急忙用脚踩住它,照着索弗卡的肚子就是一拳。他们正在厮打时,父亲走了过来,像往常一样从头到脚落满了白色石粉。

"小鬼们,别胡闹了,"他用浑厚的,通常都是很亲切的声音说道,"姐姐抱怨你们不帮她干活……你找什么?"他问彼得,索弗卡解释说:

"他弄到一件银亮银亮的玩意儿,在藏藏掖掖呢……"

父亲伸出张开的手掌:

"拿来。"

小刀在父亲的手掌里变得更小并且失去了光泽。父亲用另一只手的手指小心翼翼地拨弄着它,阴沉沉地问道:

"从哪儿弄来的?"

"捡的。"

"没有撒谎吗?"

姐姐来了,恨恨地低声说道:

"咳呀,淘气鬼,原来在这儿过夏的涅纽科夫家的东西落到了你这儿!"

蓬头散发的索弗卡,一面吮吸着打破的嘴唇上的血,把它吐出来,一面急促地说道:

"这可不对!涅纽科夫家的顶针和小剪刀不见了,可后来在喜鹊窝里找到了。"

"黄毛狗,你住嘴!"姐姐命令道,"米龙,你总是惯他们,瞧,彼季卡[①]偷起东西来了……"

"吃晚饭吧,"父亲说着把小刀塞进兜里,便去洗脸了。姐姐跑进屋子里,姐姐对彼得小声说了一句"傻瓜",便跟着姐姐跑去。

彼得受到这样大的委屈非常想哭。他靠在白柳树干上,伤心地想着:真遗憾,那一回他们和父亲在河里捞柴翻了船,姐子竟没有淹死在

[①] 彼季卡是彼得的别称。

449

浮冰下,她的嗓子都哑了,说话好像在锅里煎薄饼似的咝咝响,但是没有淹死。父亲要是娶达姆卡做老婆,比把这个凶狠的、说话咝咝响的大兵老婆领到家里要好得多。彼得记得,不久前,有一天吃晚饭的时候,索弗卡打碎了一只茶碗,婶婶用擀面杖打她的脑袋,把索弗卡打得从凳子上摔到地板上;父亲用水喷她,好半天才使她恢复知觉,索弗卡醒来以后,父亲对婶婶说:"你真是个野兽!"

"彼季卡,吃晚饭!"索弗卡叫道。

他们吃的是土豆泥加焖萝卜和稀稀的去脂牛奶,婶婶是烹调能手,父亲常常夸她:

"娜斯塔西娅,你真会瞒哄人的肚子。"

晚饭时,与其说婶婶在吃饭,倒不如说她在咳嗽和哑着嗓子说话:

"谢穆什金·费多尔回来少了一条胳膊,左胳膊齐肩膀锯掉,在城里,人家对丘扎科娃·阿弗多季娅说,她丈夫一当逃兵,她那份口粮就给取消了。现在她这么个病人可怎么办呢?只有带上孩子讨饭了。"

父亲突然问道:

"这么说,彼季卡,这东西是你捡的啰?"

"嗯,是这样。"

"是实话吗?"

"我可以画十字起誓!"

彼得画了个十字,反问道:

"你把小刀交出来吗?"

"交给谁?"

"交给我。"

"得考虑考虑,"父亲说,他的话一向不多,又很简短,最常说的就是这句话:

"得考虑考虑。"

婶婶又咝咝地发起狠来:

"惯来惯去……都把他们惯成贼了……"

"你胡说,"彼得生气地说,索弗卡也委屈地问道:

"我偷了什么呢?"

父亲没有作声,不紧不慢地动着汤勺,用洁白的牙齿一口口咬着大块大块的面包。他同样默默地站起身,抖掉胡须上的面包屑,用一只沉重的手很勉强似的画个十字,走到了院子里。在茅屋里他看起来特别高大,可是在院子里便显得矮小和平易些。彼得跟着他跑了出来,但是父亲从臂肘下面睃了他一眼,那副冷冰冰的神气好像推了他一把,随后便走进棚子的一个角落里去了;那里过去是拴马的地方,现在他为自己放了一张床。彼得坐在棚子旁边的一辆已经损坏的手推车上,琢磨着如何讨还小刀。最好是走向前去,跺着脚叫一声:

"把小刀还给我!"

他不会给的。他虽不爱吵吵嚷嚷,可谁也不怕。而且还很固执。

一个牧人在街上和村妇们相骂;狗在咬架,发出刺耳的尖叫;外来的桶匠在箍桶。冬天彼得上学学会了念书,并且喜欢一面望着天,一面把星星重新加以排列,排成字。这是一项有趣但很困难的游戏,星星并不按需要来移动,拼起字来很慢。何况现在的星星还少,天刚刚黑下来。那把五彩缤纷的折叠刀又隐隐约约地浮现在他的眼前,于是感到活着既委屈又无聊。

伊凡·塔塔林诺夫到棚子里来找父亲,这使彼得稍稍活跃起来,因为父亲同朋友交谈以后往往会变得和蔼些,伊凡大叔一走就可以求父亲把小刀拿出来了。可千万别睡着。塔塔林诺夫带来了伏特加酒,可以听见汩汩的倒酒声、两位庄稼汉满意的叫声和吃鳓鱼的声音。父亲带着酒意对朋友说:

"伊凡,你这人很好处,我很喜欢你。"

他们喝得醉醺醺的,又是拥抱,又是接吻,又是唱歌,显得十分可笑。但是这些可笑的举动并没有使彼得高兴,反而引起了他的懊恼和悲伤。"上村"那样富足,甚至有石砌的住房,那边的孩子们穿得也比较漂亮;住在"下村",做一个替富人干活,只能和同样的穷人、和这个

外号叫"无牵无挂的万卡"交朋友的穷汉的儿子,实在有点不光彩。有一次,敢于说话的伊凡·塔塔林诺夫问这两位朋友:

"你们活儿干得很多,可还是那么穷,这是为什么?"

他的父亲回答说:

"穷是穷,可是不坑人害人。"

回答得有条有理,给人的印象也很深,但却不能给人以安慰;彼得发觉"下村"的人们越来越穷,脾气越来越坏,越来越常打架。父亲比伊凡大叔更有力气,但是肯听伊凡大叔的话:冬天里母亲死了,父亲几乎每天都喝酒,塔塔林诺夫不许他酗酒,父亲就听从了。现在他们有时一起喝,而且总是在夜里喝。可能会把小刀子喝掉的。彼得紧张地、聚精会神地听着塔塔林诺夫的讲话和父亲简短的回答,听他们会不会提起小刀的事?

"萨什卡·达姆卡说,她见到丘日科夫·尼基塔了,"塔塔林诺夫说话的声音不大,"除了他还有两个逃兵和烧炭工人混在一起,一个是奥列尼诺村人,另一个好像是城里人。"

"真奇怪,开小差的不多,"父亲说。

"是啊,仗打了好久,开小差的倒不多。"

"现在正是向有钱人开战的时候,同一九○五年一样。"

"得串通好了才行。"

塔塔林诺夫谈战争谈得并不比娜斯塔西娅婶婶少,但是婶婶哑着嗓子谈得十分热烈,而伊凡大叔谈得却像开玩笑一样轻松,话音像玻璃一样清脆。彼得记得,婶婶在她还同丈夫住在一起时,既和善又快乐,长得胖胖的,穿得也干干净净的,可是在她丈夫被派去打仗,很快就被打死以后,她便变得又黑又瘦,满脸皱纹,邋里邋遢的了,而且总在计算着有多少个男人被打死,多少个回家来时落得个缺胳膊少腿,成了瞎子或是病号。

彼得对这两位朋友之间的谈话已经听累了,因而打起瞌睡来,但是他还没有来得及睡着,索弗卡来到这里,把他从车子里拖了出来。

"走,进屋去!"

随之她轻轻地推着他的脊背,说道:

"娜斯塔西娅姊姊在街上咝咝地叫着,说你偷了小刀。"

彼得已习惯于姐姐对他的关切,这种关切若使他感到愉快,他便默默地接受下来。第二天,他在给父亲送饭的路上遇见了伊利亚·塔塔林诺夫,他提着一只桶,桶里有一些小鲈鱼和小棘鲈在哗哗剥剥地乱跳。

"给我看看小刀儿,"伊利亚说。

"没在我这儿,我父亲拿去了。"

"你在哪儿偷的?"

"不是我偷的,是捡的,"彼得懊丧地叫道。

"你生什么气呀?"朋友怀疑地问。

"别缠我!"

"干吗翘尾巴?"伊利亚缠住不放,把桶往地上一放,像士兵一样直挺挺地站在那里,把双手藏在背后。彼得知道伊利亚可能马上会从背后亮出又结实、动作又快的拳头,便赶自己的路了,可是伊利亚生气地在他后面喊道:

"你偷了,你以为自己挺鬼吗?咳,你呀……"

"要不是送饭,我会把你的脸撕碎,"彼得一边回答一边快速地向山下走去。

昨天失去小刀的委屈还没有平复,今天又添了新的烦恼。彼得·诺沃肖洛夫感到荣幸的是,他的朋友是"下村"的孩子中反对"上村"孩子的最好的战士之一。伊利亚·塔塔林[1]是个有意思的好伙伴:他勇敢、快乐,昨天沉思默想、温存可亲,今天却粗鲁无礼、气势汹汹,他像本带插图的小书,几乎每一页都不同。他已经小学毕业,学校的督学库洛姆济娜是个有地位的太太。她送给伊利亚一本名叫《汤姆叔叔

---

[1] 即塔塔林诺夫。

的小屋》的小书。冬季里,伊利亚朗读这本书,连坐不住的索弗卡也一声不响地听着,仅仅间或叫几声:

"啊呀!"

"你等着,更糟的还在后头呢!"

在塔塔林身上只有一个不讨人喜欢的地方:他同索弗卡谈话比同彼得谈得更多更温存,总之,同别的姑娘比,他同她更合得来。他有两个姐姐:大姐在女地主库洛姆济娜身边当侍女,二姐被伊凡大叔送到修道院学针线去了。

彼得反复思索着这一切,不禁来到了父亲的工作地点,他把午饭放在一堆石灰石上,把手掌放在嘴边仰头喊道:

"爹,吃饭哪!"

比河岸高出两俄丈的地方,在红棕色的被开凿得十分陡峭的山腰上横着很宽一层石灰岩,岩层中开出两个很深的洞。其中一个早已被山上滚下的沙石堵上了,只有上颌般的洞口的上缘还能看见,里面矗立着四根断齿似的岩石。洞口上方悬着裸露的树根,活像一些灰色的大蛆。这个洞穴旁边还凿有另一个洞,这就是父亲和加夫里拉·兹韦尔科夫老头干活的地方,岩洞很深,因而里面一片漆黑,干活时需要掌灯。父亲开石头,兹韦尔科夫用小车把石头运出洞口,再顺着厚木板做的槽子倒下去;在下面,人们把石头垒成一俄尺半高、一俄丈宽和四俄丈长的齐齐整整的石堆。杰尼索夫兄弟按堆付给父亲工钱,一个冬天父亲采了三堆石头,现在开始采第四堆了。杰尼索夫兄弟很快就要把驳船靠到岸边,雇用"下村"的妇女们来装石头了。

平时,彼得走近采石场,老远就听得到洞里发出的低沉的叹息似的敲击声,石头顺着木槽滚下来的隆隆声,看得见弥漫在木槽上空的白色粉尘。但是这一天却静悄悄的,岩洞没有叹息,也没有呼出粉尘。等了几分钟以后,彼得便顺着陡峭的木槽匍匐着爬进似乎龇着牙齿的洞口;他曾不止一次地来过这个尘土弥漫、漆黑一团的洞穴。今天洞里无声无息,这使他非常害怕。他站起身跑了十来步,碰到一堆高高

垒起直达洞顶的松土,它把坑道口堵得严严实实,孩子立刻明白了:

"塌方了!"

他飞身跑出洞口,像石头一样顺着木槽滚了下来,丧魂落魄地跑进村子,碰上几个不知哪家的婆娘。

"我爹给埋在土里了……"

一个女人搂过他的头,把他的脸贴在自己肚子上,唱歌似的哭诉道:

"咳,你这个孤儿哟,可怜的孤儿哟……"

她的肚子软得像一团发面。彼得憋得喘不过气来,用两个拳头敲打着她的大腿,想要咬她一口,可是她把他的脸越搂越紧,她的号叫非常刺耳。

后来,他在河岸上恢复了知觉,两只脚泡在水里,脑袋枕着索弗卡的双膝,她俯在他身上,泪水一滴滴地落在他脸上,用湿布擦着他的胸脯。

"你醒过来啦?"她呜咽地小声说了一句,便把他推到沙地上,又说:"你躺着,我去一下就来,老天啊,老天……"

彼得浑身湿透,站起身,走在姐姐后面,只觉得脑袋里有个沉重的东西在摇晃,使他站立不稳;几个妇女手里拿着铁锹和一群孩子跑着赶上了他;身量瘦小得像个半大孩子的杰尼索夫家的老大骑着一匹淡黄色的肥马走了过去;在前方,石头顺着木槽滚得轰轰响,从洞口里冒着灰色的尘烟,只听伊凡·塔塔林诺夫用洪亮的声音在喊:

"干哪,干哪!快干,别傻愣着……"

他紧挨着洞口正在用铁锹挖着自己脚下的土堆,连推带踢把一块块巨大的白石滚了出来,不是所有的石块都落进了木槽,许多石头不经过木槽顺着山坡蹦蹦跳跳地掉下来摔得粉碎。杰尼索夫仰起黑黢黢的脸,撅着山羊胡子,挥动着制帽,嘶哑地喊叫着:

"把石头推进槽子里,推进槽子里。别把石头白白地摔碎,咳!塔塔林诺夫,我跟你说,推进槽子里,你这个捣蛋鬼……"

杰尼索夫发黄的秃顶冒着大汗,在灼热的太阳下像蜡一样融化似的。他挽着缰绳站在尘雾里,马冲着他的脊背打着响鼻。来的人不多,而且只有老人和妇女。彼得想爬到塔塔林诺夫身边,但是顺着木槽散落着泥土和蹦蹦跳跳的石块,他直接沿着山的陡峭的切面爬去,可是不知哪家的老太婆扯住他的腿,尖叫起来:

"讨厌鬼,往哪儿去!哎呀,小鬼头……"

于是他跳上石堆坐在那里,目不转睛地望着塔塔林诺夫从洞穴里往外扒着泥土和石块,望着在他背后的尘雾中晃动着的人影。雷巴科夫带着女儿和约瑟夫神甫乘着船来了。神甫穿着一件特制的长袍,袍子有些发绿,但又泛着红光,这使彼得想起了小刀的折叠刀柄的颜色。体态臃肿,红脸黑须的雷巴科夫握握杰尼索夫的手,瓮声瓮气地说道:

"你这儿又出这种事了。"

"工人不会干活,"杰尼索夫伤心地回答说。神甫朝他们走了过来,下船时他一脚踩到水里,现在正坐在地上哼哧哼哧地脱着靴子。他也很胖,颧骨突出,像个楚瓦什人,在他那黄色面颊的皱纹里长着稀稀落落的络腮胡子,下巴上有一小撮白毛。

雷巴科夫眯缝着一双大眼望着上面,说道:

"石头不喜欢庄稼人,庄稼人也不喜欢石头,庄稼人喜欢木头。"

"小姑娘,帮我脱脱靴子吧,"神甫请求索弗卡,她瞧了瞧正向石堆走去的神甫女儿,一声没响便转身走开了。

"喂,下边的!快来,接一接……小心点儿。"

这是塔塔林诺夫在喊,他边喊边把一个软得出奇的人体拖到木槽旁边,彼得跳了起来。

"兹韦尔科夫挖出来了。"萨什卡·达姆卡嗓音清脆地说罢,便沿着木槽往上爬去,还有两个妇女跟在她后面攀了上去。山下的人都聚在了木槽的下端。

彼得坐在石头上,他不可怜兹韦尔科夫。这个老头很凶,喜欢招惹"下村"的男孩子。神甫把湿靴筒的里子翻出来,放在彼得旁边的阳

光底下,问道:

"你是哪家的?"

男孩也像他姐姐一样,默默地从靴子旁边走开了,他一句话也找不出来,也没有任何想法,只有一个愿望:赶快弄清楚父亲的死活。

达姆卡和烧炭工巴耶夫的妻子把兹韦尔科夫抬到河边,塔塔林诺夫又顺着木槽往上爬去,嘶哑地喊着:

"喂,干哪,干哪!"

可是杰尼索夫向他喊道:

"伊凡,等一等!伊凡·马特维耶夫,喂!这傻瓜!"

"怪不得人们叫他'无牵无挂的',"雷巴科夫说。

木槽里又洒落着泥土,滚动着白色的石块,洞口弥漫着灰蒙蒙的尘埃,天气越来越热,人们的动作慢了下来,时间过得更慢更难熬了。

"活着哪!"人们在河岸上喊了起来。

彼得欠起身,瞧了瞧:在河边,人们围了半个圆圈,里面坐着一个赤身露体的老头儿,他晃着湿淋淋的脑袋,咳嗽着,吐着唾沫,用手指抓挠着长着白毛的胸脯,神甫在他面前站着,这样,兹韦尔科夫的身子似乎也有些发绿。达姆卡跪在地上,用手掌在老头背上拍着,而且还在对他说着些什么,不知哪家的一个高个子老太婆用桶里的水浇着兹韦尔科夫的头和肩膀,神甫在指手画脚地向杰尼索夫证明:

"上帝是慈悲的。"

"上帝是慈悲,可是对我不慈悲。"

彼得从石头上跳起来奔向木槽,仰着头喊道:

"伊凡大叔,快点!让我上去吧,伊凡大叔……"

塔塔林诺夫没有回答,孩子就坐到地上放声哭了起来。

傍晚,当太阳已经发红的时候,人们把诺沃肖洛夫挖了出来。他在河岸上躺着……

陆桂荣　译